六朝送别诗研究

A Study of Parting Poems
in the Six Dynasties

叶当前 著

图书在版编目(CIP)数据

六朝送别诗研究/叶当前著. —北京:北京大学出版社,2021.7
国家社科基金后期资助项目
ISBN 978-7-301-32292-5

Ⅰ.①六… Ⅱ.①叶… Ⅲ.①古典诗歌—诗歌研究—中国 Ⅳ.①I207.22

中国版本图书馆 CIP 数据核字(2021)第 126477 号

书　　　名	六朝送别诗研究
	LIUCHAO SONGBIE SHI YANJIU
著作责任者	叶当前　著
责 任 编 辑	徐　迈
标 准 书 号	ISBN 978-7-301-32292-5
出 版 发 行	北京大学出版社
地　　　址	北京市海淀区成府路 205 号　100871
网　　　址	http://www.pup.cn　新浪微博:@北京大学出版社
电 子 信 箱	pkuwsz@126.com
电　　　话	邮购部 010-62752015　发行部 010-62750672
	编辑部 010-62752022
印 　刷 　者	天津中印联印务有限公司
经 　销 　者	新华书店
	730 毫米×1020 毫米　16 开本　22.25 印张　402 千字
	2021 年 7 月第 1 版　2021 年 7 月第 1 次印刷
定　　　价	78.00 元

未经许可,不得以任何方式复制或抄袭本书之部分或全部内容。
版权所有,侵权必究
举报电话: 010-62752024　电子信箱: fd@pup.pku.edu.cn
图书如有印装质量问题,请与出版部联系,电话: 010-62756370

国家社科基金后期资助项目
出版说明

后期资助项目是国家社科基金设立的一类重要项目,旨在鼓励广大社科研究者潜心治学,支持基础研究多出优秀成果。它是经过严格评审,从接近完成的科研成果中遴选立项的。为扩大后期资助项目的影响,更好地推动学术发展,促进成果转化,全国哲学社会科学工作办公室按照"统一设计、统一标识、统一版式、形成系列"的总体要求,组织出版国家社科基金后期资助项目成果。

全国哲学社会科学工作办公室

目　录

绪　论 ……………………………………………………………… 1

第一章　六朝送别诗溯源 …………………………………………… 22
第一节　送别诗的分类 ………………………………………… 22
第二节　六朝送别诗溯源之一——送别诗的发生 …………… 28
第三节　六朝送别诗溯源之二——先秦送别诗 ……………… 36
第四节　六朝送别诗溯源之三——汉代送别诗 ……………… 70

第二章　六朝送别诗的演变 ………………………………………… 98
第一节　六朝送别诗兴盛的环境 ……………………………… 98
第二节　魏晋：六朝送别诗的发展 ……………………………… 105
第三节　宋、齐、梁：六朝送别诗的鼎盛 ……………………… 163
第四节　北朝与陈、隋：六朝送别诗的转捩 …………………… 213

第三章　六朝送别诗的结构特色 …………………………………… 245
第一节　六朝送别诗的写作要素 ……………………………… 245
第二节　六朝送别诗的结构模式 ……………………………… 256
第三节　六朝送别诗的意象特色 ……………………………… 267

第四章　六朝送别诗的意义 ………………………………………… 301
第一节　六朝送别诗中透视出的送别民俗 …………………… 301
第二节　送别诗与六朝文人生活 ……………………………… 312
第三节　六朝送别诗对唐人送别诗的影响 …………………… 320
第四节　六朝送别诗的诗学意义 ……………………………… 334

主要参考书目 ……………………………………………………… 345

主要参考论文 ……………………………………………………… 353

绪　　论

　　迎来送往,离合聚散,一直是社会生活中重要的活动。送别话题自古就是诗词歌赋创作中的重要题材,千古传诵的名篇佳制中不乏送别之作,特别是历朝历代的送别诗数量之多,质量之高,在众多题材的诗作中可谓是独树一帜。梳理古代送别诗的发展历程,理解古代诗人在依依惜别之际的悲欢情愫,从送别诗中发掘古代诗人的交游行谊,折射古代各个时期的文化底蕴,送别诗的全面系统研究是一项裨益当代学术的有意义的工作。

　　中国是一个诗的国度,数以万计的历代诗歌中送别题材之作蔚为大观。上下几千年的送别诗,要考镜每一首作品的写作背景,揣摩每一首作品所透视出的诗人心态,乃至全面描述各个时期送别诗发展的轨迹,亦是一个浩大的工程,并非一朝一夕之功。截取其中一个有代表性的断面,从六朝送别诗入手研究,瓦解其冰山之一角,庶几能为唐宋以来历代送别诗的全面研究打开一扇方便之门。

　　金陵古都,六朝往事,总能激起骚人墨客的怀古感慨之情,"六朝"一词在唐代的怀古诗作中就堪称流行,"六朝"是指在建康建都的孙吴、东晋、宋、齐、梁、陈六个朝代的总称。在学术界,有一种说法是把建安末到隋代四百多年的时期称之为六朝时期,[①]既包括建都石头城的南六朝,也包括建都北方的曹魏、西晋、后魏、北齐、北周、隋的北六朝。南北六朝也就是我们通常所说的魏晋南北朝时期。六朝送别诗研究取南北六朝时期,从建安末期到隋代的送别诗均属本课题研究对象。

一、送别诗界定

　　送别诗就是与送别相关并以送别为题材的诗歌,但学术界却没有明确的

---

① 洪顺隆《六朝题材诗系统论》(载南京大学中文系编《魏晋南北朝文学论集》)一文详细梳理了"六朝"一词自古以来的五种含义:其一,许嵩《建康实录》以"六朝"为史地名词,以空间为主,指在建康建都的六个朝代,张敦颐《六朝事迹编类》、李焘《六朝通鉴博议》、王应麟《小学绀珠》沿用这一范畴;其二,《楞严圆觉坛经宗镜》、薛应旂等所用,包括三国至隋的朝代,章太炎《太炎文录》卷一《五朝学》中所称"六朝",廖蔚卿《六朝文论》所用均属此义;其三,孙德谦《六朝丽指》取宋、齐、梁、陈、北朝、隋等六个朝代编纂骈俪文章的用法;其四,胡仔《苕溪渔隐丛话》的用法,自晋迄于隋,使用的人最多,并有陆侃如、冯沅君编《中国诗史》篇二"六朝诗"章一"导论"的明确定义;其五,王珪所用"六朝",乃一般概念。

定义去衡量哪些诗歌属于送别诗。由于时代背景的模糊等种种原因,具体到某一作品时往往不容易判断其是否属送别之作,昭明《文选》《初学记》《艺文类聚》等总集、类书对于送别题材诗歌的归类标准也不尽一致。探究古代对于送别诗归类的依据,结合当代学界对于送别诗研究的成果,对送别诗作一界定是十分必要的。

(一) 昭明《文选》的祖饯诗

萧统《文选》中送别诗归入"祖饯"类,共收曹植等人七题八首诗歌,要总结祖饯诗的归类依据,得先了解"祖饯"的意思。"祖饯"在古代是送别时的一种仪式活动,有"祖""祖道""轪""犯轪","饯""祖饯"等多种称法,但这三种称谓在具体细节上又有差别。

1. 一祭三名

(1) "祖""祖道"

《说文解字》(下简称《说文》)释"祖"曰:"祖,始庙也。(段注:始兼两义,新庙为始,远庙亦为始。故祔祧皆曰祖也。《释诂》曰:'祖,始也。'《诗》毛传曰:'祖,为也。'皆引伸之义。如,初为衣始,引伸为凡始也。) 从示,且声。"①《文选》李善注引崔寔《四民月令》曰:"祖,道神也。黄帝之子,好远游,死道路,故祀以为道神,以求道路之福。"②据此,"祖"有两义,一则是始庙引申为开始的意思,一则指道神。按后一意思,人们出行时要举行"祖"的仪式就是为了求得道神的保佑,先秦典籍中早就有"祖"的这种用法:

> 韩侯出祖,出宿于屠。(《诗经·大雅·韩奕》)③
>
> 仲山甫出祖,四牡业业。(《诗经·大雅·烝民》)④
>
> 公将往,梦襄公祖。梓慎曰:"君不果行。襄公之适楚也,梦周公祖而行,今襄公实祖,君其不行。"子服惠伯曰:"行!先君未尝适楚,故周公祖以道之,襄公适楚矣,而祖以道君。不行,何之?"(《左传·昭公七年》)⑤

《诗经·大雅·韩奕》"韩侯出祖,出宿于屠"郑玄注:"祖,将去而犯轪也。既

---

① 许慎撰,段玉裁注《说文解字注》,中州古籍出版社,2006年,第4页。
② 萧统编,李善注《文选》,上海古籍出版社,1986年,第974页。
③ 程俊英译注《诗经译注》,上海古籍出版社,1985年,第597页。
④ 同上书,第594页。
⑤ 杨伯峻编著《春秋左传注》,中华书局,2009年,第1286—1287页。

觏而反国必祖者,尊其所往,去则如始行焉。祖于国外,毕乃出宿,示行不留于是也。"①《左传》"梦襄公祖"杜预注:"祖,祭道神。"孔颖达疏:"《诗》云:'韩侯出祖','仲山甫出祖',是出行必为祖也。《曾子问》曰'诸侯适天子'与'诸侯相见',皆云'道而出',是祖与道为一。知祖是祭道神也。"②正如郑注孔疏所言,"祖"就是人们将要远行时举行一个祭神的仪式,以祈求道神保佑行旅一帆风顺,至于道神是否如《四民月令》所指则不得而知。③"祖"既是出行时举行的活动,就表示旅途的开始,"祭道神"一义也就可以理解为"始"义的引申。郑玄在《仪礼·聘礼》"出祖释軷,祭酒脯,乃饮酒于其侧"条注里就指出了这种引申关系:"祖,始也。既受聘享之礼,行出国门,止陈车骑,释酒脯之奠于軷,为行始也。"④这样理解,从"始庙"到"始"到"祭道神"就是一脉而来。另外,孔颖达疏指出了"祖与道为一"的关系。因此,在古代文献中,人们习惯"祖""道"连用,以一个复合词来指"祭道神"的意思,又由于"祭道神"总是和送行分别联系在一起,所以"祖道"也成了古代举行送别仪式的代名词。

上引《左传·昭公七年》一段文字中的"祖以道之""祖以道"可以说是"祖""道"连用最早的例子了。《史记·滑稽列传》言东郭先生出宫门远行,"故所以同官待诏者,等比祖道于都门外",⑤此后史书于重大离别送行活动称之为"祖道"者不乏其例。六朝之际送别诗歌标题和行文中亦有不少用"祖道"的,如王濬《祖道应令诗》、孙楚《祖道诗》《之冯翊祖道诗》、张华《祖道征西应诏诗》《祖道赵王应诏诗》、陆机《祖道毕雍孙刘边仲潘正叔诗》、王讚《侍皇太子祖道楚淮南二王诗》等标题中直接题"祖道"二字,⑥曹植则在《圣皇篇》中写道:"祖道魏东门,泪下沾冠缨。"⑦

总之,"祖""祖道"是古代送别之际举行祭道路之神以求前途平安的一种仪式活动,因为这一活动总是与分别紧密联系在一起,所以无论史籍记载

---

① 郑玄笺,孔颖达等正义《毛诗正义》,《十三经注疏》,上海古籍出版社,1997年,第571页。
② 杜预注,孔颖达等正义《春秋左传正义》,《十三经注疏》,上海古籍出版社,1997年,第2048页。
③ 《史记·五宗世家》"祖于江陵北门"句《索隐》按:"祖者,行神,行而祭之,故曰祖也。《风俗通》云'共工氏之子曰修,好远游,故祀为祖神'。又崔浩云'黄帝之子累祖,好远游而死于道,因以为行神',亦不知其何据。盖见其谓之祖,因以为累祖,非也。据《帝系》及《本纪》皆言累祖黄帝妃,无为行神之由也。"(司马迁《史记》,中华书局,1982年,第2095页)沈约《宋书·志二》引崔寔《四民月令》曰:"祖者,道神。黄帝之子曰累祖,好远游,死道路,故祀以为道神。"(中华书局,1974年,第260页)
④ 郑玄注,贾公彦疏《仪礼注疏》,《十三经注疏》,上海古籍出版社,1997年,第1072页。
⑤ 司马迁《史记》,第3208页。
⑥ 所列诗题以逯钦立辑校《先秦汉魏晋南北朝诗》的标题为依据,时代久远,其诗题可能经过历代编辑者的删改,但都是写送别的诗歌,诗题应该本来如此。
⑦ 曹植著,赵幼文校注《曹植集校注》,人民文学出版社,1984年,第324页。

还是诗文创作,一般都用这个词来作为送别的代称,当然不是指一般的两人分手,大凡伴有隆重的送别仪式的分别才用这个词。

(2)"軷""犯軷"

"祖道"是分别时举行祭道神仪式来为远行者送行的活动,这个仪式称为"軷"。《说文》:"軷,出将有事于道,必先告其神,立坛四通,树茅以依神为軷。既祭犯軷,轢牲而行为范軷。从车,犮声。《诗》曰'取羝以軷'。"①根据《说文》的解释,"軷"的主要目的是"媚神"以祈求神的保佑,有一道严格而神圣的仪式程序。"取羝以軷"出自《诗经·大雅·生民》,毛《传》:"軷,道祭也。"郑玄《笺》:"后稷既为郊祀之酒及其米,则诹谋其日,思念其礼。至其时取萧草与祭牲之脂爇之于行神之位,馨香既闻,取羝羊之体,以祭神。又燔烈其肉为尸羞焉。自此而往郊。"②軷就是道祭,祭于行神之位,与出行谋事联系在一起。至于軷祭这一仪式的程序及其具体操作,说法很多,但大体同于《说文》。出行者前路艰险,故在出发时要举行祭神的仪式。在这个軷的仪式上,先要用土堆成一座小山即軷坛,在小山上放上菩、刍、棘、柏等植物,或者放上牺牲如犬、羊,或者供上酒脯等祭品,代表神主。然后由名望较高的长者致辞,大抵是祈求神灵保佑,祝福行者前途平安。祈告完毕,送行的人还会在土山旁向行者敬酒致别。最后让马车从土山上碾过,象征得到了道神的保佑,开始旅程。③"軷"一词在古代文献中出现频率不高,主要是汉唐经学家在笺注的时候用得比较多。因为"軷"是一种祭祀活动,所以有时候汉唐经生又称之为"軷祭";又由于"軷"经常在注释"祖""祖道"时要运用到,故有称为"祖軷"者;还因为这一祭神活动最后阶段要让车骑从用土堆起的軷坛上碾过,称为"犯",故有时也"犯""軷"连用。

至于先秦时期在軷祭上的致辞文献资料较少,《诗经·大雅·烝民》在"仲山甫出祖"时是"吉甫作诵",诵文是本诗还是别有其辞不得而知,其诵

---

① 许慎撰,段玉裁注《说文解字注》,第727页。
② 郑玄笺,孔颖达等正义《毛诗正义》,《十三经注疏》,第531页。
③ 《左传·昭公七年》"公将往,梦襄公祖"句孔颖达疏:"《周礼》:'大驭'掌驭玉路以祀,及犯軷,王自左驭,驭下祝,登,受辔,犯軷,遂驱之。'郑玄云:'行山曰軷。犯之者,封土为山象,以菩刍棘柏为神主。既祭以车轢之而去,喻无险难也。'又《聘礼》记云:'出祖释軷,祭酒脯,乃饮酒于其侧。'郑玄云:'祖,始也,行出国门,止陈车骑,释酒脯之奠于軷,为行始也。'《诗》传曰:'軷,道祭也,谓祭道路之神。'《春秋》传曰:'軷涉山川,然则軷,山行之名也。道路以险阻为难,是以委土为山,或伏牲其上,使者为軷,祭酒脯祈告也。卿大夫处者于是饯之,饮酒于其侧。礼毕,乘车轢之而遂行。'是说祖軷之事也。《诗》云:'取羝以軷。'谓诸侯也,天子则以犬,故犬人云伏瘗亦如之。'郑司农云:'伏谓伏犬以王车轢之是也。'大夫用酒脯。'"(第2048页)对"軷"做出解释的资料很多,另可参唐杜佑《通典》、宋郑樵《通志》释"軷祭"。戴燕《祖饯诗的由来》(《南京师范大学文学院学报》2003年第4期)一文对"軷"这一仪式有较详细的考释。

"穆如清风""以慰其心",①"其"指仲山甫,可见本诵是以对仲山甫的安慰为主。保存下来的较早较祭祝词要属《吴越春秋·勾践入臣外传》所载越王入臣于吴时文种的祖道祝词和蔡邕的《祖饯祝》了:

> 皇天祐助,前沉后扬。祸为德根,忧为福堂。威人者灭,服从者昌。王虽牵致,其后无殃。君臣生离,感动上皇。众夫哀悲,莫不感伤。臣请荐脯,行酒二觞。
> 大王德寿,无疆无极。乾坤受灵,神祇辅翼。我王厚之,祉祐在侧。德销百殃,利受其福。去彼吴庭,来归越国。觞酒既升,请称万岁。(文种的祖道祝词)②
> 令岁淑月,日吉时良。爽应孔嘉,君当迁行。神龟吉兆,休气煌煌。蓍卦利贞,天见三光。鸾鸣嘒嘒,四牡彭彭。君既升舆,道路开张。风伯雨师,洒道中央。阳遂求福,蚩尤辟兵。仓龙夹毂,白虎扶行。朱雀道引,玄武作侣。勾陈居中,厌伏四方。君往临邦,长乐无疆。(蔡邕《祖饯祝》)③

"祝"在文体归类中属于文一类,严可均辑《全上古三代秦汉三国六朝文》辑录上述两篇祝文,称前者为《固陵祖道祝词》。沈德潜《古诗源》收文种祝题为《越群臣祝》,归之于诗类。"越王勾践五年五月,与大夫种、范蠡入臣于吴,群臣皆送至浙江之上。临水祖道,军阵固陵。"④在这种悲壮慷慨的辞行仪式上,"大夫文种前为祝",固当以安慰与激励为主。⑤ 而蔡邕《祖饯祝》则主要是强调出行的淑月吉日,良辰嘉兆,同时对神祇提出要求,以类于"巫"的身份让风伯、雨师、阳遂、蚩尤、仓龙、白虎、朱雀、玄武等神都为远行的人开道服务。两篇祝词一个共同的特点就是要求神祇的保佑,此去迢迢,消灾止祸,平安长乐。

---

① 程俊英译注《诗经译注》,第 594 页。
② 周生春《吴越春秋辑校汇考》,上海古籍出版社,1997 年,第 113 页。
③ 李昉等编《太平御览》卷七三六,中华书局,1960 年,第 3264 页。
④ 同注②。
⑤ 钟惺、谭元春辑《古诗归》评《越群臣祝》其一曰:"句奥甚异,甚激烈挺健,兴朝之言,使越君臣至此,鬼泣于幽,欲不亡吴得乎?""末二语愈缓愈悲愤。减膳撤乐、卧薪尝胆,一片忧勤君臣同心,见此八字。自古国亡恢复,不专在悲愤,而专在忧勤。"钟、谭于其中不但看出了激励,而且读出了忧勤。又评其二曰:"此章一味慰勉,亦是君臣至情。平大雅质反似颂语。其一片幽思隐愤,心口间有不敢说出处。"总评曰:"合二章君臣之间始备,不可以此章语平,妄加去取。朴得动人。"(《古诗归》卷二,《续修四库全书》第 1589 册,上海古籍出版社,2002 年,第 374—375 页)

古代对于出行送别这种隆重的活动较少用"軷"一词，更多是用"祖""祖道""饯""祖饯"这样的称谓，"从汉唐时代起，'祖饯'与'祖道'便常常被人混用，'軷'和'犯軷'的出现频率反而越来越低"。①

(3)"饯""祖饯"

《说文》："饯，送去食也。（段注：各本少食字。今依《左传音义》补。毛《传》曰：祖而舍軷，饮酒于其侧曰饯。）从食，戋声。《诗》曰：'显父饯之。'"②无论是诗文作品，还是经史著作、历代笺疏，都较多地用到"饯""祖饯"，仅《诗经》中就有四处用到"饯"。

> 出宿于泲，饮饯于祢。（《诗经·邶风·泉水》）③
>
> 出宿于干，饮饯于言。（同上）
>
> 显父饯之，清酒百壶。（《诗经·大雅·韩奕》）④
>
> 申伯信迈，王饯于郿。（《诗经·大雅·崧高》）⑤

《诗经》中"饯"字的意思，后儒有较为详细的注疏，把"祖""祖道""軷""饯"各种称法的注疏梳理出来，古代的送别情形就非常明晰了。《诗经·泉水》毛《传》："祖而舍軷，饮酒于其侧曰饯。重始有事于道也。"孔颖达疏："言'祖而舍軷，饮酒于其侧'者，谓为祖道之祭，当释酒脯于軷。舍軷即軷释也，于时送者遂饮酒于祖侧曰饯。饯，送也。"⑥朱熹也同样注释为："饮饯者，古之行者必有祖道之祭，祭毕处者送之，饮于其侧，而后行也。"⑦据此，则"饯"是"軷祭"中一个具体的程序，是在祭祀完毕时于軷坛边由送者向行者敬酒辞行的一个环节，与"祖道""犯軷"还是有区别的。有"祖道"则多有"饮饯"，有"饮饯"或者不一定必得"祖道"，"祖"且"饯"者则合称"祖饯"。

总而言之，梳理古代送别活动的整个过程，可以得出以下八个要点：

一祭三名。按照古代经学家的注疏，古代送别仪式三个名称是相通的，即"祖""道""軷"是一祭三名。《诗经·邶风·泉水》孔颖达疏："《大驭》云

---

① 戴燕《祖饯诗的由来》，《南京师范大学文学院学报》2003年第4期。
② 许慎撰，段玉裁注《说文解字注》，第221页。
③ 程俊英译注《诗经译注》，第69页。
④ 同上书，第597页。
⑤ 同上书，第588页。
⑥ 郑玄笺，孔颖达等正义《毛诗正义》，《十三经注疏》，第309页。
⑦ 朱熹注《诗经集传》，《四书五经》，上海古籍出版社，1996年，第17页。

'犯軷',《诗》云'取羝以軷',《聘礼》云'释軷'是也;又名'祖',《聘礼》及《诗》云'出祖'是也;又名'道',《曾子问》云'道而出'是也。以其为'犯軷',祭道路之神,为行道之始,故一祭而三名也。"①而在汉唐以后,人们更多地以"祖饯""饯"来指軷祭送别活动,"犯軷"却较少运用,因此,可以说"饯"与"祖""道"组成了新的一祭三名。

祭祀原因。古代送别祭道神原因很明确,即要求神明保佑行者旅途顺利,"求无险难",也体现了古人对差旅的重视。《诗经·邶风·泉水》孔疏:"所以为祖祭者,重己方始有事于道,故祭道之神也。"②

軷祭地点。春秋战国时期,軷祭多数是出国门而举行的。"知出国而为之者,以《聘礼》《烝民》《韩奕》,皆言出祖,则不在国内,以祖为行道之始,则不得至郊。故知在国门外也。"③其时各诸侯国割据纷争,行人远行也以外交往来为主,而在国门外举行盛大的送别仪式,既是对行者前程险难的一种安慰,也是向国人与邦国告示诸侯对此次外交往来的重视,有一定的政治作用。至于汉魏以后,祖道活动日益频繁,軷祭地点也不拘于一地了。

軷祭人员。因为每一次軷祭活动的重要性,所以对参加这一活动的人员也有一定要求。除了远行者是主要对象外,必须有诸侯或卿大夫参加。如《诗经·大雅·韩奕》写韩奕出祖时,"显父饯之",毛《传》:"显父,有显德者也。"郑《笺》:"显父,周之公卿也。"除了有显德者主持祖道活动,还有许多卿士一起送行,"笾豆有且,侯氏燕胥",郑《笺》云:"且,多貌。胥,皆也。诸侯在京师未去者,于显父饯之时,皆来相与,燕其笾豆且然荣其多也。"④

軷祭用牲。祖道道具中,因为参加人员的规格不同,祭祀用牲根据等级的不同而不同,天子用犬,诸侯用羊,一般卿大夫释酒脯而已。《诗经·邶风·泉水》孔疏:"据天子诸侯有牲,卿大夫用酒脯而已。""天子以犬,诸侯以羊,尊卑异礼也。"⑤

軷祭致辞。祖道活动中一个重要的程序就是向神致辞,文种的祖道辞和蔡邕的《祖饯祝》或者是祭祀致辞的正体,汉魏以后祖道活动中更多的则是写诗,也有用笺这种文体的。如《后汉书·文苑列传·高彪传》载:"时,京兆第五永为督军御史,使督幽州。百官大会,祖饯于长乐观。议郎蔡邕等皆赋

---

① 郑玄笺,孔颖达等正义《毛诗正义》,《十三经注疏》,第309页。
② 同上。
③ 同上。
④ 同上书,第571页。
⑤ 同上书,第309页。

诗,彪乃独作箴曰……邕等甚美其文,以为莫尚也。"①而唐宋以后更有于送别时作序体的,只是不复有先秦那样严格的祖道仪式了。在致辞人选上,先秦时候首选德高望重者,如显父之饯韩侯、吉甫之诵仲山甫与申伯;而汉魏以后,主持祖道的人则要求参加送别活动的所有人都要作诗或撰文,从许多祖道应令诗就可见一斑。

饮饯致别。整个軷祭活动的最后一项,就是饮饯致别。《诗经》中多次提到了"饯""饮饯",都是以酒壮行送别的意思。这一程序在先秦祖道活动中也许不是最重要的,但却在历代送别活动中传承并光大发扬,軷祭或许没有了,但饮饯是必不可少的。酒可壮行,也是增添文人墨客离愁别绪的催化剂,故而后代许多脍炙人口的送别之作就是在推杯换盏中创作出来的。

出行出宿。古代交通闭塞,行旅维艰,每一次远行择黄道吉日出发后,就要义无反顾,一直向前。故祖道出发以后,行者一般不会在軷祭地留宿,必须在下一地点出宿。正如《诗经》所言,分别于祢则"出宿于泲",出发于言则"出宿于干","韩侯出祖"要"出宿于屠"。"计宿、饯当各在一处而已","宿、饯不得同处"。②

由此可见,古人的送别活动尊卑有次、程序井然、敬神重人,既有浓郁的巫术特色,又有深厚的人性关怀;既是对行人远去的辞行,又是文人雅士的笔会。

2. 《文选》的祖饯诗

祖饯诗,应该与祖饯相关,要么是軷祭活动上的致辞诗,要么是饮饯致别时的即兴祝福诗,总之是祖饯时的赋诗。軷祭致辞从活动性质和文种、蔡邕祝文来看,应该是以"祝"体为主,但如果是以诗的形式来致辞,那就可以称之为祖饯诗了。祖饯歌诗,文献可考者有燕太子丹祖道荆轲流传下来的《荆轲歌》;较早的文人祖饯赋诗,史有记载的当推《后汉书·文苑列传·高彪传》所载祖饯第五永督幽州时议郎蔡邕等的赋诗,其诗没能流传下来,最初的祖饯诗到底是什么形式、写些什么就不得而知了。至于《文选》中的七题八首祖饯诗,都是在什么背景下写出来的,与祖饯活动有多大关系,兹列下表(表0-1)以便分析:

---

① 范晔撰,李贤等注《后汉书》,中华书局,1965 年,第 2650 页。
② 郑玄笺,孔颖达等正义《毛诗正义》,《十三经注疏》,第 309 页。

表 0-1 《文选》所收祖饯诗背景信息

诗 题	写作时间	送别主客	送别地点	分别原因	送别场景	备 注
曹植《送应氏诗二首》	建安十六年(211)	曹植与"亲昵"→应玚、应璩	洛阳(河阳)	曹植随操西征马超过洛阳,疑应玚赴五官中郎将。	我友之朔方。亲昵并集送,置酒此河阳。	置酒送别,必定有饯,但是否设祖道不详。
孙楚《征西官属送于陟阳候作诗》	晋太康七年(286)	孙楚与征西官属→征西扶风王骏	陟阳候	征西扶风王骏为征西将军,其原官属送别。	倾城远追送,饯我千里道。	饯别送行,场面壮观,可能有祖道仪式。
潘岳《金谷集作诗》	晋元康六年(296)	潘岳众贤→王诩、石崇	河南县界金谷涧	石崇从太仆卿出为使,持节监青徐诸军事、王诩还长安。	携手游郊畿。……饮至临华沼,但诉杯行迟。扬桴抚灵鼓,箫管清且悲。	隆重典雅的游园送别,鼓吹递奏赋诗叙怀,有饮饯。
谢瞻《王抚军庾西阳集别时为豫章太守庾被征还东》	宋永初元年(420)	王抚军弘→谢瞻、庾登之	湓口南楼	谢瞻还豫章,庾登之被征还都。	对筵旷明牧,举觞矜饮饯,指途念出宿。……榜人理行舻,辀轩命归仆。	文人雅士,浅斟低酌,漫谈祖饯出宿,但未必有祖道仪式。
谢灵运《邻里相送方山诗》	宋永初三年(422)	邻里→谢灵运	方山	谢灵运出为永嘉郡守。	解缆及流潮,怀旧不能发。……各勉日新志,音尘慰寂蔑。	留别邻里,真情话别,惜别与勉励并举,无祖道仪式。
谢朓《新亭渚别范零陵诗》	齐隆兴、延昌之际(494)	谢朓→范云	新亭渚	范云赴任,出为零陵内史。	停骖我怅望,辍棹子夷犹。	出发送行,饮饯亦未提及。
沈约《别范安成诗》	齐永明九年(491)之前	沈约→范岫	不详	不详	勿言一樽酒,明日难重持。梦中不识路,何以慰相思。	把酒惜别,促膝伤怀,小规模饯行。

表 0-1 中各送别诗的送别时间、地点、分别原因等参考了曹道衡、沈玉成《中古文学史料丛考》,曹道衡、刘跃进《南北朝文学编年史》以及陆侃如《中古文学系年》,兹不一一出注。送别场景为诗歌内容摘录,与祖饯关系则是按诗歌内容和写作背景所下的个人判断。

萧统选录这八首诗入"祖饯"类,时间跨度从汉末到南朝齐末,亦是各个时期的名家名作,显示了《文选》编选上的独具慧眼。这八首诗都是送别之作,送别时间、送别地点、送别主客双方也都约略可考,其中也不乏饮饯场景的描述,只是到底是不是祖道活动时的赋诗,于史籍考索较为困难。检梁以前历代正史,仪式性祖道活动的记载比比皆是,其中明确记录祖饯赋诗的史实亦有多例,萧统却偏偏没有选录这类诗入"祖饯"类,而是编入了上面那种史料依据不足考的七题八首,说明了萧氏对"祖饯诗"有自己独特的理解。下面试比较一下正史记载祖饯时的赋诗作文与这七题八首有什么异同,然后揣摩《文选》编者对"祖饯诗"的理解。

首先,文种的祖道祝词抒发被迫离乡背井的悲慨,深蕴化悲痛为力量的励志激情,又明白表达对"神祇辅翼"的迫切祈愿,紧扣祖道仪式又不忘抒发个人情怀。蔡邕的《祖饯祝》从"媚神""慰人"两面出发,以近乎巫术祝祷的方式祈求道神的保佑,以期"君往临邦,长乐无疆",是一种集体的祝福,作者只是一个代言人,并没有个人感情的流露,较祭的痕迹很明显。再看《后汉书·文苑列传·高彪传》所录高彪的祖饯箴:

> 文武将坠,乃俾俊臣。整我皇纲,董此不虔。古之君子,即戎忘身。明其果毅,尚其桓桓。吕尚七十,气冠三军。诗人作歌,如鹰如鹯。天有太一,五将三门;地有九变,丘陵山川;人有计策,六奇五闲。总兹三事,谋则咨询。无曰已能,务在求贤。淮阴之勇,广野是尊。周公大圣,石碏纯臣。以威克爱,以义灭亲。勿谓时险,不正其身。勿谓无人,莫识己真。忘富遗贵,福禄乃存。枉道依合,复无所观。先公高节,越可永遵。佩藏斯戒,以厉终身。①

《后汉书》所载的这次大型祖饯活动,陆侃如系于熹平四年(175),②蔡邕等"天下名才士人皆会",祖道饯送第五永使督幽州,蔡邕等皆赋诗,惜其诗不存,不能窥见早期祖饯诗的面目。然高彪所作箴被《后汉书》收录下来,严可均辑《全后汉文》卷六六称之为《督军御史箴饯赠第五永》。③ 第五永督军幽州,外任大员,身负重责,故高彪作箴告诫第五永要效法古贤,以吕尚老当益壮,石碏大义灭亲等先公高节为榜样,努力勤职,以整皇纲,以董不虔,不负国家重托。通观此箴,如果没有祖饯的背景记载,亦难以判断是一次隆重的祖饯活动上的临行赋赠。《文选》八首祖饯诗既没有传统祖饯祝词那样对神祇

---

① 范晔撰,李贤等注《后汉书》,第 2650 页。
② 陆侃如《中古文学系年》,人民文学出版社,1985 年版,第 261 页。
③ 严可均校辑《全上古三代秦汉三国六朝文》,中华书局,1958 年版,第 833 页。

辅翼的祈求内容,也没有像祖饯箴那样对行者的规诫内容,与文种、蔡邕、高彪的祖饯之作可谓大相径庭。"祝""箴"文体归类上归属于文,写作抒怀固然和诗歌不同,那么有些直接题名"祖饯"的诗歌或者文献直接记载的祖饯活动上所赋诗歌与《文选》"祖饯"类诗又有什么异同呢?

陆云《太尉王公以九锡命大将军让公将还京邑祖饯赠此诗》(六章)是一篇标目"祖饯"的诗歌。《中古文学系年》系此诗于晋惠帝永宁元年(301),①其时,诏遣太尉王粹加九锡于成都王司马颖,颖拜受大将军徽号而让九锡殊礼,并将祖道饯送王粹还京邑,于是陆云宿构此诗,此诗写作过程可参《与兄平原书》。② 观全诗六章,主要是对成都王颖的歌功颂德,于祖饯活动则是穿插于行文当中,"王人反饬,兴言出祖,饮饯于迈",寥寥数笔一带而过。对行者旅途的平安顺利则以想象的详细笔墨铺叙。

又,《宋书·孝义·潘综传》载王韶之出为吴兴太守时,有感于吴兴乌程人潘综、吴逵的孝义之行,察潘综、吴逵孝廉并发教,认为潘综"守死孝道,全亲济难"、吴逵"义行纯至,列坟成行",二人可以察举孝廉。"及将行,设祖道,赠以四言诗"。据《宋书》载,吴逵在饥馑疾疫之年,其亲人死者十三人,独其夫妻幸免于难,大难之后吴逵夫妇历尽千辛万苦,"期年中,成七墓,葬十三棺"。潘综则是在孙恩之乱时以死救父,孝行可嘉。因此王韶之察举二位孝廉,并在祖道时赠以四言诗。曹道衡、刘跃进著《南北朝文学编年史》系此四言诗于宋少帝刘义符景平元年(423),③其诗题为《赠潘综吴逵举孝廉诗》六章,其诗曰:

东宝惟金,南木有乔。发辉曾崖,竦干重霄。美哉兹土,世载英髦。育翮幽林,养音九皋。(其一)

唐后明扬,汉宗蒲轮。我皇降鉴,思乐怀人。群臣竞荐,旧章惟新。余亦奚贡,曰义与仁。(其二)

仁义伊在,惟吴惟潘。心积纯孝,事著艰难。投死如归,淑问若兰。吴实履仁,心力偕单。固此苦节,易彼岁寒。霜雪虽厚,松柏丸丸。(其三)

人亦有言,无善不彰。二子徽猷,弥久弥芳。拔丛出类,景行朝阳。谁谓道邈,弘之则光。咨尔庶士,无然怠荒。(其四)

---

① 陆侃如《中古文学系年》,第 798 页。
② 《陆云集·与兄平原书》:"王弘远去,当祖道,似当复作诗。构作此一篇,至积思,复欲不如前仓卒时,不知为可存录不? 诸诗未出,别写送。弘远诗极佳。中静作亦佳。张魏郡作急就诗,公甚笑燕。"(《陆云集》,黄葵点校,中华书局,1988 年,第 144 页)文中提到此次祖道有多人赋诗,其中还有张魏郡诗作令人发哂的佳话。
③ 曹道衡、刘跃进《南北朝文学编年史》,人民文学出版社,2000 年,第 87 页。

　　　　江革奉挚,庆禄是荷。姜诗入贡,汉朝咨嗟。勖哉行人,敬尔休嘉。俾是下国,照辉京华。(其五)
　　　　伊余朽驽,窃服惧盗。无能礼乐,岂暇声教。顺彼康夷,懿德是好。聊缀所怀,以赠二孝。(其六)①

　　这首祖道时的赠诗六章以标榜潘综、吴逵的孝义为主,从而说明自己察举二位为孝廉的理由,而于祖道饯行的场景基本不费笔墨。于是可知,祖道活动时的赋诗因碍于集体行动,大多数做的是官样文字,要么大肆渲染祖道主持者的功德,要么标榜被祖道出行者的义行,或者祈求道神的保佑,或者鼓励出行者勇往直前,总之具备较多的应酬成分,缺乏细腻的个人情怀。正如李立《论祖饯诗三题》一文所说:"祖饯诗必须在祖道饯别时完成,然后面对着神主以'诵'的形式赠予远行之人,这就意味着在祖道饯别的仪式上祖饯诗的'文本'意义可退居次要地位,它更多的是通过'诵'的形式,使作者(赠予者)与受赠者从视听等感觉的角度来表达和接受诗的内容和情感。"②这些"文本"意义退居次要地位的祖饯之作却是真正的祖道活动上的赋作,可以说是真正意义上的祖饯诗。所以,418 年孔靖辞事东归,宋高祖饯送于戏马台时,谢瞻、谢灵运同题《九日从宋公戏马台集送孔令诗》也是比较注重高祖饯宴的描述,淡笔略带分别的感慨,虽是正统祖饯诗,却被萧统归入"公宴"类,而选了二位抒发离别感慨深刻的诗作入"祖饯"类。

　　因此,我们不难理解萧统《文选》"祖饯"类诗歌的归类标准了:由王公贵族主持的正式隆重的祖道活动在《文选》八首祖饯诗中虽不可考,但这八首诗却都是地道的送别之作,诗题中除《金谷集作诗》外都有"送"或者"别"的符号标记,有着万人空巷、千里远送、浅斟低酌、依依惜别,携手游园、难舍难分的感人场面;八首诗作中虽没有正规祖道活动中诗作里的那种颂扬与祷祝,却有着社会现实、自然山水、人生哲理、人际交谊的真实展现;八首诗作不是集体祖道活动时的官样文字,可以无拘束地抒发分别时个人的真情实感,文士之间的惺惺相惜之情,邻里之间的家长里短之感,在这些作品中有所表现。正是从感情的抒发为衡量标准,萧统《文选》"祖饯"类没有选录许多祖道公宴活动上的作品,而是精选了这八首送别之作,也给我们对于祖饯诗乃至送别诗的理解提供了重要的依据。

　　3. 祖道诗与饯别诗
　　根据《文选》"祖饯"类诗的归类标准,我们可以看出,到梁代时以萧统为

---

① 沈约《宋书》,第 2248—2249 页。
② 李立《论祖饯诗三题》,《学术研究》2001 年第 11 期。

代表的部分文人对祖饯诗的理解侧重在饯别而不是祖道上了。虽然汉魏以后,祖道活动依然频繁,祖道应令赋诗也蔚为大观,但这些在正规仪式活动上的祖饯赋诗却往往缺乏真实情感的抒发,有的是急就成诗徒增笑谈,有的早已宿构却重在对当道者的谄媚歌颂,有的只是公式般地套用程序话语来祷神励人,有的一味敷衍而游离出送别的主题。因此,我们不妨称这类祖饯诗为祖道诗,更符合实际。而《文选》归纳的这类祖饯诗抒发分别时的难舍难分、聚短别长,感情真挚,但却多数只有简单的送行话别,没有正规场合下的庄严祖道仪式,更没有官场同僚赋诗敷衍,有的只是个人感情深笃的同道邻里真情的流露。这类祖饯诗是没有传统仪式的送别诗,可以称之为饯别诗。

把祖饯诗分成祖道诗与饯别诗,一种侧重于"祖",一种侧重于"别",二者相同的一点即都是分别场合下的赋诗,而且基本上都有"饯"这一环节。无论是仪式上的程式之作,还是远离之际的真情话别,我们都应该肯定这些都是送别诗,我们做送别诗的研究时应该把这些作品纳入研究范围。

(二)《艺文类聚》《初学记》的别部诗歌

《隋书·经籍志》载"梁有魏、晋、宋《杂祖饯宴会诗集》二十一部,一百四十三卷,亡,今略其数",① 可知魏、晋、宋祖饯诗歌蔚为大观,惜其集早亡,不能观其时祖饯送别诗歌繁荣的盛况。《文选》对诗歌分门别类,设立"祖饯"目,就是从众多的祖饯送别诗歌中精心选录了八首代表作,为后代送别诗的归类提供了依据。然而,这几首诗作虽是六朝典范,但随着历史的发展,这八首诗显然不足以成为整个六朝送别诗的代表。因此,《艺文类聚》《初学记》的编撰者根据他们对送别诗的理解分别在"人"部的"别""离别"目中重新甄录了送别诗作,以作为唐代送别诗写作的模范。揣摩这两大类书中摘录的送别诗歌与送别诗句,可以寻绎出唐人对于送别诗新的理解。

1. 《艺文类聚》对送别诗的理解

唐初欧阳询主编的《艺文类聚》在"人"部里列有"别上""别下"两个子目,按照事、诗、赋、书的顺序摘录了先唐文献中的别事、别诗、别文。其中,别诗摘录了143条,或断句,或全篇,警策与经典并存。细读这些别诗,不难发现编者的选录标准。

别部诗歌自然以写送别的诗歌为主,故《艺文类聚》中收录了许多明确标题为祖道、祖饯、送别的诗歌。送别诗在题目上直接通过表达送别意思的字眼反映出来,是历代送别诗的一大特色,也是这一类诗歌的一个标签,

---

① 魏徵、令狐德棻《隋书》,中华书局,1973年,第1084页。

"别"部诗的归类,从题目着手可谓得其正源。因此,从诗歌题目入手判断是否送别诗乃《艺文类聚》选录别诗的第一个标准。

有些诗歌表达了送别的内容,却因为种种原因而采用了别样的题目,做别诗归类时就只有从内容来判断其是否为送别诗了。《艺文类聚》根据编者对诗歌内容的理解选录了许多这类写送别却没有在题目中明确标示的别诗。如潘岳的《金谷集诗》就是有送别事实的一首别诗,谢惠连《西陵献康乐》诗中也有明确的送别表述,所以都被归入"别"类。

送别诗一般理解为具体送别行动下的诗歌创作,因而总会有送别的主客体存在,诗人也或隐或显地在诗作中表达出其送别的客体。但有一种诗歌以"别"作为抒情的对象,作者虽然标题为送别诗,主要内容却是抒发别愁别怨、别情别绪,并非为某一次的具体送别行动而作。《艺文类聚》收录梁简文帝《伤离新体诗》、范云《别诗》(洛阳城东西)、江淹《临秋怨别》就属于这类抒别情的诗歌。

《艺文类聚》收录的阴铿《江津送刘光禄不及》诗虽然是客人离开后诗人送别不及的感怀之作,但送别意味浓郁,诚当归入别诗。谢朓《将发石头上烽火楼》诗表达诗人远离皇邑之际依依不舍的留恋之情,可视为诗人对熟悉的石头城的留别诗,《艺文类聚》收录本诗,体现了编者对送别诗全新的理解。魏文帝《代刘勋出妻王氏诗》、徐幹《为挽船士与新娶妻别诗》两首以代笔的方式写作的别诗,说明了送别主体与送别诗作者的不一致性,代笔送别诗亦当属别诗一个旁逸的分支。这几种类型别诗的收录体现了《艺文类聚》编者对送别诗的全面掌握与理解。

在《艺文类聚》选录的这些别诗中,有两种类型的诗歌归入别诗类则体现了编者独特的理解。其一,孙楚《答弘农故吏民诗》,这首四言诗属应酬赠答诗,其中看不出送别的意思。赠答诗如江淹《贻袁常侍诗》赠答送别兼祧者,可以入录别诗类,而孙楚此诗作为别诗的代表有什么原因,抑或是作者在送别的事实下所作,抑或是编者认为赠答诗也算别诗,不得而知。其二,《艺文类聚》"别"类选录了十几首属于思妇、怀人或别后思乡类型的诗作,应该算是对别诗外延的一次扩大了。如《古诗十九首》(涉江采芙蓉、庭中有奇树、明月何皎皎)表达的就是远离者的相思怀人,应场《别诗》写"日暮归故山""行役怀旧土""悠悠涉千里,未知何时旋"就是直接表达思乡之情。其他像左思《赠妹九嫔悼离诗》、左芬《感离诗》、谢灵运《答谢惠连诗》(怀人行千里)、谢朓《怀故人诗》、庾信《寄王琳诗》等诗都是写别后感慨,表达对远离故人的思念之情。这些诗歌一个共同的特点就是主客双方空间上已经分离,如果称之为离诗当更合适一些。从中也可以看出《艺文类聚》编者的另一个标准,即诗歌涉及的主客双方正在分离或已经分离的,只要空间上不在一处就收入"别"类。

总之,《艺文类聚》的别诗是其编者在全面梳理了先唐送别之作的基础上归纳出来的,体现了编者对别诗全新的理解,诗题标别意、内容抒送情的诗歌是送别诗的大宗,其他送别不及、怨别愁别、赠答兼别的诗歌是送别诗的变例,纳入别诗大类是正确的。这一归类标准基本奠定了送别诗范畴的基础,其后送别诗的研究范围莫出其右。

2.《初学记》对送别诗的理解

徐坚等编撰的《初学记》是一部方便作诗的类书,其中亦设有"离别"子目。按本书的编撰体例,"叙事"部分辑录了与送别相关的名言与轶事。"事对"部分则列举了二十九组先唐送别诗文中常用的词语,既有送别意象的对举,也有离别地的对举;既有送别动作的对照,也有离别心情用语的连类。这些"事对"每组后面都列有诗文例句,是写作送别诗时简洁实用的词典,也是笺注后代送别诗时方便采用的材料。这些列举的送别诗文虽只是断章残句,却都与送别紧密相关,要么是史料中送别史事的记载,要么是送别诗句中的警策,要么是送别赋作中经典的段落,透露出编者对送别作品研究的取材标准。第三部分"诗"的举例中,编者精选了十一首代表作,精简而不失典范,准确地传达了编者对别诗的理解。

《古诗十九首》(行行重行行)之前半,传统解为思妇或者游子远行之作,被《艺文类聚》和《初学记》同时录入别诗类,应该是有道理的。如果换个角度,设本诗为送别之时主客双方互相叮咛:一方面空间上离故土越来越远,归途艰辛,所以留者要行者时刻记住故乡,如"胡马""越鸟"一样不忘故土;另一方面离开时间越来越长,两地相思其苦可以想见,故留者告诫行者不要为外面的大千世界所迷惑而"不顾反"。最后,说不完的离别话语化作一句保重,"努力加餐饭"。设置一个分别场景来理解这首诗,纳入送别诗类就可以理解了。李陵《赠苏武诗》(携手上河梁)、谢灵运《相送方山诗》、鲍照《赠别傅都曹诗》、谢朓《新亭渚别范云诗》、王融《萧谘议西上夜集诗》、张融《别诗》、庾肩吾《新亭送刘之遴诗》、王褒《别王都官诗》、庾信《答林法师诗》、江总《别袁昌州诗》或者从诗题上直接显示出是送别诗,或者从内容上判断出是送别诗。可以说,《初学记》编者对送别诗的区分还是非常严格的,没有像《艺文类聚》那样把两地相思的离人诗纳入"别"类。还有一点值得提出来的是,《初学记》"离别"类没有选入先唐数量很多的祖饯宴会诗,可能是因为祖饯宴会上那种应诏应令之作多属应酬诗,缺乏送别的真情实感,故而不取。果真如此,则《初学记》在"离别"类选诗时或是受到了《文选》选录标准的影响。

(三) 送别诗界定

在探析了古代送别仪式与送别赠诗的关系,理解了古代总集与类书对于送别诗的归类标准以后,我们可以根据当代送别诗研究的成果对送别诗做出进一步的范围界定了。

胡大雷《中古祖饯诗初探》说:"就一般意义而言,祖饯即设宴为某人送行,从诗歌以内容分类的意义上来说,祖饯诗应该满足这么几个条件:一是有人远行;二是有人相送,是否要在诗中表现置酒设宴倒无所谓;三是诗或从相送者的角度来写,或从被送者角度来写;四是须有送行的时间、地点,即是某次具体的饯行相送诗。"①祖饯诗可以视为送别诗的一个分支,但如果把对祖饯诗的界定移来界定送别诗,范围就太窄了一些。郑纳新《送别诗略论》说:"无论'送'诗也好,'别'诗也好,都应视作送别诗。此外,还有一种以送别之题来抒写胸臆或进行纯粹艺术创作的诗,数量不多,亦应归入此类。"②在祖饯诗的基础上纳入更多类型的送别诗,应该就是送别诗研究的主要范围。

首先,送别诗以送别时创作的诗歌为大宗,包括饯别抒怀之作,离亭别浦执手送行之作,送别不及而感别的诗作,也应该包括有送别之事却在内容上游离送别主题的诗作,如祖道时以"媚神""慰人"为目的的致辞诗作,祖道活动上以应酬为主而标榜送行者的功德的诗作都多少有游离送别主题的嫌疑。但如果局限于某一次具体的送别活动上的赠行诗歌这一范围,送别诗界定未免过于严格。其他如寄赠告别诗、出发感离诗、代笔送别诗、旁观叙别诗、论别怨别诗都是送别诗研究的范围,还有些别后怀人之作,其中对分别场景的回忆性表述较充分的,亦可以纳入送别诗范畴。

判断某一诗作是否送别诗应该从三个方面着手:其一,从史实与诗歌写作背景去判断,如果其诗确是在具体送别活动上的送行之作,无论其内容是否涉及送别,都应该视为送别诗。送别活动中写的不关涉或者较少关涉送别的应酬性诗作,在六朝时期数量可观,从史籍中频繁的送别赋诗的记载及现存的祖道应诏、应令、应教诗可见一斑,其中可能还有大量的这类诗作或者因为粗制滥造、感情贫乏、游离主题等原因被历史淘汰掉了。如果这些作品不纳入六朝送别诗研究的范围,就有违六朝送别诗发展的史实。其二,从诗歌标题上判断。大量的送别诗都在诗题上用送别意义的字样标示,很容易判断这类诗作的类型归属。其三,从内容上判断。有些诗歌既没有明确的写作背景记载,也没有从标题上表明送别的意思,就只好按其诗歌的内容来确定是否为送

---

① 胡大雷《中古祖饯诗初探》,《广西大学学报(哲学社会科学版)》1998 年第 6 期。
② 郑纳新《送别诗略论》,《学术论坛》1997 年第 3 期。

别诗。像以上所说的论别怨别、赠答兼送别、远离行旅等类型的诗歌往往兼有多种诗歌功能，就只能根据其内容上是否关涉送别来确定其归类了。

总之，送别诗就是与送别事实相关或与别离情怀相关的诗歌。只要是事实上与送别相关的诗歌和内容上抒发别离情怀的诗歌，都可以称之为送别诗。按照作者在送别活动中的身份可以分为三类：送别诗，作者送别远行者的诗歌；留别诗，作者离开某地赠别故人或感离故土的诗歌；叙别诗，作者以第三者角度来描述他人分别或感叹分别而写作的诗歌。

最后，顺便提一下自古以来送别诗的多种称名。早在《文选》之前，江淹按照诗歌主题撰写《杂体三十首》，其中涉及送别或远离的有《古离别》《张司空离情》《谢法曹赠别》《休上人怨别》等，将别与离分得很清楚，体现出江淹对送别诗的理论自觉，相应地，其本人的送别诗也都以"别"字称题，如《卧疾怨别刘长史》《应刘豫章别》《无锡舅相送衔啼别》等。至《文选》称"祖饯"，《艺文类聚》称"别"，《初学记》称"离别"，《文苑英华》细分为"饯送""送行"与"留别"，《太平御览》称"别离"，《古今事文类聚》分为"别离"与"饯送"等，多为归类的称谓，并没有统一。当今学术界亦有沿续其中称谓的，如日本学者松原朗《中国离别诗形成论考》、肖瑞峰《花上雨——古典文学中的别离主题研究》。然而，送别诗却是目前最为通行的称呼，将留别诗包含在送别诗之内，也是学术界通行的做法，学术论文以"送别诗"称名占90%以上。部分学者坚持以"离别诗"称名，大抵是因为送别诗与留别诗在归类上的矛盾问题，然而，若将有明显空间隔离的两地相思之作归入"离别"门下，就有可能将许多没有"送别"事实、没有发生空间位移过程的诗歌包含进来，造成送别诗门类的混乱。

二、六朝送别诗研究现状

六朝时期，无论南北出使、将士征戍、官场迁调，都非常频繁，别易会难，文人雅士、僚属亲邻自然少不了赋诗送行，大规模的官方送别活动还会有应令赋诗。因此，送别诗的写作在当时就受到了人们的重视。对同类诗歌进行结集或归类可以视作研究的一个方面，金谷集会诗作的结集，《隋书·经籍志》所记载已经亡佚的祖饯宴会诗集，《文选》诗歌类专列"祖饯"目，正可以看出当时人们送别诗研究的状况。而六朝时经常出现集体送别行动，赋诗以后又有对众人送别诗作的比较与评价，则是对具体送别诗的鉴赏批评。六朝文学批评蔚然成风，在文学批评史上留下了珍贵的遗产。可惜仅钟嵘《诗品》在谈诗歌发生论时提到了离别是促使诗歌创作的内在动因之一，故送别诗在六朝诗论乃至文学批评界的研究状况不得而知。

唐代送别诗进入高度繁荣时期,宋代文人送别诗也很发达,故而与送别相关的文人轶事在唐宋笔记上屡有记载,如《诗话总龟》分门别类摘录唐宋笔记、诗话中的诗评诗论,就专门辑有"分别"门摘录唐宋文人送别轶事。《沧浪诗话》"唐人好诗,多是征戍、迁谪、行旅、离别之作,往往能感动激发人意"①的论断,从理论上肯定了唐人送别诗在唐诗中的地位。其实综观历朝历代诗作,送别诗都因其感情真挚、质量上乘而在众多诗歌选本当中占有重要的比例,也是唐宋以往诗评诗论所关注的大宗,诗评家辑选本做笺释不遗漏优秀的送别诗作,诗论家摘秀句、举警策少不了送别诗句。从《文选》设"祖饯"目、《艺文类聚》《初学记》设"别"部辑录送别诗开始,历代诗论家都表现出了对送别诗的重视。明清大量诗话涉及送别诗的片论屡见不鲜,到桐城派姚鼐、曾国藩等对古文分类,单列"赠序"一体,其中大多为送别文,并有概要性的论述,可以算是清代中晚期送别文学研究的重要成果。但非常遗憾,没有人对送别诗的发展史做过系统梳理,也没有人对送别诗的写作规律提出过理论探讨,以至于给现当代学术界送别诗的研究留下了一个亟待探索的课题。

现当代学术界送别诗的研究开始亦如同古代的选本笺注一样,只着眼于某一具体送别诗的探究与赏析。随着研究的深入,人们开始注意对某一个诗人的送别诗进行整体关照,如对王维、李白、杜甫、岑参等唐人送别诗的研究建树颇多。与唐代送别诗研究热度形成鲜明对比的是有关六朝送别诗的研究相对冷清,较少专著探讨,②单篇论文的研究也不算多。洪顺隆致力于六朝题材诗研究,由山水诗、咏物诗、游仙诗、田园诗、宫体诗等入手,深入六朝题材的诗歌类型研究,逐渐形成"六朝题材诗系统论"的理论观点,惜其所列两大系统十六种题材中没有纳入送别诗一类。③ 其后,洪氏为了回答学术界

---

① 郭绍虞《沧浪诗话校释》,人民文学出版社,1961 年,第 198 页。
② 据《书品》2004 年第 6 期发表的曹虹《〈中国离别诗的成立〉读后》一文介绍,东京研文出版社 2003 年出版日本松原朗《中国离别诗的成立》一书,"以扎实深厚的诗歌史功底和新锐别致的考察视角,对中国离别诗的形成史加以全盘考察,着重涉及从汉末建安至中唐大历、贞元约六百年的文学史"。从曹氏的介绍可知松原朗对六朝送别诗有较为全面的研究,但其中许多观点亦只属一家之言,"他认为,离别这个中国抒情文学的基本主题,在六朝早期(曹魏至两晋)却没有成立,作为中国古典诗的实质性开端的建安、正始之际,尚未见离别诗系的出现。离别诗创作的自觉要到西晋时期,'祖道诗'的出现是离别诗形成的一个里程碑,在这里'离别的场合'(祖饯)与送别诗的写作形成对应关系,到了刘宋鲍照以后才逐渐形成"。"离别主题历经约三百年之久,到了以王维为中心的盛唐台阁诗人手里才获得稳定的样式"。由此不难看出,松原朗只是在送别溯源时才涉及六朝,其真正的立足点还是唐代。2014 年,中华书局出版松原朗《中国离别诗形成论考》,李寅生译,可资参考。肖瑞峰《花上雨——古典文学中的别离主题研究》认为汉魏六朝是别离文学的成熟期,其着眼于历代送别诗并重点以唐诗宋词中的别离之作为例阐释别离主题及若干别离主题赖以发生的意象,讨论六朝送别诗亦不是很全面。
③ 洪顺隆《六朝题材诗系统论》,《魏晋南北朝文学论集》,南京大学出版社,1997 年,第 6—49 页。

对其六朝诗歌文类取舍的质疑,专作《论六朝祖饯诗群对文类学原理的背离》一文以澄清六朝祖饯诗属传统非题材类诗体,以说明其六朝题材诗系统中没有祖饯一类的原因,其对六朝祖饯诗进行了全面的统计和具体的分析。① 戴燕《祖饯诗的由来》一文旁征博引,考论并举,厘清了祖饯诗的发生源头。李立《论祖饯诗三题》着重理论探析,要言不烦,论述了送别诗中"祖饯""歌乐舞""柳"三个关键,其中论断大多切中肯綮。胡大雷《中古祖饯诗初探》根据祖饯诗成立的四个条件,对《文选》中的"祖饯"诗及其他类诗歌中关涉祖饯的作品进行了形态分析,还多角度阐述了未入《文选》的祖饯类作品,从六朝具体送别诗作入手,对六朝送别诗做了散点式的研究。郗文倩《祖饯仪式与相关文体的生成空间》从战国末期睡虎地秦简《日书》、放马滩秦简《日书》、居延汉简等材料中发掘祖饯相关记载,取地下材料与传世文献互证,推动祖饯诗文献研究前进一大步。② 笔者在送别诗的界定、送别诗的分类、送别诗的发生、六朝送别诗的写作要素、六朝送别诗的结构特征、六朝送别诗的社会历史文化意义与美学特色等方面发表了系列论文。近几年又有一些研究生选取六朝某一朝代、某一时段的送别诗作为毕业论文选题,攻其一点,提供了许多可资参考的材料。至于其他单篇送别诗作的赏析,尚未周延的六朝送别诗的概述性文章,可资参考者亦有一些。

六朝送别诗的研究虽有胡大雷的类型诗研究发凡起例,但还存在很大的研究空间,如发展演变史、与其时文化风气的关系在整个送别诗史上的地位、对唐宋送别诗的影响、反映的美学理念等,都尚待探究。如果结合陆侃如《中古文学系年》,曹道衡、刘跃进《南北朝文学编年史》以及现当代学者撰写的六朝重要作家的年谱,六朝送别诗系年问题大多可以迎刃而解,而六朝送别诗发展线索也就比较明晰了。再参以锺惺、谭元春合编《古诗归》,陈祚明评选《采菽堂古诗选》,王夫之选编《古诗选》,沈德潜选编《古诗源》,吴淇《六朝选诗定论》,王士禛选、闻人倓笺《古诗笺》,张玉毂《古诗赏析》等古人诗歌选本的注析,结合现当代学者整理出来的六朝重要作家诗集,对具体诗作的诠释就可能不致误读。而像曹道衡、沈玉成《中古文学史料丛考》一书当中就有很多对具体送别诗详细考证的专节,解疑释惑,于六朝送别诗的研究大有裨益。

---

① 洪顺隆《论六朝祖饯诗群对文类学原理的背离》,《第三届魏晋南北朝文学国际学术研讨会论文集》,台北,文史哲出版社,1998 年,第 453—490 页。
② 郗文倩《祖饯仪式与相关文体的生成空间》,《中山大学学报(社会科学版)》2014 年第 1 期。

三、选题意义与预期成果

六朝诗歌的研究，无论重要作家的专人研究，还是六朝诗歌史的研究都相当充分。近阶段，学人开始关注六朝诗歌的专题研究，像玄言诗、山水诗、游仙诗、咏史诗这些热门专题已被学者们反复耕耘，深入挖掘。咏物诗、僧侣诗、公宴诗、隐逸诗这些相对冷落的专题也陆续有了较为全面的开发。送别诗作为六朝诗歌中的大门类，却只有一些《文选》学专家与六朝诗型整体研究的学者简略涉及，不能不说是六朝诗歌专题研究的一大遗憾。做好六朝送别诗研究，正好可以弥补六朝诗歌专题研究与诗型研究的一大空白，既开拓了六朝诗史研究的新领域，又丰富了诗歌类型研究的新课题，是一项有益当代学术界的研究工程。

在整个送别诗文领域，以唐代的送别诗研究最为火热，微观到每首送别诗，宏观到每个诗人的送别诗都有论文述及，然而却不成系统，唐代送别诗全面研究的代表性专著尚未面世。其他如词曲、戏剧小说中的送别场景的研究都还很薄弱，整个送别诗史的研究有待进一步提高。六朝送别诗的系统研究，是送别诗文研究的一个开端，本书抛砖引玉，或许会带动送别诗文研究新局面的到来。

六朝送别诗研究首先要致力于送别诗歌的细读赏析，从文本中体味经典送别诗所折射出来的艺术特色、美学情趣，穿透文字去洞察送别诗中所深蕴的诗人情感，领会诗人独特的抒情方式。除了从魏晋玄学、南北朝佛学入手诠释六朝美学之外，本书对文本的全面解析将另辟蹊径并管窥蠡测，进一步充实六朝诗歌美学，也许可以与六朝玄言诗、山水诗、游仙诗、咏史诗等类型诗歌的美学一起开创六朝美学的一片新天地。

每一首诗歌都有具体的写作环境，知人论世也是自古诗文批评的一个重要原则。在文本的细读之外，本书尽力还原每首具体送别诗的写作背景，有助于读者了解诗人社会生活的方方面面，特别是诗人的交游行谊。做好六朝送别诗写作环境的研究工作，厘清重大送别活动的详细情况，六朝文人交游行谊就能够较清晰地呈现出来，大至列国的出使外交、征伐战事，小至文人之间的离别聚合，在送别诗中均有反映。

最后，六朝送别诗不仅仅可以当作诗来读，还可以当作史来读，从中可以反观六朝时期各种各样的送别文化，"长亭""别浦""饮饯""泣离"这些六朝送别诗中常用的词汇就是其时送别文化的凝结。而在六朝送别意象的比较剖析中，亦可反映出其时别具一格的送别民俗。后代的诗歌受到前代影响，是历史发展的必然，也是文学自身发展的必然，理清六朝送别诗发展的轨迹，不难发现其对今后送别诗的影响。唐人送别诗站在六朝的肩膀上更上一层楼,正是六朝送别诗的诗学意义所在。

总之,六朝送别诗研究这一课题既是目前学术界六朝诗歌研究的一个空白,也是整个送别诗文研究的一个盲点,全面系统的研究有望填补这一空白;而对六朝送别诗文本与背景的全面诠释,则于六朝诗歌美学、六朝文人交游行谊、六朝送别文化的研究都相得益彰;六朝送别诗发展的轨迹自然呈现其与唐代送别诗的关系,影响史的揭示正是研究六朝送别诗的诗学意义所在。

经过深入的钻研,反复的锤炼,庶几可以达到如下预期成果:全面梳理六朝送别诗,正本清源,形成明晰的六朝送别诗发展史;细致入微的文本精读,由表及里,深入发掘六朝送别诗的美学特色;借鉴前人文学编年成果,合理利用史籍记载,考证若干大型送别活动的始末,揭示六朝丰富的人际交游行谊与浓郁的送别文化;上下关联,既探索六朝送别诗的发生源头,又剖析六朝送别诗对唐人送别诗的影响,展示六朝送别诗研究的诗学意义。

四、研究方法

六朝送别诗的研究,本身就包括本类型诗歌史的梳理、具体诗歌的解读,还要审视其在六朝文学史上的诗学意义及其与六朝文化的互动关系。所以,只有采取文史结合的方法才能较好地把握这一选题。在具体的研究过程中,本书试图出入六朝史籍,抓住一切相关史料,尽可能还原每首送别诗的历史语境,又要以诗歌作为研究的载体,故文本的细读是最重要的方法;既要在阐释学原理的指导下努力发现文字背后深刻的内蕴,又要紧密结合历史上重要的六朝诗评,从接受的角度解读文本密码。

因此,文史结合、细读与文评文论结合,是本书主要的研究方法。

第一章　六朝送别诗溯源

第一节　送别诗的分类

学界历来很关注名家送别诗或送别名篇的研究，但是对送别诗进行分类归纳的文章很少。要梳理送别诗的演变历程，按照一定的分类标准方可条分缕析，有迹可循。

宋李昉等编《文苑英华》较早对送别诗进行了分类，卷一七七在"应制十"门下立"钱送"目；卷二六六到卷二八八集中收录送别诗作，分为"送行"和"留别"两大类，在"送行"门下另立"送人省觐"和"赋物送人"目以彰显特殊的两类。虽然《文苑英华》存在着"钱送""送人省觐""赋物送人"三种类别定位的尴尬，但其"送行"与"留别"二分的范式却一直影响着学人对送别诗的分类，如宋杨齐贤集注、元萧士赟补注《李太白集分类补注》按李白诗歌题材归类编纂，其中就立有"留别"和"送"两大门收录太白的送别诗。至于后代一些诗歌总集与那些按题材编辑的别集，对其中的送别诗或明或暗运用这种二分法归类结集的亦不在少数。

《文苑英华》的二分法，其实就是按照作者在送别活动中的主客、去留身份来划分的，现在一般称为送别诗与留别诗，送别诗即作者以主人的身份送别去者出发的诗歌，这类诗占送别诗的大多数；留别诗即作者身为被送者感离伤别而作的诗歌，诸如谢灵运《邻里相送至方山诗》、李白《赠汪伦》《金陵酒肆留别》即是。吴承学在《唐诗中的"留别"与"赠别"》一文中即把唐诗中各种不同形态的离别诗诸如"宴别""赠别""送别""钱别""寄别""留别"等类型总归为两大类：送别与告别，其"告别"也就是指"留别"，即"留诗而别"。[①] 这种二分式归类简洁明白，但还不足以涵盖全部送别诗，如那些代笔写作和以离别为题材抒发胸臆的送别诗，在送别活动中作者既不是主人也不是客人，只不过是送别活动中的第三者，对某一次有情人的分离有感而发，就不好以送别或留别来涵括了。

松浦友久在《李白诗歌抒情艺术研究》第三章"李白离别之吟"中给离别

---

① 吴承学《唐诗中的"留别"与"赠别"》，《文学遗产》1996年第4期。

诗划分类型时,创造了一种新的送别诗分类法:

> 当然,仅就所谓"留别""送别"看,从离别诗即歌吟分别这点说,别人的存在与对方的离别,是其作品不可欠缺的要素。也正是在这个意义上,各种各样诗怎样对待对方,就成为论述离别诗性格不可欠缺的要素。若尝试以此为基本分类标准的话,可能有如下两大方面区别:(1) 因同对方关系紧密,所写离别具有很高的个别性、具体性。(2) 因同对方关系并不紧密,所写离别形象化,而有很高的普遍性、抽象性。不用说,作为文学作品,两者要素混合存在于一体的情形当然也是常见的。①

按照诗歌中表达送别的具体性或抽象性来进行分类,一般情况下,作者与对方关系密切,写作时自然更多着眼于彼此双方都很熟悉的事实,因此这类诗作中显示出来的送别活动具有个别性、具体性;而作者与对方关系生疏时,写作中则更多从离别的普遍性上着墨,这类诗作中显示出的送别活动具有高度的抽象性;第三种类型就是结合个别性的描述与普遍性的表达一体的送别诗。当然,也有许多送别诗作者与对方关系很紧密,所写的离别却有较高的普遍性、抽象性。故松浦友久的分类其实是按照诗歌中所表达出来送别的概括程度来确立的,简单地说就是个别性(具体性)送别诗、普遍性(抽象性)送别诗以及二者兼备的送别诗。这种分类从诗歌内容出发,划分标准简单准确,具有较清晰的区分度。但与传统分类"送别""留别"存在一样的问题,松浦友久的分类是基于具体送别活动和送别主客体的存在来划分的,并不能周延完全意义上的送别诗。

对送别诗进行分类和对许多其他类型诗歌归类一样,标准不同,结果不一。当每一类可以进行二级分类时,不妨做进一步的划分,建立送别诗的目录树,庶几能包含各种形式的送别诗。

首先在传统分类的基础上进行完善,按照诗歌是否涉及具体送别活动可以分为送别诗和叙别诗两大类。叙别诗是以"别"为题材的诗歌,作者或者站在第三者的角度描述耳闻目见的他人之分别,或者咏怀古代重大送别活动,或者描述设为不知名的两人之依依惜别,或者以七夕为题材慨叹牛郎织女的离别,或者泛抒别情别恨,无论哪种题材都有一个共同点,即在诗歌中或多或少都有送别场景的描述或对离别的伤怀。这种类型的送别诗经常以代言抒情的方式展开,一方面展示作品主人公感情波澜的外抒情层面,另一方

---

① 〔日〕松浦友久《李白诗歌抒情艺术研究》,刘维治译,上海古籍出版社,1996年,第52—53页。

面透露作者情感起伏的内抒情层面,有时还会在叙述离别过程中直接抒发作者的感慨,形成双重抒情效果。六朝叙别诗为数不少,特别是乐府诗中有许多这类诗作。《乐府解题》分析陆机、谢灵运《豫章行》曰:"陆机'泛舟清川渚',谢灵运'出宿告密亲',皆伤离别,言寿短景驰,容华不久。"①陆诗载《文选》卷二八,谢诗《艺文类聚》卷四一摘有断章②,根据诗歌内容和《乐府解题》的记载可知二者均属与离别相关的叙别诗。③ 汉乐府《艳歌何尝行》围绕"忧来生别离"的主题,采用双白鹄"五里一反顾,六里一徘徊"的意象表达"念与君离别,气结不能言"的依依惜别之情,生动感人,属于典型的叙别诗。汉乐府《离歌》《苦梁妻歌》对晨行梓道无还期的"余丝"(谐"思")的表述、对"悲莫悲兮生别离"的感慨都是伤离恨别的主旨,曹丕《见挽船士兄弟辞别诗》、徐幹《于清河见挽船士新婚与妻别诗》以第三者的身份描述他人的离别,陶渊明《咏二疏诗》《咏荆轲诗》分别悬想或热烈或悲壮的古人饮饯场景,都是叙别诗。另外,像何逊《车中见新林分别甚盛诗》与《见征人分别诗》,诗题即明确指出其属叙别一类。随着送别诗发展日趋成熟,叙别诗逐渐减少,但作为送别诗早期的主要形式之一,其对送别诗的发展起到了重要作用。

与具体送别活动密切相关的送别诗又可以进行二级分类,按照作者在具体送别活动中所处的身份位置可以分为三个小类:代言送别诗、留别诗、送别诗。魏晋之际,代言诗赋体很流行,如曹丕《寡妇赋》叙陈留阮元瑜遗孤悲苦之情,曹植《愍志赋》感邻人之女嫁不得其人而代言感戚,潘岳《为贾谧作赠陆机诗》、陆云《为顾彦先赠妇往返诗四首》等都是代言之作。梅家玲说:"至于纯'代言'之作,其旨本在代他人立言,故文中必具有一明确之情性主体,且所立之言,即为此主体之所见所感。因此,所据之'文本'虽非特定的文字作品,但却必然是与此主体有关的,可想见、可感知的具体情状。此一'情状',或为所闻,或为所见,而代言者,即依此而设想,为其立言,说其心事。"④代言送别诗即作者代他人写作送别诗,根据他人的生活经历和其时的送别场景,拟测他人在送别活动中的情怀,为之立言,拟其心事。这类送别诗留存数

---

① 郭茂倩编撰,聂世美、仓阳卿校点《乐府诗集》,上海古籍出版社,1998年,第397页。
② 《艺文类聚》卷四一摘谢灵运《豫章行》断章:"短生旅长世,恒觉白日欹。览镜睨颓容,华颜岂久期。苟无回戈术,坐观崦嵫。"《乐府诗集》卷三四同。按《乐府解题》可知谢诗前半应该是接"出宿告密亲"而伤离别的。
③ 汉乐府《豫章行》抒写白杨枝叶离根株,"身在洛阳宫,根在豫章山"的被迫分离之痛,全篇写物事,却句句关人情,也是一首叙别诗。王运熙《乐府诗述论》中略谈乐府诗的曲名本事与思想内容的关系一文亦分析了曹植、傅玄、陆机、李白等人《豫章行》乐府诗与"相和歌辞"中的《豫章行》古辞尽管有许多不同之处,但在分离内容上与古辞有联系,与曲名相吻合。古题《行路难》也与伤离相关,《乐府解题》曰:"《行路难》,备言世路艰难及离别悲伤之意,多以君不见为首。"
④ 梅家玲《汉魏六朝文学新论——拟代与赠答篇》,北京大学出版社,2004年,第47页。

量不多,谢晦代宋武帝作《彭城会诗》、鲍令晖《代葛沙门妻郭小玉作诗二首》、王环《代西封侯美人诗》属于此类。留别诗在数量上仅次于送别诗,可以进一步分为两种类型,一为行者感离作诗赠送行者,其对象是送客的人;一为作者不忍离开熟悉的故土而感赋,其对象为故地的山山水水、一草一木。前者如秦嘉《留郡赠妇诗》,后者如谢灵运《初发石首城诗》。作为送别主人鉴于具体送别活动而作的诗是送别诗中的大宗,兹不列举。

第二,叙别诗属于送别诗中的旁支,代言送别诗数量较少,传统送别诗分类一般都不考虑这两类。要力求全面清理六朝送别诗,就不得不注意到各类送别诗作的方方面面,可以称作广义送别诗的研究。如果只着眼于具体送别活动的送别诗,可以称之为狭义送别诗研究。狭义送别诗更适合做分类研究,根据不同的划分标准可以对狭义送别诗做进一步分类。

江淹《别赋》分别描写了富贵者之别、剑客游侠之别、从军之别、远赴绝国之别、夫妇之别、方外之别、男女情人之别的不同场景,透析了别中之异,如果这些不同之别中有诗,那就是各种类别的送别诗。惜其分类标准不一,不能作为狭义送别诗分类依据,按同一标准衡量方可确定送别诗的分类。按照送别双方关系的不同,可以分为君臣送别诗、主僚送别诗、官民送别诗、朋友送别诗、亲人送别诗等。其中,亲人送别诗又可细分为父子送别诗、兄弟送别诗、夫妇送别诗、情人送别诗等。六朝皇帝亲自主持百僚饯行的送别活动非常频繁,大臣应诏赋诗不得不在意君臣关系,因此,君臣送别诗不同于一般送别之作,独具特色。颜延之、庾肩吾都善于作这种类型的送别诗。主僚关系的送别诗略同于君臣送别诗,僚属应令赋别同样很注意对主上的歌功颂德,六朝送别诗中很大一部分是在主僚上下级关系下的诗作,像二陆、二潘就长于这种主僚送别诗,尤其是陆云特别用意于各种类型的公务祖饯活动,在《与兄平原书》中就提到宿构准备祖饯诗一事。六朝部分官僚很注意个人在群众中的声威,在调任之际也会写作送别诗致原任所吏民。如谢灵运《北亭与吏民别诗》、谢朓《忝役湘州与宣城吏民别诗》、沈约《去东阳与吏民别诗》、萧纲《罢丹阳郡往与吏民别诗》、萧绎《别荆州吏民》等可以称之为官民送别诗。朋友送别诗是历代送别诗中数量最多的,那些抒发朋友之间真挚友情的作品更加脍炙人口、流传久远。恰恰相反,古代亲人间送别诗虽也有不少留存下来,感情的抒发却没有朋友间送别抒怀那样经典有韵味,如郭愔《从弟别诗》:"乖索易永久,寻离觉月促。辽落隔修途,窈窕阁丘谷。"①虽然也注意到分别造成相聚的时间尺缩、离索的时间延伸、空间距离的阻隔等现象,但没

---

① 逯钦立辑校《先秦汉魏晋南北朝诗》,中华书局,1983 年,第 775 页。

有典型的意象,缺乏真挚动人的抒情,既没有"孤帆远影碧空尽,惟见长江天际流"融情于景所营造的时间流逝、空间远隔、诗人伫立惜别的效果,也没有"桃花潭水深千尺,不及汪伦送我情"直抒胸臆的感人情怀。其他亲人诸如父子、夫妇、情人之间的送别诗也大抵有情不发,也许是中国儒学思想浸染下"发乎情,止乎礼义"的束缚吧,至真之情反而无法言说,亲人之间的交流反不及朋友之间,形成送别诗的一大悖论。

按照送别诗感情基调不同,可以分为怨别伤别诗、劝慰送别诗、励志送别诗、欢别诗。方回《瀛奎律髓》对"送别类"解题曰:"送行之诗,有不必皆悲者,别则其情必悲。此类中有送诗,有别诗,当观轻重。"①方氏所谓的送诗、别诗之分,其实是建立在别离必悲的感情基调上的,而送行之作有悲有欢,当观其中轻重。虽然方氏这种分法略显局促,但其注意从感情基调角度对送别诗进行分类,不为无见。江淹《别赋》:"黯然销魂者,唯别而已矣!"《文选》李善注:"黯,失色将败之貌。言黯然魂将离散者,唯别而然也。夫人魂以守形,魂散则形毙。今别而散,明恨深也。"②《别赋》又曰:"是以别方不定,别理千名。有别必怨,有怨必盈。使人意夺神骇,心折骨惊。"③是知有别则恨,有别必怨,种种怨恨之别"感荡心灵",故锺嵘《诗品》曰:"离群托诗以怨。"怨别伤别一直以来就是多数送别诗的感情基调,李徽教《诗品汇注》:"'离群托诗以怨',如李陵《与苏武诗》三首等属是也。"④其他如谢朓《送远曲》"溽溽伤别巾",何逊《仰赠从兄兴宁寘南诗》"当怜此分袂,脉脉泪沾衣"等直接以流泪来表达送别时的伤怀,应场《别诗》"临河累太息,五内怀伤忧"直抒胸臆伤别,类似这些以怨别伤别为感情基调的送别诗不胜枚举。"莫愁前路无知己,天下谁人不识君",劝慰送别安抚离人,也是古代送别诗经常选择的感情基调,如《古诗十九首·行行重行行》"弃捐勿复道,努力加餐饭"以劝慰离人保重作结就是如此。六朝时祖饯诗大多会在作结时劝慰离人,祝福前途一路平安。中国古代社会有各种禁忌,送别时一味伤怨通常被认为不吉利,会影响离者的情绪,故送别诗在伤怨抒怀的同时交织劝慰祝福,抒发双重感情表达送者矛盾心情。在劝慰基础上进一步就是励志,以激昂的话语振起全诗,鼓励离者勇往直前,开创新天地,也是古代送别诗常用的手法。如谢灵运《邻里相送至方山诗》鼓励邻里要"各勉日新志,音尘慰寂蔑"。励志送别诗在六朝偶有人作,唐人则于此种手法情有所钟,不少送别诗采用了励志的感

---

① 方回选评,李庆甲集评校点《瀛奎律髓汇评》,上海古籍出版社,1986年,第1018页。
② 萧统编,李善注《文选》,第750页。
③ 胡之骥注,李长路、赵威点校《江文通集汇注》,中华书局,1984年,第40页。
④ 锺嵘著,曹旭集注《诗品集注》(增订本),上海古籍出版社,2011年,第59—60页。

情基调。"悲莫悲兮生别离",通常认为送别时都是缠绵悱恻、怨恨相交、黯然销魂,其实不然,诸如荣调进京、迁升就任等饯送活动多是在一片喜气中进行的,送者更多的是对离人的祝贺,离别弥漫在愉悦的氛围当中。诗人以欢愉的感情基调创作欢送诗便顺理成章,如王粲《赠杨德祖诗》"我君饯之,其乐泄泄",描述了欢送的场景,惜其诗只存此断句,但可以肯定这首诗采用的是欢愉的感情基础。

按照送别活动规模与形式的不同,可以分为祖道饯送诗、饮饯惜别诗、送行话别诗。根据离人的身份与出行原因的不同,古代送别活动规模也有所区别。一般来说,军事出征、外交出使、官僚贵族迁调就任都要举行祖道饯行活动,并且送者要赋诗送别,这就是祖道饯送诗。正规祖道仪式上既有媚神、慰人的祖道致辞诗,又有饮饯时百僚应令赋作的媚主、慰人祖道饯别诗。六朝时凡标题"祖道"或"侍宴"的送别诗都属于这种类型。士人分离,送别仪式通常比祖道简单,昔日好友,或登高临水,赏景叙别;或齐聚一堂,推杯换盏借酒抒怀,并赋诗表达依依惜别之情,这种饮饯惜别诗在送别诗中为数最多,名篇如沈约《别范安成诗》、王维《送元二使安西》等。送别最显真情也最简单的一种就是长亭南浦执手话别,而这种场合下触景生情即兴赋作的送别诗更是真情的流露。如谢朓《新亭渚别范零陵云诗》、李白《赠汪伦》都是送行话别诗的代表作。

按照离人出行事由和前方目的地的不同,有出塞或从军送别诗、出使送别诗、出游或就任送别诗、归乡归隐或返京送别诗等。古代士人出行事由最主要的是从征去边塞、出使到异国、出游往名胜、就任之职所、归隐返乡里、述职迁京都等,如唐人就经常有为觐省、赴举、下第、之任、出征、出使、致仕、返乡等写作的送别诗。每次分别,行人都有一个明确的前方目的地,如唐人远游地主要有京城、蜀地、湖湘、浙东、边塞等,送别出使甚至由六朝时期的南北出使发展到向新罗、印度、日本出访,而这些重要的行旅或如愿以偿,或前途莫测,离人心境各不相同,送者或祝贺或祈福或安慰或悲慨,情感不一。故根据这个标准区分送别诗为若干小类,能合理地反映出各种送别诗真实的感情基调,且能从同类送别诗中清晰地揭示社会生活的真实面貌。如六朝时出塞别诗与唐人出塞别诗感情抒发就迥然不同,从中可透露出六朝与唐代士人对边塞功业的不同态度,也反映出不同时代社会风貌的不同。而六朝时出使外聘者经常被对方扣留等事实,也可以从其时出使送别诗中祝福平安旋归的心态中折射出来。

对于送别诗的分类,还可以按多种标准划分,如按照写作动力和写作方式的不同,可以分为赋得送别诗、联句送别诗、应制送别诗、感怀送别诗。按照送别诗的美学风格不同,可以分送别诗为悲壮型、明丽欢快型、凄清婉约型、激昂豪放型。按照送别诗抒写重点的不同,可以划分为叙事型、直抒胸臆型、写景抒怀型。当然,多数诗歌都可以按这几种标准来分类,用作送别诗的分类标准并没有代表性,故不详述。另外,还可以根据送别发生地的不同给送别诗分类,如亭驿送别诗、水浦送别诗、名胜送别诗;也可以根据诗歌标题的不同做归类,如明确标题"祖饯""送别""留别"的送别诗或标题中有"赠"字的送别诗或标题没有送别相关字眼事实上是送别的诗等。不过,如果这样去划分未免过于琐细,对于送别诗的研究实际意义不大,故略而不赘。

本文对六朝送别诗进行全面梳理,基本按照以上分类标准对之条分缕析,希望能整理出六朝送别诗较为清晰的发展轨迹。

第二节 六朝送别诗溯源之一——送别诗的发生

送别诗的渊源,可以追溯到上古时期贵族祖道饯离时的祝词、外交送别时的辞令与赋《诗》、肩负使命者壮行时的悲歌、好友分别时的赠言等。诗歌的发展特别是五言诗的兴起、魏晋集体离别赋的创作都有效促进了六朝送别诗的发展,六朝重视离别而频繁举行送别活动,为送别诗的兴盛提供了宽松的环境背景。

对于送别诗的发生及其发展的原因,学界多归结于古人的怨别与重土轻离,并进而从古代交通不便的客观事实和农耕定居条件下的家乡情结两个方面来阐释怨别的缘由。曹道衡《江淹及其作品》谈江淹《别赋》时解释古人轻离怨别的一段文字最有代表性:

> 古代的交通极端不便利,长途旅行,往往穷年累月,而且由于交通工具落后,再加上封建时代的治安很少保障,旅途常常有危险。因此,在古人心目中,几百里,一千里就是极大的距离了。从自然条件来说,古人的特别重别,也正是上述原因之故。当然,除了古代交通不便以外,社会的条件更是一个主要的因素。在封建社会中人们的生活是建立在以家庭为单位的自然经济的基础上的。不论社会的和生产的斗争也总是以家庭或亲族为单位来进行。离开了自己的家庭和亲友,当然在一系列问题上失去支持而感到软弱无力。再加上在家长制的封建社会中家族观念也特别深,因此人们也总是愿意长期与亲族团聚在一起而不愿分开。在那样的社会中,人们确实也很少有出门的需要。农民被束缚在土地上,而地主也不愿轻易离开自己的庄园。尤其是社会中下层的人物,要

是背乡离井总是有着不得已的原因,或者是躲避什么灾难,或者是为了寻求衣食或出路。①

曹氏紧扣自然条件和社会条件言简意赅地阐明了古人重聚轻离的主要原因,是为确论。长途跋涉,前路漫漫,吉凶莫测;亲族团聚,互相照应,亲情融融,固然是古人重视离别的主要原因,但小国寡民式地聚居在一起又哪来的离别,又怎么会产生送别诗呢?所以阐发古人重聚轻离的原因是一回事,探索送别诗的发生又是一回事。

送别诗发生学的研究,不忽视起源的追溯,更侧重于送别诗发生主客观条件与诗人创作心理的推绎。皮亚杰《发生认识论原理》的"发生认识论"为送别诗的发生学研究提供了方法论。皮亚杰说:"传统的认识论只顾到高级水平的认识,换言之,即只顾到认识的某些最后结果。""发生认识论"虽然"有必要研究认识的起源",但是"把关于起源的研究跟认识的不断建构的其他阶段对立起来则将是严重的""误解"。"相反,从研究起源引出来的重要教训是:从来就没有什么绝对的开端。"②因此,送别诗的发生研究可在滥觞、源头的探索之外另辟新的视角。

第一,分离送别是送别诗发生的必要条件。华夏民族的农耕文明历史悠久,农耕社会经济决定了稳定安居是人们最主要的生活方式。然而,自古没有不散的筵席,长期集居作短暂别离的固然不少,短暂相聚作长期诀别的也时有发生。上古时期人类集体生活,整体迁居,对故土的留恋在所难免,偶尔离群走单者间或有之,但是否存在有意识的送别活动于文献不可考。随着人类文明的推进,族外婚与部落往来的日益频繁,有意识的迎送活动必然出现。如《周易·屯卦》"六二"卦辞"屯如邅如,乘马班如。匪寇,婚媾",③男方骑马回旋,来女方家求婚娶亲,姑且不论其是抢婚还是迎亲,④女子离家,远父母兄弟是事实。如果是和平的配偶婚,有迎定有送,正式的送嫁或者正是古

---

① 曹道衡《中古文学史论文集》,中华书局,1986年,第248页。
② 〔瑞士〕皮亚杰《发生认识论原理》,王宪钿等译,商务印书馆,1985年,第17页。
③ 周振甫译注《周易译注》,中华书局,1991年,第22页。
④ 游国恩等编《中国文学史》理解为:"原始社会遗留的野蛮抢婚习惯,《易经》的爻辞中也是不止一次地提到了。奴隶主携带武器,骑着壮大的花马,抢掠妇女,迫使成婚,明明是强盗行为,却偏偏说不是。那女子骑在马上悲哀哭泣,当然是坚决拒绝,后来不知受尽了多少折磨,才终于被逼成亲。"(人民文学出版社,2004年,第53页)李镜池《周易通义》:"这种婚姻是原始社会中期的对偶婚。……而劫夺婚则一群男子去抢劫女性。两者之间很容易引起误会。故有'匪寇,婚媾'之说明。……对偶婚是一种族外婚,族外婚在当时相当困难,故入《屯》卦。"(中华书局,1981年,第9页)周振甫《周易译注》译文:"迟回地(难进),骑着马回旋。不是来抢劫,是来就婚。"并说明:"'匪寇,婚媾',是婚姻难。"(第23、24页)

人有意识送别活动的发端。像《诗经》中《邶风·泉水》《鄘风·蝃蝀》载"女子有行,远父母兄弟",《周南·汉广》《召南·鹊巢》载"之子于归"时"言秣其马""百两御之",《战国策》赵太后嫁女,"持其踵为之泣,念悲其远"①,《礼记》"孔子曰:嫁女之家,三夜不息烛,思相离也"②等事实,都说明了古代女子婚嫁是社会生活中的一件大事。人类集体迁居的离别活动或者其时并没有意识到背井离乡,个体小范围的位移也不可能让古人有意识地认识到离别,而恰是在送嫁中让人们体会到了别离的滋味,越来越多的分别便日益引起重视。因此,可以说越来越正规化的送嫁活动推动了其他类型送别活动的发生与发展,也为送别诗的发生准备了条件。部落往来除和平的族外婚这一形式外,为争夺资源而引发的战争也是其主要形式。相传黄帝、炎帝、蚩尤三大部落兼并时就出现了复杂的联合战争,其间必然涉及联络使者的出行、将士的出征等离别事件,此等生离死别更容易唤起人类生命脆弱的意识,正式的祖载活动或者肇端于此种离别事件也未可知。日后大凡外交与征伐活动,都有隆重的祖道仪式,并逐渐普及到贵族大臣的远行。至于春秋战国时期,各种正规送别活动且不说,情人之间"送子涉淇,至于顿丘",亲人之间"我送舅氏,曰至渭阳",朋友之间赠言揖别也为人们所重视,形形色色的离别即便是江淹的《别赋》也未必能概括全面。正是一次次"黯然销魂"的分离送别为送别诗的发生创造了必要条件。

第二,送别时赠物、赠言与各种仪式活动是送别诗发生的具体语境。送别是送别诗产生的必要条件,但并非有了分离送别就有了送别诗。送别诗是在古人长期经历的悲欢离合中逐渐萌芽发生的,具体送别时的赠物、赠言、拜揖、祖道等各种活动加上赠诗的形式就产生了送别诗。分手赠物,以作留念,或者是古人表达离别之情原初的方式。情人之间或以"木瓜""琼琚"互赠,或"赠之以勺药",或"杂佩以赠之",或"贻我彤管",小小物品既是表达两情相悦的信物,更是引起对方在小聚分离后睹物思人的媒介,所赠物品寄托了情侣对于长相厮守的渴望,另一方面也隐隐折射出他们对于分离的惆怅,此种莫名的惆怅如果当下抒发出来就是缠绵凄婉的情侣送别诗。至于其他送别之馈,《诗经·秦风·渭阳》写外甥送别舅父以"路车乘黄""琼瑰玉佩",《大雅·韩奕》载送别韩侯以"乘马路车",既有实用的利于长途跋涉的交通工具,又有贵重精美的纪念物品,说明了贵族分别赠物之风的盛行。赠送交通工具表达了送者对行者旅途坎坷的忧虑,并尽力保障行者沿途平安的用心;馈赠精美玉佩让离者随身携带,使之能时时怀念亲故之情,物品成为分离

---

① 刘向集录《战国策》,上海古籍出版社,1985年,第770页。
② 郑玄注,孔颖达等正义《礼记正义》,《十三经注疏》,上海古籍出版社,1997年,第1392页。

之后填补离人之间空间距离和时间隔离的中介,尺缩了分离二者的心理距离。正因为见物如见人的意识积淀在人们的内心深处,离别赠物代有传承,成为送别活动中重要的一环。宋人祝穆编《古今事文类聚·别集》卷二五"别离"门"睹物思人"条录:"王猛将行,造慕容垂,饮酒从容。谓垂曰:'今当远别,何以赠我? 使我睹物思人。'(《晋海西公》下)"①可见人们对于分离赠物意义的认识。

送人以物固然可以有睹物思人的效果,然其深刻程度相对于语言来说又逊一筹。宋人谢维新在《古今合璧事类备要·续集》卷四三"事为门""饯送"目下的"事理发挥"最惬人意:

> 于其将行也,则有饯送之礼。然饯人以物,不若饯人以文,送人以酒,不若送人以言。盖物之意有尽而文之意无尽,酒之味有穷而言之味无穷也。自非仁人君子爱人以德者,何足与语此。②

赠人以言意味无穷,早在送别诗还未盛行的时候就被古人所重视,《荀子·非相》强调人言的重要性曰:"故赠人以言,重于金石珠玉;观人以言,美于'黼黻文章';听人之言,乐于钟鼓琴瑟。故君子之于言无厌。"③而古人临别最有代表性的赠言就是老子送别孔子时的告诫。《史记·孔子世家》载:

> 鲁南宫敬叔言鲁君曰:"请与孔子适周。"鲁君与之一乘车,两马,一竖子俱,适周问礼,盖见老子云。辞去,而老子送之曰:"吾闻富贵者送人以财,仁人者送人以言。吾不能富贵,窃仁人之号,送子以言,曰:'聪明深察而近于死者,好议人者也;博辩广大危其身者,发人之恶者也;为人子者毋以有己,为人臣者毋以有己。'"④

此段记载作为别离赠言的早期事实首先被王肃《孔子家语·观周》征引,文字稍异。此后《艺文类聚》《初学记》《太平御览》《古今事文类聚》《御定渊鉴类函》等类书引录别离事实时均录《家语》此则,而《古今合璧事类备要·续集》卷四三和卷四六两处引录此段文字,分别注出《史记》《孔子家语》。且不

---

① 祝穆《古今事文类聚》卷二五,《景印文渊阁四库全书》第 925 册,台北,台湾商务印书馆,1986 年。
② 谢维新《古今合璧事类备要》续集卷四三,《景印文渊阁四库全书》第 939 册,台北,台湾商务印书馆,1986 年。
③ 荀况撰,杨倞注,卢文弨、谢墉校《荀子》,《二十二子》,上海古籍出版社,1986 年,第 296 页。
④ 司马迁《史记》,第 1909 页。

论孔子拜谒老子是否属史实,此段关于临别时"富贵者送人以财,仁人者送人以言"的记载大抵是可信的,视其赠言具体内容主要是告诫离人如何处世,为人应当从现实出发,不必拘泥于古训。类于这样的临别警语,见于文献者不在少数。如《孔子家语·子路初见》载子路辞行孔子时,子路在赠车与赠言中选择了后者,孔子赠言:"不强不达,不劳无功,不忠无亲,不信无复,不恭失礼,慎此五者而矣。"①赠车确保旅途平安,赠言却能提供今后人生道路上独当一面的处世哲学,是一份无形的精神财富,诚如《荀子·大略》载晏子送别曾子所云"婴闻之,君子赠人以言,庶人赠人以财"②,馈物赠言高下自见。《晏子春秋·内篇杂上》载晏子送别曾子赠言大意同于《荀子》③,但相对浅显易懂:

> 曾子将行,晏子送之曰:"君子赠人以轩,不若以言。吾请以言之?以轩乎?"曾子曰:"请以言。"晏子曰:"今夫车轮,山之直木也,良匠煣之,其圆中规,虽有槁暴,不复嬴矣,故君子慎隐煣。和氏之璧,井里之困也,良工修之,则为存国之宝,故君子慎所修。今夫兰本三年而成,湛之苦酒,则君子不近,庶人不佩;湛之縻醯,而贾匹马矣。非兰本美也,所湛然也。愿子之必求所湛。婴闻之,君子居必择邻,游必就士,择居所以求士,求士所以辟患也。婴闻汨常移质,习俗移性,不可不慎也。"④

先秦诸子提倡的送人以言侧重于理性的指导,似乎无关送别之旨。但如果做进一步推想,人们相聚一起时遇到疑难问题可以商量解决,而离别之后就得独面社会,独立解决生活中大小杂务,赠之以指导性言语正是人们深刻体会到离别之苦以后做出的正确抉择。如果把这些哲理性的话语换成感性的分别倾诉,送别诗就呼之欲出了,诗性的语言不但具备哲理性语言的深刻,还具备高度的感染力。因此,送别诗多数是在临别的嘱咐与告诫的具体语境中喷薄而出的。

赠物与赠言是古人送别活动中重要的一部分,其具体发生一般是在或简单或规范的送别仪式中进行的。古人重视待人接物,重大活动有专职司仪

---

① 王德明主编《孔子家语译注》,广西师范大学出版社,1998 年,第 232 页。
② 荀况撰,杨倞注,卢文弨、谢墉校《荀子》,第 355 页。
③ 《荀子·大略》:"曾子行,晏子从于郊,曰:'婴闻之,君子赠人以言,庶人赠人以财。婴贫无财,请假于君子,赠吾子以言。乘舆之轮,太山之木也,示诸檃栝,三月五月,为帱菜敝而不反其常。君子之檃栝,不可不谨也。慎之!兰茝、稿本渐于蜜醴,一佩易之。正君渐于香酒,可逭而得也。君子之所渐,不可不慎也。"(第 355 页)
④ 晏婴撰,孙星衍校,黄以周撰校勘记《晏子春秋》,《二十二子》,上海古籍出版社,1986 年,第 574 页。

"掌九仪之宾客、摈相之礼,以诏仪容、辞令、揖让之节",宾主之间行所谓"三揖"之礼,①极其复杂烦琐;而普通迎送也很注意拜送辞行礼节。《论语·乡党第十》"问人于他邦,再拜而送之",杨伯峻译为:"托人给在外国的朋友问好送礼,便向受托者拜两次送行。"②大拜辞行,仪式简单却严肃,郑重其事。《艺文类聚》卷二九录《东观汉记》:"陈遵使匈奴,过辞于王丹。丹谓遵曰:'俱遭世反覆,唯我二人为天地所遗。今子当之绝域,无以相赠,赠子以不拜。'遂揖而别,遵甚喜。"③大别"赠子以不拜"传为佳话,代之以"揖而别"营造出离者与送者亲切的氛围,一则令行人在平等揖别的环境中高兴而辞,再则拉近送别主客体当下心理距离,更增行人对于离别的伤感。普通送别虽然有从复杂到简单、由严肃到亲切发展的趋势,但官宦贵族的离别却长期有着正式规范的祖道仪式,仪式的重要意义在于,一则昭显古人对于生别离的自觉意识,体现古人重聚伤离的生命情愫;再则显示行者身份的高贵,予以离人心理的慰藉;最关键的还在于通过这样的仪式凸显官僚贵族之间的交谊,具有实质上笼络人心的政治意义。这种庄严而隆重的祖载仪式在孔颖达《五经正义》有多处详细注解,兹不赘。汉焦赣《焦氏易林》两则述解生动而形象地展现了祖道活动的场景,卷一《豫之第十六》:"大畜:住车酿酒,疾风暴起。泛乱福器,飞扬位草。明神降禄,道无害寇。"④卷二《坎之第二十九》:"巽:轻车酿祖,焱风暴起。促乱祭器,飞扬错华。明神降佑,道无害寇。"⑤既可以假设为某一次祖道活动的纪实,也可以理解为一首祖道仪式上的祝词,尤其"明神降佑,道无害寇"的祈祷祝福,表达出了祖道求神慰人的主旨。六朝士族文人之间告离送别既有承袭祖道仪式者,也不乏简化仪式为饯筵叙别的。正是送别时候的嘱托馈赠发展到程序化仪式化进而形成对酌述离,延长了分离过程的时间,酝酿了主客的离情别绪,郁结之思有足够的时间抒发,使以前在仓促分离的情况下只能在别后细细咀嚼体味的怀人之作,得以在送行的当下吟哦而出,更增离别的感染力。因此,没有送别氛围的营造,没有送别时的叮咛嘱咐与告诫祝福,没有送别时的严肃仪式与筵席上的浅斟低酌这些具体的语境,送别之情就可能只有留到别后对物怀人、感伤唏嘘,从缠绵感怀的相思之作中抒发了。

　　第三,分别时主客情感的郁结是送别诗发生的内在驱动力。文学的创作动机就是"驱使作家投入文学创造活动的一股内在动力","是由需要产生的,在作家心理失衡的情况下形成易感点,遇有外部刺激的触动,于是产生了

---

① 郑玄注、贾公彦疏《周礼注疏》,《十三经注疏》,上海古籍出版社,1997年,第896—897页。
② 杨伯峻译注《论语译注》,中华书局,1980年,第105页。
③ 欧阳询《艺文类聚》,中华书局,1965年,第511页。
④ 焦延寿《焦氏易林》,《丛书集成初编》,中华书局,1985年,第73页。
⑤ 同上书,第137页。

带有极强行动力量并对整个创作过程起支配作用的或隐或显的意图或意念"。① 送别诗的发生同样离不开其创作动机的作用,送别活动是触发创作送别诗的外在机缘,别离宾主内在郁结的情感则是送别诗发生的内在驱动力。屈原"发愤以抒情"的提法,司马迁"发愤著书"说,韩愈"物不得其平则鸣"的观点都强调了创作主体内在情感的郁结对于创作的驱动作用。的确是这样,在送别诗不很盛行的先秦时期,别离当下的心里震撼,往往熔铸在别离后感情的煎熬之中,进而在各种思妇怀人诗作中表现出来。《古今合璧事类备要》"别离"目下的"事理发挥",虽然强调男儿应该有四方之志,在别离之际"惟夫慷慨丈夫意气相期,仗剑于樽酒之间,着鞭于功名之会,惟知以怀安败名为戒,夫岂欷歔流涕恋恋作儿女子态耶?"但不忽视别离的伤感之情:"然亲戚故旧临岐之始,于其情也,不无所感伤焉。此古人之所以重离别也。"②亲情、友情是送别诗生成的重要情感机制。故君子于役不知归期时,思念的人在暮色苍茫之中触景而生的离愁别怨最难将息,于是就吟咏出《君子于役》来;"伯也执殳,为王前驱",妻子的思念随时间流逝而加深,乱发、头痛、心病最终化作《卫风·伯兮》,以舒中怀。蹇叔哭师、屈原哀郢,都是离别之际内在情感自然的宣泄。当人们在无数次的送别活动中发明了送别诗后,感情真挚的亲人、交谊笃深的朋友长诀远别,当下压抑的情感最好的发泄方式就是送别诗。厨川白村说:"生命力受到了压抑而生的苦闷懊恼乃是文艺的根柢。"③也可以说,送别之际主体感情受到了压抑而生的苦闷懊恼正是送别诗发生的根柢,这种离别之际主体心里的苦闷与懊恼,莫砺锋说得很形象:"在幅员辽阔、山重水复的神州,在交通不便、通讯不畅的古代,还有什么比离愁别恨更使人忧愁悲伤的呢? 在人们经受痛苦的整个过程中,无疑是在初尝此痛的刹那之间感受最为深切,受到心理冲击力也最大,比如病人的肌体刚接触注射器的针头,或锒铛入狱的犯人听到身后'砰'的一声关上铁门。离别也是一样,陈师道有诗云'去远即相忘',姜夔有词云'人间别久不成悲',虽然或许是正言反说,但客观上说出了一个道理,最使人伤心欲绝的是离别的开端,也就是送别。"④离别的开端正是主体感情酝酿与压抑的顶端,而送别过程的渲染更使主体的心理防线不堪一击,苦闷的内心最好的发抒方式当然只有诗了。

---

① 童庆炳主编《文学理论教程》,高等教育出版社,1992 年,第 173—174 页。
② 谢维新《古今合璧事类备要》续集卷四六,《景印文渊阁四库全书》第 939 册,台北,台湾商务印书馆,1986 年。
③ 〔日〕厨川白村《苦闷的象征》,鲁迅译,《鲁迅译文集》(三),人民文学出版社,1958 年,第 20 页。
④ 莫砺锋《莫砺锋诗话》,北京大学出版社,2006 年,第 273 页。

唐相国郑綮"诗思在灞桥风雪中驴子上"①正道出了送别时感情的起伏是触发创作灵感的重要机缘,故从感情入手才能发现送别诗发生的真正缘由。

第四,赠言、赋《诗》、诵祝等形式逐渐不足以表达别离双方心理的当下震撼、不适应送别形势的发展后,送别诗应运而生,日益繁荣。随着人类别离意识的觉醒,女儿出嫁、大夫就国、使臣出使、贵族行旅、侠士赴命,都要举行规格不等的送别仪式。临别之际亲人的喋喋叮咛、情人的甜言软语、朋友的惜别感喟、哲人的处世良言、僚属的祝福颂扬、主上的勉励宽慰,各种形式的赠言话别一直是送别过程中的主打环节。然而,多数赠言儿女情长,是私语。先秦时期正式的送别话语是《诗》和祝诵文,赋《诗》以观个体心志,祝诵表达集体别情。赋《诗》主要见于外交送别,各人赋《诗》外交目的大于送别目的。如《左传·昭公十六年》:"夏四月,郑六卿饯宣子于郊。宣子曰:'二三君子,请皆赋,起亦以知郑志。'子齹赋《野有蔓草》。宣子曰:'孺子善哉,吾有望矣。'子产赋《郑》之《羔裘》。宣子曰:'起,不堪也。'子大叔赋《褰裳》。宣子曰:'起在此,敢勤子至于他人乎?'子大叔拜。宣子曰:'善哉,子之言是。不有是事,其能终乎?'子游赋《风雨》。子旗赋《有女同车》。子柳赋《萚兮》。宣子喜,曰:'郑其庶乎!二三君子以君命贶起,赋不出郑志,皆昵燕好也。二三君子,数世之主也,可以无惧矣。'宣子皆献马焉,而赋《我将》。子产拜,使五卿皆拜,曰:'吾子靖乱,敢不拜德。'"②郑国六卿无非断章《诗》义以表达与宣子相识的荣幸、悬想别后的思念、颂扬宣子的美德懿行以昵燕好,虽于其中可观各人心志,但不难体会出其强烈的应酬性与外交味。引《诗》抒发离别感伤,两汉之际也时有发生。《后汉书·和熹邓皇后纪》载元兴元年,和帝崩,"太后临朝,和帝葬后,宫人并归园。太后赐周、冯贵人策曰:'朕与贵人托配后庭,共欢等列,十有余年。不获福祐,先帝早弃天下,孤心茕茕,靡所瞻仰,夙夜永怀,感怆发中。今当以旧典分归外园,惨结增叹,《燕燕》之诗,曷能喻焉?'"③《诗经·邶风·燕燕》是一首深情送别之作,邓皇后为了表达此时无比伤感,以层递的手法透过一层,言《燕燕》犹不能喻此离情,与前面自身经历的简述紧密配合。恰当引用《燕燕》一诗大意,使这段离别感言发自肺腑,真挚动人。

古代正式祖道仪式中要由专人负责宣读诵祝等韵文来传达集体的别情。如《诗经》中提到吉甫作诵分别赠给申伯和仲山甫,在申伯与仲山甫的祖道仪式上可能就是由吉甫代表全体送行人员作诵抒别的;《吴越春秋》载越王

---

① 孙光宪《北梦琐言》,《唐五代笔记小说大观》,上海古籍出版社,2000年,第1863页。
② 杨伯峻编著《春秋左传注》,中华书局,2009年,第1380—1381页。
③ 范晔撰,李贤等注《后汉书》,中华书局,1965年,第421页。

入臣时就是文种致祖道祝词。从蔡邕亦作有《祖饯祝》可以见出汉代祖道仪式上依然有这种代言形式的祖饯致辞。

社会历史不断在发展，人们的视野不断开阔，古人的活动范围也日渐扩大，或主动或被动的别离日渐频繁，类于孔子的周游列国、重耳的出逃、苏秦的游说等长期辗转的事件也屡见不鲜。虽然贵族重大的出行有人主持正式的祖道活动，但可以肯定还有更多的别离事件，没资格或者来不及举行这种复杂的祖载仪式，更谈不上请当时德高望重的长者来致祖饯祝词了。赠言、赋《诗》固然可以聊表心意，却不足以发泄送离二者抑郁而又深笃的感情、排遣行者远离故土的百转愁肠。这时候最能代表个体感情的就只有诗歌，送别诗便在没有正式仪式的离别之际应运而生。另一方面，当个体意识觉醒并得到张扬时，具有集体意识的祖饯祝词开始不适应集体送别活动中个体的需要，每人赋一首祖饯诗也便提到大型集体祖饯活动的日程上来。又因为诗歌本身的发展，诗人们把敏锐的触角拓展到社会生活的各类题材当中，故送别诗取代祖饯祝词，也是文学发展的内在规律使然。

总之，送别诗的发生是一个渐次萌芽发展的过程，首先是人类分别意识的觉醒并且事实上存在各种各样的离别，才有可能有送别诗的发生；其次，送别之际的赠物、赠言、赋《诗》乃至各种送别仪式，为送别诗的发生准备了充足的条件；最后，离别时刻感情的震撼点燃了送别诗创作的激情之火，苦闷的发抒使送别诗的发生成为现实；而祖饯祝词在传达集体意识上的局限性与诗歌在表情达意上的优越性，也保证了送别诗一涉足送别题材领域，就蓬勃发展并成为历代题材诗歌中重要的一支。

第三节 六朝送别诗溯源之二——先秦送别诗

送别诗早在先秦时期就有了像《诗经·邶风·燕燕》这样的经典之作，《楚辞》中亦时有抒发送别之感的佳句，历经秦汉直至建安时期，送别之作不绝如缕。对六朝送别诗考源溯流，当然不能忽视先秦两汉时期各种类型的送别之作。

一、《诗经》中的送别诗

《诗经》中作品题材丰富，内容广泛，各种文学史大多注重分析其中的祭祀诗、农事诗、燕飨诗、怨刺诗、战争诗、徭役诗、婚姻爱情诗等类型。其实，《诗经》中也不乏送别之作，如《卫风·氓》中女主人"送子涉淇，至于顿丘"时，向氓解释"匪我愆期，子无良媒"，并安慰氓"将子无怒"，相约"秋以为期"，情人分别时对长相厮守的渴望通过简单朴实的人物语言表达出来，不訾张生与莺莺长亭送别时的千言万语。而女性被弃涉淇返家时,"淇水汤汤,渐车帷裳",与当初送氓涉淇时方向相反,心态相异,此景依然,彼情不再,曾经活泼流淌、携手可蹚的淇水现在滔滔滚滚、冰冷无情,恨离故地愁肠百结,"女也不爽,士贰其行。士也罔极,二三其德"的怨愤为此次离别蒙上一层暗影。① 虽然《氓》不能称为一首完整的送别诗,但其中两次别离场景的表述婉切真挚,胜过一些为文造情的应酬送别诗作。《卫风·竹竿》中女子重回淇水遥望彼岸,回忆当初出嫁离家情景,"女子有行,远父母兄弟",虽未明言亲人如何送嫁,但其远离亲人时的怨别可以想见;《鄘风·载驰》则表达了离人的另一种情思与心态,一面是对自己故国的担忧,一面是于礼节束缚的顾虑,许穆夫人匆忙远离赶路的焦虑情形跃然纸上。这两首诗亦不能算作完全意义上的送别诗,但却有着对离别的强烈意识,后代人们远离故土时写作抒怀离别之作,不能不说没受其影响。而《小雅·采薇》之"昔我往矣,杨柳依依"更是千古传诵的名句,成为历代送别诗写柳述别这一原型意象的权舆。

《诗经》中具有完全意义的送别诗,有《邶风》之《燕燕》《击鼓》《泉水》,《秦风·渭阳》,《大雅》之《烝民》《崧高》《韩奕》,《周颂·有客》等八首。这八首诗虽没有后代送别诗那样或者有着明确的送别背景,或者透露明确的送别时间、地点、主客体等,但其中的确饱含着主客分离时依依不舍的别情,是后代送别诗的正源。

(一)《燕燕》:"万古送别诗之祖"

历代论诗,多溯源于《诗经》,把《诗经》中经典篇目定位为后代同类题材诗作之祖。如乔亿《剑溪说诗又编》追溯优秀题材之唐诗皆出于《诗经》:

> 许彦周亟称《邶风》"燕燕于飞",可泣鬼神。阮亭先生复申其说,为万古送别诗之祖。余谓唐诗之善者,不出赠别、思怀、羁旅、征戍及宫词、闺怨之作,而皆具于《国风》、小大《雅》,今独举《燕燕》四章,其说未备。盖《雄雉》,思怀诗之祖也;《旄丘》《陟岵》,羁旅行役诗之祖也;《击鼓》《扬之水》,征戍诗之祖也;《小星》《伯兮》,宫词、闺怨诗之祖也。《品汇》载张说巡边,明皇率宋璟以下诸臣各赋诗以饯别,犹吉甫赠申伯之义也。贺知章归四明,明皇复率朝士咏歌其事,亦诗人咏《白驹》之义也。凡此虽不尽合乎《风》《雅》,而遗意犹存,不皆其苗裔耶?②

---

① 程俊英译注《诗经译注》,第107—108页。
② 乔亿《剑溪说诗又编》,郭绍虞编选,富寿荪校点《清诗话续编》,上海古籍出版社,1983年,第1115—1116页。

其所论各种题材之诗祖,并非如钟嵘论诗溯源之某人源出于某人,而是从类于艺术原型的角度阐释了《诗经》题材诗对后代同类诗歌的影响。陈文忠先生说:"如果一首诗对某种生活情境和风俗画面加以真正的独创性的艺术再现,摄下'光辉的第一印象',那么后人在类似的背景下表现同一对象,这'第一印象'就会成为同类作品的艺术原型,启发人们的诗思,提供典型的意象,反复被后人借取袭用。"①诚如斯,则乔亿上举《诗经》中各诗可以看作后代同类题材的艺术原型,《诗经·邶风·燕燕》便是历代送别诗的艺术原型。乔亿于行文中并不掠美,指出极称《燕燕》影响于后代送别诗者是宋代许顗和清代王士禛。

宋许顗《彦周诗话》曰:"'燕燕于飞,差池其羽。之子于归,远送于野。瞻望弗及,泣涕如雨!'此真可泣鬼神矣。张子野长短句云:'眼力不知人,远上溪桥去。'东坡《送子由诗》云:'登高回首坡陇隔,惟见乌帽出复没。'皆远绍其意。"②清王士禛《分甘余话》卷三结合其所理解的诗本事,进一步阐发许说曰:"《燕燕》之诗,许彦周以为可泣鬼神。合本事观之,家国兴亡之感,伤逝怀旧之情,尽在阿堵中。《黍离》《麦秀》未足喻其悲也,宜为万古送别诗之祖。"③"万古送别诗之祖"冠之《燕燕》,遂成定论,学术界研究送别诗时莫不溯源及《燕燕》。《燕燕》四章章六句,首章曰:

> 燕燕于飞,差池其羽。之子于归,远送于野。瞻望弗及,泣涕如雨。④

首两句传统解诗理解为以"燕燕"起兴,其实也可以解为实写离别场景,展示本次送别事件发生的时间与旷野里紫燕双飞的离别背景。而与物事形成鲜明对比的是离人远去,送者伤怀。一个"远"字说明了送离二者难分难舍,不觉送了一程又一程;而"瞻望"二字则说明了二人分手之后,送者远望行人远去的背影,直至"弗及"。行者此时此刻感觉如何不得而知,送者却泪水潸然如雨;而另一方面双燕翻飞,呢喃细语,依然如初。乐景哀情,不堪卒睹,"以乐景写哀,以哀景写乐,一倍增其哀乐"⑤。本章以叙述的笔法勾勒了三个画面:晴空旷野双燕翻飞的自然场景,送者离人边走边谈、依依不舍的片

---

① 陈文忠《中国古典诗歌接受史研究》,安徽大学出版社,1998年,第143页。
② 许顗《彦周诗话》,《历代诗话》,中华书局,1981年,第378页。
③ 王士禛撰,张世林点校《分甘余话》,中华书局,1989年,第62页。
④ 程俊英译注《诗经译注》,第47页。
⑤ 王夫之著,舒芜校点《姜斋诗话》,《四溟诗话 姜斋诗话》,人民文学出版社,1961年,第140页。

段,送者登高远望离人渐远黯然泪下的情景,写景、叙事、抒情自然糅为一体,仅此六句即可自足为一首有意境的送别佳制。

次章和三章以重章叠唱的方式进一步展开,自然场景上,燕子"颉之颃之""上下其音",与首章"差池其羽"互文见义;送离二者,"远于将之""远送于南"对"远送于野"进一步说明,一唱三叹表达难分难舍之情;而随着时间的推移,离人渐行渐远,送者从泣涕俱下到"伫立以泣",最后泪水流干、默然伤心,通过叠唱的方式一一道来。根据送者感情的起伏,从分手时当下心里的刺激到行人远离后伤怀的默想,作者较合理地安排了诗歌的结构。感情由激动到平静,内心由阵痛到哀伤,诗歌也由叙事抒情到直抒胸臆,从感性回到理性,第四章以回想方式表达对离人的惜别与思念之情。其词曰:

> 仲氏任只,其心塞渊。终温且惠,淑慎其身。先君之思,以勖寡人。①

澎湃起伏的心潮在时间的流逝中逐渐平静,离人昔日的一举一动、一颦一笑历历目前,正是这种深厚的情谊才导致了此时千里追送、难舍难分的一幕幕动人情景。

《燕燕》属于一首送行诗,从留者的角度抒发别离情怀,只做客观的描述,没有离情的直接表露,即便末章的回想,也只是细数离人昔日的各种优点,但却给读者强烈的震撼力,送者深挚的惜别之情表达得淋漓尽致。钱锺书说:"夫客子远役苦辛。旅程烦缛,煞费料量,人地生疏,重劳应接;而顿新闻见,差解郁陶。故以离思而论,行者每不如居者之专笃,亦犹思妇之望远常较劳人之念家为深挚。此所以'惆怅独归',其'情'更凄戚于踽凉长往也。法国诗人旧有句云:'离别之惆怅乃专为居者而设。'拜伦致其情妇书曰:'此间百凡如故,我仍留而君已去耳。行行生别离,去者不如留者神伤之甚也。'"②去者不如留者离思之专笃,故送别诗以送行诗为大宗,《燕燕》实其开端。

作为"万古送别诗之祖"的《燕燕》一诗,对后代送别诗影响深远。钱锺书《管锥编·毛诗正义·燕燕》条于其影响有着精辟的专论:

> 梁朱超道《别席中兵》:"扁舟已入浪,孤帆渐逼天,停车对空渚,长望转依然";唐王维《齐州送祖三》:"解缆君已遥,望君犹伫立",又《观别

---

① 程俊英译注《诗经译注》,第48页。
② 钱锺书《谈艺录》(补订本),中华书局,1984年,第541页。引文括注省略。

者》:"车徒望不见,时见起行尘";宋王操《送人南归》:"去帆看已远,临水立多时"(《皇朝文鉴》卷二二、《全唐诗》误作无名氏断句);梅尧臣《依韵和子聪见寄》:"独登孤岸立,不见远帆收,及送故人尽,亦嗟归迹留"(《宛陵集》卷六);王安石《相送行》:"但闻马嘶觉已远,欲望应须上前坂;秋风忽起吹沙尘,双目空回不见人";以至明何景明《河水曲》:"君随河水去,我独立江干"(《何大复先生集》卷六);亦皆"远绍"《燕燕》者,梅、王诗曰"登"、曰"上",与张词、苏诗谋篇尤类。顾"不见"也、"唯见"也、"随去"也,说破着迹。宋左纬《送许白丞至白沙,为舟人所误,诗以寄之》:"水边人独自,沙上月黄昏"(辑本《委羽居士集》诗题无末四字,据《永乐大典》卷一四三八〇《寄》字所引补),庶几后来居上。……至若行者回顾不见送者之境,则谢灵运《登临海峤初发疆中》:"顾望脰未悁,汀曲舟已隐;隐汀绝望舟,骛棹逐惊流";谢惠连《西陵遇风》:"回塘隐舻栧,远望绝形音";与《燕燕》等所写境,正如叶当花对也。①

"诗的历史是无法和诗的影响截然区分开的"②,《燕燕》一诗正是与其创作影响史联系起来时才确定了其送别诗不祧之祖的地位。钱先生历数《燕燕》一诗影响所及时,并没有埋没本诗接受史上的第一位影响史阐释者宋人许顗,并抓住本诗"瞻望弗及,伫立以泣"一联的影响史结合许氏的判断进行了精到的分析:

  "瞻望勿及,伫立以泣"。按宋许顗《彦周诗话》论此二句云:"真可以泣鬼神矣!张子野长短句云'眼力不如人,远上溪桥去',东坡与子由诗云'登高回首坡垅隔,惟见乌帽出复没',皆远绍其意。"张先《虞美人》:"一帆秋色共云遥。眼力不知人远,上江桥。"许氏误忆,然"如"字含蓄自然,实胜"知"字,几似人病增妍、珠愁转莹。陈师道《送苏公知杭州》之"风帆目力短",即"眼力不如人远"也。去帆愈迈,望眼已穷,于是上桥眺之,因登高则视可远——此张词之意。曰"不知",则质言上桥之无济于事,徒多此举;曰"不如",则上桥尚存万一之可冀,稍延片刻之相亲。前者局外或事后之断言也,是"徒上江桥耳";后者即兴当场之悬词也,乃"且上江桥欤!"辛弃疾《鹧鸪天》"情知已被山遮断,频倚阑干不自由",则明知不见而尚欲遥望,非张氏所谓"不知"也。唐邵谒《望行人》

---

① 钱锺书《管锥编》,中华书局,1986年,第78—79页。
② 〔美〕哈罗德·布鲁姆《影响的焦虑——一种诗歌理论》,徐文博译,江苏教育出版社,2006年,第5页。

"登楼恐不高,及高君已远",则虽登高而眺远不及,庶几如张氏所谓"不知"矣。张氏《南乡子》"春水一篙残照阔,遥遥,有个多情立画桥",《一丛花令》"嘶骑渐遥,征尘不断,何处认郎踪",盖再三摹写此境,要以许氏所标举者语最高简。①

钱先生论述"瞻望"联的影响时跳过原诗,从张先的词入手分析"知""如"两个字在诗词中不同的效果,是在谈影响的影响,举例准确恰当,分析丝丝入理。然而,许颛所引张先长短句固属误记,然钱氏反复致意的"如"字在《彦周诗话》中却本来是"知"字,其赖以立论的靶子或者是自己误忆所致。当然,"如"字只是钱氏立论的入手处,白璧微瑕,不会影响钱氏此段论述的精彩。

钱锺书对《燕燕》影响史的论述重点在诗歌的用语造境方面,特别是梳理了"瞻望"这个行为意象在历代送别诗中以夺胎换骨的方式反复出现的历史,以事实摆明《燕燕》一诗在"送别眺望"这一原型母题中的发端地位。其实,在写作构思上,《燕燕》一诗也有着典型的范式作用。"一首诗从字面看是词语的连缀;从艺术构思的角度看则是意象的组合"②,诗人对其作品中的意象群采用不同的组合方式亦会有着不同的效果。《燕燕》一诗主要运用了对照和重章的方式组合其中两组重要的行为意象——双燕翻飞和鸣与送者追送瞻望、伫立流泪。重章与物是人非式的对照都是《诗经》中最常用的意象结构方式,本诗合理运用这一方式,既体现了时间的推移与送者情感的发展脉络,又通过哀乐的对照表达出强烈的情感张力,使全诗具备浓郁的艺术感染力。维姆萨特《象征与隐喻》说:"在理解想象的隐喻的时候,常要求我们考虑的不是 B(喻体,vehicle)如何说明 A(喻旨,tenor),而是当两者被放在一起并相互对照、相互说明时能产生什么意义。强调之点,可能在相似之处,也可能在相反之处,在于某种对比或矛盾。"③《燕燕》这种对照式安排意象的方式虽没有人称之为隐喻,但却类似于这里所说的强调之点"在相反之处",其目的在于哀乐的对比与物是人非的悖论。而正是这种矛盾对照的意象安排方式在后代送别诗中屡见不鲜,并且分枝开花,出现了强调之点"在相似之处"的以哀写哀、以乐写乐的新的组合方式。如潘岳《金谷集作诗》列举出一系列的物象以显示金谷自然美景与离人远别时送者感伤情怀的对照,就是从"相反之处"着墨,其意象组合方式与《燕燕》一诗的安排方式一脉相承。

---

① 钱锺书《管锥编》,第78页。
② 袁行霈《中国诗歌艺术研究》,北京大学出版社,1987年,第67页。
③ 赵毅衡编选《"新批评"文集》,中国社会科学出版社,1988年,第357页。

而王昌龄《芙蓉楼送辛渐二首》其一则从"相似之处"入手,以连江寒雨、孤峙楚山映衬平明送客,益显离别凄苦之愁,与《燕燕》那种悖论式安排意象有着异曲同工之妙。

另外,《燕燕》所写的离别融合普遍性与个别性于一体,首三章形象的离别画面不涉及送离双方的个别性描写,却使离别之情更易引起读者的共鸣,情感更为真挚凝练。末章对本次离别对象进个别性具体表述,与前面抽象性送别场景的描写结合在一起,令读者从切身的联想回到事实本身,增添对本次离别事件的同情之感。这种结构安排别具匠心,在后代送别诗中产生了深远的影响。如许多六朝送别诗,既有对本次离别事件的交代,即个别性表述,又有对于离情别景的描述,具有一定的普遍性,譬如吴均《发湘州赠亲故别》(君留朱门里)一首就是这种结构方式,不能说没有受《燕燕》的影响。

总之,无论是具体原型意象,还是意象组合方式与文本结构方式,《燕燕》都对后代送别诗产生了重要的影响,无愧"万古送别诗之祖"的称誉。

然而,关于《燕燕》诗本事的解释见仁见智,众说纷纭:或主女性之间的越礼相送,或者称兄妹之间的手足之别,抑或解作分手情人各自陌路的无奈诀别,虽有抒发亲情或恋情之不同,但都肯定本诗抒写的是别情。从某种意义上说,正是《燕燕》一诗所抒发的惜别之情具有人类普遍性,从而勾起历代知音强烈的共鸣,引起诸多学人面对经典的诗学沉思。这样看来,不仅从诗歌创作史与影响史来看,《燕燕》是"万古送别诗之祖",从诗学史上观之,《燕燕》亦堪称不朽的经典。

(二)《击鼓》《渭阳》:征夫别妻与赠物惜别之作

《邶风·燕燕》以其经典的意象在送别诗史上占据了开山地位,与之交相辉映,《邶风·击鼓》《秦风·渭阳》也是《诗经》中影响深远的送别之作。《渭阳》是一首送别诗历代基本没有争议,《击鼓》诗旨则主要有三种不同的看法,其中钱锺书的送别说最惬人意,故取其义而归之于送别类。

《击鼓》五章,章四句。其写作背景学界基本定论:鲁隐公四年,卫州吁联合陈、蔡、宋伐郑,以孙子仲统帅三军,国人怨愤,士兵劳苦。而本诗的题旨在后代的阐释中出现了分歧,其分歧的最关键点在于对"死生契阔,与子成说。执子之手,与子偕老"一章的理解。最传统的一种解释是认为本诗反映了士兵相约互帮互助而最后各自逃散、置盟誓于不顾的事实,"作者在诗里概括地叙述他从入伍,出征,到思归逃散的一段过程","是最古的一篇以兵写兵的短诗杰作"。① 这种题旨是基于"死生契阔"章郑《笺》的理解:"从军之士,与其伍约,死也生也,相与处勤苦之中,我与子成相说爱之恩,志在相存救也。""执其手与之约,誓示信也。言俱老者,庶几俱免于难。"如此,所谓"与子偕老"者则是士兵之间相互救助的盟誓之言,全诗表面写的是战争中士兵的不堪之事,实质却如《诗序》所言"怨州吁也",②是一首怨诗,是卫人怨恨州吁用兵的作品。诚如斯,本诗自不能算是送别之作。第二种观点认为是卫国戍卒思归而不得的诗,这种理解是基于把"死生契阔"章释为夫妇盟约义。孔《疏》引王肃云:"言国人室家之志,欲相与从生死契阔勤苦而不相离,相与成男女之数,相扶持俱老。"③如果"死生契阔""与子偕老"诸语是夫妻之间相扶终老的海誓山盟,则本章属远戍士卒以回忆手法叙述往事,更增思念之情。方玉润、高亨、程俊英、金启华、樊树云均持此观点。余冠英也说:"这是卫国远戍陈、宋的兵士嗟怨想家的诗。""揣想当时留守在陈、宋的军士可能因晋国的干涉和卫国的屈服,处境非常狼狈,所以诗里有'爰丧其马'这类的话。第三章和末章都是悲观绝望的口气,和普通征人念乡的诗不尽同。"④进一步指出了此诗的思乡和普通征人望乡的区别。对"契阔"有着独到理解并得出《击鼓》新解的是钱锺书。《管锥编·毛诗正义·击鼓》"'契阔'诸义"篇曰:

> 按《笺》甚迂谬,王说是也,而于"契阔"解亦未确。盖征人别室妇之词,恐战死而不能归,故次章曰:"不我以归,忧心有忡。""死生"此章溯成婚之时,同室同穴,盟言在耳。然而生离死别,道远年深,行者不保归其家,居者未必安于室,盟誓旦旦,或且如镂空画水。故末章曰:"于嗟阔兮,不我活兮!于嗟洵兮,不我信兮!"《豳风·东山》末章及《易·渐》可相发明,《水浒》第八回林冲刺配沧州,临行云:"生死存亡未保,娘子在家,小人心去不稳",情境略近。黄生《义府》卷上:"'契',合也,'阔',离也,与'死生'对言。'偕老'即偕死,此初时之'成说';今日从军,有'阔'而已,'契'无日也,有'死'而已,'生'无日也。'洵',信也,'信',申也;前日之言果信,而偕老之愿则不得申也。今人通以'契阔'为隔远之意,皆承《诗》注之误。"张文虎《舒艺室随笔》卷三:"王肃说《邶风·击鼓》之三章,以为从军者与其室家诀别之词;杜诗《新婚别》深

---

① 陈子展《国风选译》(增订本),上海古籍出版社,1983 年,第 61 页。
② 郑玄笺,孔颖达等正义《毛诗正义》,《十三经注疏》,第 299 页。
③ 同上书,第 300 页。
④ 余冠英选注《诗经选》,人民文学出版社,1956 年,第 28 页。

得此意。"黄释"契阔"甚允;张以杜诗连类,殊具妙悟;王肃之说与黄生之诂,相得益彰。苏武《古诗》第三首:"结发为夫妻,恩爱两不疑。……行役在战场,相见未有期。……生当复来归,死当长相思。"李商隐《行次西郊作》:"少壮尽点行,疲老守空村,生分作死誓,挥泪连秋云。"均《击鼓》之"死生契阔"也。①

钱先生批判了"死生契阔"章郑《笺》士兵伍约盟誓说,肯定了王肃男女扶持偕老义,并引黄生与张文虎诂解发明己说,得出"征人别室妇之词"的新解,切理餍心。则《击鼓》确是一首送别诗,而且是一首从征别室妇之作,杜甫《新婚别》与之桴鼓相应。

　　从钱锺书的新解出发,重新解读《击鼓》一诗,夫妻无奈的分别之情通过出征的丈夫娓娓道来,真挚感人。首章以战鼓起兴,交代兵事兴起,自己即将出征;次章进一步明确此次出征的具体情况,与陈、宋联军一起在孙子仲的率领下出征郑国,接着以"不我以归,忧心有忡"直抒将长期不得归家团聚的痛苦;三章则进一步抒发离情,前途"有锋镝死亡之忧"②,诗人痛苦地告诉妻子,如果自己在战场上出现意外,只有"于林之下"收其骸骨,韩愈《左迁至蓝关示侄孙湘》"知汝远来应有意,好收吾骨瘴江边"明用塞叔哭师典,暗绍此意。首三章好像出征者面对着妻子当面交代:此次被应征出战,相形之下,命运不济、前途渺茫,故而忧心忡忡、悲观痛苦,特别是以后事相嘱,生人作死别,催人泪下。然而,更令人揪心的是后两章的表述。四章以追忆的方式抒写夫妻曾经"执子之手,与子偕老"的誓约,"始为室家之时,期以死生契阔,不相忘弃,又相与执手而期以偕老也"③,长相厮守、生死与共、永不分离,多么朴素而又美好的人生愿望,却在战争面前彻底粉碎。因此,末章以直抒胸臆的方式表达对战争的怨愤,"昔者契阔之约如此,而今不得活;偕老之信如此,而今不得伸。意必死亡,不复得与其室家遂前约之信也"④,平静的家庭生活被破坏、美丽而又真挚的誓约被撕毁,一切都源于不义的战争。《击鼓》正是以出征者的口气写给送行的妻子的留别诗,其中既有对于未来悲观的假想,也有对过去和谐幸福生活的回忆,亦不乏现在无奈违背盟誓的怨愤,抒发了因战争而引发的生离死别之情。杜甫《新婚别》则以妻子的口吻,曲折而深刻地抒写与出征丈夫离别的悲哀,与《击鼓》合读相得益彰。所不同的

---

① 钱锺书《管锥编》,第80—81页。
② 朱熹集注《诗集传》,中华书局,1958年,第18页。
③ 同上书,第19页。
④ 同上。

是《击鼓》一直以悲写悲,由悲生怨,感情基调始终是沉郁的、悲苦的;《新婚别》则从怨到爱,由家及国,感情由沉痛到激昂,给人以悲壮的美感。

《击鼓》作为一首征夫别妻的留别之作,从其对杜甫《新婚别》的影响可见其在同类诗作中的重要地位。《渭阳》则以离别赠物的方式抒发别情,无论在历代送别事实还是送别赋诗中,都有着不可低估的作用。

《秦风·渭阳》二章章四句,毛《序》:"《渭阳》,康公念母也。康公之母,晋献公之女,文公遭丽姬之难,未反,而秦姬卒。穆公纳文公。康公时为大子,赠送文公于渭之阳,念母之不见也。我见舅氏如母存焉。及其即位,思而作是诗也。"①则此诗送别背景豁然明朗起来,秦康公送别流亡二十载的舅氏重耳归国争位,并勾起对已故母亲的思念之情。历代解经家和现当代注释者基本同意此说,惟对于《序》"及其即位,思而作是诗也"之论,陈子展进行了详细的辨析。其《诗经直解》曰:"今按:《渭阳》,秦康公见舅思母,送别舅氏之诗。《序》说不误,误在末句'及其即位,思而作是诗'。此谓诗非康公时为太子赠送叙事之作,乃其即位以后追思别绪之作邪?抑谓即位者指其舅氏晋文公,因其即位而思之邪?即位者谁?文义不明。"提出疑问然后博引历代经学家诸说并考之:"据《春秋·左传》,晋文公由秦归国在僖公二十四年,当周襄王十六年,次年即位。(公元前六三五)是《渭阳》一诗当作在僖二十四年,至迟亦不过次年。其时康公为太子。晋文公卒于僖三十二年,当周襄王二十四年,在位八年。秦康公即位在文七年,当周襄王三十二年。以知晋文公死后八年,秦康公始即位。彼固无缘于事过十六七年之久,此时复述送别渭阳之事而著之于诗也。"②陈考诚是,《渭阳》乃秦康公于僖公二十四年送别重耳归国时所作的一首送行诗可成定论。

与《击鼓》在诗中瞻前顾后详细交代本次离别的方方面面不同的是,《渭阳》叙述简洁扼要,给读者留下了诸多信息断点,有待结合历史背景进一步补充其中的空白,弄清本次送别事件的始末,方可理解其深刻的内蕴。朱熹《诗集传》清晰梳理了此次送别事件的历史背景:"按《春秋传》,晋献公烝于齐姜,生秦穆夫人、太子申生。娶犬戎胡姬,生重耳。小戎子生夷吾,骊姬生奚齐,其娣生卓子。骊姬谮申生,申生自杀。又谮二公子,二公子皆出奔。献公卒,奚齐、卓子继立,皆为大夫里克所弑。秦穆公纳夷吾,是为惠公。卒,子圉立,是为怀公。立之明年,秦穆公又召重耳而纳之,是为文公。"③按此线索检索《左传》,知晋献公宠妃骊姬很早就有谋立己子的野心,其先与外嬖二五

---

① 郑玄笺,孔颖达等正义《毛诗正义》,《十三经注疏》,第374页。
② 陈子展《诗经直解》,复旦大学出版社,1983年,第403页。
③ 朱熹集注《诗集传》,第79页。

谋划,令献公使其他儿子皆外封,唯留自己与其娣所出奚齐、卓子留绛;接着在僖公四年用下毒转祸诡计致大子申生于死地,令申生于是年十二年戊申自缢于新城,夷吾、重耳出逃;然而,骊姬野心虽然得逞却不得人心。僖公九年晋献公卒后,奚齐、卓子相继立位却均被里克所杀;夷吾在齐、秦的帮助之下归国争位,立为晋惠公;僖公二十三年,惠公卒,其子圉立为怀公。从僖公四年末骊姬策划的兄弟阋于墙到怀公即位,二十年间晋国宫闱可谓血雨腥风,身陷其中的公子重耳即是《渭阳》中的主人公,以史证诗,可以读出诗中深刻内涵。

重耳从僖公四年十二月奔蒲开始流亡生涯,奔狄居十二年,娶季隗生伯儵、叔刘;过卫,遭文公不礼,乞食于野人并受土块;及齐,得妻并马二十乘,被姜与子犯醉遣;及曹,被曹共公窥浴;及宋,得赠马二十乘;过郑,文公不礼;及楚,回答楚子何以报楚德,后被护送至秦;在秦,纳女五人,得怀嬴;僖公二十四年春,秦伯护送其回国争位。从出逃到归国,二十年间流避八国,历经各种磨炼,此次归国争位虽有秦国的力助,但依然困难重重,前途未卜。在这种复杂的政治背景之下,秦康公送别舅氏重耳归国,自然心存顾虑,忧心忡忡。然而,屡经磨难的重耳此次归国大计自容不得儿女情长。故《渭阳》一诗所有离情牵挂,万语千言,均从叙写赠物中表达出来。

《钦定诗经传说汇纂》卷七引薛应旂语:"上章是送之有所在,而以所乘赠之;下章是送之有所思,而以所佩赠之。"又引辅广语:"读是诗者见其情意周至,言有尽而意无穷,良心之发固如是也。"[1]首章言赠之路车乘黄,赠送车马固然有礼制规矩,此外,快马坚车是重耳此次归国行旅最有力的保障,赠此可见秦国考虑周全。而"路车乘黄"这一符号所传达的内在信息则是告诉行者,有如此坚实的后盾保障,尽管放心归国,其实深藏了一份祝福与祈祷在里面,但愿行者此去一帆风顺,马到成功。末章言赠之琼瑰玉佩,则在于通过赠物传达送者对离人的惜别情怀,琼瑰玉佩一则是对行者高洁品格的比德,再则是让离人能够见物如见人,不要让时间冲淡了彼此之间深厚的亲情。辅广以"情意周至"来概括此诗正得其意。《诗经集传》引王氏曰:"至渭阳者,送之远也。悠悠我思者,思之长也。路车乘黄、琼瑰玉佩者,赠之厚也。"[2]不但关注到赠物在本诗中的重要作用,还分析了送别地点和送行者抒怀的重要意义。渭阳既是实指,属秦晋边界;又是虚指,两国支流汇入渭水,代表两国联姻、世代友好的特殊关系;重耳出逃一晃二十载,由一个纨绔率性、胸无大志的贵族子弟成长为一个饱经风霜、深明大义的政治家,故渭水本身特殊的意

---

[1] 王鸿绪等《钦定诗经传说汇纂》卷七,雍正五年刻本。
[2] 朱熹集注《诗集传》,第 79—80 页。

蕴,自然能够引发送行二者流水无情人有情、"逝者如斯"的人生感慨,达到了以境造情的效果。

送行者"悠悠我思"的抒怀,从送别情境来看指表达思念舅氏也无不可,但传统解释紧承毛《序》,认为是指诗人思念自己已故的母亲。诚如斯,则此诗又增添更深一层意旨。这种见舅氏而思故母的说法影响深远,乃至于《渭阳》一诗的送别本旨反被思母所代替,如《后汉书·马援列传》:"八年,因兄子豫怨谤事,有司奏防、光兄弟奢侈逾僭,浊乱圣化,悉免就国。临上路,诏曰:'舅氏一门,俱就国封,四时陵庙无助祭先后者,朕甚伤之。其令许侯思愆田庐,有司勿复请,以慰朕《渭阳》之情。'"①《北齐书·杨愔传》:"(杨愔)幼丧母,曾诣舅源子恭。子恭与之饮。问读何书,曰:'诵《诗》'子恭曰:'诵至《渭阳》未邪。'愔便号泣感噎,子恭亦对之歔欷,遂为之罢酒。"②

《渭阳》既是见舅思母意象的代表,更是赠物别人的早期记录,以诗证史,可见春秋时期送别习俗之一斑,六朝时期盛行的送故制度正是渊源有自。而其在盛大送别情境下压制私人感情的写作模式,在后代祖道诗和励志型送别诗中广为应用,特别是唐代昂扬向上一路的送别诗与之异曲同工。另外,"渭阳"这一意味深远的送别场景,已经成为典故在后代送别诗中屡被征引。如枣腆《答石崇诗》"我舅敷命,于彼徐方。载咏陟岵,言念渭阳",杜甫《奉送卿二翁统节度镇军还江陵》"寒空巫峡曙,落日渭阳情",《奉送二十三舅录事之摄郴州》"气春江上别,泪血渭阳情",卢纶《秋中野望寄舍弟绶兼令呈上西川尚书舅》"红旌渭阳骑,几日劳登涉",刘商《泛舒城南溪赋得沙鹤歌奉饯张侍御赴河南、元博士赴扬州拜觐仆射》"素质翩翩带落晖,湖南渭阳相背飞。东西分散别离促,宇宙苍茫相见稀",元稹《赠咸阳少府萧郎》"别时何处最肠断,日暮渭阳驱马行",僧栖白《送造微上人游五台及礼本师》"寒空金锡响,欲过渭阳津"等,或以"渭阳"指舅氏,或以"渭阳"代指送别之地,或以之代指念母。可见,"渭阳"在后代已经成为一复义性意象,在《渭阳》的复义基础上被广泛运用。方玉润评《渭阳》诗曰:"诗格老当,情致缠绵,为后世送别之祖,令人想见携手河梁时也。"③此论不虚。

《击鼓》和《渭阳》一写征夫别妻,一叙惜别赠物,都是后代送别诗中关注的重要题材:前者时间线索的安排别具匠心,后者特殊场景的运用意味弥深;前者别离时无奈的怨愤直接抒泄,后者送行时留者的深意委婉含蓄。但二者都是中国送别诗的渊源所在,其题材上的开拓意义与对后世送别诗的影响可

---

① 范晔撰,李贤等注《后汉书》,第857页。
② 李百药《北齐书》,中华书局,1972年,第453页。
③ 方玉润著,李先耕点校《诗经原始》,中华书局,1986年,第279页。

谓深远。

(三)《崧高》《烝民》《韩奕》:祖饯赋诗的始兴

《诗经·大雅》中的《崧高》《烝民》《韩奕》三首诗,都直接在诗歌中记述了其时祖饯的场面,说明了在上古时期祖饯赋诗即已兴起。

《崧高》八章,章八句。毛《序》:"《崧高》,尹吉甫美宣王也。天下复平,能建国亲诸侯,褒赏申伯焉。"孔颖达《正义》:"《崧高》诗者,周之卿士尹吉甫所作以美宣王也。以厉王之乱,天下不安,今宣王兴起先王之功,使天下复得平定,能建立邦国,亲爱诸侯,而褒崇赏赐申国之伯焉。以其褒赏得宜,故尹吉甫作此《崧高》之诗,以美之也。"据此,此诗意在赞颂宣王建邦立国、亲爱诸侯、褒赏得宜、治国有方的功德,"虽为申伯发文,要是总言宣王之美"。"经八章皆是褒赏申伯之事,其'南国是式''式是南邦''锡尔介圭','路车乘马',是褒赏之实也。"①研读本诗固然可以看出作者颂扬王德的明显意图,印证周代封邦建国的史实,另一方面也能见出周代赋诗祖饯的习俗。朱熹《诗集传》就是从赋诗祖饯的角度,阐释此诗题旨乃"宣王之舅申伯出封于谢,而尹吉甫作诗以送之"②。陈子展认为《朱传》此旨"语甚简明,与诗旨合"③,当代学界亦多从尹吉甫作诗祖饯申伯之说。

从祖饯角度研读《崧高》,可以初窥早期祖饯诗的大致风貌。诗歌首先以"骏极于天"的中岳嵩山起势,比德即将远离的申伯特殊出身与"维周之翰,四国于蕃,四方于宣"的重要地位,预示本次送别活动规格非同一般。接下来二至五章,不惜笔墨铺排周王为申伯出行的周密准备:命召伯为申伯定宅、彻土田,命傅御"迁其私人",从疆界、城邑、寝庙、土田到随行人员,无不考虑周全。其浓墨重彩既显示了周王对申伯的重视,也渲染了申伯此行的重要性,可见此次送别活动有重大的政治意义。第六章直言当下祖饯之事,"申伯信迈,王饯于郿。申伯还南,谢于诚归。王命召伯:彻申伯土疆。以峙其粻,式遄其行",出发之前先安排前方目的地一切事宜,再赠赐"路车乘马""介圭"以示即将分别。真要离开时却又依依不舍,用一个"信"字和临别时再次询问办事人员的安排情况,表达了行者与送者的惜别之情。第七章设想行者到达目的地以后的情景,"申伯番番,既入于谢。徒御啴啴,周邦咸喜",行者远离后的美好未来流诸笔端。末章直接赞颂行人的功德,并揭示诗旨,作诗赠行,"吉甫作诵,其诗孔硕。其风肆好,以赠申伯"。综观全诗,结构紧

---

① 郑玄笺,孔颖达等正义《毛诗正义》,《十三经注疏》,第565页。
② 朱熹集注《诗集传》,第212页。
③ 陈子展《诗经直解》,第1017页。

凑,线索明晰,全诗紧扣申伯出行展开,先追述行者事迹,再记叙饯行经过,最后悬想行者到达目的地以后的情况,一气贯注,为后代送别诗的结构安排提供了范型。

相对于《崧高》简笔带过祖饯场景来说,《烝民》对祖饯场景的叙述算是详细了。《烝民》八章,章八句。其题旨毛《序》以为乃"尹吉甫美宣王也,任贤使能,周室中兴焉"①;朱熹则认为是"宣王命樊侯仲山甫筑城于齐,而尹吉甫作诗以送之"②。历代解经者各持己见,众说纷纭,陈子展《诗经直解》同意古文毛氏说,程俊英同意朱熹意见,认为"这是尹吉甫送别仲山甫的诗。周宣王派仲山甫筑城于齐,在他临行时,尹吉甫作了这首诗赠他。诗中赞扬仲山甫的美德和他辅佐宣王的政绩"③。虽然关于仲山甫其人其事有各种不同的说法,特别是与本诗相关的樊地之所在、仲山甫的姓与名字的意义、仲山甫徂齐是筑城抑或受封、本诗仲山甫与《崧高》诗中提及的"甫"是否一人等方面,"诸说缴绕,不可爬梳。史料有阙,尚难论定"④,但回归到诗歌文本本身,跳出考据的困境,还是不难理解这首送别诗作的。

诗歌前六章从仲山甫出生有自出发,颂扬仲山甫忠于职守、刚柔有度、谏补王阙等各方面美好的品德,塑造了一位即将别离的名臣典范。七、八章详细叙述仲山甫出祖的场面:

> 仲山甫出祖,四牡业业,征夫捷捷,每怀靡及。四牡彭彭,八鸾锵锵。王命仲山甫,城彼东方。
> 四牡骙骙,八鸾喈喈。仲山甫徂齐,式遄其归。吉甫作诵,穆如清风,仲山甫永怀,以慰其心。⑤

肖瑞峰根据这两章,对其时祖饯场景发挥充分的想象,认为这里"真实地(而不是夸张地)传达出当时的情绪与氛围:雄壮的驷马急欲登途,蹄声与铃声发出清脆而和谐的交响;随行的身手敏捷的征夫也早已整装待发,在他们心里或许正溶漾着一份任重而道远的责任感和自豪感;酒过三巡,宣王一声令下,仲山甫便慨然启程而去,'城彼东方'。这时,另一位名叫吉甫的臣子则即席作'诵',那'穆如清风'的诗句,既激起在场的所有送行者(包括宣王)内

---

① 郑玄笺,孔颖达等正义《毛诗正义》,《十三经注疏》,第 568 页。
② 朱熹集注《诗集传》,第 214 页。
③ 程俊英译注《诗经译注》,第 594 页。
④ 陈子展《诗经直解》,第 1023—1024 页。
⑤ 程俊英译注《诗经译注》,第 594 页。

心的涟漪,也给即将远行的仲山甫带走一份温馨,一份安慰"①。肖氏虽然对其时的饯别场景有所发挥,但还是很准确地描述了那时候饯行送别的真实状况。而祖饯赋诗以慰行人的作法,既开祖饯赋诗以慰神为主向慰人的转变,也开了后代别离赋诗的先河。

《韩奕》六章,章十二句,其中"显父"具体所指,"韩"地之所归,"梁山"之所处,"蹶父""汾王"乃何人,颇有争议,陈子展《诗经直解》解题胪列异说,最为详切,可供参考。其题旨则可依朱熹解:"韩侯初立来朝,始受王命而归,诗人作此以送之。"②其第三章详细地描述了韩侯出祖时的盛况:

> 韩侯出祖,出宿于屠。显父饯之,清酒百壶。其殽维何?炰鳖鲜鱼。其蔌维何?维笋及蒲。其赠维何?乘马路车。笾豆有且,侯氏燕胥。③

出祖的路线,仪式上的祭品,送行时的赠物,宴席上的饯别,都简洁明晰地表达出来,古代祖饯送行的风俗于此可窥一斑。而综观此三首饯别赠诗,早期正式送行场合送别诗的写作意图、写作内容、结构安排,都能从中反观。

根据诗歌内容和历代注疏所揭示的写作背景可知,《大雅》中这三首送别诗,都是在周王主持下饯别重臣出行仪式上的祖饯诗,说明了周代正式祖道仪式上赋诗送别的事实,也由此可以窥知早期祖饯诗的概貌。与《燕燕》从二人执手而别时即景抒情的写法不同,此三首送别诗的作者必须站在祖饯主持者的角度进行创作。作者本人的离情别绪显得不是最为重要,重点在于歌颂送行主持者与行人的功德。诗歌文本必须兼备双重写作意图,一方面要表达出如毛《序》与郑《笺》等揭示出来美周王的题旨,另一方面要明示如朱熹《诗集传》所强调的送别意旨。因此,颂扬送别主持人与行者的美德和描述离别场景并不矛盾,而是一个问题的两个方面,因送行二者具备美好的品德而导致此次别离的意味深远,又由于别离的存在而愈加昭显送行主客品格的高尚。承袭早期祖饯诗的写法,后代仪式性祖饯诗作往往融汇颂德与述离于一体,颂美送行主持人和远行者与详细刻画离别场景相结合,从而成为一种祖饯诗写作范式。《大雅》这三首祖饯诗正是此类祖饯诗歌的开山之作。

双重意图决定了双重写作内容,兼顾的写作内容又决定了结构安排与写

---

① 肖瑞峰《花上雨——古典文学中的别离主题研究》,陕西人民教育出版社,1992年,第10—11页。
② 朱熹集注《诗集传》,第216页。
③ 程俊英译注《诗经译注》,第597—598页。

作方式的程式性。此三首诗在结构上有许多相似的地方,首先,三首诗都注重开篇发端。《崧高》以高耸入云的中岳嵩山降神开篇,来凸显即将离别者身份的显赫,方玉润称此"起笔峥嵘,与岳势竞隆","发端严重庄凝,有泰山岩岩气象。中兴贤佐,天子懿亲,非此手笔不足以称题"①;《烝民》则从天、人、万物发脉,以突出送别客体非同一般的身世,"工于发端""高浑有势"②;《韩奕》则从梁山起势,远绍大禹治水开道,以韩侯即将到达目的地的重要性来昭示韩侯此行的重要意义。此三首祖饯诗都注意发端起势高峻,以笼括全篇,为即将展开的祖饯描述造势。其次,雄壮高峻的发端之后,诗人并不着力进行送别场景的描绘,而是不惜笔墨铺叙送别主持人与行者的相关事迹,全面展示行人高大形象,为送别活动造势。如《崧高》以周王精密周全的安排来凸显行人的身份地位,《烝民》则用直接颂德的方式来褒扬行客以表达对离人的惜别之情,《韩奕》以韩侯入觐和娶妻场景的赋写来塑造行客威仪。最后,作为祖饯仪式上的送别之作,这三首诗歌都对祖饯场景进行了或详或简的描述,并进一步对行人远离后的将来进行了展望,以祝祷的方式表达了对行人远离的惜别之情。以过去、现在、将来历时性线索结构全诗,从而决定了作者以铺叙为主的写作与抒情方式。秦炳坤说:"与《燕燕》和《渭阳》借场景抒情不同,《大雅》中三首诗是通过铺叙来抒发送别之情的。以铺叙来抒情,不是直接写悲伤流泪,而是通过对被送者本人进行叙写,围绕他和相关事件层层展开,但是又让读者自然而然地受到感染,诗中未说之话已充溢于读者心灵。在这里,叙写的事虽然是客观的,但它融合着诗人深深的主观情感;抒发的别情虽然是抽象的,但它却寓于具体的铺写之中。事件与别情一实一虚,以实写虚,意味更加深长。"③秦氏的分析可谓精到,客观的叙写融合诗人的主观情感可稍加补充,由于其时送别活动的仪式性与集体性,祖饯诵诗的代言性与程式性,决定了写作过程中,诗人不得不注意祖道主持人的存在、送别客体的身份地位等外在因素。因此,其叙写可能是客观的抑或夸张的,诗人并不能淋漓地进行内心感触的抒写,故诗作中所抒发出来的感情,并非人类分离时普遍性与抽象性的别情,而是具体的、个别的。

综观《大雅》中这三首祖饯诗,可以看出早在周代祖饯赋诗就已经兴起。但由于政治因素的干扰与祖饯诗歌的代言性,三首祖饯诗的结构比较类似,按历时线索展开,具有一定的程式性;叙写方式大体一致,都是通过铺叙送别主客体的相关事迹来为送别活动造势,而真正的送别场景却不甚具体,乃至

---

① 方玉润著,李先耕点校《诗经原始》,第553页。
② 同上书,第557页。
③ 秦炳坤《中国早期的送别诗——〈诗经〉六首送别诗述论》,《重庆社会科学》2002年第6期。

在颂美主人公问题上形成多解；最后，这三首诗歌表达的是具体的、个别的祖饯活动的别情，其情感的抒发还不够深入，没有较强的代表性。无须苛求这三首祖饯诗的情感深浅，事实上，作为早期比较成熟的送别诗，它们对历代官场祖饯诗作的创作有着不可低估的影响力。

（四）《有客》：离别之际的殷勤留客歌

《周颂·有客》一章，章十二句，毛《序》和朱《传》均释其旨为"微子来见祖庙"。今人多主"宋微子朝周，周王设宴饯行时所唱的乐歌"①，与经学家的题解属一体两面，可知本诗是一首客人离别之际的留客歌。商纣王同母庶兄微子朝周并助祭周之祖庙，周王以礼相待，逗留一些时日后，微子将去，周王殷勤挽留并作此歌以送之。全诗可以分为三节，朱《传》划分最为得体，首四句一节"言其始至也"，中四句一节"言其将去也"，末四句一节"言其留之也"②。后两节八句详细记叙了离别之际依依不舍的挽留与祝福："有客宿宿，有客信信。言授之絷，以絷其马。薄言追之，左右绥之。既有淫威，降福孔夷。"和《大雅》中三首祖饯诗写法相似，《有客》也有着高峻的发端，以微子来朝时的威武整肃来突出离人的非同一般："有客有客，亦白其马。有萋有且，敦琢其旅。"骑着白马固然是其时尚白，习俗使然，亦显示客人身份地位的不平常；"萋、且，敬慎貌"，进一步刻画来客的威仪；"敦琢其旅"，以其随从的精悍无瑕来衬托主人的高贵庄重。从乘马、随从人员等具体细节入手，一位不卑不亢、威仪有度的贵族形象宛然目前。如此起势，正为下文周王留客与饯别张目。"有客宿宿，有客信信"，历代注疏家均注为客人住留的时间，"一宿曰宿，再宿曰信"，说明微子朝周颇有时日。初来时微子以得体的仪容令周人欣赏，随着住留时间的推移，周人更进一步了解其内在品质，故在其将行时出现了殷勤留客的动人场景。李小军旁征博考，别出新解，认为"'宿宿'当为'蹜蹜'或'缩缩''肃肃'；'信信'当为'申申'或'伸伸'，都为叠音形容词，在诗中修饰客人的仪表形态"，"《有客》一诗写宋微子来朝周王之事。微子为武庚之后，有美德，而武庚因叛乱为周公所诛。这时微子来朝周王，自然心情复杂，这种心情也在随从们的表情上表现了出来。全诗先言微子，次言随从。'有客宿宿，有客信信'正是写微子随从之士的不同情态。这些随从或敬谨严肃，或和舒自如。'有客宿宿，有客信信'两句诗正好相对，将随从的情态细致地勾画了出来"③。此解以扎实的考据为依据，力求洞察文本原

---

① 程俊英译注《诗经译注》，第640页。
② 朱熹集注《诗集传》，第231页。
③ 李小军《〈诗经〉"有客宿宿，有客信信"辨释》，《古籍整理研究学刊》2002年第2期。

初意图,虽没有传统解释直接明了,但可与传统解释并存。

与多数送别诗着重抒写依依不舍的别情一样,《有客》以"絷马""追""绥"等生动的动词来表达对远方客人的惜别之情,特别是"絷马"留客表达了主人坚定的用意,陈遵留客而投客人车辖于井,石氏女死后化作石尤风为天下妇人阻夫远行,与此同一机杼。后代送别诗作中屡引诸典,远源似可追溯到《有客》诗。

以上《诗经》中送别诗均为送别场景下的诗作,既有《燕燕》《渭阳》这样留者话别之作,亦有独特政治背景下集体祖饯的代言送行之作,还有客人返归主人苦留与追饯的留客乐歌,可知早在周代,送别赋诗已经成为一种习俗。虽然这些送别诗多数抒写的是具体的离别之情,像《燕燕》诗中的"瞻望"、《有客》诗中的"絷马"以及后代送别诗中具有普遍性、代表性的送别意象还不很突出,却作为中国送别诗的远源,在送别诗史上有着深远的意义。

最后还要提及的是《邶风·泉水》一诗,此诗虽然只是对出嫁时祖饯的回忆与希望回家时离别的悬想,却较详细地描写了祖饯事实,亦当归入送别诗类。《泉水》诗四章,章六句,中间两章对送别情境做了较具体的表述:

> 出宿于泲,饮饯于祢。女子有行,远父母兄弟。问我诸姑,遂及伯姊。
> 出宿于干,饮饯于言。载脂载辖,还车言迈。遄臻于卫,不瑕有害?①

从饮饯、话别、出发时交通工具的角度来写送别诗,并根据前方目的地的不同来透视出嫁时与设想归家时完全两样的心情:即将远离父母兄弟时,千言万语,难以尽言依依不舍之情;悬想归宁时,给车轴涂油以使速度更快,与主人公迫切的心情相映衬。后代送别诗往往从饯饮、舟车、叮咛切入,《泉水》一诗的影响是不可忽视的。

二、《楚辞》中写离别

与《诗经》共同构成中国诗歌史源头的《楚辞》,其中虽然没有送别场景之下的诗作,但却在吉光片羽中透露了诗人对于别离现象的认识,并从某种意义上把生离和死别相联系,上升到生命意识的高度进行审视,为送别分离打上了悲怨的烙印。而徘徊于去留之际,屈原《离骚》幻想离别故土时的那段华章,生动而又真切,不啻一首精彩的留别诗。其《哀郢》更是在被迫离开故土时一步一回头的血泪离别之作,故土依恋之情弥漫全诗,对同类离别题

---

① 程俊英译注《诗经译注》,第69页。

材诗作的影响非止一代。

(一) 千古情语之祖:悲莫悲兮生别离

《诗经》中的送别诗更多的是对别离的描述与对行人远离的安慰,屈原《九歌·少司命》则把别离作为人生重要的生命现象,以直抒胸臆的方式进行咏叹:"入不言兮出不辞,乘回风兮载云旗。悲莫悲兮生别离,乐莫乐兮新相知。"王逸注后两句曰:"屈原思神略毕,忧愁复出,乃长叹曰:'人居世间,悲哀莫痛与妻子生别离。'伤己当之也。""言天下之乐,莫大于男女始相知之时也。屈原言己无新相知之乐,而有生别离之忧也。"①朱熹《楚辞集注》:"此为巫言,司命初与己善,后乃往来飘忽,不言不辞,乘风载云以离于我,适相知而遽相别,悲莫甚焉! 于是乃复追念始者相知之乐也。"②王逸以男女之情事释屈原对于"生别离"与"新相知"的理解,朱熹则诠解为因悲痛的相别而追忆相知时的欢乐,以乐衬悲,更增别离之苦。马茂元以人神相别来解析这几句,认为"入不言兮出不辞"四句"第二句写神去时的情景,后两句言神去后人的悲哀"③。陈子展亦持人神分别解:"言神忽来忽逝,送之不及。望美人而未来,自不胜其离合悲乐之感,惟有临风恍然,发为浩歌而已。并颂神之威灵作结。明此为送神之巫所歌。"④无论是把此四句作为一次人神别离的事实来理解,还是作为由此及彼的联想抒发来诠释,或者如《文选》张铣注从寄兴的角度理解为"喻己初近君而乐,后去君而悲"⑤,都是可通的。然而,其中还透露出屈原对"生别离"作为一种客观存在的生命现象的自觉意识,并且视之为人生最大的悲苦。肖瑞峰说:"'悲莫悲兮生别离',这充满痛苦和怨愤的心声,成为后代别离文学递相沿袭的基调,简直可以说是'一锤定音'。"⑥的确是这样,"悲莫悲兮生别离"在后代诗文中反复演绎,在别离诗歌史上有着开山的意义。洪兴祖《楚辞补注》指出:"乐府有《生别离》出于此。"⑦郭茂倩《乐府诗集·杂曲歌辞·古别离》小序则梳理出了此句演变为乐府《古别离》的轨迹:

《楚辞》曰:"悲莫悲兮生别离。"《古诗》曰:"行行重行行,与君生别

---

① 洪兴祖《楚辞补注》,中华书局,1983年,第72页。
② 朱熹集注,李庆甲校点《楚辞集注》,上海古籍出版社,1979年,第40页。
③ 马茂元选注《楚辞选》,人民文学出版社,1958年,第91页。
④ 陈子展《楚辞直解》,江苏古籍出版社,1988年,第103页。
⑤ 萧统编,李善、吕延济、刘良、张铣、吕向、李周翰注《六臣注文选》,中华书局,1987年,第620页。
⑥ 肖瑞峰《花上雨——古典文学中的别离主题研究》,第53页。
⑦ 洪兴祖《楚辞补注》,第72页。

离。相去万余里,各在天一涯。"后苏武使匈奴,李陵与之诗曰:"良时不可再,离别在须臾。"故后人拟之为《古别离》。梁简文帝又为《生别离》。宋吴迈远有《长别离》。唐李白有《远别离》,亦皆类此。①

从《楚辞》悲别离起,《古诗十九首》、李陵、江淹、梁简文帝、吴迈远、李白等以"别离"为旨的诗歌在感情基调上均与之同一机杼,《乐府诗集》所收还有沈佺期、孟云卿、李益、于濆、李端、王缙、僧皎然、聂夷中、施肩吾、吴融等诗人《古别离》同题诗作,固然有转向模拟前代诗人之作的成分,追溯其最初源头依然当及于《楚辞·少司命》。从这种意义上说,千古有别必怨、逢别必悲,乃至由月之阴晴圆缺联及人之悲欢离合,留下了许多悲怨哀切的咏别佳作,莫不祖自"悲莫悲兮生别离"。下面仅举江淹之作,略窥一隅:

> 远与君别者,乃至雁门关。黄云蔽千里,游子何时还?送君如昨日,檐前露已团。不惜蕙草晚,所悲道里寒。君在天一涯,妾身长别离。愿一见颜色,不异琼树枝。兔丝及水萍,所寄终不移。②

江淹《古离别》居其《杂体三十首》之首,《杂体三十首序》:"关西、邺下,既已罕同;河外、江南,颇为异法。……今作三十首诗,效其文体,虽不足品藻渊流,庶亦无乖商榷云尔。"③据此,知《古离别》实有所本,至于其所拟对象,《乐府诗集》题序所言不虚。《文选》李善注亦云:"江之此制,非直学其体,而亦兼用其文。故各自引文而为之证,其无文者乃他说。"依李善注,江氏此诗遣词造句大抵都有所出:"黄云"句出自《古诗》"浮云蔽白日,游子不顾反","送君"句源自张协《杂诗》"下车如昨日,望舒四五圆","不惜"句本于《古诗》"香风难久居,空令蕙草残","君在"句拟《古诗》"各在天一涯""与君生别离","愿一"句来源于李陵《赠苏武诗》"思得琼树枝,以解长饥渴",末句则有曹植《杂诗》"寄松为女萝,依水如浮萍"。④ 因此,江淹《古离别》是综合古诗与前代诗人作品中叙写离别的代表性诗作杂拟而成,并非本于某一首离别之作,《乐府诗集》题序追溯此类诗作最早的源头及于"悲莫悲兮生别离",可谓灼见。

江淹《古离别》正是围绕"生别离"展开抒发别离悲怨之情。首先追忆分别场景,千里追送,直至黄云蔽野的雁门关才不得不分手诀别,特定场景下别

---

① 郭茂倩编撰,聂世美、仓阳卿校点《乐府诗集》,上海古籍出版社,1998年,第767—768页。
② 胡之骥注,《江文通集汇注》,第138页。
③ 同上书,第136页。
④ 萧统编,李善注《文选》,第1452—1453页。

离之痛自不待言,一切叮咛全部凝结在一句"游子何时还"的期待当中。而"游子"一词又包含双重含义:既有路途艰辛、返归无日,又有此去日久、乐不思蜀的意思,语带双关,留者对于此种生别离之感慨正是基于悲怨的情调。在别后独守空房的日子里,送君那一刻的情景历历如新,而时间却在苦苦的煎熬当中悄悄流逝。露已凝霜,蕙已凋残,大自然的萧条衰飒本来最易激起文人的伤感,但在留者看来都不重要,最令其揪心的莫过于气温的降低,因为游子远在他乡,"凉风率以厉,游子寒无衣"(《古诗十九首》之《凛凛岁云暮》)。昔日冬季可以互相关照体贴,而今只能独自忍受肆虐的寒风,牵挂之情表达得淋漓尽致。最后以"天一涯"与"长别离"慨叹空间距离与时间阻隔,以"琼树枝"既指实际相见之难,又双关担心离人身份地位改变之后心态可能会发生变化,并以菟丝寄松与浮萍依水表白心迹,希望离人也能一如既往,不忘故人。全诗主人公无奈之情与悲怨之意清晰地呈现出来,正是远绍"悲莫悲兮生别离"之旨。当然,江淹明示这是一首拟诗,亦是一首为思妇代言的诗歌,可能没有分离送别的事实,但其确实是一首围绕"别离"而抒发离情的悲怨之作,上承《楚辞》、古诗,下启后代同题乐府,可谓一首咏别佳制。

  "悲莫悲兮生别离"不但下启历代别离题旨乐府诗的创作,而且还演绎了一段杞梁妻哭夫的轶事。《礼记·檀弓下》载:"哀公使人吊蒉尚,遇诸道。辟于路,画宫而受吊焉。曾子曰:'蒉尚不如杞梁之妻之知礼也。齐庄公袭莒于夺,杞梁死焉。其妻迎其柩于路而哭之哀。庄公使人吊之。对曰:"君之臣不免于罪,则将肆诸市朝,而妻妾执。君之臣免于罪,则有先人之敝庐在。君无所辱命。"'"① 杞梁妻哭夫的故事大约肇端于此,汉刘向《列女传》"齐杞梁妻"条则踵其事而增其华,促成了一个非常完美的节妇形象。然而,此段轶事并没到此为止,而是综合《楚辞》"生别离"之词继续推演下去,成为有名的《杞梁妻歌》。《水经注》卷二六沭水注"莒县"下引《列女传》杞梁妻轶事,并引《琴操》云:"殖死,妻援琴作歌曰:'乐莫乐兮新相知,悲莫悲兮生别离。'哀感皇天,城为之堕。"② 崔豹《古今注》与五代马缟《中华古今注》称此歌为《杞梁妻》,以为杞植妻妹所作。③ 且不论此歌的作者,也不论孟姜女

---

① 郑玄注,孔颖达等正义《礼记正义》,《十三经注疏》,第 1312 页。
② 郦道元撰,陈桥驿点校《水经注》,上海古籍出版社,1990 年,第 507 页。
③ 逯钦立在《先秦汉魏晋南北朝诗·汉诗·杞梁妻歌》后案曰:"齐侯袭莒、杞梁死之事。见《左·襄二十三年传》。然左氏仅谓齐侯归遇杞梁之妻于郊,使吊之。又《礼记·檀弓》《韩诗外传》亦只载杞梁妻哭夫事,并无哭城与城崩之说。《列女传》《说苑》始谓杞梁死,其妻向城哭而城崩。今《琴操》既同此说。叙事亦与《列女传》雷同。知歌辞之作,必在前汉以后也。又崔豹《古今注》谓《杞梁妻歌》乃杞梁妻妹明月所作,与此当不同。"(第 312 页)逯先生遍穷文献资料,出此按语以存疑。窃以为此歌辞当直集《楚辞》成句,诸文献言某人所作当指谱曲而言。

送寒衣哭倒长城的故事对杞梁妻轶事的进一步演绎,单就把《楚辞》这段经典之辞与夫妻生死离别故事联系在一起,并谱成感天动地的长歌,就足见此诗句魅力之一斑。正是屈原把别离视为人的生命活动的一部分,并发为咏叹,为后人表达生离死别之感准备了一段经典的台词。而历代文人墨客亦每每感叹此词之情深意浓,《世说新语·豪爽》载:"王司州在谢公座,咏'入不言兮出不辞,乘回风兮载云旗。'语人云:'当尔时,觉一座无人。'"①王世贞《艺苑卮言》卷二云:"'入不言兮出不辞,乘回风兮载云旗',虽尔恍忽,何言之壮也!'悲莫悲兮生别离,乐莫乐兮新相知',是千古情语之祖。"②后代诗人或引"生别离"入诗,或直接袭用"悲莫悲兮生别离"成句,体现了这句情语之祖的艺术魅力。

(二) 千古别离的代称:登山临水送将归

宋玉《九辩》:"悲哉秋之为气也。萧瑟兮,草木摇落而变衰。憭栗兮若在远行。登山临水兮送将归。"③其中"登山临水兮送将归"一句引起历代注家、诗人、诗论家的高度重视。梳理其在历代的阐释与接受史,可以发现古人在"悲莫悲兮生别离"之外对离别的另一种意识,即在离别的悲戚中掺进登山临水的优游欢愉,赋予悲怨的别离以缠绵的诗意,给生命中灰色痛苦的分别涂上华美的亮色。后代许多著名送别诗悲怆而昂扬、凄怨却乐观的特色正当根源于此。"登山临水兮送将归"亦被历代文人反复征引,成为千古别离的代称。

注家对此诗的理解主要有两种观点,其中送别观是传统的也是最普遍的观点,王逸章句:"'憭栗兮',思念暴戾,心自伤也。'若在远行',远客出去,之他方也。'登山临水兮',升高远望,视江河也。'送将归',族亲别逝,还故乡也。"④朱熹集注广大之并深掘之:"秋者,一岁之运,盛极而衰,肃杀寒凉,阴气用事,草木零落,百物凋悴之时,有似叔世危邦,主昏政乱,贤智屏绌,奸凶得志,民贫财匮,不复振起之象,是以忠臣志士,遭谗放逐者,感事兴怀,尤切悲叹也。萧瑟,寒凉之意。憭栗,犹凄怆也。在远行羁旅之中,而登高望远,临流叹逝,以送将归之人,因离别之怀,动家乡之念,可悲之甚也。"⑤把悲秋与遭谗放逐、送别羁旅联系起来考察,更为周全,后出转精。的确,《九辩》

---

① 徐震堮《世说新语校笺》,中华书局,1984 年,第 331 页。
② 王世贞《艺苑卮言》,丁福保辑《历代诗话续编》,中华书局,1983 年,第 981 页。
③ 洪兴祖《楚辞补注》,第 182—183 页。
④ 同上。
⑤ 朱熹集注,李庆甲校点《楚辞集注》,第 119 页。

凄凉寂寞的秋景与自身惆怅失意、冷落孤独之情的水乳交融①,朱氏注解读出"悲秋"之意,独具只眼。在诗学史上不少诗家虽然没有注解《九辩》,在作品中还是注意到其悲秋的意蕴并引用这句诗。现当代则有《楚辞》研究者从"悲秋"出发诠解"登山临水兮送将归"一句,以马茂元为代表,在传统注解之外另立新意,其《楚辞选》解曰:

> "在远行",在远行之中。"登山临水",谓纵目上下远望。"将归",即将完尽的一年的时间。"送",在这里是送别的意思。秋天到来,登山临水,极目萧条,这意味着一年的时间又在向人们告别了。这四句是全篇的总冒:首句是秋天给予人们的季节感受;二句写秋天景色;三句悲异乡的孤独;四句怅时序的迁移。下文都是就这四个方面来发抒自己感慨的。旧说,"送将归"是送将归之人;而这句的意思是说,因离别之情,更触动了自己思家之感。一说,"若在",好像在。"远行"和"登山临水兮送将归"都是比喻,形容秋意的凄怆,而非实叙(见屈复《楚辞新注》)。细审语气,都不够圆满;和上下文的联系也不紧密。"泬寥兮天高而气清"二句分承"登山"与"临水"而言。②

马先生综观全篇,紧扣《九辩》"悲秋"的主题,认为此诗句之"送将归"应为告别时间,把时间的流逝与诗人敏锐的感触联系起来,作此解则与"逝者如斯夫,不舍昼夜"同一旨归了,"悲秋"也就是感叹时间飞逝、生命短暂。马先生从文本出发,深入作品结构,指出接受史上的"误读",得出合理的结论,切理餍心。然而,纵览"登山临水兮送将归"一句的接受史,注家之外却有着许多精到的新解,还有许多诗人更愿意从"误读"的角度来接受此诗,化用此诗。

最早阐释"登山临水兮送将归"的当推潘岳,其在《秋兴赋》中引用《九辩》此段悲秋之成句以说明"时节变易对于人情的感触"③,并有一段精辟的生发:"夫送归怀慕徒之恋兮,远行有羁旅之愤。临川感流以叹逝兮,登山怀远而悼近。彼四戚之疚心兮,遭一途而难忍。"④四时代序、万物回薄触发"人情之美恶"、不尽之秋愁,自然与宋玉此悲秋之名句发生共鸣,潘岳不禁击节咏叹,咏叹之不足则更进一步抒发内心感慨,顺理成章地对宋玉原诗进行诠解,认为其中包含了远行、登山、临水、送归等"四戚",以印证悲秋感时的题

---

① 袁行霈主编《中国文学史》(第一卷),高等教育出版社,1999年,第144页。
② 马茂元选注《楚辞选》,人民文学出版社,1958年,第230页。
③ 胡国瑞《魏晋南北朝文学史》,上海文艺出版社,1980年,第187页。
④ 萧统编,李善注《文选》,第587页。

旨,深入挖掘了此诗丰富的内涵。如果从接受史的角度来看,潘岳算得上宋玉的隔代知音,是注家之外此诗句的第一读者。① 安仁此段注解虽在唐人注《文选》时引起了注意,但在诗论界却直到宋代才被关注。《苕溪渔隐丛话·后集》引严有翼《艺苑雌黄》云:

> 宋玉《九辩》云:"悲哉,秋之为气也,萧瑟兮草木摇落而变衰。憭栗兮若在远行,登山临水兮送将归。"潘安仁《秋兴赋》引此语而曰:"送归怀慕徒之恋兮,远行有羁旅之愤。临川感流以叹逝兮,登山怀远而悼近。彼四戚之疚心兮,遭一途而难忍。"安仁以登山、临水、远行、送归为四戚。予顷年较进士于上饶,有同官张扶云:"曾见人言:若在远、行、登山、临水、送、将、归,是七件事。谓远也,行也,登山也,临水也,送也,将也,归也。前辈诗中,惟王介甫有一联云:一水护田将绿绕,两山排闼送青来。将、送二字与《楚辞》合。"予尝考《诗》之《燕燕》篇曰:"之子于归,远于将之。之子于归,远送于野。"一篇诗中,亦用此送、将、归三字,然则《楚辞》之言,亦有所本也。安仁谓之四戚,盖略而言之。②

严氏既回顾了潘岳"四戚"解,又列举了张扶"七件事"新解,并引《诗经·燕燕》篇考镜其源头,以诗论家谨严的思路清晰地梳理了"登山临水兮送将归"诗句的阐释史。清吴景旭对《艺苑雌黄》所引张扶新解颇有微词,在援引严氏此段诗论之后,评曰:"借远行送归,以摹写憭栗之情。盖'若在'二字,一气赶下,何得分为七件?支离牵扯,莫此为甚。况《毛诗》'将,迎也',迎亦送之意。而《九辨(辩)》'将'字,乃属虚下,何尝本此?观梁简文《秋兴赋》复有:'登山望别,临水送归。'则知昔人于秋,率多此语,何必画而为四哉?"③从训诂角度辩驳之后,吴景旭接着引用唐武昌妓别宴续诗轶事,进一步论证七字实乃"一气赶下",不必支离为七。由此可见,注家之外,诗论家对于"登山临水兮送将归"的诠释见仁见智,分歧较注家要大些。

与"悲莫悲兮生别离"引起杞梁妻节妇轶事一样,"登山临水兮送将归"在唐代也演绎出一段佳人才女的故事,故顺带提一下,亦从一个侧面揭示出此经典名句在唐代影响的广泛。《太平广记》卷二七三"武昌妓"条引《抒情

---

① 陈文忠《中国古典诗歌接受史研究》根据尧斯《文学研究中一种挑战的文学史》提出的"第一读者"概念,结合中国诗学接受史现状,全面阐述了"第一读者"这一范畴。陈先生认为"所谓'第一读者',并不是指第一个接触到作品的那位读者",而是"指以其独到的见解和精辟的阐释,为作家作品开创接受史,奠定接受基础,甚至指引接受方向的那位特殊读者"。
② 胡仔纂集,廖德明校点《苕溪渔隐丛话·后集》,人民文学出版社,1962 年,第 1—2 页。
③ 吴景旭《历代诗话》,中华书局,1958 年,第 113—114 页。

诗》曰:"韦蟾廉问鄂州,及罢任,宾僚盛陈祖席。蟾遂书《文选》句云:'悲莫悲兮生别离','登山临水送将归',以笺毫授宾从,请续其句。座中怅望,皆思不属。逡巡,女妓泫然起曰:'某不才,不敢染翰,欲口占两句。'韦大惊异,令随口写之:'武昌无限新栽柳,不见杨花扑面飞。'座客无不嘉叹。韦令唱作《杨柳枝词》,极欢而散。赠数十笺纳之。翌日共载而发。"①宋阮阅《诗话总龟》卷一四引《雅言杂载》与《唐诗纪事》亦载此轶事,所述略同,②吴景旭转述则称为唐高骈别宴占诗才妓续之。笔记小说多街谈巷语之流、茶余谈笑之资,自不必去考究其故实之真假。然而却有力地说明了《楚辞》中这两个警句在唐代广为传播,几乎成为送别的代称。

"登山临水兮送将归"与送别的紧密联系,还表现在其对送别型诗文创作深远的影响,许多诗文作品直接化用此成句入篇,贴切自然地表达了留者与行人的惜别深情。化用此诗句入篇的除上面提及潘岳的《秋兴赋》外,六朝时期还有魏郭遐周《赠嵇康诗三首》、梁简文帝的《秋兴赋》。郭诗其二曰:

> 风人重离别,行道犹迟迟。宋玉哀登山,临水送将归。伊此往昔事,言之以增悲。叹我与嵇生,倏忽将永违。俯察渊鱼游,仰观双鸟飞。厉翼太清中,徘徊于丹池。钦哉得其所,令我心独违。言别在斯须,怒焉如调饥。③

郭遐周虽然没有像潘岳那样详细诠释宋玉此警句的内涵,却开宗明义,点明"离别"题旨,以一个"哀"字、一个"悲"字、一个"叹"字道出了诗人对离别的感触,同时也表达了对宋玉诗句的理解。在郭氏看来,"登山临水兮送将归"就是诗人分手之际表达别情最好的成句,"俯察渊鱼游,仰观双鸟飞。厉翼太清中,徘徊于丹池"既是实写与友人分别时登山临水之所见,亦是虚写自然万物成双成对各得其所,从而反衬与友人的分别以表达此际的怅触悲怨,更是对"登山临水兮送将归"意义的扩展。郭氏与嵇康此次别离是否举行过游宴仪式,文献不载,从诗中以抒怀为主基本不描述送别场景与后人对嵇康

---

① 李昉等编《太平广记》,中华书局,1961年,第2155页。
② 阮阅《诗话总龟》卷一四"唱和门"引《雅言杂载》:韦中宪蟾廉问鄂州,春日除替,祖筵上题《文选》两句云:"悲莫悲兮生别离,登山临水送将归。"以毫笺授宾从,请续其句,坐中怅望,皆不属。有酒妓泫然曰:"某不知,欲口占两句。"乃曰:"武昌无限新栽柳,不见杨花扑面飞。"坐客嘉叹。《唐诗纪事》卷五八:蟾问鄂州,罢。宾僚祖饯,蟾曾书《文选》句云:"悲莫悲兮生别离,登山临水送将归。"以笺毫授宾从,请续其句。逡巡,有妓泫然起曰:"某不才,不敢染翰,欲口占两句。"韦大惊异,令随念云:"武昌无限新栽柳,不见杨花扑面飞。"座客无不嘉叹。韦令唱作《杨柳枝词》。
③ 戴明扬校注《嵇康集校注》,中华书局,2014年,第56—57页。

此次远离亲友事由的考证看,应该是一次凄切仓促的分手,诗人可能无暇去登山临水了。诚如斯,诗人引用宋玉成句,则是把"登山临水兮送将归"符号化了,乃是从其送别之"哀"的角度加以运用,并不是真有登山临水送别离人的事实。

梁简文帝萧纲《秋兴赋》则把"登山临水兮送将归"点化成"登山望别,临水送归",其辞曰:

> 秋何兴而不尽,兴何秋而不伤?伤二情之本背,更同来而匪方。复有登山望别,临水送归,洞庭之叶初下,塞外之草前衰。攸征人与行子,必承睑而沾衣。①

自宋玉《九辩》始,悲秋感兴之诗赋经久不衰。萧纲此作系闲居优暇之际驾游北园,悲秋起兴、临风长想,有感而赋。在这里,"登山望别"与"临水送归"互文见义,因征人、行子的挥泪相别而感叹,洞庭叶落与塞外草衰南北呼应,由自然征候的变化而心伤。此人事离合、世态沧桑与秋风萧瑟、草木衰败之社会和自然两个方面正是作者伤秋感兴的触媒,人事分离送往被作者自觉意识并视之为人生感兴的重要起源。"登山临水兮送将归"被灵活点化,亦成为征人行子阔别亲友的代指。

后代诗文化用"登山临水兮送将归"成句入篇的还有许多。如:宋代李新《送程公明》其十"登山临水送将归,身荫甘棠手挽衣。不似塞垣来泣别,傍辕犹怯使君威",《卢舍那僧舍留别》"儿女殷勤怜我老,登山临水送将归";宋汪藻《熊使君垂和漫兴诗次答四首》之二"分得使君秋数顷,登山临水送将归";宋赵蕃《独行》"登山临水送将归,揽涕无从日向微";元王结《木兰花慢·送李公敏》"政秋色横空,西风浩荡,一雁南飞。长安两年行客,更登山临水送将归。可奈离怀惨惨,还令远思依依";明梁储《题画》"登山临水送将归,去住心情只自知";明杨慎《赋得千山红树图送杨茂之》"摇落深知宋玉悲,登山临水送将归"。更有骚人迁客聚散分离之际,以"登山临水兮送将归"命题赋作,以表达依依惜别之情。如宋郑獬有《登山临水送将归赋》,蔡确有《送将归赋》,范祖禹有《席上分韵送天觉使河东以登山临水送将归为韵分得临字》诗。与郭遐周运用宋玉"登山临水兮送将归"一样,这些化用成句入篇的虽有些是从悲秋角度切入,但更多的是基于离别这一点,从这个意义上说,"登山临水兮送将归"成为千古离别的代称。

---

① 严可均辑《全上古三代秦汉三国六朝文》,第2994页。

(三)《哀郢》:留别故土的权舆之作

屈原遭遇流放,身经别离,对于远离故土的生命体验深刻而又真实。在屈原的作品中,多次提到了对离别的认识。如《离骚》:"余既不难夫离别兮,伤灵修之数化。"朱熹注:"近曰离,远曰别。言我非难与君离别也,但伤君志数变易,无常操也。"①无论是近离还是远别,屈原更注重的是对政治的牵挂,尤其是这种遭谗见疏而被动的离别,不得不中断许多正在进行的工作,离别固不可怕,令人担忧的是自己的理想即将破灭。怀着满腹心事远离自己精心策划的事业,其感触可想而知。再如《九歌·大司命》:"愁人兮奈何?愿若今兮无亏。固人命兮有当,孰离合兮可为?"以为人的离合由神而定,朱熹曰:"言人受命而生,贫富贵贱,各有所当,或离或合,神实司之,非人之所能为也。"②然而,正是离合的被动与无奈,诗人才以反诘的语气着重提出来加以思考,以离合为命里注定只是"无可奈何中宽慰自己"③而已。当真正相爱的人不得不离别时,那种自我安慰的豁达大度的快语则被多情的别绪所取代。《九歌·河伯》:"子交手兮东行,送美人兮南浦。波滔滔兮来迎,鱼邻邻兮媵予。"陈子展译为:"你拱手啊东行的人,送别美人啊南浦!波浪滔滔啊来迎,鱼队队啊陪送吾!"④执手相别,南浦望送,波浪游鱼等万物皆着我之色彩,因我的离别而动容,情真意挚,乃至"交手""南浦"成为历代送别诗中重要的原型意象。

高调忽略离别与简笔刻画神祇交手南浦,都说明了离别在屈原生命意识中的存在,而屈原经常在作品中挥动想象之笔大肆渲染远游的行旅,更折射了他在离别瞬间的复杂心态。如《离骚》在灵氛吉占之后远逝的情景,便淋漓尽致地透露了屈原在离别面前的矛盾心态:

> 灵氛既告余以吉占兮,历吉日乎吾将行。折琼枝以为羞兮,精琼靡以为粻。为余驾飞龙兮,杂瑶象以为车。何离心之可同兮?吾将远逝以自疏。邅吾道夫昆仑兮,路修远以周流。扬云霓之暗蔼兮,鸣玉鸾之啾啾。朝发轫于天津兮,夕余至乎西极。凤皇翼其承旂兮,高翱翔之翼翼。忽吾行此流沙兮,遵赤水而容与。麾蛟龙使梁津兮,诏西皇使涉予。路修远以多艰兮,腾众车使径待。路不周以左转兮,指西海以为期。屯余

---

① 朱熹集注,李庆甲校点《楚辞集注》,第7页。
② 同上书,第39页。
③ 马茂元选注《楚辞选》,第89页。
④ 陈子展《楚辞直解》,第108页。

车其千乘兮,齐玉轪而并驰。驾八龙之蜿蜿兮,载云旗之委蛇。抑志而弭节兮,神高驰之邈邈。奏《九歌》而舞《韶》兮,聊假日以愉乐。陟升皇之赫戏兮,忽临睨夫旧乡。仆夫悲余马怀兮,蜷局顾而不行。①

准备远行的粮草,备好神奇的龙车,毅然上路。或上昆仑或发天津,或至西极或涉流沙,或遵赤水或过不周山,直指西海,都是艰苦的旅程,但在诗人的想象里,旅途的艰难都有神人供之驱遣,从而一路畅通。即便如此,背井离乡的别离之悲突然袭来,回望旧乡,车夫与马儿也踟蹰不前。别离故土是多么的艰难,更加上诗人独特的别离背景,前面热烈的渲染在最后回首一瞥中全部推翻。马茂元说:"留既不能,去又不可,最后所接触到的一个问题,那就是个人的远大的政治抱负和浓厚的爱国主义情感的不但无法统一,而且引起了正面冲突的问题;这样就把矛盾推进到最高峰,而无可避免地使得驰骋在云端里的幻想又一次掉到令人绝望而又无法离开的土地上。"②的确,这是一次幻境的远游,是一次对故土深情的留别,但即便是幻想,依然未能在虚幻中忘却那方热土。抛开《离骚》的比兴喻托不说,这段精妙的华章就是一段留别故土的离乡之歌。屈原作品中像这样精彩的别离场景的描写还有很多,如《九章·涉江》:"乘舲船余上沅兮,齐吴榜以击汰。船容与而不进兮,淹回水而凝滞。"③以船速缓慢、凝滞不前比喻离人的心境,移情于物,贴切得体。

当然,对于离别认识的片言只字与对于远离的幻境描述都还不足以称之为送别诗。而《九章·哀郢》则在一步一回头的离别中抒发了对于故土深深的依恋之情,堪称留别故土的权舆之作。

《哀郢》开篇就点明被迫远离故土的原因,政治的腐败、国运的衰微致使一大批人背井离乡,避难异地。特定的背景决定了感情基调的沉郁悲怆。"去故乡而就远兮,遵江夏以流亡。出国门而轸怀兮,甲之鼂吾以行","流亡""轸怀"等极其沉重的语汇表达了离人临行的心境。"发郢都而去闾兮,荒忽其焉极。楫齐扬以容与兮,哀见君而不再得"④,离开家乡,离开故都,前途迷茫,忧思心慌。船桨难摇如人一样犹豫,从此与故地之人天各一方,会面无期。出发时的心理刻画细腻入神。而在旅途之中,亦是翘首回望,明知再也看不到故土却总希望能多看上几眼,总是触物伤情,"望长楸而太息",涕泪横流。船过夏首往西,故土再也看不到了,于是满腔的悲痛转移到波涛之

---

① 朱熹集注,李庆甲校点《楚辞集注》,第24—26页。
② 马茂元选注《楚辞选》,第54页。
③ 洪兴祖《楚辞补注》,第129—130页。
④ 同上书,第132—133页。

上,问讯波涛乘载自己远离故土的缘由:"心婵媛而伤怀兮,眇不知其所跖。顺风波以从流兮,焉洋洋而为客?凌阳侯之泛滥兮,忽翱翔之焉薄!心絓结而不解兮,思蹇产而不释。"①船愈行愈远,与故土的空间隔离也愈来愈大,然而,对故乡的思念历久弥笃,什么时候才能让时间抹去对故土的记忆呢?原以为向故土方向回望一下以稍作安慰,谁料却激起了更大的愁思,"羌灵魂之欲归兮,何须臾而忘反!背夏浦而西思兮,哀故都之日远。登大坟以远望兮,聊以舒吾忧心。哀州土之平乐兮,悲江介之遗风"②。一路远去,一路哀思,一怀别绪,一往情深,始终不忘故土,始终渴望回返,最后化作"鸟飞反故乡兮,狐死必首丘"③的信念,深深的故土情结永远也化不开。

与《离骚》中写远逝的那段精彩的华章不同,《哀郢》以现实的笔触,把离别故土时凄惨的心境和盘托出,虽没有称题为留别,却算得上一首很完整的留别诗。可以说,李白《梦游天姥吟留别》受到了《离骚》远逝以自疏的那段想象奇特的别离描写的影响,陆机的《赴洛道中作诗二首》、谢灵运的《永初三年七月十六日之郡初发都》等远离述别的诗作则留有《哀郢》的痕迹。

总之,《楚辞》作为中国诗歌的另一源头,其中关于离别的警策与关于送别的简笔勾勒,为后代送别诗的写作提供了丰富的原型材料。特别是《哀郢》这样大篇幅抒发离别故土深情的作品,在后代送别诗中也不多见,且其写作范式长期影响着留别旧地远行他乡这类诗歌的写作。

三、先秦别歌

《诗经》《楚辞》是中国诗歌的不祧之祖,其中无论是关于送别的片言只语,还是较完全意义上的送别诗,对后世送别诗的写作都有着深远的影响。然而,先秦时期还有些离别之歌不可忽略,像《骊驹》《客毋庸归》《荆轲歌》,以及越王勾践入臣于吴与伐吴时吴人的离别之歌等,都是送别意味很浓的诗歌。

据历代经学家考证,《骊驹》是一首逸诗,出《大戴礼》《汉书·儒林传》注。《文选》李善注凡四处注到《骊驹》诗事。④ 其最详细记载则见于《汉书》卷八八之《儒林传·王式》:

---

① 洪兴祖《楚辞补注》,第 134 页。
② 同上。
③ 同上书,第 136 页。
④ 四处分别是傅毅《舞赋》"仆夫正策"下注(第 801 页),曹植《责躬诗》"荧荧仆夫,于彼冀方"下注(第 931 页),刘桢《赠五官中郎将》"四牡向路驰,欢悦诚未央"下注(第 1111 页),应璩《与满公琰书》"骊驹就驾,意不宣展"下注(第 1913 页)。

（王式）既至，止舍中，会诸大夫、博士，共持酒肉劳式，皆注意高仰之，博士江公世为《鲁诗》宗，至江公著《孝经说》，心嫉式，谓歌吹诸生曰："歌《骊驹》。"式曰："闻之于师：客歌《骊驹》，主人歌《客毋庸归》。今日诸君为主人，日尚早，未可也。"江翁曰："经何以言之？"式曰："在《曲礼》。"江翁曰："何狗曲也！"式耻之，阳醉遁坠。

颜师古注：

服虔曰："逸《诗》篇名也。见《大戴礼》。客欲去歌之。"文颖曰："其辞云'骊驹在门，仆夫具存。骊驹在路，仆夫整驾'也。"

文颖曰："庸，用也。主人礼未毕，且无用归也。"①

从《汉书》王式轶事看，诸儒聚会依然保留了先秦承传下来的留客辞别之歌，而且有歌吹诸生专门负责伴奏，有乐谱，有具体的歌名歌词。客人辞别时唱《骊驹》，主人要挽留，唱《客毋庸归》。朱熹以之归入古人燕饮宾客致语一类，曰："《小雅》诸篇皆君臣燕饮之诗，道主人之意以誉宾，如今人宴饮有'致语'之类，亦间有叙宾客答辞者。《汉书》载客歌《骊驹》，主人歌《客毋庸归》，亦是此意。"②然而，文颖注仅存《骊驹》，《客毋庸归》则不存。从歌词看，客人即将告辞，便说马车、车夫都已经准备完毕，整驾待发，要与主人分别了。歌词质木无文，但由于经学的推广，"骊驹"却成为一个送别意象在历代送别诗文中广泛运用。在具体运用当中，有的像《骊驹》一样以"骊驹"代指马来表达即将离别，有的以"骊驹"指离别之歌，表达分离之情。如《焦氏易林》卷一《谦之第十五》："同人：宫商既和，声音相随。骊驹在门，主君以欢。"③曹植《酒赋》："或叹骊驹既驾，或称朝露未晞。"④魏应璩《与满公琰书》曰："徒恨宴乐始酣，白日倾夕，骊驹就驾，意不宣展。"⑤在这些诗文中"骊驹"虽还保存了其深黑色马的本意，但已经成为别离符号，是一个意象。如果要追溯这一意象最早的源头，当然要推到先秦聚宴告辞之际的《骊驹》逸诗。有些诗文引用"骊驹"是指离别之歌的，《魏书》卷三六李顺传附希宗弟骞传载李骞《释情赋》："赋《湛露》而不已，歌《骊驹》而未旋。"⑥如唐韩翃《赠兖州孟都督》：

---

① 班固撰，颜师古注《汉书》，中华书局，1962年，第3610—3611页。
② 黎靖德编，王星贤点校《朱子语类》，中华书局，1986年，第2084页。
③ 焦延寿《焦氏易林》，第67页。
④ 曹植著，赵幼文校注《曹植集校注》，人民文学出版社，1984年，第125页。
⑤ 萧统编，李善注《文选》，第1913页。
⑥ 魏收《魏书》，中华书局，1974年，第839页。

"愿学平原十日饮,此时不忍歌《骊驹》。"唐陈陶《临风叹》:"芙蓉楼中饮君酒,骊驹结言春杨柳。豫章花落不见归,一望东风堪白首。"北宋宋祁《早夏集公会亭饯金华道卿内翰守澶渊得符字》:"早夏乘休沐,离襟属饯壶。欣同佩荷囊,恨及唱《骊驹》。"在韩翃不忍歌的基础上更进一层,恨唱离歌。明代无名氏《鸣凤记》第二十五出《南北分别》[忆多娇]:"愁蕴结。心似裂。孤飞两处风与雪。肠断《骊驹》声惨切。"亦以歌唱《骊驹》抒发离别之情。《骊驹》作为离别之歌名,指代分手离别,由原来的动物意象变为一个指称意象。

随着历史的演变,在后代诗文中"骊驹"出现了"骊歌""离歌"等新的称法,在《白孔六帖》卷三四"离别六"目下就注《骊歌》为"别歌也"。① 刘孝绰《陪徐仆射晚宴诗》便有"洛城虽半掩,爱客待骊歌"之句。莫砺锋指出:"送别时唱歌抒情,是古已有之的传统。"从李白用骊歌典故"可见盛唐时已有现成的送别歌曲可唱。但王维此诗(指《渭城曲》——引者)后来居上,逐渐成为流传最广、最久的送别之歌"。② 《骊驹》有着与《渭城曲》同样的影响力与流行度,而且在《全唐诗》中以"骊歌"或"离歌"典故入诗依然很多。兹略举几例,引文均出自《全唐诗》,为方便起见只注卷数:卷三三于志宁《冬日宴群公于宅各赋一字得杯》:"宾筵未半醉,骊歌不用催。"同卷刘孝孙《冬日宴于庶子宅各赋一字得鲜》:"骊歌虽欲奏,归驾且留连。"卷五〇杨炯《送郑州周司空》:"居人下珠泪,宾御促骊歌。"卷六九唐远悊《奉和送金城公主适西蕃应制》:"龙笛迎金榜,骊歌送锦轮。"卷九三卢藏用《饯许州宋司马赴任》:"骊歌一曲罢,愁望正凄凄。"卷二五六刘昚虚《海上诗送薛文学归海东》:"日暮骊歌后,永怀空沧洲。"卷六三一李縠《浙东罢府西归酬别张广文皮先辈陆秀才》:"相逢只恨相知晚,一曲骊歌又几年。"卷六五三方干《衢州别李秀才》:"一曲骊歌两行泪,更知何处再逢君。"用"离歌"的更不胜枚举,只选两联:卷七八骆宾王《送王明府参选赋得鹤》:"离歌凄妙曲,别操绕繁弦。"卷一三四李颀《送魏万之京》:"朝闻游子唱离歌,昨夜微霜初渡河。"特别是骆宾王用"离歌"与"别操"对,两者都是古代离别歌名,字面意思与典故意义都对得极工。

另宋郭茂倩编《乐府诗集》在《杂歌谣辞》部分亦收《骊驹歌》,署曰"古辞"。随后录《杂离歌》一首,逯钦立辑校《先秦汉魏晋南北朝诗》录入汉诗,其诗曰:"晨行梓道中,梓叶相切磨。与君别交中,缯如新缣罗。裂之有余丝,吐之无还期。"③以梓叶切磨、裂罗余丝来喻分离时的厮磨不舍,离别后的思

---

① 白居易原本,孔传续《白孔六帖》卷三四,《景印文渊阁四库全书》第891—892册,台北,台湾商务印书馆,1986年。
② 莫砺锋《莫砺锋诗话》,第274页。
③ 郭茂倩编撰,聂世美、仓阳卿校点《乐府诗集》,第899页。

念不已,把情人送别依依不舍的场景形象生动地表达出来了。从其内容看,与《骊驹歌》除均和送别相关外没有更多的联系,也许是民间送别时的歌谣。故唐诗中广泛运用"离歌"来表达分离,可能更多的是受经学传承下来的《骊驹》影响的。

以《骊驹》辞别,味其词意,便是告诉主人,车驾准备就绪,车夫提醒要及时出发,此亦与古代陆路出行时使用车马类交通工具密切相关。潘岳《北芒送别王世胄诗》"朱镳既扬,四镳既整。驾言饯行,告辞芒领",犹如《骊驹》的形象化描述,何劭《洛水祖王公应诏诗》"群司告旋,鸾舆整绥",则以鸾舆取代车驾,二者与歌《骊驹》辞行的习俗相通。柳永《雨霖铃》"留恋处、兰舟催发",以舟行代替了车驾,催行者自然变成了船主,亦可算是对《骊驹》辞行的继承。

《骊驹》主要在文人士大夫中间流传广泛,而《荆轲歌》则可谓妇孺皆知了。荆轲刺秦易水饯别的故事见于多种史籍、总集与类书,其中以《史记》卷八六《刺客列传》所载最为具体:

> 太子及宾客知其事者,皆白衣冠以送之。至易水之上,既祖,取道。高渐离击筑,荆轲和而歌,为变徵之声,士皆垂泪涕泣。又前而为歌曰:"风萧萧兮易水寒,壮士一去兮不复还!"复为羽声慷慨,士皆瞋目,发尽上指冠。于是荆轲就车而去,终已不顾。①

《战国策·燕策三》同于此。《文选》入"杂歌"类,序曰:"燕太子丹使荆轲刺秦王,丹祖送于易水上。高渐离击筑,荆轲歌,宋如意和之。"李善注引《史记》曰:"荆轲,卫人,其先齐人,徙于卫,卫人谓之庆卿。之燕,燕人谓之荆卿。荆卿好读书击剑。"《文选考异》认为李善注文字以袁本、茶陵本为是,即:"荆轲者,卫人也,好读书击剑,之燕。"②《史记》所记则为荆轲临行前和高渐离筑声的悲歌,按《文选》则是荆轲歌,宋如意和,也许离别乐谱为其时通行的,其词乃临时赋作,作宋如意和唱来送别荆轲亦合其时语境。一个既有书卷气又有侠士气的刺客,身负重任,明知此去无还返之理却悲歌慷慨,一往无前,加上祖饯时悲壮的场面与肃穆的祖饯仪式,的确具有超强的震撼力。在历代咏史诗作中,以荆轲为题材的数量很多,而在荆轲题材中又特别注重易水饯别,因此,易水饯别与《荆轲歌》一起成为后代诗人重要的写作素材。如陶渊明的《咏荆轲诗》:

---

① 司马迁《史记》,第 2534 页。
② 萧统编,李善注《文选》,第 1337—1338 页。

燕丹善养士,志在报强嬴。招集百夫良,岁暮得荆卿。君子死知己,提剑出燕京。素骥鸣广陌,慷慨送我行。雄发指危冠,猛气冲长缨。饮饯易水上,四座列群英。渐离击悲筑,宋意唱高声。萧萧哀风逝,淡淡寒波生。商音更流涕,羽奏壮士惊。心知去不归,且有后世名。登车何时顾,飞盖入秦庭。凌厉越万里,逶迤过千城。图穷事自至,豪主正怔营。惜哉剑术疏,奇功遂不成。其人虽已没,千载有余情。①

袁行霈《陶渊明集笺注》"析义"引蒋薰评语:"摹写荆轲出燕入秦,悲壮淋漓。"对于诸家猜测案断曰:"此乃读《史记·刺客列传》及王粲等人咏荆轲诗,有感而作。"②从陶诗中可以进一步体会到荆轲慨慷赴任的豪壮,特别是饯别一段以诗歌的方式展示出来,与《史记》的记述别是一种格调,异曲同工。陶渊明虽未亲历如此壮烈的饯别场面,但有感而发,虽是凭虚构作却栩栩如生。其他如左思《咏史》之六、阮瑀《咏史》之二都以荆轲为咏作对象。庾信《拟咏怀诗二十七首》第二十六亦曰:"秋风别苏武,寒水送荆轲。"陈周弘直与阳缙都有《赋得荆轲诗》,历代以荆轲事迹为题材赋作的诗歌很多,不一一列举。

荆轲因其事迹的悲壮性与正义感而广为传诵,《荆轲歌》亦被以各种形式点化入诗,虽然只是短短的两句,却在送别诗史上有着重要的意义,特别是迫于各种原因愤而离别者往往会以《荆轲歌》自励与抒泄。与之相反,越王勾践入臣入吴及其伐吴时吴人的离歌,虽然亦是饯别仪式上的壮行之歌,却因其事件的特殊性而远没有《荆轲歌》那样流传广泛与深远,又因为《吴越春秋》作于后汉,多疑其中相别之歌为后人假托,影响不深也可能在此。

《吴越春秋·勾践入臣外传第七》所载越王入臣时文种的祖饯祝已见前引,具不录。同卷又有《乌鹊歌》,乃越王夫人哭送之词,凄切悲惨,有一定的感染力。越王勾践五年五月,与大夫文种、范蠡入臣于吴,在浙江边临水祖道而别,《吴越春秋》载:"遂别于浙江之上,群臣垂泣,莫不咸哀。越王仰天叹曰:'死者,人之所畏。若孤之闻死,其于心胸中曾无怵惕。'遂登船径去,终不返顾。越王夫人乃据船哭,顾乌鹊啄江渚之虾,飞去复来,因哭而歌之。"歌罢"又哀吟"。③ 其词曰:

---

① 袁行霈《陶渊明集笺注》,中华书局,2003年,第388页。袁注本诗题作《咏荆轲一首》,与《先秦汉魏晋南北朝诗》所录诗题小异,为行文前后一致,诗题同遂辑本。同类情况,不再一一注明。
② 同上书,第392页。
③ 周生春《吴越春秋辑校汇考》,上海古籍出版社,1997年,第120页。

> 仰飞鸟兮乌鸢,凌玄虚兮翩翩。集洲渚兮优恣,啄虾矫翮兮云间。任厥兮往还,妾无罪兮负地。有何辜兮谴天,帆帆独兮西往。孰知返兮何年,心惙惙兮若割,泪泫泫兮双悬。
>
> 彼飞鸟兮鸢乌,已回翔兮翕苏。心在专兮素虾,何居食兮江湖?徊复翔兮游扬,去复返兮於乎。始事君兮去家,终我命兮君都,中年过兮何辜?离我国兮去吴,妻衣褐兮为婢,夫去冕兮为奴。岁遥遥兮难极,冤悲痛兮心恻,肠千结兮服膺。於乎哀兮忘食,愿我身兮如鸟。身翱翔兮矫翼,去我国兮心摇,情愤惋兮谁识。①

一国之君以奴婢之身入臣他国,群臣亲属送至浙江之上,已经极为悲戚了。而往复自由的乌鹊却与此时场景形成鲜明的对比,触景生情,越王夫人的哀吟长歌即便是嘱托,亦是很真切的。看到乌鹊自由回翔,任性往还,送者呼天抢地,谴天诅地都是情理之中。再把此情此景与耻辱的败局联系起来,悲痛心恻,柔肠千结,痛不欲生,其时越王夫人之感触正当如此。化作乌鹊自由翱翔矫翮振翼,没有国界的限制,没有人间的生离死别,亦是此刻送离之人真切的愿望。全诗以骚体形式赋作,比兴寄托与直抒胸臆相结合,淋漓地抒发了送别者悲痛欲绝之情,虽没有《诗经》中送别诗那种婉切典雅,亦缺乏成熟期送别诗那种结构整饬与意象的典型性,但仍不失为一首比较好的送别诗。

勾践在十年生聚十年教训之后终于振兴越国,率国中士卒伐吴。《吴越春秋·勾践伐吴外传第十》载:"国人各送其子弟于郊境之上。军士各与父兄昆弟取诀,国人悲哀,皆作离别相去之词。"其词曰:

> 跞躁摧长恧兮,擢戟驭殳,所离不降兮,以泄我王气苏。三军一飞降兮,所向皆殂,一士判死兮,而当百夫。道祐有德兮,吴卒自屠,雪我王宿耻兮,威振八都。军伍难更兮,势如貔貅,行行各努力兮,於乎於乎。②

与蹇叔送子哭师恰恰相反,此际国人同仇敌忾,虽明知儿子兄弟此去刀兵相见,多有伤亡。然而,一雪国耻是盼望已久的,此际的离别之辞豪气冲天,希望自己的亲人以一当百,祈愿天祐亲人,天祐越国。全诗激励之情与祈祝之意杂糅,很好地表达了此刻留者的心情。

先秦史传散文与诸子散文还记载了很多动人的送别事件,其中有赋诗言别的、有赠言道别的、有赠物而离的,不一而足。从史籍文献可知其时经常送

---

① 周生春《吴越春秋辑校汇考》,上海古籍出版社,1997年,第120页。
② 同上书,第165页。

别于水边,重大离别事件还会临水祖道,赋《诗》或作诗道别;当然也有陆路驿亭饯别的,如《史记》卷七九《范雎蔡泽列传》载:"王稽知范雎贤,谓曰:'先生待我于三亭之南。'"《索隐》按:"三亭,亭名,在魏境之边,道亭也,今无其处。一云魏之郊境,总有三亭,皆祖饯之处。与期三亭之南,盖送饯已毕,无人处。"①说明战国时期就已专设亭驿以为祖饯。只是许多重大送别祖道活动都没有像《吴越春秋》这样有完整的诗歌留存,故不述。另《史记》与《汉书》均载项羽在四面楚歌时与虞姬分手互相唱和的生离死别之歌,在特定的背景之下配以如此慷慨之音,感染力还是很强的。

第四节 六朝送别诗溯源之三——汉代送别诗

由于国家统一,疆域扩大,人们的活动范围亦随之增大,因而相对于先秦时期,汉代人们远距离长时间的分离更加频繁。特别是跟周边民族的战争或使节往来,每一次出发都可能是一次死别,张骞、班超出西域,苏武牧羊于大漠,都是归期渺茫。因而,汉代非常重视送别祖道活动。皇族官僚举行的送别祖道活动,既是对行人的安慰,更是对肩负重责者赴任前的最后嘱托,同时亦表示对离人身份地位的重视,往往一次隆重的祖道饯行让离人身价陡增,扬名当世。如《史记》卷一二六《滑稽列传》载汉武帝时东郭先生"拜为二千石,佩青绶出宫门,行谢主人。故所以同官待诏者,等比祖道于都门外。荣华道路,立名当世"②。卷五九《五宗世家》载上征刘荣,"荣行,祖于江陵北门"③。《汉书》卷七七《何并传》载:"王莽遣使征(严)诩,官属数百人为设祖道,诩据地哭。"④都是离人身份地位提高以后,出行受到僚属世人重视而祖饯的例子。再如《汉书》卷六六《刘屈氂传》载:"贰师将军李广利将兵出击匈奴,丞相为祖道,送至渭桥,与广利辞决。"⑤《后汉书》卷一六《邓禹传附孙骘传》载凉部畔羌援荡西州,"诏(孙)骘将左右羽林、北军五校士及诸部兵击之,车驾幸平乐观饯送"⑥。卷二四《马援列传》载"匈奴、乌桓寇扶风,援以三辅侵扰,园陵危逼,因请行,许之。自九月至京师,十二月复出屯襄国。诏百官祖道"⑦。则是出征之际祖道饯别之例。史籍有载的汉代祖道活动还有

---

① 司马迁《史记》,第 2402 页。
② 同上书,第 3208 页。
③ 同上书,第 2094 页。
④ 班固撰、颜师古注《汉书》,第 3267 页。
⑤ 同上书,第 2883 页。
⑥ 范晔撰、李贤等注《后汉书》,第 614 页。
⑦ 同上书,第 842 页。

不少,如《后汉书》卷三六《张霸传附陵弟玄传》载张玄在司空张温出征凉州贼边章等之际解析形势时曰:"闻中贵人公卿已下当出祖道于平乐观。"①亦见其时祖道已经成为一种政治色彩很浓的仪式,许多官僚贵族参加祖道活动其实是不得已的事。但也有少数祖饯是亲情与友情的表征,如《后汉书》卷八七《西羌传》:"迷唐既还,遣祖母卑缺诣尚,尚自送至塞下,为设祖道,令译田汜等五人护送至庐落。"②卷六四《吴祐传》:"后举孝廉,将行,郡中为祖道,祐越坛共小史雍丘黄真欢语移时,与结友而别。"③祖道活动频繁,先秦送别习俗也有所传承,如赠物、赠言、赋诗等现象都有文献可考。在汉代众多的祖道活动中,当时反响最大对后代影响最深的当推群公祖二疏与苏李之别。

一、群公祖二疏与苏武、李陵之别

群公祖二疏是汉代送别事件中最有轰动性的事件之一,《资治通鉴》系其事于汉宣帝元康三年(前63)夏四月。《汉书》卷七一《疏广传》载:

> 疏广字仲翁,东海兰陵人也。……广兄子受字公子,亦以贤良举为太子家令。……父子并为师傅,朝廷以为荣。在位五岁,皇太子年十二,通《论语》《孝经》。广谓受曰:"吾闻'知足不辱,知止不殆','功遂身退,天之道'也。今仕[官]至二千石,宦成名立,如此不去,惧有后悔,岂如父子相随出关,归老故乡,以寿命终,不亦善乎?"受叩头曰:"从大人议。"即日父子俱移病。满三月赐告,广遂称笃,上疏乞骸骨。上以其年笃老,皆许之,加赐黄金二十斤,皇太子赠以五十斤。公卿大夫故人邑子设祖道,供张东都门外,送者车数百两,辞决而去。及道路观者皆曰:"贤哉二大夫!"或叹息为之下泣。④

疏广、疏受功遂身退,归老还乡,成为后代隐逸诸人的榜样,而其时供帐东都门外的壮观祖饯场面亦为许多诗人称颂。二疏事迹遂如荆轲别太子丹一样,成为咏史诗与送别诗常用的典故,经久流传。如张协《咏史》:"蔼蔼东都门,群公祖二疏。朱轩曜金城,供帐临长衢。达人知止足,遗荣忽如无。抽簪解朝衣,散发归海隅。行人为陨涕,贤哉此大夫!"⑤侧重歌咏二疏的知足常乐、解佩归隐。其他以"二疏"事迹入诗的还有庾信《寒园即目》:"更想东都外,

---

① 范晔撰,李贤等注《后汉书》,第1244页。
② 同上书,第2883页。
③ 同上书,第2100页。
④ 班固撰,颜师古注《汉书》,第3039—3040页。
⑤ 逯钦立辑校《先秦汉魏晋南北朝诗》,第744—745页。

群公别二疏。"李白《拟古十二首》其五:"达士遗天地,东门有二疏。"杜甫《八哀诗·故右仆射相国张公九龄》:"敢忘二疏归,痛迫苏耽井。"卢纶《送浑炼归觐却赴阙庭》:"知子当元老,为臣饯二疏。"权德舆《奉送韦起居老舅百日假满归嵩阳旧居》:"四皓本违难,二疏犹待年。"杨巨源《和卢谏议朝回书情即事寄两省阁老兼呈二起居谏院诸院长》:"宠位资寂用,回头怜二疏。"白居易《高仆射》:"二疏独能行,遗迹东门外。"蒋防《题杜宾客新丰里幽居》:"退迹依三径,辞荣继二疏。"胡曾《咏史诗·东门》:"何人知足反田庐,玉管东门饯二疏。"还有许多以二疏事迹入诗的,或慕其隐逸、或咏东门祖饯,大多数与送别特别是送行致仕而归相关。众多借用二疏事件咏怀之诗中,又以陶渊明的《咏二疏》诗体味最真:

  大象转四时,功成者自去。借问衰周来,几人得其趣。游目汉廷中,二疏复此举。高啸返旧居,长揖储君傅。饯送倾皇朝,华轩盈道路。离别情所悲,余荣何足顾!事胜感行人,贤哉岂常誉?厌厌闾里欢,所营非近务。促席延故老,挥觞道平素。问金终寄心,清言晓未悟。放意乐余年,遑恤身后虑?谁云其人亡,久而道弥著!①

与《咏三良》《咏荆轲》一样,陶渊明依然是托古述怀,但要是没有"饯送倾皇朝"的轰动效应,二疏的事迹又怎么能够流传千古呢?不管历代诗人以二疏入诗主观意图如何,都要从二疏祖道而归的典故入手,亦从一个侧面说明了送别祖道活动在文学史上产生的重大影响。祖道东都门时的壮观场面、道路旁观者"贤哉二大夫"的称赏与下泣便使二疏的形象更加增辉。

  此次祖饯集体赋诗事件影响深远,唐代玄宗祖饯贺知章归四明,便有意与群公祖二疏相颉颃。天宝三载(744)正月,贺知章病愈后有志入道,上疏请度,玄宗许之,御制诗以赠别,并命百官于长乐坡赠诗饯行,《会稽掇英总集》卷二载此次集体送别诗三十七首,另有卢象《送贺秘监归会稽歌并序》一首。可见此次送别规模之大。此次集体赋诗送别事件与二疏的关系,可从唐玄宗《送贺知章归四明》诗序中见出:"天宝三年,太子宾客贺知章,鉴止足之分,抗归老之疏,解组辞荣,志期入道。朕以其年在迟暮,用循挂冠之事,俾遂赤松之游。正月五日,将归会稽,遂饯东路,乃命六卿、庶尹、大夫,供帐青门,宠行迈也。岂惟崇德尚齿,抑亦励俗劝人,无令二疏独光汉册,乃赋诗赠行。"在玄宗的心目中,二疏与贺知章解组辞荣有相似性,此次送别活动亦有独特

---

① 袁行霈《陶渊明集笺注》,第379—380页。

的教化与历史意义。陶敏据《会稽掇英总集》列出参与送别诸人,并考证姚鹄、王铎、何千里、严都、严向七言律诗各一首,为晚唐人拟作;又考证《李太白全集》之《送贺监归四明应制》七律一首,亦为晚唐人作。① 伪作、拟作现象从一个侧面说明送贺知章归四明事件的影响史。两大事件,汉唐辉映,在送别诗史上留下浓墨重彩的一笔。群公祖二疏事件的开创之功,不容埋没。

群公祖二疏是一次集体祖饯事件,苏武、李陵匈奴之别则是在特定场景之下发生的一次朋友之间的生死诀别。据《汉书》与《资治通鉴》知此事发生于汉昭帝始元六年(前81),置此事件于祖道二疏之后来述亦是考虑与苏、李之别相关的问题太多太复杂,特意如此安排。《汉书·苏武传》载苏武于汉武帝天汉元年(前100)出使匈奴,因副中郎将张胜欲助缑王与虞常谋反事发受到牵连,被扣留十九年。其间苏武面对卫律的威胁,在生与死的考验面前,大义凛然;面对李陵的劝降与家庭变故的噩耗,心态平静,令李陵泣下沾襟;在匈奴断其饮食之期,苏武饥吞毡渴饮雪,数日不死;被徙于北海无人处牧羝,苏武杖节牧羊,不屈节辱命。而李陵则是一位悲剧性人物,天汉二年在与匈奴的战斗中孤军深入,陷入重围,虽浴血奋战却无援军接应,最后投降。随后,西汉朝廷处死李陵全家,使李陵断绝了返汉的念头。后被派往北海劝降苏武,被苏武的忠贞不屈深深感动。十九年后,苏武得返汉朝,李陵再次会见苏武,为之饯行,百感交集。《汉书·苏武传》曰:

> 于是李陵置酒贺武曰:"今足下还归,扬名于匈奴,功显于汉室。虽古竹帛所载,丹青所画,何以过子卿!陵虽驽怯,令汉且贳陵罪,全其老母,使得奋大辱之积志,庶几乎曹柯之盟,此陵宿昔之所不忘也。收族陵家,为世大戮,陵尚复何顾乎? 已矣,令子卿知吾心耳。异域之人,壹别长绝!"陵起舞,歌曰:"径万里兮度沙幕,为君将兮奋匈奴。路穷绝兮矢刃摧,士众灭兮名已隤。老母已死,虽欲报恩将安归!"陵泣下数行,因与武诀。②

苏武、李陵在相隔不到一年的时间里同样遭遇到了匈奴的扣押。苏武坚守节操,誓死不屈,终于凭借自己的意志摧垮了敌人,凭借自己的毅力坚持到了最后,得以圆满归汉,不辱使命。李陵则瞻前顾后,意志摇摆,优柔寡断,与战场上的叱咤风云判若两人,同样与苏武形成鲜明的对比。在这样的背景之下,苏、李诀别自然不同于普通的饯行送别。李陵的祝贺之中透露出钦慕,自责

---

① 陶敏、傅璇琮《唐五代文学编年史》(初盛唐卷),辽海出版社,1998年,第778—779页。
② 班固撰,颜师古注《汉书》,第2466页。

之中隐藏着愤恚,从此之后,两人的人生之路真的就各自东西,"壹别长绝"的这段贺词就算得上一篇情辞洋溢、梗概多气的送别文。随后李陵起舞长歌,泣下诀别。而这首楚歌形式的《别歌》亦是送别诗史上举足轻重的作品。

《别歌》中李陵回忆当初千里追击、直蹈匈奴,最终却落得路穷绝、矢刃摧、士众灭、身名隤、老母死,有家难归、报国无门;其潜台词是如今苏武荣返故国、名垂青史,自己却只能老死他乡、埋骨荒漠、遗骂名于后世;要是汉朝不负李陵,李陵亦没有屈节,也许此次便可与苏武一齐归汉。虽是短短几句骚体长歌,仅言自己境况,只字不提与苏武诀别,然而诀别之意却清晰呈现出来。钟嵘《诗品》置李陵诗于上品,评曰:"其源出于《楚辞》。文多凄怆,怨者之流。陵,名家子,有殊才,生命不谐,声颓身丧。使陵不遭辛苦,其文亦何能至此!"①钟氏以知人论世的批评方法揭示了李陵诗歌风格的成因,结合苏、李诀别的情境与《别歌》观之,钟嵘此论不虚。如果考镜送别诗的发展流变,李陵《别歌》上承《楚辞》抒别笔法,下开六朝怨别诗风,在送别诗史上有着重要的意义。然而,由于"苏李诗"真伪问题的纠缠,学术界忽视了李陵及其《别歌》在诗歌史上应有的地位。陈祚明便一并以《别歌》为伪,曰:"此首亦疑附会,当是伪作。李别苏诗不言境事,苏诗皆非别李,古人各惜名,畏示后人也。此首定伪,然可诵。"②

虽然李陵《别歌》未能得到应有的重视,苏武、李陵的事迹却被广为流传,江淹《恨赋》:"至如李君降北,名辱身冤,拔剑击柱,吊影惭魂。情往上郡,心留雁门。裂帛系书,誓还汉恩。朝露溘至,握手何言?"③对于李陵名辱身冤之恨感同身受。中国诗歌史上以苏、李典故入诗或者直接歌咏苏武、李陵的亦特别多,尤其是外族入主中原时期,诗人往往以苏武杖节牧羊的典故来励志自省。略举几例,以见一斑。晋刘琨《扶风歌》咏叹李陵事曰:"惟昔李骞期,寄在匈奴庭,忠信反获罪,汉武不见明。"谴责汉武的昏聩不明,同情李陵被俘与忠信无报的无奈。梁周兴嗣《答吴均诗三首》其二:"惊凫起北海,仪凤飞上林。骞低不同翼,欢楚亦殊音。暗暗夕云起,落落晓星沉。李陵报苏武,但令知我心。"从北海传讯入笔,以苏、李交谊为比,表白知音心迹。庾信《拟咏怀》其十:"悲歌度燕水,弭节出阳关。李陵从此去,荆卿不复还。故人形影灭,音书两俱绝。遥看塞北云,悬想关山雪。游子河梁上,应将苏武别。"诗人北出异国时与荆轲取道易水刺秦、李陵出击匈奴被俘、苏李异域永别发生共鸣,从而产生与故人长辞、音书隔绝、塞外风雪之想,用典自然贴切。

---

① 钟嵘著,曹旭集注《诗品集注》(增订本),第106页。
② 陈祚明评选,李金松点校《采菽堂古诗选》,上海古籍出版社,2008年,第74页。
③ 胡之骥注,李长路、赵威点校《江文通集汇注》,第8页。

从上举几例亦可见苏、李事迹早在六朝时期就被文人所重视。《全唐诗》中咏苏李事或借苏李事抒情的有近百处,如卷一七贯休《战城南》之二:"轻猛李陵心,摧残苏武节。"卷一八王维《陇头吟》:"苏武才为典属国,节旄空尽海西头。"同卷李端《雨雪曲》:"丁零苏武别,疏勒范羌归。"卷二五鲍溶《壮士行》:"苏武执节归,班超束书起。"同卷李白《千里思》:"李陵没胡沙,苏武还汉家。迢迢五原关,朔雪乱边花。一去隔绝域,思归但长嗟。鸿雁向西北,飞书报天涯。"卷二七温庭筠《达摩支》:"红泪文姬洛水春,白头苏武天山雪。"卷五〇杨炯《和刘长史答十九兄》:"钟仪琴未奏,苏武节犹新。受禄宁辞死,扬名不顾身。"卷七九骆宾王《边夜有怀》:"苏武封犹薄,崔骃宦不工。"卷一百六郑愔《胡笳曲》:"传书问苏武,陵也独何心。"卷二二五杜甫《寄李十二白二十韵》:"苏武先还汉,黄公岂事秦。"又《题郑十八著作虔》:"贾生对鹏伤王傅,苏武看羊陷贼庭。"唐诗中特别值得一提的还有李白《苏武》:"苏武在匈奴,十年持汉节。白雁上林飞,空传一书札。牧羊边地苦,落日归心绝。渴饮月窟冰,饥餐天上雪。东还沙塞远,北怆河梁别。泣把李陵衣,相看泪成血。"全诗从苏武的视角展开想象,重现了苏武不辱汉节的伟大形象。又,卷一九六刘湾《李陵别苏武》再一次重现了苏李诀别的场景:"汉武爱边功,李陵提步卒。转战单于庭,身随汉军没。李陵不爱死,心存归汉阙。誓欲还国恩,不为匈奴屈。身辱家已无,长居虎狼窟。胡天无春风,虏地多积雪。穷阴愁杀人,况与苏武别。发声天地哀,执手肺肠绝。白日为我愁,阴去为我结。生为汉宫臣,死为胡地骨。万里长相思,终身望南月。"全诗以李陵为叙写视角,对李陵充满了无限的同情与理解。

宋代以后以苏、李题材入诗的亦屡见不鲜,丁国祥《论元诗对苏武李陵的解析》①一文便列举了诸多以苏李事迹为题材的诗歌,兹略举几例。张养浩《咏史·苏武》:"为臣惟命敢辞难,脱遇艰难亦自安。试看子卿持节处,雪花如席不知寒。"刘诜《苏武持节图》:"朔雪漫沙几白羝,胡风吹冻满毡衣。少卿驼马弥山谷,何似中郎一节归。"张泽《观苏子卿牧羊图有感》:"十九年来志不磨,暮云遥隔汉山河。吞毡嚼雪肠犹热,泪落愁添北海波。"戴表元《苏李图》:"塞北中郎雪满头,陇西壮士泪沾裘。人生百岁能多少,直到如今说未休。"马祖常《李陵台》:"故国关河远,高台日月荒。颇闻苏属国,海上牧羝羊。"揭傒斯《题李陵送苏武图三首》其一:"一与故人别,死生宁复亲。休言典属国,犹得画麒麟。"其二:"今朝送汉使,迢递入秦关。惟有沙场梦,相随匹马还。"其三:"惨澹河梁路,参差塞上山。谁言是死别,日夜望生还。"

---

① 丁国祥《论元诗对苏武李陵的解析》,《榆林学院学报》2006年第1期。

最后，欧阳检《苏武李陵泣别图》从苏武、李陵各自遭遇境况出发，设想二人分别时的感想，既赞许了苏武的气节，又同情了李陵的艰难处境："祈连山前箭如雨，渤海岸边羝不乳。同是肝肠十九年，白发君归朝故主。臣心有血一斗许，亦欲随君归羋鼓。五千健儿五千母，臣若独归魂魄苦。空将老泪寄君归，归洒茂陵坟上土。"

二疏题材与苏李题材诗在诗歌史上常赋常新，亦是送别诗史上颇具特色的一类。汉代昭君出塞的故事亦深切动人，在诗歌史上也产生了一些昭君题材诗歌，由于许多诗人从昭君别主的角度切入，也有一定的送别意味，像庾信就有《王昭君》《昭君辞应诏》诗，江淹《恨赋》亦述昭君之恨则曰："若夫明妃去时，仰天太息。紫台稍远，关山无极。摇风忽起，白日西匿。陇雁少飞，代云寡色。望君王兮何期？终芜绝兮异域。"①张锡厚主编《全敦煌诗》有《王昭君辞元帝五言诗二首》存目，前面有序介绍王昭君出塞事，称此诗乃昭君临去时泣泪赋五言诗二首辞元帝，惜原诗未录致佚。像荆轲、苏李这样一些典型的分别事件，在文学史上广为传诵，从而形成了有固定题材的描述型送别诗类，在送别诗史上有着重要的价值。

二、送别诗史上第一座里程碑："苏李诗"

历代苏、李题材诗不绝如缕，固然与苏武、李陵的感人事迹有着重要关系，"苏李诗"的广泛传播与接受亦起到了不可忽视的作用。许多诗人正是从被学术界疑为伪托的"苏李诗"中提炼出了诸如"河梁""黄鹄"等一系列送别意象，丰富了送别诗意象群，亦扩展了苏李题材诗的喻代词汇。"苏李诗"是送别诗史上一个无法绕过的关键点，又对后代诗歌的创作有着重大的影响力，要对六朝送别诗考镜源流，不得不仔细探究"苏李诗"。

（一）释名章义

"苏李诗"是苏武与李陵互相赠答送别诗的简称。所谓苏武、李陵赠答送别诗散见于各类选集，统称其为"苏李诗"是后人疑其伪作才开始用此称谓的。《苕溪渔隐丛话·前集》卷一载《蔡宽夫诗话》论苏武、李陵诗时称"苏李诗世不多见，惟《文选》中七篇耳"②，"苏李诗"的称法可能以此为最早了，此前诗论文论习惯称"苏李"。元刘履编《风雅翼》卷一亦云"或疑苏李诗皆后人所拟作"③，统称《文选》所选苏武、李陵诗为苏李诗。明陆深《俨山集》

---

① 胡之骥注，李长路、赵威点校《江文通集汇注》，第8—9页。
② 胡仔纂集，廖德明校点《苕溪渔隐丛话·前集》，第3页。
③ 刘履编《风雅翼》卷一，《景印文渊阁四库全书》第1370册，台北，台湾商务印书馆，1986年。

卷二五"诗话"云:"《文选》所载汉苏李诗,苏东坡以为齐梁间小儿所拟,非真当时诗也。《古文苑》又载苏李诗七首,《文苑》后出,尤可致疑。杜子美云:李陵苏武是吾师,然世必有真苏李诗,当是何等。"①凡三次提到"苏李诗"。另明冯惟讷编《古诗纪》合称李陵《录别诗》八首与苏武《答诗》二首作"拟苏李诗十首",明曹学佺编《石仓历代诗选》卷一称"红尘蔽天地"一首为《拟苏李诗》。清代及近现代学者论辩苏武、李陵诗真伪时均称之为"苏李诗"。

按照古代学者的称谓看,"苏李诗"多指《文选》所录苏武、李陵诗七首,其他的则只能称为"拟苏李诗"了。然而,近现代学术界则多以所有托名为苏武、李陵所作的诗为"苏李诗",逯钦立的意见可为代表。逯先生《汉诗别录·辨伪第一·甲 苏、李诗》称:"今存之苏、李诗,昭明《文选》七首(苏武诗四首,李陵《别苏武诗》三首)以外,《古文苑》载有十首(李陵《录别诗》八首,苏武《答诗》一首又《别李陵》一首),而引见他书之李诗零句,又有四条。"②还有《古文苑》载孔融《杂诗》两首亦出自李陵集。逯先生所要考证的这二十余首诗歌都在"苏李诗"范畴之内,后各类文学史、诗歌史在讨论"苏李诗"时一般都包括逯先生所收录的这些诗。曹旭老师则称之为"旧题苏李诗",并认为今存"旧题苏李诗"可以分两类,其一为《文选》选录,另一为《古文苑》所录。

古今学者之所以对"苏李诗"之真伪展开持久的争论,是因为它们在中国诗学史上居于要路津的位置,早在刘宋之际颜延之就在《庭诰》③中讨论了"李陵众作"的问题,说明了其时李陵诗文已经引起学界的重视。"李陵众作"当然包括诗歌,亦是后来学术界所称的"苏李诗",因此,"苏李诗"之显当首推延年之功。其后,刘勰、锺嵘的品评,萧统《文选》的编选,乃至唐人对

---

① 陆深《俨山集》卷二五,《景印文渊阁四库全书》第207册,台北,台湾商务印书馆,1986年。
② 逯钦立遗著《汉魏六朝文学论集》,陕西人民出版社,1984年,第3页。
③ 缪钺《颜延之年谱》系《庭诰》作年于刘宋文帝刘义隆元嘉十六年(439)颜延之五十六岁时。又,关于"李陵众作"问题,《太平御览》引《庭诰》文较长,后人引用往往截取后面一段,视其原文,标点不同对李陵众作提出质疑的人物可能也不同。《太平御览》引文:"颜延之《庭诰》曰:荀爽云:诗者,古之歌章,然则雅涌之乐篇全矣。是以后之诗者,率以歌为名。及秦勒望岳,汉祀郊宫,辞前史者,文变之高制也。虽雅声未至,弘丽难造矣。逮李陵众作,总杂不类,是假托,非尽陵制。至其善篇,有足悲者,挚虞文论足称优洽。《柏梁》以来,继作非一,纂所至七言而已。九言不见者,将由声度阐诞,不协金石。至于五言流靡,则刘桢、张华;四言侧密,则张衡、王粲。若夫陈思王,可谓兼之矣。"(第2639—2640页)颜延之这段话可能引自荀爽,也有可能是自己的观点,关键要看荀爽那段话双引号标点在什么地方。

"苏、李"的大力推崇,"苏李诗"在中国诗学史上里程碑的意义得以确立。①从敦煌抄本亦能见出"苏李诗"在唐以后的影响,张锡厚主编《全敦煌诗》卷一六有无名氏《李陵别诗》,下摘残句作"携手河梁上,游子暮何之",校记曰:"敦煌遗书藏无名氏《李陵别诗》主要见于三种钞本:伯二五二四、斯二五八八,《语对》'送别'门'河梁'条:'汉都尉李陵《别诗》曰(略)。'兹以'李陵别诗残句'为题。"又敦煌研究院藏编号为九五《蒙求》残卷'陵李初诗,田横咸(感)歌'条:'《汉书》:李陵字少卿,为建章监,后为将军,失利,降匈奴。与苏武诗云:携手上河梁,游子暮何之。五言自此始。'"②虽然宋代以后,学界上承六朝"苏李诗"作者怀疑论而质之为伪,削弱了"苏李诗"在五言诗发展史上的开山意义,却无法改变"苏李诗"本身的艺术价值及其对后代诗歌创作的影响。有些文学史采用回避的方式对"苏李诗"略而不论,其实是没有必要的。

逯钦立辑校《先秦汉魏晋南北朝诗》把"苏李诗"与李陵的《别诗》分开辑录,置《汉诗》卷末,题为"李陵录别诗二十一首",并有详细说明:

> 《古诗纪》依据《文选》编"苏、李诗"七首于《汉诗》卷二,而以《古文苑》《李陵录别诗十首》附在《汉诗》卷十。盖谓《文选》所载为苏、李自作,《古文苑》所载乃后人假托。丁福保《全汉诗》总汇《文选》《古文苑》各诗,分别编之苏、李名下。盖以为皆少卿、子卿之辞也。逯案:《文选》《古文苑》"苏、李诗"十七首以外,《书钞》及《文选》注尚引李诗残篇两首,《古文苑》之孔融《杂诗》二首,亦原属李陵。依此计之,"苏、李诗"今存者尚有二十一首也。然检宋颜延之《庭诰》云:"逮李陵众作,总杂不类,元是假托,非尽陵制。"又检《隋志》,只称梁有《李陵集》二卷,不言有《苏武集》。而宋、齐人凡称举摹拟古人诗者,亦只有李陵而无苏武。据此,流传晋、齐之李陵众作,至梁始析出苏诗,然仍附《李陵集》,昭明即

---

① 六朝时期与唐代都很重视对"苏李诗"的品评,并给它们较高的定位。萧子显《南齐书·文学传论》称:"少卿离辞,五言才骨,难与争鹜。"锺嵘《诗品·序》:"逮汉李陵,始著五言之目。"日人遍照金刚《文镜秘府论》"南卷·论文意"引或曰:"五言之作,《召南·行露》,已有滥觞。汉武帝时屡见全什,非本李少卿也。少卿以伤别为宗,文体未备,意悲词切,若偶中音响,十九首之流也。"杜甫《解闷五首》之二:"李陵苏武是吾师。"元稹《唐故工部员外郎杜君墓系铭(并序)》:"苏子卿、李少卿之徒,尤工为五言。"与汉以还《柏梁》等作一起,"虽句读文律各异,雅郑之音亦杂,而词意简远,指事言情,自非有为而为,则文不妄作。"白居易《与元九书》:"国风变为骚辞,五言始于苏、李。苏、李、骚人,皆不遇者,各系其志,发而为文。故'河梁'之句,止于伤别,泽畔之吟,归于怨思。彷徨抑郁,不暇及他耳。然去《诗》未远,梗概尚存。故兴离别则引'双凫''一雁'为喻,讽君子小人则引香草恶鸟为比。虽义类不具,犹得风人之什二三焉。"

② 张锡厚主编《全敦煌诗》,作家出版社,2006年,第717—718页。

据此选篇也。以出于《李集》，故《文选》苏武各诗他书尚有引作李陵诗者。要之，此二十一首诗，即出李陵众作也。又此二十一首种类虽杂，然无一切合李陵身世者，说明既非李陵所自作，亦非后人所拟咏。前贤如苏轼、顾炎武等皆疑之固是。然亦未能释此疑难也。钦立曩写《汉诗别录》一文，曾就此组诗之题旨、内容、用语、修辞等，证明其为后汉末年文士之作，依据古今同姓名录，后汉亦有李陵其人，固不止西京之少卿也。以少卿最为知名，故后人以此组诗附之耳。今总以"李陵录别诗"为题，略依《古诗纪》，编之本卷之中。①

从逯先生的说明可知，"苏李诗"不但在具体篇数上说法不一，而且在诗歌作者方面亦出现了混乱。其虽在《汉诗别录》一文中考证此组诗歌为同名之汉末另一李陵的作品，却仍以"李陵录别诗"称题编于《汉诗》卷末，以存疑的方式处理此组诗歌，是非常严谨的态度。

综合观之，"苏李诗"自颜延之首评之后开始显要，《文选》编录以后，"苏李诗"特指《选》诗七篇；唐代进入"苏李诗"接受的高峰期，宋人所编《古文苑》②则对"苏李诗"增而广之；逯钦立编《先秦汉魏晋南北朝诗》又据李陵别集与《文选》注等考辑"苏李诗"，共计二十一首。现当代学者考论"苏李诗"的真伪，多从逯先生辑录诗作入手。至此，"苏李诗"完整的意思就是指，古代各类总集别集与集注诗论中，除李陵的《别歌》一首以外题为苏武或者李陵诗的总称。

聂石樵说："考稽文学作品之真伪，是分析论述问题之首要条件。"③要探讨"苏李诗"在送别诗史上的意义，亦无法绕过"苏李诗"真伪公案。所幸学界对此公案论述极为充分④，无须再在考证"苏李诗"真伪问题上费辞，黄霖主编、羊列荣著《20世纪中国古代文学研究史·诗歌卷》"五言诗起源说与枚乘苏李诗辨伪"节亦对20世纪"苏李诗"伪托论进行了梳理。六朝与唐代推崇与学习"苏李诗"属于"苏李诗"接受史的一个部分，宋代直至当今论辩"苏

---

① 逯钦立辑校《先秦汉魏晋南北朝诗》，第336—337页。
② 《四库全书总目提要》称：《古文苑》二十一卷"不著编辑者名氏。《书录解题》称世传孙洙巨源于佛寺经龛中得之，唐人所藏。所录诗赋杂文，自东周迄于南齐，凡二百六十余首，皆史传、《文选》所不载。……南宋淳熙间，韩元吉次为九卷。至绍定间，章樵为之注释。明成化壬寅，福建巡按御史张世用得本刊之"。胡玉缙曰："此书乃宋人所录，其时隋以前集罕存，凡不全各篇，采诸唐人类书，固其宜矣。"
③ 聂石樵《先秦两汉文学史稿》（两汉卷），北京师范大学出版社，1994年，第232页。
④ 现当代学者论辩"苏李诗"真伪问题，对古代"苏李诗"真伪论争材料多有列举。其中以刘永济《十四朝文学要略》卷二《两京当诗体穷变之会》节梳理古代"苏李诗"真伪的论争，材料充分，井然有次。

李诗"之真伪亦是"苏李诗"接受史的重要部分。正是历代对"苏李诗"的毁誉褒贬、真伪辨析,使得这组诗歌生命力愈加旺盛,久而弥新。

历代"苏李诗"真伪问题论争源远流长,有的学者从"苏李诗"最初出处的不同区别对待其真伪问题,一般认为《文选》收录的七首不假,《古文苑》收录的十首为拟作;有的学者则认为全是伪作;"苏李诗"全部伪托论中亦别有新解,如逯钦立则认为所谓"苏李诗"其实最初只假托了李陵一人之作①,并提出后汉之另一李陵赋诗说。"苏李诗"真伪问题一直是学术界热点问题,从一个侧面说明了"苏李诗"在诗学史上的重要意义。"苏李诗"的真伪虽然直接影响了五言诗的起源,但其高度的艺术成就对于齐梁以后诗学界的影响是无法抹杀的,作为一组比较成熟的送别诗,对于六朝送别诗乃至唐宋送别诗写作的影响亦是实际存在的。在"苏李诗"之前,还没有这样大规模的送别组诗出现,亦没有如此成熟的送别诗产生,因此,在送别诗史上,"苏李诗"堪称一个里程碑。

(二)《文选》选录"苏李诗"文本解析及其在六朝诗歌创作史上的影响

送别诗史上的第一个里程碑——"苏李诗"虽然存在着真伪问题的激烈论争,却没有人怀疑其高度的艺术成就与送别题旨。故从李善注、五臣注《文选》开始,古今有许多著名的学者对《文选》选录"苏李诗"的文本进行了注释解析,如钟惺和谭元春辑《古诗归》、王夫之评选《古诗评选》、沈德潜选《古诗源》、张玉榖《古诗赏析》、王士禛选及闻人倓笺《古诗笺》、陈祚明评选《采菽堂古诗选》、陈沆《诗比兴笺》、余冠英选注《汉魏六朝诗选》、程千帆和沈祖棻选注《古诗今选》等对此组"苏李诗"均有着精辟的见解。曹旭《古诗十九首与乐府诗选评》之"旧题苏李诗及其他古诗"从意象、句法、单篇与组诗的关系、"苏李诗"与古诗乃至六朝诗歌的对照、历代对"苏李诗"的评价等方面,对旧题苏李诗进行了全面解读,特别对单篇"苏李诗"进行了结构分析与文本细读,堪称古今"苏李诗"文本解析的集大成之作。刘跃进《有关〈文选〉苏李诗若干问题的考察》②一文考察"苏李诗"写作年代时探讨了"苏李诗"在六朝诗歌创作史上的影响。松原朗《苏武李陵诗考》一文则从齐梁时期入手考察了"苏李诗"对诗人们的实际创作的影响,并得出创作影响促进诗论重视的结论:"李陵诗所带来的对实际创作的作品的影响几乎渗透于诗

---

① 逯钦立《汉魏六朝文学论集》认为:"世称苏李诗云者,实仅李陵一人之作是也。"有两点理由:"一、宋初迄于齐末,仅有李陵诗之见称以及模拟,而无所谓苏武诗。""二、苏诗出于李集,本为李陵诗,好事者以其总杂,故妄增苏武名字。刘宋、萧齐不闻苏武有诗。甫入梁时,顿尔出见,诚至异之事也。"
② 跃进《有关〈文选〉苏李诗若干问题的考察》,《文学遗产》1996 年第 2 期。

人的心中了,李陵诗的深化才可能使得《文心雕龙》谈及到了李陵诗。"作者还从"河梁"一词在六朝普遍的运用及鲍照离别诗对"苏李诗"的继承来分析"苏李诗"在六朝的影响,得出两个结论:第一,"确立了离别这个传统的新主题,提供了一个'古典场所＝权威'的公式";第二,"离别与闺怨保持着积极的关系"。① 下文将在古今学者研究《文选》收录"苏李诗"成果的基础上,解读此七首送别诗并试图确立其在送别诗史上的地位。

《文选》选录七首"苏李诗"归入"杂诗类",题李陵的三首放在前面,紧接着选录题苏武的四首,具体序次在后代各种选本中多有不同。至于七首送别诗没有收入"祖饯类"的原因,胡大雷在《文选诗研究》中做了分析。② 署名李陵的《与苏武三首》分别营造了诗人与朋友衢路执手而别、临河觞酒饯行、河梁蹀踯互相话别的场景,从而抒发了与朋友深深惜别之情,表达了对离人款款安慰之意。

"良时不再至"一诗首先把时间定在须臾离别之际,分离虽然短促,但古代交通工具只能是步行或车船,没有现代离别那样的转瞬阻隔效果,因而分手的时间得以延宕,空间的阻隔亦是逐渐形成的,分别时心里痛苦的煎熬则是缓慢递增的,故分离时主客的体味,可能比现代化交通工具下的分别更细腻深刻。屏营、踟躇、逡巡,分手时焦虑的心态通过动作表达出来;明知朋友是不可能留下的,却依然执手不放;衢路必须分道,离人即将不见,留者却依然在歧路四顾,总希望多看朋友一眼。离别片刻,送别语境被简笔勾勒出来,读者亦被迅速诱导到分别时留者的情感漩涡。"仰视浮云驰"四句,李善注曰:"言浮云之驰,奄忽相逾,飘飘不定。逮乎因风波荡,各在天之一隅。以喻人之客游,飞薄亦尔。"③此种感慨,既是诗人触景生情,亦是诗人感叹生思,浮云急遽追逐超越却又顷刻被风吹荡而各奔东西,正是人际社会的真实写照,就是友情坚如磐石的朋友在社会生活中亦如朵朵浮云,聚散无定,随风飘忽。这种即时感叹,既是具体的,又是普遍的,因具体故真实,因普遍故感人。

---

① 松原朗撰,李寅生译《苏武李陵诗考》,《钦州师范高等专科学校学报》2004 年第 3 期。该文又见作者《中国离别诗形成论考》下编,中华书局,2014 年。
② 胡大雷《文选诗研究》专辟"祖饯类"一章,对《文选》诗祖饯类诗歌做了形态分析,并分析了杂诗类、公宴类、赠答类关涉祖饯的作品,还分析了未入《文选》的祖饯类诗作。对于"苏李诗"未入"祖饯类"的原因,胡先生认为要从杂诗的特性谈起:"杂诗类作品,大致是很难考察出它们是因为什么具体事情而发,这当然是与收入《文选》祖饯类诗作的比较中见出的。……《文选》祖饯类的诗作,都是描摹某次具体的饯别相送,这从诗歌的题目上可以看出,从诗歌的内容中也可以看出,这种具体性也有史实依据。而'苏李诗'则缺乏这种具体性,如具体的气候、具体的社会生活背景、具体的哲理背景、具体的地理景物,等等。……因此,我们甚至可以作这样的推测,《文选》的编选者也不相信'苏李诗'中的饯行送别是真实地、具体地存在着的,所以不把它们列入祖饯类。"(《文选诗研究》,广西师范大学出版社,2000 年,第 84—85 页)
③ 萧统编,李善注《文选》,第 1352 页。

陈祚明曰:"'奄忽'句写行云,何其生动! 兴意宛合。"①"兴意宛合",道尽了此四句诗的精神气韵。沈德潜亦比较道:"唐人句云:'孤云与飞鸟,相失片时间。'推为名句。读'奄忽互相逾'句,高下何止倍蓰耶。"②末四句继续留者不忍分别的心情抒泄,"此地一为别,孤蓬万里征"(李白《送友人》)③,留者心绪杂乱,斯须伫立之际,飘忽的思绪被晨风的鸣叫惊醒,却宁愿继续美妙的白日梦,凭借着晨风的翅膀追送离人直至永远。陈祚明评:"'且复立斯须',意甚警。斯须之立,何解于别怀,然是时正不能不尔。古诗之佳正以有此等思路,能写至情耳!"④全诗虽仅三个部分十二句,却结构谨严,情真意切。张玉穀对其结构分析道:"首四,叙别直起,'在须臾'三字,一诗之骨,下俱从此生情。'仰视'四句,忽就所见突接两喻,写出须臾相失之象。运实于虚,意境超忽。末四,写出惜别之神。'长当'句,点醒长别,向后一伸。'且复'句,回应须臾,趁势一缩。结则更在须臾中,生出欲化晨风,送君归去妄想,恰与苏武诗'愿为双黄鹄'意一呼一应。"⑤王夫之评其情感抒写并推而广之:"诗以道情,'道'之为言'路'也。诗之所至,情无不至;情之所至,诗以之至。一遵路委蛇,一拔木通道也。然适越者至越尔,今日适越而昔来,古今通哂,东浙闽,西涉蜀,以资越之眷属,则令人日交错于舟车而无已时,无他不足于情中故也。古人于此,乍一寻之,如蝶无定宿,亦无定飞,乃往复百歧,总为情止,卷舒独立,情依以生。空杳之迹,微大忍之力定视彼充然者,岂不能然?薄天子而不为耳。"⑥

"嘉会难再遇"一诗则把上首临行片刻的离别镜头转移到分手前临河对酒的款款述怀场景。"良时不再至"一诗山回路转,离人渐去之际,徒留送者的满腹惆怅,在"嘉会难再遇"中得以絮絮而谈。首先感叹的是此去嘉会不再,三载良时将成为生命中最重要的阶段长留记忆。一边感慨一边"临河濯长缨",李善注曰:"夫冠缨,仕子之所服,濯之以远游。今因远游而感逝川,故增别念也。"⑦上首在陆路上看到浮云、飞鸟而兴叹,这里则因流水起兴,人生中最惬意的嘉会亦将随流水长逝。而此刻的拂面长风吹皱了河水,如同诗人愁上眉梢,河风亦因送别而生悲情。擎着饯行的酒杯,诗人无理地质问行者,你拿什么来安慰我此际的离愁? 长川、回风、樽酒,三个特写,愁怀满绪的

---

① 陈祚明评选,李金松点校《采菽堂古诗选》,第 73 页。
② 沈德潜选《古诗源》,中华书局,1963 年,第 48 页。
③ 李白著,王琦注《李太白全集》,中华书局,1977 年,第 837 页。
④ 同注①。
⑤ 张玉穀著,许逸民点校《古诗赏析》,上海古籍出版社,2000 年,第 78 页。
⑥ 王夫之评选,张国星校点《古诗评选》,文化艺术出版社,1997 年,第 149 页。
⑦ 萧统编,李善注《文选》,第 1353 页。

两个人无语凝咽,千言万语化作临行一杯酒,对酒浇愁、借酒盟誓、凭酒忆旧、依酒慰藉,传统饯行仪式上的奠酒在这里承负了太多的寄托。此首与题名苏武的"骨肉缘枝叶"一诗互相呼应,陈沆比较二者曰:"苏诗曰:'我有一樽酒,欲以赠远人。愿子留斟酌,叙此平生亲。'是苏先置酒别李也。李诗曰:'独有盈尊酒,与子结绸缪。'是李复置酒饯苏也。两诗先后皆赋于离筵。然苏诗舒以详,心事无不可言也。李诗凄以促,盖心事无一语可宣也。可言者离别之情而已。弥浅澹,弥酸咽,有对此茫茫何从说起之意。故曰'恨恨不能辞',即不能语之谓。天下可语之情,皆非情之至哀者也。苏李之别友朋,与文姬之别母子,皆自古至今,更无比况之事。"①陈氏以之一一附会事实,虽不一定可取,但其对二诗的比较却是非常精到的。张玉縠也将此诗分为三个部分解剖其内容结构的安排:"首二,突就别后会期之遥,相思之苦,逆喝而起。中四,折到临别,临河望远,触绪悲来,以对酒难酬顿住。末四,即借酒递落,言行人将往,何以慰愁,欲留片刻以叙绸缪,计惟有盈觞相劝耳,真写得分手时无计挽留神理出。"②抓住了此诗"酒"这个中心意象进行解析,揭示了诗眼之所在。

"携手上河梁"一诗再次移步换景,场景从歧路、河边转到河梁、蹊路。如果三首诗实因同一送行事件而出自同一诗人之手,贯串起来就可以发现这组诗如同倒叙述别,先近焦表述最后分手片刻的别景别情,再回述河边执手饯行时刻的迷离恍惚之感,最后慢慢回味离别之前的最后团聚与安慰祝福。二人都知道这是最后的小聚,漫涉于熟悉的河梁、蹊路,即将到来的离别感伤却时时拂上心头,兴味亦随之黯然。明知此去殊无再会之理,却以弦望有时互相安慰;再会犹如水中月、镜中花,却以白首为期。此种凄苦最难将息,却说着心知肚明的谎言互相慰藉,感人犹深。沈德潜、陈祚明都洞察到诗人微妙的诗心,沈曰:"此别永无会期矣,却云弦望有时,缠绵温厚之情也。"③陈曰:"此别是永无会期,明知之矣。翻言'弦望自有时',悲无可解时,且漫作妄想,聊以自愚耳!"④"努力崇明德"才是真实的,从此以后,天各一方,不管外界如何变幻,不改高洁的品格,是最忠实的嘱咐。程千帆比较此篇与"良时不再至"一诗曰:"两篇的主题都是送别,但前篇着重写当时分离的痛苦,本篇则着重写对后日会合的希望,用意各自不同。此诗先说'恨恨不能辞',结尾又终于发出'努力崇明德,皓首以为期'这种充满信心、令人鼓舞的话,

---

① 陈沆《诗比兴笺》,上海古籍出版社,1981年,第25页。
② 张玉縠著,许逸民点校《古诗赏析》,第78—79页。
③ 沈德潜选《古诗源》,第49页。
④ 陈祚明评选,李金松点校《采菽堂古诗选》,第73页。

更见诗人的感情深厚,爱人以德。这些诗风格清劲,与前旧题苏武诗异趣。"①以"清劲"评署名李陵这三首诗,自是的评。张玉穀亦比较苏李诗曰:"苏、李诗为五古之祖,皆足典型,然论其气体,苏较敷腴,李较清折,其犹李唐中之少陵、太白两家乎?"②明陆时雍论诗重韵,认为"诗被于乐,声之也。声微而韵,悠然长逝者,声之所不得留也。一击而立尽者,瓦缶也。诗之饶韵者,其钲磬乎?"诗韵有古、悠、亮、矫、幽、韶、清、洌、远等不同特色,陆氏以为"携手上河梁,游子暮何之"其韵悠,"凡情无奇而自佳,景不丽而自妙者,韵使之也"。③则李陵诗除清劲、清折的风格外,还有韵味悠然的特点。

署名李陵的《与苏武三首》如电影里的镜头切换,又如戏曲舞台上梁祝的十八相送,送君歧路、送君渡头、送君河梁,不同的地方有不同的景致,不同的景致生发不同的感慨,但惜别的情感基调是不变的。虽被疑为伪作,却又可以一气贯串,是一组比较成熟的送别组诗。与其结构明朗、风韵清劲不同,署名苏武的四首诗则以雍容雅韵博喻述怀,反复致意。下文拟详述之。

"骨肉缘枝叶"一诗"首六句以植物意象,以树有连理比兴,枝枝叶叶关情,写兄弟平日情谊;中六句用动物意象比兴,别后如参、辰不见,鸳鸯分飞,当下却难分难舍;末六句用'呦呦鹿鸣'的典故深入一层,写饯别时的复杂感情"④。"从平日的恩情说到临别的感想,再说到饯送的意思"⑤,结构非常缜密。连枝树、鸳鸯、参辰、胡秦、樽酒等意象合理置入此首送别诗中,喻昔日情谊贴切,比远离后的空间隔离感更得体,樽酒留客,不待叙愁,却要叙亲,反常合度,翻出新意。而平日聚集却日用而不知,如今离别方觉恩情日新,好像突然醒悟到离别即将造成生命中的缺失,旧时相处的细节更觉清晰。"将今昔层叠顿跌,两就别之时言,两就别后之地言,转到情隔而情愈密。不曰如故而曰日新,缠绵曲挚。"⑥

与上首从留者角度叙别略异,"黄鹄一远别"一诗兼顾离人视角,以黄鹄远别徘徊往顾、胡马失群思心依依、双龙乖离振翼彷徨为喻,表达离人远去时复杂迷惘的心境与悲怆的别离情怀。题李陵的叙别诗,即景生情,意象取目之所即,似虚还实。此处则凭虚构象,"转意象于虚圆之中"⑦,虚实相生。紧接着弦歌的缠绵呜咽、如泣如诉,管乐的清脆激越、如怨如愤,长歌的悲怆激

---

① 程千帆、沈祖棻选注《古诗今选》,上海古籍出版社,1983 年,第 36 页。
② 张玉穀著,许逸民点校《古诗赏析》,第 79 页。
③ 陆时雍《诗镜总论》,丁福保辑《历代诗话续编》,中华书局,1983 年,第 1406 页。
④ 曹旭《古诗十九首与乐府诗选评》,上海古籍出版社,2002 年,第 57 页。
⑤ 余冠英选注《汉魏六朝诗选》,人民文学出版社,1978 年,第 82 页。
⑥ 张玉穀著,许逸民点校《古诗赏析》,第 74 页。
⑦ 陆时雍《诗镜总论》,丁福保辑《历代诗话续编》,第 1403 页。

烈,短歌的浅吟低唱,都有一个"别"字萦回其间,所有的歌唱都是悲哀凄怨之音。"俱借弦歌生情,叙别正面,然分两层:'幸有'六句,以弦歌可喻中怀,领笔作一开势,点清已归而与子乖之可哀;'长歌'六句,从己悲递落悲子,点清子不能归,而与己乖之愈可哀。"①最后,以挥泪意象与化鹄追飞意象作结,由开篇离人的悲怆转到留者的悲泣收束全篇,章末黄鹄与篇端相应,一为彼一为此,不避重复,却"愈见错综"。

"结发为夫妻"首则从珍惜今夕的欢娱切入,始终把当下的乐景与别后的哀情相对照,并以生死不渝的承诺结篇,把"平日的恩情","现在的惆怅",将来"显得有点渺茫的希望"②交织在一起,张玉縠解析道:"首四,就夫妻平昔恩爱叙起,折到欢娱燕婉,仅有今夕,莫负良时。未显言离,而离思已满,入手便觉凄其。'征夫'四句,叙将别之景,落出长辞按住。'行役'四句,点清去路,遥念重会之难,不胜临歧之痛。叙别正面。末四,跟上'欢娱''燕婉'两句来,先就妻边慰勉丁宁,并跟上相见无期,以己之生归死思收住。恩爱不疑,到头结穴,而磊磊明明,仍不失英雄本色,是为悲而能壮。"③全诗不用典故,晓畅明白,可堪谢榛"格古调高,句平意远,不尚难字,而自然过人"④之评。

"烛烛晨明月"一诗以游子的身份抒写羁旅的思念之情,告诫对方敬慎明德、叮咛对方珍惜景光与倾诉羁旅困窘孤寂、依依别情有机结合在一起,不忘生命中之欢娱时光说明了时人对生命中美好欢乐的追求,直表旅途困顿与内心思念之情说明了时人对生命中不完满的意识与觉醒,常敲明德修身警钟又显示了时人对于政治与荣名的孜孜追求,故通观全诗,时人复杂的生命价值观得以展现。这种生命意识在其他"苏李诗"中亦时时间起,体现出与《古诗十九首》和汉末文人诗相同的生命观。钱志熙说:"汉末五言诗的作者,已经成为汉末士林中有独特风格的一部分人。说明汉末时期,随着儒学的衰落和士林的分化,一个诗人群体已经形成。"⑤"这些诗人本来对人生有过统一的价值观,追求建功立业,宦途取贵仕,其境界虽有高低,行为趋向却是一致的","一部分人因政治出路的断绝而产生对现实的愤然态度,转而蔑视求名行为","另一部分人则仍然在追求政治出路,仍以实现政治理想为生命的最

---

① 张玉縠著,许逸民点校《古诗赏析》,第76页。
② 程千帆、沈祖棻选注《古诗今选》,第34页。
③ 张玉縠著,许逸民点校《古诗赏析》,第75页。
④ 谢榛著,宛平校点《四溟诗话》,《四溟诗话 姜斋诗话》,人民文学出版社,1961年,第99页。
⑤ 钱志熙《魏晋诗歌艺术原论》(修订本),北京大学出版社,2005年,第35页。

高价值"。① 虽不能确定"苏李诗"的实际写作年代,汉末诗人群体复杂矛盾的生命观的确在"苏李诗"中得到呈现,假定"苏李诗"不是伪托,亦可从诗中解读苏、李的友谊情结:荣名持节的终极信念使苏武得以历尽艰辛而生存下来,怀念欢娱快乐的旧时光令苏武苦中有乐,令李陵不堪诱惑而屈节,倾诉自然磨难与内心煎熬使苏、李能够同病相怜、惺惺相惜、异道却不绝交。与"结发为夫妻"一诗多以沉痛语明白如话的倾诉不同,此诗再次回到意象述怀的写作方式上。明月普照、秋兰馥郁,本是三五好友聚集夜游的良辰美景,却面临着即将的分离,面对美景只能徒增感伤。李善注:"秋月既明,秋兰又馥,游子感时,弥增恋本也。"江汉流水、天空浮云既是写实亦是比兴,李善注:"江汉流不息,浮云去靡依。以喻良友各在一方,播迁而无所托。"②两个汉诗常用意象在此与诗人的别情紧密结合在一起,可堪"妙合无垠"。全诗由晨月、秋兰起兴,以对空间距离远隔与时间距离悠长的感受述别,用慰藉语结篇,"布景抒情,则由小而大,由近而远","感情深刻,而词意宽和",③"写情款款,淡而弥悲"④。

《古文苑》收录及逯钦立考定的其他"苏李诗"亦引起后代诗论家的高度重视,但由于其具体写作年代更难确定,历代纷争多数只涉及《文选》收录的七首,对其他十几首均一笔带过,故存而不论。《文选》选录"苏李诗"一直以述别组诗呈现,在唐宋乃至近代诗歌史上有着重大的影响,仅就六朝诗歌史看,"苏李诗"亦有着不容忽视的影响。

首先,"苏李诗"在六朝诗坛上的影响表现在六朝两大选本的收录。萧统编《文选》收录苏李组诗,与《古诗十九首》区别开来,一方面说明署名苏武、李陵的诗歌在梁际的确存在,另一方面也反映了萧统对"苏李诗"的高度重视。萧统编《古诗十九首》时亦知道有些诗的作者有枚乘、傅毅之说,却采用谨慎的方式通编为一组;颜延之称"苏李诗"之李陵众作出于假托,萧统也许有所耳闻,却没有把此组"苏李诗"与《古诗十九首》混编为一组,区别对待的意图还是非常明显的。故从《文选》的收录可见"苏李诗"在梁代以前就非常流行,由此亦可推知此组送别诗在其时诗坛上的重要影响。徐陵编《玉台新咏》收录"结发为夫妻"一诗,题为苏武《留别妻一首》,此诗并不完全符合以收录艳歌为主的《玉台新咏》的选录标准,编者能在以送别为题旨的"苏李诗"中选录一首,亦说明了编者对于"苏李诗"的重视。

---

① 钱志熙《唐前生命观和文学生命主题》,东方出版社,1997年,第1/8页。
② 萧统编、李善注《文选》,第1355页。
③ 程千帆、沈祖棻选注《古诗今选》,第35页。
④ 沈德潜选《古诗源》,第48页。

其次,"苏李诗"在六朝诗坛上的影响还可以从六朝诗人的拟作中看出来。如果按照明清部分学者的意见,除《文选》收录以外的"苏李诗"均为拟作,则可知"苏李诗"是六朝许多诗人诗歌创作的范本。又,梁武帝萧衍有《代苏属国妇诗》一首,以作为"结发为夫妻"首的答诗,其诗曰:

> 良人与我期,不谓当过时。秋风忽送节,白露凝前基。怆怆独凉枕,摇摇孤月帷。忽听西北雁,似从寒海湄。果衔万里书,中有生离辞。惟言长别矣,不复道相思。胡羊久剽夺,汉节故支持。帛上看未终,脸下泪如丝。空怀之死誓,远劳同穴诗。①

代答诗意象的组合、结构的安排与"苏李诗"亦步亦趋,模拟的痕迹还是很明显的。六朝时期以贵族显要为核心的文人集团非常发达,萧衍既是"竟陵八友"之一,又是经常举行的文学集会的召集与主持者,他热衷于"苏李诗",与其趣味相投的文人学士和其身边一批文学侍从肯定都很关注"苏李诗","苏李诗"在梁代的影响由此可以推知。另外,江淹《杂体诗三十首》亦以李陵诗为汉诗代表,拟《李都尉从军》一首:"樽酒送征人,踟蹰在亲宴。日暮浮云滋,握手泪如霰。悠悠清川水,嘉鲂得所荐。而我在万里,结发不相见。袖中有短书,愿寄双飞燕。"江淹拟诗取各个时期有影响的代表作为对象,《杂体诗三十首·序》称:"夫楚谣汉风,既非一骨;魏制晋造,固亦二体。"②把李陵诗作为一体而拟作,说明了其时"苏李诗"的传播广泛,在诗人心目中亦有重要地位。最后,六朝时期还有各种取材于"苏李诗"的赋得之作,亦打上了"苏李诗"深深的烙印。如陈阮卓的《赋得黄鹄一远别诗》:"霜风秋月映楼明,寡鹤偏栖中夜惊。月下徘徊顾别影,风前凄断送离声。离声一去断还续,别响时来疏复促。聊看远客赠绫纹,弥怨闲宵雅琴曲。恒思昔日稻粱恩,理翮整翰上君轩。独舞轻飞向吴市,孤鸣清唳出雷门。王子吹笙忽相值,自觉飘飘云里驶。一举千里未能归,惟有田饶解深意。"③以七言诗重新演绎"苏李诗",别具一番风味;又,陈江总有《赋得携手上河梁应诏诗》:"早秋天气凉,分手关山长。云愁数处黑,木落几枝黄。鸟归犹识路,流去不知乡。秦川心断绝,何悟是河梁。"④题名"赋得"或者"应诏"的诗一般都是文人集体的命题赋作,这种诗作基本是围绕命题诗的题旨诗意创作,有很强的模拟痕迹。

---

① 逯钦立辑校《先秦汉魏晋南北朝诗》,第1533—1534页。
② 胡之骥注,李长路、赵威点校《江文通集汇注》,第136—139页。
③ 逯钦立辑校《先秦汉魏晋南北朝诗》,第2562页。
④ 同上书,第2591页。

陈代文人集体命题材料不遗"苏李诗",亦反映了"苏李诗"在其时诗坛上影响深广。

还值得一提的是庾信等人综合苏武、李陵的历史题材与"苏李诗"内容创作的诗文,亦能从另一个侧面说明"苏李诗"在六朝诗坛上的影响。庾信《李陵苏武别赞》:"李陵北去,苏武南旋。归骖欲动,别马将前。河桥两岸,临路凄然。故人此别,知应几年?"①设想苏、李离别场景,代问再会时间,联系庾信羁留北方便知赞别之词,暗寓身世之感。另外,陈刘删亦有《赋得苏武诗》:"奉使穷沙漠,拔泪上河梁。食雪天山近,思归海路长。系书秋待雁,握节暮看羊。因思李都尉,还汉不相忘。"②从《汉书》本传演绎而来,虽用了"泪"等字眼,却属史籍的概括,"情"之一字,较庾信之赞,相隔霄壤。

再次,"苏李诗"在六朝诗歌史上的影响还能够从六朝诗歌用词与意象的运用上见出来。六朝诗文经常运用《汉书》苏武、李陵典故及李陵《与苏武书》苏武《答书》典故。"苏李诗"这类影响,在李善注《文选》时已经有充分的揭示,刘跃进《有关〈文选〉苏李诗若干问题的考察》已经辑录出了李善注所指出的七首与"苏李诗"有关的诗句,并说:"这些诗句是否全是本于'苏李诗',也许还不能作胶柱鼓瑟的理解。这里有几种可能:第一,这些诗句确实出于'苏李诗';第二,所谓'苏李诗'模拟这些诗;第三,上举一些诗句如'乐未央'之类多是流传于当时文坛的套话,并非有谁模拟谁的问题;等等。但是,其中确实有相当多的诗句与《文选》所收录的'苏李诗'有关系,这一点似乎也难以否认。"③刘跃进严谨地分析了李善注《文选》时所揭示的六朝诗歌中与"苏李诗"相关的诗句,并列举了六朝其他确实与"苏李诗"相关的许多诗句,他说:

除《文选》收录之外,南朝许多诗人都模拟过所谓"苏李诗"者,或者用到了"苏李诗"的典故。如《艺文类聚》卷二十九人部"别上"所收王融《萧咨议西上夜集诗》云:"徘徊将所忧,惜别在河梁。衿袖三春隔,江山千里长。"即用李陵诗"携手上河梁,游子何暮之"及"嘉会难再遇,三载为千秋"之典。同卷虞羲有《送友人上湘诗》:"濡足送征人,褰裳临水路。共盈一樽酒,对之愁日暮",用的是苏武诗"我有一樽酒,欲以赠远人。愿子留斟酌,叙此平生亲"之典。同卷吴均《别夏侯故章诗》:"新知

---

① 庾信撰,倪璠注,许逸民校点《庾子山集注》,中华书局,1980年,第644页。
② 逯钦立辑校《先秦汉魏晋南北朝诗》,第2546页。
③ 刘跃进《古典文学文献学丛稿》,学苑出版社,1999年,第29页。

关少别,故友河梁送"等也用"苏李诗"之典。①

李善注《文选》时注出"苏李诗"的典故除刘跃进列举的七首诗外,另外还有一些,下文一并列举出来,前面十条见于刘跃进文。原诗列前,并标注作者与题名,李善注置后,具略"李善注"三字。这些断句是否有着"苏李诗"影响的痕迹,笔者不敢断定,但至少在李善的眼里,"苏李诗"是有着重要分量的:

(1) 欢乐犹未央。(刘桢《公宴诗》)——欢乐殊未央。(苏武诗)

(2) 收泪即长路,援笔从此辞。(曹植《赠白马王彪》)——去去从此辞。(苏武诗)

(3) 及子春华,后尔秋晖。(陆机《赠冯文罴迁斥丘令》)——努力爱春华。(苏武诗)

(4) 感别惨舒翮,思归乐遵渚。(陆机《于承明作与士龙》)——黄鹄一远别。(苏武诗)

(5) 泠泠纤指弹。(陆机《日出东南隅行》)——谁为游子吟,泠泠一何悲。(苏武诗)

(6) 晨风飘歧路,零雨被秋草。(孙楚《征西官属送于陟阳候作诗》)——欲因晨风发,送子以贱躯。(李陵诗)

(7) 良时为此别,日月方向除。(颜延之《秋胡诗》)——良时不再至,离别在须臾。(李陵诗)

(8) 存为久离别,没为长不归。(颜氏同诗)——生当复来归,死当长相思。(苏武诗)

(9) 勿言一樽酒,明日难重持。(沈约《别范安成诗》)——我有一樽酒,将以赠远人。(苏武诗)

(10) 日夕凉风起,对酒长相思。(刘铄《拟行行重行行》)——远望悲风至,对酒不能酬。(李陵诗)

(11) 虽冥冥而罔觌兮,犹依依以凭附。(潘岳《寡妇赋》)——胡马失其群,思心常依依。(苏武诗)

(12) 左右兮魂动,亲宾兮泪滋。(江淹《别赋》)——泪为生别滋。(苏武诗)

(13) 可班荆兮赠恨,唯樽酒兮叙悲。(江淹同赋)——我有一樽酒,欲以赠远人。愿子留斟酌,叙此平生亲。(苏武诗)

---

① 刘跃进《古典文学文献学丛稿》,第29—30页。

(14) 嘉会不可常。(曹植《送应氏诗》)——嘉会难再逢。(李陵诗)

(15) 愿保金石躯,慰妾长饥渴。(陆机《为顾彦先赠妇》)——思得琼树枝,以解长饥渴。(李陵诗)

(16) 亲好自斯绝,孤游从此辞。(任昉《赠郭桐庐出溪口见候余既未至郭仍进村维舟久之郭生方至》)——去去从此辞。(苏武诗)

(17) 徒恨良时泰,小人道遂消。(潘岳《河阳县作》)——良时不再至。(李陵诗)

(18) 盛年处房室,中夜起长叹。(曹植《美女篇》)——低头还自怜,盛年行已衰。(苏武诗)

(19) 馥馥芳袖挥。(陆机《日出东南隅行》)——馥馥我兰芳。(苏武诗)

(20) 回车背京里,挥手从此辞。(刘铄《拟行行重行行》)——去去从此辞。(苏武诗)

(21) 愿一见颜色,不异琼树枝。(江淹《古离别》)——思得琼树枝,以解长饥渴。(李陵诗)

(22) 樽酒送征人,踟蹰在亲宴。(江淹《李都尉从军》)——我有一樽酒,欲以赠远人。(苏武诗)

(23) 而我在万里,结发不相见。(江淹同诗)——结发为夫妻,恩爱两不疑。(苏武诗)

(24) 扬罗袂,振华裳,九秋之夕,为欢未央。(曹植《七启八首》)——欢乐殊未央。(苏武诗)

(25) 臣少多疾病,九岁不行,零丁孤苦,至于成立。(李密《陈情事表》)——远处天一隅,苦困独伶丁。(李陵诗)

从李善注《文选》广泛征引"苏李诗",能够看出"苏李诗"在六朝文坛影响的深度与广度。除李善注征引之外,六朝还有许多诗文在遣词造句与运用意象上有着"苏李诗"的痕迹,刘跃进征引的部分说明了这一点,松原朗《苏武李陵诗考》则梳理了六朝诗歌中的"河梁"意象,滤除上文已经摘录的部分,其他的照录如下:

(1) 牵牛织女遥相望,尔独何辜限河梁。(魏曹丕《燕歌行》)

(2) 思归引,归河阳,假余翼,鸿鹤高飞翔。经芒阜,济河梁,望我旧馆心悦康。(西晋石崇《思归引》)

(3) 瞻言媚天汉,幽期济河梁。服箱从奔轺,纫绮阙成章。(刘宋孝武帝刘骏《七夕诗二首》其一)

(4) 东风柳线长,送郎上河梁。未尽樽前酒,妾泪已千行。(范云《送别诗》)

(5) 新知关山别,故人河梁送。署此一函书,为余达云梦。(吴均《别夏侯故章诗》)

(6) 轸轸河梁上,纷纷渭桥下。争利亦争名,驱车复驱马。宁访蓬蒿人,谁怜寂寞者。(王僧孺《落日登高诗》)

(7) 郁郁陌上桑,盈盈道傍女。送君上河梁,拭泪不能语。(王台卿《陌上桑四首》其一)

(8) 开窗对高掌,平坐望河梁。歌响闻长乐,钟声彻建章。(庾信《登州中新阁诗》)

(9) 薛君一狐白,唐侯两骈騮。寒关日欲暮,披雪渡河梁。(庾信《郊行值雪诗》)

(10) 凤吹临伊水,时驾出河梁。野燎村田黑,江秋岸荻黄。(徐陵《新亭送别应令诗》)

(11) 河梁望陇头,分手路悠悠。徂年惊若电,别日欲成秋。黄鹄飞飞远,青山去去愁。(江总《别袁昌州诗二首》其一)

(12) 自君上河梁,蓬首卧兰房。安得一樽酒,慰妾九回肠。(陈少女《寄夫诗》)

(13) 汉虏未和亲,忧国不忧身。握手河梁上,穷涯北海滨。(杨素《出塞二首》其二)

前三例松原朗确认其用法与"苏李诗"无关系,然而,颜延之能够看到李陵众作,曹丕、石崇、刘骏未必就正好看不到"苏李诗",三人诗歌均与怀人相关,恰与"苏李诗"运用"河梁"意象有着相通之处。而上面摘录李善注引中亦有曹植、刘桢、陆机等魏晋诗人创作用语与"苏李诗"有相通之处,故"苏李诗"在魏晋之际对诗人创作产生影响是完全有可能的。"苏李诗"除了最早使用"河梁"意象并形成深远影响之外,其娴熟地运用酒、飞鸟、歧路、流水等意象来表达送别之情,亦为六朝送别诗的写作树立了典范。特别是其中使用胡与秦、参与辰、天一方等隔离意象,为送别诗表达别离之后的空间距离感确立了固定范式,六朝时期此类意象的广泛运用,不能不说没有"苏李诗"的一份功劳。六朝怀人、送别诗歌广泛运用此类隔离性意象的诗句很多,略举几例:

(1) 念与君相别,各在天一方。良会未有期,中心摧且伤。(徐幹《室思诗》)

(2) 故如比目鱼,今隔如参辰。(同上)

(3) 何意今摧颓,旷若商与参。(曹植《浮萍篇》)

(4) 昔为形与影,今为胡与秦。胡秦时相见,一绝逾参辰。(傅玄《苦相篇》)

(5) 燕婉不终夕,别如参与商。(傅玄《秋胡行》)

(6) 梦君如鸳鸯,比翼云间翔。既觉寂无见,旷如参与商。(傅玄《青青河边草篇》)

(7) 十五入君门,一别终华发。同心忽异离,旷若胡与越。胡越有会时,参辰辽且阔。(傅玄《朝时篇》)

(8) 形虽胡越隔,神交中夜间。(乐府诗《西平乐》)

(9) 平生本胡越,闽吴各异津。联翩一倾盖,便作法城亲。(释慧晓《祖道赋》)

通过以上举例,说明了"苏李诗"在六朝诗坛上的重要影响。如果联系整个送别诗史来考察"苏李诗",其送别诗史上里程碑的地位是非常明显的。首先,在"苏李诗"之前,还没有如此大规模的围绕一个主题事件的送别组诗出现,有些诗歌虽然创作于具体送别事件之际,却经常着墨于其他方面,往往游离了送别主题。其次,以五言古诗的形式写作送别诗,在"苏李诗"以前,除秦嘉、徐淑送别意味不强的赠答诗以外,还是很少见的。可以说,是"苏李诗"奠定了五言送别诗的写作基础,为送别诗的写作开辟了新的途径。最后,"苏李诗"广泛运用各种意象组合成诗,既是对《诗》《骚》比兴传统的继承,又是为送别诗的写作拓展新的形式,从而为六朝以后送别诗的写作合理运用意象树立了典范。总之,"苏李诗"虽有着真伪的历史纷争,悬而难决,但依然是中国送别诗的第一座里程碑,在中国古代送别诗史上有着重要的意义。

三、汉代其他送别诗

汉代除"苏李诗"外,蔡邕等赋诗饯送第五永为督军御史督幽州,惜其诗不存,另有秦嘉、徐淑的留别寄赠诗是一组送别诗,梁鸿的《适吴诗》、蔡邕的《答对元式诗》《答卜元嗣诗》等都是有一定送别意味的诗作。其他像蔡文姬的《悲愤诗》、汉乐府、汉末古诗中部分写到了离别事件或者对于送离的感慨,在送别诗发展史上都有一定的意义。

秦嘉《赠妇诗》三首,在五言诗发展史上有着重要的地位,而秦嘉与徐淑以诗歌留别赠答亦成为文学史上一段佳话。秦嘉、徐淑的事迹见于《玉台新咏》卷一《赠妇诗》序、杜预《女记》、清严可均《铁桥漫录》卷七《后汉秦嘉妻徐淑传》①。曹旭老师《诗品集注》有秦嘉、徐淑小传,据录:"秦嘉:东汉诗人。生卒年不详。……字士会,陇西(今属甘肃)人。东汉桓帝(刘志)时,为陇西郡上计吏。岁末时,赴洛阳……除黄门郎。后病卒于津乡亭。嘉工诗文,所作今存《与妻徐淑书》《重报妻书》文二篇,诗五首,断句若干。以举上计赴洛阳,未及与妻徐淑面别所作《赠妇诗》为著名。""徐淑:东汉女诗人。生卒年不详。陇西(今属甘肃)人。秦嘉妻。与秦嘉同郡,有才章。秦嘉赴洛阳时,淑因病还母家,未及面别。秦嘉客死他乡,兄逼她改嫁,淑毁形不嫁,守寡终生。嘉、淑有一女,无子,淑遂乞子养之,哀恸至伤。《隋志》谓'梁又有妇人后汉黄门郎秦嘉妻徐淑集一卷',已散佚。今仅存文三章,《答秦嘉》五言诗一首。"②秦嘉、徐淑颇有诗名,钟嵘《诗品》置中品,给予了很高的评价,"汉上计秦嘉、嘉妻徐淑诗"条曰:

  士会夫妻事既可伤,文亦凄怨。二汉为五言者,不过数家,而妇人居二。徐淑叙别之作,亚于《团扇》矣。③

钟嵘评诗经常运用知人论世批评法,此条"士会夫妻事"大约指秦嘉赴洛阳无缘面别妻子与徐淑坚守贞节毁形不嫁二事,知其人论其诗,得出"文亦凄怨"的结论。又采用比较批评法品评秦、徐夫妻五言诗,在短短一则评语中比较了秦嘉、徐淑夫妻诗歌的相同点,比较了两汉其他五言诗人与徐淑、班婕妤二位女诗人的成就,比较了徐淑叙别诗与班姬《怨歌行》的高下,语短意丰,堪称秦、徐五言诗的不刊之论。观钟嵘的评语,可知其主要是着眼于秦、徐夫妻的送别诗进行品评的。秦嘉存《赠妇诗三首》,徐淑存《答秦嘉诗》,都是围绕夫妻不得面别的那次生离铸成死别的事件而作的。至于徐淑存诗到底是不是仲伟所言叙别之作,曹老师注曰:"叙别之作,或指徐淑《答秦嘉》诗,或是佚诗。"并引许文雨《诗品讲疏》:"淑诗今所存《答秦嘉》一首,据《玉

---

① 严可均钩稽徐淑传较详细地梳理了秦嘉、徐淑生平,曹道衡、沈玉成著《中古文学史料丛考》有《严可均〈徐淑传〉辨》一文,其曰:"秦嘉、徐淑赠答,世称名篇。范《书》于二人不著一字(《徐璆传》有徐淑,璆父),嘉、淑之名,始见于《幽明录》,继见于《诗品》《玉台新咏》,其后文献,续有记载,然非片玉碎金,即是因袭稗贩。"曹、沈认为可资参考者唯严可均的《徐淑传》,并辨证了严可均引文出处的讹误、"上计掾"的称谓、秦嘉除黄门郎时间、嘉病卒于津亭乡时间、秦徐子女等问题。结合严可均传文,秦、徐生平算是比较清晰地呈现于世了。
② 钟嵘著,曹旭集注《诗品集注》(增订本),第251—252页。
③ 同上书,第249—250页。

台新咏考异》云:'此亦歌词,特连"兮"为五言耳。然锺嵘《诗品》谓五言不过数家,而妇人居二,徐淑叙别之作,亚于《团扇》。则当时固以为五言诗矣。'要之,纪氏以此即充仲伟所指之例,殊未必然。他家五言,当时固未有此种也。姚宽《西溪丛语》以秦嘉《留郡赠妇诗》之第一首为即淑诗,人多不信,恐其误据小序耳。今既不能断言,但颇疑淑本有集一卷,已佚,其中当有五言诗欤。"又引胡应麟《诗薮·外编》卷一曰:"《西溪丛语》备载秦氏夫妇往还诗,末引锺嵘《诗品》云:'两汉五言不过数家,而妇人居二。徐淑"宝钗"之什,亚《团扇》矣。'按嘉以宝钗寄淑,故诗有'宝钗可耀首'之语。淑惟答嘉五言,绝无所谓宝钗者,当从嵘本书,作'叙别之什'为是。"①据锺嵘与历代诗评家的品评可知,秦嘉、徐淑一段伤心的生离死别成就了一组足刊史册的赠答送别诗,包括秦嘉三首留别诗与徐淑若干首寄赠诗。秦嘉诗逯辑本作《赠妇诗三首》,文学史著则多依《诗纪》作《留郡赠妇诗三首》,前有小序。

嘉为郡上掾。其妻徐淑,寝疾还家,不获面别,赠诗云尔。

人生譬朝露,居世多屯蹇。忧艰常早至,欢会常苦晚。念当奉时役,去尔日遥远。遣车迎子还,空往复空返。省书情凄怆,临食不能饭。独坐空房中,谁与相劝勉。长夜不能眠,伏枕独展转。忧来如循环,匪席不可卷。

皇灵无私亲,为善荷天禄。伤我与尔身,少小罹茕独。既得结大义,欢乐苦不足。念当远离别,思念叙款曲。河广无舟梁,道近隔丘陆。临路怀惆怅,中驾正踯躅。浮云起高山,悲风激深谷。良马不回鞍,轻车不转毂。针药可屡进,愁思难为数。贞士笃终始,恩义可不属。

肃肃仆夫征,锵锵扬和铃。清晨当引迈,束带待鸡鸣。顾看空室中,仿佛想姿形。一别怀万恨,起坐为不宁。何用叙我心,遗思致款诚。宝钗好耀首,明镜可鉴形。芳香去垢秽,素琴有清声。诗人感木瓜,乃欲答瑶琼。愧彼赠我厚,惭此往物轻。虽知未足报,贵用叙我情②。

关于此诗的写作时间,袁行霈主编《中国文学史》以"注释"的方式有所考证,陆侃如《中古文学系年》系于汉桓帝永寿三年(157)。诗前小序简单交代了此诗的写作缘由,小吏秦嘉一直忙于公务,无暇顾及妻子的日常生活,岁末因公赴洛阳上计,无缘与妻子面别,只得赋诗留别。大抵是别情依依,难舍难

---

① 锺嵘著,曹旭集注《诗品集注》(增订本),第252—253页。
② 逯钦立辑校《先秦汉魏晋南北朝诗》,第186—187页。

分,一首诗无法表达此刻诗人的离愁悲绪,故再三赋作叙怀。其一从感慨人世屯蹇、聚少离多发端,视别离无常为一种生命情绪,奠定了全诗凄怨的感情基调。紧接着交代远离事由与不得面别的原因,简短的叙事,却以两个"空"字表达了迎妻未果的失望心情。最后以较大的篇幅抒发此次骤然长别难舍妻子的感情,着一"空"字表独处一室,着一"独"字表长夜难眠,此刻的孤寂落寞与昔日夫妻的双栖双宿形成鲜明的对照;展书凄怆落泪、临食独自难进,愁思无穷无尽,难以解脱。全诗叙事与抒情结合得比较好,特别是结句用典,颇见思致。陈祚明曰:"伉俪之情甚真,结句原于《国风》,演为六朝乐府。"① 其二紧承第一首,"写秦嘉想要前往徐淑处面叙款曲,终因交通不便等原因未能成行"②。其中以反讽笔触叙写"皇灵无私"乃至令夫妻"少小罹茕独",令人心酸;又用《诗经·卫风·河广》典,"一苇杭之""曾不容刀"之河却无法逾越,进而类推,相距不远却有丘陆阻隔,欲面无缘,令人扼腕;又以歧路、车驾、浮云、悲风等一系列离别意象表达离人不忍上路的感受,虽属后代送别诗常用意象,如今读来依然逼真;最后以针药治病可以忍受来反衬愁思无法排遣。此诗陈祚明评之为"情深缱绻,句亦苍逸"③,是很恰当的。其一叙述了出发前迎妻未果之事,其二叙欲面别无缘,其三叙启程赴京,三首诗"在时间上具有连续性",共同形成一组留别赠妻诗。"肃肃""锵锵"叠词发端,只等鸡鸣上路,整装待发的紧迫气氛骤然托出。仆夫催发之际,再次回顾空房,万端思绪齐上心头,不能当面款款倾诉别离之感,只有留赠钗、镜、香、琴,聊表情意。沈德潜评曰:"词气和易,感人自深。然去西汉浑厚之风远矣。"④虽乏"浑厚",却情真意挚。综观组诗,无论在抒情、用典还是意象的运用上,都体现出了较高的艺术成就:"在抒发难以排遣的离愁别绪时,把夫妇情爱放到彼此的人生经历中加以审视,点出少与多、早与晚这两对矛盾:'人生譬朝露,居世多屯蹇。忧艰常早至,欢会常苦晚。''伤我与尔身,少小罹茕独。既得结大义,欢乐苦不足'。秦嘉抛别病妻远赴京城,使他们迟到和本来就深感不足的欢乐被生生剥夺,变得欢乐愈少,忧愁更多;艰难再次提前降临,欢会的日子不知推迟到何时。"⑤用典上灵活化用《诗经》"我心匪席,不可卷也","谁谓河广,一苇杭之","投我以木瓜,报之以琼琚"等诗句,贴切得体。意象上"三首诗都有对车驾的描写,用来衬托诗人百感交集的复杂心情。'遣车迎子还,空往复空返',传达的是失望之情;'良马不回鞍,轻车不转毂',表现

---

① 陈祚明评选,李金松点校《采菽堂古诗选》,第 108 页。
② 袁行霈主编《中国文学史》(第一卷),高等教育出版社,1999 年,第 269 页。
③ 陈祚明评选,李金松点校《采菽堂古诗选》,第 109 页。
④ 沈德潜选《古诗源》,第 59 页。
⑤ 袁行霈主编《中国文学史》(第一卷),第 269 页。

的是临路怅惘、徘徊不定;'肃肃仆夫征,锵锵扬和铃',暗示车铃催促启程,流露出无可奈何之情"①。还反复运用"空""独"这些抽象意象来表达不同场景之下的不同心境,虽用同字入诗却没有重复之嫌。最后,对于离别之际诗人的心态表述细腻传神,后代许多送别诗注重刻画分别之际的内心感受,或多或少受到了此组送别诗的影响。当然,此组送别诗每首基本是先叙事后抒情,结构不够委曲,抒情与叙事亦有打作两橛之弊,且抒情总是给人以烦冗碎屑之感。作为初期五言诗,这种瑕疵是完全可以理解的。

徐淑读得丈夫留别诗后,赋诗作答,其"叙别之什"今仅存《答秦嘉诗》一首,不知是否原貌。陈祚明便有疑问:"详《诗品》称徐淑能为五言,当时必别有答诗,今不传。此首亦切至,除去'兮'字,乃四言平调耳。"②其诗曰:

> 妾身兮不令,婴疾兮来归。沉滞兮家门,历时兮不差。旷废兮侍觐,情敬兮有违。君今兮奉命,远适兮京师。悠悠兮离别,无因兮叙怀。瞻望兮踊跃,伫立兮徘徊。思君兮感结,梦想兮容晖。君发兮引迈,去我兮日乖。恨无兮羽翼,高飞兮相追。长吟兮永叹,泪下兮沾衣。③

诚如陈祚明所言,此诗实为一首四言诗,肖瑞峰则以为"这与其说是五言诗尚未成熟的标志,不如说是作者故意作这样的变形处理,以求与自己低回掩抑的情感相适应"④,以诗歌节奏与诗人感情的适应来解释这种诗歌形式,亦有一定的道理。诗人紧扣丈夫的留别诗交代不得面别的原因,表达不得执手相送的遗憾,抒发突然别离的感慨,沿袭《诗经·邶风·燕燕》一诗的套路,并没有多少新意。而对于其诗与秦嘉诗的优劣,竟有截然相反的说法,曹旭老师《诗品集注》引许文雨《讲疏》曰:"'李因笃《汉诗音注》以为:"淑诗不烦追琢,质在自然,胜于秦掾矣。"'陈衍《平议》谓:'(淑)诗平平,不及嘉作。'其不同如此。"⑤然锺嵘评徐淑"文以凄怨",确为至论,从感情基调上看二诗还是一致的。

如果确认"苏李诗"为伪托,秦嘉、徐淑夫妇的留别寄赠诗则是汉代知名文人创作的最早的送别诗,亦可以称为送别诗史上的开山之作。汉季还有些送别意味很强的诗歌值得一提,如梁鸿的《适吴歌》作于诗人适吴之际,《后汉书·逸民列传·梁鸿传》载,梁鸿因作《五噫之歌》而触犯皇帝,"肃宗闻而

---

① 袁行霈主编《中国文学史》(第一卷),第 269 页。
② 陈祚明评选,李金松点校《采菽堂古诗选》,第 109 页。
③ 逯钦立辑校《先秦汉魏晋南北朝诗》,第 188 页。
④ 肖瑞峰《花上雨——古典文学中的别离主题研究》,第 61 页。
⑤ 锺嵘著,曹旭集注《诗品集注》(增订本),第 254 页。

非之,求鸿不得。(鸿)乃易姓运期,名耀,字侯光,与妻子居齐鲁之间。有顷,又去适吴。将行,作诗云云"①。其诗作于出行之际,陆侃如《中古文学系年》系之于东汉章帝建初元年(76),诗人抒发了离旧邦适东南之际"心惙怛兮伤悴,忘菲菲兮升降"的不忍离开故土之情,有一定的留别意味。又,蔡邕的《答对元式》开篇曰:"伊余有行,爰戾兹邦。"可知此答诗作于诗人远行之际,由"君子博文,贻我德音"还可以推断元式曾作有送别诗,惜诗不存。蔡氏还有《答卜元嗣诗》,此诗题中"元嗣"也许正是上诗中的"元式",蔡诗存于《艺文类聚》,似为断句,诗曰:"斌斌硕人,贻我以文。辱此休辞,非余所希。敢不酬答,赋诵以归。"结合史籍所载与蔡邕相关的祖饯事,可以推知蔡氏是汉末重要的送别诗诗人,其送别方面的诗文有《祖饯祝》、送别第五永督军幽州诗(佚)、与卜元嗣赠答送别组诗(残)等。蔡邕是汉末重要的文人,交游颇广,其送别诗对魏晋送别诗的创作,肯定有着不可低估的影响,可惜文献不足征,不得窥其真实面貌。

另外,《古诗》(悲与亲友别)则是一首很成熟的五言送别诗,其诗曰:"悲与亲友别,气结不能言。赠子以自爱,道远会见难。人生无几时,颠沛在其间。念子弃我去,新心有所欢。结志青云上,何时复来还。"②又,蔡琰《悲愤诗》中母亲别子之感人场面的描述、《古诗为焦仲卿妻作》中刘兰芝与焦仲卿"执手分道去,各各还家门。生人作死别,恨恨那可论"的生死诀别的抒写、《古诗十九首》中诗人对于别离的深刻感受,都是非常动人的送别片段,限于篇幅,不一一解析。汉乐府中还有《平调曲·长歌行》"仙人骑白鹿"、《清调曲·豫章行》"白杨初生时"、《艳歌何尝行》"飞来双白鹄"、《楚调曲·白头吟》"皑如山上雪"、《别鹤操》"将乖比翼兮隔天端"等,都或多或少抒写了对于离别的感受,特予标示。

---

① 范晔撰,李贤等注《后汉书》,第 2767 页。
② 逯钦立辑校《先秦汉魏晋南北朝诗》,第 335 页。

第二章 六朝送别诗的演变

第一节 六朝送别诗兴盛的环境

经过先秦的萌芽,汉代"苏李诗"与汉末无名氏关涉离别的古诗及蔡邕等文人送别诗的酝酿,建安魏晋之际,送别诗进入繁荣发展期,并在齐梁之际形成送别诗史上的第一个高峰。六朝送别诗的繁荣兴盛既是文学内部发展规律作用的必然结果,又是六朝时期特定社会文化环境下的产物。送别诗自身发展规律决定了六朝必将进入送别诗发展的第一个高峰期,这从上章对六朝送别诗的溯源可以看出。六朝特定的社会文化背景给送别诗的发展营造了良好的外部环境,亦推动了六朝送别诗的繁荣。下文拟从四个方面简略地讨论六朝送别诗发展的外部环境。

一、安土重迁的历史传承,人伦孝道的继续弘扬

讲人伦重孝道是中国传统文化的核心价值观之一,正是在孝道的规范下,中国传统社会的基础与细胞——家庭更加稳固,而中国传统社会之组织,亦"以家族为单位,不以个人为单位,所谓家齐而后国治是也"①,形成了"家国同构"②的格局。反之,家国同构又要求最基本单位——家庭具有相对稳定性,国家则进一步推进人伦孝道,促进了孝道的发展,这些促成了中国人养成了世代传承的品格特征,安土重迁便是这种品格之一。

《孝经·开宗明义章》曰:"夫孝,始于事亲,中于事君,终于立身。"③孝行三重境界,首先就是要侍奉双亲④,而重土重居便是行孝事亲的必要前提,故《论语·里仁》有"子曰:'父母在,不远游,游必有方。'"朱熹集注:"远游,则去亲远而为日久,定省旷而音问疏,不惟己之思亲不置,亦恐亲之念我不忘

---

① 梁启超《新大陆游记》,湖南人民出版社,1981 年,第 144 页。
② 张岱年、方克立主编《中国文化概论》说:"家国同构是指家庭、家族和国家在组织结构方面的共同性。"
③ 胡平生译注《孝经译注》,中华书局,2009 年,第 1 页。
④ 此三句话有两种不同的解释,胡平生释"始于事亲"曰:"以侍奉双亲为孝行之始。一说指幼年时期以侍奉双亲为孝。""以为君王效忠、服务为孝行的中级阶段。一说指中年时期以效忠君王为孝。""以建功扬名、光宗耀祖为孝行之终。一说指老年时期以扬名后世为孝。"

也。游必有方,如已告云之东,即不敢更适西。欲亲必知己之所在而无忧,召己则必至而无失也。范氏曰:子能以父母之心为心则孝矣。"①李泽厚进一步诠释:"其实,重要的是,孔子讲仁、讲孝都非常之实际、具体。例如这里的重点,不在不要远游,而在于不使父母过分思念(飞高走远难以见面)和过分忧虑(无方向的到处游荡,使父母不放心)。"②朱熹与李泽厚的诠释,都强调了空间隔离造成亲人牵挂忧虑这一点。然而,在实际生活中,"父母在,不远游"作为圣人之言往往成了后代父母要求子孙安居家庭的教条,抑或作为士人不愿出仕的理由。如《世说新语·尤悔》载:"温公初受刘司空使劝进,母崔氏固驻之,峤绝裾而去。迄于崇贵,乡品犹不过也。每爵,皆发诏。"③温峤与刘琨拥戴司马睿称帝,母亲崔氏以孝道固留温峤,导致儿子绝裾而去。而泰始初,晋室征召李密为太子洗马,密以祖母年事已高,奉养尽孝为由上《陈情表》,遂不应命并受嘉赏。由此可见,行孝道与圣人之言为安土重迁提供了理论依据。六朝虽是一个大变革的时期,传统文化却也得到了进一步的发展,继续弘扬人伦孝道的社会品格,传承安土重迁的集体意识便是传统文化在六朝发展的重要表现。

鲁迅《魏晋风度及文章与药及酒之关系》说:"魏晋,是以孝治天下的。"④在魏晋时期,不孝可作为杀人的借口,如曹操杀害孔融、司马昭杀害吕安与嵇康便是;孝可作为不就征辟的托词,李密、潘岳⑤是其例;凭借孝可以在重大交谊活动中任诞失态,如桓玄在宴席上听到"温酒来"犯家讳而流涕呜咽⑥;孝体现仕进标准,士庶可以因之举进,晋武帝泰始四年(268)六月丙申以孝悌忠信举士庶与不孝治罪诏是其证。六朝时期各类史籍所载孝行事迹比比皆是,《晋书·孝友传》《宋书·孝义传》《南齐书·孝义传》《梁书·孝行传》《陈书·孝行传》《魏书·孝感传》《隋书·孝义传》专为各个时期孝行人物立传,并且正史人物传记中都注重孝行的记载,像曹魏鲍出建安五年(200)笼负母归,陆绩六岁怀橘遗亲,顾恺跪读父书,孙吴孟宗哭竹生笋,晋王祥侍奉继母卧冰得鲤、孝感黄雀、抱树而泣,范宣十岁伤指念亲,潘岳弃官奉

---

① 朱熹《论语集注》,《四书五经》,上海古籍出版社,1996年,第16页。
② 李泽厚《论语今读》,安徽文艺出版社,1998年,第117页。
③ 徐震堮《世说新语校笺》,第482页。
④ 鲁迅《而已集》,人民文学出版社,1958年,第89页。
⑤ 《晋书·潘岳传》:"征补博士,未召,以母疾辄去,官免。"(房玄龄等《晋书》,中华书局,1974年,第1504页)"二十四孝"有"潘岳弃官奉亲"条,即此事。
⑥ 《世说新语·任诞》:"桓南郡被召作太子洗马,船泊荻渚,王大服散后已小醉,往看桓。桓为设酒,不能冷饮,频语左右令'温酒来',桓乃流涕呜咽。王便欲去,桓以手巾掩泪,因谓王曰:'犯我家讳,何预卿事!'王叹曰:'灵宝故自达!'"(第409页)

亲等孝行被立为后代子孙学习的典范。而阮籍母终饮酒吐血、毁瘠骨立的孝行更是广为传诵。另外,从《孝经》在六朝的受到重视与广泛传播亦可窥见其时对人伦孝道的看重。据史籍记载,六朝许多文人士大夫很小就熟习《孝经》,像钟会四岁就得授《孝经》,梁王恢七岁就受《孝经》且能通其义,王僧孺五岁以"忠孝"二字而欣然受《孝经》,何逊八岁便注《孝经》,陈谢贞七岁《孝经》读讫便诵,北齐徐之才五岁诵《孝经》八岁略通义旨,等等,说明六朝时期《孝经》便是启蒙教育的重要教材。又,胡平生在《〈孝经〉是怎样的一本书》中说:"六朝时,《孝经》的注解、讲授,最为热闹。皇帝、皇太子听经、讲经、注经,成了宫廷的重要活动。"①宁业高等著《中国孝文化漫谈》则列举了六朝时期皇族研读《孝经》并成为一时风气的重大事件,如晋代曾于泰始七年(271)、元康元年(291)、永和升平年间、宁康三年(375)、太元元年(376)、元熙元年(419)分别由皇太子、皇帝、大臣讲《孝经》,刘宋元嘉十九年(442)、元嘉二十二年(445)、大明四年(460)亦由皇太子主持讲《孝经》,等等,特别是梁武帝作《孝思赋》并于天监年间亲自撰写《孝经义疏》十八卷,梁大同年间由太子发《孝经》题试士林等事件有很大的轰动性,②六朝各个时期一系列重大的《孝经》讲读活动说明了其时对于孝道的高度重视。人伦孝道要付诸实践,守生送死是最重要的环节,守生便要求安居,送死则有守丧服阕之制,于是形成了长期以长辈为中心的家庭生活方式。安土重迁思想在长期的家庭生活中根深蒂固,进一步推演,在文人士大夫脑际便产生了重聚轻离的意识。

因此,可以说,六朝时期人伦孝道的广泛弘扬,安土重迁与重聚轻离思想的普遍存在,是其时送别诗繁荣兴盛的思想基础。

二、动荡不安的社会环境,频繁迁徙的时代背景

六朝是一个动荡不安的时代,频繁迁徙是当时重要的社会特征。无论人们多么抗拒分隔离别,迁徙奔波却是真实存在的,无法改变的。理念与事实形成尖锐的矛盾,恰好为送别诗的繁荣准备了条件。

关于六朝动荡与人口频繁迁徙,历代史籍有丰富的记载,现当代学者亦有详赡的论述。汉末黄巾起义与豪强的拥兵混战导致中原地区出现了"白骨蔽平原""千里无鸡鸣"的惨状,三国鼎立后则出现了连绵不绝的持久征伐,西晋短暂统一期间十六年之久的八王之乱,致一批士人竞相奔走、纷纷丧命,随之的五胡外患覆灭了西晋王朝,东晋、南朝虽偏安江左但仍是内忧外

---

① 胡平生译注《孝经译注》,第 21 页。
② 参见宁业高、宁业泉、宁业龙《中国孝文化漫谈》,中央民族大学出版社,1995 年,第 62—63 页。

患、战事不绝如缕、朝廷频繁更迭,北方五胡十六国杀伐兼并长达一百多年,北魏的统一旋告分裂,北朝亦一直处于动荡不安之中。整个六朝时期,不仅有民众主动逃离避难,还有众多百姓被动被掳迁置,人口迁移频繁不断,"这一时期的人口迁移无论是持续时间,迁徙人数,涉及地域,还是造成的影响,都是空前的"。杨子慧主编《中国历代人口统计资料研究》梳理了三国时期在中原地区群雄割据、战乱频仍、天灾人祸背景之下人民流移逃奔情况,豪族、地主、文人、士兵、流民或战乱逃难,或政治移徙,或经济迫迁,或军事转置,民众大量南逃,造成人口锐减百分之八十五。① 谭其骧则整理了晋永嘉丧乱以后人口迁徙的情况,其《晋永嘉丧乱后之民族迁徙》一文指出西晋末五胡倾覆晋室一役"为吾中华民族发展史上之一大关键,盖南方长江流域之日渐开发,北方黄河流域之日就衰落,比较纯粹之华夏血统之南徙,胥由于此也"②,由于此次大迁徙的重大意义,谭先生按"郡名统县""本地""侨地""备考"四个项目分别制作了江苏、安徽、湖北、江西、湖南、四川、河南、陕西、山东等九省接受移民一览表,并绘制《永嘉后民族迁徙示意图》,晋代先后共四次人口南迁潮的规模、路线、始末得以清楚明白地展示出来。谭先生总结其时迁徙大势说:"若即以侨州、郡、县之户口数当南渡人口之约数,则截至宋世止,南渡人口约共有九十万,占当时全境人口约共五百四十万之六分之一。西晋时北方诸州及徐之淮北,共有户约百四十万(《晋书·地理志》),以一户五口计,共有口七百余万,则南渡人口九十万,占其八分之一强。换言之,即晋永嘉之丧乱,致北方平均凡八人之中,有一人迁徙南土;迁徙之结果,遂使南朝所辖之疆域内,其民六之五为本土旧民,六之一为北方侨民是也。南渡人户中以侨在江苏者为最多,约二十六万;山东约二十一万,安徽约十七万,次之;四川约十万,湖北约六万,陕西约五万,河南约三万,又次之;江西、湖南各一万余,最少。"③特别是"江苏省中南徐州有侨口二十二万余,几占全省侨

---

① 杨子慧主编《中国历代人口统计资料研究》,改革出版社,1996年,第375页。
② 谭其骧《长水集》(上),人民出版社,1987年,第199页。
③ 葛剑雄《中国移民史》(第二卷)第十章第四节"对北方移民数量的估计"对谭其骧的推论做了三点补充分析与说明:"首先,《宋书·州郡志》所载的户口数大致是大明八年(464年)的户籍,离永嘉时已有一百多年。……由于我们无法确定在此期间每批移民的数量和他们到达的时间,要推算出初始移民的数量是不可能的。……真正的或第一代移民比这个数字要小得多。""其次,对中国人口史的研究已经证明,无论是西晋的户口数还是刘宋大明八年的户口数,都只登记了一部分人口,大大低于实际数。……初始移民在迁出地人口中的实际比例应高于八分之一;大明八年移民及其后裔占迁入地人口的实际比例也应高于六分之一。由于移民的迁出地和迁入地都相对集中,所以这些地区人口的迁移率和移民占当地总人口的比例都要大大高于这些比例。""再次,正如谭先生已经指出的,没有设置侨州、郡、县的地区不等于就没有移民。……因此大明时的移民及其后裔数还应更多,200万无论如何只是一个下限。"(福建人民出版社,1997年,第411—412页)

口十之九。南徐州共有口四十二万余,是侨口且超出于本籍人口二万余。有史以来移民之盛,殆无有过于斯者矣。"而在众多的南徙人员中,"中原遗黎南渡,虽为民族一般之趋势,然其间要以冠冕缙绅之流为尤盛",统计《南史》列传中人物,"凡七百二十八人(后妃、宗室、孝义不计),籍隶北方者五百有六人,南方但得二百二十二人"①。缙绅士族迁徙之际更容易产生离别故土之怨,亲友分别更多离群之悲,表达惜别之情的送别诗因此得以大量赋作。

　　南北朝时期一方面北方人口继续南迁,一方面南朝内部因战乱人口迁移逃亡亦经常不断;北朝为了发展经济则采取移民政策,亦屡次大举移民;而南北朝之间战争掳掠造成的战争迁移动辄成千上万,亦导致了人口大规模流动。② 庾信《哀江南赋》生动地述写了江陵百姓被掳时的迁徙镜头:"水毒秦泾,山高赵陉。十里五里,长亭短亭。饥随蛰燕,暗逐流萤。秦中水黑,关上泥青。于时瓦解冰泮,风飞电散。浑然千里,淄渑一乱。雪暗如沙,冰横似岸。逢赴洛之陆机,见离家之王粲。莫不闻陇水而掩泣,向关山而长叹。况复君在交河,妾在清波。石望夫而逾远,山望子而逾多。才人之忆代郡,公主之去清河。栩阳亭有离别之赋,临江王有愁思之歌。别有飘飘武威,羁旅金微。班超生而望返,温序死而思归。李陵之双凫永去,苏武之一雁空飞。"③因战争被迫迁移的不只是普通百姓,许多官僚士人亦不得不辗转流徙,关于士人群体的流动迁徙,王永平《中古士人迁移与文化交流》对两汉至隋唐之际士人群体之流动与文化交流的史实进行了清理,"大体勾勒出一条南北文化'互动'的线索"④,六朝士人群体频繁的迁徙与流动,推动了南北文化交流,亦从客观上促进了送别诗的繁荣发展。

　　六朝动荡不安的社会环境与辗转迁徙的生活际遇,是触发许多文人创作送别诗的动机。正是独特的时代背景,为送别诗的繁荣创造了充分的条件。

三、文人集团的兴起,文人交游的广泛

　　六朝是文人集团兴起并迅速发展的时期,胡大雷《中古文学集团》与郭英德《中国古代文人集团与文学风貌》对于六朝时期的文人集团从不同角度做了充分的探讨。郭先生把文人集团分成侍从文人集团、学术派别、政治朋党、文人结社和文学流派等五个类型进行论述,认为"直到魏晋南北朝这一'文学的自觉时代',文学集团方始滥觞,如建安七子、竹林七贤、竟陵八友等

---

① 谭其骧《长水集》(上),第219—220页。
② 参考杨子慧主编《中国历代人口统计资料研究》,第389—390页。
③ 庾信撰,倪璠注,许逸民校点《庾子山集注》,第162页。
④ 王永平《中古士人迁移与文化交流》,社会科学文献出版社,2005年,前言第3页。

等",中国古代文学史上各种类型的文学集团"像一座座璀璨的星群,在中国文化的广袤天空中闪闪发光"。① 文学集团从先秦萌芽发生到魏晋之际正式确立,表现出强大的生命力,在六朝时期迅速发展兴盛起来。胡大雷则基本按照历时顺序阐述了中古时期各种各样的文学集团,有邺下才子的风流聚会、竹林七贤、东吴太子宾客集团、晋代贾谧二十四友、华林园聚会、金谷园聚会、兰亭聚会、庐山石门聚会、桓温文学集团、南齐文惠太子文学集团、竟陵王文学集团、梁代裴子野文学集团、昭明太子文学集团、萧纲文学集团、陈后主"狎客"文学集团、隋朝太子文学集团与晋王文学集团等,再加上六朝高门士族庞大的家族集团、历代皇族诸王集团,②中古时期文学集团云蒸霞蔚,可谓兴盛。然而,从胡先生阐述可以看出,中古时期文人集团多数是同声相应、同气相求而走到一起的文人群体,没有一定的现实存在的组织机构,亦较少有共同的社会活动目标,像建安七子、竹林七贤等只是评家给予一些文人群体的称号,而华林园、金谷园、兰亭等聚会只不过是一次文人的集体活动而已,即便是围绕在皇族诸王身边的一些侍从文人形成的群体亦不是很稳定,故这些集团与郭英德所提出的集团构成的三个基本条件还有一定的差距,但从这些集体性活动中亦可以看出六朝时期文人交游的广泛。文人广泛的交游活动中,分离送别时有发生,像金谷园集会便是一次集体性送别活动,其他像百僚从宋公戏马台饯送孔令、沈约等饯送谢朓西上等都是文人之间集体性送离活动,并赋有送别诗。

六朝文人集体性活动的频繁与文人交游的广泛,加深了文人之间的友谊,离别之际便有大量的文友集体举行丰富多彩的送别赋诗活动,促进了六朝时期送别诗的蓬勃发展。因此,可以说六朝时期文人集团的兴起与文人广泛的交游,为其时送别诗的繁荣储备了丰富的文人情感资源。

四、离别赋文的繁荣兴盛,赋诗赠答的蔚然成风

六朝时期文人集体送别活动经常大量创作离别赋,与其时普遍流行的赠答赋诗共同促进了送别诗的发展。六朝时期经常以赋的形式来表达别离之情,如建安十六年(211)曹操携夫人诸子西征,独曹丕留守,不胜思慕之际曹丕便作《感离赋》述怀,曹植从军则同题做离思之赋;其他像曹植《东征赋》、杨修《出征赋》、应玚《西征赋》、左芬《离思赋》、傅咸《感别赋》等都有很强的离别意味,称得上别离赋类。《艺文类聚》《初学记》等类书"离别"类都收录了六朝时期离别赋文,如魏文帝《离居赋》《永思赋》《出妇赋》、曹植《出妇

---

① 郭英德《中国古代文人集团与文学风貌》,北京师范大学出版社,1998年,引言。
② 胡大雷《中古文学集团》,广西师范大学出版社,1996年。

赋》《愍志赋》《归思赋》、魏王粲《出妇赋》、晋陆机《别赋》、梁刘孝仪《叹别赋》、梁张缵《离别赋》、梁江淹《别赋》等都被节录。而《初学记》卷一八"离别"门"事对"目摘戴逵《离兴赋》"挟鸣琴于林下,理纤纶于长浦。迥饯行以越江,送猗人于西渚",又摘徐幹《哀别赋》:"秣余马以候济兮,心僮恨而内尽。仰深沉之暗蔼兮,重增悲以伤情。"①都不啻一首送别诗。《全晋文》卷六五辑有嵇含《祖赋序》②,注出《宋书》《艺文类聚》《初学记》,从称题看似乎当另有《祖赋》一文,从序推断应该赋写了送别祖道事,当属送别赋一类。类书收录的许多断句虽不能看出送别的意思,其称题却直接含有送别类字眼,亦属于送别文。如晋王沉的《饯行赋》,《初学记》与《太平御览》都收录了同题断句③,便属此例。另外,六朝亦有少量的离别文出现,如石崇的《金谷诗序》以"序"的形式表述送别活动的始末,赵至以书信致好友嵇蕃叙离④。别离赋文,从文学上对送别诗的发展起到了推动作用。当然,离别赋文对送别诗的作用并不是特别明显,有时候甚至是后者促进了前者的发展,而各种形式的赠答赋诗则直接促进了送别诗的繁荣。

六朝是赠答诗蔚成风气的一个时期,仅魏晋之际的赠答诗就非常丰富,亦引起了学术界广泛的关注,赠答诗的研究成为诗歌类型研究中的一个热点。梅家玲从逯钦立辑《先秦汉魏晋南北朝诗》中整理出《魏晋诗人赠答诗写作情况一览表》⑤,胪列了七十四位诗人共二百五十六首赠答诗,可见魏晋之际赠答诗的空前繁荣。南北朝时期文人亦有着浓郁的赠答赋诗的氛围,更出现了联句赋诗的风气,唱和赠答可以有较长的时间运思赋作,联句则要求在较短的时间内即兴创作,对思维敏捷度要求更高。在众多的赠答诗与联句诗中,相当一部分便是为送别而作,本身就是有赠有答的送别组诗;有的虽不

---

① 徐坚等《初学记》,中华书局,2004 年,第 448—449 页。
② 嵇含《祖赋序》主要介绍"祖"之事宜,其文不长,曰:"祖之在,于俗尚矣,自天子至于庶人,莫不咸用。有汉卜日丙午,魏氏择用丁未,至于大晋,则祖孟月之酉日,各因其行运,三代固有不同,虽共奉祖,而莫识祖之所由兴也。说者云:祈请道神谓之祖。有事于道者,吉凶皆名。君子于役,则列之于中路;丧者将迁,则称名于阶庭。或云:百叶远祖,名谥凋灭,坟茔不复存其铭表,游魂不得托于庙祧。故以初岁良辰,肇建华盖,挥扬采旌,将欲招灵爽于今夕,庶众祖之来凭,盖有两端,俯叹壮观,乃述而赋之。"(《全上古三代秦汉三国六朝文》,第 1829 页)
③ 《初学记》卷二二"武"部"旌旗"目:"王沉《饯行赋》曰:'曳招摇之修旗,若蜿虹之垂天。'"(第 524 页)《太平御览》卷三五八"兵"部"镳"目:"王沉《践行赋》曰:'六龙齐镳,鸾声振振。景动波回,天行星陈。'"(第 1648 页)
④ 《晋书·文苑传·赵至传》:"初,(赵)至与康兄子(嵇)蕃友善,及将远适,乃与蕃书叙离,并陈其志曰"云云。最后慨叹:"去矣嵇生,远离隔矣!荧荧飘寄,临沙漠矣!悠悠三千,路难涉矣!携手之期,邈无日矣!思心弥结,谁云释矣!无金玉尔音,而有遐心。身虽胡越,意存断金。各敬尔仪,敦履璞沈,繁华流荡,君子弗钦。临纸意结,知复何云。"(第 2378—2379 页)
⑤ 梅家玲《汉魏六朝文学新论——拟代与赠答篇》,北京大学出版社,2004 年,第 240—248 页。

是送别当下创作的,却在述离怀人之际,详细回忆分别之际的点点滴滴,是送别意味很浓的诗歌;有的纯粹寄赠,但却为送别诗拓展题材提供了新途径。因此,六朝赠答诗的繁荣发展直接推动了其时送别诗的兴盛。

六朝离别赋作与赠答诗的广泛流行,为其时送别诗的兴盛提供了创作上的支持。述行赋、离思赋等各种体裁离别文的写作开阔了诗人送别诗的写作视野,而赠答诗的写作又拓展了诗人送别诗创作的题材,正是不同文体与不同类型的文学创作对送别诗的发展产生了无可替代的影响。当然,六朝送别诗的繁荣还有许多重要的精神背景不容忽视,如其时人们生命意识的高度发达、对生命时间的高度紧迫感等与诗人们对于送别情感的细微体验有着紧密的联系。①《世说新语·言语》:"谢太傅语王右军曰:'中年伤于哀乐,与亲友别,辄作数日恶。'"②同篇又载:"袁彦伯为谢安南司马,都下诸人送至濑乡。将别,既自凄惘,叹曰:'江山辽落,居然有万里之势!'"③离别激起千般感慨,数日情恶,均可证六朝时期文人视分离送别为生命的不完满而感慨万端。另外,六朝人"注重文学的集体性、功利性与交际功能"④,践行"诗可以群"的集体创作意识,对送别诗的写作有着重要的方法论意义。最后,六朝文人对于友情的高度重视与其时皇族士僚高度重视送别活动则是送别诗高度繁荣的直接原因,在即将论述的六朝送别诗各个阶段演变中,皇族士僚举行的频繁的送别活动,笔者都将予以关注,详见后文。

第二节 魏晋:六朝送别诗的发展

建安三国时期,群雄并起,征伐频繁;文士颠沛,聚合无常,祖道活动屡有发生;文士迁转唱和赠答之风一时并起,具备赠答特色的送别诗亦勃然兴起。两晋时期承汉魏余绪,张华、二陆等著名诗人着力于送别诗的创作,并对三国送别诗的写作形式进行改革,把送别诗创作推进到了繁荣发展的阶段。特别是金谷聚会饯别作诗与百僚从宋公戏马台饯送孔令作诗两次大规模的集体祖饯赋诗,更是魏晋送别诗繁荣发展的标志性事件。

---

① 六朝人服食行为与及时行乐思想,都说明了其时人们对于生命短暂的意识。而《世说新语》更是记载了许多六朝人感叹生命易逝的经典事例。如《言语》篇:"桓公北征,经金城,见前为琅邪时种柳,皆已十围,慨然曰:'木犹如此,人何以堪!'攀枝执条,泫然流泪。"又,《文学》篇:"王孝伯在京,行散至其弟王睹户前,问:'古诗中何句为最?'睹思未答。孝伯咏:'"所遇无故物,焉得不速老?"此句为佳。'"
② 徐震堮《世说新语校笺》,第68页。
③ 同上书,第78页。
④ 吴承学、何志军《诗可以群——从魏晋南北朝诗歌创作形态考察其文学观念》,《中国社会科学》2001年第5期。

一、魏晋重要的祖饯活动

送别诗的创作往往与具体的送别活动紧密联系在一起,许多有重大影响的送别活动则经常见录于各种史籍,其中虽不一定都有送别赋诗的记载,留存至今的送别诗亦往往与史有记载的送别事件难以一一对应,但梳理各个时期重要送别祖饯活动,对于了解其时送别诗的发展状况有重大的作用。魏晋重要的送别事件主要留存于《三国志》《晋书》《世说新语》等文献之中,检索其中有关送别的记载,庶几可以看到魏晋送别活动的发展情况。

三国时期的送别活动比较频繁,然未见送别赋诗的史实记载。送别活动主要是带有政治色彩的祖道、文友之间的饯行、聘使或出征前的祖饯等类型。如《三国志·魏书》载:"(董卓)尝至郿行坞,公卿已下祖道于横门外。"①《蜀书》注引《英雄记》载刘备还小沛之时,吕布"令备还州,并势击术。具刺史车马童仆,发遣备妻子部曲家属于泗水上,祖道相乐"②。《吴书》述建安十六年(211)贺齐破吴郡余杭郎稚乱后还郡,曰:"被命诣所在,及当还郡,(孙)权出祖道,作乐舞象。赐齐軿车骏马,罢坐住驾。"③又,朱桓刺杀佐军,托狂发诣建业治病,孙权非但没有治罪,还派专人摄领部曲,令医视护,数月后遣朱桓还中洲时,孙权"自出祖送",注引《吴录》曰:"桓奉觞曰:'臣当远去,愿一捋陛下须,无所复恨。'权冯几前席,桓进前捋须曰:'臣今日真可谓捋虎须也。'权大笑。"④公卿祖道董卓是摄于董卓淫威不得已而为之,吕布发遣刘备家小祖道相乐是希望刘备能够并肩作战,孙权赐车载舞祖送贺齐及让朱桓临觞捋须都是为笼络人心。如此等祖道活动,带有强烈的政治色彩,其时主僚是否有心情赋诗作别史籍不载,估计即使有诗当以应酬逢迎为宗。三国时期,使臣外交与征伐作战频繁发生,像此等重大活动一定少不了祖饯活动。《三国志·蜀书》:"吴遣使张温来聘,百官皆往饯焉。"秦宓引诗据典,对张温的提问对答如流,令"温大敬服"。⑤《吴书》载孙策攻讨太史慈并解缚收于帐下,委以重任,太史慈故旧刘繇逃于豫章,"士众万余人未有所附,策命慈往抚安焉。左右皆曰:'慈必北去不还。'策曰:'子义舍我,当复与谁?'饯送昌门,把腕别曰:'何时能还?'答曰:'不过六十日。'果如期而反"⑥。蜀国饯送使臣,关系邦交荣辱;孙策祖饯降将出使,关系战局的成败,因此,主持者都非常

---

① 陈寿《三国志》,中华书局,1982 年,第 176 页。
② 同上书,第 874 页。
③ 同上书,第 1379 页。
④ 同上书,第 1314—1315 页。
⑤ 同上书,第 976 页。
⑥ 同上书,第 1189 页。

重视送别活动的形式,临别言语中透着机锋,寓意深远。出征前的祖道史实则有《吴书》载孙峻部署各路人马征魏,与滕胤至石头,"因饯之,领从者百许人入(吕)据营"①。又载汉末诸州郡并兴义兵进军讨伐董卓,"遣长史公仇称将兵从事还州督促军粮。施帐幔于城东门外,祖道送(公仇)称,官属并会"②。在各种类型的祖道活动中,以文友之间的饯行最有特色,亦最有可能发生赋诗述怀的创作。《三国志·魏书》注引《邴原别传》载邴原交游颇广,临别之际师友饯送,破戒畅饮,"临别,师友以(邴)原不饮酒,会米肉送原。原曰:'本能饮酒,但以荒思废业,故断之耳。今当远别,因见贶饯,可一饮宴。'于是共坐饮酒,终日不醉"③。又载"馆陶令诸葛原迁新兴太守,(管)辂往祖饯之,宾客并会"。祖饯时,取燕卵、蜂窠、蜘蛛射覆测卦,气氛非常融洽。陈寿注引《辂别传》亦载:"景春(即诸葛原)与(管)辂有荣辱之分,因辂饯之,大有高谭之客。"④而《魏书》注引《平原祢衡传》载祢衡将南还荆州,"装束临发,众人为祖道,先设供帐于城南,自共相诫曰:'衡数不逊,今因其后到,以不起报之。'及衡至,众人皆坐不起,衡乃号咷大哭。众人问其故,衡曰:'行尸柩之间,能不悲乎?'"⑤。朋友之间,祖道饯送各使机巧,互相捉弄,可堪一笑,而像祢衡这样使气逞才的人物,祖饯之际或许也会有诗文述意,此处不录。

建安三国之际,虽然关于祖道送别的史实很多,但基本没有关于祖道赋诗的记载,倒是曹操的南征北战,多次都有文士以"感离""出征""离思"标题作赋的形式表达离情别绪。两晋之际,见诸史籍的祖饯赋诗作文事件便屡有发生。《晋书·戴若思传》载东晋太兴四年(321)秋七月戴若思出为征西将军,都督兖豫等六州军事,假节,加散骑常侍,发军吏、调配家兵,以散骑常侍王邃为军司,镇寿阳,同时刘隗镇淮阴,二人同出,"帝亲幸其营,劳勉将士,临发祖饯,置酒赋诗"⑥。此次赋诗祖饯涉及人物众多,元帝司马睿、戴若思、王邃、刘隗等都可能有所赋作,可惜这样隆重的祖饯活动中诗作不存,无法窥见此次祖饯诗的真面目。《晋书·孝友传·李密传》则记载了李密太康八年(287)参加晋武帝主持的祖饯活动时诗作的末章,"及赐饯东堂,诏(李)密令赋诗,末章曰:'人亦有言,有因有缘。官无中人,不如归田。明明在上,斯语岂然'"⑦。《晋书》只存断章,以说明李密因怀才不遇而失分怀怨事,至于李

---

① 陈寿《三国志》,第 1446 页。
② 同上书,第 1096 页。
③ 同上书,第 352 页。
④ 同上书,第 817 页。
⑤ 同上书,第 311 页。
⑥ 房玄龄等《晋书》,第 1847 页。
⑦ 同上书,第 2276 页。

密诗中述别部分则无法得知。《晋书·谢安传》载太元十年(385)夏四月谢安出镇广陵之步丘时,晋孝武帝司马曜"出祖于西池,献觞赋诗焉"①。有些祖饯活动虽然没有赋诗的记载,却录有临别应对辞令,或者与离别述怀紧密相关,或者针对某一具体事理敏捷应对,或洋洋洒洒,或简练精要,不啻六朝文士出征诸赋。如《晋书·华谭传》载"太康中,刺史嵇绍举(华)谭秀才,将行,别驾陈总饯之",并请华谭辨"思贤之主以求才为务,进取之士以功名为先"与"仲舒不仕武帝之朝,贾谊失分汉文之时"②的矛盾而后别,华谭侃侃而辨,严可均便辑之为《对别驾陈总问》予以收录。《晋书·文苑传·袁宏传》载谢安祖道袁宏事:"(袁)宏自吏部郎出为东阳郡,(谢安)乃祖道于冶亭。时贤皆集,安欲以卒迫试之,临别执其手,顾就左右取一扇而授之曰:'聊以赠行。'宏应声答曰:'辄当奉扬仁风,慰彼黎庶。'时人叹其率而能要焉。"③此事又见《世说新语》注引《续晋阳秋》,文字小异。④ 临别赠物,"奉扬仁风,慰彼黎庶"的精练述意,切要且又富于诗意,两晋文士祖饯离别之际弄文于此可知。

《晋书》记载祖饯史实还有很多,兹列举如下,为方便起见,只标卷数,不做标注:

> 元兴元年春正月庚午朔,大赦,改元。以后将军元显为骠骑大将军、征讨大都督,镇北将军刘牢之为元显前锋,前将军、谯王尚之为后部,以讨桓玄。二月丙午,帝戎服饯元显于西池。(卷一〇)
> 夏四月,刘裕旋镇京口。戊辰,饯于东堂。(同上)
> 初,(刘)卞之并州,昔同时为须昌小吏者十余人祖饯之,其一人轻卞,卞遣扶出之,人以此少之。(卷三六)
> 江州刺史褚裒当之镇,无忌及丹杨尹桓景等饯于版桥。(卷三七)
> (贾)充既外出,自以为失职,深衔任恺,计无所从。将之镇,百僚饯于夕阳亭,荀勖私焉。(卷四〇)
> 会(贾)充当镇关右,公卿供帐祖道,(贾)荃、(贾)濬惧充遂去,乃排幔出于坐中,叩头流血,向充及群僚陈母应还之意。(同上)
> 及吕光征西域,(苻)坚出饯之,戎士二十万,旌旗数百里。(卷五八)
> 及(皇甫)商当还都,(河间王司马)颙置酒饯行,商因与(李)含忿

---

① 房玄龄等《晋书》,第2076页。
② 同上书,第1448页。
③ 同上书,第2398页。
④ 《世说新语·言语》注引《续晋阳秋》:"人傅谢安赏(袁)宏机捷辩速,自吏部郎出为东阳郡,乃祖之于冶亭,时贤皆集。安欲卒迫试之,执手将别,顾左右取一扇而赠之。宏应声答曰:'辄当奉扬仁风,慰彼黎庶。'合坐叹其要捷。"(第78页)

争,颙和释之。(卷六〇)

大军将发,(桓)玄从兄骠骑长史石生驰使告玄。玄进次寻阳,传檄京师,罪状(司马)元显。俄而玄至西阳,帝戎服饯元显于西池,始登舟而玄至新亭。元显弃船退屯国子学堂。(卷六四)

及石勒侵阜陵,诏加(王)导大司马,假黄钺,出讨之。军次江宁,帝亲饯于郊。(卷六五)

王敦深忌(陶)侃功。将还江陵,欲诣敦别,皇甫方回及朱伺等谏,以为不可。侃不从。……敦意遂解,于是设盛馔以饯之。(陶)侃便夜发。(卷六六)

(桓)冲将之镇,帝饯于西堂,赐钱五十万。又以酒三百四十石、牛五十头犒赐文武。谢安送至溧洲。(卷七四)

太和四年,又上疏悉众北伐。平北将军郗愔以疾解职,又以(桓)温领平北将军、徐兖二州刺史,率弟南中郎冲、西中郎袁真步骑五万北伐。百官皆于南州祖道,都邑尽倾。(卷九八)

遣其武卫苟苌、左将军毛盛、中书令梁熙、步兵校尉姚苌等率骑十三万伐张天锡于姑臧。遣尚书郎阎负、梁殊衔命军前,下书征天锡。(苻)坚严饰卤簿,亲饯苌等于城西,赏行将各有差。(卷一一三)

从以上事例可知,两晋之际重大的祖饯活动还是以军事出征为主,六朝时期众多的出征赋也许跟出征祖饯紧密相关,征伐是庄严的大事,赋作整饬典雅的风格更适合这种场合。而送别诗特别是五言送别诗则更适合于官员出镇、友朋迁调等或喜庆轻松或悲伤怨恚的场合。然而,《隋书·经籍志》记载"梁有魏、晋、宋《杂祖饯宴会诗集》二十一部,一百四十三卷,亡,今略其数"[1],魏、晋、宋三代祖饯诗数量之多可见一斑。据《晋书》所载许多官场祖饯伤怀涕泣的史实,可以推知晋代文人对于分离送别的深刻感受,出于真情实感,赋诗述怀的可能性最大,大量的送别诗就可能散佚了。如《晋书·温峤传》载温峤因王敦饯别,"临去言别,涕泗横流,出阁复入,如是再三,然后即路"[2]。温峤如此过度做作固然有麻痹王敦的意图,一方面也说明祖饯宴会上的独特氛围最易激起行人的感慨伤怀,赋诗缘情便很自然了。又,《晋书·刘元海载记》载王弥从洛阳东归,刘元海饯之于九曲之滨,"泣谓弥曰:'王浑、李憙以乡曲见知,每相称达,疏间因之而进,深非吾愿,适足为害。吾本无宦情,惟足下明之。恐死洛阳,永与子别。'因慷慨歔欷,纵酒长啸,声调亮然,坐者为

---

[1] 魏徵、令狐德棻《隋书》,第1084页。
[2] 房玄龄等《晋书》,第1787页。

之流涕"①。视生离为死别,悲切慷慨。

魏晋祖饯活动固然有因真实交谊而举行的,但更多的有着政治色彩与应酬交际的功利性,一些清高士人便不愿意参加这种频繁无谓的祖饯活动。如《晋书》卷五一载皇甫谧不参加饯送梁柳事曰:"城阳太守梁柳,谧从姑子也,当之官,人劝谧饯之。谧曰:'柳为布衣时过吾,吾送迎不出门,食不过盐菜,贫者不以酒肉为礼。今作郡而送之,是贵城阳太守而贱梁柳,岂中古人之道,是非吾心所安也。'"②《宋书·隐逸传·王弘之传》亦记载了王氏相似的论调:"时琅邪殷仲文还姑孰,祖送倾朝,(桓)谦要(王)弘之同行,答曰:'凡祖离送别,必在有情,下官与殷风马不接,无缘扈从。'谦贵其言。"③"凡祖离送别,必在有情",道出了送别活动的本质意义所在,一针见血地揭露了那些应酬性与带有目的性祖饯活动强烈的功利性。对于那些送别之际特别矫情的做法,魏晋通脱之士亦是不齿的。《世说新语·方正》:"周叔治作晋陵太守,周侯、仲智往别,叔治以将别,涕泗不止。仲智恚之曰:'斯人乃妇女,与人别,唯啼泣!'便舍去。周侯独留,与饮酒言话,临别流涕,抚其背曰:'奴好自爱。'"④对于周叔治临别之际的涕泗不止,其兄仲智嗤之为妇人,拂袖而去,周侯则与之对饮泣别,三人视离别分歧若此。

二、魏晋送别诗概论

魏晋祖饯史实丰富,送别诗作亦当繁富,《杂祖饯宴会诗集》虽早就亡佚,诸多送离赋别之作还是通过各种文献留存不少。兹遍检逯钦立辑《先秦汉魏晋南北朝诗》,把其中符合本论题送别诗界定的诗作列表(见表2-1)如下:

表 2-1 建安曹魏留存送别诗一览

作 者	题 名	诗 体	送别对象	送别表征、送别诗依据
王 粲	赠蔡子笃诗	四言	蔡子笃	二人避难荆州,子笃还会稽,诗人赋诗以赠行。
	赠士孙文始	四言	孙萌	孙萌就任澹津亭侯,当就国,诗人赋诗以赠。

---

① 房玄龄等《晋书》,第2646—2647页。
② 同上书,第1411页。
③ 沈约《宋书》,第2281页。
④ 徐震堮《世说新语校笺》,第174页。

(续表)

作者	题名	诗体	送别对象	送别表征、送别诗依据
王粲	赠文叔良	四言	文颖	"君子于征,爰聘西邻""缅彼行人,鲜克弗留""惟诗作赠,敢咏在舟"等诗句表达送别之意。
	赠文叔良	四言残句	文颖	《文选》李善注引两句,可能与上诗为一组。
	赠杨德祖	四言残句	杨修	《颜氏家训·文章》篇引,有"我君饯之"句。
	从军诗五首	五言组诗		据《魏志》知曹操西征张鲁,王粲作五言美其事,其诗主要述从军,亦有替征夫述别之意。
	七哀诗三首	五言组诗		离别长安,赴荆州依刘表时所作,有一定的留别意味。袁行霈主编《中国文学史》所附《文学史年表》考三诗为不同时间作。
	诗	五言残句		《韵补》录存四句诗,咏荆轲易水别燕事,属咏史性叙别诗。
刘桢	赠五官中郎将诗四首	五言组诗	曹丕	旧说曹丕探刘桢病,诗人赋诗兼以赠别,否或有赠答诗作。《中古文学史料丛考》以为一、四首咏宴饮,二、三首写别离。诗中有写送别的诗句。
徐幹	于清河见挽船士新婚与妻别诗	五言		叙别诗。以第三者视角叙述挽船士的新婚别。
阮瑀	咏史诗二首之二	五言		咏易水饯别荆轲事。
	诗	五言		从"置酒高堂上,友朋集光辉。念当复离别""泪下沾裳衣"等可推知是为好友的聚而复别赋诗。
应玚	别诗二首	五言		《艺文类聚》录入"别"部,直接以"别诗"称题而具体相关送别事件不可考。
曹丕	见挽船士兄弟辞别诗	五言乐府		叙别诗。
邯郸淳	赠吴处玄诗	四言	吴处玄	与朋友结识不久就见召赴任,"饯我路隅,赠我嘉辞"可知吴氏饯行且有赠别诗。
曹植	当来日大难	杂言乐府		"今日同堂,出门异乡。别易会难,各尽怀觞",有对人生聚散无常的强烈感慨。
	送应氏诗二首	五言组诗	应玚或曰玚瑒兄弟	曹植饯别应氏的诗作。《文选》祖饯类第一首,六朝送别诗的代表作。
	赠丁仪王粲诗	五言	丁仪、王粲	王粲从操西征张鲁,曹植赠诗送别。

（续表）

作 者	题 名	诗 体	送别对象	送别表征、送别诗依据
曹 植	赠白马王彪诗	五言七章	曹彪	与白马王彪归藩被迫分路之际辞别之作。
	诗	五言		述邀游的双鹤悲戚相别，或有所托。
	离友诗三首	骚体	夏侯威	诗序称好友夏侯威送植于魏邦，诗人感而赋别。
	离友诗	四言残句		《文选》注引，存"灵鉴无私"一句，从称题看可能与上首为同时之作。
	离别诗	五言一联		《文选》注引，从称题看认定为送别诗。
曹 彪	答东阿王诗	五言	东阿王	《初学记》"离别"部摘录，从"停驾与君诀，即车登北路"看，应该是留别东阿王的答诗。
郭遐周	赠嵇康诗三首	五言组诗	嵇康	嵇康避难河东，郭遐周、郭遐叔赋诗赠别，嵇康有答诗留别。
郭遐叔	赠嵇康诗二首	四五言杂	嵇康	同上。
阮 侃	答嵇康诗二首	五言组诗	嵇康	阮侃结交嵇康不久远离，答赠嵇康赠诗留别。
嵇 康	四言赠兄秀才入军诗	四言十八章	嵇喜	嵇康兄喜入司马军幕，诗人赋诗赠别。
	五言赠秀才诗	五言	嵇喜	同上。
	答二郭诗三首	五言组诗	郭遐周、郭遐叔	嵇康避难河过，二郭赋诗赠行，诗人答诗留别。
	与阮德如诗	五言	阮德如	阮侃离别嵇康，诗人赋诗赠别。
嵇 喜	答嵇康诗四首	四五言杂	嵇康	嵇喜入司马军幕，嵇康赠诗，诗人答诗留别。

三国时期存诗以曹魏为主，从表2-1亦可以看出，曹魏时期留存送别诗的共有十四位诗人，存送别诗近五十首（由于断句诗、有些组诗称章或称首的说法不一，故难以统计其时送别诗的精确数量），四言诗、五言诗并存，有些组诗同题之下亦存四言、五言两种诗体。逯钦立辑校《先秦汉魏晋南北朝诗》"魏诗"共收包括吴、蜀在内的诗人三十八位（无名氏不计），留存有送别诗的人数占留存诗人总数的三分之一强。其中王粲留存送别诗数量虽多，但却并非纯粹意义上的送别之作，多数诗作无论是称题还是内容上都带有赠答诗的意味；曹丕《见挽船士兄弟辞别诗》与徐幹《于清河见挽船士新婚与妻别诗》二首属于着眼于挽船士这一独特人群的叙别诗，从第三者角度叙述他人的悲欢离合，是杜甫"三别"的肇端；应玚《别诗二首》以较抽象的笔触抒发了普遍的离别之情，直接以"别诗"称题，当是有意识创作送别之作的发端，只

是其内容还是侧重于离别怀土,没有像成熟的送别诗那样围绕送别事实来写景抒情。其一开篇以朝云暮归衬托行役怀土之士归期难测,又以"悠悠涉千里,未知何时旋"把空间距离感与时间隔离感紧密结合,表情达意都很切要,写作构思亦很新颖;其二则紧扣河水奔流入海不复回返的意象表达"远适万里道,归来未有由。临河累太息,五内怀伤忧"①的离别之情,真挚动人。曹植的送别诗数量亦相当多,如《送应氏诗二首》《赠白马王彪诗》《离友诗三首》等诗与具体送别事实紧密关联,属完全意义上的送别诗,而其与僚友赠答的诗作中,亦有赋作于离别之际的,如《赠丁仪王粲诗》就具有赠答互勉与临行送别双重意味;嵇康与其兄喜、二郭、阮侃之间的送别赠答诗规模最大,亦乃曹魏送别诗的代表作,待下文专论。

综观表2-1,可以看出,建安三国时期,送别诗开始兴起,曹植、嵇康是其时送别诗的代表作家,亦在六朝送别诗史上有着重要的地位。

表2-2 两晋留存送别诗一览

作 者	题 名	诗 体	送别对象	送别表征、送别诗依据
李 密	赐饯东堂诏令赋诗	四言残句		《晋书》载晋武帝赐饯东堂,诏密令赋诗。存末章。
王 濬	祖道应令诗	四言		称题可知。
夏侯湛	离亲咏	骚体	亲人	称题与内容均述离别。
孙 楚	祖道诗	四言		从称题知。
	征西官属送于陟阳候作诗	五言	征西扶风王司马骏	《文选》入"祖饯"类,称题与内容均与祖饯送别相关。
	之冯翊祖道诗	五言残句		《初学记》入"离别"部,以"祖道"称题亦可知为送别诗。
张 华	祖道征西应诏诗	四言	司马伦、司马肜	称题可知。《艺文类聚》亦入"别"部。
	祖道赵王应诏诗	四言	赵王司马伦	称题可知。《艺文类聚》亦入"别"部。
曹 嘉	赠石崇诗	五言	石崇	石崇临青、徐军事,嘉赋诗以赠。
潘 岳	北芒送别王世胄诗	四言五章	王堪	王堪为成都王军司马,潘岳送至北邙赋诗而别。是一以"送别"而不以"祖道"称题的诗。
	金谷集作诗	五言	王诩、石崇	《文选》入"祖饯"类,《金谷诗序》详载始末。
	金谷会诗	四言两句	同上	六臣注《文选》存,疑为《金谷集作诗》。

---

① 俞绍初辑校《建安七子集》,中华书局,2005年,第173页。

(续表)

作　者	题　名	诗　体	送别对象	送别表征、送别诗依据
石　崇	答枣腆诗	四言	枣腆	疑金谷集送别答诗。
杜　育	金谷诗	四言两句	王诩石崇	《文选》注引。当为金谷集送别诗。
	赠挚仲洽诗	四言	挚虞	"饯彼百壶""望尔不遐"等表送别诗句。
枣　腆	赠石季伦诗	五言	石崇	当为金谷集会送别诗。
	赠石崇	五言四句	石崇	《初学记》入"离别"部,当为金谷集别诗。
曹　摅	赠石崇诗	四言四章	石崇	《文馆词林》收录。当为金谷集别诗。
	赠石崇诗	五言	石崇	从景物描写与篇末言别判断为金谷会别诗。
何　劭	洛水祖王公应诏诗	四言	王公	从称题与内容判断为送别诗。
陆　机	赠顾令文为宜春令诗	四言五章	顾令文	从诗题可知为赠别好友赴任诗。
	赠武昌太守夏少明诗	四言六章	夏少明	诗中有"人道靡常,高会难期。之子于远,曷云归哉""瞻彼江介,惟用作诗"等送别语。
	赠冯文罴迁斥丘令诗	四言八章	冯文罴	冯文罴迁斥丘令,赋诗赠别。
	与弟清河云诗	四言十章	陆云	据序"时迫当祖载,二昆不容逍遥。衔痛东徂,遗情西慕"知此诗与送别相关。
	答潘尼诗	四言	潘尼	诗有"我东曰徂,来饯其琛"等知为饯别诗。
	祖道清正诗	四言残句	潘正	据称题知为祖道诗。见《北堂书钞》摘录
	于承明作与弟士龙诗	五言	陆云	诗中"驾言远祖征""饮饯岂异族""感别惨舒翮,思归乐遵渚"等句说明此诗为送别诗。
	赠弟士龙诗	五言	陆云	据诗中"行矣怨路长,慭焉伤别促"等可知。
	祖道毕雍孙刘边仲潘正叔诗	五言	毕雍孙、刘边仲、潘尼	诗题称"祖道",知为送别诗。
	赴太子洗马时作诗	五言		从"亲友赠予迈,挥泪广川阴"知为赴任时留别诗。
	赴洛道中作诗二首	五言二首		赴洛阳赋诗纪行,且留别故土。

(续表)

作者	题名	诗体	送别对象	送别表征、送别诗依据
陆机	赠斥丘令冯文羆诗	五言	冯文羆	从诗中"凤驾出东城,送子临江曲"等可知为送别时所作。
陆云	太尉王公以九锡命大将军让公将还京邑祖饯赠此诗	四言六章	王粹	诗题有"祖饯赠此诗"字样。
陆云	大安二年夏四月大将军出祖王羊二公于城南堂皇被命作此诗	四言六章	王羊二公	从诗题知为祖道赋诗。
陆云	赠鄱阳府君张仲膺诗	四言五章	张仲膺	"人道伊何,难合易离。会如升峻,别如顺淇"等表达了对聚别的认识。
陆云	答兄平原诗	五言	陆机	"别促怨会长""兴言在临觞"等叙写别怀。
牵秀	祖孙楚诗	四言一联	孙楚	《文选》注。据诗题知为祖饯诗。
左思	悼离赠妹诗二首	四言二首	左芬	"将离将别,置酒中堂""既乖既离,驰情仿佛"等述离别情景。
左思	咏史诗八首之"荆轲饮燕市"首	五言		有荆轲易水饯别场景的刻画。
左芬	感离诗	五言	左思	《艺文类聚》入"别"部。答左思赠妹之作。
张翰	赠张弋阳诗	四言七章	张弋阳	"将逝命驾""言告分别""行矣免致,我诚永已"等知此诗或做于送别之际。
张协	咏史	五言		有关于群公祖道二疏场景的描写。
挚虞	赠褚武良以尚书出为安东诗	四言四章	褚武良	诗题与内容均与送别相关。
挚虞	赠李叔龙以尚书郎迁建平太守诗	四言四章	李叔龙	诗题与内容均与送别相关。
王讃	侍皇太子祖道楚淮南二王诗	四言	楚王玮、淮南王允	太康十年,楚王玮与淮南王允改封,假节之国,诗人赋诗以赠行。
潘尼	献长安君安仁诗	四言十章	潘岳	"仆夫授策,发轫皇都。亲戚鳞集,祖饯盈途。嘉肴纷错,清酒百壶。"描述了饯别场景。

(续表)

作 者	题 名	诗 体	送别对象	送别表征、送别诗依据
潘 尼	赠司空掾安仁诗	四言十章	潘岳	诗以"歧路多怀,赋诗赠行"结篇。
	赠陆机出为吴王郎中令诗	四言六章	陆机	陆机赴任,潘尼赠行。诗中"昔子衮私,贻我蕙兰。今子徂东,何以赠旃"句。
	皇太子集应令诗	五言	远宾	"皇储延笃爱,设饯送远宾",知为皇太子设饯宴之际赋诗。
	答杨士安诗	五言	杨士安	"逝将辞储宫""感此歧路悲",留赠杨诗。
	送卢弋阳景宣诗	五言	卢景宣	诗题与内容均为送别。
	送大将军掾卢晏诗	五言	卢晏	诗题与内容与赠物送别相关。
	赠汲郡太守李茂彦诗	五言	李茂彦	诗序有"离别之际,各斐然赋诗"句。
王 浚	从幸洛水饯王公归国诗	五言	晋王公	从幸饯别王公归国时赋诗赠行。
郭 愔	从弟别诗	五言	郭氏从弟	《初学记》入"离别"部诗题有"别诗"字样。
李 充	送许从诗	五言	许从	《初学记》入"离别"部。
熊 甫	别歌	七言		《晋书》载熊甫告归,临别而歌。
张 翼	赠沙门竺法頵三首	五言三首	竺法頵	沙门竺法頵远还西山,诗人作诗赠别。
孙 绰	与庾冰诗	四言十三章	庾冰	从末章"何以将行,取诸斯篇"知赠别诗。
王彪之	与诸兄弟方山别诗	五言	诸兄弟	《初学记》入"离别"部,以"别诗"称题。
殷仲文	送东阳太守诗	五言	东阳太守	《艺文类聚》入"别"部,诗题亦是送别。
谢 混	送二王在领军府集诗	五言	二王	《初学记》"离别"部引诗为例,诗题写送别。
卞 裕	送桓竟陵诗	五言	桓竟陵	《初学记》"离别"部摘。祖饯时赋诗。
	诗	五言	诗人弟	《初学记》"离别"部引为诗例。
陶渊明	赠长沙公诗	四言四章	长沙公	诗序"经过浔阳,临别赠此"。
	答庞参军诗	四言六章	庞参军	诗序过浔阳见赠。从"誓将离分。送尔于路"亦可知为送别诗。
	赠羊长史诗	五言	羊长史	羊长史衔使秦川,诗人赋诗以赠。

(续表)

作者	题名	诗体	送别对象	送别表征、送别诗依据
陶渊明	癸卯岁十二月中作与从弟敬远诗	五言	从弟	"寄意一言外,兹契谁能别"可知与离别相关。
	与殷晋安别诗	五言	殷晋安	以"别诗"称题,诗序亦明言赋诗赠别。
	于王抚军座送客诗	五言	离客	诗题明标送客。
	咏二疏诗	五言		描述群僚饯二疏场景。
	咏荆轲诗	五言		描写饮饯易水场面。
支遁	八关斋诗三首	五言三首	集会众贤	诗序"乃挥手送归""援笔染翰,以慰二三之情",知此诗作于送别众贤之际。
竺法崇	咏诗	四言	鲁国孔淳	《高僧传》载诗人别隐士孔淳时赋诗。
杨羲	九月六日夕云林喻作与许侯	五言	许侯	从"王华饯琳腴"推此诗或作于饯别之际。
无名氏	庐山夫人女婉抚琴歌	骚体	曹著	祖台之《志怪》述曹著还时,庐山夫人女婉"泫然赋诗为别"。
	鬼神崔少府女赠卢充诗	五言	卢充	干宝《搜神记》载崔少府女赋诗赠别卢充,逯本入汉诗,因干宝为东晋人,故存此。
谢瞻	王抚军庚西阳集别时为豫章太守庾被征还东诗	五言	王弘	晋义熙十四年,谢瞻还豫章,庾登之被征还都,王弘饯送,瞻赋诗留别。
	九日从宋公戏马台集送孔令诗	五言	孔靖	孔靖辞事东归,百僚咸赋诗饯别。
谢灵运	同上题	五言	孔靖	同上。
谢晦	彭城会诗	五言	孔靖	同上。
刘义恭	彭城戏马台集诗	五言	孔靖	同上。

由表2-2可知,两晋留存有送别诗的诗人四十位(不计无名氏),逯钦立辑校《先秦汉魏晋南北朝诗》"晋诗"部分近五分之一的诗人有送别诗作,存诗八十多首。相对于建安三国时期,留存送别诗的诗人虽然多了许多,但占其时诗坛诗人总数比例下降了。其中正史有确凿祖饯史实可考的送别诗李密《赐饯东堂诏令赋诗》,内容仅留存末章,从《晋书》记载可推知此祖饯诗当是多章诗作,佚失部分当是与东堂赐饯相关事件的记述,至于祖饯述怀的情

感内容不得而知。随着佛教与僧侣诗的发展,一些僧人亦开始创作送别诗,说明两晋送别诗写作的广泛。《文选》《初学记》《艺文类聚》或整篇收录入"祖饯"类,或于"别"部之下摘句为例,出于晋诗者颇多,特别是《文选》诗"祖饯"类有四首作于晋际,占整个"祖饯"类诗七首的一半强,说明两晋送别诗已经很发达了,而且有许多送别诗趋于成熟。两晋创作送别诗数量较多的诗人有陆机与陶渊明,但二人并不专注于送别诗的创作,其送别诗作往往与行旅或赠答杂糅。倒是金谷集作诗与百僚从宋公戏马台集送孔令作诗两件集体赋诗事件在两晋送别诗坛互相呼应,其参与诗人数量之多,赋作质量之高,在六朝送别诗史上都不多见。

比较建安三国与两晋送别诗,可以发现一些变化:两晋诗人的送别意识较建安三国时期更强,抒发离别之情的手段更加丰富,诗歌中开始出现应酬的成分。建安三国时期除应玚《别诗二首》、徐幹《于清河见挽船士新婚与妻别诗》、曹丕《见挽船士兄弟辞别诗》、曹植《送应氏诗二首》《离友诗三首》等称题已含有送别意的字眼外,多数以"赠""答"称题,创作送别诗的意识还不太明确。即便是这些包含有送别字眼的诗作,亦并非纯粹针对某一具体送别事件而作,在叙别之时总是夹杂一些主题以外的成分。而到了两晋,诗题中出现包含送别相关字眼的诗作增多了,包括后代选家称题的在内,诗题中有"祖""饯""祖饯""祖道""出祖""离""送""别""送别"等字眼的诗歌有三十二题,占总题数的一半多。诗题有意识地运用与送别相关的字眼,体现出其时诗人创作送别诗的自觉意识。建安三国时期抒发别离之情主要采用比兴寄托或者描述离别场景与直抒胸臆相结合的方法,但在不少送别诗中二者并未能完满融合,抒情的诗句常给读者以游离别情之感。如王粲《七哀诗三首》"西京乱无象"首开篇以豺虎遘患喻社会混乱,点明背井离乡的原因,然后以"远身适荆蛮"交代此去前方目的地,以"亲戚对我悲,朋友相追攀"简略概括离别时惨况,离别之情还未充分展开就迅速转入饥妇弃子的场景描写,使诗歌的主题发生变奏,最后以"南登霸陵岸,回首望长安。悟彼下泉人,喟然伤心肝"的不忍离别作结。① 由于插入路途弃子场景的表述,留别的意味就削弱了,又由于别情未能充分展开,诗末的感慨便成为对饥妇弃子的黑暗现实的不满,基本没有离别的意思。如果把中间饥妇弃子部分换成对离别场景的勾勒或刻画,思想性也许削弱了,却是一首留别意味强烈的送别诗。而两晋送别诗中的优秀之作,则开始出现了以景物、公宴描写来述别的写作方式,题旨也相对专一。兹以潘岳的《金谷集作诗》为例,看晋代送别诗抒情方

---

① 俞绍初辑校《建安七子集》,第 86—87 页。

式的变化,潘诗曰:

> 王生和鼎实,石子镇海沂。亲友各言迈,中心怅有违。何以叙离思,携手游郊畿。朝发晋京阳,夕次金谷湄。回溪萦曲阻,峻阪路威夷。绿池泛淡淡,青柳何依依。滥泉龙鳞澜,激波连珠挥。前庭树沙棠,后园植乌椑。灵囿繁石榴,茂林列芳梨。饮至临华沼,迁坐登隆坻。玄醴染朱颜,但诉杯行迟。扬桴抚灵鼓,箫管清且悲。春荣谁不慕,岁寒良独希。投分寄石友,白首同所归。①

首两句点明送别对象及其出行目的地,接着一笔带过亲友相送时难舍难分的惆怅之情,立即转入别前携游的景物描写:"朝发""夕次"一则说明朋友聚集之速,再则表达了朋友渴望欢聚畅游的急切心情;弯弯小溪转折回旋于突兀偃塞的山石之间,沿溪小道逶迤崎岖,碧绿的池水涟漪激荡,依依柳条随风飘舞,山泉喷泪,珠波清澈,庭园佳木成荫,苑囿果木成林,令人流连忘返的山水佳境与好友良朋即将远行形成鲜明对照。此段极写金谷园山水景物之丽,用字之精得到陈祚明的好评,其根据该诗异文比较品评:"'滥泉'句'澜'字作活字用,佳于'涧'字。古人'波'字、'涛'字,往往作活字用也。"②罗宗强则认为"这些罗列的描写方法,还带着赋的一些特点,但用词已从夸张转向写实,为后来山水诗的出现准备了很好的基础。他这里写的是移动景观,随行进所见、视野转换而一一刻画。后来谢灵运的山水诗就有这种移动景观的描写"③。认为山水诗的产生和谢灵运山水诗写作手法受到潘岳此段山水景物描写的影响,识力深邃,亦说明了罗先生对潘岳送别诗中景物描写的认可与赞许。袁行霈主编《中国文学史》亦认为陆机、潘岳诸人诗中以排偶之句描写山姿水态,山水描写成分大量增加,为二谢的山水诗起了先导作用。景物描写之后,潘岳浓墨渲染了离别宴饮的盛况,曲水流觞,杯觥交错,赋诗言别,击鼓弄箫,大有不醉无归之势。宴饮虽乐,却始终无法摆脱离别的阴影,清厉悲切的箫管之音给欢乐的盛宴涂上怅惘的基调。山水景物与欢聚盛宴的描写富丽堂皇,徐公持因此称此诗为"贵游作品"④,良有以也。最后以"投分"之典,"白首同所归"之盟誓表述坚固的友情。李善注:"阮瑀《为魏武与刘备书》曰:'披怀解带,投分托意。'分,犹志也。《史记》,苏秦谓齐王曰:'此弃仇

---

① 董志广校注《潘岳集校注》(修订版),天津古籍出版社,2005 年,第 241 页。
② 陈祚明评选,李金松点校《采菽堂古诗选》,第 336 页。
③ 罗宗强《魏晋南北朝文学思想史》,中华书局,1996 年,第 98—99 页。
④ 徐公持编著《魏晋文学史》,人民文学出版社,1999 年,第 335 页。

雠而得石交者也。'《汉书》曰:'石建老白首,万石君尚无恙。'"①潘志广注:"投分有相约为好之意。《东观汉记·王丹传》:'司徒侯霸欲与丹定交。丹被征,霸遣子昱候。昱道遇丹,拜于车下,丹答之。昱曰:"家父欲与君投分,何以拜子孙耶?"'"②从典故的运用可以看出诗人与石崇牢不可破的友谊,没料到此诗竟一语成谶,传为文坛一段辛酸轶事。《世说新语·仇隙》载:"孙秀既恨石崇不与绿珠,又憾潘岳昔遇之不以礼。后秀为中书令。岳省内见之,因唤曰:'孙令,忆畴昔周旋不?'秀曰:'中心藏之,何日忘之!'岳于是始知必不免。后收石崇、欧阳坚石,同日收岳。石先送市,亦不相知。潘后至,石谓潘曰:'安仁,卿亦复尔邪?'潘曰:'可谓"白首同所归"!'潘《金谷集诗》云:'投分寄石友,白首同所归。'乃成其谶。"③综观此诗,山水景物描写与公宴场景描写占了很大的篇幅,既说明了晋代山水意识的增强,亦可以见出建安时期公宴诗影响的痕迹,更重要的在于以此种抒情方式写作送别诗,拓展了送别诗的写作题材,开阔了送别诗的写作思维,唐代送别诗如岑参《白雪歌送武判官归京》以塞外冰天雪地的奇丽风光与中军置酒帐饮的特殊场景来抒发别离之情,李白《梦游天姥吟留别》极力描述梦游天姥山的奇特景观以留别朋友的写作手法与抒情方式,可以说都是肇端于潘岳的《金谷集作诗》。

　　建安时期"世积乱离,风衰俗怨",诗人"慷慨以任气,磊落以使才",诗歌"雅好慷慨""志深而笔长""梗概而多气",④送别诗与社会背景联系最为紧密,故其时送别之作最具时代风格,诗人抒发离别感慨、表达亲友情谊或愤激或悲戚,都情真意切,即便应制的集体赋作,亦很少应酬成分。吉川幸次郎深刻认识到此期友情诗的重要意义,且以曹植为诗歌友情主题的创始人,其《中国诗史》曰:"在曹植之后,友情成为中国诗歌最为重要的主题,它所占有的地位,如同男女爱情之于西洋诗。这个主题的创始者就是曹植。换言之,是曹植发现了友情对于人生的价值。"⑤友情诗兴起时期最重要的主题便是送别赠答,曹植的送别诗、嵇康与亲人朋友的赠别诗,都很关注友谊与志趣问题,把友情放在生命价值中进行审视。两晋送别诗中部分真情之作继承了建安三国时期送别诗重视亲情、友情的传统,如二陆兄弟赠别之作、左思兄妹述离之思、王彪之与诸兄弟方山别诗、陶渊明的赠友送客诗都有真情实感。然而,从魏末开始,贵族藩王弄权日益加剧,无端杀戮时有发生,士人生命忧惧

---

① 萧统编,李善注《文选》,第978页。
② 董志广校注《潘岳集校注》(修订版),第243页。
③ 徐震堮《世说新语校笺》,第493—494页。
④ 刘勰著,范文澜注《文心雕龙注》,人民文学出版社,1958年,第674页。
⑤ 〔日〕吉川幸次郎《中国诗史》,章培恒等译,安徽文艺出版社,1986年,第131页。

感明显加深;而选官制度的改革,士族势力的强大,又使文学创作打上家族性与集团性的烙印,特别是一批文士经济上对士族与皇权藩王的依赖性,决定了部分文人的诗文创作言不由衷。故两晋之际送别诗出现了一批应制应酬之作,如王濬《祖道应令诗》、张华《祖道征西应诏诗》《祖道赵王应诏诗》、何劭《洛水祖王公应诏诗》、陆云《大安二年夏四月大将军出祖王羊二公于城南堂皇被命作此诗》、王讚《侍皇太子祖道楚淮南二王诗》、王浚《从幸洛水饯王公归国诗》等从诗题上就可以看出其应制性。这些应酬之作还不同于早期祖饯仪式上的祖道诗,早期祖道诗具有很强的仪式性,通常把慰人与慰神结合在一起,属于一种程式化的诗歌,基本没有应酬性的阿谀逢迎;两晋应制送别诗通常把诗人对所依赖的皇室权贵的阿谀与送别结合在一起,有时候甚至喧宾夺主,严重削弱了送别主题。何劭、王浚二人的洛水祖饯诗便属于此种应酬逢迎之作:

> 穆穆圣王,体此慈仁。友于之至,通于明神。游宴绸缪,情恋所亲。薄云饯之,于洛之滨。嵩崖严严,洪流汤汤。春风动衿,归雁和鸣。我后飨客,鼓瑟吹笙。举爵惟别,闻乐伤情。嘉宴既终,白日西归。群司告旋,鸾舆整绥。我皇重离,顿辔骖骓。临川永叹,酸涕沾颐。崇恩感物,左右同悲。(何劭《洛水祖王公应诏诗》)

> 圣主应期运,至德敷彝伦。神道垂大教,玄化被无垠。钦若崇古制,建侯屏四邻。皇舆回羽盖,高会洛水滨。临川讲妙艺,纵酒钓潜鳞。八音以迭奏,兰羞备时珍。古人亦有言,为国不患贫。与蒙庙庭施,幸得厕太钧。群僚荷恩泽,朱颜感献春。赋诗尽下情,至感畅人神。长流无舍逝,白日入西津。奉辞慕华辇,侍卫路无因。驰情系帷幄,乃心恋轨尘。(王浚《从幸洛水饯王公归国诗》)

从命题到诗歌遣词,毫不掩饰诗人对皇帝的刻意逢迎,至于王公离别的原因、此去目的地、对王公的惜别之情则语焉不详。应酬送别诗的出现是两晋社会皇权与门阀斗争、文人政治进取的积极性与生命意识强化及经济缺乏独立性的产物,综观六朝送别诗,应制性送别诗蓬勃发展,成为其时送别诗一大景观,应酬逢迎成为此类送别诗的独特之处,溯其源头,当追及两晋之际应诏应制性送别之作。

最后,在晋代众多的送别诗中,熊甫的七言送别诗《别歌》要特别提出来讲一下。《别歌》见载于《晋书·王敦传附沈充传》,王敦引沈充为参军,沈充因荐同郡钱凤,被敦引为铠曹参军。钱凤知王敦有不臣之心,"因进邪说,遂相朋构,专弄威权,言成祸福",王敦参军熊甫见王敦委任钱凤将有异图,趁酒酣谏敦,王敦"作色曰:'小人阿谁?'甫无惧容,因此告归。临与敦别。因歌曰……敦知其讽己而不纳"。① 诗云:

> 徂风飙起盖山陵,氛雾蔽日玉石焚。往事既去可长叹,念别惆怅复会难。

此前以七言形式述别的只有李陵的《别歌》,但李诗是夹"兮"字的楚体形式,且最后一句"老母已死,虽欲报恩将安归"是四、七字组合句,不属纯粹的七言送别诗。此熊甫《别歌》则以纯粹七言形式作送别诗,在送别诗史上称得上一个创举,诗歌首两句以"徂风""氛雾"起兴,象征诗人其时险恶的处境,后两句慨叹往事不再,诀别惆怅。审视此诗,虽说算不上什么特别高的艺术水准,兴托直露愤激无碍达意,抒意直白也是有感而发;交代离别原因,抒发离别感慨,可以说是一首标准的七言送别诗。

三、嵇康的赠答送别诗

嵇康是"竹林七贤"的代表人物,与阮籍、山涛、向秀、赵至等交游,留下千古轶事,一直为人们津津乐道。但他与兄嵇喜、二郭、阮侃等人留存的赠答送别诗,却较少引起人们的关注。综观这些赠答送别诗,以四言诗加五言组诗形式出现,内容上谈玄与写景相结合,有着强烈的时代特色,又体现出魏晋送别诗的特点,值得详论。

(一) 与嵇喜的赠答送别组诗

嵇喜事迹散见于《三国志·魏书·王粲传附嵇康传》与《晋书》,沈玉成先生《读〈文选〉札记·嵇喜事迹》②对嵇喜生平作了简要考述。结合前人成果,缀合散存史料,大抵可知嵇喜生平。嵇康兄喜,字公穆,有当世才,仕途亨通,战功卓著,治政有方,历相国府司马、江夏太守、晋扬州刺史、徐州刺史、太仆、宗正。这样一个颇负政治理想亦不乏政治才干的兄长入军之际,嵇康以长篇组诗对之进行了挽留,并在诗中流露出强烈的情绪,毫不掩藏与其兄长人生理想的异趣。

传统认为,《四言赠兄秀才入军诗》是嵇康在兄喜入司马氏军幕时写作的送别诗,王夫之《古诗评选》从整体上解析了此组送别诗,首先看《四言赠

---

① 房玄龄等《晋书》,第 2567 页。
② 沈玉成《沈玉成文存》,中华书局,2006 年,第 254—256 页。

兄秀才入军诗》的章旨与结构。

第一、二章从振羽和鸣、双飞双栖的鸳鸯起兴,以竹马无猜的童年情窦比喻兄弟昔日友于情深,为全诗发端。王夫之曰:"二章往复养势,虽体似风雅,而神韵自别。"①以"养势"来指出首两章在全诗中发端的作用,所谓"势",《文心雕龙·定势》曰:"势者,乘利而为制也。如机发矢直,涧曲湍回,自然之趣也。圆者规体,其势也自转;方者矩形,其势也自安;文章体势,如斯而已。"②唐释皎然《诗式》"明势"条:"高手述作,如登荆巫,觌三湘鄢郢之盛,萦回盘礴,千变万态。或极天高峙,崒焉不群,气胜势飞,合沓相属;或修江耿耿,万里无波,欻出高深重复之状。"③首两章重章叠唱,反复回环,正是为下文分离送别营势造境,即王夫之所评之"养"。陈祚明精到地论述了首两章在本诗中起承转合的妙处:"二章先叙同居之欢,下乃渐入言别,章法宽转,惟言同居极乐,乃觉离别极悲也。"④

在前两章鸳鸯双栖双飞、优游容与、和谐长聚的蓄势描写之后,第三、四章突然变奏,作者采用对面着想、依实构虚的写作方式设想分离后行者独自跋涉之苦与独自伤怀之情,泳长川、陟高冈都是独行踽踽,再也没有昔日双双结伴、朝游暮宿的欢欣愉快。与首两章形成鲜明对比,三、四章可谓一变。同样,三、四章依然用重章的方式述怀,以更换的若干字词互文见义,重章递进,显示了独行的空间范围之广,离别思念之深。

一舒缓一紧凑、一优游一凄苦,前四章跌宕起伏已经震撼人心。接下来五、六章把视角转换到留者,以一种絮絮不休的忧虑语气表达留者对于行人的牵挂依恋。表面说着宽慰之言,弃此袭彼好像是正确的选择,实际却担心前途的颠沛在所难免,只好在内心里祈祷着不遘有害。虽没有像离人那样泣涕如雨、载坐载起,平静的外表下却暗涛汹涌。五、六章没有沿袭前两章浓墨渲染离情的套路,而是描写分别时的叮咛,家常中见恳切,淡语中藏至情。而综合第三至六章,一写行人一写留者,一凄切一平淡,共同营造了一个鸳鸯分离送别的现实场景与内心语境,景语情语兼收,接下来则说理抒怀,进一步抒发对离人的思念之情。王夫之体悟诗心,领略其中奥妙曰:"忽出精警,疑且收矣,下二章又纵,令舒缓。"⑤

第七、八章继续从留者角度承接上文,以理语玄言入诗,把此次分离诀别提升到人类生命的高度进行审视,人生苦短,天地长存,对比观照,"彭祖为

---

① 王夫之评选,张国星校点《古诗评选》,第84页。
② 刘勰著,范文澜注《文心雕龙注》,第529—530页。
③ 释皎然《诗式》,何文焕辑《历代诗话》,中华书局,1981年,第26页。
④ 陈祚明评选,李金松点校《采菽堂古诗选》,第222页。
⑤ 王夫之评选,张国星校点《古诗评选》,第85页。

天",期颐何寿。纵能登仙不朽,舍昔侪侣,独自长生,夫复何益?长期分离便是生命的缺陷,人生也因之黯然无光。正是对别离深度认识,留者揭穿临行时表面安慰的美丽谎言,更不相信古代"一苇可航"的豪言壮语,而是毫不掩饰地痛惜离别。故此两章在前几章雍容典雅、怨而不怒之后发出心声,长叹痛慨空间的阻隔、时间的分离。

按陈祚明的说法,第八章便是组诗的末章,殊不知嵇康此诗跌宕变化的结构安排。王夫之则看到了第九章的妙处:"此章突兀拔起,墨气喷雾,而当首只用一意,磅礴成文,不作陡峭腾挪之色,神于勇矣。"接着指出第十章乃"补前章意,又一逗"。① 诚如船山所评,第九章乃全诗又一转捩,如果说前几章是以鸳鸯为比述写分离之痛,至此则开始由喻体转本体,变换视角,对面着笔虚写行人未来的军营生活。在诗人笔下,行人的军旅生涯不是朔气寒风、刀光剑影,阵前争战不是血流漂杵、杀气震天,而是犹如曹植《白马篇》边塞游侠那样金羁白马、良弓楛矢、矫捷剽勇,蹈匈奴、陵鲜卑,无往而不胜。而征战之余,亦可以轻车裘服,游猎观鱼。真实的军营生活不会如诗人所虚构的那样美好,梦境虚幻毕竟短暂。

第十一章起,诗人亦此亦彼、亦实亦虚,平叙分别后自得却又不完美的独处生活。王夫之、陈祚明对此部分独栖生活的描述都给予了高度评价,船山曰:"'春木'四句,写气写光,几非人造。"②独处生活的描述是充满诗意且动人的。然而,每次华章的后面都留下凄凉的感叹,"虽有好音,谁与清歌。虽有姝颜,谁与发华";见和鸣弄音的黄鸟而"感寤驰情,思我所钦";观鱼龙、山鸟而"思我良朋""怆矣其悲";钓叟垂纶、隐士挥弦引发的是"郢人逝矣,谁可尽言"的感慨;闲夜良辰,朗月清辉,独酌对影,鸣琴高挂引来的是"莫与交欢""谁与鼓弹""佳人不存"的无奈。如此移步换形、睹物兴叹,今昔反衬、彼此映照,把别离后伤感寂寥、索寞乏味之情淋漓倾吐而出。第十三章戴明扬引刘履评论:"此叔夜自叙其与秀才别后之情,言见洪流尚萦带而相近,绿林且荣耀而悦人,鱼龙亦共聚而游,山鸟有群飞之乐,是以览物兴怀,思得同趣之人,相与游娱,以忘晨夕,今乃不获所愿,使我思之不已,至于悲伤也。"③何焯评第十三章:"洪流则鱼龙聚焉,春林则群鸟集焉,此谓生才之盛,然必待同志者而招,故思我友朋也。"④深得诗心,举一反三,揭示了此段深远的意味。

抒情主人公在一段痛苦的煎熬之后,做出了新的抉择,末尾三章以游仙

---

① 王夫之评选,张国星校点《古诗评选》,第 85 页。
② 同上书,第 86 页。
③ 戴明扬校注《嵇康集校注》,第 14 页。
④ 何焯著,崔高维点校《义门读书记》,中华书局,1987 年,第 906 页。

与玄理结合诠解了人生新的生活方式。作为送别诗,前十五章"别绪缠绵,言情深至;如此结,颇悠然有余致,不应复须下文"。① 然而,嵇康不落俗套,不以照应钩锁收束全诗,而是宕开一笔,在忧怀悲叹之后做忘忧遐想。高逝游仙、弹琴咏诗,"弃智遗身,寂乎无累",不涉流俗、返归自然即是诗人理想的无忧状态。要做到这一点,必须弃却世故、忘却荣辱,无悔于心。究其实质,乃是劝告其兄不要与世推移、贪图仕进、爱慕虚荣而溷泥扬波。至此,我们似乎可以理解现实中嵇氏兄弟异趣,嵇喜从军而其弟写作长篇组诗赠行的缘由了。全诗至此收束,既是一首缠绵真挚的送行告别曲,又是一阕兄兮归来之歌,结构完整,视角多变,波折起伏,婉切动人。王夫之综评曰:"有养有长,有坎有流,相会成章,不拘拘于《小宛》《柔桑》,而神同栖,气同游矣。《文选》割裂,仅存得句耳。世有得句为诗,得字为诗者,如村医合药,记《本草》主治,遂欲以芎藭愈头,杜仲愈脊;头脊双病,且合芎藭、杜仲而饮之,不杀人者几何哉?"②即便是《文选》这样的权威选本,割裂重组依然有损于作品的整体风貌。因此,还原《四言赠兄秀才入军诗》本来面目,从整体出发方能探骊得珠,领悟诗人深奥的诗旨。

然而,《四言赠兄秀才入军诗》只是此次送别赠答诗歌的一部分,要真正全面解析嵇康与兄喜此次离别赠答活动,窥测二人对于此次执手而别的各自认识,还必须注意到此组诗中嵇康的《五言赠秀才诗》与嵇喜的《答嵇康诗四首》。

与四言十八章相比,《五言赠秀才诗》同样运用了飞鸟意象,但四言诗以鸳鸯起兴,此处则运用双鸾意象开篇。鸳鸯是感情坚贞的象征,但属于飞鸟中的柔弱温婉一类,更多的是只能去忍受与适应自然界的险恶。鸾则是属于传说中凤凰一类的鸟,是不与燕雀为群的俊鸟,是飞鸟中的高洁刚烈一类,敢于向自然界中的险恶挑战。嵇康之所以在五言诗中变换喻托意象,其实是别具匠心的。因用鸳鸯意象寄意,故四言十八章在结构上波折跌宕中有舒缓容与,在情感上吞吐回环、内韧外柔,直到最后三章才表白真意。以双鸾意象托情,故入篇起势便高,其高洁之态亦飘逸,其悲愤之鸣亦强烈。双鸾匿彩羽、栖高崖、吸朝露、沐新阳、鸣云端、息兰池,宛如《庄子》所谓藐姑射之山神,"不食五谷,吸风饮露;乘云气,御飞龙,而游乎四海之外"③。逍遥无待,远绝尘埃,缥缈欲仙,永世不亏。刘勰评嵇康曰:"叔夜俊侠,故兴高而采烈。"④首

---

① 陈祚明评选,李金松点校《采菽堂古诗选》,第 225 页。
② 王夫之评选,张国星校点《古诗评选》,第 87 页。
③ 陈鼓应注释《庄子今注今译》(最新修订重排本),中华书局,2009 年,第 21 页。
④ 刘勰著,范文澜注《文心雕龙注》,第 506 页。

八句仙境般的描述，正是叔夜高尚人格的外化，"旨趣高迈"，正可以"兴高"评之。而此仙境的描述恰与四言十八章中以鸳鸯为托的诗境形成对照，鸳鸯振翅、交颈生姿、优游岭渚、顾昐和鸣，都是现实的、自然的、人间世的，是凡鸟中的高尚者；而五言诗中的双鸾则是脱俗绝尘的，是远高于凡鸟的仙类。故从起兴意象来看，五言诗较四言诗十八章递进了一层，正可谓"托谕清远，良有鉴裁，亦未失高流矣"①。

四言十八章想象俦侣分离之后的生活，或旅途颠沛且孤独寂寞，或长川垂钓却睹物思人，都是从现实着眼的，尤其注意自然艰辛对于离人生活的干扰、怀人心态对于行者处事的影响，字里行间流露的是殷殷关切之情。而五言诗则想象双鸾单飞后变幻多端的社会罗网对其产生的束缚与障碍，字字倾吐的是愤激之词。罗网是魏晋诗歌中运用较多的意象之一，常用来象征社会尘俗的羁缚，并以冲决罗网来表达人类对于自由的渴望之情。如曹植《野田黄雀行》就设想黄雀投身罗网、少年拔剑相救、令之复返自由的场景来表达其不堪迫害的压抑之情。与曹植设想借助外力以冲决罗网不同，嵇康笔下的鸾鸟是奋翅迅飞、施翮突罗，却终不得脱，便化为凄唳的长鸣与苦闷的呐喊："鸟尽良弓藏，谋极身必危"，"世路多崄巇"。呐喊同时，对单飞失侣的另一半发出哀切的呼唤，徘徊焦虑故登高远瞻。以"何意世多艰"开篇的十六句完全从社会现实角度切入，深入剖析了社会政治的险恶，以事实明理的方式告诫其兄归来。与四言十八章在末尾以玄理的方式呼唤兄兮归来相比，更为直接，更为峻切。锺嵘评嵇康五言诗"过为峻切，讦直露才，伤渊雅之致"②，以此或可当之。然而，如此峻切的呼唤，是紧承四言十八章情感线索而来的，故五言诗置诸组诗之末，亦符合情感结构的发展轨迹。

最后四句嵇康以诘问收束全篇，表达了渴望相聚的手足之情。正因为嵇康深知其兄品格，所以在送别时一反传统祖饯诗以安慰行人为主的写作思路而写出了这样的挽留诗歌。但其呼唤哥哥返归亦是循序渐进的，在四言十八章中先是深情述别，设想分离后独处生活的酸甜苦辣，亲情思念的主线始终萦回左右，直到末章才以玄理的方式表白自己的意见，即不赞同哥哥积极入世的人生理念，而主张返归自然、寂乎无累的人生信念。然而，诗人清楚，仅仅靠亲情的呼唤与玄理的规劝，哥哥是不会回归的，故才有了五言诗的写作。四言十八章的感情真切但还只是蓄势待发，到五言诗赠诗则喷薄而出，诗人试图以社会的险恶事实来说服哥哥"反初服"，最终与之"逍遥游太清，携手长相随"。

---

① 锺嵘著，曹旭集注《诗品集注》(增订本)，第 266 页。
② 同上。

总之,在具体文本研读中笔者发现,《五言赠秀才诗》与《四言赠兄秀才入军诗》是有区别的,但更重要的是二者紧密相承。《五言赠秀才诗》是诗人在深思熟虑之后用自己的哲学理念来呼唤亲情的诗歌,无论从语言的运用、意象的选择上还是从情感的抒发上都较四言十八章递进了一层。

嵇康的哲学理念就是"越名教而任自然"①,从而把庄子回归自然的理想化为现实的精神境界,罗宗强说:"我们就可以得到这样一个印象:嵇康追求一种自由自在、闲适愉悦的、与自然相亲、心与道冥的理想人生。这种理想人生摆脱世俗的系累和礼法的约束,而又有最起码的物质生活必需,有素朴的亲情慰藉。在这种生活里,他才能得到精神的自由,才有他自己的真实存在。庄子的纯哲理的人生境界,从此变成了具体的真实的人生。也从此,以其真实可感,如诗如画,正式进入了文学领域。可以说,嵇康第一个把庄子诗化了。"②正因为嵇康只看到了《庄子》逍遥自由、自然无待的一面,把理想现实化,故而在现实生活中的表现是矛盾的,一方面渴望自由而高蹈傲世,成为反对名教的"激烈派",不得不与世俗权贵争斗,从而与其所图画的理想状态相悖;另一方面力图推行自己的人生理念,既希望亲友亦能"越名教而任自然",又渴望亲情友情长存,故不得不通过诗文赠答去争取别人的理解,却往往适得其反。冯友兰对于嵇康的"越名教而任自然"有着独到的见解,他认为嵇康"任自然"的要点在于《释私论》中所言的"值心而言""触情而行"八个字,这八个字"就是说,想怎么说就怎么说,想怎么行就怎么行,这就是'任自然'","任自然必定是是的,因为这是'显情',显情是公。想怎么样说而不说,想怎么样行而不行,那就是不任自然,不任自然是'匿情',一定是非的"。③ 按照这种是非观去行事处世,自然造成了嵇康必须不断地去论辩,为日后遭悲惨的杀戮埋下了祸根。可见,嵇康有着高蹈出世、返归自然的理念却始终只能在世俗间喋喋不休,"著《养生》之论,而以傲物受刑","知养生而不知养身",钱锺书看透了叔夜人生理念与现实的矛盾,援引《颜氏家训》与牛僧孺此论并激赏牛氏"语尤峻快"。④ 同样,嵇康以自己的哲学理念来呼唤公穆兄归来,表面看是分别之际挽留哥哥,实质是要求嵇喜和自己一样,不与政治集团合作,过一种理想化的生活。从嵇喜答诗看,他理解弟弟送别诗的深意,然而,他的哲学理念不在此,人生理想不在此,故而赋诗作答陈述己意。

嵇喜是一个积极入世、敢于作为、励精图治、奋发上进的人,在家庭里殷

---

① 戴明扬校注《嵇康集校注》,第234页。
② 罗宗强《玄学与魏晋士人心态》,浙江人民出版社,1991年,第109页。
③ 冯友兰《中国哲学史新编》(中),人民出版社,1998年,第455—456页。
④ 钱锺书《管锥编》,第1091页。

勤招待弟弟的朋友,不计较所谓高洁之士的不耻;在亲情上冒死到刑场携琴别弟,为弟弟立传光大家门;在官场上勤政爱民、尽瘁为主。忠孝伦常,嵇喜可堪典范,由此可见嵇喜是儒家思想浸染出来的一个典型人物。同样是推尊三玄,嵇喜看到的却是《老子》祸福相生、《周易》通变的辩证法。通观五言诗三首,处处都体现着"变"的机锋,《庄子》的"达人""物化""至人"等被赋予了新的内涵,算是嵇喜对庄学理解的新变;当流蚁行、时游鹊起、出处因时、优游都邑则体现了嵇喜生活态度的权变。嵇喜的"变"虽然是世俗的,但却都是为其哲学理念与人生理想服务的。嵇喜虽然推尊老、庄,但其理想人格的代表却是孔子,孔子周游列国,积极推行自己的政治主张,"斥乎齐,逐乎宋、卫,困于陈蔡之间,于是反鲁"①,历尽千辛万苦却"不云世路难",正是嵇喜因之处世的原则,亦是嵇诗如此持论的依据。因此嵇喜强调等待机遇,顺时而动,最终达到投身社会事业而不私己的"至人"境界,与嵇康脱出流俗、返归自然从而达到无累至境的思想大相径庭。兄弟殊途,分歧根深,实难同归。

《四言赠兄秀才入军诗》因其理想人生境界的描述与深刻的思想性,而被广为传播,亦从《文选》开始被历代选家编选,又加上类书编纂者与诗人学者往往断章取义汲取其中部分精华,因而造成了一定的混乱。相反,嵇喜的答诗却湮没不闻,能留存至今亦幸赖嵇康别集的附录,又正由于其附录的原因,故在后代辗转传抄中与嵇康诗夹杂难分。经过校注工作者辛勤的梳理,基本还原了此次赠答送别组诗的本来面目,为进一步的研究工作扫清了障碍。

《四言赠兄秀才入军诗》是一组四言诗与五言诗组合而成的送别诗,在诗中嵇康精选意象以托物寓意的方式表达别离之情、挽留之意。随着诗歌情感线索的推进,嵇康最后以峻烈的语气揭示了社会现实的黑暗,以玄理的方式直述了本人的哲学理念,深情呼唤哥哥归来。实质是希望哥哥能够站到自己同一条思想战线上,共同规划美好的人生蓝图。但由于嵇喜更深地受到儒家思想的浸润,难以接受弟弟真情的邀请,故以三首五言诗一首四言诗组合回赠,灵活借用玄理,针锋相对地驳回嵇康的请求,简练得体地摆明自己的观点。虽然没有提及入军别弟之事,却间接向弟弟表明了诀别前行的决心。

兄弟异志,看似个人意趣,实则时代风尚。魏晋之际,思想活跃,嵇康、嵇喜实际代表了其时的两条思想路线。研读兄弟的送别组诗,可略窥其时思想斗争的激烈。

―――――――

① 司马迁《史记》,第1909页。

(二) 与二郭的赠答送别诗

魏甘露年间,由于各种原因,嵇康被迫离群远走,避地河东,与其过从甚密的朋友郭遐周、郭遐叔为其送别,写作了赠别组诗,叔夜亦创作《答二郭诗三首》剖析心志以酬赠。虽然只是一次简单的送别赋诗,却因为其中流露了诗人真实的心声,故在嵇康思想研究上,《答二郭诗三首》同《与山巨源绝交书》等重要文章一样,是学者无法绕过的重要文献。

戴明扬在《郭遐周赠三首》"我友不期卒,改计适他方"下按曰:"《魏志》注引《魏氏春秋》曰:康'从子不善,避之河东,或云避世。'此诗赠答,当即其时也。"①据此,则嵇康与二郭赠答赋诗是在其前往河东时的事,此去的原因似乎是"从子不善",表面目的是避从子②,亦有人猜测为避世。至于嵇康什么时候避之河东,避居他乡真正的原因何在,戴先生没有进一步考证。观《三国志·魏书》注引《魏氏春秋》,戴先生所引断章似乎并不全面。首先,《魏氏春秋》叙述了钟会造访嵇康衔怨事,然后才曰:"大将军尝欲辟康。康既有绝世之言,又从子不善,避之河东,或云避世。"③接下来叙与山涛绝交事。按照著史体例,嵇康避之河东事发生在钟会造访事之后,其外避原因亦很明确,表面看是因从子不善,实际上是躲避司马昭的征辟,更深一层的原因则是因自己有"绝世之言"而与世俗不容,如在其兄嵇喜入军离别时就写作了送别组诗,其中亦时时流露出远绝尘世之论;又因为自己"龙性谁能驯"(颜延年《五君咏五首·嵇中散》)的特立独行品格而结怨权贵、难容于达官,故不得不避居他乡。至于称之"避世",亦因嵇康经常有高蹈言论闻诸达人士族之间,有慕其高洁者或者钦佩其行事而赞之为"避世"。

综合诸家考证,嵇康与二郭的赠别诗作于魏甘露三年(258)避地河东之际,其时嵇康处境非常艰难,这种艰难困境的成因是多方面的,客观方面有不善从子招惹是非,司马昭征辟出仕;但更主要的原因是嵇康自己与政治当权派的对垒,如傲倨钟会事、欲助毌丘俭起兵事即便在政治升平年代亦很忌讳,

---

① 戴明扬校注《嵇康集校注》,第56页。
② 关于嵇康从子,具体所指,史籍无载。据《三国志》《晋书》等正史知嵇康有兄嵇喜,子嵇绍。嵇喜有子嵇蕃,官太子舍人,蕃子含,《晋书》有传。嵇蕃乃康从子,仅《晋书·嵇绍传附嵇含传》言其官太子舍人;《晋书·文苑传·赵至传》言赵至与之友善,赵至行将远离时写有叙离陈志文赠嵇蕃。然《晋书·嵇绍传附嵇含传》称含家在巩县亳丘,或者自其祖嵇喜时就已迁居至亳丘,而嵇康则已迁居山阳,两家固不居一地。又,嵇喜官运亨通,从喜的为人亦可推知其家教有方,且蕃自幼饱读诗书,当然不会"不善"。此言嵇康"从子不善",或者指其未知名氏的大兄之子,大兄早逝,依大兄对康鞠育恩深,大兄之子的抚养教育按情理亦当落在嵇康身上。因此,窃以为此"从子不善"当指嵇康大兄的儿子。至于具体不善行为是什么便不得而知。
③ 陈寿《三国志》,第606页。

何况是政治黑暗、杀戮惨重的魏末;造成嵇康身陷困境还有一条不可忽视的原因就是其反对名教、愤世嫉俗的思想,嵇康的言论轰动性极强,而且他主动与名教人物论战乃至决裂,都是潜在危及他生命的因素。另外,身为曹氏外戚,亦有可能对其生活造成无形的压力。嵇康与二郭的赠别诗便是在这样的背景之下创作出来的,特别是嵇康的答诗,既有其诗歌一贯志向高远的特色,又隐隐流露出特定背景之下诗人的隐忧。

嵇康在深陷困境之下避难外出,二郭不避嫌疑,冒险赋诗赠别,说明了他们与嵇康深厚的友谊。在史籍记载中,嵇康声名远播、交游颇广,与之来往者既有同声相应、同气相求的,亦有交往之后志向有别而分道扬镳的,也有仙隐之流、达士之类,唯独没有二郭的相关资料。后代学者研究嵇康生平交游,多以此次赠别赋诗为一手材料来论述。故此组赠别诗不但有一定的文学价值,还有一定的史料价值。

二郭虽名籍不载史传,亦不入锺嵘《诗品》之流,但细细读来,二人的赠嵇康诗却也情真语切,层层递进,结构完足,算得上比较好的诗作。《郭遐周赠三首》虽然分作三首,但结构上却是完足一体,一气呵成的。第一首首先叙述诗人与嵇康从游的原因及经过。诗人虽有宏图大志,却生不逢时,人事难料,时俗不容,故只有归隐山林,逍遥徜徉。开篇以"无佐世才"的反讽笔法道出社会黑暗、人世沧桑,寄托山林实属人生的无奈。接下来叙述与嵇康同气相求、一见如故的交游生活。嵇、郭交游到底是互相慕名而结交,还是兴趣相投相见如故而定交的,转抄版本文字不一样,得出的结论亦不相同,特别是"未面分好章"一句各本文字的差异,得出的结果便是完全不同的两种情况。此句下戴明扬校注:"吴钞本作'面分好文章',误也。马叙伦曰:'明本作"朱面分好章",当从之。朱面,犹朱颜;分好,犹投分相好也。'扬案:此本作'未',不作'朱'。《仪礼注》:'面亦见也。'淮南王安《屏风赋》:'分好沾渥。'《文选注》:'分,分义也。'《周礼注》:'章,明也。'"①按戴注,"未面分好章"还有两种异文,其一为"面分好文章",戴先生已断其误;另一为"朱面分好章","未"字和"朱"字,一笔之差,无论用哪一个字均诗意具足,孰是孰非,殊难定断。作"朱"字,则郭遐周是与嵇康见面之后一见如故而建交;作"未"字则郭氏与叔夜久相慕名,不曾谋面便已神交。当然,无论哪一个字都说明了嵇、郭是因为共同的志趣爱好而结识交往的,此处用字不同对于史事的梳理有很大影响,对于诗歌情感逻辑的发展没有多大妨碍。对于能与嵇康交游,郭遐周比照往圣倾盖,颇以为荣。《韩诗外传》载:"孔子遭齐程本子于郯

---

① 戴明扬校注《嵇康集校注》,第56页。

之间,倾盖而语终日。"相见如故,促膝忘归,依依分别之际,孔子让子路束帛相赠,子路以有违常道相诘,孔子释曰:"夫《诗》不云乎:'野有蔓草,零露浡兮;有美一人,青阳宛兮。邂逅相遇,适我愿兮。'且夫齐程本子天下之贤士也。吾于是而不赠,终身不之见也。大德不逾闲,小德出入可也。"①夫子与齐程本子邂逅如故而破例违常赠帛留念,既说明了二人兴味相投,亦说明了知音难觅。郭遐周化用此典,表达了诗人与嵇康知音相投。在日常的交游活动中,二人在山原野径、幽篁溪涧、简陋蜗居弹琴鼓筝,拊掌谈笑,怡然其乐。然而,天有不测风云,嵇康突遇危难,身陷困境,不得不远走他乡暂避风头。最后,诗人以简练的笔墨叙述了即将到来的分离。分离事发突然,没有先兆,嵇康权衡再三,只得改变主意避居异乡。一个"卒"字把事故的突发性、时间的紧迫性、应对的无奈性凸现出来。② 整车待发,分离在即,离者忙于行程安排,或无暇伤感,送者却目睹行人收拾行囊,最易动情。羁旅之中,独自面对生活中的艰难困苦,当然令人惆怅,现在好友嵇康即将面临的就是此种处境,诗人黯然伤怀,情不自已。"惆怅以增伤",戴明扬注:"冯衍《显志赋》:'情惆怅而增伤。'"郭遐周虽系化用成句,却不露痕迹,贴切地表达出了离别嵇康时的真切之情,惆怅已是一重悲哀,"增伤"则更增一重悲痛。此双重悲伤可能还不足以概括诗人此际心境,故有了第二首诗的赋作,所谓"情动于中而形于言,言之不足故嗟叹之,嗟叹之不足故永歌之"(《毛诗序》)③。郭遐周此诗真正乃"情动于中而形于言",第一首不足以咏怀便赋作第二首,再次难以达意又写作第三首,郭氏以组诗再三致意固然与汉魏时期送别流行组诗的潮流有关,然而诗人和嵇康之间深厚的友谊当是更重要的原因。

诗人惆怅增伤,在第二首则以两重对比来抒发与嵇康的离别之情。第一重是古今对比,古代诗人重视离别,宋玉慨叹离别;送行之际,《诗经·邶风·谷风》"行道迟迟,中心有违",宋玉《九辩》"登山临水兮送将归"等诗句本来是赋诗言别最好的断章。然而,分离诀别真成事实时,骚人雅士的叹赋反而无济于事,只能徒增伤悲罢了。古人分离之际的赋诗抒怀与当下自己送行的悲伤辛酸形成对比,《诗经》《楚辞》警句达意与诗人此际千言万语喷薄欲出形成对比,将"倏忽将永离"、送别成永诀的忧虑尽情展示出来了。第二重对比是人与物的对照,鱼成群,鸟双飞,各得其所。从时间着想,诗人感古伤今;从情境着想,诗人触目伤怀,物皆群聚,我心独违。给感伤的别离语境配上一

---

① 韩婴撰,许维遹校释《韩诗外传集释》,中华书局,1980年,第51页。
② "我友不斯卒"之"斯"字又作"期",戴明扬注:"'期'字吴钞本涂改而成,原钞似作'斯'字。案此谓不终处于斯也。如作'期'字,则卒当为仓卒之义,谓不意卒然而去也。"窃以为作"期"字义胜,故以"期"字来解"卒"义。
③ 郑玄笺,孔颖达等正义《毛诗正义》,《十三经注疏》,第270页。

幅绚丽的和谐图景,以乐衬哀,更增一层伤痛。①

　　情感的闸门打开了,然而诗人却并没有任情感之洪流肆意泛滥,慨叹悲哀的抒情至第二首诗便戛然而止。第三首诗可谓是一首说理诗,诗人以历史史实与社会哲理宽慰行人,亦透露出诗人自己的人生志趣。首两句以"人非比目鱼"来强调人的社会属性,人生自古多离别的普遍性,②既是慰人,亦是自我解脱。紧接两句却以人类重安居、怀故土的普遍性稍做提顿,人虽不像动物那样无意识地终身厮守,但怀土思乡却是人类独有的意识,从而以此安慰离人当下离乡背井、伤别故人的不堪。下面则以古人古事及哲理名言来预言离人美好的前景。《论语·颜渊》"四海之内,皆兄弟也。君子何患乎无兄弟也"③,《周易·系辞上》"方以类聚,物以群分"④,哲理警策被化用入诗以告慰离人,故知虽去,新交将来,凭嵇康的人格自然会吸引一批新朋友来访,建立新的人际圈;傅说隐于岩穴、贤者乘白驹逸于空谷,都是时代使然,嵇康此次避祸,亦作如是观。以哲理名言明道、以古人古事为喻,既有出自对叔夜真挚的钦慕,更有离人远去作宽解语的成分。从史实与思理出发,预示离人此去柳暗花明,故诗人以高昂的激情励志结篇。日月易逝、时不我与,短暂人生固然宜逍遥行乐、自然顺适,但更重要的是留名青史、功载简书,故诗人勉励嵇康敬德慎躯,殷殷之情切切之意全化作临行前一句郑重的叮咛,比一路平安、各自保重之类的套语分量重得多。陈祚明曰:"清气相引,在情必宣,二首章法亦颇条次,末句'慎躯'之勖,规戒更切。"⑤

　　郭遐周的赠别诗虽然玄言说理的成分过浓,给读者的感染力亦不很深,但却层次清晰地展示了送别嵇康时诗人情感发展的轨迹。郭氏赠别诗依嵇康答诗得存,亦是迄今仅存的诗歌,作品虽少却在字里行间流露了诗人的思想个性、人生志向。他与嵇康交谊虽厚,但在人生志向上却是各异其趣。

　　嵇康避祸河东时,郭遐周与郭遐叔二人都赋有赠别诗,二郭名字用字相似,但二人到底是什么关系,文献不载。从其赠别诗看,郭遐叔也是嵇康山阳

---

① 徐国荣《中古感伤文学原论》说:"魏晋是个感伤主义时代,士人们触处皆悲,特别喜欢在诗文中表达迁逝之悲,以及歌唱乐往哀来的沉痛,有时候确能掩人耳目,将现实之悲与审美之以哀为乐夹杂在一起。"(中国社会科学出版社,2001 年,第 17 页)郭遐周在此处就是将现实的悲与大自然之乐相对比,扩大了情感张力,从而让读者在哀乐夹杂中获得了审美愉悦。

② 《尔雅·释地》释五方怪诞之物,分别有鲽、鹣鹣、蹶、比肩民、枳首蛇,五者都是群聚相生的、互为依赖的。"东方有比目鱼焉,不比不行,其名谓之鲽;南方有比翼鸟焉,不比不飞,其名谓之鹣鹣;西方有比肩兽焉,与邛邛岠虚比,为邛邛岠虚啮甘草,即有难,邛邛岠虚负而走,其名谓之蹶;北方有比肩民焉,迭食而迭望;中有枳首蛇焉。"诗人以"人非比目鱼"作比,其实是意识到了动物性与人性的区别,从而把离别作为人类生活的普遍现象予以接受。

③ 杨伯峻译注《论语译注》,第 125 页。

④ 高亨《周易大传今注》,齐鲁书社,1998 年,第 381 页。

⑤ 陈祚明评选,李金松点校《采菽堂古诗选》,第 234 页。

交游的好友之一。其诗鲁迅校本题作《诗五首郭遐叔赠》,戴明扬校注本题作《郭遐叔赠五首附》,逯辑本则径自改题为《赠嵇康诗二首》,并案注:"赠诗前四篇四言乃一首四章。每章皆以'如何忽尔'句承转,章法井然,不得目为四首。今以四言、五言各为一首。"逯先生又在四言诗末案云:"此诗脱落几不成章。《诗纪》编者力求其叶韵,如'越'字下注云:'叶俞芮切。''迈'字下注云:'叶力制切。'皆非是。"①原抄初刻附录相关诗作,敷衍粗疏,乃至造成后代校雠乏据,异见迭出。无论是称题五首还是二首,有一点是可以肯定的,这又是一组符合时代潮流的四言与五言组合的赠别组诗。陆侃如、冯沅君《中国诗史》说:"遐叔有《赠嵇康》五首,前四首四言,末首五言,显然是模仿嵇康的。"②便是从四言与五言组合成诗的诗歌形式而言的。

　　逯钦立认为郭遐叔赠诗以"如何忽尔"承转,的确是抓住了郭诗的关键点。此诗四言每章均有一处叙述嵇康突然远离的诗句,"如何忽尔,将适他俗","如何忽尔,超将远游","如何忽尔,时适他馆","如何君子,超将远迈",分处各章,如《诗经》重章叠唱的章法一般,互文见义又层层递进。"如何忽尔",以诘问的语气表达出诗人听到嵇康突然远离消息的惊讶,反复咏叹亦说明诗人无法接受和难以理解这一事实。"适他俗""适他馆",前方目的地不明确,只知道可能什么都不一样;"远游""远迈"则说明嵇康将去的地方路途遥远,预示相会可能遥遥无期。叠唱的四句既包含诗句本有的内蕴,层层推进,起到了连接四章的作用,又在每章中担当了承转前后内容的作用。其中第二章"如何忽尔"处在章首,鲁迅、戴明扬都已断其脱文。观另外三章,每章以"如何"句分界,分成前后两个部分,形成单章二段式结构。每章前半叙写诗人与嵇康的交谊,后半抒发与叔夜的别情,且都以"心之忧矣"句式结章。"心之忧"的结果就是"视丹如绿""增其劳愁""增其愤叹""良以忉怛"。

　　陈祚明选录第一章并评曰:"结句新,'看朱成碧'乃出于此。"③吴曾《能改斋漫录》卷六"看朱成碧"条载:"李太白《前有樽酒行》云:'催弦拂柱与君饮,看朱成碧颜始红。'按梁王僧孺《夜愁示诸宾诗》云:'谁知心眼乱,看朱忽成碧。'又云:'看朱成碧思纷纷,憔悴支离为忆君。不信比来长下泪,开箱看取石榴裙。'武则天诗也。"④造成"看朱成碧"的缘由从王僧孺夜愁心乱、武则天思念离人到李白饮酒恍惚各不一样,但结果都是一样的,那就是思绪不清,发生错觉。"视丹如绿"的结果与"看朱成碧"也是相同的。郭遐叔送别

---

① 逯钦立辑校《先秦汉魏晋南北朝诗》,第476—477页。
② 陆侃如、冯沅君《中国诗史》,百花文艺出版社,1999年,第278页。
③ 陈祚明评选、李金松点校《采菽堂古诗选》,第235页。
④ 吴曾《能改斋漫录》,中华书局,1985年,第139页。

嵇康之际"视丹如绿",便是忧思所致。错乱再进一步,愁闷致劳;愁劳无处发泄,只能独自怨愤;怨愤之不解苦闷,忉怛不已。从精神迷乱到增愁到增愤,最后悲痛欲绝,诗人用重章递进的方式表达了送别嵇康时的忧伤之情。

再从每章前半来看诗人与嵇康的交谊。首章以"惟日不足""常苦其速"来表达每次嵇康相处时间过得特别快;第二章前半可能脱文,大抵应该是叙写与叔夜交游的乐趣;第三章则云二人身份不等,难得有机会见到嵇康,却"交重情亲";第四章慨叹人生天地间的微渺,却希望能够把有限的生命时间与嵇康紧密联系在一起,"穷年卒岁"。综合起来看,诗人在四章里从不同角度叙写了自己以卑微身份与嵇康的结识交往,嵇康不分贵贱,真诚相待,与诗人结下了深厚的情谊。正是有了这样的交谊,有了前半部分的叙说蓄势,每章后半对于送别嵇康时沉痛的伤怀便自然倾泻而出,真切生动,感人至深。

四言诗四章由于重在述别抒怀,故侧重直抒胸臆,辅之以简略的叙事,具有一定的感染力。五言诗则侧重于安慰离人,故以理语为主。前半的说理展示了真正的君子之交应该是相隔虽有远近,交谊没有差别;聚散虽无定时,友情依旧如故;处世之道虽各不相同,却并不影响朋友交往,共留美名照丹青的结果是一样的。正是有了这样退一步的宽解,诗人在后半部分作高昂语以激励行人。鸷鸟独行是因为有比众鸟飞得更高的本领,朋友独往是因为有傲岸不群的高洁品质;泉水干涸了,游鱼困在陆地"相呴以湿,相濡以沫,不若相忘于江湖"①,以之喻人,则是告诉离者与其朋友守在一块受困,不如权衡变通,各自开辟新的天地。在宽慰与鼓励之后,诗人以美好的祝愿结篇,此去路遥,后会有期。

郭遐叔此组送别诗虽是以地位不等的身份写作的,却没有丝毫谄媚的成分。组诗中与嵇康交游的自得之情溢于言表,与嵇康分别的忧伤之意抒泄无余,对嵇康的说理劝慰虽无高深哲思却丝丝入扣,述各自保重再聚有期的祝祷发自肺腑,毫不做作。应该说,这是一首感情充沛、结构井然、事理并俱的送别诗,未能引起历代文学史家与诗评家的重视,不能不说是一个遗憾。

危机四伏,仓促外避,二郭心念友谊,不避风险赋诗相别,其情感人。嵇康匆忙之际依然写作了三首五言诗作为对二郭送别诗的回赠。

叔夜的答诗或题《答二郭诗三首》,或题《五言诗三首答二郭》,表达的是同一个意思,亦没有章次分合上的分歧。而且,此诗还是嵇康研究者高度关注的材料之一,故解读此诗足资参考的文献特别多。笔者拟从本诗所表达的思想契入,比较诗人与二郭人生志向的异同,从而以点带面、以管窥天,推测

---

① 陈鼓应注释《庄子今注今译》(最新修订重排本),第178页。

嵇康独特的人格特点。诚如斯,送别诗的意义可谓大矣。

因为是答诗,所以嵇康围绕二郭赠别诗来命意谋篇。对照二郭赠诗,嵇康回答了如下几个问题。其一,对二郭叙述以结识嵇康为荣的回应,叔夜解释之所以乐于与二郭交游的原因在于二郭高洁的人格,在官场腐败、世风不古的社会现实中,到处都是觊觎显位不择手段之辈,对政治要路津趋之若鹜之徒,二郭独拔于流俗,安贫乐道、雅志高洁。交欢爱之情,结平生之好,三人交谊委实不浅;其二,回答郭遐周"如何忽尔"的疑问。针对郭遐叔惊叹嵇康的突然远去,叔夜分析了个中缘由,自己个性率真,不屑于机变讨好,遂致构患于显位者,豫子之徒、聂政之士随时可能以侠义之名受雇于人①,本人随时都有生命之虞,故不得不避祸离乡,远寄他域;其三,回应郭遐周君子怀土的安慰。恋土思亲却事与愿违,重聚轻别却身不由己,因此临行前的愤激在所难免;其四,重点回答郭遐周敬德慎躯、建功立业、名存简书的鼓励,同时亦回复了郭遐叔"三仁不齐迹,贵在等贤踪"的喻劝。

重点问题的回答显示了诗人与二郭志向的迥异,表达了诗人鄙弃流俗、傲岸不群、遗世独立的思想,亦透露了诗人于险恶黑暗的夹缝中求生存的理想方式,同时坚定了人生十字路口上一贯的道路选择。

"杨氏叹交衢"喻托诗人面对人生歧路时的思考,杨朱叹歧的故事见于《列子·说符第八》,其曰:"杨子之邻人亡羊,既率其党,又请杨子之竖追之。杨子曰:'嘻!亡一羊何追者之众?'邻人曰:'多歧路。'既反,问:'获羊乎?'曰:'亡之矣。'曰:'奚亡之?'曰:'歧路之中又有歧焉,吾不知所之,所以反也。'杨子戚然变容,不言者移时,不笑者竟日。"②《列子》原本喻示人本同而末异道理③,叔夜借用此典是用以表达面对人生歧路如何抉择的问题。其时的社会现状嵇康在诗中有详述,即贪图名利之徒蝇营狗苟、混浊沉醉;世教编

---

① 豫让与聂政替人报仇之事见于《史记·刺客列传》,又见《战国策·赵策》《韩策》,陈祚明注曰:"自比豫、聂,情旨毕露。"然观嵇康虽有愤世嫉俗之婞直,却并未赞赏战国侠士之刚烈,秉直之人行事光明磊落,断不会爱慕侠者之血腥屠杀。韩格平解之为"间在说明'众哤'之人亦会雇请刺客加害自己",与上下文旨相符。诗人对豫子、聂政刺杀事未置褒贬,只是平叙典实以托意而已。
② 列御寇撰,张湛注,殷敬顺释文《列子》,《二十二子》,上海古籍出版社,1986年,第221页。
③ 杨朱之叹,门人不解,弟子孟孙阳与心都子讨论了这个问题,并请教了杨朱。师徒依然是用两个故事来喻示道理的。弟子的故事是:"昔有昆弟三人,游齐鲁之间,同师而学,进仁义之道而归。其父曰:'仁义之道若何?'伯曰:'仁义使我爱身而后名。'仲曰:'仁义使我杀身以成名。'叔曰:'仁义使我身名并全。'彼三术相反,而同出于儒。孰是孰非邪?"杨朱的故事是:"人有滨河而居者,习于水,勇于泅,操舟鬻渡,利供百口。裹粮就学者成徒,而溺死者几半。本学泅,不学溺,而利害如此。若以为孰是孰非?"最后心都子悟出的道理:"大道以多歧亡羊,学者以多方丧生。学非本不同,非本不一,而末异若是。唯归同反一,为亡得丧。子长先生之门,习先生之道,而不达先生之况也,哀哉!"(《列子·说符第八》,《二十二子》,第221页)

织的樊笼尘网攘人心性、夺人自由;世务屯险多虞,人间正道不行,恩报相市,倾轧讹诈,枳棘遍途,黑暗凶险,举步维艰。世俗、名教、恐怖、争斗各个方面混淆黑白、压抑人性、危害生命、亵渎人格,令任何一个正义之士都为之发指。嵇康的个性不容于世,在诗歌中也有自我剖白。由于家庭教育环境的宽松,叔夜从小就养成了自由不羁的个性,养性以终老是诗人自小的志向。涉世既深,诗人的人生境界益高:遗物弃累、独立不居,携三五好友遨游于灵山大川;弹琴清歌、逍遥太清,得至交知音论艺术人生;效庄周之曳尾、叹越搜之乘舆、弃功名如遗迹、慕至人之存己归真。如彼之社会现状,如此之人格志趣,势同冰火,其实摆在嵇康面前的就只有一条路。二郭则设计了先略避风头、再建功立勋东山再起的道路,可对嵇康来说是道不同何足与谋;还有一条路诗人没有说,那就是卑躬屈节、同流合污,如此则是让叔夜生不如死。故嵇康引杨氏叹歧之典并不是说人生的十字路口难以抉择,而是没有选择,只有一如既往,一往无前,即便是此次外避,亦会不改初衷。

就诗论事,嵇康的思想表露彻底,与二郭那种追求功名勋业的思想是完全不一样的。如果要追溯二郭与嵇康的思想根源,二郭当属于达则兼济天下、穷则独善其身的儒家思想;嵇康不求闻达,只愿逍遥遗世、弃累养性,老庄思想对其影响至深。各类诗评及文学史著作在谈及《答二郭诗三首》时,都很注重其中所折射出来的思想性,而且更多的关注嵇康对世俗的愤激之情,而忽略了叔夜面对人生歧路时只能勇往直前、没有选择的一面。钟优民认为:"嵇康诗歌有两个突出的思想倾向,一是集中反映出他刚直不阿、疾恶如仇和尚奇任侠的骨气,继承和发扬了建安风骨的反抗精神……一是钦慕老庄,向往恬淡超脱的情趣。"并举《答二郭诗三首》之三,评曰:"抨击世道陵替,社会黑暗,人生多艰,仕途险恶,吐露了我行我素、不改初衷的情怀。"①嵇康不改初衷的钦慕老庄、返璞归真、回归自然的情怀在此诗中的确有所表露,但从形势的分析可以看出不改初衷并非我行我素,而是没法改变,客观环境与主观思想决定了摆在诗人面前的只有一条路可走。韩格平说:"全诗情感浓烈,在依依惜别的亲情中,隐含着难以克制的悲愤;在低沉抑郁的语调中,倾诉着清逸高洁的心声,感伤与自信交织,厚重与明快辉映,衬托出作者刚毅不屈的人格。"②

志向迥异,友谊长存,是嵇康与二郭此次赠别赋诗的主题。郭遐周以平等的身份赋诗为嵇康送行,其中所流露出来的既有高洁脱俗的思想,也有待

---

① 张松如主编,钟优民撰《中国诗歌史·魏晋南北朝》,吉林大学出版社,1989年版,第105页。
② 韩格平注译《竹林七贤诗文全集译注》,吉林文史出版社,1997年版,第331页。

时而动、建功立勋、载名青史的思想。两种思想杂糅一起,看似矛盾,实质却是可通的,其时社会黑暗、官场腐败,郭遐周可能仕途不顺,故高足归山。当然这不是他的本来意图,其真实用意也许是以隐求仕、以退为进,究其思想实质,还是儒家思想为主。郭遐叔以卑微谦恭的语气赠诗,其中也以豁达大度来安慰嵇康的离去,但"有缘复来东"的期待把诗人思想的实质透露出来了,在郭氏看来,嵇康此次远离依然是以退为进,躲避风头,待时而动。其实二人从自己的志趣出发去劝慰离人,都是误解了叔夜的思想本质。

嵇康答诗从两方面出发,既显示了对朋友友谊的珍重,亦直接表达了自己不同的志向。通过诗人对当下处境的分析与自己个性人格的剖示,既表达了诗人对于自己人生道路走向的思考,也暗示了诗人前路没有其他选择的无奈,只有一如既往,寻找远离尘嚣的仙境,走自己的路。

综观此次嵇康与二郭的赠答送别诗,既展示了嵇康与时人迥异的人生志向,又体现了叔夜重视友情的真诚人格。像这种道不同却友情浓郁而互相赠答赋离,且没有应酬气息的诗歌,在送别诗史上并不多见。

(三) 与阮侃的赠答送别诗

嵇康与阮侃的赠答送别诗是嵇康赠别、阮侃答赠的一组诗歌,二人都注重以历史人物寄寓思想,慨叹别易会难之情,切磋祛累养气之理,故此组诗歌既表达了浓郁的惜别之情,又探讨了养生之道,还有一定的咏史意味。无论从诗歌的感情基调,还是从诗歌的写作方式来看,这组诗跟嵇康与嵇喜、二郭的赠答送别诗都有很大的不同。

嵇康与阮侃的送别赠答诗具体写于什么时间,学界尚无定论。在《嵇康集》中紧接二郭的赠别诗,或者在嵇康避居河东返回山阳之后。

关于嵇、阮赠别诗的资料匮乏,但还是有些学者对此组赠别诗的作年进行了考证与推测,难能可贵。童强《嵇康评传》附《嵇康年表》系向秀与嵇康论辩养生于正始七年(246),并紧接着说:"与阮侃(德如)、阮种往来。《答难养生论》中提及阮种,则向秀亦当相知。又阮侃作《宅无吉凶摄生论》与养生相关,嵇康《难宅无吉凶摄生论》《答释难宅无吉凶摄生论》大约与《养生论》作于同一时期。嵇康《五言诗一首与阮德如》以及阮德如《答五言诗二首》或作于同时。"[1]如按童氏揣测,此组赠别诗则作于正始七年左右,其时嵇康未入洛阳,并与向秀论辩养生。然而,白化文、许德楠《阮籍、嵇康年表》系嵇、向辩养生于嘉平五年(253)[2],夏明钊《嵇康年表述要》同之。因而,如果要把

---

[1] 童强《嵇康评传》,南京大学出版社,2006年,第536页。
[2] 白化文、许德楠译注《阮籍 嵇康》,中华书局,1983年,第76页。

此组赠答诗与嵇康论养生联系起来,则写作时间依然存在争议。侯外庐《中国思想通史》(第三卷)考曰:"五言诗一首《与阮德如》,与《思亲诗》同时作,或略早,首句云'含哀还旧庐,感切伤心肝',应系追念母亲之词。"①侯先生则又把此组诗的写作与叔夜《思亲诗》联系起来,上文系《思亲诗》于景元元年(260),则此组赠别诗似乎亦作于260年左右。

韩格平则另辟蹊径,从阮侃妹夫许允入手考证本诗的作年,他说:"考阮德如的妹夫中领军许允因参与李丰等拥立夏侯玄以取代司马师事,于嘉平六年六月被徙边乐浪,是年冬季死于道中。疑阮德如亦受其牵连,被免官遣归,回乡之际,取道山阳会见嵇康,于是,有了二人的酬答诗文。"②据此则又系于嘉平六年。

综观各种考证,窃以为侯外庐从嵇康赠别诗的首句入手进行考证最为切要。然而,侯先生把首句之哀与母逝之事联系起来,可能并非如此。"含哀还旧庐,感切伤心肝",释"旧庐"与嵇康山阳故居,基本没有疑义。其关键应该在"还"字上,《尔雅·释言》:"还,复,返也。"③"还旧庐"可释为返回山阳旧居。然而,有"还"则必有"离",据上文及各家年表,嵇康曾离开山阳避居河东,三载而返。因此,可以根据嵇康诗歌的首句判断此诗作于嵇康从河东返归山阳不久。学术界一般把嵇康返还山阳系于魏景元元年,则此诗可能作于景元元年。嵇康赠别诗首两句之后,写的是如何邂逅阮侃事,说明嵇康返归山阳后才结识阮侃,辩论往来,兴味相投,颇有相见恨晚之感。又阮侃答诗称交际未久就要分离,则嵇、阮交游时间不算太长,故嵇、阮此次分别赠答当系于景元元年,最晚不过景元二年。另外,从各类嵇康别集均置《与阮德如诗》于《答二郭诗三首》之后,可能有按时间编排的意图,是为旁证。

大致确定了诗歌的写作时间,写作背景就比较明晰了。避居河东三年,嵇康虽然拜访了孙登,却终究不忘自己的人生理想,未能领悟隐逸之真谛,离别之际得孙登告诫与预言:"君才则高矣,保身之道不足。""今子才多识寡,难乎免于今之世矣!子无多求。"④嵇康虽然日后意识到了自己高谈脱世却入世太深而愧对孙登,但为时已晚。外避三年,与隐士游并未能使嵇康脱胎换骨,最终还是无奈地返回了旧居山阳。但有了这三年的磨砺,嵇康的思想发生了微妙的变化,从其送别阮侃时的诗作可窥一斑。其诗曰:

---

① 侯外庐、赵纪彬、杜国庠、邱汉生《中国思想通史》(第三卷),人民出版社,1957年,第163页。
② 韩格平注译《竹林七贤诗文全集译注》,第338页。
③ 胡奇光、方环海《尔雅译注》,上海古籍出版社,1999年,第95页。
④ 徐震堮《世说新语校笺》,第355—356页。前一句为《世说新语》正文内容,后一句为注文转引《文士传》。

含哀还旧庐,感切伤心肝。良时遘数子,谈慰臭如兰。畴昔恨不早,既面俛旧欢。不悟卒永离,念隔怅增叹。事故无不有,别易会良难。郢人忽已逝,匠石寝不言。泽雉穷野草,灵龟乐泥蟠。荣名秽人身,高位多灾患。未若捐外累,肆志养浩然。颜氏希有虞,隰子慕黄轩。涓彭独何人,唯志在所安。渐渍殉近欲,一往不可攀。生生在豫积,勿以恓自宽。南土旱不凉,衿计宜早完。君其爱德素,行路慎风寒。自力致所怀,临交情辛酸。①

与《四言赠兄秀才入军诗》相比较,驰骋想象激情渲染的豪气几乎找不到了,诗中有的只是忧伤与无奈,感怀与叹息;与《答二郭诗三首》相较,愤世嫉俗的不平之气也没有了,留下的有祛累与养气的理智思考,有对行人殷切的安慰之辞。从这个意义上说,嵇康三次赠答送别诗是其人生三个阶段思想变化的见证,从中可以看到嵇康青年时期志气如虹的理想、困境时期敢于冲决罗网的勇气、磨砺之后对人生意义的深入思考。

  《与阮德如诗》主要述写了两个方面的问题:其一,慨叹别易会难,表达对新知阮侃仓促离去的惜别之情与安慰之意;其二,以嘱咐阮侃离别为契机,切磋祛累养气的人生问题。别易会难是汉魏文人对于离别有所自觉之后的一个普遍认识,人生短促,世故无常,难得知己的相聚在整个人的生命过程中便弥足珍贵。如魏邯郸淳《赠吴处玄诗》:"行矣去矣,别易会难。"曹植乐府诗《当来日大难》:"今日同堂,出门异乡。别易会难,各尽杯觞。"嵇康慨叹"别易会良难",故畴昔的交往值得久久回味,初次相识的情景依然目前,"同心之言,其臭如兰"②,相谈投机,知音其难,不忍相诀。故此一别,如郢人已死,匠石不复运斤,阮侃一去,诗人再也没有论谈对象了。正是对于知音离去的痛惜,叔夜一反前两次赠别诗的写法,不惜落入常规赠别诗篇尾慰人的俗套,亦在结篇时以真挚的深情反复叮咛离人一路保重——南土天热、旅途风寒,有可能水土不服,都是要特别注意的;特别致意的是此去之后,人生旅途进入一个新的起点,离人需早做打算。"临文情辛酸",感慨朋友远行,感叹人世沧桑,而把别情形诸成文字之后,送别事实与悲怆诗文双层诱发,感情更深一层。

  祛累养气是嵇康一直探讨的人生问题,亦是中国传统文化历代传承的一个重大课题。挣脱外物的束缚,追求人生的解脱,达到自由逍遥的境界,是历代哲人士大夫孜孜以求的理想。赵树功《祛累与主体性的升扬——汉魏六

---

① 戴明扬校注《嵇康集校注》,第66—68页。
② 高亨《周易大传今注》,第392页。

朝文人艺术化生命状态研究》与《累之类别与特征——汉魏六朝文人生命状态研究》两篇文章梳理了先秦至六朝时期文人士大夫对于"累"的认识与理解。赵氏梳理了先秦《庄子》论"累",王弼以"累"注解《老子》《周易》,嵇康思想中的"累",等等,归纳出六朝文人言"累"分为情欲、官位、家室三种类型,并认为"嵇康艺术化人生情调、生命状态的追求太强烈,故动辄即与人生、社会之中非艺术的因素发生抵触,累之叹与祛累之呼声即格外高亢","以官位为累,且从折节逆性、妨碍自由角度看问题的,当以嵇康为最早,他叹累的呼声最高、祛累的心情至为迫切,对官的剖析也就最彻底"。① 结合《与阮德如诗》,嵇康所谓的外累是非常清楚的,而且不仅仅是官累,还包括名累。在嵇康看来,颜渊仰慕虞舜、隰朋不忘轩辕,都是有所累。嵇康所指的累是一种对人的本然性的束缚,相当于陶渊明所指的"樊笼",刘小枫说:"所谓'樊笼'就应该理解为对人的存在的本然性的束缚,是人的存在的非本然状态。"这种束缚"不是西方诗人所谓神性世界对人性的束缚,也不是哈姆莱特所看到的人性恶对人性的束缚,而是人的社会——历史性对人的自足的本性的束缚"。② 只有涓子、彭祖那样,随性适志,庶几可以无累。颜渊、隰朋尚且不免于累,更何况沉迷于世俗的普通人。

"累"的普遍存在,决定了祛除外累的必要性。祛累的途径就是养气、养生。嵇康借用孟子"我善养吾浩然之气"来表达自己的见解,但又区别于孟子的"浩然之气"。孟子的浩然之气"至大至刚,以直养而无害,则塞于天地之间","是集义所生者,非义袭而取之也",③是一种以正义培养起来的刚强之气。嵇康性格中有桀骜不驯的刚烈特质,但其"肆志养浩然"则是养成一种不计名利、不谋爵禄、适性自由的人格。具体的祛累养气,在嵇康相关论文中论述非常详细,兹不述。

总之,嵇康在送别之际依然不忘彼此最关心的话题,以历史人物作比,说明自己的观点立场。希望友人此去不改初衷,继续对人生问题进行探索与思考。全诗"倾注了作者对友人今后生活的极大关怀,写得十分真挚、动人,使阮德如深有所悟"④。

针对嵇康的赠别,阮侃赋了两首五言长诗作答,就离别伤怀与祛累养气问题做了回应。与嵇康沉郁悲痛的伤怀相较,行人并未与之相对而泣,而是以嘉会难常、"双美不易居"的道理反过来安慰留者,希望叔夜荡涤忧虑,"无

---

① 赵树功《累之类别与特征——汉魏六朝文人生命状态研究》,《殷都学刊》2004年第2期,第86—90页。
② 刘小枫《拯救与逍遥》(修订本),上海三联书店,2001年,第176页。
③ 杨伯峻译注《孟子译注》,中华书局,1960年版,第62页。
④ 韩格平注译《竹林七贤诗文全集译注》,第338页。

以情自伤"。但其中亦流露出深切的惜别之情——旦发夕宿或暮发夕宿是古代的祖饯习俗,随着时间流逝,空间距离越来越远,朋友之间的情谊、往昔的游处一时涌上心头,顾盼惆怅之际,昔日的欢情、玄谈切磋、临舆执手、嘤嘤叮咛、援带自铭、诗文酬赠等交游往事喷薄而出,形诸笔端,与四牡速奔、征人路长鲜明对照,并借托孔子、曾参、子路、荣子期等历史人物寓意,以玄谈话题老氏、养生等互相慰藉,以略带玄谈平典之风的组诗反复致意新知深情,颇为殷切。陈祚明评之:"规诫恳切,既中叔夜之病。末段慰藉殷勤,情辞笃至。虽朴近,固不可废。"①

针对嵇康诗中祛累与养气的人生问题,阮侃亦做出了正面答复。阮侃首先表明二人交往时间虽然不长,但是情投意合,志趣相同,特别是结识嵇康以后深受启发,相得益彰,就像璞玉、隋珠经过雕琢以后更显异彩,二人的交情如兰石"坚芳互相成"。然后表白谨记叔夜的临别教诲,做到养真全生。然其养真全生还是区别于嵇康之道的,从"庶几行古道,伐檀俟河清"可以看出阮侃渴望用世之心,他虽然承认唐虞之治、洙泗之学、曾子之礼、仲由之义已成过往烟云,承诺如潜龙、神龟般归隐养生,但处处流露儒家的痕迹,儒家思想的影响还是抹不掉的。

总而言之,《嵇康集》留存的阮侃诗作,令今人能够略窥其思想内涵,嵇康与阮侃的赠答组诗相互映照,透露嵇康历经磨炼以后的人生指向,字里行间流淌着玄言清谈的气息,呈现略显深沉的理趣,亦从一个侧面折射出其时的诗风及精神气候。

四、魏晋送别诗的特点

魏晋送别诗虽然存在一些差异,但亦有着许多共同的特点,如称题上出现了包含送别意思的字眼,明确了送别主题,给送别诗贴上了正式标签,从此以后送别题材的诗歌日益兴盛,终于发展为诗坛的大宗。综观魏晋送别诗,可以总结出如下几个方面的特点。

(一) 形式上的多章结构与组诗结构

魏晋送别诗承秦汉诗风,在结构上继承《诗经》重章叠唱的特点,以多章结构创作的送别诗占很大比重。如曹植的《赠白马王彪诗》七章、潘岳《北芒送别王世胄诗》五章、曹摅《赠石崇诗》四章、陆机《赠顾令文为宜春令诗》五章、《赠武昌太守夏少明诗》六章、《赠冯文罴迁斥丘令诗》八章、《与弟清河云

---

① 陈祚明评选,李金松点校《采菽堂古诗选》,第236页。

诗》十章、陆云《太尉王公以九锡命大将军让公将还京邑祖饯赠此诗》六章、《大安二年夏四月大将军出祖王羊二公于城南堂皇被命作此诗》六章、《赠鄱阳府君张仲膺诗》五章、张翰《赠张弋阳诗》七章、挚虞《赠褚武良以尚书出为安东诗》四章、潘尼《献长安君安仁诗》十章等等都是多章结构,兹举潘岳《北芒送别王世胄诗》五章为例:

> 微微发肤,受之父母。峨峨王侯,中外之首。子亲伊姑,我父惟舅。昆同瓜瓞,志齐执友。
>
> 惟我王侯,风节英茂。执宪中朝,剖符名守。配作此牧,频显烦授。徐以姻掇,凉疾不就。
>
> 桓桓平北,帝之宠弟。彬彬我兄,敦书悦礼。乃降厥资,训戒作楷。谁谓荼苦,其甘如荠。
>
> 忠惟行本,恭惟德基。沉此旧疴,不敢屡辞。命彼仆驾,谓之舆之。如彼孙子,胒足乘辎。
>
> 朱镳既扬,四辔既整。驾言戒行,告辞芒岭。情有迁延,日无余景。回辕南翔,心焉北骋。①

潘岳赋诗始末见载于《世说新语》,《赏誉》篇载:"谢胡儿作著作郎,尝作《王堪传》,不谙堪是何似人,咨谢公。谢公答曰:'世胄亦被遇。堪,烈之子。阮千里姨兄弟,潘安仁中外,安仁诗所谓"子亲伊姑,我父唯舅"。是许允婿。'"注引岳集曰:"堪为成都王军司马,岳送至北邙别,作诗曰:'微微发肤,受之父母。峨峨王侯,中外之首。子亲伊姑,我父唯舅。'"②陆侃如《中古文学系年》系此诗于晋惠帝元康九年(299),其时潘岳已经五十三岁,陆先生根据诗中"桓桓平北,帝之宠弟"句意与成都王颖为平北将军镇邺,转镇北大将军事合,遂考定王堪为成都王军司马时间。东平王堪史籍无传,但其事迹散见于《晋书》,《资治通鉴》亦系其事数处,未见其为成都王军司马的记载,只存永康元年(300)赵王伦引东平王堪、沛国刘谟为左、右司马的记载。如果按照陆先生的考证,则王堪先为成都王颖军司马,时隔不到一年便转依赵王伦,其时正值"八王之乱",王堪朝秦暮楚却未遭杀身之祸,直到永嘉四年(310)才在战争中被石勒所杀,因此估计王堪似乎不太可能做此种朝秦暮楚的不理智选择。故疑《世说新语》注引或为误赵王司马为成都王军司马,如此则此送别诗当作于潘岳遇害的同年,即永康元年。此诗最初散见《世说新语》及刘

---

① 董志广校注《潘岳集校注》(修订版),第233—236页。
② 徐震堮《世说新语校笺》,第267页。

孝标注,完璧五章见存于《文馆词林》"亲属赠答"类,题作《赠王堪一首》。①全诗五章,首章并不开篇述别,而是以《孝经》"身体发肤,受之父母"②与《诗经·大雅·绵》"绵绵瓜瓞,民之初生"两个典故表达自己与离人的血缘亲情与自小结下的深厚感情,为离别述怀蓄势;次章依然不述别,而是夸饰王堪即将奔赴王侯的功德风范,有安慰离人此去无忧之意;三章夸赞离者的品行素养,交代"训戒作楷"的离别原因,引《诗经·邶风·谷风》"谁谓荼苦,其甘如荠"成句取苦尽甘来意安慰行人;四章鼓励离人此去忠义尽职,恭谨敬慎,建功立业,并以孙子遭膑足之辱,却最终"名显天下,世传其兵法"③之典实以勉之;五章述别抒怀,"情有迁延,日无余景。回辕南翔,心焉北聘",以时间的推移表达送者久久不肯离去的惜别之情,以车驾虽回却心随离人远去作结,表达对离人难舍之意。岑参《白雪歌送武判官归京》以"山回路转不见君,雪上空留马行处"作结,与潘诗同一机杼,唯岑诗注重借景抒情,此处则直抒胸臆,唐诗后出为胜。潘诗以多章结构述别,虽有繁缛之嫌,却面面俱到,顾虑周全,魏晋送别诗运用多章结构谋篇,多数原因以此。

魏晋送别诗除采用多章结构以外,还继承了汉季"苏李诗"以组诗述别的写法,且部分送别组诗较"苏李诗"有所变化,出现了四言、五言并作的现象。逯钦立在《先秦汉魏晋南北朝诗》傅玄《又答程晓诗》下按曰:"晋人于宴赠答等诗篇,率四言、五言并作,已属其时风习。"④陆侃如、冯沅君《中国诗史》亦总结出嵇康赋作同题诗有四言、五言并作的形式,可见,四、五言组诗表达一个共同的主题是魏晋之际一时习气,送别诗也不例外。魏晋以四、五言并作的送别组诗有嵇康《四言赠兄秀才入军诗》、嵇喜《答嵇康诗四首》、郭遐叔《赠嵇康诗二首》等。采用同一体式赋作送别组诗的则更多,有王粲《从军诗五首》《七哀诗三首》、刘桢《赠五官中郎将四首》、应玚《别诗二首》、曹植《送应氏诗二首》《离友诗三首》、郭遐周《赠嵇康诗三首》、嵇康《答二郭诗三首》、陆机《赴洛道中作诗二首》、张翼《赠沙门竺法頵三首》、支遁《八关斋诗三首》等,由此可见魏晋亦有运用组诗述别的写作风习。

在诗歌体式上,还有少数魏晋送别诗采用了骚体的写法,如夏侯湛的《离亲咏》、曹植的《离友诗》。而熊甫《别歌》运用了七言创作,独具一格。

(二) 题材广泛,常以公宴、赠答、玄言等题材抒写送别

洪顺隆《六朝题材诗系统论》一文把六朝题材诗分为抒情与叙事两大系

---

① 许敬宗编,罗国威整理《日藏弘仁本文馆词林校证》,中华书局,2001年,第3页。
② 胡平生译注《孝经译注》,中华书局,1996年,第1页。
③ 司马迁《史记》,第2164页。
④ 逯钦立辑校《先秦汉魏晋南北朝诗》,第570页。

统,在抒情系统下分隐逸诗、田园诗、游仙诗、玄言诗、山水诗、咏物诗、包括爱情亲情友情在内的狭义抒情诗、狭义咏怀诗、宫体诗九个小类;在叙事系统之下分建国史诗、家族史诗、咏史诗、游猎诗、游侠诗、征戍诗、边塞诗七个小类。① 洪先生为了进一步论证其分类系统的完足性,又撰《论六朝祖饯诗群对文类学原理的背离》一文,分析了六朝祖饯诗不能专列小类的原因。按洪氏的考察,六朝祖饯诗群分别从属于其诗歌系统中的七种题材类型,他分析其原因说:

> 祖饯风俗的主要活动是"送别",送别时的主要活动因素是(1) 人物:主持饯宴的人、被饯别的人、受命作诗的参与送别的诗人;(2) 事迹:主持饯宴者的事迹(功德)、被饯别者的事迹;参与送别活动的诗人自己的事迹;饯别当日的活动事迹;(3) 情感:别情;颂美敬慕关注之情;诗人自己的情怀;(4) 景物:祖饯的时空风景、被送者欲往的地方的景物;送者留居的地方的景物。由于这四种祖饯活动的构成因素,经过诗人创作构思的排列组合,就形成六朝祖饯诗题材类型的多样性。②

从洪顺隆总结的祖饯活动四种构成因素,可知洪先生所说的祖饯诗是指在具体祖饯活动上写作的送别诗,不包括无仪式送别时的赠别诗作,更排除叙别等无具体送别事件的送别诗,其祖饯诗只能算作送别诗中一个分支。按洪顺隆的归纳,六朝时期经过诗人对祖饯因素的不同组合形成的祖饯诗群有从属于狭义抒情题材诗的,像诗人临祖饯时,向友人、亲人、情人抒发友情、亲情、爱情而创作的诗歌属于友谊诗、亲情诗、爱情诗;有从属于狭义叙事题材诗的,"祖饯抒情诗中那份诗友之间社交往来的情谊所传达的别情离思,不见踪影,或藏头露尾,诗中充斥的是叙事表现,陈列的是人物事迹和功德、祖会的场面等题材,别情离意要读者到言外去体会,往事表去寻味"③。这类祖饯诗作中有颂主持饯宴的人、颂被饯送的人、叙祖饯饮事、叙诗人自己事迹四个方面内容,这四种狭义叙事题材诗"都以叙事为主体,结构采展现事件的形式,往往具情节性,题材以事件居多,具中国固有叙事诗性格","它们也是'朋友别情论'的漏网之鱼";有从属于山水题材诗的,其举潘岳《金谷集作诗》为例,评曰:"在写景之余拖一条抒情短尾巴。全诗题材充斥自然景观,

---

① 洪顺隆《六朝题材诗系统论》,南京大学中文系编《魏晋南北朝文学论集》,第42—43页。
② 洪顺隆《论六朝祖饯诗群对文类学原理的背离》,东海大学中国文学系编《第三届魏晋南北朝文学国际学术研讨会论文集》,第462—463页。
③ 同上书,第468页。

除了开端叙游览缘由;结尾拖抒情尾巴外,诗的整个躯干都是游览写景,连祖饯也投入写景机能中运作。"又举吴均《送柳吴兴竹亭集诗》曰:"这首祖饯诗,句句写景,情只在景中闪示,所以主题和题材都融化在景中,景就是一切。"有从属于玄言题材诗的,举孙楚《征西官属送于陟阳候作诗》为例,认为"诗的主题在于以达人大观的怀抱赠别共勉","它是送别诗其皮,玄言诗其骨。诗人是以玄言和玄学思想输送他的离情,借离情表达玄者告诫之意。由用途看是祖饯诗,由主题和题材内容看是玄言诗";有从属于狭义咏怀题材诗的,咏物题材诗的,隐逸题材诗的,分别举刘孝绰《侍宴饯张惠绍应诏诗》、王胄《赋得雁送别周员外戍岭表诗》、吴均《别王谦诗》为证。①

洪顺隆的题材诗系统排除祖饯、赠答、行旅、公宴等《文选》诗中重要的类别,自有他的分类理由,无可厚非;其论证祖饯诗不能独立为一类的理由及祖饯诗题材的分散性,却正好说明了六朝祖饯诗的一大特色。推而广之,亦可以见出六朝送别诗从魏晋运用公宴、赠答、玄言题材述别到南朝采用山水、隐逸、游仙等题材抒离的发展轨迹,因而可以说六朝送别诗被打上了时代的痕印,具有鲜明的时代特色。正是题材的广泛性,使送别诗得以在历朝历代蓬勃发展,不像玄言诗、游仙诗那样只繁荣于特定历史阶段而昙花一现。

正如洪顺隆归纳的那样,魏晋送别诗并不单一描述送别,而是广泛运用其时诗坛流行的公宴、赠答、玄言等各种题材述别,从而使其时送别诗既具时代特色又丰富多彩。魏晋是公宴诗②盛行的时期,《文选》"公宴"类收诗十四首,其中创作于魏晋之际的有九首,约占三分之二。检逯钦立《先秦汉魏晋南北朝诗》,魏晋时期皇太子游宴集会、皇家园林集会、大型祖饯宴会、皇家曲水宴集、贵族送别集宴等各种场合下文人赋作的公宴诗亦有上百首,魏晋两个世纪里,公宴诗彬彬兴盛,蔚为大观。公宴诗围绕贵族宴会赋诗,而许多宴会本来就是为祖饯而设,与宴文人赋作的公宴诗自然也是送别诗,故送别诗中契入公宴内容亦正切题旨。如《文选》"公宴"类中收录的谢瞻、谢灵运同题《九日从宋公戏马台集送孔令诗一首》、丘迟《侍宴乐游苑送张徐州应诏诗一首》、沈约《应诏乐游苑饯吕僧珍诗一首》便是作于祖饯宴会上,虽被归入"公宴"类,但其诗歌却是为祖饯而作的,其实也是祖饯送别诗。细读魏晋

---

① 洪顺隆《论六朝祖饯诗群对文类学原理的背离》,东海大学中国文学系编《第三届魏晋南北朝文学国际学术研讨会论文集》,第473—477页。
② 胡大雷《文选诗研究》:"所谓《文选》诗公宴类,应该是吟咏参加公卿或帝王所召集的宴会,而宴饮召集者所吟咏的诗作是未在此例的。依公宴类的实际来看,所谓'公卿'也该即将成为最高统治者或皇族,此类中的诗作吟咏参加的宴会,除最高统治者晋武帝、宋文帝、梁武帝召集的外,其他是曹操、曹丕、晋惠帝愍怀太子、成都王司马颖、宋公刘裕、宋文帝太子刘劭等召集的。"(第72—73页)

送别诗,其中描述公宴内容的非常多。如刘桢《赠五官中郎将诗四首》:"众宾会广坐,明镫熺炎光。清歌制妙声,万舞在中堂。金罍含甘醴,羽觞行无方。长夜忘归来,聊且为大康。"①张华《祖道赵王应诏诗》:"百寮钱行,缙绅具集。轩冕峨峨,冠盖习习。"②左思《悼离赠妹诗二首》:"将离将别,置酒中堂。衔杯不饮,涕洟纵横。"③潘尼《献长安君安仁诗》:"亲戚鳞集,祖饯盈涂。嘉肴纷错,清酒百壶。饮者未醒,宴不及娱。"④《皇太子集应令诗》:"置酒宣猷庭,击鼓灵沼滨。沾恩洽明两,遭德会阳春。羽觞飞酾醨,芳馔备奇珍。巴渝二八奏,妙舞鼓铎振。长袂生回飙,曲裾扬轻尘。"⑤其他如何劭《洛水祖王公应诏诗》、王浚《从幸洛水饯王公归国诗》、潘岳的《金谷集作诗》都有大段的公宴描写。公宴内容进入送别诗,往往把欢乐的宴饮场景展现出来,冲淡了送别感伤的情绪;然而,其中优秀之作,合理安排公宴内容,使傲雅觞豆、雍容衽席的欢乐与整驾待发、奉卮饯行的忧伤形成鲜明对照,送别的情感张力便进一步强化了。

  赠答亦是魏晋诗歌最为盛行的题材,上文已经说过六朝赠答诗对于送别诗的影响,学界对赠答诗的研究亦把送别之际的赠答作为重要对象予以关注。从送别诗的角度看,临行赠言与赋诗历史最为久远,从《诗经·大雅·崧高》"吉甫作诵,其诗孔硕,其风肆好,以赠申伯",到蔡邕《答对元式诗》"君子博文,贻我德音。辞之集矣,穆如清风",《答卜元嗣诗》"敢不酬答,赋诵以归",送别赠答代有传承。魏晋许多送别诗采用赠答的形式赋作,堪称其时送别诗一大特色。留存下来的赠答送别诗中有些是有赠有答的,如嵇康与二郭、阮侃、嵇喜的赠答送别,石崇与枣腆的赠答,陆机兄弟之间的赠答送别,左思兄妹的悼离答赠等,既有述别,又有情感与人生志趣的交流,是送别、赠答杂糅的双重题材诗歌,从而亦透出双重题旨。还有些留存的赠答送别诗有赠无答、或有答缺赠,说明大量的赠答型送别诗佚失了。其中像王粲《赠蔡子笃诗》、邯郸淳《赠吴处玄诗》便是把赠答与送别结合得比较好的诗作:

  翼翼飞鸾,载飞载东。我友云徂,言戾旧邦。舫舟翩翩,以溯大江。蔚矣荒涂,时行靡通。慨我怀慕,君子所同。悠悠世路,乱离多阻。济岱江衡,邈焉异处。风流云散,一别如雨。人生实难,愿其弗与。瞻望遐路,允企伊伫。烈烈冬日,肃肃凄风。潜鳞在渊,归雁载轩。苟非鸿雕,

---

① 俞绍初辑校《建安七子集》,第189页。
② 逯钦立辑校《先秦汉魏晋南北朝诗》,第616页。
③ 同上书,第732页。
④ 同上书,第762页。
⑤ 同上书,第766页。

孰能飞翻。虽则进慕,予思罔宣。瞻望东路,惨怆增叹。率彼江流,爰逝靡期。君子信誓,不迁于时。及子同寮,生死固之。何以赠行?言授斯诗。中心孔悼,涕泪涟洏。嗟尔君子,如何勿思!(王粲《赠蔡子笃诗》)①

我受上命,来随临菑。与君子处,曾未盈期。见召本朝,驾言趣期。群子重离,首命于时。饯我路隅,赠我嘉辞。既受德音,敢不答之。余惟薄德,既局且鄙。见养贤侯,于今四祀。既庇西伯,永誓没齿。今也被命,义在不俟。瞻恋我侯,又慕君子。行道迟迟,体逝情止。岂无好爵,惧不我与。圣主受命,千载一遇。攀龙附凤,必在初举。行矣去矣,别易会难。自强不息,人谁获安。愿子大夫,勉赞成山。天休方至,万福尔臻。(邯郸淳《赠吴处玄诗》)②

梅家玲说:"'赠答诗'是中国文学中十分特殊的一类作品,所谓'赠',是先作诗送给别人,'答',则系就来诗旨意进行回答。其回还往复之际,自然形成一对应自足的情意结构。因此,从性质上说,'文人自作'和'有某一特定的倾诉对象',乃是它的必要条件。"③王粲的倾诉对象是蔡睦(子笃),邯郸淳的倾诉对象是吴处玄;从王粲诗中无法得知对方有无答诗,但按其时习俗,应该是有答诗的,从邯郸淳"饯我路隅,赠我嘉辞"句可知吴氏先有赠诗,今不存。因此,这两首诗都符合"赠答诗"的标准。然而,两首诗又的确作于送别之际,其送行辞别题旨亦非常明朗。《赠蔡子笃诗》入《文选》"赠答"类,六臣注《文选》吕向注曰:"蔡子笃为尚书,仲宣与之为友,同避难荆州,子笃还会稽,仲宣故赠之。"④吴淇《六朝选诗定论》分析结构:"首二句,兴。'我友'八句,叙别。'悠悠'一段,别路尚在乱离,故为之瞻望而延伫。'烈烈'一段,别时正值寒冬,故瞻望而凄怆。'率彼'云云,申别后之盟,期其久要不忘。末六句结完赠诗。"⑤便完全从送别诗的角度进行解析,而其诗中"风流云散,一别如雨"更是送别警句,颇受称许,吴淇曰:"通篇词古雅,无甚新意。只'风流云散,一别如雨'二语,炼得精峭。"⑥陈祚明曰:"'风流云散'八字,飘渺悲凄。"⑦吴景旭《历代诗话》卷二九:"王仲宣《赠蔡子笃》诗:'风流云散,一别

---

① 俞绍初《建安七子集》,第80页。
② 逯钦立辑校《先秦汉魏晋南北朝诗》,第409页。
③ 梅家玲《汉魏六朝文学新论——拟代与赠答》,第101页。
④ 萧统编,李善、吕延济、刘良、张铣、吕向、李周翰注《六臣注文选》,第436页。
⑤ 吴淇《六朝选诗定论》,广陵书社,2009年,第129页。
⑥ 同上书,第130页。
⑦ 陈祚明评选,李金松点校《采菽堂古诗选》,第190页。

如雨'。吴旦生曰:一居济岱,一客江行。而此一别,如雨即下,不复还云中也。颜延之《和谢监》诗'朋好雨云乖',正用此意,谓雨离云不复合耳。刘孝标《广绝交论》云:'烟霏雨散。'蔡邕《表志》云:'灰灭雨绝。'曹子建《文帝诔》云:'云往雨绝。'张载诗:'云乖雨散'。江文通《杂体诗》:'雨绝无还云。'傅玄辞:'忽如雨绝云。'郭璞诗:'一乖雨绝天。'老杜诗:'别离同雨散。'"①吴氏的解释与连类列举,说明了王粲的这句诗由来有自,影响深远。王粲此诗之所以被学界既纳入赠答类又归为送别诗,正说明诗人把赠答与别完美融合在一起。邯郸淳《赠吴处玄诗》则在诗中以"既受德音,敢不答之"明确指出诗人答作的意图,全诗紧扣诗人的离别与朋友的赠行展开,首先交代自己与吴处玄的结识交往,点明因"见召本朝"而不得不与吴氏分离的原因及赋作答诗的缘由;接着大约是针对吴氏赠诗中对诗人品行的褒赞之词做谦逊的答复,明确诗人志向,即抓住机遇,自强不息,奋发向上;最后述别,勉励留者。全诗赠答与留别双线推进,亦是一首融双重题旨的优秀诗作。

玄学风行于魏晋,不但在思想界、学术界引起了重大变革,改变了士人的人生理念、价值观念进而形成独具特色的魏晋风流,而且浸润到诗歌领域,形成了占据东晋诗坛上百年的玄言诗。用于具体送别活动的诗作往往是诗人文士之间的直接对话,一些深谙玄理的诗人赋别,自然难免夹进玄言的成分,因此,玄言与述别交织便成为魏晋送别诗又一特色。洪顺隆已经指出六朝祖饯诗的这一特色,并列举孙楚《征西官属送于陟阳候作诗》予以说明,兹录孙诗于下,以便进一步了解魏晋送别诗这一特色:

晨风飘歧路,零雨被秋草。倾城远追送,饯我千里道。三命皆有极,咄嗟安可保。莫大于殇子,彭聃犹为夭。吉凶如纠缠,忧喜相纷绕。天地为我庐,万物一何小?达人垂大观,诚此苦不早。乖离即长衢,惆怅盈怀抱。孰能察其心?鉴之以苍昊。齐契在今朝,守之与偕老。②

陆侃如《中古文学系年》据扶风王卒年推定《晋书·孙楚传》记载孙楚转梁令的时间为太康七年(286),并系此诗作于此年。征西扶风王司马骏为征西将军,孙楚乃其旧好,与原征西官属一起送之于陟阳候并赋诗饯行。首两句以"晨风""歧路""零雨""秋草"意象烘托离人即将远行的氛围,亦点明离别时间;次两句以倾城追送、千里饯行的夸张笔法切入送别诗旨;下面即以大量篇幅谈玄说理,主要依据老庄思想阐述了诗人对于人生吉凶祸福、寿夭忧喜的

---

① 吴景旭《历代诗话》,第 303—304 页。
② 萧统编,李善注《文选》,第 975—976 页。

辩证理解;最后六句回扣题旨,抒发送别之情,以"齐契在今朝,守之与偕老"作结,反契上文"达人垂大观"的人生志趣。关于此诗主体部分大篇幅的玄言说理,洪顺隆从玄言诗角度理解为诗人以离情表达玄学家告诫之意;胡大雷从送别诗角度出发认为"这部分该视为心理背景"①。不管如何理解,有个事实是客观存在的,即送别赋诗引入玄言说理提升了送别的理性,一反送别诗一味感性伤怨,于传统送别诗中奏出了变调。其他像嵇康与兄弟朋友的赠答送别诗、孙绰的《与庾冰诗》《答许询诗》,都或多或少掺进了玄言说理的内容。

总之,魏晋送别诗在时代风气的影响下,在传统伤别述离中契入了公宴、赠答、玄言等成分,从而烙上了魏晋的时代特色。

(三) 创作动机上的应制与集体赋作

送别诗的起源与祖饯仪式紧密相关,祖饯仪式上由德高长者诵诗致别,其时诵诗者与作诗者是否同一人,文献不可考,那种祖饯诗作基本运用固定的格式,程式化非常明显。大凡应制被命之作,均会出现格式化与程式化的通病。魏晋送别诗中亦有许多是应制被命之作,亦难免格式化与程式化的毛病。如张华《祖道征西应诏诗》与《祖道赵王应诏诗》都是分为两个部分的二段式结构,首先夸饰王侯的功德,与送别毫无干涉;然后描述饯行场景,咏叹作结。两首诗结构如出一辙,语言亦以典雅雍容为准则,用词取法《诗经》,应酬性与程式化昭然若揭。应诏的送别诗采用程式化与雅润的四言正体最为平稳,不求创新,但愿应景,正是应制这种特定的写作背景造就了魏晋送别诗中又一大分支——应制送别诗。魏晋送别诗除应制这一大宗外,还有许多送别诗是在文人聚会饯别时命题创作的。因此,集体赋作送别诗是魏晋送别诗创作的又一特色,最为著名的金谷集饯别作诗与百僚从宋公戏马台集送孔令赋诗便发生于魏晋之际。

金谷集饯别作诗是西晋祖饯诗史上一次大规模的赋诗活动,时在元康六年(296),石崇从太仆卿出为使,持节监青、徐诸军事,且征西大将军祭酒王诩当还长安,石崇及其文友共三十人齐聚河南县界金谷涧,游宴饯送,赋诗叙怀。这次祖饯活动上的诗作结编《金谷集》,石崇作序述其始末。其《金谷诗序》最早见于《世说新语·品藻》注引:

> 余以元康六年从太仆卿出为使,持节监青徐诸军事、征虏将军。有

---

① 胡大雷《文选诗研究》,第95页。

别庐在河南县界金谷涧中,或高或下,有清泉茂林,众果、竹柏、药草之属,莫不毕备。又有水碓、鱼池、土窟,其为娱目欢心之物备矣。时征西大将军祭酒王诩当还长安,余与众贤共送往涧中,昼夜游宴,屡迁其坐。或登高临下,或列坐水滨。时琴瑟笙筑,合载车中,道路并作;及住,令与鼓吹递奏。遂各赋诗以叙中怀。或不能者,罚酒三斗。感性命之不永,惧凋落之无期。故具列时人官号、姓名、年纪,又写诗著后。后之好事者,其览之哉!凡三十人,吴王师、议郎关中侯,始平武功苏绍,字世嗣,年五十,为首。①

石崇序称"具列时人官号、姓名、年纪",最重要的文献资料,刘孝标却仅录苏绍一人,其他二十九人则略而不录,《金谷集》今亦不存,残篇散帙,留存亦寡,一场声势浩大的送别活动仅能从零星记载中窥见一斑。《文选》潘岳《金谷集作诗》首两句后李善注引石崇《金谷诗序》则断取数句,更为简略。

　　从石崇序知此次活动以五十岁的苏绍为首,其时苏绍官吴王师、议郎关中侯,为石崇姊夫,称其"为首"或者指因苏绍特殊的身份而担任此次集体饯别活动的主持人,又《世说新语》"谢公云:'金谷中苏绍最胜'"②的记载,抑或指此次赋别诗作中以苏绍的质量最高。如果以苏绍诗作最为突出,则石崇记其"为首",当可推知其时赋诗之后有评诗活动,亦可知此次活动并非仅仅草草赋诗完成任务,而是在宴游酝酿之后的一次集体诗歌赛会,具体写作内容当有一定的限制规定,属一次命题饯别诗会。至于其命题赋诗的范围,由石崇序亦可略作推测:其一,当以饯送石崇、王诩为主题。其二,可能与金谷园的山水美景和饯宴相关。其三,石崇在序中曰:"感性命之不永,惧凋落之无期。"此次赋诗或者有关于人生易逝与生命价值的相关话题。其四,石序称"赋诗以叙中怀",可推测其时可能有赋诗要有真情实感,不得应酬造作的要求。其五,从留存的少许诗作推测其时每人需赋作四言、五言两种诗体,全部完成后要集体品评并结集留存;最后,未能如期完成任务的要罚酒三斗。

　　苏绍,《世说新语》称之为"苏则孙,愉子"③,苏则,字文师,扶风武功人,《三国志·魏书》有传;苏愉,《三国志·苏则传》注称:"愉字休豫,历位太常光禄大夫,见《晋百官名》。山涛《启事》称愉忠笃有智意。"裴松之注:"愉子绍,字世嗣,为吴王师。石崇妻,绍之女兄也。绍有诗在《金谷集》。绍弟慎,

---

① 徐震堮《世说新语校笺》,第291页。
② 同上。
③ 同上。

左卫将军。"①核之石崇《金谷诗序》与《世说新语》的记载,苏绍籍贯有"扶风武功"与"始平武功"之别,查《晋书·地理志》,始平郡为晋泰始二年(266)置,与扶风并无隶属关系,或则武功在三国时属扶风郡,在晋季则划始平郡亦有可能。苏绍与石崇的关系亦有差讹,《世说新语》记为石崇姊夫,按裴注则为石崇内弟,而石崇在序里似以平辈相称,且其时石崇已经四十八岁,故当以《世说新语》所记为准。据石崇的记载,苏绍当与潘岳同龄,以此上推,其生年为魏正始八年(247)。苏绍诗文今不存,金谷送别诗能在包括潘岳在内的三十名与会者中脱颖而出,说明其作诗水平不低。

梁元帝《金楼子·杂记篇下》载:"金谷聚,前绛邑令邵荥阳、中牟潘豹、沛国刘邃不能著诗,并罚酒三斗。斯无才之甚矣。"②宋高似孙《纬略》卷八"罚酒"条:"石崇元康六年,从京出为征虏将军,有别庐在南县界涧谷中,时征西大将军王诩当还长安,与众贤共送往涧中,昼夜游宴,遂各赋诗,不能者罚酒。(笔者按:疑脱"绛"字)邑令潘豹、散骑常侍刘邃、南郡太守石嵩,各罚酒三胜。"③高似孙文注出《金谷园诗序》,乃断取石崇《金谷诗序》,误"河南县界金谷涧"为"南县界涧谷",录不能赋诗被罚酒的三人中,有两人与萧绎记载同,则与会三十人中有四人没有赋诗。四人为:前绛邑令邵荥阳或许是荥阳邵氏,与潘岳同籍,曾官绛邑令,萧绎以籍贯称;中牟潘豹,亦与潘岳同籍,据高似孙引录文知潘氏金谷集会时官绛邑令;沛国刘邃,参加金谷雅集时官散骑常侍;南郡太守石嵩。四人中有两个与潘岳同籍,抑或为潘岳同好。四人均不载史籍,唯《晋书·穆帝纪》载永和八年(352)九月,殷浩北伐,"次泗口,遣河南太守戴施据石门,荥阳太守刘遂戍仓垣"④,其中的荥阳太守刘遂,不知是否为参加金谷集会的刘邃,如果散骑常侍刘邃在永和八年出征,亦是七八十岁的老将了。

又,刘琨亦可能参与金谷集会并赋诗,《晋书·刘琨传》:"(刘琨)年二十六,为司隶从事。时征虏将军石崇河南金谷涧中有别庐,冠绝时辈,引致宾客,日以赋诗。琨预其间,文咏颇为当时所许。"⑤刘琨生于晋武帝泰始七年(271),二十六岁预石崇宾客时正好是金谷集会那年,故石崇、王诩饯宴上,刘琨亦可能参与并赋诗。然而,刘琨有集十卷,别集十二卷,却仅存诗四首。刘琨金谷集饯别诗亦当与其他大部分诗作一起散佚不存。

检逯钦立辑校《先秦汉魏晋南北朝诗》"晋诗",与石崇有诗作赠答的诗

---

① 陈寿《三国志》,第493页。
② 萧绎撰,许逸民校笺《金楼子校笺》,中华书局,2011年,第1327页。
③ 高似孙著,左洪涛校注《高似孙〈纬略〉校注》,浙江大学出版社,2012年,第167页。
④ 房玄龄等《晋书》,第198—199页。
⑤ 同上书,第1679页。

人不在少数,枣腆有四言《答石崇赠诗》、五言《赠石季伦诗》、五言《赠石崇》断章,曹摅有四言《赠石崇诗》四章、五言《赠石崇诗》,曹嘉有五言《赠石崇诗》,欧阳建有《答石崇赠诗》,嵇绍有《赠石季伦诗》。石崇赠答的诗作留存有《答曹嘉诗》《赠枣腆诗》《答枣腆诗》《赠欧阳建诗》残句。枣腆在《答石崇诗》中曰:"我舅敷命,于彼徐方。载咏陟岵,言念渭阳。"①知石崇与枣腆当为舅甥关系,二人之间赠答往返两次,关系亲密如此可见。枣腆,生卒年不详,未入钟嵘《诗品》(其父枣据入下品),字玄方,永嘉中为襄城太守,事见《晋书·文苑传·枣据传附》。石崇《赠枣腆诗》一方面倾诉自己"栖迟于徐方"的寂寞与思乡,一方面畅谈自己在异地逍遥自在的悠闲生活。枣腆答诗一则表达诗人对舅氏的思念,一则表达对异乡亲人的褒赞,最后诫以敬慎,曰:"隰朋有慕,颜生希舜。游志域外,涤除鄙吝。仰止晨风,豫登数仞。我闻有言,居安思危。位极则迁,势至必移。上德无欲,遗道不为。妙识先觉,通梦皇羲。窃睹堂奥,钦蹈明规。"②从二人诗作内容可知此次往返赠答乃石崇监于徐州之后的寄赠,不属于金谷集会作诗。另一次往返赠答开始于枣腆《赠石季伦诗》,此诗见录于《艺文类聚》卷三一,另《初学记》卷一八"离别"部亦录《赠石崇》诗四句,逯钦立推测为《赠石季伦诗》的佚文,两诗抄录如下:

> 深蒙君子眷,雅顾出群俗。受宝取诸怀,所赠非珠玉。凡我二三子,执手携玉腕。嘉言从所好,企予结云汉。望风整轻翮,因虚举双翰。朝游情渠侧,日夕登高馆。
>
> 翕如翔云会,忽若惊风散。分给怀离析,对乐增累叹。③

上段诗述写与石崇等深厚的友谊,下段述突然离散的慨叹,故当作于送别之际。石崇答诗曰:"言念将别,睹物伤情。赠尔话言,要在遗名。惟此遗名,可以全生。"④亦是离别之际伤怀之辞与告诫之语。因此,枣腆与石崇的此次往返赠答应该是《金谷集》留存之作。

曹嘉与石崇的赠答之作见于《三国志》裴松之注,其始末裴注曰:"嘉入晋,封高邑公。元康中,与石崇俱为国子博士。嘉后为东莞太守,崇为征虏将军,监青、徐军事,屯于下邳,嘉以诗遗崇曰……崇答曰……"⑤从裴注与二人

---

① 逯钦立辑校《先秦汉魏晋南北朝诗》,第772页。
② 同上。
③ 同上。
④ 同上书,第645页。
⑤ 陈寿《三国志》,第587—588页。

赠答内容看,此次寄赠往返当作于石崇出监青、徐军事以后。裴注称元康中,二人俱为国子博士,曹嘉赠诗"威检肃青徐,风发宣吴裔。畴昔谬同位,情至过鲁卫"①,石崇答诗"昔常接羽仪,俱游青云中。敦道训胄子,儒化涣以融。同声无异响,故使恩爱隆"②,均提及昔日同位为官且交谊深厚,说明在金谷集会之前曹嘉、石崇已经建交,作为交谊非同一般的同事,元康六年集体饯送石崇之会曹嘉极有可能参与其事,故疑《金谷集》当有曹嘉诗作。

欧阳建乃石崇外甥,贾谧二十四友之一。石崇《赠欧阳建诗》仅存"文藻譬春华,谈话如芳兰"③两句,无从知其写作事由;欧阳建《答石崇赠诗》则曰:"于铄我舅,明德塞违。俾捍东藩,在徐之邘。"似指石崇已赴任青、徐。又曰:"乃徂来迈,适此西郊。在乾之二,爰著兹爻。我遘君子,仰之弥高。岩岩其高,即之惟温。居盈思冲,在贵忘尊。纵酒嘉宴,自明及昏。无幽不研,靡奥不论。人乐其量,士感其敦。"④《周易·乾卦·九二》:"见龙在田,利见大人。"《文言》释之:"子曰:'龙,德而正中者也。庸言之信,庸行之谨,闲邪存其诚,善世而不伐,德博而化。《易》曰"见龙在田,利见大人",君德也。'"⑤欧阳建以《周易》玄理来颂扬石季伦崇高的品格,最后又叙写酒宴的放纵,谈玄论奥的投机。从诗中很难看出饯别的迹象,故可以排除此组赠答诗作在金谷集会赋作之可能。

嵇绍《赠石季伦诗》收录于《艺文类聚》"鉴诫"类,陆侃如《中古文学系年》系于元康六年嵇绍拜徐州刺史之际,同年石崇监青、徐军事,二人或得以诗赠答。钟嵘《诗品》评嵇绍等七人诗"平典不失古体",然观绍此诗,大体谈玄戒饮,没有什么突出特色,亦与饯别无涉。《晋书·忠义传·嵇绍传》载:"服阕,拜徐州刺史。时石崇为都督,性虽骄暴,而绍将之以道,崇甚亲敬之。"⑥由此可知,嵇绍与石崇性格各异,并非同道中人,二人得以交往实因石崇亲敬的原因。因此,可以肯定嵇绍没有参加金谷集会。

最后,曹摅两首赠石崇诗,据陆侃如、胡大雷推测,均为金谷集诗作。曹摅入《晋书·良吏传》,亦入钟嵘《诗品·中品》,与石崇一起得"并有英篇"⑦之评。其赠石崇诗四言、五言各一首,四言《赠石崇诗》第三章曰:"美兹高会,凭城临川。峻埠亢阁,层楼辟轩。远望长州,近察重泉。郁郁繁林,荡荡

---

① 逯钦立辑校《先秦汉魏晋南北朝诗》,第626页。
② 同上书,第644页。
③ 同上书,第645页。
④ 同上书,第647页。
⑤ 周振甫译注《周易译注》,第5页。
⑥ 房玄龄等《晋书》,第2298页。
⑦ 钟嵘著,曹旭集注《诗品集注》(增订本),第303页。

洪源。津人思济，舟士戏船。得厕大欢，屡蒙宾延。饮必醽绿，肴则时鲜。仰接温颜，俯听话言。嘉我乃遇，遭彼频烦。"①园林山水景物与宴饮场面的描写，与金谷园山水宴饮极为契合；五言《赠石崇诗》亦有景物宴饯描写，并以述别结篇，其诗曰："涓涓谷中泉，郁郁岩下林。泄泄群翚飞，咬咬春鸟吟。野次何索寞，薄暮愁人心。三军望衡盖，叹息有余音。临肴忘肉味，对酒不能斟。人言重别离，斯情效于今。"②从诗歌内容看，断此两首赠诗入《金谷集》不诬。

除从与石崇相关的赠答之作入手推测金谷集作诗情况外，潘岳《金谷集作诗》是此次集体饯别诗留存最为完整的一首，分析已见上文，兹不述。六臣本《文选》还注引了潘岳四言《金谷会诗》，仅存"遂拥朱旄，作镇淮泗"两句。说明潘岳在此次盛会上至少作四言、五言诗各一首。《文选》注还引有杜育《金谷诗》，亦得"既而慨尔，感此舟析"两句，应该是《金谷集》佚句。

总之，金谷集会是一次规模空前的赋诗饯别活动，参与人数多达三十人，约略可考的有石崇、潘岳、苏绍、王诩、杜育、枣腆、曹摅、曹嘉、刘琨、邵荣阳、潘豹、刘邃、石寓等十三人。留存诗作以潘岳《金谷集作诗》最为完整，其他大抵可考的包括断句在内有六首。与会者四人未能赋出诗作被罚酒，其他二十六人大抵都分四言、五言作了祖饯诗饯别抒怀。这种在祖饯背景下的聚会活动与一般集会活动相比，主题更鲜明，诗作的意旨也更显著。因此，可以说《金谷集》是送别诗的重要结集，称得上第一部送别诗集，也许是诗学史上的第一部类型诗结集。

百僚从宋公戏马台集送孔令赋诗虽然主要是刘宋诗人的饯别之作，然而，其事发生在东晋末期，故置入晋代论述。《宋书·孔季恭传》载："宋台初建，令书以为尚书令，加散骑常侍，又让不受，乃拜侍中、特进、左光禄大夫。辞事东归，高祖饯之戏马台，百僚咸赋诗以述其美。及受命，加开府仪同三司，辞让累年，终以不受。"③《南史》卷二七亦载此事。张可礼《东晋文艺系年》于晋义熙十四年(418)下系："王昙首转任刘义隆长史。与会戏马台，赋诗。"又系："谢灵运任宋国黄门侍郎。作《九日从宋公戏马台集送孔令诗》。"同年又系："谢瞻作《九日从宋公戏马台集送孔令诗》。"④因此，可知这次大规模的集体饯别赋诗当发生在晋义熙十四年九月九日。关于此次集体祖饯活动的始末，曹道衡、沈玉成《中古文学史料丛考》中《谢瞻〈九日从宋公戏马

---

① 逯钦立辑校《先秦汉魏晋南北朝诗》，第751页。
② 同上书，第756页。
③ 沈约《宋书》，第1532页。
④ 张可礼《东晋文艺系年》，山东教育出版社，1992年，第792、794、796页。

台集送孔令诗〉》一文考证最为详赡。

关于饯别缘由及与会诸人,曹道衡说:"季恭名靖,山阴豪族,据《金楼子·杂记》,刘裕微时即与靖订交,瞻给甚厚,裕之遇靖殊于常理,职是故也。时赋诗者有谢灵运、谢瞻、谢晦、刘义恭、王昙首等。昙首诗已佚,余见存。"①关于赋诗地点戏马台,曹先生考曰:"《水经·获水注》云:'(彭城)大城之内有金城,东北小城,刘公更开广之,皆垒石高四丈,列堑环之。小城西又有一城,是大司马琅琊王所修,因项羽故台经始,即构宫观门阁,惟新厥制。义熙十二年,霖雨骤澍,汳水暴长,城遂崩坏。冠军将军,彭城刘公之子也。登更筑之,悉以砖垒,宏壮坚峻,楼橹赫奕,南北所无。'是戏马台盖为离宫之属,故谢瞻诗云'扬銮戾行宫',谢灵运诗言'鸣葭戾朱宫'也。然《泗水注》又云'今彭城南有项羽凉马台',台西南麓上即范增冢,则又不知二谢诗所记究为何地矣。"②

关于其时与会诸人,三谢均为名家,无须费辞;刘裕、刘义恭乃皇族,史传记载亦详细;王昙首《宋书》有传,亦不述。祖饯诗的对象孔靖,据《宋书》本传,字季恭,会稽山阴人。始察郡孝廉,功曹史、著作佐郎,太子舍人,镇军司马,司徒左西掾。未拜,遭母忧。刘裕征恩时,靖至会稽与之结交。为刘裕谋平桓玄叛,定桓玄后拜内史,到任务存治实,救止浮华,翦罚游惰,颇有起色。后除侍中,领本国中正,徙琅琊王大司马司马,寻出吴兴太守,加冠军。义熙八年(412),复督五郡诸军、征虏、会稽内史。十二年致仕,拜金紫光禄大夫,常侍如故,并从刘裕北伐,以为太尉军谘祭酒、后将军。永初三年(422),薨,时年七十六。追赠侍中、左光禄大夫、开府仪同三司。③ 按晋义熙十四年辞事东归,则孔靖其时已有七十二岁高龄,王公僚属为之赋诗饯行,按其时风习与情理,孔靖应该有诗作答留别。

《宋书·王昙首传》载:"行至彭城,高祖大会戏马台,豫坐者皆赋诗,昙首文先成,高祖览读,因问弘曰:'卿弟何如卿?'弘答曰:'若但如民,门户何寄。'高祖大笑。"④由此可知,王昙首参与祖饯孔靖集会,文思最为敏捷,诗作亦最先完成。从高祖览读并询问王弘,知弘亦与会,百僚咸赋诗,弘亦当有诗。王弘比较自己与其弟昙首赋诗以"若但如民,门户何寄",说明二人诗作文思各有所长,不分伯仲。

最后,就此次饯别活动留存诗作略作分析,以进一步理解两晋集体送别

---

① 曹道衡、沈玉成《中古文学史料丛考》,第 249 页。
② 同上书,第 250 页。
③ 沈约《宋书》,第 1531—1532 页。
④ 同上书,第 1678 页。

赋诗的特色。先看主持人宋公刘裕的表现,逯钦立引《宋书》曰:"晦为宋武帝太尉主簿,从征关洛。帝于彭城大会,命纸笔赋诗。晦恐帝有失,起谏帝,即代作曰。"但这段文字不见于今本《宋书》。① 《南史·谢晦传》载:"帝于彭城大会,命纸笔赋诗,晦恐帝有失,起谏帝,即代作曰:'先荡临淄秽,却清河洛尘。华阳有逸骥,桃林无伏轮。'于是群臣并作。"② 或者为逯先生所据,记出《宋书》或为先生偶疏。从这段记载可知,刘裕并未赋诗,而是谢晦代作。据曹道衡考证,谢晦入刘裕幕早在义熙六年(410)二十一岁时③,戏马台集送孔令时谢晦二十九岁,已得刘裕器重,故能越俎代庖,亦透露出日后权倾朝野张扬致祸的端倪。晦存诗三首,包括本次代作送别诗及临刑前与谢世基连句诗、被械送京师路上一首《悲人道》诗。连句诗悔叹身涉政坛、身不由己,表达了末路无奈之情;《悲人道》诗"介于诗、赋之间",也是"被现实吞没的一曲悲歌";④此代赋的《彭城会诗》存四句,以"逸骥""桃林"入诗,以隐逸意象表达对孔靖归隐的称颂,赞而不谀,雅致有度,比较符合此际刘裕的身份。其中或许还有述别的内容,史臣未录。

再看刘义恭的饯别之作。刘义恭《彭城戏马台集诗》见载于《艺文类聚》卷二八,入"人"部"游览"类,其诗曰:

　　骋骛辞南京,弭节憩东楚。懿蕃重邅望,兴言集僚侣。于役未云淹,时迁变溽暑。眷恋江水流,回首独延伫。⑤

诗歌似乎是采用对面设想的写作方式,从离人的角度表达辞别南京时的感想,"弭节憩东楚"点明离人即将归隐的地点,末两句又以"江水""回首"与伫立意象表达离人的依依不舍之情。细玩味此诗,觉得以诗人留别赋诗较好理解。《南齐书·礼志》载:"宋武为宋公,在彭城,九日出项羽戏马台,至今相承,以为旧准。"⑥九日彭城戏马台会既已成制度,则刘义恭此诗或作于另一次九日戏马台集会亦有可能。另,刘义恭有《自君之出矣》小诗曰:"自君之出矣,笥锦废不开。思君如清风,晓夜常徘徊。"⑦清新有致,表达了对朋友真切的思念之情,可与《彭城戏马台集诗》互相辉映。

---

① 《太平御览》卷五九一"文部·御制"引此段称出《宋书》,不知何据,或为《宋书》佚文欤?《古诗纪》亦记此段文字出《宋书》本传。
② 李延寿《南史》,中华书局,1975年,第522页。
③ 曹道衡、沈玉成《中古文学史料丛考》,第250页。
④ 曹道衡、沈玉成编著《南北朝文学史》,第37页。
⑤ 逯钦立辑校《先秦汉魏晋南北朝诗》,第1248页。
⑥ 萧子显《南齐书》,中华书局,1972年,第150页。
⑦ 逯钦立辑校《先秦汉魏晋南北朝诗》,第1247页。

此次集体饯别活动中,以谢灵运、谢瞻的诗作最为出色,二诗均入《文选》诗"公宴"类。《九日从宋公戏马台集送孔令诗》作者名下李善注曰:"《宋书·七志》曰:谢瞻,字宣远,东郡人也。幼能属文。宋黄门郎。以弟晦权贵,求为豫章太守,卒。高祖游戏马台,命僚佐赋诗,瞻之所作冠于时。"《文选考异》考"宋书"乃"今书"之误,"东郡"为"陈郡"之讹,"冠于时"脱一字,应为"冠于一时"。① 据此知宣远诗不但当时称最,而且冠于一时,颇受好评。其诗曰:

> 风至授寒服,霜降休百工。繁林收阳彩,密苑解华丛。巢幕无留燕,遵渚有来鸿。轻霞冠秋日,迅商薄清穹。圣心眷嘉节,扬銮戾行宫。四筵沾芳醴,中堂起丝桐。扶光迫西汜,欢余宴有穷。逝矣将归客,养素克有终。临流怨莫从,欢心叹飞蓬。②

首八句描写彭城秋景,先以秋风至、霜降临之际授寒衣、百工休的日常生活之变化点明集会饯别的社会生活背景,再描写草木凋零、燕归鸿来点明宴饯活动的自然环境,然后描述秋高气爽、西风疾劲的天气状况,从各个方面写足外景镜头,为即将进行的饯宴张本。虽仅八句,却句句精警富丽,"繁林收阳彩,密苑解华丛",闻人倓《古诗笺》按:"言阳气尽而草木皆零落也。"③本来一派肃杀的秋景,如此述来,富贵态浓,毫无秋怨之气;"巢幕无留燕,遵渚有来鸿",李善注"巢幕燕"典出《左氏传》:"吴公子札聘于上国,宿于戚,闻孙林父击钟,曰:'夫子之在此,犹燕之巢幕上。'杜预曰:'夫子,孙文子也。'"又注"遵渚有来鸿"典出《毛诗》:"鸿飞遵渚。"④按,潘岳《西征赋》亦有:"危素卵之累壳,甚玄燕之巢幕。"⑤在后代诗词中,以候鸟南来北往反映季节的变化,或者比兴托喻,特别是以巢幕燕、遵渚鸿入诗的最为广泛。在唐诗中如杜甫《对雨书怀,走邀许主簿》:"震雷翻幕燕,骤雨落河鱼。"刘禹锡《武陵书怀五十韵》:"巢幕方犹燕,抢榆尚笑鲲。"李端《杂歌》:"兰生当门燕巢幕,兰芽未吐燕泥落。"元稹《遣春十首》:"巢栋与巢幕,秋风俱奈何。"韦道逊《晚春宴》:"檐喧巢幕燕,池跃戏莲鱼。"骆宾王《月夜有怀简诸同病》:"栖枝犹绕鹊,遵渚未来鸿。"于经野《奉和九日幸临渭亭登高应制得樽字》:"遵渚归鸿度,承云舞鹤骞。"孟郊《暮秋感思》:"优哉遵渚鸿,自得养身旨。"在宋词中如吕胜

---

① 萧统编,李善注《文选》,第956—957页。
② 同上。
③ 王士禛选,闻人倓笺《古诗笺》,上海古籍出版社,1980年,第206页。
④ 萧统编,李善注《文选》,第956页。
⑤ 同上书,第442页。

已《蝶恋花》(天际行云红一缕):"薄宦漂零成久旅,天涯却羡鸿遵渚。"杨冠卿《贺新郎》:"正江天,残霞冠日,乱鸿遵渚。"刘克庄《水调歌头》(次夕,舣客湖上,赋葛仙事):"不见跕鸢堕水,时有飞鸿遵渚,乐此久忘还。"相较而言,诗论家对于巢幕燕的用法犹有研究,先是宋严有翼《艺苑雌黄》追溯巢幕燕的源头并数举其在诗赋中的运用,总结其义为:"夫幕非燕巢之所,言其至危也。"①后有吴景旭《历代诗话》卷三四专门讨论了"幕燕"在诗中的运用,并云:"金刘鹏南诗:'燕巢幕上终非计。'乃合本意,如言燕概及巢幕。谢宣远《九日从宋公戏马台》诗:'巢幕无留燕,遵渚有来鸿。'则失实矣。"②诗话家往往把诗句与事实联系起来,雌黄批点,然而从文学角度看,谢瞻诗以巢幕燕归既点明了季节的变化,又凸显富贵之气,语带双关,颂述得体,不必据实批判。

紧承六句描述九月九日佳节盛宴,主僚共饮,一片歌舞升平,不觉时间之推移,更不提即将远去的主角孔令。其中以"圣心眷嘉节,扬銮戾行宫"写宋公刘裕,逢迎气息明显。方回述曰:"宋国建,无晋君矣。故二谢诗皆有'圣心'之语。""宣远诗有云'圣心眷嘉节',灵运诗亦云'良辰感圣心',宋台既建,坐受九锡,则裕为君,而晋安帝已非君矣,故二谢皆以'圣'称宋公。"③虚谷从诗中看出晋末宋初的政治形势;沈德潜评曰:"时晋帝尚存,而崇媚宋公至此。视渊明有余惭矣,康乐篇亦然。"④于二谢应酬之态,一语道破。

最后四句绾结题旨,以得体的夸赞、欢乐的送归、衷心的慕怀表达送别之旨。综观全诗,无论是开篇的景物描写,还是中间部分的公宴场景,乃至结篇的饯行送归,都呈现一派喜气祥和,全无传统送别诗怨离伤别之感。用语富丽精工,处处透出富贵典则之气。王夫之评:"常谈耳,自然名胜。尾句如乘风收帆,欸然而止。"⑤陈祚明评曰:"音节悠扬。'欢余宴有穷',别绪依然。"⑥不失为一首优秀的送别诗作。《全唐诗》卷五九三曹邺《和谢豫章从宋公戏马台送孔令谢病》:"碧树杳云暮,朔风自西来。佳人忆山水,置酒在高台。不必问流水,坐来日已西。劝君速归去,正及鹧鸪啼。"⑦直白平淡,与原诗还是有等第之差。

戏马台饯宴,谢瞻的送别诗冠绝一时,然后代亦有评家以谢灵运之作为

---

① 胡仔纂集,廖德明校点《苕溪渔隐丛话·后集》,第 6 页。
② 吴景旭《历代诗话》,第 367 页。
③ 方回选评,李庆甲集评校点《瀛奎律髓汇评》,第 1845 页。
④ 沈德潜选《古诗源》,第 246 页。
⑤ 王夫之评选,张国星校点《古诗评选》,第 211 页。
⑥ 陈祚明评选,李金松点校《采菽堂古诗选》,第 555 页。
⑦ 彭定求等编《全唐诗》,第 1512 页。

胜。如何焯《义门读书记》卷四六:"康乐较优于宣远。"①方东树《昭昧詹言》卷五在详细解析之后,得出大谢诗胜于宣远的结论,曰:"当日共推宣远作,昭明亦并登于《选》。然彼于起处,叙九日太多,章法偏压,后半叙本事词意未满,大不及康乐。古今滥吹,谁差比而真知之也。"②谢灵运诗曰:

> 季秋边朔苦,旅雁违霜雪。凄凄阳卉腓,皎皎寒潭洁。良辰感圣心,云旗兴暮节。鸣葭戾朱宫,兰卮献时哲。饯宴光有孚,和乐隆所缺。在宥天下理,吹万群方悦。归客遂海隅,脱冠谢朝列。弭棹薄枉渚,指景待乐阕。河渚有急澜,浮骖无缓辙。岂伊川途念,宿心愧将别。彼美丘园道,喟焉伤薄劣。③

顾绍柏总结本诗内容说:"此诗描述了深秋饯宴的热烈场面,对即将成为皇帝的刘裕表面颂扬一番,对孔靖即将归园表示了向往之忱。"④方东树分析其结构曰:"起四句,从九日起,高迈,炼句写时景。'良辰'四句叙宋公集送。'饯燕'四句,将宋公之饯送说足,然后入孔,入己送。'在宥'二句,沈炼精深,所以听其归。'归客'六句叙孔。'岂伊'以下始入己之送。"⑤与谢瞻诗开篇九日秋景的富丽明亮迥然不同,康乐诗把外景移到边朔之地,旅雁南归,霜雪将至,百卉俱黄,寒潭皎洁,以王讚《杂诗》"朔风动秋草,边马有归心"庶几可为注脚。陈祚明曰:"起四句,时景清萧。"⑥吴淇深挖康乐如此写景的深意曰:"寒潭皎洁,写孔令已尽,却是从'阳卉凄腓'句楔出。子曰:'岁寒然后知松柏。'不有凄腓之阳卉,安显皎洁之寒潭也?阳卉之凄腓,由于霜雪之苦,乃旅雁之所以欲去也。此四句,人但知其以景表时,不知乃以时喻时也。此等之时,难为致之。"⑦谢诗倒不一定真有"以时喻时"之深意,但其以"苦""凄""寒"等字眼来表达九日集会的环境,从而给全诗奠定了伤怨的感情基调,却是紧扣送别题旨的。紧接下来的八句属公宴的内容,与开篇的外景形成鲜明的对比,与谢瞻诗同出一辙。颂扬宋公刘裕的"圣心",铺张宋公集宴的排场,勾勒群僚宴会之际的应酬谈笑,饯宴与节宴相结合,主僚融洽和谐,喜气洋洋。此段内容引经据典,含玄蓄理,最不易理解。首先"良辰感圣心"

---

① 何焯著,崔高维点校《义门读书记》,第890页。
② 方东树著,汪绍楹校点《昭昧詹言》,人民文学出版社,1961年,第141页。
③ 顾绍柏校注《谢灵运集校注》,中州古籍出版社,1987年,第23页。
④ 同上。
⑤ 方东树著,汪绍楹校点《昭昧詹言》,第140页。
⑥ 陈祚明评选、李金松点校《采菽堂古诗选》,第523页。
⑦ 吴淇《六朝选诗定论》,第350—351页。

一句中"圣心"用法的是是非非,费了评家不少笔墨,李善在谢瞻诗注引《孙卿子》"积善德而圣心备焉"①,似乎把"圣"字理解为先唐一种普通用法,沈德潜、何义门、梁章钜皆以为称"圣"不免出格,上引方回评论则把二谢这种用法理解为从实际出发。"鸣葭",方回注:"当作鸣笳。"②黄节注:"张衡《西京赋》:'发引和,校鸣葭。'薛综注:'葭,更校急之乃鸣。'杜挚《葭赋》曰:'李伯阳入西秦所造。'傅玄《笳赋序》曰:'吹叶作声。'刘履《选诗补注》曰:'《晋书·舆仪》注云:凡车驾所止,吹小筑,发,吹大筑,筑即笳也。'葭、茄互见。知'葭''茄'古今字也。"③由此可知刘裕出行时云旗飘拂,鸣笳开道,帝王气派十足。吴淇曰:"'良辰'二句,从'宋公'。'鸣葭'句,是'戏马台'。'兰卮'句,是'集',似若宋公之出诸人之集止为九日也者。然'饯宴'云云,送孔令之礼亦于时成焉。"④谢康乐紧扣题面赋作,此诗应制而作的特点于此可见。而公宴描写用典的四句,注评家深入诠解,揭示诗人会心,多致褒赞,方回曰:"《易》曰:'有孚,饮酒无咎。'《诗序》曰:'《鹿鸣》废则和乐缺矣。'此诗云'饯宴光有孚,和乐隆所缺',善用事,又善用韵。建安诗则不如此之细而必偶也。'在宥''吹万',用《庄子》语,明已尊宋公为圣人造化,以其许孔靖之归,得宽宥天下,生养万物之意。"⑤方东树曰:"《周易》'有孚于饮酒',言时将可以有为,而自信自养以俟命,此朱子义也。而康乐云云,似亦此意。至'在宥'二语,归美君上,能容他归,得遂自己之性,阔大精实,义理周足,他人所不能到。"⑥吴淇引《琅琊漫抄》评"在宥"二句"诗意微婉,喻宋公尤妙",并断曰:"为此论者,最合诗意。盖此诗为送孔令,宜以孔令为主,而从宋公送孔令,尤宜以宋公为主。"⑦谢灵运巧妙引用"三玄"典故,把对饯宴主持人的赞颂有节有度地表达出来,非大家手笔的确难到。最后回转题面,述送别孔令,抒发自己微妙的思想感情。与谢瞻仅以四句述别抒怀相较,康乐的送别叙写要充分得多,感情亦真切动人。述写孔靖脱冠致仕,归隐海嵎,令读之者肃然起敬;描写整装停当,弭棹待发,惜别之情在焦急的等待中微微透视;憧憬离人轻舟破浪,前景逍遥,田园自乐,羡慕之意流诸笔端。关于谢灵运此际复杂微妙的心理,吴淇曰:"夫孔在当时虽称贤哲,然不过急流勇退之人,何必如此深写?然孔令此时有归期,而康乐平昔有归志,此其相合处。故写孔令政写

---

① 萧统编,李善注《文选》,第957页。
② 方回评选,李庆甲集评校点《瀛奎律髓汇评》,第1845页。
③ 黄节注《谢康乐诗注》,《黄节注汉魏六朝诗六种》,人民文学出版社,2008年,第609页。
④ 吴淇《六朝选诗定论》,第350页。
⑤ 方回评选,李庆甲集评校点《瀛奎律髓汇评》,第1845页。
⑥ 方东树著,汪绍楹校点《昭昧詹言》,第140—141页。
⑦ 吴淇《六朝选诗定论》,第350页。

自己,写自己故不得深耳。"①此段精彩的送别描写,得到历代评家好评。方东树曰:"'弭棹'二句,次第不苟。'河流'二句,水程陆程均到。此皆他人所易粗忽,而独从容细意,不可及处。后惟杜、韩,同此律细也。"②陈祚明评:"'指景待乐阕'句,写送别甚妙。末六句,因自寓怀归之情,亦佳。"③

谢瞻与谢灵运的同题饯别诗作,注意饯别环境的描写、对集会主持人的赞颂、对公宴场景的多角度展示,亦都有送别表达,作为集体场合的应制之作,二诗都十分切题。然而,二诗在情感基调的安排,词汇色彩的选择,对于九日节庆、宋公集宴、饯送孔令三大内容的详略处理上,各有轻重。吴淇曰:"谢瞻心中无事,故其诗只以'九日从宋公戏马台集'为主,而'送孔令'只于篇末略带之。康乐却是欲归不得,无限牢骚,故通篇以'送孔令'为主。"④

从金谷集作诗与百僚从宋公戏马台集送孔令赋诗两次集体饯送活动可以看出,两晋之际大型公宴与祖饯活动已经联系在一起,齐梁之际频繁举行饯宴,并出现了众多宴会应制饯别诗,与晋代的集宴送别的传统是分不开的。正是这种综合公宴于一体的饯别活动,令两晋宴饯送别诗表现出明显的集体赋作特色,一首诗歌多种意图,给送别诗打上了浓郁的政治色彩与功利性。

五、余论:魏晋送别诗在六朝送别诗史上的意义

魏晋是六朝送别诗发展的第一个阶段,也是送别诗趋向成熟的时期,《文选》"祖饯"类收录七题八首送别诗,有一半写作于魏晋时期,亦说明了魏晋送别诗的示范意义。曹植《送应氏诗二首》用历史大背景衬托离别时的复杂心绪,表明了送别诗对传统祖饯慰神慰人题材的突破;孙楚《征西官属送于陟阳候作诗》以大段玄言作为送别心理背景,说明玄学时风对送别诗创作亦产生了影响;潘岳《金谷集作诗》则在送别诗之中适度作山水景物描写与公宴铺述,进一步拓展了送别诗题材,齐、梁大量的侍宴祖饯送别诗便沿袭了这一写作路数。

魏晋赋有送别诗的诗人较多,送别诗数量也不少,曹植、嵇康是建安曹魏送别诗代表诗人,陆机、陶渊明为两晋送别诗代表诗人,金谷集作诗与百僚从宋公戏马台集送孔令赋诗乃两晋集体赋作送别诗的重要事件,四位诗人、两件大事在六朝送别诗史上占据重要地位。其他如王粲的赠答送别诗、孙楚的祖饯诗、陆云的应酬送别诗作、潘尼的赠别诗,或夸饰或述怀,丰富了魏晋送

---

① 吴淇《六朝选诗定论》,第351页。
② 方东树著,汪绍楹校点《昭昧詹言》,第141页。
③ 陈祚明评选,李金松点校《采菽堂古诗选》,第523页。
④ 吴淇《六朝选诗定论》,第350页。

别诗史。

宋、齐、梁送别诗空前繁荣，堪称唐前送别诗高峰，而此际送别诗各种写作方式与各种题材均在魏晋有所表现。正是魏晋送别诗创作经验的积淀与推动，才有了宋、齐、梁送别诗发展的鼎盛。因此，魏晋作为六朝送别诗发展的第一个阶段，在六朝送别诗史上有着重要的地位。

顺便提一下，松原朗在阐述中国离别诗的发生发展时，总结出三点特征，即"第一，所谓的'离别'主题，原本是不存在的。亦即在处于中国古典诗歌实质出发点位置的建安时期，以及承此之后的竹林七贤正始时期，虽然有数首离别诗存在，但还不能说构成了一个完整的系统。第二，'离别'主题，是在相当漫长的时间内才形成并成熟起来的。离别诗的持续创作，是在刘宋时期鲍照以后才开始的。其后到盛唐时期的王维为止，约三百年的漫长时间里，才逐渐形成了较为固定的样式。第三，'离别'的主题，恰如抛物线一样，在文学史中描绘出了兴盛和衰退的巨大弧线。表达'离别'主题的诗作，从盛唐至中唐前期之间最为多见，因而出现了兴盛的局面；但是到了中唐后期以后，离别诗出现了衰落现象，从而进入了相对的衰退时期。"①按照他的理解，这段离别诗的历史可以归纳出几个主要节点：西晋时期是离别诗的自觉创作阶段，以祖道诗为代表，重点在歌颂皇权威仪，离别并没有成为祖道诗的主题；刘宋鲍照则摒弃乐府诗中类型化的离别印象，通过提升离别事件的现实感，对离别诗的形成做出开拓性贡献；永明年间离别宴席上的唱和竞争性创作推动了离别诗类型的确立；梁代何逊则成为六朝离别诗创作的代表性作家，其作品处于六朝离别诗的顶峰位置；王勃则通过"送序"促使送别诗、留别诗的分化；王维确立了离别诗"沿路叙景"的固定写作样式；大历十才子等沿袭固定样式，从规模数量上推动离别诗创作达到高峰；韦应物实现对固有离别诗样式的超越。松原朗最后得出的结论是："离别的主题，在某个历史阶段萌芽，到后来成为拥有整齐样式和大量作品的重要主题，再到最后离别诗样式的僵化带来了内容上的千篇一律，从而退出了中国古典诗歌的主要舞台。这些事实表明，离别的主题在文学史上描绘出了一条自萌芽、形成、确立，直到衰退的巨大的消长弧线。"②

松原朗试图按照生、住、异、灭的发展观概括中国古典离别诗的历史，他抓住其中一些节点展开研究，难能可贵，对具体节点诗人送别诗的研究也令

---

① 〔日〕松原朗《中国离别诗形成论考》，李寅生译，序言第2页。
② 同上书，序论第8页。

人信服。但其将中国离别诗封闭于魏晋至中唐这个时段,肯定是不合适的。首先,魏晋送别诗能够在《文选》"祖饯"类中占据一半的比例,便说明这一阶段中国古典送别诗体业已确立;其次,"苏李诗"对后代送别诗的深远影响毋庸置疑,松原朗在考证"苏李诗"时,以"离别诗创作的一个源泉"作为副标题,亦可见其对"苏李诗"在送别诗地位的认识,而在送别诗史的描述中有意忽略"苏李诗",自相矛盾,一眼便知;再次,晚唐存在大量送别诗姑且不论,宋、元、明、清历代古典诗歌中的送别诗数量并不见衰减,怎么能说中国离别诗"退出了中国古典诗歌的主要舞台"呢?最后,送别主题不仅在古典诗歌中经久不衰,在散文、词、戏曲、小说等文体中亦颇为兴盛,一直是中国文学史上重要主题。因此,如果要梳理中国送别文学史,是不能做封闭性研究的。陶文鹏、韦凤娟主编《灵境诗心——中国古代山水诗史》"在纵向上,尽可能清晰简明地描述古代山水诗孕育、形成、兴盛以及停滞、变化、发展的流程"①,分别从山水诗的形成(先秦至隋)、第一个艺术高峰(唐)、第二个艺术高峰(宋)、承续与发展(金元)、复古与新变(明)、集大成(清)等六大阶段梳理中国古代山水诗史,视界宏阔,值得借鉴。

第三节 宋、齐、梁:六朝送别诗的鼎盛

经过魏晋的发展,六朝送别诗在宋、齐、梁之际达到鼎盛。在短短的一个多世纪里,皇室官僚、士族寒庶,对于送离道别都非常敏感,创作了各种类型的送别诗作,著名诗人谢灵运、鲍照、谢朓、何逊、吴均、庾信都留存有大量送别诗。萧衍、谢朓随萧子隆西赴荆州,诸文友夜集赋诗饯行,成为六朝送别诗史上与金谷集作诗、百僚从宋公戏马台集送孔令赋诗鼎足而三的重大集体赋别事件,即便是送别诗极盛的唐代,这样大规模的饯别赋诗活动亦不多见。文人聚少离多,多章组诗逐渐不适合频繁送别赋作的需要,诸多短小精悍的送别之作应运而生,乃至产生了绝句体联句送别诗,为格律诗的发展起到了积极的促进作用。

一、宋、齐、梁时期皇室王公祖饯频繁、赋诗要求严格

宋、南齐、萧梁送别诗鼎盛既是送别诗发展的趋势,亦与其时各种频繁的

---

① 陶文鹏、韦凤娟主编《灵境诗心——中国古代山水诗史》,凤凰出版社,2004年,导言第7页。

祖饯活动关系紧密,特别是皇室与大臣、官僚与文属集体祖饯应制赋诗,直接充实了六朝送别诗,推动了此期送别诗的繁荣发展。

刘宋之际,士族开始走向衰落,皇族与实权派地位越来越高,出身寒微者固然依赖实权派以期跻身上流社会,即便身出高门者亦有不少放下架子依附皇室,故此期由皇族与实权派举行的祖饯送别活动比较多。祖离送别活动既是皇室与实权派笼络人心的有效手段,亦是士人接近官僚的晋升之阶,故从刘宋开始,祖饯活动动辄百僚倾朝,抑或倾城追送,群僚送别诗作皆不忘对主上的歌功颂德,百僚从宋公戏马台集送孔令已见端倪;此前东晋义熙十三年(417)正月,刘裕发彭城西征,谢灵运送征并作《撰征赋》①曰:"诏微臣以劳问,奉王命于河湄。夕饮饯以俶装,旦出宿而言辞。"②记载了祖饯刘裕出征的隆重仪式,亦是刘宋以后祖饯风气大盛的前奏。东晋时,琅琊殷仲文还姑孰祖送倾朝,王弘之还能以"凡祖离送别,必在有情,下官与殷风马不接、无缘扈从"③的理由拒绝饯送,刘宋以往,这种声音便不多见了。

刘宋以往,由皇帝或太子、诸王主持的祖饯活动更加频繁,送别的队伍更加庞大,而且还特别重视祖饯集体即兴赋诗。元嘉六年(429),王敬弘迁尚书令,敬弘固让且表求还东,"及东归,车驾幸冶亭饯送"④;元嘉十五年雷次宗应征开儒学馆以后,"车驾数幸次宗学馆,资给甚厚。又除给事中,不就。久之,还庐山,公卿以下,并设祖道"⑤;梁天监四年(505),柳庆远出为使持节,梁武帝萧衍"饯于新亭,谓曰:'卿衣锦还乡,朕无西顾之忧矣。'"⑥普通元年(520),萧景出为使持节,将发,萧衍"幸建兴苑饯别,为之流涕"⑦;中大通元年(529)十二月,僧强、蔡伯龙反,攻陷城池,来势凶猛,萧衍使陈庆之征讨,"车驾幸白下,临饯,谓庆之曰……庆之受命而行"⑧。

元嘉二十二年九月,征北将军衡阳王义季、右将军南平王铄出镇,"上于武帐冈祖道"⑨,颜延之《为皇太子侍宴饯衡阳南平二王应诏诗》便作于此际。天监二年(503)六月,谢朓还东迎母,"临发,舆驾复临幸,赋诗饯别。王人送

---

① 张可礼《东晋文艺系年》与顾绍伯《谢灵运生平事迹及作品系年》均系于义熙十三年。
② 沈约《宋书》,第1746页。
③ 同上书,第2281页。
④ 同上书,第1730页。
⑤ 同上书,第2294页。
⑥ 姚思廉《梁书》,中华书局,1973年,第183页。
⑦ 同上书,第369页。
⑧ 同上书,第463页。
⑨ 沈约《宋书》,第1825页。

迎,相望于道"①。沈约《侍宴谢朏宅饯东归应诏诗》便为此次祖饯而赋,萧衍留存了不少祖饯诗,此次可能亦亲自赋作,可惜佚失了。

普通六年(525),萧衍于文德殿饯广州刺史元景隆,"诏群臣赋诗,同用五十韵,(王)规援笔立奏,其文又美。高祖嘉焉,即日诏为侍中"②。无独有偶,太清元年(547)左右,"中庶子谢嘏出守建安,(萧纲)于宣猷堂宴饯,并召时才赋诗,同用十五剧韵,(萧)恺诗先就,其辞又美"③,限韵赋诗,既要切题又要符合条件,对文人是一次严峻的考验,亦是文人逞才博宠的一次重要机遇。《南史·梁武帝诸子传》亦载:"后(萧纶)预饯衡州刺史元庆和,于座赋诗十二韵,末云'方同广川国,寂寞久无声'。大为武帝赏,曰:'汝人才如此,何虑无声。'旬日间,拜郢州刺史。"④一次祖饯限韵赋诗,令萧纶官拜刺史,虽系皇室身份的特殊,亦可知梁代祖饯赋诗的意义不仅仅在送人,也在于展示自己。饯送大臣僚属时要限韵赋诗,外交送别时依然要赋诗,萧衍于武德殿饯别魏中山王元略还北时,亦要求臣僚"赋诗三十韵,限三刻成。(谢)徵二刻便就,其辞甚美,高祖再览焉"⑤,不但限韵,还要限时,要求有过之而无不及。在祖饯之际,臣僚能得到皇室赐诗是一件莫大的荣耀,《梁书·庾仲容传》载:"久之,(庾仲容)除安成王中记室,当出随府,皇太子以旧恩,特降饯宴,赐诗曰:'孙生陟阳道,吴子朝歌县。未若樊林举,置酒临华殿。'时辈荣之。"⑥萧统一首质量一般的祖饯诗,竟令文士荣耀一时,可见其时祖饯赋诗影响的广泛与深远。据《梁书·昭明太子传》载:萧统"每游宴祖道,赋诗至十数韵。或命作剧韵赋之,皆属思便成,无所点易"⑦,由此知萧统是祖饯赋诗的高手,身为太子,又不知有多少下层文士因得其祖饯赐诗而身价陡增。又,中大通三年(531),荆陕学徒请庾承先讲《老子》,湘东王亲命驾临听,深相赏接,"留连月余日,乃还山。王亲祖道,并赠篇什,隐者美之"⑧。宋、齐、梁祖饯赋诗的史实不胜枚举,特别是梁代祖饯赋诗作文之风风靡不衰。

《宋书》《南齐书》《梁书》《南史》等史籍中大型祖饯记载还有多处,略摘录数条如下,以见其时祖饯盛行之风:

---

① 姚思廉《梁书》,第264页。
② 同上书,第582页。
③ 同上书,第513页。
④ 李延寿《南史》,第1323页。
⑤ 姚思廉《梁书》,第718页。
⑥ 同上书,第723—724页。
⑦ 同上书,第166页。
⑧ 同上书,第753页。

(元嘉)十三年春,将遣(檀)道济还镇,已下船矣,会上疾动,召入祖道,收付廷尉。(《宋书·檀道济传》)

会上疾动,义康矫诏召入祖道,收付廷尉。(《南史·檀道济传》)

隐士雷次宗被征居钟山,后南还庐岳,何尚之设祖道,文义之士毕集,为连句诗,(沈)怀文所作尤美,辞高一座。(《宋书·沈怀文传》,又见《南史·沈怀文传》)

(潘)综乡人秘书监丘继祖、廷尉沈赤黔以综异行,廉补左民令史,除遂昌长,岁满还家。太守王韶之临郡,发教曰……及将行,设祖道,赠以四言诗。(《宋书·孝义传·潘综传》)

(潘综)岁满还家,太守王韶之临郡,发教列上州台,陈其行迹。及将行,设祖道,赠以四言诗。(《南史·孝义传·潘综传》)

永明初,(王珍国)迁桂阳内史,讨捕盗贼,境内肃清。罢任还都,路经江州,刺史柳世隆临渚饯别,见珍国还装轻素,乃叹曰:"此真可谓良二千石也!"(《梁书·王珍国传》,又见《南史·王广之传附王珍国传》)

始(傅)昭之守临海,陆倕饯之,宾主俱欢,日昏不反。(《梁书·傅昭传附傅映传》,又见《南史·傅昭传附傅映传》)

(韦粲)出为持节、督衡州诸军事、安远将军、衡州刺史。皇太子出饯新亭,执粲手曰:"与卿不为久别。"(《梁书·韦粲传》)

敬礼与仲礼俱见于景,景遣仲礼经略上流,留敬礼为质,以为护军。景饯仲礼于后渚。(《梁书·柳敬礼传》)

仲礼等入城,并先拜景而后见帝,帝不与言。既而景留柳敬礼、羊鸦仁,而遣仲礼、僧辩西上,各复本位。饯于后渚,景执仲礼手曰:"天下之事在将军耳。郢州、巴西并以相付。"(《南史·柳仲礼传》)

(王)僧辩旋于江陵,因被诏会众军西讨,督舟师二万,舆驾出天居寺饯行。(《梁书·王僧辩传》)

(萧景)迁都督、郢州刺史。将发,帝幸建兴苑饯别,为之流涕。(《南史·梁宗室传·吴平侯景传》)

及(萧)纶作牧郢蕃,(吴)规随从江夏。遇(张)缵出之湘镇,路经郢服,纶饯之南浦。(《南史·张弘策附张缵传》)

二十二年九月,征北将军衡阳王义季、右将军南平王铄出镇,上于武帐冈祖道。(《宋书·范晔传》,又见《南史·范泰传附范晔传》)

(梁)武帝之镇襄阳,(柳)忱祖道,帝解茅土玉环赠之。(《南史·柳元景传附柳忱传》)

大同七年,(陆罩)以母老求去,公卿以下祖道于征虏亭,皇太子赐黄金五十斤,时人方之疏广。(《南史·陆杲传附陆罩传》)

车驾数至(雷)次宗馆,资给甚厚。久之,还庐山,公卿以下并设祖道。(《南史·隐逸传·雷次宗传》)

荆陕学徒因请(庾)承先讲老子。湘东王亲命驾临听,论议终日,留连月余,乃还山。王亲祖道,并赠篇什,隐者美之。(《南史·隐逸传·庾承先传》)

综而观之,刘宋、南齐、萧梁三代特别重视祖饯活动,在皇室与官僚的主持下,大大小小的祖饯活动频繁发生。祖饯功能亦不仅仅是饮饯送别,还包括许多其他功能,如皇室通过祖饯将士出征的活动鼓舞士气,通过祖饯隐逸处士垂范社会,通过祖饯赋诗擢拔人才,通过祖饯出镇外任者来笼络人心,把祖饯宴当作鸿门宴来收捕异己,臣僚文士通过祖饯赋诗吹捧主上。因此,在萧梁之世,祖饯政治化、世俗化气息愈加浓郁,甚至可以说,已达到泛滥的程度。

二、刘宋留存送别诗概述

综观刘宋、南齐、萧梁大规模祖饯活动,史籍记载涉及祖饯赋诗赠文的有十次,此三代祖饯诗既有长达五十韵的长诗,又有精练的联句诗;既有诗家高手如颜延之、沈约的侍宴饯别之作,又有诗名不显者如王规、萧恺等人即兴之作;既有皇帝诸王的亲自赋作,亦有普通官吏文人的精心运筹之篇。比照金谷集会与百僚从宋公戏马台集送孔令的规模,刘宋、南齐、萧梁帝王皇子主持的各种类型的饯别活动每次参与人数一定不少,而参照出席者必赋诗的惯例,此期祖饯诗定当卷帙浩繁。然而,这种政治性与世俗化的祖饯赋诗,可取之处甚微,即便是史臣记载的十次祖饯赋诗,作品留存下来的亦不过尔尔;每祖道动辄赋诗十数韵的昭明太子,亦未见多少祖饯诗留存。倒是那些文人雅士之间举行的送别活动,仪式虽然简单,但出于友谊与私交而赋作的真情送别之作留存颇丰。首先看刘宋留存的送别诗。

(一) 刘宋留存送别诗一览(见表2-3)

表2-3 刘宋留存送别诗一览

作者	题名	诗体	送别对象	送别表征、送别诗依据
谢瞻	王抚军庾西阳集别时为豫章太守庾被征还东诗	五言	留别王弘兼送庾登之	已见表2-2。《集序》曰："谢还豫章,庾被征还都。王抚军送至溢口南楼作。"
	九日从宋公戏马台集送孔令诗	五言	孔靖	已见表2-2。事发生于晋末。此重录,以见谢瞻送别诗概貌。
傅亮	奉迎大驾道路赋诗	五言		诗有"有人祖我舟""钱离不以币"等祖饯描述。
谢灵运	赠从弟弘元诗	四言六章	谢弘元	序载义熙十一年,从弟弘元从镇江陵,赠以此诗。
	赠从弟弘元时为中军功曹住京诗	四言五章	谢弘元	末章"子既祗命,饯此离襟。良会难期,朝光易侵",系写饯别语。
	赠安成诗	四言七章	谢瞻	诗有"解袂告离""恋此分拆"等分别语。
	九日从宋公戏马台集送孔令诗	五言	孔靖	已见表2-2。此重录,以见谢灵运送别诗全貌。
	邻里相送至方山诗	五言	邻里	诗人出任永嘉太守,邻里相送,赋诗留别。
	过始宁墅诗	五言		"挥手告乡曲,三载期归旋",有留别意。
	北亭与吏民别诗	五言	吏民	留别吏民诗。
	酬从弟惠连诗	五言五章	谢惠连	"分离别西川""别时悲已甚,别后情更延"等对于分离的感慨。可能为寄赠诗。
	登临海峤初发疆中作与从弟惠连可见羊何共和之诗	五言四章	谢惠连等	"与子别山阿"的述写。
	答谢惠连诗	五言	谢惠连	"别时花灼灼,别后叶蓁蓁"对分别感想。
	初发石首城诗	五言	朋友知己	留别朋友知己。
	送雷次宗诗	五言	雷次宗	称题可知。
谢惠连	西陵遇风献康乐诗	五言五章	谢灵运	"念离情无歇""哲兄感仳别,相送越垧林。饮饯野亭馆,分袂澄湖阴"等叙写。
	夜集叹乖诗	五言	朋友	从诗题与内容知属叙别诗。

(续表)

作者	题名	诗体	送别对象	送别表征、送别诗依据
谢惠连	与孔曲阿别诗	五言	孔曲阿	称题与内容均属别。
范广渊	征虏亭饯王少傅	五言	王少傅	从诗题知为祖饯诗。
孔法生	征虏亭祖王少傅	五言	王少傅	从诗题知为祖饯诗。
刘铄	代收泪就长路诗	五言		拟写离别。
	寿阳乐	杂言乐府		《诗纪》按其歌辞称其为叙别望归之思。
刘骏	丁督护歌	五言六首		从内容看乃送夫出征诗。
	与庐陵王绍别诗	五言	庐陵王	诗题为别诗。
	幸中兴堂饯江夏王诗	五言	江夏王	从诗题知为祖饯诗。
颜延之	应诏宴曲水作诗	四言八章	刘义恭、义季	《宋略》载禊饮于乐游苑并祖道二王,诏会者赋诗。
	为皇太子侍宴饯衡阳南平二王应诏诗	四言	衡阳王、南平王	从称题知为应诏祖饯诗。
鲍照	代东门行	五言乐府		设为离别双方的叙别诗。
	代别鹤操	五言乐府		设为双鹤散离,代为抒别。
	扶风歌	五言乐府		辞别故地,悲别亲知。
	赠故人马子乔诗六首(其六)	五言		以双剑离别为喻抒别怀。
	吴兴黄浦亭庾中郎别诗	五言	庾中郎	诗题称别诗。
	与伍侍郎别诗	五言	伍侍郎	诗题称别诗。
	送别王宣城诗	五言	王宣城	诗题有送别字样。
	送从弟道秀别诗	五言	从弟道秀	诗题有送别字。
	赠傅都曹别诗	五言	傅都曹	题称别诗。
	和傅大农与僚故别诗	五言		和他人别诗。亦以送别为旨。
	送盛侍郎饯候亭诗	五言	盛侍郎	于候亭饯别盛侍郎赋诗。
	与荀中书别诗	五言	荀中书	送别荀中书诗。
	从临海王上荆初发新渚诗	五言		从临海王赴荆,留别故地诗。
	发后渚诗	五言		从内容知为辞别故乡的留别诗。

(续表)

作者	题名	诗体	送别对象	送别表征、送别诗依据
鲍照	赠顾墨曹诗	四言断句	顾墨曹	内容写离别。
鲍令晖	拟青青河畔草诗	五言		"人生谁不别,恨君早从戎",抒别。
鲍令晖	拟客从远方来诗	五言		"木有相思文,弦有别离音",抒别。
鲍令晖	代葛沙门妻郭小玉作诗二首	五言二首	葛沙门	代作夫妻抒别诗。
吴迈远	长别离	五言乐府	夫	叙夫妻相别诗。
傅大农	与僚故别	不确	僚故	从鲍照和诗称题知傅有送别僚故诗。
无名氏	读曲歌	五言乐府	欢	部分读曲歌叙写与欢相别。
无名氏	石城乐	五言乐府	欢	"闻欢远行去,相送方山亭",送别之作。
无名氏	莫愁乐	五言乐府	欢	"闻欢下扬州,相送楚山头",送别乐府。
无名氏	乌夜啼	五言乐府	欢	"执手与欢别",述离别之情。

根据逯钦立辑校《先秦汉魏晋南北朝诗》统计,刘宋有十三位诗人(无名氏不计)留存有送别诗,共五十余首,占刘宋留存诗歌的诗人总数的百分之二十。而逯先生辑诗是按作家卒年编排,实际有许多作家生活于南朝几个朝代,卒于齐、梁之际的诗人许多送别诗实际创作于刘宋时期;另外,还有被编入东晋的少数诗人,其送别诗亦作于刘宋之初,如陶渊明的《于王抚军座送客诗》,袁行霈《陶渊明作品系年一览》便系于宋永初元年(420),曹道衡、刘跃进《南北朝文学编年史》系于宋武帝永初二年。因此,刘宋时期留存送别诗的数量实际比上表应该要多。其中,被《文选》归入"祖饯"类的谢灵运《邻里相送至方山诗》、谢瞻《王抚军庾西阳集别时为豫章太守庾被征还东诗》作于刘宋时期,是六朝送别诗的典范。元嘉三大家都有送别诗作,把各种述离送别之作综合在一起,谢灵运留存十二首、鲍照留存十五首,在绝对数量上是空前的;特别是鲍照的送别诗多从友谊交情出发抒发别情别绪,在六朝送别诗史上具有重要的意义。值得一提的是,日本学者松原朗对于鲍照送别诗有着过高的定位。曹虹评松原朗《中国离别诗的成立》说:"就离别主题的成熟步骤而言,著者的一系列考察结论颇为值得学界重视。他认为,离别这个中国抒情文学的基本主题,在六朝早期(曹魏至两晋)却没有成立,作为中国古典诗的实质性开端的建安、正始之际,尚未见离别诗系的出现。离别诗创作的自觉要到西晋时期,'祖道诗'的出现是离别诗形成的一个里程碑,在这里'离别的场合'(祖饯)与送别诗的写作形成对应关系,到了刘宋鲍照以后才逐渐形成。鲍照的开拓性在于将以往散漫化的离愁别绪,变为直接抒发离别

之悲,这影响到以后乃至唐代的离别诗的抒情方式,即把抒情的基点设定于分手的瞬间。"①松原朗《苏武李陵诗考》亦说:"离别诗由于刘宋鲍照的继承,进而形成了其基本的形式。离别,作为诗歌的重要主题之一被认知,产生于鲍照之后的说法是较为合适的。"②松原朗概述出中国诗歌离别主题的发展步骤,条理非常清晰;然而,其忽视《文选》"祖饯诗"的示范意义单从数量出发夸大了鲍照送别诗意义,对鲍照送别诗的定位有些言过其实。

(二) 谢瞻《王抚军庾西阳集别时为豫章太守庾被征还东诗》

谢瞻留存诗作仅六首,有五首收录于《文选》诗的相关类别,而《答谢灵运》《于安城答灵运》《九日从宋公戏马台集送孔令诗》与《王抚军庾西阳集别时为豫章太守庾被征还东诗》分属"赠答""公宴""祖饯",均与人际交谊相关,于此足见谢瞻擅长于人际交谊诗歌的写作。《九日从宋公戏马台集送孔令诗》虽入"公宴"类,实则因宴饯与节宴双重动因而作,故亦属送别诗,前文已述。《王抚军庾西阳集别时为豫章太守庾被征还东诗》则专主饯别,属六朝祖饯诗的代表作。谢瞻此诗《文选》诗题为《王抚军庾西阳集别时为豫章太守庾被征还东》,较详细地交代了此诗的写作缘由。王抚军即王弘,庾西阳即庾登之,李善注曰:"沈约《宋书》曰:王弘为豫州之西阳新蔡诸军事、抚军将军、江州刺史。庾登之为西阳太守,入为太子庶子。《集序》曰:'谢还豫章,庾被征还都,王抚军送至溢口南楼作。'"③则此诗的写作背景更为明晰。其诗曰:

> 祇召旋北京,守官反南服。方舟新旧知,对筵旷明牧。举觞矜饮饯,指途念出宿。来晨无定端,别晷有成速。颓阳照通津,夕阴暧平陆。榜人理行舻,辕轩命归仆。分手东城闉,发棹西江隩。离会虽相亲,逝川岂往复。谁谓情可书,尽言非尺牍。④

关于此诗的写作时间与具体细节,曹道衡、沈玉成《中古文学史料丛考》有较为翔实的考证,其"谢瞻《王抚军庾西阳集别》诗"条曰:

> 《文选》卷二〇录谢瞻《王抚军庾西阳集别》诗。尤刻本"别"下有

---

① 曹虹《〈中国离别诗的成立〉读后》,《书品》2004 年第 6 期。
② 〔日〕松原朗《苏武李陵诗考》,《钦州师范高等专科学校学报》2004 年第 3 期。
③ 萧统编,李善注《文选》,第 979 页。
④ 同上书,第 979—980 页。

"时为豫章太守,庾被征还东"十一字,胡克家《文选考异》谓"袁本、茶陵本无此十一字,是也。案,此必或记于旁,而尤延之误取之";六臣本亦无此十一字。……据《王弘传》及《武帝纪》,义熙十四年六月,弘为尚书仆射,同年迁抚军将军、江州刺史。又据《庾登之传》,登之于义熙十二年北伐以二三其心忤刘裕,大军北进,乃以登之为西阳太守。"入为太子庶子,尚书左丞,出为新安太守"。元熙元年十二月,刘裕建天子旌旗,已为真天子,长子义符由世子改称太子。次年四月,刘裕入建康,六月即皇帝位,改元永初,乃得以从容封官爵,定礼仪。太子僚属之设亦当在是时。于时庾奉调还都,由西阳溯江而下,道江州访王,谢适由豫章之郡,三人乃得相聚。送别后返任,故集序云"还"。①

按照曹、沈二先生的考证,此诗当作于晋宋之交,即东晋元熙元年(419)十二月至宋武帝刘裕永初元年(420)之间。然而,曹道衡、刘跃进著《南北朝文学编年史》未给此诗系年,而是附于谢瞻卒年总论之中。要之,此段考证从庾登之入为"太子庶子"入手,紧扣诗歌相关三人的履历条分缕析,得出的结论当是可靠的。

此诗涉及三个人物,从诗题到内容,诗人恰当地处理了三人之间的关系,一石三鸟,顾虑周全。吴淇《六朝选诗定论》分析入微,道出了诗人的精心结撰与结构安排:

> 庾登之为西阳太守,被召还京,瞻亦将赴豫章,王弘为抚军将军,送之湓口,故作此诗。而题云"集别"者何?三人互有交情,若止叙谢、庾之别,而不及王,则是两人有情,而于王无情;若叙王送二人,则是止王与二人有情,而二人之情不见。故三人皆莫适主者。分手之际,一南、一北、一留,若鼎足一时俱折,而三人别情参错互见矣。
>
> (引诗略)
>
> 曰"祗召"、曰"守官",迫于简书,决要别矣;曰"旋北"、曰"返南",虽同行不同路,且背驰也。平列二人,见二人莫适主,兼有饯送之王抚军。"方舟"句,谢与庾先作别。"对筵"句,两人又别王。"举觞"句,王又别二人。"矜饮饯","矜"字妙。前"方舟"二句,只空言作别,至此王先举觞,而又以"矜"字,写互相酬酢之光景也。"指途"三人共情,王念二人、二人又互相念也。"出宿",谓今夜,"来晨"谓明日。"别晷"谓现

---

① 曹道衡、沈玉成《中古文学史料丛考》,第248页。

前,"颓阳"云云,现前行色匆匆也。"榜人"句,二人别已,"辎轩"句,连王亦在行者数内。"分手"句,是王先别二人。"发棹"句,王去后两人又别。"城闉"曰"东","东"字正点上"南""北"二字,王在中间。然南则及谢不及庾,北则及庾不及谢,"集"则于事无碍矣。故分手后,谢自南、庾自北,而王亦西也。江之西陴,即城之东闉,皆发棹于此。题虽莫适主,而诗中却分析得明白。①

吴淇的题意解析与结构分析深入文本,条理清楚,面面俱到,自无须费辞续貂。然于其艺术匠心,元方回则以为"无甚佳处。江左自上流趋建康则云'北京',盖江流大抵北向也。江自南趋北,而曰江南、江北,言大势也,其实北向而江分东西岸焉。今鄂州西门对汉阳军,江州西门出琵琶亭,而出东门皆不见江,故知江不东向而北向,故江之上水船必用北风也"②。根据地理位置的实际情况,谢瞻诗作据实述录,实乏虚构,然并非如虚谷所谓不佳。准确运用方位词早在屈原的《哀郢》中就已出现,而送别诗中主客方位上的相背而行则以事实上空间距离的扩大加速营造了别离气氛,较留者伫立久视更进一层,情感震撼力亦更强。清陈祚明评此诗曰:"清致郁纡。惜别之中,兼存年往之戚。"③是为公正之评。钟嵘《诗品》将谢瞻与谢混、袁淑、王微、王僧达同置入"中品",评"其源出于张华,才力苦弱,故务其清浅,殊得风流媚趣。课其实录,则豫章、仆射,宜分庭抗礼"④。"务其清浅""风流媚趣",与陈祚明"清致郁纡"之评同一机杼。谢瞻此诗叙事条畅,用词平易,写情疏淡,没有造作与应酬气息,惜别而无悲怨,含情而不伤怀,与其《九日从宋公戏马台集送孔令诗》风格迥异。

(三)谢灵运别具一格的留别诗

谢灵运为一代诗宗,留存送别之作亦相当多,特别是其《邻里相送至方山诗》开六朝留诗别人之先河,较汉季《留郡赠妇诗》等更胜一筹。其诗曰:

> 祗役出皇邑,相期憩瓯越。解缆及流潮,怀旧不能发。析析就衰林,皎皎明秋月。含情易为盈,遇物难可歇。积疴谢生虑,寡欲罕所阙。

---

① 吴淇《六朝选诗定论》,第399—400页。
② 方回选评,李庆甲集评校点《瀛奎律髓汇评》,第1846页。
③ 陈祚明评选,李金松点校《采菽堂古诗选》,第557页。
④ 钟嵘著,曹旭集注《诗品集注》(增订本),第360页。

资此永幽栖,岂伊年岁别。各勉日新志,音尘慰寂蔑。①

此诗诗题《艺文类聚》卷二九、《初学记》卷一八均作《相送方山》,《文选》题作《邻里相送方山诗》,比别集、各种总集称题少一"至"字。诗题交代了送别人、送别地点,送别者为诗人的邻里乡亲,送别地点为方山。《文选》李善注引《丹阳郡图经》曰:"方山,在江宁县东五十里,下有湖水。旧扬州有四津,方山为东,石头为西。"②顾绍柏注曰:"方山,又名天印山,因四面等方孤绝,故名。方山在今江苏南京市江宁县东南,秦淮河流经其下,六朝时为商旅聚集之所。灵运离京赴永嘉时在此上船。"③送别本事发生的时间及离别背景,李善注:"沈约《宋书》曰:'少帝出灵运为永嘉郡守。'"④因此,各类诗注与文学编年、谢灵运年谱年表均系此诗于宋武帝永初三年(422)七月康乐出守永嘉郡前,其具体写作背景,顾绍柏《谢灵运生平事迹及作品系年》有详细的叙述:"刘裕去世前后,权臣徐羡之、傅亮等,见庐陵王刘义真与谢灵运、颜延之、释慧琳等周旋异常,将他们一一调离京师:刘义真为南豫州刺史,出镇历阳(今安徽和县);灵运出守永嘉郡(今浙江温州市),延之出守始安郡(今广西桂林市),慧琳往虎丘(今属江苏苏州市)。灵运离京赴任时作《永初三年七月十六日之郡初发都》《邻里相送方山》诗。"⑤正是在这样的离别背景下,诗人辞别邻里乡亲时的心情可以想见。故诗论家解析此诗时往往联系诗人彼时际遇深入挖掘,如元方回曰:"'怀旧不能发',谓义真、延之、慧琳也。晋以来士大夫,喜读《易》《老》《庄》,而不知谦益止足之义。率多怀才负气,求逞于浇漓衰乱之世。箕颖枕漱,设为虚谈。义真之昵灵运,虽未必果有用为宰相之言,史或难信。然灵运之为人,非静退者,徐羡之、傅亮排黜,盖其自取。'怀旧不能发',有不乐为郡之意。'资此永幽栖',亦一时愤激之语耳。羡之等废少帝,杀义真,自贻灰灭。义真之死,亦自不晦敛。灵运又终身不自悔艾,其败也,诗意亦可觇云。"⑥又如顾绍柏亦总结其题旨说:"写自己与在建康的亲友依依惜别的情形,表示了'永幽栖'的意向,间接发泄了对权臣的不满情绪。"⑦无论诗人笔下饱含了怎样的深意,此诗线索明晰,结构完整,是一首典型的送别之作。方东树、张玉穀对此诗的结构分析精到,抄录如下:

---

① 顾绍柏校注《谢灵运集校注》,第40页。顾注本诗题作《邻里相送方山》,为行文表述一致,此处诗题同前。后文同类情况,不一一注出。
② 萧统编,李善注《文选》,第980页。
③ 顾绍柏校注《谢灵运集校注》,第40页。
④ 萧统编,李善注《文选》,第980页。
⑤ 顾绍柏校注《谢灵运集校注》,第421页。
⑥ 方回选评,李庆甲集评校点《瀛奎律髓汇评》,第1846页。
⑦ 顾绍柏校注《谢灵运集校注》,第40页。

前四,直就辞京赴任,行至方山叙起。邻里相送,已含于"相期"二字中,却以己之怀旧不发,对面扑醒,用笔灵活。中四,接写别时之景。然"含情"十字,就景申情,引动下意,炼句耐思。后六,先以此去合宜自慰,旋以暂别无念慰人,勉志通音,两面双收作结。(《古诗赏析》)①

起六句次第叙题,事实情景,三者交代分明。"解缆"二句流动。"含情"六句入作恺,开合往复顺逆,而以"永此"顿束,十分说足。"积疴"二句深语。"各勉"二句,另换气换笔作收,周旋邻里题面。古人不略题字,不出题外,其谨严如此。(《昭昧詹言》)②

综观《邻里相送至方山诗》,大抵缘情言志,情景交融之作。陈祚明曰:"'解缆'二句,别绪低徊。'衰林''秋月',赋中寓兴。'含情'二句,触境自怡,而意能圆琢。望古不遥矣!余谓《十九首》工于炼意,此粗似之。"③特别是"析析就衰林,皎皎明秋月"一联尤称警策,吴淇评之曰:"'析析就衰林',衰林即湖岸山足之林,送者尚在林中,此曲写邻里绻绻之情。'皎皎明秋月',亦照舟中,亦照林中,更写己与邻里脉脉之情。夫己之情,己所知也,故直写。己非邻里,未尽知邻里之情,故借林木之'析析就衰'曲写,而后以秋月之皎皎互写。"④王夫之高度评价全诗:"情景相入,涯际不分,振往古,尽来今,唯康乐能之。"⑤而其所言之志,亦蕴含于"幽栖""日新志"等词之中。吴淇论康乐此"志",考虑周全,解析入理:

"含情"以下,乃对邻里自言己志。谓己平生多情多感,一遇山水佳处,辄不能已已,是他自认一疾,如古之狂也。但积久弥年,生虑久谢,虽盈于情而实寡于欲,因缺于人而得全于天。有惟狂克念之意,此其平生之志也。将资此志,永与邻里共栖幽,岂知为作郡而有此久别哉!然其言志,只是自言己志,何常计及邻里之同有此志否也?下言勉志,亦当是自勉。而乃拉邻里在内,曰"各勉日新志"者何?只是他志在"含情"云云,乃中山之事。虽一麾出守,所勉者仍"含情"云云之志,只缘他要加倍写"勉"字,却须于"志"字上用"日新"字。既用"日新"字,不拉邻里在内,将恐人谓山中一志,作郡又一志,未免疑其为致君泽民之志,故曰"各勉"。则作郡所勉之志,即山中邻里共勉之志。日新又新,决不令一

---

① 张玉榖著,许逸民点校《古诗赏析》,第361页。
② 方东树著,汪绍楹校点《昭昧詹言》,第142页。
③ 陈祚明评选,李金松点校《采菽堂古诗选》,第524页。
④ 吴淇《六朝选诗定论》,第353页。
⑤ 王夫之评选,张国星校点《古诗评选》,第212页。

息稍尘耳。"音尘"句就上"各"字拈来,见他言志,却又都是写情,恰恰又是与邻里之情。①

康乐赴永嘉之年,除离开南京时写作的《邻里相送至方山诗》以外,沿途还留下许多了诗作,总饱含深深的留别之意,如《永初三年七月十六日之郡初发都》:"辛苦谁为情,游子值颓暮。爰似庄念昔,久敬曾存故。如何怀土心,持此谢远度。"②《过始宁墅》:"挥手告乡曲,三载期归旋。且为树枌槚,无令孤愿言。"③在离别之际一面赏山乐水,一面眷顾乡曲,留恋朋友知己,康乐许多类似之作写景留别相兼,乐景与别情相融,既是对屈原《哀郢》的新变,亦为后代送别诗写作开辟了新的法门,《初发石首城诗》亦是这样一首诗作。此诗诸年谱均系于康乐离京往临川任内史之际,具体写作时间略有小异,郝昺衡《谢灵运年谱》④、顾绍柏《谢灵运生平事迹及作品系年》均系于宋元嘉八年(431),顾绍柏考证更为具体,定为是年冬十二月离京时赋作,杨勇《谢灵运年谱》则系于元嘉九年春季⑤。康乐因与孟𫖮结隙被诬,幸得文帝明察而未获罪,但亦因此而被迁任。故诗人开篇明志,表达自己光明磊落的心迹;接着留别朋友知己、留别京城热土,"出宿薄京畿,晨装抟曾飔。重经平生别,再与朋知辞。故山日已远,风波岂还时。苕苕万里帆,茫茫终何之"⑥;最后展开想象的笔触,模山范水。即便是如此失意之际,康乐依然憧憬前方山水美景的召唤,赋作了谢氏特色的留别之作。

谢灵运的留别之作还有《北亭与吏民别诗》,与上举诸留别之作相较,较少作山水景物描写,更多的笔墨着力于引经据典,咏史述怀,其诗曰:

> 刀笔愧张杜,弃繻惭终军。贵史寄子长,爱赋托子云。昔值休明初,以此预人群。常呼城旁道,更歌忧逸民。犹抱见素朴,兼勉拥来勤。定自惩《伐檀》,亦已验"惟尘"。晚来牵余荣,憩泊瓯海滨。时易速还周,德乏难济振。眷言徒矜伤,靡术谢经纶。矧乃卧沉疴,针石苦微身。行久怀丘窟,景昃感秋旻。旻秋有归棹,昃景无淹津。前期眇已往,后会邈未因。贫者阙所赠,风寒护尔身。⑦

---

① 吴淇《六朝选诗定论》,第 353 页。
② 顾绍柏校注《谢灵运集校注》,第 35 页。
③ 同上书,第 41 页。
④ 郝昺衡《谢灵运年谱》,《华东师范大学学报(哲学社会科学版)》1957 年第 3 期。
⑤ 杨勇《谢灵运年谱》,刘跃进、范子烨编《六朝作家年谱辑要》,黑龙江教育出版社,1999 年,第 315 页。
⑥ 顾绍柏校注《谢灵运集校注》,第 186 页。
⑦ 同上书,第 94—95 页。

此诗作于宋少帝景平元年(423)暮秋诗人返故乡离永嘉时,逯辑本注出《永嘉县志》卷二二,另《太平寰宇记》卷九九引"因"一韵;杨勇《谢灵运年谱》注出《温州府志》卷二三、《永嘉县志》卷二二、《太平寰宇记》卷九九引"前期眇已往"四句。① 然查《太平寰宇记》,实只引录逯先生所注两句,并称题为《罢郡于北亭与吏民别诗》。北亭,在今浙江温州市,《太平寰宇记》卷九九"江南东道·温州"载:"北亭,在州北五里,枕永嘉江。灵运《罢郡于北亭与吏民别诗》云:'前期眇已往,后会邈无因。'"②顾绍柏总结此诗题旨曰:"谓自己学而未成,治郡无功,因而深感惭愧。同时表示此次返棹将息影丘园,与吏民重逢恐怕是很难的了。"③

康乐以咏史的笔法开篇,张汤、杜周起于刀笔小吏,终位极三公;终军弃襦而显;司马子长忍辱负重,撰成究天人之际之《史记》;扬雄子云赋史留名,此数人或由卑而显、或坎坷垂名,都是诗人钦慕的对象,愧张杜、惭终军、寄子长、托子云,既可解作者人生志向的取舍,亦可理解为四句互文,是诗人在咏史遣怀。接着自叙远大理想与宦海浮沉,一方面怀忧逸民、抱朴见素,一方面勤奋自勉、兢兢业业,却落得遭受排斥打击,远迁瓯越的结果,作者以"憩泊""余荣"来表达此次外迁,虽符合诗人永嘉任期游山涉水的自得其乐,然亦是自嘲,其中透出几分愤慨不平之气。紧承述写自己离郡事,诗人以对面谈话的口吻与共事小吏、治内百姓絮絮话别,时间很快就过去一年了,每每心有余而力不足,未能为治内办什么大事业,未能振济百姓,如今又沉疴缠身,不得不离职修养。谦虚、客套又真诚动人的离别话语娓娓道来,纡徐有度。最后感叹别离之痛,暮秋的黄昏,一个饱经沧桑的卸任郡吏独立归舟,一群挥手送别的吏民伫立江畔,此情此景,感慨万端。"景昃""昃景""秋旻""旻秋"回环往复,把不忍卒离的愁肠百结以回环的节奏表达出来;更令人揪心,此去后会无期,临别之际,无以为赠,只有"风寒护尔身"的保重之语反复叮咛。从开始的述志,到中篇的仕宦经历,到最后的临别场景,情绪达到高潮,最后以安慰作结。同样是歧路水旁送别,谢灵运留别诗一反以前送别之作伫立、瞻望作结的思路,而换以叮咛安慰,情绪感染力没有伫立瞻望式强烈,虽有尘俗气却毫不夸饰,虽是客套话却自然得体,不失为送别诗一种佳致的结篇方式。唐诗"莫愁前路无知己,天下谁人不识君","劝君更尽一杯酒,西出阳关无故人",便是此种结篇方式的极致。

谢灵运留别故土及故人的诗作颇具特色,是很成熟的送别诗;其以留者

---

① 杨勇《谢灵运年谱》,刘跃进、范子烨编《六朝作家年谱辑要》,第 295 页。
② 乐史《太平寰宇记》,中华书局,2007 年,第 1977 页。
③ 顾绍柏校注《谢灵运集校注》,第 95 页。

身份写作的送别诗与以赠答、奉和形式写作的送别诗亦有很高的成就。如《送雷次宗诗》,《初学记》入"离别"部,顾绍柏根据"符瑞守边楚"一句及雷次宗生平,大致确定此诗作于元嘉九年(432),诗人任临川内史时期。虽只存短短四句诗,却精雕细琢,用典自然且绾合诗旨不露痕迹,①"志苦""情伤"互文抒怀,"感念""离念"字重意丰,光阴易逝,愁结不解,表达了文士之间依依惜别之情。《登临海峤初发疆中作与从弟惠连可见羊何共和之诗》《酬从弟惠连诗》二诗被《文选》编入"赠答"类,其他还有《赠从弟弘元诗》《赠从弟弘元时为中军功曹住京诗》《赠安成诗》等从诗题看均属赠答送别诗,这些诗因有着赠答的成分,因此都采用了多章结构,但其中述离叙别亦写得颇见功力。如晋义熙十一年(415)十月十日,谢灵运从弟弘元为骠骑记室参军从镇江陵,诗人赋《赠从弟弘元诗》以赠,赋别曰"昔尔同事,谓予偕征。暌合无朕,聚散有情。我端北署,子腾南溟。申非授乖,饮泪凄声"②;《赠从弟弘元时为中军功曹住京诗》"子既祗命,饯此离襟。良会难期,朝光易侵。人之执情,丢景悼心。分手遵渚,倾耳淑音"③;《赠安成诗》"江既永矣,服亦南畿。解袂告离,云往风飞"④;《酬从弟惠连诗》"分离别西川,回景归东山。别时悲已甚,别后情更延。倾想迟嘉音,果柱济江篇。辛勤风披事,款曲洲渚言"⑤;《登临海峤初发疆中作与从弟惠连可见羊何共和之诗》"杪秋寻远山,山远行不近。与子别山阿,含酸赴修畛。中流袂就判,欲去情不忍。顾望脰未悁,汀曲舟已隐","戚戚新别心,凄凄久念攒","攒念攻别心,旦发清溪阴"⑥;等等。或以空间上的南北异辙,或以离别之际的分袂扬帆,或以执手相别时的内心百味,或以别前别后的对照遐想来表达诗人敏感脆弱的惜别之情,大都妙合情境,感人尤深,对后代赠答送别之作亦有很深的影响。如李白《赠从弟南平太守之遥》(其一):"梦得池塘生春草,使我长价登楼诗。别后遥传临海作,可见羊何共和之。"⑦直接引用康乐成句与诗题述意,谢诗影响可见一斑。

最后,提一下谢灵运《答谢惠连诗》,其诗曰:"怀人行千里,我劳盈十旬。别时花灼灼,别后叶蓁蓁。"⑧此诗见载于《艺文类聚》卷二九"别部",虽仅存四句,却兴象玲珑,自然可喜。离人行千里的空间距离、留者盈十旬的时间煎

---

① 四句诗用"符瑞"表示外任之意,用《诗经·唐风·蟋蟀》"今我不乐,日月其慆"表达离别之情。
② 顾绍柏校注《谢灵运集校注》,第14页。
③ 同上书,第19页。
④ 同上书,第7页。
⑤ 同上书,第170页。
⑥ 同上书,第166页。
⑦ 李白著,王琦注《李太白全集》,第587页。
⑧ 顾绍柏校注《谢灵运集校注》,第180页。

熬、别时鲜花烂漫、别后枝繁叶茂,时间、空间、景物融于短诗,别意宛然。特别是末两句,既上承《诗经·小雅·采薇》"昔我往矣,杨柳依依;今我来思,雨雪霏霏",又下开范云"昔去雪如花,今来花似雪"的清便宛转。

谢惠连乃康乐从弟,二人的赠答送别之作如《西陵遇风献康乐诗》与灵运《酬从弟惠连诗》均乃多章结构,故谢灵运此《答谢惠连诗》短诗当为断章,具体是哪一次与从弟的赠别往返不得而知。

(四) 颜延之的饯宴应制诗

应制送别诗一直是历代送别诗中重要部分,刘宋之际也有一些应制送别之作,颜延之两首四言应制祖饯诗影响较大,是其时应制祖饯诗的代表之作。先看《应诏宴曲水作诗》:

  道隐未形,治彰既乱。帝迹悬衡,皇流共贯。惟王创物,永锡洪筭。仁固开周,义高登汉。
  祚融世哲,业光列圣。太上正位,天临海镜。制以化裁,树之形性。惠浸萌生,信及翔泳。
  崇虚非征,积实莫尚。岂伊人和,实灵所贶。日完其朔,月不掩望。航琛越水,辇赆逾障。
  帝体丽明,仪辰作贰。君彼东朝,金昭玉粹。德有润身,礼不愆器。柔中渊映,芳猷兰秘。
  昔在文昭,今惟武穆。于赫王宰,方旦居叔。有睟睿蕃,爰履奠牧。宁极和钧,屏京维服。
  胐魄双交,月气参变。开荣洒泽,舒虹烁电。化际无间,皇情爰眷。伊思镐饮,每惟洛宴。
  郊饯有坛,君举有礼。幕帷兰甸,画流高陛。分庭荐乐,析波浮醴。豫同夏谚,事兼出济。
  仰阅丰施,降惟微物。三妨储隶,五尘朝黻。途泰命屯,恩充报屈。有悔可悛,滞瑕难拂。①

此诗《文选》入"公宴"诗类,李善注:"《水经注》曰:旧乐游苑,宋元嘉十一年,以其地为曲水,武帝引流转酌赋诗。裴子野《宋略》曰:文帝元嘉十一年三月丙申,禊饮于乐游苑,且祖道江夏王义恭、衡阳王义季,有诏,会者赋诗。"②据

---

① 萧统编,李善注《文选》,第962—965页。
② 同上书,第962页。

此知此诗作于宋元嘉十一年(434)三月三日,与百僚从宋公戏马台集送孔令一样,本次亦是一次节宴与饯宴合而为一的重大皇室活动,群僚应诏赋诗,且留存有颜延之作《三月三日曲水诗序》,群僚诗作当如同金谷集作诗一样,结集留存。延年《三月三日曲水诗序》李善注:"《风俗通》曰:《周礼》,女巫掌岁时祓除疾病。禊者洁也,于水上盥洁也。巳者,祉也,邪疾已去,祈介祉也。"又注:"《续齐谐记》曰:晋武帝问尚书挚虞曰:三月曲水,其义何?答曰:汉章帝时,平原徐肇以三月初生三女,至三日而俱亡,一村以为怪,乃招携至水滨盥洗,遂因水以泛觞。曲水之义起于此。帝曰:若所谈,非好事。尚书郎束晳曰:仲治小生,不足以知,臣请说其始。昔周公成洛邑,因流水以泛酒,故逸诗曰:羽觞随流波。又秦昭王三日置酒河曲,见有金人出,奉水心剑曰:令君制有西夏,乃因其处,立为曲水。二汉相沿,皆为盛集。帝曰:善。"①由此可知,本次曲水宴集是皇室每年的例行盛会,其盛况延年《序》记甚详,可与此诗互相发明:

> 既而帝晖临幄,百司定列,凤盖俄轸,虹旗委旆。肴蔌芬藉,觞醳泛浮。妍歌妙舞之容,衔组树羽之器。三奏四上之调,六茎九成之曲。竞气繁声,合变争节。龙文饰辔,青翰侍御。华裔殷至,观听骛集。扬袂风山,举袖阴泽。靓庄藻野,袨服缛川。故以殷赈外区,焕衍都内者矣。上膺万寿,下禔百福。币筵稟和,阖堂依德。情盘景遽,欢洽日斜。金驾总驷,圣仪载伫。怅钧台之未临,慨酆宫之不县。方且排凤阙以高游,开爵园而广宴。并命在位,展诗发志。则夫诵美有章,陈信无愧者欤?②

皇帝的仪仗、筵席上的美味、曲水泛觞的雅趣、公宴上的轻歌曼舞,面面俱到,精刻细描,而在诗歌中则只在第六、七章以寥寥数笔点染而出。同样,对于祖饯二王事,亦只于第七章提出,其他篇幅主要用于对皇帝与诸王的歌功颂德,应制酬酢味道十足。陈祚明评:"犹能稍见文雅。若《释奠会作》板重,无味,起句'国尚师位,家崇儒门',老生板对,唐律赋之不若,真有如元美所评者,故竟删之。"③相对于颜氏《皇太子释奠会作诗》的板重无味,此作尚存文雅,陈氏以比较批评法点出本诗的优点所在。其实,对照颜延年本诗与其序文,缘于同事,赋于同时,序文铺排陈辞、一气贯串,实高出一筹。曹道衡、沈玉成《南北朝文学史》评颜诗短处是"缺乏自然生动的韵致,甚至流于艰涩","和

---

① 萧统编,李善注《文选》,第 2049 页。
② 同上书,第 2053—2054 页。
③ 陈祚明评选,李金松点校《采菽堂古诗选》,第 506 页。

陆机同样具有规矩、典雅、华而不靡的特色"，①此诗可当之。许学夷《诗源辩体》评延年诗"体尽俳偶，语尽雕刻"，并举此诗等为例，评为"艰涩深晦，殆不可读"之作，切中肯綮。②

再看《为皇太子侍宴饯衡阳南平二王应诏诗》：

> 大仪在御，皇圣居贞。旁缉民纪，仰纬天经。物资感变，神以瑞形。川无遁宝，山不闷灵。亦既戒装，皇心载远。夕怅亭皋，晨仪禁苑。神行景骛，发自灵闱。对宴感分，瞻秋悼晚。③

此诗缪钺《颜延之年谱》系于元嘉二十二年（445）九月衡阳王义季右将军南平王铄出镇之际④，曹道衡、刘跃进《南北朝文学编年史》同之。从诗歌称题知此诗乃专为祖饯而作，且似一首替皇太子而作的代笔诗，而此次饯宴涉及宋文帝刘义隆、皇太子刘劭、衡阳王刘义季、南平王刘铄等皇室人物，故整体风格与《应诏宴曲水作诗》实出一辙。前半先用《周易》典尊颂皇帝御驾，再宣扬圣上经纬天地、治国理家有方，物资丰富，神灵福祐，社会升平，然后回归皇心的厚德载物，自然过渡到皇帝亲自主持的祖饯。后半围绕祖饯二王展开，一则祈求神灵保佑行者一路平安，一则以"夕怅亭皋""对宴感分，瞻秋悼晚"等怅惘之词表达惜别之情。开篇歌颂帝王功德，既是应制之作的通例，亦有以政治升平、神灵感应来安慰离人此去旅途勿忧之意，结篇回应题面，用字"称量而出，无一苟下"⑤，如"怅""感分""瞻秋""悼晚"等都意带悲切，语含别情。

总之，颜延之长于廊庙之体，历代诗论家论及延年诗歌，总会举其应制之作与《五君咏》为例。这两首饯宴送别诗，带有很强的应制气息，对皇室的称颂显要；祖离饯别则以点染勾勒带过，虽以精雕细刻之词表达离情别意，却雕润过度，难见真情的自然流露。作为元嘉重要诗人的颜延之，送别诗并非其佳制。

刘宋时期鲍照送别诗数量最多，艺术成就亦很高，其中许多送别诗是六朝同类诗作的模范，在研究六朝送别诗的共性时可以看到这一点。其他像范广渊、孔法生二人征虏亭饯王少傅之作诗题大同小异，相同地点祖饯同样一行人，应该是同一次祖饯活动上的集体赋作。范诗数典用事，几不留意于饯

---

① 曹道衡、沈玉成《南北朝文学史》，第 70 页。
② 许学夷《诗源辩体》，人民文学出版社，1987 年，第 113 页。
③ 逯钦立辑校《先秦汉魏晋南北朝诗》，第 1228 页。
④ 缪钺《颜延之年谱》，《读史存稿》，三联书店，1963 年，第 151 页。
⑤ 刘熙载著，王气中笺注《艺概笺注》，贵州人民出版社，1986 年，第 168 页。

别抒情,乃时风影响下的产物;孔诗留存于《初学记》卷一八,疑为断章,"真感属神虑,高兴袭天情",大抵以兴高采烈之情饯送行者,实含慰人之意。刘骏诸人之作,略而不述。

下面再看齐、梁留存送别诗。

三、齐梁留存送别诗论略

(一) 齐梁留存送别诗一览(见表2-4)

表2-4 齐梁留存送别诗一览

作者	题名	诗体	送别对象	送别表征、送别诗依据
王延	别萧谘议诗	五言	萧衍	诗题为送别。
王俭	后园饯从兄豫章诗	五言	从兄豫章	诗题称饯,知为祖饯诗。入《艺文类聚》"别"部。
王融	萧谘议西上夜集诗	五言	萧衍	齐武帝永明九年,萧衍随萧子隆赴荆州,群僚夜集祖饯。
王融	别王丞僧孺诗	五言	王僧孺	诗题为送别。
王融	饯谢文学离夜诗	五言	谢朓	齐武帝永明九年,谢朓随萧子隆赴荆州,文友夜集饯送。
王融	奉辞镇西应教诗	五言	萧子隆	萧子隆赴任荆州,诗人应教作诗。
张融	别诗	五言		《艺文类聚》入"别"部。
谢朓	送远曲	五言乐府	远离者	叙别。
谢朓	金谷聚	五言		或为拟金谷聚的叙别诗。
谢朓	暂使下都夜发新林至京邑赠西府同僚诗	五言	西府同僚	留别同僚。
谢朓	新亭渚别范零陵云诗	五言	范云	在新亭渚送别范云诗。
谢朓	忝役湘州与宣城吏民别诗	五言	宣城吏民	赴任湘州别宣城吏民诗。
谢朓	休沐重还丹阳道中诗	五言		留别故乡赋诗。
谢朓	京路夜发诗	五言		京路夜发留别故乡诗。
谢朓	晚登三山还望京邑诗	五言		离开京邑留别赋诗。
谢朓	和徐都曹出新亭渚诗	五言		和留别故土诗。

(续表)

作者	题名	诗体	送别对象	送别表征、送别诗依据
谢朓	和别沈右率诸君诗	五言	沈约等	赴荆州时留别回赠文友诗。
	离夜诗	五言	沈约等	赴荆州时留别回赠文友诗。
	将发石头上烽火楼诗	五言		离开南京时的留别诗。
	送江水曹还远馆诗	五言	江水曹	诗题为送别。
	送江兵曹檀主簿朱孝廉还上国诗	五言	江兵曹、檀主簿、朱孝廉	诗题为送别。
	临溪送别诗	五言		诗题为送别。
	与江水曹至干滨戏诗	五言	江水曹	《玉台新咏》称别江水曹。
虞炎	饯谢文学离夜诗	五言	谢朓	谢朓赴荆州,文友夜集饯别赋诗。
刘绘	饯谢文学离夜诗	五言	谢朓	谢朓赴荆州,文友夜集饯别赋诗。
	送别诗	五言		《艺文类聚》"别"部留存。
江孝嗣	离夜诗	五言	谢朓	谢朓赴荆州,文友夜集饯别赋诗。
王常侍	离夜诗	五言	谢朓	谢朓赴荆州,文友夜集饯别赋诗。
释宝月	估客乐	五言乐府	设妇送郎	妇送郎的题材。
萧衍	有所思	五言乐府	设妇别夫	叙妻别夫题材。
	襄阳蹋铜蹄歌三首	乐府三首	征人	设为送征人诗。
	答任殿中宗记室王中书别诗	五言	僚友	随萧子隆赴荆州,文友夜集祖饯,赋诗留别回赠。
	送始安王方略入关	五言	始安王	送别始安王入关结好于魏,赋诗。
范云	饯谢文学离夜诗	五言	谢朓	谢朓赴荆州,文友夜集赋诗饯别。
	别诗	五言		题为送别。
	送沈记室夜别诗	五言	沈记室	诗题为送别。
	送别诗	五言		按内容为妇送夫的叙别诗。
	别诗	五言	或为何逊	存《艺文类聚》"别"部。
宗夬	别萧谘议诗	五言	萧衍	萧衍随子隆赴荆州,僚友夜集赋诗送别。

(续表)

作　者	题　名	诗　体	送别对象	送别表征、送别诗依据
江　淹	卧疾怨别刘长史诗	五言	刘长史	诗题明卧疾时送别诗。
	应刘豫章别诗	五言	刘豫章	诗题为送别诗。
	贻袁常侍诗	五言	袁炳	袁炳奉命赴吴，赠别而作。
	古意报袁功曹诗	五言	袁炳	袁炳赴任湘州途中暂会江淹，有别而作。
	无锡舅相送衔涕别诗	五言	无锡舅	相送别诗。
	古离别	五言		拟古诗叙别。
	李都尉陵从军	五言		拟李陵别诗。
	谢法曹惠连赠别	五言		拟作谢惠连《赠别》诗。
	休上人怨别	五言		拟休上人别诗。
任　昉	赠王僧孺诗	五言	王僧孺	《梁书》载王僧孺将之县，任昉赠别。
	赠郭桐庐出溪口见候余既未至郭仍进村维舟久之郭生方至诗	五言	郭桐庐	"亲好自斯绝，孤游从此辞"，为留别郭生诗。
	答刘孝绰诗	五言	刘孝绰	据《南史》刘孝绰赴任赠任昉诗，昉答别。
	别萧谘议诗	五言	萧衍	萧衍西上荆州，僚友夜集赋诗钱别。
丘　迟	侍宴乐游苑送徐州应诏诗	五言	徐州刺史	应诏送别诗。
虞　羲	送友人上湘诗	五言	友人	诗题为送别诗。
	送别诗	五言两句		《文选》注引送别诗断句。
沈　约	襄阳蹋铜蹄歌三首	乐府三首		叙别乐府。
	侍宴乐游苑饯吕僧珍应诏诗	五言	吕僧珍	应诏饯别诗。
	送别友人诗	五言	友人	诗题为送别诗。
	去东阳与吏民别诗	五言	吏民	诗题为留别吏民诗。
	饯谢文学离夜诗	五言	谢朓	谢朓赴荆州，文友夜集赋诗饯别。
	别范安成诗	五言	范安成	《文选》入"祖饯"类，诗题为送别。

(续表)

作　者	题　名	诗　体	送别对象	送别表征、送别诗依据
沈　约	侍宴谢朏宅饯东归应诏诗	五言	谢朏	应诏赋饯别诗。
	侍宴乐游苑饯徐州刺史应诏诗	五言	徐州刺史	应诏饯别诗。
柳　恽	赠吴均诗三首	五言三首	吴均	"奔潮溢南浦""心知别路长"等为赋别。
	赠吴均诗二首	五言二首	吴均	"离念已郁陶""楚客奏归音"为赋别。
何　逊	答丘长史诗	五言	丘长史	"握手异沉浮，佳期安可屡"似答别诗。
	道中赠桓司马季珪诗	五言	桓司马	"君渡北江时，讵今南浦泣"，道中赋别。
	夕望江桥示萧谘议杨建康江主簿诗	五言	萧衍等	"分路一扬镳"，为赠诗兼别。
	仰赠从兄兴宁寘南诗	五言	从兄兴宁何寘南	"当怜此分袂，脉脉泪沾衣"，知为离别赠诗。
	赠江长史别诗	五言	江长史	诗题为送别。
	送韦司马别诗	五言	韦司马	诗题为送别。
	南还道中送赠刘谘议别诗	五言	刘谘议	诗题为送别。
	与崔录事别兼叙携手诗	五言	崔录事	诗题为送别。
	别沈助教诗	五言	沈助教	诗题为送别。
	与沈助教同宿溢口夜别诗	五言	沈助教	与沈助教溢口夜别。
	与苏九德别诗	五言	苏九德	诗题为送别。
	初发新林诗	五言	亲宾	"回首泣亲宾""去矣方悠悠"等留别语。
	拟青青河边草转韵体为人作其人识节工歌诗	五言乐府		从内容知为叙别题材拟诗。
	从镇江州与游故别诗	五言	故游朋友	诗题为送别。
	与胡兴安夜别诗	五言	胡兴安	夜别胡兴安赋诗。
	车中见新林分别甚盛诗	五言		咏送别事。

(续表)

作　者	题　名	诗　体	送别对象	送别表征、送别诗依据
何　逊	见征人分别诗	五言		叙征人分别之作。
	咏白鸥兼嘲别者诗	五言		述双鸥分别以喻人类分别，属叙别诗。
	送褚都曹联句诗	五言	褚都曹	联句送别。
	送司马□入五城联句诗	五言	司马氏	联句送别。
	离夜听琴诗	五言		或为夜集饯别有感之作。
	相送诗	五言	送客	诗题为送别。
	往晋陵联句	五言	高爽	联句送别。
	相送联句	五言	韦黯、王江乘	联句送别。
	临别联句	五言		联句送别。
	折花联句	五言		联句送别。
沈　繇	答何郎诗	五言	何逊	留别何逊的诗作。
朱记室	送别不及赠何殷二记室诗	五言	何、殷二记室	送别不及留赠。
吴　均	送归曲	五言乐府	故人	送归之作。
	酬萧新浦王洗马诗二首	五言二首	萧子云、王筠	"送归日愁满，留客袂纷吾"有送别意。
	赠王桂阳别诗三首	五言三首	王桂阳	诗题为送别。
	酬别江主簿屯骑诗	五言	江主簿	诗题为酬别。
	酬别诗	五言	故人	诗题为酬别。《艺文类聚》入"别"部。
	赠别新林诗	五言		诗题为送别。
	发湘州赠亲故别诗三首	五言三首	亲故	诗题为留别。
	同柳吴兴乌亭集送柳舍人诗	五言	柳舍人	诗题为集饯送别。
	同柳吴兴何山集送刘馀杭诗	五言	刘馀杭	诗题为集饯送别。
	送柳吴兴竹亭集诗	五言	柳吴兴	诗题为送别。
	寿阳还与亲故别诗	五言	亲故	留别亲故诗。

(续表)

作　者	题　名	诗　体	送别对象	送别表征、送别诗依据
吴　均	酬闻人侍郎别诗三首	五言三首	闻人侍郎	酬别诗。
	赠鲍春陵别诗	五言	鲍春陵	诗题为赠别。
	别王谦诗	五言	王谦	诗题为送别。
	别夏侯故章诗	五言	夏侯故章	诗题为送别。
	征客诗	五言	公卿	"公卿来怅别",述别境。
	杂绝句诗四首	五言四首		写分别为题材。
	送吕外兵诗	五言	吕外兵	《艺文类聚》入"别"部。
王僧孺	送殷何两记室诗	五言	殷何两记室	"掩袖出南浦,驱车送上征",写别。
萧　统	饯庾仲容诗	五言	庾仲容	饯宴赐诗。
萧　琛	别萧谘议前夜以醉乖例今昼由醒敬应教诗	五言	萧衍	应教别诗。
	饯谢文学诗	五言	谢朓	谢朓赴荆州,文友夜集赋诗饯别。
徐　勉	送客曲	杂言乐府		叙送客。
萧子显	侍宴饯陆倕应令	五言	陆倕	应令祖饯诗。
	春别诗四首	七言四首		从内容和诗题知为叙别抒怀诗。
谢　微	济黄河应教诗	五言		从内容知为济黄河应教留别。
刘孝绰	侍宴饯庾於陵应诏诗	五言	庾於陵	应诏祖饯诗。《艺文类聚》"别"部摘录。
	侍宴饯张惠绍应诏诗	五言	张惠绍	应诏祖饯诗。《艺文类聚》入"别"部。
	饯张惠绍应令诗	五言	张惠绍	应令祖饯诗。《艺文类聚》入"别"部。
	侍宴离亭应令诗	五言		离亭送人应令赋诗。
	江津寄刘之遴诗	五言	刘之遴	寄别诗。
	发建兴渚示到陆二黄门诗	五言	到、陆二黄门	酬别二黄门。《艺文类聚》入"别"部。
刘　孺	侍宴饯新安太守萧几应令诗	五言	萧几	应令祖饯诗。
	相逢狭路间	五言乐府		《诗纪》云:此亦赋别之诗。

(续表)

作者	题名	诗体	送别对象	送别表征、送别诗依据
刘显	发新林浦赠同省诗	五言	同省僚友	《艺文类聚》入"别"部，留别诗。
张缵	侍宴饯东阳太守萧子云应令诗	五言	萧子云	《艺文类聚》入"别"部，应令祖饯诗。
刘孝威	东西门行	五言乐府		《诗纪》云：此似应诏饯赠之作。写别。
萧纲	春江曲	五言乐府		客行留别。
萧纲	赠张缵诗	五言	张缵	"芬芳与摇落，俱应伤别离"，送别时作。
萧纲	饯庐陵内史王修应令诗	五言	王修	应令祖饯。
萧纲	饯临海太守刘孝仪蜀郡太守刘孝胜诗	五言	刘孝仪、孝胜	祖饯诗。《艺文类聚》入"别"部。
萧纲	饯别诗	五言		《艺文类聚》入"别"部，题称饯别。
萧纲	送别诗	五言		《艺文类聚》入"别"部，题称送别。
萧纲	罢丹阳郡往与吏民别诗	五言	吏民	留别吏民诗。
萧纲	示晋陵弟诗	五言	晋陵弟	"零雨悲歧路，送归临水节"，写别。
萧纲	和萧侍中子显春别诗四首	七言四首		叙别之作。
萧纲	伤离新体诗	五七言杂		新体伤离感怀之作。
庾肩吾	侍宴饯湘州刺史张续诗	五言	张续（疑缵字误）	侍宴祖饯诗。
庾肩吾	侍宴饯张孝总应令诗	五言	张孝总	应令祖饯诗。
庾肩吾	送别于建兴苑相逢诗	五言		"眷然从此别，车西马复东"，以送别结篇。
庾肩吾	侍宴饯湘东王应令诗	五言	湘东王	应令祖饯诗。《艺文类聚》入"别"部。
庾肩吾	新林送刘之遴诗	五言	刘之遴	《艺文类聚》入"别"部，写送别。
庾肩吾	应令诗	五言	张孝总	《艺文类聚》入"别"部，《诗纪》作饯张孝总应令。
庾肩吾	侍宴饯东阳太守范子云诗	五言	萧子云	《艺文类聚》入"别"部。侍宴祖饯诗。

(续表)

作者	题名	诗体	送别对象	送别表征、送别诗依据
王筠	侍宴饯临川王北伐应诏诗	四言	临川王	侍宴祖饯诗。
萧绎	陇头水	五言乐府		抒发别慨。
	别荆州吏民	五言	荆州吏民	留别荆州吏民。
	别荆州吏民诗二首	五言二首	荆州吏民	留别荆州吏民。
	春别应令诗四首	七言四首		离别题材抒怀。
	别诗二首	七言二首		别后述怀。
	送西归内人诗	七言	李氏	送李氏还荆州。
刘孝胜	冬日家园别阳羡始兴诗	五言	刘孝仪	诗题为送别。
徐君蒨	别义阳郡二首	五言		留别义阳郡。
荀济	赠阴梁州诗	五言	阴子春	梁州刺史阴子春左迁,济作大诗赠之。
王台卿	南浦别佳人	五言		诗题为送别。
朱超	别刘孝先诗	五言	刘孝先	诗题为送别。
	别席中兵诗	五言	席中兵	《艺文类聚》入"别"部。诗题称别。
车毂	陇头水	五言乐府	征人	以送别征人为背景的送别乐府诗。
王环	代西封侯美人诗	五言		"于今辞宴语,方念泣离违",写别际。
沈满愿	越城曲	五言乐府		"别怨凄歌响,离啼湿舞衣",抒别。

南齐仅二十几年的历史,许多诗人成长于此代而主要创作于萧梁,故此两代综列一表(见表2-4)。南齐、萧梁是送别诗最为兴盛的时期,亦是中国送别诗史上的第一次高峰。两个朝代留存有送别诗的诗人达四十六位,占其时诗人总数的百分之二十一,共存送别诗一百八十多首,在绝对数量上都超过了六朝其他时期。而且还有许多诗人重视送别诗的写作,如谢朓存送别诗十六首、何逊存二十六首、吴均存二十八首;其他像皇室萧氏不但大力提倡创作送别诗,而且还亲力亲为,留下了很多送别之作,如萧衍存六首、萧绎存十一首、萧纲存十三首,萧统每游宴祖饯即兴赋诗至十数韵,赋作一定不少于其他兄弟。此期著名诗人基本都作有送别诗,如江淹不但有《别赋》《恨赋》两篇名赋,还留存有包括拟作在内的送别诗作九首;范云、任昉、沈约、刘孝绰、庾肩吾等都涉足送别诗领域,写下了一定数量的送别之作。从人数、存诗总数、诗人群体各个方面看,齐梁之际送别诗创作处于极盛时期,即便与唐代各个时期的送别诗相较,亦自有特色,并不逊色。

(二) 齐梁留存送别诗体式新变

根据表2-4,仅从诗歌体式、结构上看,齐梁送别诗相较魏晋送别诗发生了如下变化:

第一,齐梁送别诗的体式更加丰富,结构更加简练,逐渐淡化多章长篇与组诗结构,以短制意专型送别诗为大宗。魏晋送别诗四言形式还占很大比重,而且许多采用多章与组诗结构。而齐梁送别诗以五言为主,基本不用多章结构,除吴均较多运用组诗述别外,其他诗人基本不用组诗形式。从中可以推测,魏晋送别活动准备时间较长,诗人有足够长的时间酝酿感情,从而得以反反复复、絮絮叨叨,把离别之情的点点滴滴、方方面面都抒写出来,即便是应酬之作,亦从不同侧面联想牵绊,敷衍成长诗组歌,这也许正是许多魏晋送别诗长诗组诗往往夹杂其他成分、送别意味不纯的原因。齐梁送别诗多以单篇乃至短小精悍的形式赋作,可能其时祖离送别活动更为频繁,诗人亦无暇精心准备长歌组诗,故送别诗往往有感而发,随情宛转,不在乎篇幅的长短。恰恰是这样的有感之作,诗人着眼点专一,故写出来的送别诗更为纯粹,亦更加感人。正是这些简练短篇,标志着送别诗开始由魏晋诗型转向唐诗型。这种转型可以从收入《文选》诗"祖饯"类的谢朓《新亭渚别范零陵云诗》与沈约《别范安成诗》看出。谢诗作年不确,葛晓音《谢朓生平考略》系于南齐永明三年(485),时朓二十二岁,转王俭卫军东阁祭酒、太子舍人,在丹阳供职;①关玉林《谢朓生平及诗文系年考论》系齐武帝永明十一年,系年依据是"《南史·范云传》:'永明十年使魏……使还,再迁零陵内史。'云时作有《之零陵郡次新亭》诗一首"②。曹道衡、沈玉成考证曰:

> 谢朓以永明九年赴荆州,范云尝送别,有《饯谢文学离夜诗》可证。朓以十一年返,至建康时,齐武帝已崩,而当齐武大渐之际,竟陵王子良曾以范云为军主,见《南史·梁本纪》上及《通鉴》卷一三八。据《梁书·范云传》:"子良为司徒,又补记室参军事,寻授通直散骑侍郎,领本州大中正,出为零陵内史。在任洁己,省烦苛,去游费,百姓安之。明帝召还都。"虽不记岁月,然当在隆昌、延兴之际可知。其召回当在明帝既立之后,时朓已自江陵返,尚未为宣城太守时也。③

---

① 葛晓音《汉唐文学的嬗变》,北京大学出版社,1990年,第340页。
② 关玉林《谢朓生平及诗文系年考论》,《四川师范大学学报(社会科学版)》1998年第1期。
③ 曹道衡、沈玉成《中古文学史料丛考》,第408页。

据此,则范云出为零陵内史当在隆昌、延兴之际,即494年,故此诗亦当系于此年。然关玉林判断范云迁零陵内史时间为上一年,也有一定的道理。按:据《资治通鉴》,永明十年(492)十二月,司徒参军萧琛、范云聘于魏,得魏主"江南多好臣"之赞,使还范云再迁零陵内史。关氏系使还外迁于永明十一年,曹、沈二先生系于后一年,均有可能。《南史》接着记载范云在零陵任上惠民之政,"深为齐明帝所知,还除正员郎"①,则范云还时南齐已几易帝主。谢朓的送别诗写得比较简短,相对魏晋许多典雅送别之作来说,透出一股清新之气,其诗曰:

> 洞庭张乐地,潇湘帝子游。云去苍梧野,水还江汉流。停骖我怅望,辍棹子夷犹。广平听方籍,茂陵将见求。心事俱已矣,江上徒离忧。②

全诗十句,紧扣范云的赴任抒别。曹融南注:"零陵,齐属湘州。治所在今湖南永州市北。"③洞庭、潇湘、苍梧、江汉都与范云赴任之所处同一方向,而此四地又都有着深厚的文化底蕴,其历史事迹见载于各类典籍,李善已注前四句出典分别为:《庄子》"帝张咸池之乐于洞庭之野"、屈原《湘君》"帝子降兮北渚"、《归藏启筮》"有白云出自苍梧"、《尚书》"江、汉朝宗于海",既是实写离人前方目的地的景物,又是援引典事,用典浑如己出,了无痕迹;既表达对离人前去的羡慕之意,又抒写离人此别的依依之情。"停骖我怅望,辍棹子夷犹",直接描述临行送别,上句写留者的目送,李善注引郑玄《毛诗注》:"骖,两骓也。"④诗人停住回转的马车,久久瞻望;下句写离人的留恋,曹融南注:"辍棹,犹言停舟。"⑤范云乘舟欲行,停桨回望。二句"怅望""夷犹"均为用典,然不觉耳。张玉穀曰:"前六,突就范所往地援引古事,写出云去水流之感,落到我留子往,愈觉此别神伤。"⑥抓住诗人用典引事之旨,还分析了"云""水"意象在此诗中的深意,最为切要。末四句"透后言将来升沉各异,聚首末由,妙在明己心事,将'俱已'二字连范亦拖在内,折到徒抱离忧,陡然咽住。'江上'字,则又补点题中新亭渚也"⑦。同样,后四句依然使事用典,李

---

① 李延寿《南史》,第1417页。
② 谢朓著,曹融南校注集说《谢宣城集校注》,上海古籍出版社,1991年版,第217页。
③ 同上书,第217页。
④ 萧统编,李善注《文选》,第982页。
⑤ 谢朓著,曹融南校注集说《谢宣城集校注》,第218页。
⑥ 张玉穀著,许逸民点校《古诗赏析》,第408页。
⑦ 同上书,第408—409页。

善注"广平"典出王隐《晋书》郑袤事,"茂陵"出《汉书》司马相如事,并曰:"言范同广平而声听方向籍,已当居茂陵之下,将于彼而见求。"①此联仍从主客双方着墨,既有诗人对自己未来生活的设想,亦有对范云此去殷切的期望。末两句直接抒别,"心事俱已矣"语带双关②,既指此次离人已去,送别成行,心事已了,又指诗人理想无法实现,心已灰冷;"江上徒离忧",自然切合"思公子兮徒离忧"之典,又水到渠成地表达出面对滔滔江水,唯有离别之忧愁绵绵不尽的真情。全诗几乎句句用典,均贴切自然,无迹可求,短短十句,厚重的历史感与紧迫的时代焦虑浑融一体,淡然隐逸的思想与积极进取的精神并行不悖,意象的象征性与景物的现实性交织在一起,"其词淹雅,其调嘹亮。'云去''水还',用兴别意"③。吴淇论其影响曰:"崔颢《黄鹤楼》诗,全从此诗脱来,句句对校自明。凡古人作诗,必有所本。"④

谢朓《新亭渚别范零陵云诗》明白清新,自然流利,然运用典事较多,依然需按注索引,才可理解透彻;相较而言,沈约《别范安成诗》更为晓畅简练。其诗曰:

　　生平少年日,分手易前期。及尔同衰暮,非复别离时。勿言一樽酒,明日难重持。梦中不识路,何以慰相思。⑤

此诗《南北朝文学编年史》系于齐武帝永明九年(491),考按:"《梁书·范岫传》:'出为建威将军、安成内史。入为给事黄门侍郎,迁御史中丞。'其为御史中丞是在永元元年,则其为安成内史必在此前;所奉之主由此可以推定是齐安成王萧暠。据《南齐书·安成王暠传》,萧暠卒于本年夏。则此诗又必作于本年夏之前。"⑥范安成,李善注曰:"《梁书》曰:范岫,字樊宾,齐代为安成内史。"⑦"樊"字误,应为"懋"。按照《南北朝文学编年史》的考证,此诗作于范岫出为齐安成王萧暠内史之际,据罗国威《沈约任昉年谱》沈约此时已经五十一岁,范岫亦已五十二岁⑧,二人年岁相当,皆步入衰暮之年。经历了

---

① 萧统编,李善注《文选》,第982页。
② 方回《文选颜鲍谢诗评》认为:"'心事俱已矣',必自有说,不传之秘,非所形容。"吴淇《六朝选诗定论》则曰:"尧舜君民之事,不可复望,故曰'心事俱已矣'。'心事'二字暗藏在上面四句内。"
③ 陈祚明评选,李金松点校《采菽堂古诗选》,第649页。
④ 吴淇《六朝选诗定论》,第424页。
⑤ 沈约著,陈庆元校笺《沈约集校笺》,浙江古籍出版社,1995年,第399页。陈注本诗题作《别范安成》,为行文表述一致,此处诗题同前。后文同类情况,不一一注出。
⑥ 曹道衡、刘跃进《南北朝文学编年史》,第287页。
⑦ 萧统编,李善注《文选》,第983页。
⑧ 据《梁书》:天监十三年(514),范岫卒官,年七十五岁,知其生于宋元嘉十七年(440)。

宦海浮沉、人世沧桑、年轻时的意气风发,然人生在世,身不由己,垂暮之年还得选调奔波。特定心理背景与特定社会现实,在诗人笔下化作老成持重之作、感慨苍凉之音。首两句述年轻时的淡然分离,李善解曰:"言春秋既富,前期非远,分手之际,轻而易之。言不难也。"接着两句写年暮之际的分手,反生无限感慨,李善解:"言年寿衰暮,死日将近,交臂相失,故曰非时也。"①此四句一写年轻,一述年暮,对比鲜明,"以少年易别,跌出今非其时"②。吴淇反复揣摩,分析细致:"'前期'二字,生于少年之时日,'易'字生于少年之志气。'衰暮'固是时日有限,亦是年老人志气衰飒,易动悲感。今日与尔同衰暮,即昔日与尔同少年。独于少年着'平生'二字者,只管我心如此,尔心难易全然不管,总是少年使然。时到今日,都无一个是少年人,我心中觉得难,亦知尔心中觉得难,尔我之所以难者,都不谓风烛之年后会难再,只此别离之际,黯然消魂,尔我老年人俱禁他不起耳。"③《古诗归》更称"'同'字妙,别离苦境参一盛壮人便不知"④,如此说来,首四句字字皆平,却字字意深,换一字不得。第五、六句言樽酒难重持,衰暮之气溢于言表,没有年轻人推杯换盏的豪气干云,只有与老年知己追昔念今,唏嘘不已。末两句以留者的身份质问行人,此去后会无期,只有梦里相见,然梦断歧路,相思如何得消。张玉穀解后四句曰:"惜别尊之重持难得,悲远梦之莫慰相思。"⑤吴淇侃侃论道:"下四句,正就那别离一刻上摹写。'勿言'二句少展一限,'梦中'二句,忽又倒转今夜,谓明日以后且不消算计,只此分手而去,知尔今夜宿在那里?真是有梦难觅,教我如何不愁绝痛绝也!看他一篇文字,只觑定'别离时'三字,真是看着日影说话。往前写,直说到'少年日',何其太长;往后写,只说到'明日'便止,何其太短。一短一长,只逼此眼前离别之一刻,真老年人手笔也。"⑥

全诗按时间结构谋篇,别前、别时、别后安排有次,其中精妙已见吴淇评论。用词平易,晓畅明了,真正符合沈约"三易"⑦的诗歌创作论,特别是全诗暗用生平、别易、衰暮不复相见、樽酒、梦中访友迷路等典,浑如己出。故《古诗归》高度评价曰:"说得心魂消然,老杜'落月''枫林''关塞'等语皆从此出。字字幽,字字厚,字字远,字字真,非汉人不能。尤妙在一片真气浮动,无

---

① 萧统编,李善注《文选》,第983页。
② 张玉穀著,许逸民点校《古诗赏析》,第440页。
③ 吴淇《六朝选诗定论》,第439页。
④ 锺惺、谭元春《古诗归》,《续修四库全书》第1589册,上海古籍出版社,2002年,第497页。
⑤ 张玉穀著,许逸民点校《古诗赏析》,第440页。
⑥ 吴淇《六朝选诗定论》,第439页。
⑦ 《颜氏家训·文章篇》:"沈隐侯曰:'文章当从三易:易见事,一也;易识字,二也;易读诵,三也。'邢子才常曰:'沈侯文章,用事不使人觉,若胸臆语也。'深以此服之。"

一毫境事琐碎参错。"①《六朝选诗定论》评："通篇清空,一气如话,诗品至此神矣。不意齐梁波靡之余,乃复睹此。上可继李于汉,下可开孟于唐。"②高度估量此诗承前启后的作用。陈祚明则在同期诗作的比较中见出此作独拔于时:"其情宛是《十九首》,远超潘、陆之上,何论颜、鲍!其调则稍以平近,微递汉魏,'非复'句,声不振;'梦中'句意太尖。然有此佳致,即复何必似汉魏,神似可耳!"③

如此送别佳制,在历代诗词中的影响亦不可忽视,特别是"梦中不识路,何以慰相思"的构思影响尤为深远。如唐王勃《别薛华》:"无论去与住,俱是梦中人。"岑参《春梦》:"洞房昨夜春风起,故人尚隔湘江水。枕上片时春梦中,行尽江南数千里。"晏几道《蝶恋花》:"梦入江南烟水路,行尽江南,不与离人遇。"杜安世《玉阑干》:"几回独睡不思量,还悠悠、梦里寻趁。"而《全唐诗》卷七六八载金昌绪《春怨》诗"啼时惊妾梦,不得到辽西",在"梦中不识路"的基础上翻出新意,深得诗家的好评。论及沈约此诗影响时,吴淇举吴迈远《长别离》"如何与君别,当我少年时"为例,"正从此意翻来,可见别离一景,老少人俱不堪得"④。然而,吴迈远于宋元徽二年(474)坐桂阳之乱诛死,沈约此诗作于南齐之际,吴淇颠倒因果,故不得不提。

齐梁送别诗格式的简练仅举《文选》录两诗为例,其他诗作亦多短制,言简意深。篇幅所限,兹不一一列举。

第二,齐梁送别诗体式的新变还表现在以七言诗与文人乐府来抒怀述别。七言诗虽然起源很早,或曰蜕变于楚辞,或论演变于谣谚,发展却相当缓慢。虽早在曹魏就出现了曹丕《燕歌行》这样成熟的七言之作,鲍照亦正式确立了隔句用韵的七言诗体式,⑤但在五言大盛的六朝时期,七言诗在数量上依然处于绝对弱势。在齐梁之际,出现了七言送别诗,难能可贵。

从上表可以看出,齐梁时期留存有七言送别诗的有萧子显、萧纲、萧绎三人,共存诗十六首,其中以萧绎留存最多,有七首。在这些七言送别诗中,有一组称题均有"春别"字样,是萧子显、萧纲、萧绎三个的奉和应酬之作,每人一题赋四首,题目像伤春别春之意,内容实写春天里的离人相别,可以归入叙别诗类。从各自称题亦知萧子显最先赋作,萧纲奉和,萧绎大约应兄令而作。

---

① 锺惺、谭元春《古诗归》,《续修四库全书》第1589册,第497页。
② 吴淇《六朝选诗定论》,第439页。
③ 陈祚明评选,李金松点校《采菽堂古诗选》,第740页。
④ 吴淇《六朝选诗定论》,第439页。
⑤ 王运熙《当代学者自选文库·王运熙卷》,安徽教育出版社,1998年,第5页。

胡德怀《四萧年谱》系萧纲《和萧侍中子显春别诗四首》于梁大通二年(528)①,然查《梁书·萧子显传》,子显于中大通二年(530)才迁长兼侍中,一直到中大通五年,迁吏部尚书,侍中如故。因此,从萧纲诗题看,这次三人奉和赋诗应当在中大通二年以后,不知胡先生系年所据。王运熙先生肯定了此次集体赋作的重要意义:"萧子显的《春别》共四首,除第三首(共四句)句句用韵外,其他三首都隔句用韵。第一、第四两首均为四句,第二首六句。简文的《和萧侍中子显春别》和元帝的《春别应令》是同时唱和之作,每人每题都作四首,各首的体制完全相同。由此可以窥见他们多么热心于七言新体的制作。由于他们的努力,隔句用韵的七言诗至此宣告完成。"②萧子显《春别诗四首》第一首以莺燕双飞、杨柳依依、情人携手来反衬离人已去、留者空守的感离伤怀,属以反衬法叙别一类;第二首依然运用上首同一手法,衬景则换为幽宫积草、黄鸟芳树、重花叠叶等,以眼前乐景衬相思之情;第三首则运用淇水送别泪沾巾直述别离场景,杨慎《升庵诗话》录诗后评曰:"昨别下泪而送旧,今已红妆而迎新,娼楼之本色也。六朝君臣,朝梁暮陈,何异于此。"③以诗证人,对六朝诗人与社会的先入之见非常明显;第四首一反前三首以乐景衬离的写法,直接以"衔悲揽涕"、风吹花落、人别花离抒发胸臆。虽不写具体送别活动,却将送离祖别之感抒写得真切。萧纲的奉和四首步随子显,但更注重翻出新象,如"蒲萄带实""豆蔻连枝""蜘蛛作丝""芳草结叶""黄鸟飞飞""淮水去来潮""杨柳覆河桥""桃红李白"等,既有双双成对意象的衬照,亦有如淮水去来无常、杨柳纤纤送别等意象的类比,对于别意离情,写得缠绵悱恻,如"有心有恨徒别离""泪痕未燥讵终朝""羞持憔悴比新芳,不惜誓往君前死"等。萧绎的应令四首则紧扣离愁别绪,区别于前诗注重自然景观,更重人文景致,遣词亦更趋雕缋。然运用自然托意有自然景观之妙,驱遣堂皇丽景述怀有富贵雕琢之工。如"上林朝花""交龙锦""影珠幔""金池"等配以自然景观的"昆明夜月""庭里合欢枝""渭桥西"、凉月浮云、门前丝柳等,交织辉映,更有效地映衬了离别之情。

梁简文帝萧纲还有一首《伤离新体诗》被《艺文类聚》录入"别"部,亦是一首叙别之作,诗歌前半部分为五言,设为离别场景并从不同视角进行描述。中间部分以七言为主,间入五言六句:"桂宫夕掩铜龙扉,甲馆宵垂云母帐。

---

① 胡德怀《四萧年谱》,刘跃进、范子烨编《六朝作家年谱辑要》,黑龙江教育出版社,1999年,第48页。
② 王运熙《当代学者自选文库·王运熙卷》,第13页。
③ 杨慎撰,王大厚笺证《升庵诗话新笺证》,中华书局,2008年,第130页。杨慎评论文字"昨别下泪而送旧,今已红妆而迎新"句,在《历代诗话续编》本(第898页)中被误标点为萧子显《春别》诗句,以《升庵诗话新笺证》本重新标点为准。

胧胧月色上,的的夜萤飞。草香袭余袂,露洒沾人衣。带堞凌城云乱聚,排枝度叶鸟争归。碗中浮蚁不能酌,琴间玉徽调别鹤。别鹤千里别离声,弦调轸急心自惊。试起登南楼,还向华池游。前时筱生今欲合,近日栽荷尚不抽。犹是衔杯共赏处,今兹对此独生愁。"①以宫廷华丽场景为背景,契合《别鹤》伤离之音乐,独处宫闱,离人已去,留者徒伤的愁绪更加无法排遣。最后回到五言,述写室外瞻望,盼望离人归来的急切心情。全诗从别时入篇,再写别后宫中物是人非的悲愁与室外独立远眺盼归的无奈,反复回旋,帝王的离别心态刻画得细腻深入。而被《艺文类聚》归入"别"部,亦可知此诗主旨在叙别。称为"新体",或曰"杂体",说明了诗人有意识运用七言诗体写送别题材。

以七言诗体写作送别诗的还有萧绎的《别诗二首》与《送西归内人诗》。萧氏三人的《春别》诗与《伤离新体诗》还只能算作诗人创作时有意识引入送别题材的作品,不一定与具体送别事件相关。而《送西归内人诗》则是为具体送别事件而作,以七言形式赋诗送别或者发端于萧绎。《南史·梁武帝诸子传》载:"元帝之临荆州,有宫人李桃儿者,以才慧得进,及还,以李氏行。时行宫户禁重,(庐陵王)续具状以闻。元帝泣对使诉于简文,简文和之得止。元帝犹惧,送李氏还荆州,世所谓西归内人者。"②其诗见载于《艺文类聚》,曰:

> 秋气苍茫结孟津,复送巫山荐枕神。昔时慊慊愁应去,今日劳劳长别人。③

从《南史》记载可知此诗当为萧绎送李氏还荆州时所赋,首句点明节令、送别地点,次句明确别意,三四句今昔对比,"劳劳长别"表达了作者深深的别离情意。《别诗二首》亦抒发别离之情,别后之思。其一曰:"别罢花枝不共攀,别后书信不相关。欲觅行人寄消息,衣常潮水暝应还。"其二曰:"三月桃花含面脂,五月新油好煎泽。莫复临时不寄人,谩道江中无估客。"④其一以昔日摘花不再、别后音书难达、归期难以预测表达独处的思念,其二以桃花灿烂、新油煎泽表达时间的推移,临江吟唱估客之歌,望穿江水盼人归表达思念之切,都言简意赅,特别是采用七言的方式写作,舒缓了诗歌的节奏,思念百结之情表达得更为真切。

---

① 逯钦立辑校《先秦汉魏晋南北朝诗》,第 1979 页。
② 李延寿《南史》,第 1321 页。
③ 逯钦立辑校《先秦汉魏晋南北朝诗》,第 2060 页。
④ 同上书,第 2059 页。

另外,齐梁诗人还以送别题材创作乐府诗,亦是送别诗在诗体上的一大创新。汉乐府与魏晋、刘宋乐府虽也有送别题材,但多是无名氏之作,带有民歌特色。如《读曲歌八十九首》中,许多都是歌唱情人与"欢"执手而别的送离之作,语言直白,感情炽烈,如"执手与欢别,合会在何时。明灯照空局,悠然未有期""执手与欢别,欲去情不忍。余光照已藩,坐见离日尽""闻乖事难怀,况复临别离。伏龟语石板,方作千岁碑"等,其抒别大抵如此。再如《石城乐》:"闻欢远行去,相送方山亭。风吹黄蘗藩,恶闻苦篱声。"《莫愁乐》:"闻欢下扬州,相送楚山送。探手抱腰看,江水断不流。"《乌夜啼》:"辞家远行去,侬欢独离居。此日无啼音,裂帛作还书。"与前期送别题材乐府民歌色彩浓郁不同,齐、梁文人送别乐府更注重雕藻。从上表可以看出,齐梁文人留存送别题材乐府诗的有十三位十四题二十多首。像萧衍与沈约作有同题《襄阳蹋铜蹄歌三首》,与别离相关。《隋书·乐志》与《古今乐录》叙述了此题乐府的由来,萧诗三首按照时序先写征人出征,情人相送,"含情不能言,送别沾罗衣";再写别后相思,"寄语故情人,知我心相忆";最后写凯旋来归的荣耀。特别是前两首写情人分手与别后相思,遣词准确,形象生动。沈约之作则是奉和萧诗,其一亦写别,"分手桃林岸,送别岘山头。若欲寄音信,汉水向东流",分手送别地点、临别叮咛都语带深意;其二、其三均写男儿奋勇从军,笔带褒赞之意。其他以乐府写送别的还有谢朓《送远曲》、释宝月《估客乐》、萧衍《有所思》、何逊《拟青青河边草转韵体为人作其人识节工歌诗》、吴均《送归曲》、徐勉《送客曲》、刘孺《相逢狭路间》、刘孝威《东西门行》、萧纲《春江曲》、萧绎《陇头水》、车鼓《陇头水》、沈满愿《越城曲》等。

第三,采用联句方式写作送别诗,是齐梁送别诗体式上的又一创新。联句,又称连句,"由两人或多人共作一诗,联结成篇,是比较典型地体现诗歌集体性的形态"①,主要有一人一句、一人两句、一人四句连缀成诗几种形式。其渊源颇早,有以为源于《诗经》的,但学术界一般认为肇端于《柏梁台》诗。刘勰《文心雕龙·明诗》篇已经提到"联句",说明六朝时期"联句"已引起诗论家的重视。

齐梁时期,联句被移植到祖饯诗会上来,促使这种新型的诗歌创作方式从台阁走向了民间。齐梁联句送别诗以何逊为代表,其留存联句送别诗中,《送褚都曹联句》《送司马□入五城联句诗》仅存何诗,对方联句散佚;《往晋陵联句》与高爽联句而别,《相送联句》与韦黯对赋分离,《临别联句》与刘孺

---

① 吴承学、何志军《诗可以群——从魏晋南北朝诗歌创作形态考察其文学观念》,《中国社会科学》2001 年第 5 期。

联作,《折花联句》与刘绮互诉别情。这些联句基本上以四句一联,就像每人写了一首五言绝句,较前期一句一联或两句一联前进了一大步,且这些联句之作如出一手,彼此勾连,形成一个格式塔,迥异于魏晋之际的有赠有答的送别组诗。且举《范广州宅联句》为例略作分析。

《范广州宅联句》是范云与何逊的联句送别诗,范作:"洛阳城东西,却作经年别。昔去雪如花,今来花似雪。"何联:"蒙蒙夕烟起,奄奄残晖灭。非君爱满堂,宁我安车辙。"李伯齐认为此诗乃"范云由广州刺史任坐事征还、赦免之后所作,时约在永元二年(500)任国子博士之前"①。范云一面感叹人生离别无常,一面以花似雪、雪如花的轻盈流转的意象既表示时间的推移,又表示淡淡的离愁,余味曲包。何逊诗则写蒙蒙夕烟、奄奄残晖,以呼应范云的花、雪意境,只是遣词过于清冷灰暗,心境略显悲戚,殊无生气。后联由彼情及我意,直写友情。综合起来看,范诗开头两句写出洛阳苦别的情事,后面两句荡开一笔,以今昔对比互文见意,抒写离别的风月伤情;何逊首两句则紧接范诗写景,由范诗的虚写转为此时此景的实写,后两句坐实到彼此情谊,收束全诗。二诗相合,则相当于一首诗,首联叙事,中间两联运用对偶写景,末联抒怀。二人联句,彼此绾合,成为一体。当然,由于二人风格的差异,前后四句还是有较大差异的,特别是诗歌呈现出的意境风神,范诗清新,何诗清冷,范诗自得,何诗造作,高下自见。

这首联句别诗,范云所作影响尤其深远。钟嵘评范云五言诗"清便宛转,如流风回雪",杨祖聿《诗品校注》便举"孤烟起新丰""洛阳城东西"两首以证钟品,并曰:"皆'飘飘兮若流风之回雪',声情秀丽矣。"②而李商隐《漫成三首》其一:"不妨何范尽诗家,未解当年重物华。远把龙山千里雪,将来拟并洛阳花。"③《送王十三校书分司》:"多少分曹掌秘文,洛阳花雪梦随君。定知何逊缘联句,每到城东忆范云。"④均用范、何联句事,并反复致意"雪如花""花似雪"的用法。

联句送别诗的兴起大抵有两个方面的原因。首先,齐梁乃送别诗的繁荣时期,体式的创新是送别诗发展的必然结果,联句送别在这时候出现当属水到渠成。其次,六朝文人集体活动较多,又比较注重诗歌的娱情功能,逞才斗能现象也时有发生,因此临别之际联句述怀便在情理之中。

第四,齐梁送别诗不但在诗体上进一步发展而更加丰富,而且在称题上

---

① 何逊著,李伯齐校注《何逊集校注》,齐鲁书社,1989年,第33页。
② 钟嵘著,曹旭集注《诗品集注》(增订本),第412—415页。
③ 刘学锴、余恕诚《李商隐诗歌集解》(增订重排本),中华书局,2004年,第1021页。
④ 同上书,第2128页。

更加明确,送别意图更加明显。魏晋送别诗往往与赠答诗杂糅,故称题时多以"赠""答"示意;刘宋送别诗有与公宴、山水集游交混的倾向,故称题时有"侍宴""集""应诏"等标明;齐梁送别诗依然有赠答与侍宴应制之作,然而,这类诗作比例逐渐降低,送别诗与公宴、赠答、游览等类诗的分野更加明晰。笔者约略计算各个时期送别诗称题情况,建安曹魏时期诗题中出现"赠""答""集""应诏(令)"等字样的约占全部诗题的百分之五十,两晋时期约占百分之五十五,刘宋时期占近百分之三十,齐梁时期仅占百分之十五左右。实际上,齐梁之际有些诗题中有"赠"等字眼,却还在适当位置加上"别"字以明意,由此可知齐梁诗人创作送别诗的意识更强。此项与诗歌体式关系不大,故附此稍带提及。

(三) 饯谢文学离夜诗

齐梁皇室与官僚都很重视祖饯之际的集体赋诗,大规模的祖饯赋诗事件多次发生,其中以饯谢文学离夜事件最为隆重,参与诗人之众,留存祖饯诗作之多,都不逊于金谷集作诗与百僚从宋公戏马台集送孔令作诗。据《南北朝文学编年史》与诸家年谱知饯谢文学离夜发生于齐武帝永明九年(491),此次事件始末学界考论颇多。

曹道衡、沈玉成《中古文学史料丛考·谢朓为随王镇西功曹转文学》考证最详,据录如下:

> 《南齐书·谢朓传》记朓仕历云:"解褐豫章王太尉行参军,度随王东中郎府,转王俭卫军东门祭酒,太子舍人,随王镇西功曹转文学。"《南史》记此殊略,唯言"为齐随王子隆镇西功曹,转文学"。据《南齐书·武帝纪》,随王萧子隆为荆州刺史在永明八年八月。《武十七王传》,亦以子隆为荆州是八年事,且以子隆加"镇西"号在镇荆州同时。然则,谢朓之为功曹参军,果在何时。林东海《谢朓评传》(《中国历代著名文学家评传》第一册第五三三至五三四页)以为子隆为荆州在永明八年,谢朓为镇西功曹在此以前;随王以九年"亲府州事",朓从之赴江陵。葛晓音《谢朓生平考略》(见《艺谭》一九八二年第四期)则以为随王子隆为镇西将军荆州刺史在八年,朓为镇西功曹与此同时;至于朓之赴江陵是从子隆同行,是九年事。……窃以为子隆赴荆州当在八年秋,而朓之赴荆州则在九年春,非从行也,盖王融有《奉辞镇西应教诗》,"镇西"即随王也。诗有"徘徊岁光晚,摇落江树秋"句,明在秋日,与《武帝纪》所载八月正合。至于谢朓赴荆州,则在次年春,融《饯谢文学离夜》有"春江夜明月,

还望情如何"句,乃春景。同时作者有刘绘、虞炎、范云、沈约诸人。今观诸作,除刘绘外,皆有春景。即谢朓《和别沈右率诸君诗》,乃答诸人作,有"重树日芬菎,芳洲转如积"句,亦春日作。……盖至九年子隆"亲府州事"后,如任昉为功曹参军,未就任而改文学,故诸家送别,皆称"谢文学"。又林说谓梁武亦曾作诗送朓,似误。检今存梁武帝诗,无此作。①

谢朓虽为随王萧子隆镇西功曹,却并未结伴去荆州赴任。现存与此事相关的送别之作中,送别萧子隆的仅存王融《奉辞镇西应教诗》一首,送别谢朓的却为数颇多。谢朓赴任时,赋送别诗赠行的有王融、刘绘、虞炎、范云、沈约等,诸人之作均同题《饯谢文学》,附入《谢宣城集》,谢氏亦有《和别沈右率诸君诗》回赠诸文友。其时参与送别活动并赋有送别诗的还有江孝嗣、王常侍、萧琛等。《南北朝文学编年史》考曰:"王季之、王常侍(失名)并有《离夜诗》,均言春景,如王季之诗'离歌上春日'等是其证,约作于同时。"②二人《离夜诗》均附入《谢宣城集》,其中"离歌上春日"句出作者江丞的《离夜》,《古文苑》与《诗纪》均作江孝嗣,逯钦立从之。《南北朝文学编年史》称王季之,或为偶疏。萧琛诗亦附入《谢宣城集》,作者称萧记室。与此次离别事件相关的送别诗还有谢朓本人的《离夜诗》与《将发石头上烽火楼诗》,葛晓音认为《将发石头上烽火楼诗》当于是年将赴荆州时作。③ 据此知《将发石头上烽火楼诗》为临行前谢朓留别京城的诗作,相关谢朓各家年谱均系于此际。

综而观之,谢朓离开南京赴任荆州,写了三首留别诗述怀,同时赋诗送别的有八人,诗俱留存于《谢宣城集》。首先看《将发石头上烽火楼诗》:

徘徊恋京邑,踯躅躧曾阿。陵高堞阙近,眺迥风云多。荆吴阻山岫,江海含澜波。归飞无羽翼,其如离别何!④

此诗乃诗人赴任荆州之前登烽火楼眺望京城的留别之作,曹融南注引《六朝事迹编类·图经》云:"(烽火楼)在石头城西南最高处,杨修诗注云:'沿江筑台以举燧燧,自建康至江陵五千七百里,有警半日而达。……齐武帝登烽火

---

① 曹道衡、沈玉成《中古文学史料丛考》,第407—408页。
② 曹道衡、刘跃进《南北朝文学编年史》,第288页。
③ 葛晓音《汉唐文学的嬗变》,第337页。
④ 谢朓著,曹融南校注集说《谢宣城集校注》,第199页。曹注本诗题作《将发石头上烽火楼》,为行文表述一致,此处诗题同前。后文同类情况,不一一注出。

楼诏群臣赋诗。'"①故知谢朓此诗亦是一次登高之作。首两句写诗人因留恋京邑而徘徊、踯躅,若有所失;次两句便写登高远眺,本可一览都邑美景,然跃入视野的却是即将离别的必经之地与寓意离别的浮云;第五、六句目力由近向远,从南京一直穿透到远隔重山的荆州,从浩瀚长江一直延伸到波澜壮阔的大海;末句感叹离别,即将赴任遥远之地,归期难料。诗歌通过行动展示诗人临行时的自我心态,通过描写登高时看到的景物表达留恋之情,较真实地反映了作者外任之际难舍京邑的依恋之情。全诗八句,中间两联对仗,隔句押韵,已近律诗,称得上一首新体留别诗。

再看谢朓《离夜诗》:

> 玉绳隐高树,斜汉耿层台。离堂华烛尽,别幌清琴哀。翻潮尚知限,客思眇难裁。山川不可梦,况乃故人杯。②

这是一首出发之际的夜景感离诗。诗歌从室外的夜空写到室内的灯烛离弦,室外玉绳星隐于树梢、银河斜挂、夜色凄清,与即将远离的心境一致;室内华烛已经燃尽,清琴依然未歇,夜已深沉,饯行客人却还未离去。后四句写江潮翻涌有尽、离人思心难裁,别后此地山川不可再见、故人今夕共同举杯的场景难以再得,对比递进,突出离情别意。方东树逐句分析:"起写离夜之景,由远及近,三四兼叙,共为一段。五、六入别情,却以'翻潮'句横空逆折一笔,文势文情,俱曲宕奇警。'山川'二句,又另换笔意作结,言远涉已足愁烦,况兼怀恋故人之饯。"综评曰:"此诗通身为行者自述之辞,短篇极则。"③

署名江丞同题诗亦是五言八句,结构相类,意象不同。江丞诗曰:

> 石泉行可照,兰杜向寒风。离歌上春日,芳思徒以空。情遽晓云发,心在夕河终。幽琴一罢调,清醑谁复同?④

首两句写山中清景,石上清泉淙淙流淌,清澈可鉴;兰若芊芊,清香随风吹散。中间四句转入离思的抒写,"离歌",或为《骊驹》,或为其时流行的送别之曲,飘荡在上春的山野,越发凄切,离人将去,思念徒然;"别情遽生,如晓云勃发,我心思存,与夕河共长"⑤。诗人以"晓云""夕河"的传统离别意象表达别离

---

① 谢朓著,曹融南校注集说《谢宣城集校注》,第200页。
② 同上书,第302页。
③ 方东树著,汪绍楹校点《昭昧詹言》,第197页。
④ 谢朓著,曹融南校注集说《谢宣城集校注》,第303页。
⑤ 同上书,第304页。

之情,虽因袭却不落窠臼。最后两句转到离堂别室,以饯宴上的琴声与杯酒进一步渲染离别气氛。此诗作者是谢氏朋友,亦当是永明新体诗的推崇者,此诗试图按照新体要求赋作,然"离歌上春日,芳思徒以空"对属牵强,与谢朓相较有生熟之别。但在景物描写与情感抒发上自然真挚,较谢诗毫不逊色。

王常侍的同题诗意象选择,结构安排,都有步趋谢诗之嫌,相对江丞诗来说,高下有别。其诗曰:

> 月没高楼晓,云起扶桑时。烛筵暧无色,行住悯相悲。当轩已凝念,况乃清江湄? 怀人忽千里,谁缓鬓徂丝。①

"月没""云起"表示时间的推移,与谢朓诗"玉绳隐""斜汉"同一构想;烛不明、筵狼藉,与谢诗"华烛尽""清琴哀"出于一辙;行人与留者两面着墨,当轩凝念与江畔留恋的层递,与谢诗客思难裁、故人举杯难再同一机杼;"怀人忽千里,谁缓鬓徂丝",设想别后思念将令青丝变白,颇有新意。总之,三首《离夜诗》是永明体诗的实践,虽成就高下有别,却表明了送别亦是新变诗体的重要题材。从历次诗体变革看,送别诗总是诗人实验新体诗重要的一类,从这种意义上看,研究送别诗可以作为探索历代诗体演变轨迹的一种途径。

与《离夜诗》一样,其他诸人送别谢朓的诗歌及谢氏答诗亦采用新体诗形式。至于其称题各种版本不一,可能与其时饯宴上的同咏相关。② 针对送离同一事实,既有可能是命题竞作,又有可能是诸人感于饯离先后而作,从而显示出互相影响的痕迹。为了叙述的集中,兹以谢朓的答赠留别诗为主,旁涉其他诸君诗:

> 春夜别清樽,江潭复为客。叹息东流水,如何故乡陌。重树日芬蒀,芳洲转如积。望望荆台下,归梦相思夕。③

此诗逯辑本题作《和别沈右率诸君诗》,"诸明本作《和沈右率诸君饯谢文学

---

① 谢朓著,曹融南校注集说《谢宣城集校注》,第 304 页。
② 曹融南注本《谢宣城集校注》中谢朓《离夜》,张本题作《离夜同江丞王常侍作》;诸诗人《饯谢文学》,《诗纪》、张本作《饯谢文学离夜》,《艺文类聚》《古文苑》《文苑英华》作《别谢文学》。
③ 谢朓著,曹融南校注集说《谢宣城集校注》,第 312 页。

别》,《诗纪》作《和沈右率诸君饯谢文学》,张本作《答沈右率诸君饯别》"①,逯钦立辨曰:"《古文苑》谢文学指谢朓,朓之和沈右率等相别诗不当题作和沈右率诸君饯谢文学,《广文选》《诗纪》并非是。今改从本集。"②对于此诗的作年与写作缘由,葛晓音系于齐明帝建武四年(497),别有新见,其《谢朓生平考略》有论:"谢朓《酬德赋序》说:'(建武)四年,予忝役朱方,又致一首。迫东偏寇乱,良无暇日,其夏还京师。''忝役朱方'显然指'忝役湘州'之事,'又致一首'指沈约又致一首赠别诗。很可能谢朓赴湘州本为南岳祀典做准备工作,后因'东偏寇乱,良无暇日',天下并不太平,这事也就作罢,所以'其夏还京师'。又,谢朓有《和别沈右率诸君诗》:'春夜别清樽,江潭复为客……望望荆台下,归梦相思夕。'我以为这首诗是建武四年谢朓在'忝役朱方'之前酬谢沈约'又致一首'的和诗,'沈右率'即'右卫沈侯'。'江潭复为客'指第二次客游江潭(即荆州,故下文有'望望荆台下'之名),'复'字是对第一次谢朓随萧子隆客于荆州而言。'春夜别清樽',说明赴湘是在春天,与'其夏还京师'时间相合。"③根据谢朓本人诗文互相印证,言之凿凿。然而,谢朓此诗与其序相合处亦只是时间季节一点;若核之诸君饯谢朓诗,则其相合处更多。首先,关于"沈右率"的称谓,当指沈约其时官太子右卫率。太子右卫率,亦简称右率,《南齐书》两次提到"右率沈约",一次见于《豫章文献王传》"(乐)蔼又与右率沈约书"④,一次见于《高逸·杜京产传》"永明十年,稚珪及光禄大夫陆澄、祠部尚书虞悰、太子右率沈约、司徒右长史张融表荐京产曰"⑤;两事亦见载于《南史》,文字稍异,不录;谢朓诗中凡三见,一次见于本诗,其他两诗为《同沈右率诸公赋鼓吹曲名二首》《奉和竟陵王同沈右率过刘先生墓诗》;而谢朓本集中附录多篇沈约同咏诗作,有三题署作者沈右率⑥;谢朓与沈约同咏赠答之作题名基本按官称,除右率外还称"祭酒""尚书",如《和沈祭酒行园》《在郡卧病呈沈尚书》便是,说明谢朓并不一直称沈约为右率;《中古文学史料丛考》有"沈约曾官太子右卫率"条,考证了沈约官太子右卫率的时间可能为永明七年至十年。据罗国威《沈约任昉年谱》,建武年间,

---

① 谢朓著,曹融南校注集说《谢宣城集校注》,第312页。
② 逯钦立辑校《先秦汉魏晋南北朝诗》,第1448页。
③ 葛晓音《汉唐文学的嬗变》,第339页。
④ 萧子显《南齐书》,第418页。
⑤ 同上书,第942页。
⑥ 《谢宣城集》附沈约同咏诗作有《同沈右率诸公赋鼓吹曲名先成为次·芳树》《临高台》《奉和竟陵王登山望雷居士精舍同沈右卫过刘先生墓下作》《饯谢文学》《行园》《答谢宣城》《同咏乐器·簴》《同咏坐上器玩·竹槟榔盘》《咏竹火笼》《阻雪联句》等。署沈右率的有三次,其他署沈约。一次为本次《饯谢文学》诗,一次为《阻雪联句》遥赠和,一次为《同沈右率诸公赋鼓吹曲名先成为次·芳树》诗,三次同咏参与诗人均有王融,陈庆元《王融年谱》系后两诗均为齐永明七年(489)。

沈约迁国子祭酒,由此可见,谢朓这首留别赠诗作于建武四年的可能性不大。至于《酬德赋序》称"右卫沈侯",与"右率"官职当不一样,曹融南注称沈约"时为右卫将军"①。

其次,谢朓诗写春景,诸君饯别诗亦写春景,季节合拍。虞炎《饯谢文学离夜诗》:"差池燕始飞,罴历草初辉。""一乖当春聚,方掩故园扉。"王融同题诗:"春江夜明月,还望情如何!"萧琛:"春篁方解箨,弱柳向低风。"刘绘:"春潭无与窥,秋台谁共陟?"

复次,谢诗主要意象有春夜、樽酒、江潭、东流水、重树、芳洲、荆台、归梦。诸君诗与之相同或相近的意象有沈约诗汉水、巫山云、吴潮、沮漳水、江海,虞炎诗清潮,王融诗春江,萧琛诗荆吴,刘绘诗汀洲、春潭,等等。由此可见,谢朓是紧扣诸君饯别诗选择意象而运思谋篇的,应该是得阅诸君饯别诗作之后写作的奉和答赠诗。

最后,谢朓经常与文友同咏竞作,或者联句为诗,结构基本一致。谢朓此诗与诸君诗结构相同,应是同时咏和之作。观谢朓许多五言赠答诗作并不止八句,如其《在郡卧病呈沈尚书》就是二十句长诗,由此旁证亦知此诗并非与沈约寄赠之作。

谢朓此诗首两句从樽酒饯别现场开始,点明离别季节与时间,此去前方目的地;三、四句叹别,一江春水向东流,自己却要逆流西上,背离故土;五、六句写春景,春风化雨,草木日盛,乃写故土;七、八句写目的地,设想别离后的思归之梦。王夫之《古诗评选》曰:"惜字惜句,其自赏有如此者!非此则又何以为玄晖?"②其他诸君的饯送诗亦多从春景、饯别场景、荆州特有景致、离别之情几个方面写作。兹按《谢宣城集》附录次序抄录诸君诗如下,以观此次集体饯送活动的大概:

> 汉池水如带,巫山云似盖。潎汨背吴潮,潺湲横楚濑。一望沮漳水,宁思江海会?以我径寸心,从君千里外。(沈右率约)
>
> 差池燕始飞,罴历草初辉。离人怅东顾,游子去西归。清潮已驾渚,潨露复沾衣。一乖当春聚,方掩故园扉。(虞别驾炎)
>
> 阳台雾初解,梦渚水裁绿。远山隐不见,平沙断还续。分弦饶苦音,别唱多凄曲。尔拂后车尘,我事东皋粟。(范通直云)
>
> 所知共歌笑,谁忍别笑歌!离轩思黄鸟,分渚蒙青莎。翻情结远旆,洒泪与烟波。春江夜明月,还望情如何!(王中书融)

---

① 谢朓著,曹融南校注集说《谢宣城集校注》,第4页。
② 王夫之评选,张国星校点《古诗评选》,第250页。

  执手无还顾,别渚有西东。荆吴眇何际? 烟波千里通。春篁方解箨,弱柳向低风。相思将安寄? 怅望南飞鸿。(萧记室琛)

  汀洲千里芳,朝云万重色。悠然在天隅,之子去安极! 春潭无与窥,秋台共谁陟? 不见一佳人,徒望西飞翼。(刘中书绘)

  诸僚友中沈约年龄最长(五十一岁),王融可能年龄最小(二十五岁),一方面是竟陵王萧子良文学集团把这些年龄悬殊的文人凝聚在一起,另一方面谢朓、王融等都倡导永明新体诗,同声相应,这些忘年之交集到了一块。或是年长的原因,沈约的诗在《谢宣城集》中排在最前面,观其艺术成就,总领诸诗亦当之无愧。钱志熙合评此诗与《芳树》"不仅有体物入妙之功,更能恰切地抒写情愫",并将其推为沈约永明体诗的代表,认为二诗"声律谐婉,句法新丽而语语含情流思",且"俱以仄声为韵,含有古质之气,音节未至流糜"。① 曹道衡、沈玉成《南北朝文学史》亦说:"沈约诗的结句'以我径寸心,从君千里外',在众多的饯别之作中是比较真挚动人的两句。"② 其他诸君诗或怅望盼归寄相思,或以伫立徒望离人远去作结,或洒泪随波远送抒意,或无奈于彼去我留的乖离事实,或怀想日后只能独自掩扉神伤,与沈约心随离人千里之外同一机杼,都表达了对好友远离的惜别真情。

  此次谢朓荆州赴任,诸文友集会饯送,留下了一组清新可喜的送别诗作,在六朝送别诗史留下了宝贵的一页。与此次事件相关,随王萧子隆先期赴任,庾於陵为主簿亦可能同时出发,还有萧衍为随王镇西谘议参军,亦当同赴荆州。与萧子隆赴任相关的留存送别诗有王融的《奉辞镇西应教诗》,与萧衍出发相关的留存送别诗有任昉、王融、宗夬、萧琛等人的萧谘议西上别诗,萧衍本人亦作有答诗。

  《南齐书·武十七王传·随郡王子隆传》载:"(永明)八年,代鱼复侯子响为使持节都督荆、雍、梁、宁、南北秦六州、镇西将军、荆州刺史,给鼓吹一部。"③《武帝纪》载:"(永明八年八月)壬辰,以左卫将军随郡王子隆为荆州刺史。"④ 知萧子隆于永明八年(490)八月壬辰日迁任荆州刺史,亦当于是时或稍后成行,估计有不少僚属赋诗送别,然仅存王融《奉辞镇西应教诗》一首。其诗曰:

---

① 钱志熙《魏晋南北朝诗歌史述》,第158页。
② 曹道衡、沈玉成《南北朝文学史》,第173页。
③ 萧子显《南齐书》,第710页。
④ 同上书,第58页。

> 未学谢能算,高义幸知游。溜庭参辩奭,梁苑豫才邹。徘徊岁光晚,摇落江树秋。风旗紫别浦,霜琯迥遥洲。①

此诗存《艺文类聚》"别"部,知专为送别而作,题称"应教",当为应制之作。吴景旭《历代诗话》卷五一"台城"条对"应教"的源起与意义有清晰的阐释:"秦法:诸王公称教,言教示于人也。蔡邕《独断》云:'诸侯之言曰教。'任昉《文章缘起》云:'汉王尊为京兆尹,出教告属县,则教之文起此。'魏、晋以来,人臣于文字间有属和于天子曰应诏,于太子曰应令,于诸王曰应教。"②由此可以推断,王融此诗乃奉和随王之作,萧子隆离别之际应该留有别诗。《谢宣城集》附有随郡王萧子隆《经刘瓛墓下》诗,可知子隆能诗,且与竟陵王萧子良文人集团颇有往来,亦可推知竟陵王文学集团可能还有其他文人赋诗送别,诗作均佚失了。王融诗赖《艺文类聚》得存,从形式看,当为全帙。前四句歌颂随郡王功德才艺;后四句写景抒别,符合应制诗的写作套路。但也许王融其时对新体诗的写作技法还不熟练,前后两部分绾合不紧。后半描写离别场景,悬想离人此去目的地的景况,岁月时光在徘徊中流逝,江树落叶在秋风中飘零,别浦酒旗在秋风中招展,离人即将前往的远方可能已经秋霜满地。"徘徊岁光晚,摇落江树秋",以倒装的笔触、工整的对仗勾画出离别时的境界,堪称精警;"风旗紫别浦",意境高远,景中藏情,亦是警策。然而,五言诗固不是王融所长,锺嵘、胡应麟、许学夷均已论及,这首应教之作没有一味逢迎阿谀,亦属难得。

萧衍成行之际,饯送活动依然很隆重,王融亦赋有送别诗,存《艺文类聚》《初学记》"离别"部,逯辑本据《艺文类聚》《初学记》题作《萧谘议西上夜集诗》,其诗如下:

> 徘徊将所爱,惜别在河梁。衿袖三春隔,江山千里长。寸心无远近,边地有风霜。勉哉勤岁暮,敬矣事容光。山中殊未怿,杜若空自芳。③

与别萧子隆诗相比较,此诗开篇抒别,以"河梁"之典表达惜别之地,以三春之隔与江山辽阔从时间与空间方面表达即将远离的事实,以知己交心无论远近与边地风霜无力关照的对比表达别后的牵挂,句句写别,句句有情。陈祚

---

① 逯钦立辑校《先秦汉魏晋南北朝诗》,第 1400—1401 页。
② 吴景旭《历代诗话》,第 732 页。
③ 逯钦立辑校《先秦汉魏晋南北朝诗》,第 1396 页。

明曰:"'寸心'二句有开合。通首亮,结饶古意。"①与《奉辞镇西应教诗》一样,此诗后半转入劝慰与勉励,两截内容关联不紧。像这样转合生硬也许正是王融五言诗质量不高的一个方面。此次送别赋诗,王融之作如此,其他三人的祖饯诗与萧衍的答诗又如何呢?

> 离烛有穷辉,别念无终绪。歧言未及申,离目已先举。揆景巫衡阿,临风长楸浦。浮云难嗣音,徘徊怅谁与。傥有关外驿,聊访狎鸥渚。
> (任昉《别萧谘议诗》)

> 落日总行辔,薄别在江干。游客无淹期,晨川有急澜。分手信云易,相思诚独难。之子两特达,伊余日盘桓。俟我式微岁,共赏阶前兰。
> (萧琛《别萧谘议前夜以醉乖例今昼由醒敬应教诗》)

> 别酒正参差,乖情将陆离。怅焉临桂苑,悯默瞻华池。轻云流惠采,时雨乱清漪。眇眇追兰径,悠悠结芳枝。眷言终何托,心寄方在斯。
> (宗夬《别萧谘议诗》)

> 问我去何节,光风正悠悠。兰华时未晏,举袂徒离忧。缓客承别酒,鸣琴和好仇。清宵一已曙,藐尔泛长洲。眷言无歇绪,深情附还流。
> (萧衍《答任殿中宗记室王中书别诗》)

《南北朝文学编年史》将以上送别萧衍的诗作均系于齐永明九年(491)春萧衍仍为随王镇西谘议参军而赴任荆州之际,并按:"宗夬为西邸重要学士。《梁书》本传载:'齐司徒竟陵王集学士于西邸,并见图画,夬亦预焉。'王融亦敬异萧衍,以为'宰制天下,必在此人!'"②然而,罗国威《沈约任昉年谱》系《别萧谘议衍诗》于齐永明二年,其根据为《古文苑》收录此诗时署作者为"任殿中昉",并说:"知诗为昉官尚书殿中郎时作。又《梁书·武帝纪》载,衍于永明初除随王镇西谘议参军,二书所载恰相符合,诗当作于是年。"③胡德怀《四萧年谱》则系萧衍的答诗于齐永明八年(490)八月,并系谢朓赴任于同年。谢朓赴荆州在萧子隆赴任次年,诸学者均已考证,上文亦已辨正,兹不待言。而萧衍西行是否与谢朓同行呢?从留存送别诗看,王融、萧琛有送别二人的诗作,其余诸位仅存送别一人的送别诗,估计同行的可能性不大,否则每人应该有送别谢朓、萧衍的诗至少各一首。而且,从上列诗歌内容看,没有祖

---

① 陈祚明评选,李金松点校《采菽堂古诗选》,第631页。
② 曹道衡、刘跃进《南北朝文学编年史》,第289页。
③ 罗国威《沈约任昉年谱》,刘跃进、范子烨编《六朝作家年谱辑要》,黑龙江教育出版社,1999年,第399页。

饯谢朓诗那样有季节的明示或者季节性景物的描写;诗歌形式亦是古体,即其时传统送别诗的写法,如果二人同行,特别是送别谢、萧都作了别诗,王融、萧琛,应该按照同一体式创作。另外,齐永明八年,荆州刺史巴东王子响反,萧衍之父丹阳尹萧顺之亦参与讨伐,乱平,萧子隆接任荆州刺史。此时的荆州当是丧乱初平,百废待兴,新任官吏,走马上任,任重道远,僚属紧随赴任亦非常可能。故萧衍赴荆州在永明八九年之际,具体时间则只能存疑。

  至于任昉的别诗到底作于什么时候,殊难定论。上列诸诗流传于各种类书与后代总集,称题很混乱,逯辑本按照《古文苑》与《诗纪》定题,后代总集,编者根据诗歌内容臆改诗题者时有发生,像上列任昉等人诗称题与《艺文类聚》便不一致。故窃以为,按照《古文苑》中的"任殿中"考定诗歌作年似乎不妥。另,钟嵘《诗品》称"彦昇少年为诗不工","晚节爱好既笃,文亦遒变。善铨事理,拓体渊雅,得国士之风,故擢居中品。但昉既博学,动辄用事,所以诗不得奇"。① 据诸家年谱,任昉年四十九卒,此《别萧谘议衍诗》按诸家年谱或作于二十五岁时,或作于三十一二岁之际,不知钟嵘所谓"晚节"大约指任昉哪个年龄段,观此诗,并不尽如钟嵘所评。首先,任昉此诗并非动辄用事,全诗十句仅用了"长楸""浮云"等几个明白易懂的典故,"浮云"是两汉六朝经常用的词,还可以不算典故,"长楸"当出自屈原《哀郢》:"望长楸而太息兮。"其次,此诗很注意上下两句对照用词,从而以悖反方式增强表现力,符合"遒变""善铨事理"之评。如首两句以"有穷"与"无尽"对比,离烛有尽,喻感伤的别离时刻毕竟只是片刻之痛,与之相反,别念无终,离别之后的长期隔离对双方都是一种煎熬;次两句以"未及"与"已先"对照,离别时刻的千言万语还未出口,那感别之情已先从眼光中透露出来;第五、六句以"巫衡阿"与"长楸浦"对举,均言荆楚景物,山光与水色,一彼一此,暗用"登山临水兮送将归"之典,既是对前方目的地的展望,亦是对再会的期盼;第七、八句一写浮云飘荡不定,一写留者徘徊惆怅,二者相似却又迥异,浮云飘浮没有目的,留者踯躅却有定向,一物一人,对照亦很鲜明;最后两句关驿与鸥渚,一南一北,营造强烈的空间隔离氛围,且以假设的语气写出,无论天涯海北,都愿长伴紧随,永不分离。全诗紧扣分别展开,具备很强的感染力。陈祚明曰:"情绪直逼汉魏,语亦苍浑。"②此评不诬。

  与任昉的《别萧谘议诗》专主言别一样,萧琛与宗夬的送别诗也围绕祖离饯别构思,不掺杂其他成分,属于纯粹的送别诗。萧琛、任昉、萧衍均名列"竟陵八友",宗夬亦预西邸,入竟陵王文学集团,赋诗饯别,均有感而发,故

---

① 钟嵘著,曹旭集注《诗品集注》(增订本),第418—419页。
② 陈祚明评选,李金松点校《采菽堂古诗选》,第788页。

这组送别诗虽以传统写法赋作,却均含真情,对于分离有切身感受。萧琛《别萧谘议前夜以醉乖例今昼由醒敬应教诗》通过描述落日之际饯离出宿的场景来引出离情,在别易会难的感慨之后约定相会之期,"俟我式微岁,共赏阶前兰",衰迈垂老之年,昔日的老朋友再度聚首,同游漫赏,共度欢愉的晚岁时光。全诗境界较高,典雅清淡。相对来说,宗夬《别萧谘议诗》则注重遣词造句,有大谢诗的痕迹。开篇四句写饯宴,首两句以"参差"写别酒,以"陆离"摹乖情,两句写同一意;次两句写饯宴,"桂苑""华池"虽好,主客双方心里却"怅焉""悯默",单句内形成反差,依然两句写一意;下面四句写外景,"轻云""时雨""兰径""芳枝"本是明快的意象,但均染上离别的色彩,"以我观物,故物皆著我之色彩"①;最后两句直抒别意,心之所寄。全诗十句,前八句,两句一意,句句对仗;工于炼字,如"正""将""临""瞻""流""乱""追""结"等字都下得精妙。

萧衍的《答任殿中宗记室王中书别诗》针对诸友饯别诗构意,以饯宴的别酒鸣琴与分袂道别时的离忧对照述说,以今宵的聚集与明朝的独离对举,表达对朋友的依依不舍之情。末句"深情附还流",以"附""流"写情,颇有新意。

总之,齐永明八年八月随郡王萧子隆调任荆州刺史,萧衍、谢朓为其僚属先后赴任,从而在齐代形成一次大规模的送别活动,参与送别者以竟陵王萧子良文学集团为主体,特别是"竟陵八友"中谢朓、沈约、王融、范云、萧琛、任昉、萧衍等七人皆预其事,按道理陆倕亦当出席这次盛会,不知是文献佚失还是其他什么原因而未存陆氏送别诗作。要之,由其时文学顶级人物出席的盛会,留存了一批水准较高的送别诗作,特别是饯谢文学离夜诗更是永明新体诗的一次集体实践。故这次饯离送别活动,不但在送别诗史上意义非同凡响,而且在六朝诗学史上也是一次有意义的事件。

四、宋、齐、梁送别诗鼎盛的原因及其在送别诗史上的意义

宋、齐、梁进入送别诗的鼎盛时期,与六朝时期有利于送别诗发展的环境密切相关,上文已述。然而,此三代更有推动送别诗发展的独特原因,归纳起来,主要表现在三个方面:

第一,祖离饯送活动目的的转变导致了文人出席祖饯活动的频繁化与形式化,亦导致了祖饯赋诗的政治化,客观上促进了宋、齐、梁送别诗创作的蓬勃发展。祖离饯送,源远流长,其主要目的是通过一系列仪式性活动来祈神慰人。然而,在宋、齐、梁之际,祖饯活动的目的发生了明显的偏离,神的力量

---

① 王国维《王国维文学论著三种》,商务印书馆,2001年,第30页。

不再重要,祈神被媚主所取代,慰离日趋淡化。出现这一现象的原因要从南朝士族、寒人、皇室三者的错综关系入手考察。一方面,从刘宋开始,门阀日渐衰落,"东晋王朝造就的士族的优越地位和与皇权平起平坐的权威,进入南朝以后,日渐降低和衰减加速,士族神圣的光环日趋暗淡"[1];另一方面,从刘宋开始,一些寒族陆续拔迹于军功,亦有一些庶士以僚属身份跻身于上层社会,特别是南朝帝王更是出身于军伍寒门,从而令魏晋以来门阀社会的政治规则发生了翻天覆地的改变。《廿二史札记》卷八"南朝多以寒人掌机要"条:"此当时朝局相沿,位尊望重者其任转轻,而机要多任用此辈也。然地当清切,手持天宪,口衔诏命,则人虽寒而权自重,权重则势利尽归之。"[2]此消彼长,士族徒有高位却乏实权,为维系庞大家族的发展,其对皇室的依赖不得不然;寒人积极进取,既要取得士族的荐举,又要得到皇室的青睐,故经营最苦;皇室特别是帝王要稳固地位,一方面要笼络士族元老,一方面要擢拔寒人,培养亲信,故亦需左右弄权,恩威并施。要把其时社会三大重要的政治力量笼络到一起,最关键的是要实现和谐的人际交往。而人际交往中最普遍的亦是最不可忽视的就是祖离饯别,士族功臣的调离迁任、告老还乡,皇族诸王的转徙迁移,军伍大将的出征讨伐等固当饯送,就是有些臣僚的家眷仆属迁转,亦有相当隆重的祖饯仪式。祖饯被社会三大政治群落用来作为彼此关系的调和剂,各个阶层的士宦文吏或者畏于政治迫慑力,或者出于主动结交意识,或者源于笼络人心稳固统治的动机,都非常重视祖饯,一面以各种缘由积极主持规模大小不一的集宴祖饯活动,一面积极参与他人召集的各种宴饯活动,使祖饯活动越来越频繁。然而,各人动机的不一,也导致祖饯活动与送别话题越来越远,祖饯宴集的政治化色彩越来越浓郁,各种拉拢结交、逢迎阿谀的现象逐渐成为祖饯宴集上的主要内容。在集体场合拉拢逢迎,当然要避免赤裸裸的钱权交易,诗文自然成为宴集时文人实现各自目的最有效的手段,祖饯题材则是清高文人互相吹捧最好的掩饰。因此,从刘宋时期开始,文人更加注重饯宴上的赋诗。当然,在众多饯宴诗作中,诗人灵活地化用了汉赋劝百讽一的技巧,祖饯多数只是个幌子,其大量篇幅则在于堆砌华丽的辞藻奉承媚主,最后夹着祖饯的尾巴。而正是这种铺张粉饰的逢迎之作,或令人主在群僚面前威信倍增,或令权宦在同僚之中春风得意,从而使作者得到实质性的好处,故包括许多著名文人在内,一批文人雅士对祖饯赋诗一时乐此不疲。随着祖饯的工具化、政治化,参与祖饯活动形式大于内容,许多迫于权

---

[1] 詹福瑞、李金善《士族的挽歌——南北朝文人的悲欢离合》,河北大学出版社,2002 年,引言。
[2] 王树民校证《廿二史札记校证》,中华书局,1984 年版,第 173 页。

势的清高文士亦不得不应邀出席或主动参加频繁的饯送活动,并违心写作了许多应制送别之作。参与祖饯的人多了,良莠不齐的作品自然也多了,故祖饯的政治化客观上促进了送别诗的蓬勃发展。

第二,诏令赋诗、联句赋诗与祖饯的特意安排客观上促进了送别诗写作水平的提高。宋、齐、梁三代是皇族势力日渐强大的时期,在三大阶层中,各种权力日趋强盛的皇族尤其注重社会关系的调节与融合,因此,也更注重祖饯活动的开展。皇帝及诸王不但亲自参与各种形式的送别集宴,赋诗施恩布泽,而且经常以诏令的形式让臣属赋诗饯别。这种应诏式的送别诗固然有很大的应制成分在里面,但赋后的即时评品与限韵、限时、剧韵等各种要求,诗人亦不敢马虎敷衍,特别是有些人因某一次祖饯诗的出色而得到擢拔,对其他急切要求得到帝王赏识的文人士吏更是深刻的刺激,从而令文人士宦把祖饯诗的写作当作为官基本功进行学习探讨。因此,帝王重视祖饯活动并要求集体赋作祖饯诗从客观上加速了送别诗写作技巧的发展,提高了送别诗的整体写作水平。当然,还应当看到,应诏与应教令赋作送别诗是一种上下级权力关系下的赋作,有些文人不求有功但求无过,故写出许多平淡而无新意之作,只能徒增送别诗的数量而已。与应制不同,文人联句送别诗是在基本平等的基础上的诗歌创作,因此抛掉了应酬气,更多地侧重于抒怀。同场竞技,即便不立即评定高下,各人亦心知肚明,故联句送别诗往往是文人高速运思的成果,更是对诗人基本功最好的考验。因此,联句送别诗在推动送别诗写作技能的发展方面有着重要的作用。但联句赋诗的弊端亦是客观存在的,即诗人思维迟速有别,应付之作亦在所难免。除了非常一般的祖饯送别活动以外,南朝帝王僚吏都很注重祖饯时间与场景的安排。如南朝帝王经常把祖饯活动安排在传统节日举行,传统节日本来是团聚的日子,像三月三日、九月九日,按惯例举行曲水盛宴、重九公宴,召集群臣欢度佳节,祖饯安排在这样的环境氛围中进行,强烈的反差更具感染力,使诗人有内容可写,不致空洞抒别。有些优秀的送别之作以欢乐盛宴衬离情绪,便是这种特殊环境作用的产物。早在金谷集作诗的时候石崇等文人就已经注意选择送别环境与送别场景,刘宋以后,各类送别活动更加注意场景的安排与氛围的营造,如饯谢文学离夜,便以夜宴为送别背景,令永明诗人发挥善于咏物的特长,觞酒与烛火等意象丰富了送别诗的意象群。故巧妙的祖饯安排对促进送别诗的发展亦有一定的作用。

第三,迎来送往的外交赋诗亦是南朝送别诗兴盛的一个原因。南北朝时期,战事虽然不断,而外交往聘亦非常频繁。魏晋南北朝时期各朝中央都设立了外交管理机构,"除了尚书主客曹和大鸿胪(鸿胪寺)等专职机构以外,尚有若干关涉机构,其中中书省作为这一时期兴起的中央机要部门,也同样负责一定的外交政令和外交事务,成为重要的中央外交关涉机构之一"①。中央外交机构的设置状况说明了南北朝时期外交工作的重要性及其时外交活动的重要意义。许辉《南北朝关系述论》一文论述了南北朝外交往聘的问题,其"根据《资治通鉴》《南史》《北史》《魏书》等有关史书的统计,南北朝一百七十年间,南北通使计 151 次,其中北朝遣南朝使 84 次,南朝遣北朝使 67 次",并论述了南北各朝妙选聘使与接待工作的各项事宜。② 在外交往聘的各项相关工作中,非常重要的一项就是祖饯活动与祖饯赋诗。外交往聘中,各项接待与答对工作都做得非常圆满,如果最后的送别活动中出现了漏洞,就会功亏一篑,有损国家尊严。故南北各朝都很重视外交祖饯活动,特别是祖饯赋诗。如《魏书》卷六二《李彪传》载李彪出使南齐将还之际,"赜亲谓曰:'卿前使还日,赋阮诗云"但愿长闲暇,后岁复来游",果如今日。卿此还也,复有来理否?'彪答言:'使臣请重赋阮诗曰"宴衍清都中,一去永矣哉"。'赜惘然曰:'清都可尔,一去何事?观卿此言,似成长阔,朕当以殊礼相送。'赜遂亲至琅邪城,登山临水,命群臣赋诗以送别,其见重如此"(又见《北史》卷四〇《李彪传》)。李彪长于托诗达意,故得"前后六度衔命"③出使南朝。而南齐以群臣赋诗饯送的殊礼对待,足见祖饯仪式与祖饯赋诗在其时外交送往上的重大意义。《魏书》卷一九下《景穆十二王传·南安王桢传附熙弟东平王略传》亦载:"(南安王桢子)略之将还也,(萧)衍为置酒饯别,赐金银百斤,衍之百官,悉送别江上,遣其右卫徐确率百余人送至京师。"④萧衍最注重祖饯赋诗,在这样重大的外交送饯活动上,百官咸列,应该会有祖饯诗赠行。南北各朝之所以挑选诸如任昉、王融、庾信、魏收、李彪这样能诗善赋之才担当往聘接待的大任,应对外交祖饯赋诗的能力当是各朝皇帝考虑的一个重要因素。关于外交祖饯赋诗的留存作品虽然少见,但由外交活动之频繁与祖饯赋诗在南北两朝都很兴盛的状况,可以推测南北朝外交祖饯诗为数不少。这样的外交祖饯诗顾虑更深,对诗人的写作技能要求更高,故外交祖饯赋诗促进南朝送别诗的发展是一个客观的事实。

当然,仅从皇族与国家出发探讨宋、齐、梁送别诗鼎盛的原因,只能算是其中的一个方面。其他诸如诗人文友出于真挚情谊有感而作亦是送别诗发展兴盛的重要原因,因其不是此时特别突出的原因,且历代送别诗的写作都有情感因素的推动,故不述。

宋、齐、梁三代既是六朝送别诗的鼎盛时期,也是中国送别诗史上的第一

---

① 黎虎《南北朝中书省的外交管理职能》,《安徽史学》1999 年第 3 期。
② 许辉《南北朝关系述论》,《江苏社会科学》2002 年第 3 期。
③ 魏收《魏书》,第 1390 页。
④ 同上书,第 507 页。

次高潮,故宋、齐、梁送别诗在送别诗史上有着重要的意义。一方面,此期送别诗上承先秦汉魏两晋送别诗,借鉴前代优秀送别诗的成果,使六朝送别诗走向成熟,并打上时代的烙印。另一方面,此期送别诗诗人积极探索送别诗的写作技能,如萧齐的许多送别诗诗人是永明新体诗的积极倡导者与实践者,送别又是这批诗人实践新体诗最有效的题材,因而产生了一大批永明特色的送别诗作,这些诗作既是当时送别诗的代表,又下启唐代送别诗新风。

扩而言之,宋、齐、梁三代送别诗的兴盛不仅仅在送别诗内部意义非同凡响,就是在六朝诗学史乃至中国诗学史上,亦有其一席之地。送别诗是诗歌的一部分,送别诗的繁荣亦是诗歌发展的表现之一,因此谈送别诗的发展史可以称作诗歌的专门史;宋、齐、梁三代送别诗的鼎盛不仅仅是相对于送别诗史而言,就是在诗歌史上,其时送别诗数量之多、质量之高,亦是不容忽视的。从各种文学史、诗歌史在论及六朝诗学时往往举送别诗为例可见其时送别诗在诗史上的地位。因此,宋、齐、梁繁多的送别诗丰富了其时的诗歌史,提升了此段时期在中国诗歌史上的地位。此外,三朝诗人对送别诗写作技巧的探究客观上推动了其时诗歌批评的发展,如送别之际在限韵、分韵、剧韵要求下作诗,其实是对诗歌音韵学的大胆尝试;联句、限时作诗是对诗人诗思速度的挑战,是诗学上想象论与思维论的实践;集体作诗,品评短长,群相切磋,其实是在做比较批评。如果把这些内容与中国文学批评史、诗学史的研究结合起来,六朝文学批评、诗学批评的研究应当还会有更新的进展。

第四节 北朝与陈、隋:六朝送别诗的转捩

送别诗经过宋、齐、梁的发展高峰之后,于陈隋之际进入转折时期。而文学相对落后的北朝,送别诗亦一直不太发达,故综合陈、隋与北朝送别诗为一节,探索其演变的轨迹。

一、北朝送别诗

(一) 北朝祖离饯送活动的频繁与留存送别诗数量的反差

北朝乱离尤盛于南朝,各种原因的远离事件频繁发生,皇室与臣僚亦都很重视祖离饯别活动。然而,与北朝诗歌留存数量远少于南朝一样,北朝赋作送别诗的诗人与诗歌数量亦与其近两个世纪的历史极不相称。检《先秦汉魏晋南北朝诗》,北朝留存送别诗的仅郑公超、王褒、庾信三位诗人,郑氏一首,王褒七首,庾信二十一首,总计二十九首,诗题及其相关信息详见表2-5。

表 2-5 北朝留存送别诗一览

作者	诗题	诗体	送别对象	送别表征、送别诗依据
郑公超	送庾羽骑抱诗	五言	庾抱	《文苑英华》入"送行"类。诗题送别。
王褒	别陆子云诗	五言	陆子云	《艺文类聚》入"别"部,《文苑英华》入"送行"类。
王褒	别王都官诗	五言	王都官	各类书均入"送别"类。
王褒	送别裴仪同诗	五言	裴仪同	诗题为送别。
王褒	始发宿亭诗	五言		出行留别诗。
王褒	入关故人别诗	五言	故人	入关留别故人。
王褒	明君词	五言乐府		叙王昭君出塞事。
王褒	燕歌行	七言乐府		别离感受深切。
庾信	将命至邺诗	五言		出聘于东魏留别诗。
庾信	奉报赵王出师在道赐诗	五言		应令赋送出师诗。
庾信	和赵王送峡中军诗	五言		和诗送征。
庾信	别周尚书弘正诗	五言	周弘正	《艺文类聚》入"别"部。
庾信	别张洗马枢诗	五言	张枢	《文苑英华》入"送行"类。题为送别。
庾信	别庾七入蜀诗	五言	庾七	送别庾七入蜀。
庾信	将命使北始渡瓜步江诗	五言		出使留别诗。
庾信	反命河朔始入武州诗	五言		入武州留别诗。
庾信	应令诗	五言		《艺文类聚》入"别"部。内容赋别。
庾信	和侃法师三绝诗	五言三首	侃法师	和别诗。
庾信	送周尚书弘正诗	五言	周弘正	"共此无期别,知应复向年",写别。
庾信	重别周尚书诗二首	五言二首	周弘正	诗题为送别。
庾信	赠别诗	五言		题为赠别。
庾信	送卫王南征诗	五言	卫王	送出征诗。
庾信	和庾四诗	五言	庾四	《古诗赏析》断送别诗。从内容知送别诗。
庾信	对宴齐使诗	五言	齐使	齐使聘周返,诗人饯宴赋别。
庾信	徐报使来止得一相见诗	五言	徐报	据吉定考证,此诗系诗人见梁徐报来聘而作的送别小诗。
庾信	任洛州酬薛文学见赠别诗	五言	薛文学	称题赠别。

北齐郑公超事迹不详,《北齐书》仅有其参与撰《修文殿御览》事的记载,事在北齐后主高纬武平四年(573),其时郑公超官奉朝请,修撰成员有祖珽、魏收、阳休之、薛道衡、卢思道、颜之推等文人学士七十余人,郑公超得预其列,可知其文学成就在当时殊非平庸。然其诗仅赖《文苑英华》得以留存一首,即送别诗《送庾羽骑抱诗》,却被沈德潜、王士禛、陈祚明等选家收录入各自选本。其诗曰:

> 旧宅青山远,归路白云深。迟暮难为别,摇落更伤心。空城落日影,迥地浮云阴。送君自有泪,不假听猿吟。①

此诗入《文苑英华》"送行"类,从诗题到内容看,这是一首纯正的送别诗。全诗不用僻词生典,明白易懂,闻人倓仅对"旧宅"与"迥"字做了笺释:"《南都赋》:园庐旧宅,隆崇崔巍。""《增韵》,迥,寥远也。"②羽骑,据《隋书·百官志》知为将军之一种,隋初制官改革,称羽骑尉,《百官志》载隋文帝开皇六年(586),吏部别置八郎、八尉等,羽骑列八尉之中,"其品则正六品以下,从九品以上。上阶为郎,下阶为尉"③,此为隋朝情况。汉魏以降,羽骑乃羽林骑的简称,是羽林军的骑兵,很显然,郑公超诗中的羽骑当指一种官职。至于庾抱何时任过羽骑一职,史无明载。庾抱,入《旧唐书·文苑传》。《旧唐书·刘孝孙传》载刘孝孙"与当时辞人虞世南、蔡君和、孔德绍、庾抱、庾自直、刘斌等登临山水,结为文会"④。可见庾抱在当时文坛的影响。《全唐诗》卷三九小传较为简洁,兹录如下:"庾抱,润州江宁人。有学术,隋元德太子学士。高祖初起,隐太子引为陇西公府记室,文檄皆出其手,转太子舍人,集十卷,今存诗五首。"⑤曹道衡、沈玉成《中古文学史料丛考》"郑公超《送庾羽骑抢》诗为隋时作"条对此诗及庾羽骑有一段考证。⑥ 诗歌首先写景,旧宅青山,山径白云,颇有一番诗意。次两句抒别,"迟暮""摇落"系出《楚辞》,《离骚》"恐美人之迟暮","迟,晚也",迟暮指年老,《九辩》"草木摇落而变衰","摇落"

---

① 逯钦立辑校《先秦汉魏晋南北朝诗》,第2266页。
② 王士禛选,闻人倓笺《古诗笺》,第416页。
③ 魏徵、令狐德棻《隋书》,第792页。
④ 刘昫等《旧唐书》,第2583页。
⑤ 彭定求等《全唐诗》,第129页。
⑥ 曹道衡、沈玉成《中古文学史料丛考》,第766页。其中有段引文为:"《旧唐书·文苑传》谓抢是润州江宁人,'祖泉,陈御史中丞,父超,南平王记室。抢开中为延州参军事,后累调,吏部尚书牛弘知其有学术,给笔札令自序,授翰便熟,弘甚奇之'。"笔者核对《旧唐书·文苑传》庾抱本传,发现其中几处笔误,顺便出校如下:一是误"抱"字为"抢"字;二是引《旧唐书·文苑传》庾抱传时,"祖众"误为"祖泉","天皇中"误为"开中","援翰便就"误为"授翰便熟"。

相当于《离骚》"惟草木之零落兮"之"零落","零落,皆坠也;草曰零,木曰落"。① 诗人运用这两个词表达临别之际的心境,人生聚少离多,面对分离,骤生迟暮年老之感叹,摇落衰颓之意绪;接着再写景,由清幽的山景转到了凄凉的边城,"空城落日影,迥地浮云阴",属对工整,气质贞刚,已显唐人边塞诗气象,虽尚不足以媲美王维《使至塞上》"大漠孤烟直,长河落日圆",然北齐诗人吟出此句实属难能可贵。最后两句以意象"泪"和"猿吟"托意述别,暗用"猿鸣三声泪沾裳"之典,贴切达意。曹道衡《试论北朝文学》一文评此诗说:"写得十分自然,既不大用典,也不过于讲求辞藻和对仗,而感情真挚,已有唐人送别诗的气息。"②

与北朝留存送别诗数量形成反差的是,北朝诸史籍载录祖饯活动却非常频繁。核检北朝史籍,发现北朝各代不仅有如南朝那样大规模的集体祖饯活动,而且也有群僚赋诗的壮观场面。其祖饯类型亦如南朝一般,样样俱全,有将士出征饯送、官僚出镇饯送、外交聘使祖饯、致仕退隐饯别等等。而从正史记载中,北朝诸代又以魏代的祖饯活动最为频繁,祖饯赋诗亦有数次见载《魏书》。

和南朝一样,北魏皇帝也非常重视祖饯活动,视祖饯为一种重要礼节。如蠕蠕王阿那瑰遭难投魏,返国之际,北魏孝明帝元诩正光元年(520)十二月壬子特意下诏吩咐送返事宜:"可差国使及彼前后三介,与阿那瑰相随;并敕怀朔都督,简锐骑二千,躬自率护,送达境首,令观机招纳。若彼候迎,宜锡筐篚车马之属,务使优隆,礼饯而返;如不容受,任听还阙。其行装资遣,付尚书量给。"③要求护送臣属见机行事,祖饯作为一种外交礼节,北魏时已经施行。同样,北魏由皇帝王公主持的祖饯活动更多的也是为大将的出征或者大臣出镇或致仕的。北魏永平四年(511),梁魏开战,诏令萧宝夤往援卢昶,"世宗于东堂饯之"④;神龟末元继出师之日,"车驾临饯,倾朝祖送"⑤;孝明帝元诩正光五年九月乙亥,帝幸明堂饯萧宝夤等西讨(见《魏书》卷九《肃宗纪》、卷五九《萧宝夤传》)都是大将出征祖饯例。为大臣出镇或致仕而举行的祖饯活动更多,规模亦相当大。如《魏书》卷五四《高闾列传》载高闾辞归,得以引见于东堂,世宗下诏,"百僚饯之,犹昔群公之祖二疏也"⑥;卷五八《扬播列传附弟椿传》载杨椿辞归,"群公百僚饯于城西张方桥。行路观者,莫不

---

① 朱熹集注,李庆甲校点《楚辞集注》,第4页。
② 曹道衡《中古文学史论文集》,第92页。
③ 魏收《魏书》,第231页。
④ 同上书,第1315页。
⑤ 同上书,第403页。
⑥ 同上书,第1209页。

称叹"①;同卷载王肃出镇,"朝贵毕集,诏令诸王送别"②;卷九四《阉官·抱嶷传》载嶷外镇,"将之州,高祖饯于西郊乐阳殿,以御白羽扇赐之"③。其他原因的祖饯活动见载《魏书》的亦有数处,如卷四七《卢玄传附度世子渊传》载卢渊诣长安,"将还,诸相饯送者五十余人,别于渭北"④,规模都是很大的。

北朝诸史与《北史》关于北朝祖饯赋诗亦有几处详细的记载,胪列如下:

> (咸阳王)禧将还州,高祖亲饯之,赋诗叙意,加禧都督冀、相、兖、东兖、南豫、东荆六州诸军事。(《魏书》卷二一上《献文六王传·咸阳王禧传》)

> (任城王云长子澄)后从征至悬瓠,以笃疾还京。驾饯之汝汶,赋诗而别。(《魏书》卷一九中《景穆十二王·任城王云传附子澄传》)

> 高祖饯桢于华林都亭。诏曰:"从祖南安,既之蕃任,将旷违千里,豫怀悯恋。然今者之集,虽曰分歧,实为曲宴,并可赋诗申意。射者可以观德,不能赋诗者,可听射也。当使武士弯弓,文人下笔。"高祖送桢于阶下,流涕而别。(《魏书》卷一九下《景穆十二王传·南安王桢传》,《北史》卷一八述其大意)

> 始(南安王桢孙)熙之镇邺也,知友才学之士袁翻、李琰、李神俊、王诵兄弟、裴敬宪等咸饯于河梁,赋诗告别。(《魏书》卷一九下《景穆十二王·南安王桢传附英子熙传》,《北史》卷一八同)

> 十八年,除使持节、都督吴越楚彭城诸军事、大将军,固辞,诏不许,又赐布千匹。及发,高祖亲饯之,命百僚赋诗赠昶,又以其《文集》一部赐(刘)昶。高祖因以所制文笔示之,谓昶曰:"时契胜残,事钟文业,虽则不学,欲罢不能。脱思一见,故以相示。虽无足味,聊复为笑耳。"其重(刘)昶如是。(《魏书》卷五九《刘昶列传》,又见《北史》卷二九)

> 阳休之牧西兖,子廉、子尚、子结与诸朝士各有诗言赠,阳总为一篇酬答,即诗云"三马俱白眉"者也。(《北齐书》卷四四《儒林传·马子结传》)

观北朝饯宴赋诗,有两件事特别有意味,其一为饯送南安王桢时曲宴与饯宴并兼,文人与武士同席,皇帝诏令武士弯弓,文人下笔,一则增添曲宴喜庆气息,一则渲染饯别伤离气氛,皇帝亲自下阶,流涕相别,反映了北人率真刚直

---

① 魏收《魏书》,第1289页。
② 同上书,第1291页。
③ 同上书,第2022页。
④ 同上书,第1049页。

的性格;相对于南朝祖饯主题淡化与游离现象来说,北方更注重真情送别,由此可以推知其时文人赋作的送别诗应当以别离饯送为主,而不刻意于应酬与逢迎;另一方面,武士在南朝也是要赋诗的,若不能赋作将被罚酒或成为捉弄的对象,北方可以弯弓弄舞代替,是其别于南朝者。其二为祖饯刘昶之际,不但有百僚赋诗,高祖还赐送《文集》以别,亦是很独特的饯别方式。观以上史籍记载,北朝送别赋诗的现象还是很频繁的,赋作的送别诗数量也算丰富,今不得见其真相,故于北朝送别诗的发展演变不敢遽下断语。

(二) 王褒的送别诗

在由南入北的诸文人中,王褒、庾信被推为南北文风融合的代表,袁行霈主编《中国文学史》(第二卷)说:"庾信、王褒被强留北方,终身未归,这是分裂时代才有的特殊人生。不过,如此刻骨铭心的苦楚遭遇,竟嫁接出兼具南北之长的文学硕果,似乎是历史给予的一种补偿。"① 然而,历史的补偿也有等第区分的,与庾信比较起来,王褒的文学成就固逊一筹,对其研究自然也要冷落许多。但在北朝送别诗史上,王褒却是留存作品仅次于庾信的诗人,故不得不提。

《隋书·经籍志》著录《王褒集》二十一卷,然其集早就散佚,逯辑本存诗四十七首,留存送别诗七首,均见录于《艺文类聚》。对王褒诗歌的研究,诸文学史多举其《渡河北》一首为例简略带过。惟王钟陵《中国中古诗歌史》、钟优民撰《中国诗歌史(魏晋南北朝卷)》对其诗歌研究比较充分,前者对王褒部分优秀诗作进行了文本解析,后者则按题材把王褒诗分为羁旅、边塞、唱酬、山水、哀离五大类进行了系统梳理,二者的分析与梳理均从文本出发,裨益王褒送别诗研究者良多。

王褒留存诗作中,乐府有十八首,其中《燕歌行》与《明君词》两首虽不具体写别,却于分离送别有着独到的理解,亦可算作叙别诗一体。写昭君出塞的乐府诗主要有《王明君》《王昭君》《明君词》《昭君词》《昭君叹》等题,大都围绕昭君出塞时事与昭君出塞后的故国之思敷叙咏怀。《明君词》题以梁简文帝萧纲首作,"一去蒲萄观,长别披香宫。秋檐照汉月,愁帐入胡风",胡汉对照,代昭君倾诉了远适异国的离别之情;王褒同题诗亦用简文帝同一手法,但更侧重于胡地思汉:

阑殿辞新宠,椒房余故情。鸿飞渐南陆,马首倦西征。寄书参汉

---

① 袁行霈主编《中国文学史》(第二卷),第153页。

使,衔涕望秦城。唯余马上曲,犹作出关声。①

以飞鸿向南、马首倦西、寄书汉使、衔涕秦城、送离歌曲一系列特点鲜明的意象标示昭君不肯出关的离别之苦,虽以乐府命题,却是一首新体诗,特别是末句创意犹新。唐诗经常以关塞离歌意象入诗,便收到意想不到的效果,如《全唐诗》卷一五六载王翰《凉州词》中"欲饮琵琶马上催""夜听胡笳折杨柳"就是抓住了边塞音乐特色来表情达意的。

《燕歌行》作于梁朝为官之际,是王褒诗歌中影响最大的一首。魏文帝曹丕《燕歌行》诗写妇女思念远方的丈夫,述离别之情甚切,后同题乐府基本不外离别之旨。庾信《哀江南赋序》有"《燕歌》远别,悲不自胜"②之语,明确此题乐府别离之旨。王褒同题乐府亦设为边地离别之苦,对比铺述成文,在当时就引起很大反响,《北史·文苑·王褒传》称:"褒曾作《燕歌》,妙尽塞北寒苦之状,元帝及诸文士并和之,而竞为凄切之辞。"③北地苦寒之状通过典故及与南朝鲜明反差的对照描写中反映出来,处处设为别离之痛,其述离之词曰:"自从昔别春燕分,经年一去不相闻。无复汉地关山月,唯有漠北蓟城云。淮南桂中明月影,流黄机上织成文。充国行军屡筑营,阳史讨虏陷平城。城下风多能却阵,沙中雪浅讵停兵。属国小妇犹年少,羽林轻骑数征行。遥闻陌头采桑曲,犹胜边地胡笳声。胡笳向暮使人泣,长望闺中空伫立。"④写作此诗时王褒虽未身历塞北,却内容充实,声情并茂,难怪元帝及诸文士都赞叹唱和。

《艺文类聚》"别部"收录王褒送别诗四首,从其内容看,《别陆子云诗》以江南风景为送别背景,似作于南朝时期,其他三首均以塞北边地为送别背景,应该是入北后的送别诗。《别陆子云诗》,《艺文类聚》作《别陆才子诗》,写诗人与朋友水边送别:

> 解缆出南浦,征棹且凌晨。还看分手处,唯余送别人。中流摇盖影,边江落骑尘。平湖开曙日,细柳发新春。沧波不可望,行云聊共因。⑤

诗人以"南浦""征棹""沧波""行云"等典型的离别意象入诗,别意已浓,再添上"平湖""细柳"春景的烘托,人与物俱染上送别色彩,以景写情,算得上

---

① 逯钦立辑校《先秦汉魏晋南北朝诗》,第2333页。
② 庾信著,倪璠注,许逸民点校《庾子山集注》,第94页。
③ 李延寿《北史》,中华书局,1974年,第2792页。
④ 逯钦立辑校《先秦汉魏晋南北朝诗》,第2334页。
⑤ 同上书,第2337页。

一首意境尚佳的好诗。新春的凌晨,客人远行的出发地南浦,水中舟已解缆、棹已摇动;岸上留者伫立,唯见离人远去。随着舟入中流,船行渐快渐远,送者沿江边打马追送;朝阳初升,照亮平湖,似为方便留者目力而起,细柳依依,似替留人招手挥别。然而,离船终于渐远渐无穷,徒留浩瀚波涛于其后,此际只有行云或者可以跟随离人远去,可以替诗人远相追送。全诗句句写景,却句句含情,暗蕴的情步趋实写的景,不即不离;写景既有时间的推移,又伴空间的转换,更含送者的惜别深情,置诸唐人送别诗中亦难分轩轾。王钟陵以此诗为例比较王褒与卢思道诗的优劣,在详尽的结构分析之后说:"此诗结构十分精致,运笔极为轻灵,十分突出地表现了永明以后南朝诗歌讲究圆美流转,巧于构思的艺术特征。此等精华之处,子行岂得之哉?"①此诗除精工的传统离别意象与精致的结构安排外,还有"平湖开曙日,细柳发新春"这样清新的警句。《南北朝文学史》称:"'平湖'二句描写早春景色,显然是唐杜审言《和晋陵陆丞早春游望》中'云霞出海曙,梅柳渡江春'二句所从出。"②道出了王褒此诗在唐诗中的影响。

南朝水边江畔清靓的春景在王褒别诗中形象逼真,同样,塞北苦寒之状亦是王氏别诗善用的背景。《送别裴仪同诗》的别离背景就迥异于《别陆子云诗》,别情之中亦透出沧桑之感:

河桥望行旅,长亭送故人。沙飞似军幕,蓬卷若车轮。边衣苦霜雪,愁貌损风尘。行路皆兄弟,千里念相亲。③

关于"裴仪同"其人,《中古文学史料丛考》"王褒《送别裴仪同》"条有考,排除了裴侠、裴果的可能,唯裴果子孝仁"涉猎经史,有誉于时,年辈稍晚于褒,或能有友谊可言";又疑为裴政,因倪璠注庾信《和裴仪同秋日》诗之"裴仪同"为政,然裴政为仪同三司的时间很晚,王褒不得及知。④ 按照王褒的交游及此诗内容,窃以为送别裴政的可能性更大些。交游上,在北周的梁旧臣经常聚在一起,诗酒相会,王褒与裴政均是由南入北的,也是这个集团中的成员。《北史·艺术传·庾季才传》载:"(庾)季才局量宽弘,术业优博,笃于信义,志好宾游。常吉日良辰,与琅邪王褒、彭城刘毅、河东裴政及宗人信等为文酒之会。"⑤(又见《隋书·艺术传·庾季才传》)这些南朝旧臣因经历的相

---

① 王钟陵《中国中古诗歌史》,江苏教育出版社,1988 年,第 824 页。
② 曹道衡、沈玉成《南北朝文学史》,第 444 页。
③ 逯钦立辑校《先秦汉魏晋南北朝诗》,第 2340 页。
④ 曹道衡、沈玉成《中古文学史料丛考》,第 741 页。
⑤ 李延寿《北史》,第 2949 页。

同,又都是文雅之士,故得以经常聚集相会,有聚则有离,因此,王褒完全有可能赋诗送别裴政。至于裴政为仪同三司在隋开皇元年(581),与王褒生平不合,或者如《中古文学史料丛考》所猜测,王褒集编定于隋朝,"仪同"乃编者追加。又诗中称离人为"故人""兄弟",亦当指裴政为合适。此诗首两句一写水路,一写陆路,虽实还虚,点出送别故人的题旨;中间四句写边塞之景状,沙飞蓬卷、霜雪风尘,迥然不同于平湖细柳的南朝风光;末两句慰人抒别,"行路皆兄弟",化用《论语·颜渊》"四海之内皆兄弟"典,亦可能受"苏李诗"中"四海皆兄弟,谁为行路人"的影响,以前路无忧安慰离人作结。这种结篇方式在唐代颇为盛行,王褒此诗算是下开唐风了。与此诗感情基调一致的还有《入关故人别诗》:"百年余古树,千里暗黄尘。关山行就近,相看成远人。"①以百年古树表示世事苍凉、人生风霜,以黄尘暗千里表达北地恶劣的自然环境,寄寓诗人无奈入北的凄凉心境。虽仅存短短四句诗,却真切地表达了诗人复杂的心态。王钟陵解析此诗说:"前二句意蕴浑厚,但造语工整,可谓浑中有巧,后二句从行人向前向后的视觉变化入手,抒写别离之怅情,亦是巧中寓厚。全诗四句是浑厚与精巧的统一。"②比较身处南北朝不同时期的送别诗,可以见出王褒人生历练深深的痕迹。故陈祚明综评曰:"王子渊诗淹雅,是南朝作家,辄有好句,足开初唐之风;伤归北地,如夏蝉经秋,独树孤吟,缠绵不已。"③王褒留存另两首送别诗更是深深打上了人生经历的烙印,缠绵悱恻,凄切感人:

  连翩悯流客,凄怆惜离群。东西御沟水,南北会稽云。河桥两堤绝,横歧数路分。山川遥不见,怀袖远相闻。(《别王都官诗》)
  送人亭上别,被马枥中嘶。漠漠村烟起,离离岭树齐。落星侵晓没,残月半山低。(《始发宿亭诗》)

关于"王都官"其人,《中古文学史料丛考》"王褒《别王都官》"条亦有推测:"玩诗意,当是与王褒同由江陵被虏入关之人,得南归而褒赠以诗。《周书·王褒庾信传》谓陈周通和,请周放庾信王褒还南,周唯放王克、殷不害,不许庾、王南归。此'王都官'疑亦南归之人,未可定为王克。然当是王姓而在周为都官尚书者。"④钟优民《中国诗歌史》评《别王都官诗》亦是从王褒送人南

---

① 逯钦立辑校《先秦汉魏晋南北朝诗》,第2342页。
② 王钟陵《中国中古诗歌史》,第802页。
③ 陈祚明评选,李金松点校《采菽堂古诗选》,第1072页。
④ 曹道衡、沈玉成《中古文学史料丛考》,第740页。

归角度入手:"眼看患难与共的故人纷纷离去,南北千里,山水阻隔,再无会期,生离如同死别,哀哀此情谁诉? 凄切动人,不可多得。"①《始发宿亭诗》写清晨出发远行,以生动细腻的景物描写表达离别之情。拂晓之际,星星已被晨光吞没,下弦月依然挂在半山,蓊蓊郁郁的树木隐约可见,早起人家已经炊烟袅袅;长亭之上,远别之人整顿行囊上路,开始新的一天、新的旅程。景物描写逼真如画,宛然一幅清晨乡村早行图。然而,此诗又分明是写别,离别之意开头以"别"字点出后,便退到景物的背后,虽不直接抒情,读者却始终感觉到别绪缠绵。

(三) 庾信的送别诗

与王褒一样,庾信亦是由南入北的诗人,其文学成就尤高,学术界称之为集南北文学之大成者,对其诗歌的校注与研究都非常充分,亦有不少史论性著作注意到庾信的酬赠送远之作。论文方面有王则远《情真意挚 平易深切——浅谈庾信的赠别寄远诗》按庾信寄赠送别诗的情感归类,从思归故国之情、思念故友亲人之情、与故人分别之际的复杂情感三个方面分析了庾信赠别寄远两类题材诗。② 学界对庾信送别诗的重视,亦从一个侧面说明了庾信送别诗有较高的写作水平;另从《北朝留存送别诗一览》(见表2-5)亦可以看出,北朝送别诗史上,庾信堪称一枝独秀,是其时此类题材诗的代表诗人。

不计乐府诗与《拟咏怀》组诗中涉及送离题材的诗作,庾信留存送别诗二十一首,在绝对数量上已经非常可观。观庾信留存诸送别之作,以五言短制居多。如《和庾四诗》《和侃法师三绝诗》《送卫王南征诗》《赠别诗》《送周尚书弘正诗》《重别周尚书诗二首》《徐报使来止得一相见》等诗都是五言四句,类唐代五绝体;其他送别诗亦多以六句、八句体式赋作。以短制写作送别诗,一方面是齐梁诗体新变以后诗歌发展的新趋势,另一方面亦可能与庾信由南入北的特殊身份相关。送别诗需联系具体送别事实据实抒情,而诗人特殊身份决定了他有许多言谈之忌与难言之隐,故不适合以长诗详细铺叙。然而,庾信有着娴熟的写作技能,往往能以短制蕴深情,尺幅吞万里,写出足堪垂范唐宋的送别佳制。如送别周尚书弘正诗,一共留存四首,篇篇都很精练,试看其中一首:

扶风石桥北,函谷故关前。此中一分手,相逢知几年? 黄鹄一反

---

① 张松如主编,钟优民撰稿《中国诗歌史(魏晋南北朝卷)》,吉林大学出版社,1989年,第376页。
② 王则远《情真意挚 平易深切——浅谈庾信的赠别寄远诗》,《齐齐哈尔师范学院学报(哲学社会科学版)》1993年第4期。

顾,徘徊应怆然。自知悲不已,徒劳减瑟弦。①

此诗八句,通行本题作《别周尚书弘正》,一作《别周处士弘正》,倪璠已辨"处士"称题之非,《庾子山集注》曰:"按'处士'乃弘正之弟周弘让,非弘正也,知其误矣。"②据诸家年谱,知此诗作于北周武帝保定二年(562),其时陈尚书周弘正自北周还南,诗人赋诗赠别。前四句"言弘正在周,将欲南还,已在长安之地别故人",后四句"伤己不能归故乡"③,以"扶风石桥"与"函谷故关"这种历史底蕴颇深的地名作为送别之地,既可能是实写,更可能是虚设,以地名意象来表达此中分手,相会无期的苍茫之感;以"黄鹄"与"减瑟弦"的典故来表达由彼及此的身世之感,贴切而不着痕迹。两个典故倪璠都做了明确注释,"黄鹄"典倪氏注引《晋书·乐志》引《淮南王篇》云:"愿作双黄鹄,还故乡。还故乡,入故里。徘徊故乡,苦身不已。繁舞奇歌无不泰,徘徊桑梓游天外。""减瑟弦"典注引《汉书·郊祀志》:"泰帝使素女鼓五十弦瑟,悲,帝禁不止,故破其瑟为二十五弦。"④都深得诗人意旨,亦得窥作者送别诗语带双关、曲折表意的良苦用心。黄鹄意象早就见于"苏李诗",亦是六朝重要的诗歌意象,但多用黄鹄双飞、离别之意,庾信以之表达故国之思,别出新意;以五十弦瑟减半的典故来表达伤悲之情,当推庾信为首创,唐李商隐"锦瑟无端五十弦"更明白地运用此典,其诗思灵感与庾信此诗或不无关系。王夫之盛赞此诗:"闲情约辞,自极倾倒。几可与李陵《别诗》颉颃,千岁情同,则所生之文亦将同矣。此是《子山集》中第一首诗,绝不见纵横之色。"⑤据倪璠、鲁同群、钟优民等所作庾信年谱,庾信送别周弘正的另四首诗也作于此际。先看《送周尚书弘正诗》二首:

> 交河望合浦,玄菟想朱鸢。共此无期别,知应复几年。
>
> 离期定已促,别泪转无从。惟愁郭门外,应足数株松。⑥

第一首写与周弘正的后会无期之别,依然以地名意象入诗,从空间隔离上抒发从此天各一方的离别之情。倪璠注:"《汉书》曰:'车师王治交河城。'又

---

① 庾信著,倪璠注,许逸民校点《庾子山集注》,第 322 页。
② 同上。倪注本诗题与《先秦汉魏晋南北朝诗》小异,为行文表述一致,庾信诗题同前。后文同类情况,不一一注出。
③ 同上书,第 323 页。
④ 同上。
⑤ 王夫之评选,张国星校点《古诗评选》,第 289 页。
⑥ 庾信著,倪璠注,许逸民校点《庾子山集注》,第 370 页。

曰:'合浦郡,武帝六年开,属交州。玄菟郡,武帝元封四年开。高句骊,属幽州。'交趾郡朱鸢县,交河与合浦,玄菟与朱鸢,皆极远之地。以喻己与弘正南北隔绝若胡越矣。"①交河与合浦相隔遥远,惟望而已,难得面晤;玄菟与朱鸢则渺若胡越,只有梦中徒然想念。虽只有短短四句,却意象具足,情深意挚。第二首首两句"言离别在即,要落泪反而无从落起了,即欲哭无泪之意",后两句"言己惟愁老死于长安",②直接以彼我对照的写法抒发胸臆,别情之中蕴含着自伤。一首小诗浸润着深沉的身世之感,含不尽之意见诸言外。再看《重别周尚书诗二首》:

> 阳关万里道,不见一人归。唯有河边雁,秋来南向飞。
>
> 河桥两岸绝,横歧数路分。山川遥不见,怀袖远相闻。③

此诗其二倪璠考证非庾信之作:"按其二'河桥两岸绝'四句非庾信作。考《英华》二百六十六有王褒《别王都官》诗八句,后四句即此'河桥两堤(此作岸)绝'四句,下紧接庾信之《别周尚书弘正》诗,有目无文,即前二百三十所谓'今已削去'者。再下即庾信《重别周尚书》'阳关万里道'篇。辑庾诗者或见《英华》二百六十六《别周尚书弘正》有题无诗,乃误以王褒《别王都官》诗后四句属庾,又并入庾信《重别周尚书》诗而为二首。其二当删。"④所言极是。"阳关万里道"首写自己留在长安,如同身在阳关以外一般,故人周弘正即将南还,像秋雁南飞得返故里。与其他三首一样,依然按照亦此亦彼的对比手法写作,王则远总结此诗的多层次对比包括"万"与"一"数词的对比,诗人与周弘正处境的对比,雁与人的对比,地上寂寥古道与天空结伴雁行的对比,人雁居处环境之阳关塞外与清幽河湖的对比。的确如此,一首小诗挖掘下去,意蕴深厚,语短情长,堪称佳制。钟优民评价此诗说:"前联比己羁北难归,后联喻周弘正如期南返,这二句与徐陵'唯有当秋月,夜夜上河桥'(《别诗》)诗异曲同工,各极佳妙。庾信此诗无一字直抒哀痛,实际上却是愁深似海,莫与伦比,通篇委婉含蓄,耐人寻味,宋长白赞其'言简意尽,得比兴之神'(《柳亭诗话》),不为溢美之辞。"⑤

庾信留存送别诗多送别故人之作,较少应制应酬之篇,其故人包括庾氏

---

① 庾信著,倪璠注,许逸民校点《庾子山集注》,第370页。
② 谭正璧、纪馥华选注《庾信诗赋选》,古典文学出版社,1958年版,第184页。
③ 庾信著,倪璠注,许逸民校点《庾子山集注》,第370—371页。
④ 同上书,第371页。
⑤ 钟优民《望乡诗人庾信》,吉林大学出版社,1988年版,第169页。

同宗、南朝故旧、齐来聘使等。南朝故旧中有像周弘正那样以聘使身份来周故得短聚的,有同羁北朝后得以南遣的。在与故旧的聚离别散中,留存了上述送周弘正诸别诗,还有《徐报使来止得一相见诗》《别张洗马枢诗》《和侃法师三绝诗》等送别诗。《徐报使来止得一相见诗》诗曰:"一面还千里,相思那得论。更寻终不见,无异桃花源。"题中"徐报"据吉定《庾信诗中"徐报"小考》考证,当为徐陵长子俭的别名①,史籍虽无徐俭出使北周的记载,但其又名徐报,并以徐报之名屡见于史籍,却是事实确凿②。因此,可以推测徐俭或与周弘正同时,或者稍后出使过北周,故人之子,旧时相识,来聘异域,庾信理当接见;然不知是何原因,止得相见,不得深谈,追送不及,庾信赋作此诗述怀言别。虽是一首小诗,却饱含真情。首两句写仅得一面相见,便各自分离,千里之遥的空间阻隔,唯有不尽的相思;后两句续上意,写见面无故被打断之后,再去晤会已经没有机会了,犹如武陵人不复再得见桃花源一般。诗中可能暗含部分北周势力阻止其与南人会面的意思,不便明说,只能以小诗委婉道来。王则远在此小诗中还看出了其深沉的人生感慨:"巧用故实,韵味无穷。亦充满理趣,从中我们可以体会出深刻的人生哲理。桃花源理想的世界虽是美好的,但也是虚幻不定的,并非凭人之意志所能寻行的;人生亦如此,人的生命只有一次,失去了就不可能再得,在人的一生中,有很多机遇,看你是否能很好地把握它,它稍纵即逝,'更寻'是很难再得的。诗人就是通过这些平常的情事来表达一种沉郁的人生感慨,发人深思,引人冥想。"③与送别徐报不及赋诗不一样,《别张洗马枢诗》则是张枢离别之际诗人对宴之作,其诗曰:

> 别席惨无言,离悲两相顾。君登苏武桥,我见杨朱路。关山负雪行,河水乘冰渡。愿子著朱鸢,知余在玄菟。④

关于张枢,倪璠按曰:"张洗马当是南朝人,与子山同为羁士,周、陈通好之时,南北流寓之士,各许还其本国。子山留而不遣,故赠别焉。"⑤首两句写饯席上主客两两相对,默然无语的凄切场景。次两句用苏武、杨朱典故,合写双方的离别,苏武持节牧羊终得返汉的典故自不待言,杨朱的典故则见于《淮南

---

① 吉定《庾信诗中"徐报"小考》一文载《文学遗产》1995 年第 5 期,考证了"徐报"所指;后其又在博士论文《庾信及其文学作品研究》之"庾信作品考辨"章广罗材料,做了进一步充实,"徐报"指徐陵长子俭大抵可以定论。
② 同上。
③ 王则远《情真意挚 平易深切——浅谈庾信的赠别寄远诗》,《齐齐哈尔师范学院学报(哲学社会科学版)》1993 年第 4 期。
④ 庾信著,倪璠注,许逸民校点《庾子山集注》,第 323 页。
⑤ 同上。

子·说林训》,倪璠注:"'杨子见逵路而哭之,为其可以南,可以北',伤其本同而末异也。"①苏武立场坚定,终得归国,名动天下,功载史册;杨朱举棋不定,只得望歧路而悲。这样用典,既有赞美离人的成分,亦有委婉明志的意思。接着两句言离人此去旅途之苦,踏雪翻山,渡冰涉水,然归心似箭,自然困难,则不待言。最后两句对故友提出此别不要忘记自己的希望,依然以"朱鸢""玄菟"两地远隔来表达诗人的离情别意。钟优民分析此诗并发挥联想:"樽酒泣别,自悲歧路,但望往后永不相忘,千里共婵娟。诗人击筑悲歌的形象突兀而立,生动地再现出欲别未别时情景。"②像这样的对宴之作,诗中始终有离人与自我的存在,犹如对面促膝谈心,却又不胜伤感之情。张枢别席是否有留别之作,不得而知。然《和侃法师三绝诗》从称题上便知离人侃法师是写有留别诗的,今天不见只是佚失了而已。庾信三首诗皆以绝句体写出,其诗如下:

秦关望楚路,灞岸想江潭。几人应泪落,看君马向南。

客游经岁月,羁旅故情多。近学衡阳雁,秋分俱渡河。

回首河堤望,眷眷嗟离绝。谁言旧国人,到在他乡别。③

侃法师当为释氏,大约以名或字称,姓不著,其人事迹不详,大抵是庾信的好友。倪璠注:"时侃法师南还,与子山作别。"④鲁同群《庾信年谱》则系此诗于北周武帝建德三年(574)周武帝灭佛,"沙门静嵩、灵侃等三百人相率归南朝"⑤之际。第一首依然用庾信惯用的地名意象入诗,并用"交河望合浦,玄菟想朱鸢"同样的句式,秦关、灞岸皆长安标志性地名,楚路、江潭乃南朝故国独特景致,一"望"一"想",既切送别题旨,又把诗人长期南望默想的心态映带出来,故国之思溢于言表。而相形之下,侃法师得以打马南归,留下不知多少人在暗自落泪。此处"泪落"亦带双关,既指挥泪送别,亦指不得南还而黯然泪下。张玉榖评析道:"此在北朝送师还南之作,有恨不得同还之意。上二,先就自己望乡逆起。下二,顺落彼还。妙在几人落泪,拓空一笔,更觉灵动。"⑥第二首则直接抒发自己不得南归的羁旅愁情,以衡阳雁秋分渡黄河南

---

① 庾信著,倪璠注,许逸民校点《庾子山集注》,第323页。
② 钟优民《望乡诗人庾信》,第165—166页。
③ 庾信著,倪璠注,许逸民校点《庾子山集注》,第369—370页。
④ 同上书,第369页。
⑤ 鲁同群《庾信年谱》,刘跃进、范子烨编《六朝作家年谱辑要》,黑龙江教育出版社,1999年,第473页。
⑥ 张玉榖《古诗赏析》,第508页。

归为比表达自己久居北地的悲痛情怀。对比之下,衡阳雁一年一度,秋去春来,而诗人却羁留经年,只能"望""想"南国,此刻好友侃法师又得以南还,更禁不住心潮澎湃,浮想万端。第三首进一步抒发客中送客,留者难以为怀的心绪。"送者与被送者皆南人,原当聚首南国,亲密共处,料不到竟然在北国相别,更何况是这种后会无期的惨别,真是悲痛之至。"①庾信客居北朝已有二十年了,二十年来一直不忘故国,好友相别时仍称当下的家为"他乡",称业已禅代的南朝为"旧国",拳拳思乡之情于此可鉴。三首短诗借送别抒怀,又始终不离于送别主题,非大手笔确乎难为。

上举诸诗皆为别南还故旧之作,而《对宴齐使诗》则是以复杂的心情在饯宴上送别齐国聘使的一首诗。北齐、北周交聘,齐使返朝之际,庾信出席饯宴并赋诗送别。对于庾信来说,其时的境况是非常复杂的,梁大同十一年(545),庾信在梁朝时曾出聘过北齐前朝东魏,其文章辞令甚为邺下所称,定当结识一批异国相知;此刻诗人几经磨难,滞留于北周,而东魏亦已被北齐取代;诗人身仕他国之痛与北齐相知屈仕异代之苦大体相同,故此诗委曲回旋,于短章中寓深意。其诗曰:

归轩下宾馆,送盖出河堤。酒正离杯促,歌工别曲凄。林寒木皮厚,沙回雁飞低。故人倘相访,知余已执珪。②

倪璠注引《周书·武帝纪》:"天和四年夏,齐遣使来聘。"③系此诗为569年饯别齐使之作。诗人首先以归轩、车盖、河堤、酒正、离杯、歌工、别曲等意象写足送别场景,再以典故巧妙地表达自己复杂的处境与心态。典故之一,"寒林木皮",倪璠注引《汉书》:"晁错曰:'夫胡貉之地,积阴之处也,木皮三寸,其性耐寒。'"典故其二,"沙回雁飞低",倪注引崔豹《古今注》曰:"雁自河北渡江南,瘦瘠,能高飞,不畏矰缴。江南沃饶,每至还河,体肥,不能高飞。"倪璠根据庾信其时的特殊身份与处境分析道:"子山对宴齐使,自伤颜之厚矣,有如木皮;又似铩翮之雁,不能高飞也。"典故其三,"执珪",倪注引《史记》曰:"庄舄,故越之细鄙人也。为楚执珪,病而犹尚越声。"又引《汉书·曹参传》曰:"掳秦司马及御史各一人。迁为执珪。"并诠释"执珪"寓意:"子山乡关之思,屡动越吟;聘魏仕周,有如秦掳。言齐地旧相识者倘或问余,知余今

---

① 钟优民《望乡诗人庾信》,第149页。
② 庾信著,倪璠注,许逸民校注《庾子山集注》,第318页。
③ 同上。

已执珪矣。盖自惭语也。"①全诗八句,意味深长。钟优民评前四句:"描绘饯别情景,离情依依,悲音回荡,彼此难舍难分。"②又解析后四句:"北地苦寒,故树皮厚实,沙滨迂曲,雁逐水草,故难以高翔快飞,显系仔细观察南北林木异同和雁群飞行规律的结果;这两句同时隐喻自身厚颜仕周、不能远走高飞的困境。"③都深切诗旨,不待赘言。

庾信送别诗主要作于北朝,在南朝时期仅存梁大同十一年出聘东魏前后写作的《将命至邺诗》《将命使北始渡瓜步江诗》《反命河朔始入武州诗》,诸诗以出使为背景,流露了离别之情,可从广义上称之为留别诗。子山在北朝送别诗亦以送别朋友故旧为主,亦留存与北人赠别的少量诗作,如《奉报赵王出师在道赐诗》《和赵王送峡中军诗》《送卫王南征诗》《任洛州酬薛文学见赠别诗》等,前三首以送征为背景,大抵写军阵的气势与征人的相别,描写军旅军容,颇有佳句,如《和赵王送峡中军诗》"山城对却月,岸阵抵平云",《奉报赵王出师在道赐诗》"弯弓伏石动,振鼓沸沙鸣""雨歇残虹断,云归一雁征",《送卫王南征诗》"风尘马足起,先暗广陵江"等。后一首为酬赠饯别之作,是庾信送别诗中的长篇之作,其中颇有应酬气息,但如"北梁送孙楚,西堤别葛龚"句以人物典故述意,还是非常贴切的。庾信另有送别同宗庾四与庾七的诗作,还有不明写作背景的几首送别诗,列举如下,不予解析:

  离关一长望,别恨几重愁。无妨对春日,怀抱只言秋。(《和庾四诗》)
  藏啼留送别,拭泪强相参。谁言畜衫袖,长代手中渖。(《赠别诗》)
  望别非新馆,开舟即旧湾。浦喧征棹发,亭空送客还。路尘犹向水,征帆独背关。(《应令诗》)
  峻岭拂阳乌,长城连蜀都。石铭悬剑阁,沙洲聚阵图。山长半股折,树老半心枯。由来兄弟别,共念一荆株。(《别庾七入蜀诗》)

综观庾信的送别诗,发现其以送别南朝故人为主,诗作往往作于故旧南还之际,故在离别之意中总是渗透着深深的乡关之思,深刻自责自惭之意。此类诗作,篇篇情真意挚,既是送人缘情,又是自我解剖,每每余味曲包,经得起读者久久咀嚼。在写作手法上,诗人善于运用短篇涵深意,总是把有特色的片段与恒久不变的乡关之思紧密结合起来,尺幅万里,耐人寻味;其次,运用南北相对的地名意象,既有深厚的历史感,又有鲜明的对比性,一南一北,相隔

---

① 庾信著,倪璠注,许逸民校注《庾子山集注》,第318页。
② 钟优民《望乡诗人庾信》,第126页。
③ 同上书,第166页。

遥遥,离别的空间距离感得以有机地表达出来,又不离其宗,在地名中含着故国之思;第三,对比着笔,或以人与物对比,或以我与客对比,或以南与北对比,皆独具机心,形成强烈的情感张力;第四,灵活运用典故,往往语带双关,把离别之意与思乡之情绾合无迹。总之,庾信用其独特的笔触为后代留下了一批精美的送别诗,不但是北朝送别诗史上的一枝独秀,也是六朝送别诗史上的丰碑,在整个中国送别诗史上亦当享有重要的一席。

二、陈、隋送别诗

(一) 陈、隋送别诗论

陈、隋送别活动与送别诗的数量其实也不算少,但相对于齐、梁鼎盛时期来说,却是属于低落阶段。而恰恰是短时期低落的酝酿,送别诗终在唐代爆发,形成了又一个高峰。故陈、隋是送别诗史上由六朝到唐代的一个转折。陈、隋留存送别诗情况如表2-6:

表2-6 陈、隋留存送别诗一览

作 者	题 名	诗体	送别对象	送别表征、送别诗依据
沈 炯	从驾送军诗	五言	军	送军出征诗。
阴 铿	奉送始兴王诗	五言	始兴王	《艺文类聚》入"别"部。诗题称送。
	广陵岸送北使诗	五言	北使	送别北朝使者诗。
	江津送刘光禄不及诗	五言	刘光禄	送别不及。《艺文类聚》入"别"部。
	和傅郎岁暮还湘州诗	五言	傅郎	和别之作。
	罢故章县诗	五言		罢故章县,赋诗留别。
	晚出新亭诗	五言		"离悲足几重",离别述悲。
周弘正	陇头送征客诗	五言	征客	《艺文类聚》入"别"部,题称送征。
周弘直	赋得荆轲诗	五言		咏荆轲别事。
顾野王	饯友之绥安诗	五言	朋友	祖饯诗。
张正见	征虏亭送新安王应令诗	五言	新安王	应令祖饯诗。逯辑本与徐陵诗重出。
	别韦谅赋得江湖泛别舟诗	五言	韦谅	赋得送别之作。
	秋日别庾正员诗	五言	庾正员	诗题为送别。逯辑本与徐陵诗重见。
陈后主	幸玄武湖饯吴兴太守任惠诗	五言	任惠	祖饯诗。

(续表)

作者	题名	诗体	送别对象	送别表征、送别诗依据
徐陵	别毛永嘉诗	五言	毛喜	诗题为送别。
	秋日别庾正员诗	五言	庾正员	《艺文类聚》入"别"部,诗题为送别。逯辑本与张正见诗重见。
	征虏亭送新安王应令诗	五言	新安王	应令饯新安王。逯辑本与张正见诗重出。
	新亭送别应令诗	五言		《艺文类聚》入"别"部,应令祖饯诗。
萧诠	赋得往往孤山映诗	五言		赋得之作,"共君临水别,劳此送将归",写送别。
何胥	被使出关诗	五言		出关留别。
阮卓	赋得黄鹄一远别诗	七言		赋得之作,扣离别题旨。
潘徽	赠北使诗	五言	北使	送别北朝使者诗。
乐昌公主	饯别自解诗	五言		抒别怀自嘲。
江总	陇头水二首	五言乐府二首		述陇头之别。
	折杨柳	五言乐府		"共此依依情,无奈年年别",抒别怀。
	雨雪曲	五言乐府		从内容看为从军别。
	赠洗马袁朗别诗	五言	袁朗	诗题为送别。《艺文类聚》入"别"部。
	赠贺左丞萧舍人诗	五言	贺左丞、萧舍人	从内容看为抒与二人别情。
	别南海宾化侯诗	五言	宾化侯	题为送别。
	别袁昌州诗二首	五言二首	袁昌州	《艺文类聚》入"别"部,诗题为送别。
	别永新侯	五言	永新侯	《艺文类聚》入"别"部,诗题为送别。
何处士	别才法师于湘还郢北诗	五言	才法师	诗题为送别。
贺力牧	乱后别苏州人诗	五言	苏州人	诗题为送别。《文苑英华》入"留别"类。
卢思道	赠别司马幼之南聘诗	五言	司马幼之	送人出使。
	赠刘仪同西聘诗	五言	刘仪同	送人出使。

(续表)

作　者	题　名	诗　体	送别对象	送别表征、送别诗依据
孙万寿	别赠诗	五言		诗题为送别。《文苑英华》入"留别"类。
	早发扬州还望乡邑诗	五言		"乡关不再见,怅望穷此晨",不忍离别乡关之作。
尹　式	送晋熙公别诗	五言	晋熙公	诗题为送别。《文苑英华》入"送行"类。
	别宋常侍诗	五言	宋常侍	诗题为送别。《文苑英华》入"送行"类。
王　胄	言反江阳寓目灞涘赠易州陆司马诗	五言	陆司马	从内容看为送别之作。
	别周记室诗	五言	周记室	诗题为送别。《文苑英华》入"送行"类。
	赋得雁送别周员外戍岭表诗	五言	周员外	赋得送别之作。《文苑英华》入"送行"类。
孔德绍	送蔡君知入蜀诗二首	五言二首	蔡君知	诗题为送别。《文苑英华》入"送行"类。
刘　斌	送刘员外同赋陈思王诗得好鸟鸣高枝诗	五言	刘员外	"安知背飞远,拂雾独晨征",赋得诗述别。
弘执恭	奉和出颍至淮应令诗	五言		奉和赋诗留别。
鲁　范	送别诗	五言		《文苑英华》入"送行"类。诗题为送别。
陈　政	赠窦蔡二记室入蜀诗	五言	窦、蔡二记室	送窦、蔡二记室赴蜀。属送行别离之作。
刘梦予	送别秦王学士江益诗	五言	江益	《文苑英华》入"送行"类。诗题称送别。
无名氏	送别诗	七言		称题为送别,以"柳"意象抒别。

陈、隋半个多世纪里,留存有送别诗的诗人计二十六人(不包括无名氏),存诗约五十首,紧随送别诗鼎盛之后,出现一个相对低谷,也许正是文学发展规律使然。此期留存送别诗数量虽不是很多,但其时重要作家都有送别诗作,如阴铿存六首、徐陵存四首、江总存九首,在六朝留存送别诗的诗人中,还是算比较多的;此期还有些诗坛小家,便凭送别诗而得以留名诗史,如潘徽仅存《赠北使诗》、乐昌公主仅存《饯别自解诗》、刘梦予存《送别秦王学士江益诗》、陈政存《赠窦蔡二记室入蜀诗》;尹式仅存两首诗,均为送别之作;贺力牧与刘梦予各存两首诗,其中便有一首是送别诗。送别诗有很强的对象

性,诗人本集或者不传,却能依赖他人文集得以留存,故没有送别题材诗,还会有更多的诗家消失在茫茫历史中。这些留存送别诗的诗人虽在诗史上只是小家,更难入文学史家之眼,但其送别诗却是写得不错的,浪里淘沙,经得起时间的考验。如马大品选注《历代赠别诗选》就很注意选入陈、隋这些小家的送别诗作,马氏选陈、隋送别诗五首,只阴铿诗名较盛,尹式不显于诗坛,无名氏更不待言;陈子良已入唐,马氏选录其《送别》五言四句一首已入《全唐诗》,不在六朝送别诗范围之内。① 因此,不忽视这些诗坛小家的送别诗,对于全面了解六朝送别诗发展史有着重要的意义。首先看无名氏的《送别诗》:

> 杨柳青青著地垂,杨花漫漫搅天飞。柳条折尽花飞尽,借问行人归不归?②

此诗作者虽然不存,却是古今选家都很重视的诗作,沈德潜、王士禛、陈祚明、张玉縠等皆选录,刘文忠《古诗类选·友谊诗》隋代部分就录此一首。因其不著作者,许多选本均置于隋诗卷末,既是编排体例的要求,亦可理解为隋诗的压卷之作。关于此诗的意旨,逯辑本与诸本一样,照录了崔琼《东虚记》:"此诗作于大业末年,实指炀帝巡游无度,缙绅瘁恍已甚。下逮闾阎,而佞人曲士,播弄威福,欺君上以取荣贵,上二句尽之。又谓民财穷窘,至是方有《五子之歌》之忧,而望其返国也。"③此说实犯经学家解诗的毛病,既称题为"送别诗",便可从送别诗角度来解析,刘文忠便持此观点,张玉縠亦以为"只作寻常送别诗解亦可"④。此诗写别,从折柳送别这一送离习俗着眼,抓住杨柳作文章,柳条、杨花,均是离愁别绪的象征,柳条垂地,依依婀娜,犹如主人挽留客人一般;杨花柳絮漫天飞舞,如同愁绪来去无端、心烦意乱。唐诗宋词中以柳条写别的不计其数,以柳絮寓意的也非常多,精警者亦多取此诗构思,如刘禹锡《柳花词三首》其二:"撩乱舞晴空,发人无限思。"又,苏轼《水龙吟·次韵章质夫杨花词》:"细看来,不是杨花点点,是离人泪。"虽不能强说唐宋诗人受此影响,此诗在唐宋诗坛耳熟能详该是事实。第三句从柳条折尽与杨花飞尽的角度写送别,或理解为不忍离别把柳条都折尽了,不肯分手杨花都飘落将尽了;或理解为离别的频繁,青青垂柳被送别诸人折尽了,随着时间的

---

① 参见马大品选注《历代赠别诗选》,书目文献出版社,1991年。
② 逯钦立辑校《先秦汉魏晋南北朝诗》,第2753页。
③ 同上。
④ 张玉縠《古诗赏析》,第535页。

推移,杨花也飘尽了,这种恐枝折尽的写法也是后代诗人写别常用的手法。末句询问归期,凸显诗旨,前面三句的衬托,全在设问的一句。王维《送别》"王孙归不归"亦采用这种手法写别,最为著名;另有赵嘏《昔昔盐二十首·花飞桃李溪》"欲折枝枝赠,那知归不归",高适《别崔少府》"今年归不归",《送李少府时在客舍作》"薄暮途遥归不归",施肩吾《效古兴》"不知岁晚归不归"等均用此手法。张玉穀曰:"声谐韵协,是唐人七绝之发源也。"①沈德潜则评此诗"竟似盛唐人手笔"②,以其产生于隋季,只能与唐诗媲美了。诸选家不略此诗,颇具识力。再举尹式的《别宋常侍诗》为例,以探陈、隋诗坛送别诗的成就:

> 游人杜陵北,送客汉川东。无论去与住,俱是一飘蓬。秋鬓含霜白,衰颜倚酒红。别有相思处,啼乌杂夜风。③

尹式,《隋书·文学传》有小传,宋常侍的情况不详。此诗写送客远行,大约受庾信的影响。开篇以地名意象渲染送别氛围,是庾信送别诗常用的手法。"杜陵",闻人倓笺:"《汉书·宣帝纪》:元康元年,更名杜县为杜陵。"杜陵在长安东南,汉时以宣帝陵在此,故称杜陵,亦是杜甫诗中所指"杜陵";"汉川",闻笺:"《沟洫志》:西方则通渠、汉川、云梦之际。"亦是唐人经常运用的一个地名意象。诗末用乌夜啼意象托相思之意,既与六朝《乌夜啼》乐府诗相关,亦可能与庾信《咏画屏风诗》相关,闻笺:"庾信诗:何劳愁日暮,未有夜乌啼。"④根据诗意,张玉穀断为送客之诗,解析其结构曰:"前四,先点己宋同游之处,送宋所往之乡,随以去住同一飘蓬致慨,笔意沉痛。后四,单就己年衰老,收到相思作结,琢句亦工。"⑤细研此诗,其承前启后的痕迹最为显著:从此诗意象看,飘蓬乃魏晋诗人常用意象,表达流离飘忽之感;乌夜啼亦源于刘宋以往,表达相思之意;地名意象虽承庾信写作手法,然写长安不用灞陵、灞岸等传统意象,而以杜陵写之,颇富新意,且下开唐人;"秋鬓含霜白,衰颜倚酒红",最称警策,尤具唐风,陈祚明便以此诗"殊有作意,'衰颜'句佳"⑥评之。《楚辞》写醉酒美人朱颜酡些,用酒红本意,尹氏以酒红写衰颜,翻出新意。后代诗词广泛运用霜鬓与酒红颜衰入诗,诗论家亦注意到这一点,如

---

① 张玉穀《古诗赏析》,第 535 页。
② 沈德潜选《古诗源》,第 367 页。
③ 逯钦立辑校《先秦汉魏晋南北朝诗》,第 2659 页。
④ 王士禛选,闻人倓笺《古诗笺》,第 453—454 页。
⑤ 张玉穀《古诗赏析》,第 529 页。
⑥ 陈祚明评选,李金松点校《采菽堂古诗选》,第 1192 页。

关于"酒红"的用法,胡仔《苕溪渔隐丛话·前集》卷五一引《王直方诗话》:"乐天有诗云:'醉貌如霜叶,虽红不是春。'东坡有诗云:'儿童误喜朱颜在,一笑那知是酒红。'郑谷有诗云:'衰鬓霜供白,愁颜酒借红。'老杜有诗云:'发少何劳白,颜衰肯更红。'无己诗云:'发短愁催白,颜衰酒借红。'皆相类也。然无己初出此一联,大为当时诸公所称赏。"①援引诸诗,却挂漏尹式此句,殆宋人评诗弊端所在;宋人评此,喜溯源于老杜,殊不知老杜胸中有六朝诗在。文学史家亦经常忽略陈、隋诗歌,少提乃至不提,至一些优秀的送别诗湮没不闻,此处仅分析不名诗人的两首送别诗,可知陈、隋送别诗中尚有佳作存在。

陈、隋留存送别诗中,除上述名声不响的诗人之作外,尚有些官位声名都很显著的诗人留存了送别之作,如徐陵、张正见等属此类。下面拟各举送别诗一首,以见陈、隋送别诗的大致面貌。先看徐陵的《别毛永嘉诗》:

> 愿子厉风规,归来振羽仪。嗟余今老病,此别恐长离。白马君来哭,黄泉我讵知。徒劳脱宝剑,空挂陇头枝。②

《南北朝文学编年史》系此诗于徐陵临终之年,送别对象毛永嘉即毛喜,字伯武,曾为永嘉内史,《陈书》有传。许逸民《徐陵集校笺》引证史籍,揭示毛喜出为永嘉内史的隐情,分析了此诗写作背景。许先生认为徐陵送别毛喜当在至德元年(583)二月,"诗亦当作于此时。徐陵是年十月卒,年七十七,故诗中有句云:'嗟余今老病,此别恐长离。'伤离复伤老,哀婉深至"③。据此,知此诗有着强烈的身世之感。余冠英《汉魏六朝诗选》亦选录此诗,注称本诗是"别毛先归留赠之作。大意说自己老而且病,恐毛归而己已死,眼前的一别实际就是永别了"④。据此,则此诗是一首留别诗。诗人开篇告诫留者厉风规、振羽仪,在送别诗中以此种方式起势尚不多见。《南北朝文学史》分析其背景说:"毛永嘉即毛喜,是陈代一位正直敢谏的官员。陈后主陈叔宝即位后,不务政事,每日和幸臣宴饮,毛喜在陈叔宝即位前,就向陈宣帝指出过他的毛病。后来司马申又在陈后主面前进谗,把毛喜贬为永嘉内史。徐陵对毛喜深表同情,并鼓励他'厉风规',希望他坚持耿直的品德。"⑤徐陵风烛残年之际,隋朝已立,对陈朝已经虎视眈眈,而陈后主荒淫误国,容不得忠直之

---

① 胡仔纂集,廖德明校点《苕溪渔隐丛话·前集》,第345页。
② 徐陵撰,许逸民校笺《徐陵集校笺》,中华书局,2008年,第159—160页。
③ 同上书,第159页。
④ 余冠英选注《汉魏六朝诗选》,第288页。
⑤ 曹道衡、沈玉成《南北朝文学史》,第265—266页。

臣,此诗开篇励志,用意良深。后面则一气写别,一面嗟叹自己年老多病,百事不到;一面担心此去即成永诀,恐怕毛喜归来自己已经老死九泉。沈德潜评:"似达愈悲,孝穆集中,不易多得。"①陈祚明曰:"此生人作死别,固难为怀。起二句近。"②余冠英亦评此诗:"四十字象是一笔写下,貌虽俳偶实则单行,在陈、隋作品中特别显得气格高劲。"③而在诗歌体式上,"已近成熟的五律,三、四两句用流水对,在当时尚不多见"④。至于在用典方面,有范式、张劭的故事与季札挂剑的故事,从中都透视出朋友之间真挚的友谊,同时又与诗人自己年迈相吻。

再看张正见的《征虏亭送新安王应令诗》:

> 凤吹临南浦,神驾饯东平。亭回漳水乘,旆转洛滨笙。地冻班轮响,风严羽盖轻。烧田云色暗,古树雪花明。歧路一回首,流襟动睿情。⑤

征虏亭,是南朝举行祖饯活动的重要场所,《世说新语·雅量》注引《丹阳记》曰:"太安中,征虏将军谢安立此亭,因以为名。"⑥据《陈书·新安王伯固传》,陈伯固于陈武帝天嘉六年(565)立为新安郡王,之后屡次外任,于陈宣帝太建十四年(582)因助叔陵反而为乱兵所杀,时年二十八岁。因此,张正见此诗可能作于565年到582年期间新安王伯固的某次外任。根据张正见及新安王伯固的履历,大约可以推定此诗作于新安王伯固授使持节、都督吴兴诸军事、平东将军、吴兴太守之际,时为太建三年,张正见可能还是历镇东鄱阳王府墨曹行参军,兼衡阳王府长史之职。此诗称题"应令",当是新安王外任,诸王饯送,诗人应令而赋。以其是应令诗,故在开篇用"凤吹""神驾"照顾到饯送主持人的身份,没有华丽的夸饰,只是以通行的代字法道出,下面直接缀接送别地点,点明送别事实。中间写饯别时的环境氛围,不用传统写法描绘饯宴,而是简单提及祖饯时的别歌,主要着墨于天寒地冻的行旅环境,瑰奇的别浦冬景。"地冻班轮响"四句,写气候的变化导致车轮滚动声音的增大,寒风的凛冽致使羽盖的飘飞,以云色昏暗与雪花明亮相对,观察非常细致,写景十分精巧,属对工整,"韵响如铃"⑦,颇见精雕细琢之功。陆时雍说

---

① 沈德潜《古诗源》,第331页。
② 陈祚明评选,李金松点校《采菽堂古诗选》,第962页。
③ 余冠英注《汉魏六朝诗选》,第288页。
④ 曹道衡、沈玉成《南北朝文学史》,第266页。
⑤ 逯钦立辑校《先秦汉魏晋南北朝诗》,第2486页。
⑥ 徐震堮《世说新语校笺》,第207页。
⑦ 陆时雍《古诗镜》卷二六,《景印文渊阁四库全书》第1411册,台北,台湾商务印书馆,1986年。

张正见诗"声色臭味具备"①,此四句或可当之。最后两句以歧路分手抒情作结。综观全诗,没有客套粉饰之语,写作视角聚焦于行人而不是饯宴主持者,与齐、梁应制送别诗相比有很大的改观。

总之,陈、隋送别诗虽然在数量上出现低落现象,但却留存了一些精致优秀之作。也许是陈、隋离唐人时间近,以唐人的眼光去衡量,许多滥竽充数之作早就被汰除干净了,故得以留存的都是经得起唐人考验的。因此,综观陈、隋留存送别诗,便可发现量少质高的特有现象。而且,在短短的时间内,阴铿与江总留存送别诗的数量都不少,可以之为其时送别诗的代表诗人。

(二) 阴铿、江总的送别诗

阴铿是由梁入陈的诗人,《南北朝文学史料丛考》认为称之为梁陈诗人更为确切,其留存送别诗六首,时间均不确,但可以肯定不是全作于陈代。把阴铿作为陈代送别诗的代表诗人,亦只是根据传统说法的权宜安排。阴铿留存六首送别诗中有《晚出新亭诗》与《罢故章县诗》是诗人离开某地的离愁诗,有一定的留别意味。如前者写离愁以浩荡江水对照曰"大江一浩荡,离悲足几重",与谢朓《暂使下都夜发新林至京邑赠西府同僚诗》"大江流日夜,客心悲未央"异曲同工,谢榛举此两联佳句赞曰:"二作突然而起,造语雄深,六朝亦不多见。"并指出李白《金陵留别》诗"请君试问东流水,别意与之谁短长"是从六朝此两联"变化为结"。② 而以"九十方称半,归途讵有踪"结篇,流露出归期叵测的心情。后一首写在故章县任三载秩满后迁调时的情形,其中"漫漫遵归道,凄凄对别津。晨风下散叶,歧路起飞尘"等句通过凄凉景致表达离别故章县时难以为怀的心情,平淡中寓深意,颇为难得。

阴铿另外四首送别诗均可以从诗题中明确看出其送别之意,综合考察,亦可以总结出阴铿送别诗的一些共同特征。首先在称题上,除《和傅郎岁暮还湘洲诗》是和诗,相当于命题诗,另三首都注意在诗题中明确送别要素。如三首诗都在诗题中以"送"字明确写作意图;又直接写出行人名字明示送别对象;《广陵岸送北使诗》与《江津送刘光禄不及诗》还在诗题中点明送别地点。这说明阴铿有着非常明确的送别诗意识,与魏晋时期许多诗人称题时就在赠答与送别上夹杂不清不同。其次,四首送别诗都注重以景物描写表达离情别意,而且都是江边水畔的景物描写,或者送别活动本来就发生在水边,或者诗人有着浓郁的长江情结,故在诗中总是对江畔水边进行细致描摹,曲尽其妙。也说明山水诗的兴盛大潮中,阴铿也注重山水诗作,并在送别题材

---

① 陆时雍《诗镜总论》,丁福保辑《历代诗话续编》,第1049页。
② 谢榛著,宛平校点《四溟诗话》,《四溟诗话 姜斋诗话》,第70页。

诗中进行了灵活的运用。下面结合具体作品来看看阴铿送别诗的特色,先看《奉送始兴王诗》:

> 良守别承明,枉道暂逢迎。去帆收锦缆,归骑指兰城。纷纠连山暗,潺湲派水清。桂晚花方白,莲秋叶始轻。背飞伤客念,临歧悯圣情。分风不得远,何由送上征。①

此诗的作年不确,送别对象始兴王亦不知确切所指,刘国珺《阴铿集注》认为指陈伯茂,其于永定三年(559)封始兴王。刘先生认为此诗大约写于陈文帝天嘉三年(562)陈伯茂除镇东将军、开府仪同三司、东扬州刺史之际,其根据还有"阴铿在天嘉中,为始兴王府中录事参军,因此对始兴王颇有感情"②。但《中古文学史料丛考》在核查了陈代三个始兴王后,得出了新的结论,其考证翔实,据录:"然陈有三始兴王:其一为文帝子伯茂,其出为都督南琅玡、彭城二郡诸军事、彭城太守在文帝初,时阴铿尚未经徐陵推荐。又一为宣帝子叔重,以后主至德二年(584)为江州刺史,据《陈书》本传,铿预文帝宴后,累迁招远将军、晋陵太守、员外散骑常侍,顷之卒,恐未必能至至德时犹存。此始兴王疑即叔陵,以光大二年(568)为江州刺史,翌年封始兴王,疑追题。以此考之,阴作是诗已年近五十,卒时当五十余岁。"③据此,则阴铿此诗乃在陈废帝光大二年送别叔陵时所赋。要之,此诗乃诗人在陈代送某一始兴王外任所作。此诗首两句点明自己枉道相送始兴王离京外任的事实,"枉道"两字亦透出诗人与始兴王关系非同一般,枉道相送亦绝非钻营之辈的逢迎拍马。中间六句写送别时的江边秋景,选择意象及用词都很讲究,去帆与归骑同义复指,述足离意;暗山与清流,一远景一近观,山清水秀之地却是伤离分别之处;晚桂与秋莲,特写镜头,飘香的晚桂诗人却写其色,萧瑟衰颓的秋荷诗人反写其轻,都不遵常规。这段山水景物描写如果不与送别的背景联系起来,读者可能会以为是诗人游山赏水之作。但把这些细描的美景附上送别,离意陡生,一山一水,一桂一荷,似乎都带上了感情,为这次伤离动情。最后四句直接抒别,在传统送别诗歧路意象上推进一步,加上背飞意象,反向而行,愈离愈远,别情愈深;而顺用分风典故,表达不得千里追送的无奈之情,虽不及用石尤风典感情的强烈,却也收到了余味曲包的效果。

---

① 刘国珺注《阴铿集注》,刘畅、刘国珺注《何逊集注 阴铿集注》,天津古籍出版社,1988年,第211页。
② 同上。
③ 曹道衡、沈玉成《中古文学史料丛考》,第648页。

在阴铿的送别诗中，以《江津送刘光禄不及诗》最为有名，影响亦最深，艺术成就亦较其他几首高出一筹。其诗如下：

> 依然临送渚，长望倚河津。鼓声随听绝，帆势与云邻。泊处空余鸟，离亭已散人。林寒正下叶，钓晚欲收纶。如何相背远，江汉与城闉。①

友人远行，江津相送，不料未及面晤便天各一方。仅诗题背后就蕴藏多重意思，江津相送不及，说明诗人事务繁忙难以脱身，但还是于百忙中亲自送行，可见二人友谊之深；相送不及，离人也许到处搜寻诗人的身影，也许一再要求离舟推迟出发，但始终未及得见挚友出现，最后只好抱着无限的惆怅上路；相送不及，千言万语均只能留待日后书信倾诉，离别赠物亦只能拿回去自己独对，更不要说劝君一杯酒；如果这次分别从此相会无期，亦可能造成终身的遗憾。带着复杂的心绪，诗人难以抑制情感的波澜起伏，不得不以诗歌遣怀，故命笔写下了一首对象缺席的送别诗。至于此诗缺席的送别对象，刘国珺以为是梁代刘孺，因刘孺曾为湘东王长史，后为王府记室、散骑侍郎、兼光禄卿。然据《梁书·刘孺传》，刘孺兼光禄卿在大通二年（528）以前，其卒于梁大同七年（541）左右，时年五十九。阴铿如果在此期间有送别不及刘孺的诗作，则是十几岁时的作品，与诗歌内容似乎不符。故此诗之刘光禄与作年当待进一步考证。

此诗结构谨严，与《奉送始兴王诗》一样，依然以首尾点题，中间写景的结构方式。张玉穀解："前二，叙清追送不及。中四，写可望不可即之景，两就彼处说两就此处说。后四，则就晚寒景物，收出子去我归离恨。"②中间写景六句，深得陈祚明击赏，以为句句与离情相关："中六句语语有致，是惆怅不及意。"③而对其逐句解析，王钟陵更为细致入微，可以袭用："这也是一首十句式的新体诗。从送人不及这一点上落笔，此种构思本即别开蹊径，所以诗一开头便以其依然长望的惆怅情韵吸引了读者。接着四句便扣住'河津''长望'和'送渚''依然'二层展开：'鼓声随听绝，帆势与云邻'二句写长望，'泊处'与'离亭'二句则展开'空余鸟''已散人'的景象，以寄托自己送人不及的寂寞情怀。'林寒''钓晚'二句，加浓一层渲染，以秋林日晚，叶下钓收的景象，更进一步写出一种凄凉的情味。最后，兼写'相背远'的'江汉''城闉'

---

① 刘国珺注《阴铿集注》，刘畅、刘国珺注《何逊集注　阴铿集注》，第 213—214 页。
② 张玉穀著，许逸民点校《古诗赏析》，第 487 页。
③ 陈祚明评选，李金松点校《采菽堂古诗选》，第 951 页。

二者,将'长望'和'依然'二层意思收束在一起。全诗有开有合,结构谨严,抒情之中展开环境景物,而物色之中又弥漫情怀,从而形成了一个浸染着情思的完整的视觉空间,给人以较强的意境感。"①末句的"相背远"与《奉送始兴王诗》的"背飞"同一构思,有进一步拉开空间距离突出伤别的意味,亦说明阴铿在送诗中喜欢运用这种空间扩张来增强感情效果的手法。而这首诗动静结合、虚实相生的写作手法亦值得注意,诗人伫立江津是静,此前离人挥泪离去是动;临发时敲鼓是动,此际鼓声已绝是静;出发前码头行人留者聚集是动,船去后江上空余鸥鸟是静;亲人朋友以酒饯别是动,此际人去亭空是静;寒林飘叶是动,钓叟垂纶是静。同样,别前的各种情形是虚写,别后迟到者的伫立是实写。实景后面都蕴含虚境,诗人以实写虚、虚实相生,把离情委婉表达出来。

《广陵岸送北使诗》与《和傅郎岁暮还湘州诗》都紧扣题旨,用诗人一贯的写作手法运笔成章,兹录二诗如下:

> 行人引去节,送客舣归舻。即是观涛处,仍为郊赠衢。汀洲浪已息,邗江路不纡。亭嘶背枥马,樯转向风乌。海上春云杂,天际晚帆孤。离舟对零雨,别渚望飞凫。定知能下泪,非但一杨朱。(《广陵岸送北使诗》)
> 苍茫岁欲晚,辛苦客方行。大江静犹浪,扁舟独且征。棠枯绛叶尽,芦冻白花轻。戍人寒不望,沙禽迥未惊。湘波各深浅,空轸念归情。(《和傅郎岁暮还湘州诗》)

前首刘国珺注:"据《资治通鉴》卷百六十八《陈纪》载,天嘉三年,陈遣使使北齐。本诗可能作于此时。"②相对于上两首来说,此首有明显的雕藻痕迹,如"嘶"字用得险,"背枥马"与"向风乌"略显生僻,"背枥马"当指背槽马,"向风乌"刘注:"古代船桅杆上系着乌形的辨风向器。也作相风乌,亦可放于屋顶。《西京杂记》:'长安灵台相风铜乌,有千里风则动。'《古今注》作伺风乌。"③而以"郊赠衢"对"观涛处"便有生造的感觉。不过,后面几乎句句用典、化用前人诗作,颇为得体:"海上"两句化用谢朓《之宣城郡出新林浦向板桥诗》"天际识归舟,云中辨江树";"离舟"两句可能源自孙楚《征西官属送于陟阳候作诗》"零雨被秋草"、"苏李诗"的"双凫俱北飞";"定知"两句当与潘

---

① 王钟陵《中国中古诗歌史》,第825页。
② 刘国珺注《阴铿集注》,刘畅、刘国珺注《何逊集注 阴铿集注》,第212页。
③ 同上书,第213页。

尼《送卢弋阳景宣诗》"杨朱焉所哭"相关。后面一首是奉和之作，傅郎当指傅縡，然傅氏仅存三首乐府，其《岁暮还湘州诗》当佚失了。从阴铿的称题看，傅氏的诗歌当是一首留别诗。阴铿的和诗亦采用送别诗的写法，同时保留了其一贯的写作风格，即结构上的三段式，以写景衬送别，以江、水为送别主要背景。张玉縠赏析："前四，叙明岁晚客行，递入江行无尽，十字有力。中四，遥写水行所见之景，俱切岁暮。后二，言同此湘波，君行我滞，拍到和诗之意。"①刘国珺《阴铿集注·前言》亦说："此诗则是通过送别的时间、地点、环境的衬托和景色描写的渲染，表现了深沉的惜别念归之情，达到情景交融的艺术境界，毫无平庸浅易之气。在同类诗中，《广陵岸送北使诗》《江津送刘光禄不及诗》都具有同样的艺术境界。"②总之，阴铿留存送别诗数量虽然不多，但是写作风格一致，又能从不同角度描绘山水景物，以景托情，以山水景物入送别诗，与魏晋时期以玄言题材写送别诗相比较，境界高下自见。

  与阴铿送别诗风格一致相比，江总算不得一个专心于送别诗的诗人。他留存的送别诗作除《艺文类聚》"别"部收录的五首外，其他的无论是称题还是内容上都不是纯粹写送别的。如《陇头水二首》《折杨柳》《雨雪曲》均属于乐府诗，有许多诗人用这类乐府诗题写送别饯离相思怀人的题材，江总的这些诗便属这种情形。其中却有不少送别佳句，如"无期从此别，更度几年幽""共此依依情，无奈年年别""无期从此别，复欲几年行。映光书汉奏，分影照胡兵""漫漫愁云起，苍苍别路迷"等均明白如话，却又情真意切。另《赠贺左丞萧舍人诗》还是以赠答的题目写送别的题材，说明江总在赠答诗与送别诗的界限上还很模糊，魏晋送别诗这种模糊作法还没有完全抹掉。诗歌亦是颂德与送别掺杂，没有阴铿送别诗的那种明确的意旨。感叹分离的句子亦佳，"离群徒悄悄，征旅日駪駪。黄河分太史，一曲悲千里""行艭方境逝，去棹舣江干""何以敦歧路，凄然缀辞藻""斗酒未为别，垂堂深自保"等间杂于纷纭的内容之中，基本还是魏晋送别诗的写法。下面举《艺文类聚》"别"部收录的江总送别诗为例，看看江氏明确标有送别字样的别诗有什么特色。先看《别袁昌州诗二首》：

  河梁望陇头，分手路悠悠。徂年惊若电，别日欲成秋。黄鹄飞飞远，青山去去愁。不言云雨散，更似东西流。

  客子叹途穷，此别异西东。关山嗟坠叶，歧路悯征蓬。别鹤声声

---

① 张玉縠著，许逸民点校《古诗赏析》，第 487 页。
② 刘国珺注《阴铿集注》，刘畅、刘国珺注《何逊集注 阴铿集注》，第 201—202 页。

远,愁云处处同。①

关于"袁昌州",《南北朝文学史料丛考》"江总《别袁昌州》二首"条有考。据其考证,袁昌州即袁宪,入隋为官,授使持节、昌州诸军事、开府仪同三司、昌州刺史。故这是江总入隋以后写作的送别诗。此次送别存诗两首,上承魏晋诗人以组诗送别的习气。第一首八句,似为全帙;第二首六句,可能为节录。两首送别诗都注意以空间距离来表达别情,如写河梁与陇头相望,东西异辙愈来愈远;还重视意象的组合安排,如坠叶与征蓬飞旋、别鹤共愁云齐飞、黄鹄与青山远逝,上下搭配,既是对偶,又能组合生成新的意象,构成新的画面,颇具匠心;而且还注意运用叠字表情达意,如"飞飞远""去去愁""声声远""处处同",把送别时离人渐行渐远、诗人离愁愈久愈浓之情态毕现纸端。其他像"徂年惊若电,别日欲成秋"写诗人对时间的感觉,"不言云雨散,更似东西流"喻主客分离各自东西,都非常新颖,可堪句摘。

《别永新侯诗》当作于隋灭陈后不久。查六朝史籍,封永新侯的有梁代萧综子直,字思方,位晋陵太守,沙州刺史,其受封时在梁普通六年(525)萧综奔北朝后不久,而这时江总年尚幼,不大可能有送别萧直之诗,且诗中送别之地均在北朝,更无可能作于梁普通年间。又《隋书·宇文述传》载:"陈永新侯陈君范自晋陵奔瑓,并军合势。"②故知陈代亦有封永新侯者,乃陈君范。据《陈书》知君范乃鄱阳王伯山长子,其本传载:"及六军败绩,相率出降,因从后主入关。至长安,隋文帝并配于陇右及河西诸州,各给田业以处之。初,君范与尚书仆射江总友善,至是总赠君范书五言诗,以叙他乡离别之意,辞甚酸切,当世文士咸讽诵之。"③故知《别永新侯》当作于隋开皇九年(589)或者稍后,江总题称永新侯,当是沿陈职旧称。此诗《艺文类聚》仅录四句,或者不全:"送君张掖郡,分悲函谷关。欲知肠断绝,浮云去不还。"诗以张掖郡、函谷关点明离人前方目的地与送别地点,昔日南朝烟柳繁华之地,饯离宴别山明水秀,何等风光;如今客中送客,江山易主,南人北降,异地安置,其中多少辛酸自可想见;欲问为何肠断欲绝,原来是故友如浮云一去千里,渺无会期所致;浮云一去不还,与陈代从此覆亡有所关联亦未可知,送离之伤暗藏黍离之悲、亡国之痛,当完全可能。后两句逆挽的手法在唐诗中比较常见,但出现于隋初,亦属难得。

《别南海宾化侯诗》。关于宾化侯,惟《南史·贼臣传·陈宝应传》有一

---

① 逯钦立辑校《先秦汉魏晋南北朝诗》,第2589页。
② 魏徵、令狐德棻《隋书》,第1464页。
③ 姚思廉《陈书》,中华书局,1972年,第361页。

条相关记载:"侯景之乱,晋安太守宾化侯萧云以郡让羽(陈宝应父陈羽),羽年老,但主郡事,令宝应典兵。"①则江总《别南海宾化侯诗》当为送别萧云而作。又《陈书》本传载:"总第九舅萧勃先据有广州,总又自会稽往依焉。梁元帝平侯景,征总为明威将军、始兴内史,以郡秩米八百斛给总行装。会江陵陷,遂不行,总自此流寓岭南积岁。天嘉四年,以中书侍郎征还朝,直侍中省。"②据此知江总可能于侯景之乱中赴广州,得以与萧云相识,并在萧云让郡卸任之际赋诗送别。马海英《陈代诗歌研究·陈代诗文作年考》系其与《秋日登广州城南楼》诗同时作,其《秋日登广州城南楼诗》作于梁元帝承圣三年(554)后数年。结合萧云让郡史实,似乎此诗作年当稍系前。其诗曰:

> 石关通越井,蒲涧迩灵洲。此地何辽夐,群英逐远游。高才袁彦伯,令誉许文休。悠焉值君子,复此映芳猷。崤函多险涩,星躔壮环周。分歧泣世道,念别伤边秋。断山时结雾,平海若无流。惊鹭一群起,哀猿数处愁。是日送归客,为情自可求。终谢能鸣雁,还同不系舟。其如江海泣,惆怅徒离忧。③

此诗从南方地理位置写起,辽夐边远之地,历史上许多著名人物曾在此留下踪迹,如三国许靖、晋代袁宏等便是才高誉广的名人,把历代名人与行人相提并论,褒颂行人品行功德。接着写行人前方目的地,即崤函险峻之地,两相对比,虽南北均不属繁华之地,但北面尤恶劣于南方,如果联系当时北方战事,离人此去的确风险很大。下面写眼前景抒离别之情,"分歧泣世道,念别伤边秋",点明了分别地点是南方边陲、分别时间是秋季,歧路泣别既是难舍伤怀,亦是对政局不定、内乱不止的社会现状的感慨。"断山"四句写南方景致,既不同于阴铿笔下的长江景致,亦区别于庾信诗中的北地风寒,断山云雾缭绕、大海平静不流、鹭群惊飞、猿啼间起,自是独特的岭南景观。而且,选取哀猿意象、惊鹭意象,都饱含诗人愁情悲绪,陈祚明曰:"'断山'四句,景中有情,语并悲亮,'平海若无流'句异,更佳。"④最后叙送别,运用典故抒写离情。"不系舟",贾谊《鹏鸟赋》:"泛乎若不系之舟。"李善注引《鹖冠子》曰:"泛泛乎若不系之舟。"⑤"徒离忧",谢朓《新亭渚别范零陵诗》:"江上徒离忧。"李

---

① 李延寿《南史》,第 2023 页。
② 姚思廉《陈书》,第 345 页。
③ 逯钦立辑校《先秦汉魏晋南北朝诗》,第 2581—2582 页。
④ 陈祚明评选,李金松点校《采菽堂古诗选》,第 990 页。
⑤ 萧统编,李善注《文选》,第 608 页。

善注引《楚辞》曰:"思公子兮徒离忧。"①用典抒情得体,而"江海泣"以写伤别流泪,创意新颖。综观这首长篇送别诗,遣词用典、意象安排都很见功力。只是与齐梁流行的短制简练的送别诗风格并不一致,也许江总还是注重比较传统的写法,而正是这种诗歌修养,才使他得到陈代帝王的赏识,从而以"狎客"诗人垂名于诗史。

最后,看《赠洗马袁朗别诗》:

> 贾谊登朝日,终军对奏年。校文升广内,抚剑入崇贤。奇才殊艳逸,将别更留连。驱车命铙管,拱坐面林泉。池寒稍下雁,木落久无蝉。露浸山扉月,霜开石路烟。高谈无与慰,迟尔报华篇。②

《中古文学史料丛考》根据诗歌内容及《隋书·礼仪志》袁朗事迹,考定此诗作于陈后主即位之前。此诗与上首写作结构大体一致,先举历史人物以比衬行人,再点明送别并写景,但此处明显不同于南海景观,铙管、林泉、寒池、落木等并无萧瑟之感,下雁、无蝉无非是更加寂静,像"露浸山扉月,霜开石路烟",属对工整,意境清幽,雕琢精工,是写景佳句。最后安慰行人,点明赋诗送别之旨。诗歌虽写深秋景致,但无伤秋之意,送别行人亦以应酬夸耀为意,然而,情虽不深,全诗却整饬精工。

阴铿与江总两人都注意在送别诗中写景,但二者所写的景物各有不同,阴氏喜欢写江水,江氏北地南海均写,而且很注重景致的精雕细描。阴铿送别诗感情真挚炽烈,多用短制新体赋作,是齐梁诗体新变的实践者,江总则颇具应酬习气,尽量铺张敷述成长篇,还有魏晋应制诗的痕迹。陈、隋送别诗出现这种多元格局,或者正是其时宫廷诗人与一般诗人的区别所在。这种区别不但在诗人其他诗作中有所表现,就是在送别这样现实性很强的诗歌中也有很明显的表现。

(三) 附论:六朝送别诗演变的总结

总之,六朝送别诗的演变经历了兴起、繁荣、相对低落三个阶段。由于体例所限,在对六朝送别诗发展史梳理过程中,未对六朝送别诗重要作家做专题研究,但各个时期送别诗代表诗人成就还是非常突出的。

曹植等建安诗人是六朝送别诗的第一批重要作家,稍后嵇康与亲人朋友离别之际赠答往来,留存作品是魏晋时期带赠答特色的送别诗代表。两晋时

---

① 萧统编,李善注《文选》,第982页。
② 逯钦立辑校《先秦汉魏晋南北朝诗》,第2580页。

期二陆、两潘都创作了不少送别诗,且以应制型为其代表。刘宋时期,谢灵运、鲍照迎来送往写了大量的送别诗,谢氏留别故土乡邦之作很具特色,鲍照以全篇或者部分托物寓意的方式赋作送别诗,构思新颖。南齐谢朓等诗人以永明体写作送别诗,清新简练。大量送别诗作产生于齐、梁之际,跨两代或数代的送别诗人为六朝送别诗的繁荣做出了贡献。何逊着意山水,其送别诗处处流露出清新可喜的山水气息;吴均诗文皆工,其在吴兴等地的集送之作堪称出色,其诗称"吴均体",于送别诗中亦可印证。北朝、陈、隋是送别诗相对低落时期,但由南入北的王褒、庾信在乡关之思的底色上属意北国风情,其送别诗中写景迥异江南之清丽;入陈诗人阴铿的送离祖别多发生在江边,其送别诗刻画江边美景细致入微;江总则于北地南国均赋有送别之作,其诗身世之感与离别之悲并具,亦可为六朝送别诗低落时期的代表。

第三章 六朝送别诗的结构特色

从对六朝送别诗的历时性梳理中可以看出,六朝送别诗的发展有一定的阶段性,不同阶段诗人写作送别诗的手法也有些变化。下文拟从共时性出发,探讨六朝送别诗在结构上的特色,以期全面观照六朝送别诗的发展。

第一节 六朝送别诗的写作要素

任何一种文体都有自己的写作要素,诗歌也不例外,任何题材的诗歌亦因存在着共同要素才得以类聚。送别诗有区别于其他题材诗歌的写作要素,有的诗人能够有意识地去注意这些要素,有的诗人凭感情的发展去写送别诗,不一定注意到写作要素的方方面面,但写作要素依然存在于诗人的潜意识中。关于送别诗的写作要素,蒋寅在分析唐代郎士元的二十七首祖饯诗后归纳为八个要素,可以适用所有送别诗:"(1)送别时地;(2)惜别情状;(3)别后相思;(4)前途景物;(5)行人此行事由及目的地;(6)节令风物;(7)设想行人抵达目的地的情形;(8)赞扬行人家世功业。"[①]这八种要素综合起来,可以归为三大类:第一类即送别的外围环境,包括送别时间、地点、景物等;第二类为送别客体,即送别对象的相关情况,包括被送者的姓名、称谓、职官、被送者目的地与被送者的品行功绩;第三类为送别主体,诗人的感慨、对被送对象的安慰、别后的相思、再会的预期等。

一、送别环境刻画方式的转变

六朝送别诗对于送别当下环境的关注是一个发展演变的过程,魏晋时期送别诗比较注意宏观的政治社会环境的描写,多以凭虚构象成章;南朝时期则逐渐演变为对当下环境的细腻刻画,从公宴到山水,都是对具体可感的身边环境的描摹。只需把几个阶段的送别诗对比即可见出这一特点。政治大背景的描写在曹植的送别诗中表现突出,可以举《送应氏二首》为例:

[①] 蒋寅《祖饯诗会上的明星——郎士元》,《暨南学报(哲学社会科学版)》1995年第1期。

>　　步登北邙坂,遥望洛阳山。洛阳何寂寞! 宫室尽烧焚。垣墙皆顿擗,荆棘上参天。不见旧耆老,但睹新少年。侧足无行迳,荒畴不复田。游子久不归,不识陌与阡。中野何萧条,千里无人烟。念我平生亲,气结不能言。

>　　清时难屡得,嘉会不可常。天地无终极,人命若朝霜。愿得展嬿婉,我友之朔方。亲昵并集送,置酒此河阳。中馈岂独薄,宾饮不尽觞。爱至望苦深,岂不愧中肠。山川阻且远,别促会日长。愿为比翼鸟,施翮起高翔。①

此诗入《文选》"祖饯"类第一篇,毫无疑问是一首祖饯送别诗,但其一基本不写送别,而是极力描述送别应氏之际的社会现状。胡大雷把《送应氏二首》作为一个整体进行观照,发现"其重心在于对饯行送别时社会时代背景的阐述"②,一语道破了此诗的关键所在。社会时代背景亦属于送别诗的外围环境,建安诗人慷慨任气,曹植更以天下为己任,在送别应氏时对满目疮痍的社会现实有着清醒的认识,饿殍遍野、千里无人的社会现实令诗人气结不能言,但又不得不言。但对于送别时间与送别地点,诗人却语焉不详,时间没有明示,地点亦牵涉颇广,其一有北邙阪、洛阳山、洛阳周边,其二言河阳,言朔方,虚实难辨,乃至在考证此诗本事时生出许多笔墨官司。同样在《赠白马王彪》这样的送别诗中,诗歌本事确凿可考,诗人还是不忘对朝廷背景的描述,以之作为此次歧路分手环境的补充。其他像王粲以赠答形式写作的送别诗、以《七哀诗》命题写作的留别色彩很强的诗作,都很注意政治背景与社会大环境的勾勒与描写。

与曹植、王粲注重以社会黑暗背景作为送别诗写作要素小异,二陆等人的应制型送别诗喜欢把歌舞升平的朝政作为送别诗写作必不可少的部分,而且在称题上注明应制诗的时间、地点等。如陆机《元康四年从皇太子祖会东堂诗》、陆云《大安二年夏四月大将军出祖王羊二公于城南堂皇被命作此诗》,诗题中把此诗的写作缘由、写作时间、写作地点、送别对象等要素都交代清楚了。而在正文里,大量的篇幅写皇帝诸王治下的政绩,有很强的粉饰色彩。

注重在送别诗中写社会大背景,是魏晋送别诗的特色,一时风气,虽有许多诗人在送别诗中有景物描写,不仅对送别地点的山水景物描写,而且总是

---

① 曹植著,赵幼文校注《曹植集校注》,第3—4页。
② 胡大雷《文选诗研究》,第95页。

有意无意地转到对社会大局的叙写。陶渊明的送别诗中有送别地景物的描写,但并非对景肖像,写景手段以虚构为主。如其《于王抚军座送客诗》:

> 冬日凄且厉,百卉具已腓。爰以履霜节,登高饯将归。寒气冒山泽,游云倏无依。洲渚思绵邈,风水互乖违。瞻夕欲良宴,离言聿云悲。晨鸟暮来还,悬车敛余晖。逝止判殊路,旋驾怅迟迟。目送回舟远,情随万化遗。①

袁行霈析义:"前八句写景,后八句情语,淡而有味。方东树《昭昧詹言》云:'景与情俱带画意。'黄文焕《陶诗析义》曰:'钟情语以遣情语结,最工于钟情。'"②此诗标题中点出了送别地点在王抚军弘座,因而是身处室内想象室外之景,其长处固如袁先生所评,但毕竟是闭门之景,这种景致的跳跃性很强,是一种没有透视法的景物组合,其具体可感性可能还要弱于六朝宴饯上以公宴作为写作要素的送别诗,如何劭《洛水祖王公应诏诗》对公宴上鼓瑟吹笙、举爵推觞的描述就很具体。这里并非说具体的刻画优于虚构的描绘,而只是说明在六朝送别诗中存在这种写作现象。潘岳《金谷集作诗》采用对景临摹的手段,描写了金谷山水美景与公宴盛况,说明了六朝送别诗对写作要素提出了新的思考。南朝之际,各种送别诗不但注意在题目中交代送别时间、地点、对象等要素,而且特别重视对送别地点景物的描写。即便是应制宴饯上的送别之作,也由原来刻画公宴转向景物描写。可以丘迟《侍宴乐游苑送张徐州应诏诗》为例:

> 诘旦阊阖开,驰道闻凤吹。轻荑承玉辇,细草藉龙骑。风迟山尚响,雨息云犹积。巢空初鸟飞,荇乱新鱼戏。实惟北门重,匪亲孰为寄。参差别念举,肃穆恩波被。小臣信多幸,投生岂酬义。③

此诗前四句写皇帝的出场,虽有夸饰的成分,但亦属对面写生;中间四句写景,亦是苑囿景致的真实刻画,具体可感,而对于公宴上的推杯换盏略而不提。沈约同赋仅存四句于《艺文类聚》"别"部,四句亦刻画当下景致:"沃若动龙骖,参差凝凤管。金塘草未合,玉池泉将满。"④其他像刘孝绰《侍宴饯张

---

① 袁行霈《陶渊明集笺注》,第150—151页。
② 同上书,第154页。
③ 萧统编,李善注《文选》,第971页。
④ 沈约著,陈庆元校笺《沈约集校笺》,第437页。

惠绍应诏诗》、萧子显《侍宴饯陆倕应令》、张缵《侍宴饯东阳太守萧子云应令诗》等侍宴诗都有较多的篇幅描写祖饯当下场景。至于南朝众多水边驿亭别离的送别诗,则更专注于景物的描写,谢灵运、鲍照、谢朓、何逊、吴均、阴铿、江总等都是这种写法的行家里手。经过南朝诸人的探讨与实践,送别诗写作要素中注重送别地山水景物描写日渐兴盛起来,在六朝时就有许多优秀写景送别之作,到唐代更是蔚为大观。兹举鲍照的《吴兴黄浦亭庾中郎别诗》为例:

> 风起洲渚寒,云上日无辉。连山眇烟雾,长波迥难依。旅雁方南过,浮客未西归。已经江海别,复与亲眷违。奔景易有穷,离袖安可挥。欢觞为悲酌,歌服成泣衣。温念终不渝,藻志远存追。役人多牵滞,顾路惭奋飞。昧心附远翰,炯言藏佩韦。①

关于此诗作年,钱仲联存疑待考,曹道衡亦断为实难确考,丁福林根据诗歌内容与鲍照仕历系于刘宋大明四年(460),时鲍照四十五岁,"于永安令任解禁止后即前往吴兴,进入临海王子顼幕"②。而此诗的送别地点与送别对象,都在题目中直接标示出来了。只是"庾中郎"其人既非闻人倓笺注之庾悦,亦不是吴汝纶补注之庾永,钱仲联于《鲍参军集注》中辨之甚明③。为考此诗作年,曹道衡、丁福林避开送别对象,从送别地点入手,亦是一条蹊径。要之,此诗为鲍照在吴兴黄浦亭饯别某一庾姓中郎的朋友而作。其前八句写送别地之景物,包括寒风中的洲渚、乌云里的阳光、烟雾笼罩的连山、长风掀起的波涛、南飞的雁阵,最后还有未归的浮客,把自己也融入清冷凄凉的景致中。这种景物描写视角集中,属外景写生,但又把诗人主观情感附着于其中,为后面的叙别服务。方东树称这种写景为:"起四句,直书即目,写景起,而起十字,兴象尤妙,小谢敛手,其后山谷常拟此作ът。"④然而,鲍照还不是专工山水诗的诗人,到谢朓手里,山水景物与送离别情便融合无间了。如其《送江兵曹

---

① 鲍照著,钱仲联增补集说校《鲍参军集注》,上海古籍出版社,1980 年,第 290—291 页。钱仲联集注本诗题作《吴兴黄浦亭庾中郎别》,为行文一致,此处诗题同前,同类情况,不一一注明。
② 丁福林《鲍照年谱》,上海古籍出版社,2004 年,第 137 页。
③ 关于鲍照《从庾中郎游园山石室》诗,钱仲联在闻人倓笺与吴汝纶补注之后增补:"考《南史》《宋书》,吴氏乃误以张永之事属庾永。闻人倓以为庾悦,亦非。《宋书》庾悦为中郎,一在晋元兴二年,桓玄篡逆,徙中书侍郎,一在刘裕定京邑时,武陵王遵承旨以悦为宁远将军、安远护军,武陵内史。以病去职。镇军府版谘议参军,转车骑从事中郎。刘毅请为抚军司马,不就。其时照尚未生。"(第 270—271 页)
④ 方东树著,汪绍楹校点《昭昧詹言》,第 177 页。

檀主簿朱孝廉还上国》：

> 方舟泛春渚，携手趋上京。安知慕归客，讵忆山中情。香风蕊上发，好鸟叶间鸣。挥袂送君已，独此夜琴声。①

整个送别叙述与景物描写杂糅在一起，情景交融，契合无间。诗题只点明了送别对象，送别地点虽未明示，但诗人在开篇两句中即已点清，送别时间落在"春"字上，地点落在"渚"字上，离人前方目的地在上京。张玉穀剖析其叙事写景的结构："前四，叙事。述彼之舍己群去，有怅恨意。后四，补景。述己之送彼独留，有傲岸意。诗境清超。"②《古诗归》评此诗景物描写之妙："自待待人，皆置之极幽孤之境。""'闻君此夜琴'，佳景也。'独此夜琴声'，苦境也。一吟之而神往，一吟之而神伤，各极其妙。妙于作间琴诗，才华事实，无用处矣。"③写景之工，诚如古人所评，仅"香风"一联便包括嗅觉、视觉、听觉诸方面，不得不佩服诗人观察的细致入微；而末句行人已去，独夜抚琴的境况，亦是融情入景，较离忧之类直接抒怀的又进了一层。南朝不仅谢朓这样的山水诗名家善于以景物写送别诗，就是一些诗名较微的诗人，在送别诗中亦重视通过具体景物来抒发别离之情。可举梁朱超《别席中兵诗》为例，此诗亦是于后半写景，景物同样非常具体："急风乱还鸟，轻寒静暮蝉。扁舟已入浪，孤帆渐逼天。停车对空渚，怅望转依然。"④水边送别，离人远去，留者怅望，怅触之情通过其时带有情绪化的景象表达出来。

总之，外界环境是送别诗重要的写作要素，六朝诗人很看重这一点，通常在诗题或者诗句中清晰明示送别地点、送别季节或具体送别时间，并把环境作为重要的内容写入送别诗中。但在具体环境描写方面，魏晋之际比较注意写社会大背景、写皇帝诸王公宴环境，到南朝特别是齐、梁之际，诗人注意把送别地具体外界环境以对面写生的方式置入送别诗中，如谢朓西行离夜，诸文人还把蜡烛这样的室内景物写进送别诗。当然，更多的还是把江边水畔、离亭连山写进送别诗，视角集中，不再像魏晋时期做散点式的平面扫描，而是按照定点透视的方式做移步换景的细腻刻画，营造出强烈可感的境界。而且，在送别地具体景物描写中，往往以带有感情色彩的词语赋予景物以人的喜怒哀乐，借景抒情亦是六朝送别诗惯用的手法。

---

① 谢朓著，曹融南校注集说《谢宣城集校注》，第247页。
② 张玉穀著，许逸民点校《古诗赏析》，第416页。
③ 锺惺、谭元春《古诗归》，《续修四库全书》第1589册，第493页。
④ 逯钦立辑校《先秦汉魏晋南北朝诗》，第2093页。

二、送别对象的呈现角度

在诗题中点明送别对象,是六朝送别诗常用的方式。建安曹魏时期送别诗以赠答形式为主,赠答诗比送别诗有更强的对象性,固当在诗题中明示赠答对象。除像王粲《从军诗五首》《七哀诗三首》这样带有离开某地前往他方而具留别性质的诗作与应玚《别诗二首》、部分辑录诗外,此期留存送别诗基本上明示了送别对象。如嵇康与二郭、阮侃、嵇喜等人离别之际互相赠答的诗作,都在诗题中明确标示了送别对象。两晋送别诗以祖道送饯诗为主,带有很强的应制性,诗人一般在诗题中标明祖道相关字样,并把祖饯对象写到诗题上,有的还以应诏、应令、应教等字样明确本诗缘起,实质也是在告诉读者本诗将关注送别对象以外的人,即皇帝诸王等祖饯主持人。像孙楚《征西官属送于陟阳候作诗》既点明了送别对象为征西扶风王司马骏,亦点明了送别人为征西官属,送别地点也很清楚;张华《祖道赵王应诏诗》既指出了送别对象赵王司马伦,亦点明了本诗乃应诏之作,预示此诗将不能忽视皇帝的存在。另如陆机的送别诗,除《赴洛道中作诗二首》属离开故土的留别诗而无须写出送别对象外,其他或以赠答形式标题,或以祖饯形式标题,都把送别对象放在诗题中。南北朝时期送别诗全面发展,各种形式的送别之作都有,其送别对象多从诗题中即可看出,既有送别主上的,亦有送别同僚的,还有送别故治吏民的,更多的则是送别朋友的。

在具体送别作品中,根据写作意图的不同、诗人的兴趣不同、诗人与送别对象交谊的深浅不一、诗人与送别对象的相互关系不同,送别诗中面对送别对象的述写是不一样的。有的送别诗把关注的焦点放到送别主持人身上,送别对象成了配角;有的送别诗把自己的处境和行人的前景做对比,亦彼亦此,以安慰离人此去无忧;有的送别诗则把对离人的歌功颂德作为重要的写作内容,至于离别的情况则言之甚少;也有的送别诗从告诫远离者应如何为人处世,保持高风亮节方面着笔;但多数送别诗则以伤感之情对待此次朋友的远别,从而以自我的感受为主,较少着墨于离人情况,在这类送别诗中,离人只是诗人抒发感情的触媒,作为送别诗不可或缺的一个写作要素,离人或者只是在诗题中出现,或者只是在交代此诗写作缘起的时候出现。

应制型祖道送别诗从两晋开始兴盛,这类送别诗对送别对象的观照往往淹没在对送别氛围与送别主持人皇帝、诸王的描写当中,如王濬《祖道应令诗》、张华《祖道征西应诏诗》、陆机《元康四年从皇太子祖会东堂诗》《祖会太极东堂诗》等都属此类。南朝时期应制祖饯诗开始注意对公宴或送别苑囿的景物描写,但依然有部分诗人运用这种手法创作逢迎粉饰意味很强的祖饯之作。如梁王筠《侍宴饯临川王北伐应诏诗》四言长诗,便把大量笔墨用于宣扬帝德威仪,对于临川王北伐之事仅于篇末以公宴的形式略加提示:

> 金版韬英,玉牒蕴精。帝德乃武,王威有征。轩习弧矢,夏陈干戚。周骛戎车,汉驰羽檄。我皇俊圣,千年踵武。德洞十门,威加八柱。金正纪德,水行失道。胡马南牧,戎徒西保。荐食伊瀍,整居丰镐。金关扬尘,铜台茂草。命彼膳夫,爰诏协律。乐赋出车,弦操吉日。玉馔骈罗,琼浆泛溢。圣德温温,宾仪秩秩。①

这类应制型送别诗中,有些诗作注重送别对象的描写,但以歌功颂德为主,而基本不写送别对象的离别。如晋王赞《侍皇太子祖道楚淮南二王诗》在对晋室做简要称赞之后,就转入对二王品德身份的褒扬:"郁郁二王,祇承皇命。睹离鉴亲,观礼知盛。皇储降会,延于公姓。"②于送别之事,仅在诗末略带提出。

这类应制型送别诗考虑比较周全的就是把对帝王的褒赞综合到一起,虽有主次之分,但在写作内容上却无高下之别。陆机《祖道毕雍孙刘边仲潘正叔诗》是这方面做得较好的代表:

> 皇储延髦俊,多士出幽遐。过蒙时来运,与子游承华。执笏崇贤内,振缨层城阿。毕刘赞文武,潘生莅邦家。感别怀远人,愿言叹以嗟。③

诗中以俊才有赖皇储的招延,从而把对离人的歌颂全部建立在皇储之上,一举两得。下面写自己与毕、刘、潘三人的交游及三人品行的高尚,全无离别之意,只在篇末卒章见意。但诗人处处都观照到了,可谓用心良苦。

总的来说,六朝侍宴饯别的应制型送别诗,对送别对象的观照还是不够的,有游离送别题旨的倾向。两晋之际比较注重对送别帝王的夸饰,刘宋以后虽逐渐减少了逢迎的成分,却多着力于送别公宴或帝王苑囿的描绘,从而削弱了送别对象在送别诗中应有的地位。如谢瞻《九日从宋公戏马台集送孔令诗》已经注意景物描写了,诗中只用极少的篇幅带过饯送孔令事,乃至吴淇《六朝选诗定论》以此大做文章。又如沈约《侍宴谢朓宅饯东归应诏诗》

---

① 逯钦立辑校《先秦汉魏晋南北朝诗》,第 2012 页。
② 同上书,第 761 页。
③ 同上书,第 683 页。

写祖饯时的场景与气氛:"夏云清朝景,秋风扬早蝉。饮和陪下席,论道光上筵。"到处洋溢着喜气,没有丝毫的离别伤感氛围。

应制祖饯诗顾虑较多,对于送别对象的关注自然要削弱。亲情或友情型送别诗则更加关注送别对象,把送别对象的经过与自己的感受交织着写,以彼衬此,或以此托彼,凸显诗人对送别对象的关切之情。如谢灵运《九日从宋公戏马台集送孔令诗》就在想象孔令挂冠优游自得以后表达自己的羡慕之情,彼我对照,自愧弗如。以送别对象与诗人感受的对照来表达复杂的思想感情,收到的效果较单方面着力更突出一些。追溯送别诗中这种主客交融的写法可能要及于乐府民歌,许多乐府民歌写离别都是亦此亦彼,互相交织;而在送别诗中运用这种写法比较多的当推鲍照。如其《赠故人马子乔诗六首》之六以双剑比喻送离主客双方:"双剑将离别,先在匣中鸣。烟雨交将夕,从此遂分形。雌沉吴江里,雄飞入楚城。吴江深无底,楚阙有崇扃。一为天地别,岂直限幽明。神物终不隔,千祀傥还并。"①双剑即将分离时的悲鸣、分离之后各自去向、双剑合璧的期待在短章中完整地表达出来,以物喻人,即是诗人对于与故人分别的感受,设想彼我未来的去向、下次的再会,始终把对送别对象的牵挂之情放在首要位置。再如《与伍侍郎别诗》:

  民生如野鹿,知爱不知命。饮龁具攒聚,翘陆歘惊迸。伤我慕类情,感尔食苹性。漫漫鄢郢途,渺渺淮海径。子无金石质,吾有犬马病。忧乐安可言,离会孰能定?钦哉慎所宜,砥德乃为盛。贫游不可忘,久交念敦敬。②

诗中以"我""尔""子""吾"代词两两相对,"伤我慕类情,感尔食苹性"互文见意,写鹿的群聚生活,但同时亦是写自己与送别对象昔日的惺惺相惜,同声相应的情形;再以"子无金石质,吾有犬马病"互文补充,说明人生短暂的道理,始终把送别对象纳入自我感受之中,你中有我,我中有你;而以鄢郢途、淮海径迥隔地名的对照,亦是想到自己前途时不忘离人旅途的艰辛,表面写路径的背离远隔,实际却是以"漫漫""渺渺"写人生之路的共同点;即便是最后的颂德与告诫,都把自己与送别对象紧密联系在一起。鲍照送别诗中采用这种写法的还有不少,如《和傅大农与僚故别诗》:"之子安所适?我方栖旧岑。"③《送盛侍郎饯候亭诗》:"君为坐堂子,我乃负羁人。欣悲岂等志,甘苦

---

① 鲍照著,钱仲联增补集说校《鲍参军集注》,第282页。
② 同上书,第292页。
③ 同上书,第299页。

诚异身。"①

实际上,把送别客体与送别主体杂糅到一起写,更符合送别诗对象性的要求。因此,除鲍照外,六朝许多诗人都采用了这种当面话别的写作方式,如谢朓《新亭渚别范零陵云诗》"停骖我怅望,辍棹子夷犹"便堪称经典。又如沈约《送别友人诗》:"君东我亦西,衔悲涕如霰。浮云一南北,何由展言宴。"何逊《送韦司马别诗》:"予起南枝怨,子结北风愁。""想子敛眉去,知予衔泪返。"而这种把送别对象置诸面前当面话别的方式在联句送别诗中更为普遍。如何逊《临别联句》:"君望长安城,予悲独不见。"《相送联句》:"愿子俱停驾,看我独解维。""以我辞乡泪,沾君送别衣。"王江乘《相送联句》:"君还旧聚处,为我一颦眉。"这种写法让读者始终感觉到送别对象的存在,与那种应制诗喧宾夺主的粉饰清政、夸耀主上的做法迥然不同,令读者能够体味到诗人的真情所在。也只有心中有送别对象在,送别赋诗这种应酬性极强的诗型才有可能写出真情实感。

歌颂行人功德、告诫离人独处的日子里需要注意些什么、叮嘱好友此去不要忘记昔日的交谊,都说明诗人把送别对象放在此诗的核心,亦是送别诗最为通用的写法,这种写法在六朝送别诗中非常普遍。而围绕送别对象离去这个事实,诗人感伤送别对象的远离亦是感叹自己的孤单寂寞,亦属六朝送别诗常见的写法。

三、自我展现的程度

童庆炳主编《文学理论教程》说:"作为文学创造的主体,任何作家、诗人都是具有社会生命、社会灵魂的'单个人',或者说,都是具体的、个别的社会人。"②因此,无论是什么类型的文学作品,其中都或明显或含蓄地展示着作者自我,送别诗也不例外。

应制型送别诗面对的不仅仅是送别客体,还要面对主上,特别是齐、梁之际,皇帝重视祖饯集体赋诗,赋作结束还有即时评诗的习惯,应制诗人既要切题又要注意把握送别主持人的心理,因此对于自我的展示往往更加谨慎,自我在诗中隐藏得更深。故诗人不得不小心翼翼,兢兢于对主上的逢迎与吹捧,对送别客体的揄扬推崇,甚至在诗中只字不提诗人自我的感受。这样的送别诗乍一看好像没有诗人自我,但其实恰恰相反,这类诗歌处处暗藏着诗人的机心,别有用心的诗人还会借此机会讨好主上,以期得到擢拔。因此,应制型送别诗对主上的赞颂及对送别客体的推崇,无一不是诗人处心积虑的结

---

① 鲍照著,钱仲联增补集说校《鲍参军集注》,第 301 页。
② 童庆炳主编《文学理论教程》,第 165 页。

果,里面蕴藏着诗人强烈的欲望与主体性。况且中国诗歌自古就有寄托比兴的特点,六朝时期许多诗人把诗歌作为晋升的一种手段,其实也是利用了诗歌的寄兴功能,只不过其寄兴的是自己的个人愿意,而不是怨刺上政罢了。当然,应制送别诗中诗人自我的展示也是复杂的,既有一心展示自我以期博得主上欢心的诗作,其诗作仅仅诗题是祖饯,内容早就游离题旨了;也有一些应制祖饯之作,囿于主上的存在而不得不分笔照顾,但还是注意真正的写作意图,把笔触转到送别本身,并适当插入自我的离别之情。如刘孝绰《侍宴离亭应令诗》:

> 镮辕东北望,江汉西南永。羽旗映日移,铙吹临风警。令王愍追送,缅舟宴俄顷。掩袂眺征云,衔杯惜余景。首燕徒有心,局步何由骋。①

诗中既有对离别场景的勾勒,也有对送别主持人的描写,但不是以前应制祖饯诗那样歌功颂德,而是叙述主持人如何参加这次祖饯活动,并通过对送别主持人惜别表现的描述来寄寓自己的别情。像这样的应制送别诗,较那种写主上功德之作来说,好像诗人自我展示不充分。实际上诗人还是在作品中展示了自我感情,只不过不是对主上展示,而是面对送别对象表现而已。应制型送别诗中诗人也透过写作构思与写作技巧展示自我。集体应制赋作,比的是思维敏捷,比的是写作技巧的高明,比的是诗歌风格投主上所好。因此,许多诗人在祖饯诗会上虽然没有什么高明之作,但却善于从主上嗜好出发,或构思迅速,急就成篇,在祖饯诗会上抢占风头;或者精雕细刻,作出与主上风格相类的祖饯之作,当下得到好评。这些作法都是诗人积极展示自我的表现。因此,无论从写作内容还是从写作形式,甚或从写作过程考察,应制型送别诗中都始终有个诗人自我存在,正是这种自我成为诗人积极创造应制祖饯诗的动力。

再看朋友集体送别赋诗。六朝时期,好友集体送别现象时有发生。像金谷集作诗、饯谢文学离夜作诗、送萧谘议西上夜集作诗等是六朝文友同僚集体饯别赋诗的典型。这种集体送别,有着共同的送别对象与共同的送别场景,送别主持人亦多是身份地位平等的文人好友,外界因素的影响较小,故这类送别诗中表述更多的是对离人远去的感怀,诗人对自我感情的剖析展示比应制送别诗强烈得多。然而,文人相轻,自古而然,文人逞才,历代如此,面对相同的送别对象与相同的送别场景,诗人总希望别出心裁,创作出别具一格

---

① 逯钦立辑校《先秦汉魏晋南北朝诗》,第1829页。

的送别之作,留得佳制垂诗史。因此,这类送别诗写景叙事多雕琢精工,用典精警,而诗人自我情感的抒发亦往往有言过其实的嫌疑。上文分析过的六朝三大集体祖饯赋诗之作,不少都有用典逞才、夸张感情的倾向。

三两好友,促膝长谈,兄弟亲人,执手而别,特别是那些特定背景下的亲故相别,最容易激起诗人无限感慨,从而创造出情真意挚的送别之作。这类送别诗作中,一切言语都是真情的流露,诗人自我亦不由自主地得到展示。无论哪个时期,出于真情写作的送别诗方得流传久远,故六朝留存送别诗中以这类居多。随便举几例就可以见出,如王僧孺《送殷何两记室诗》:

> 掩袖出南浦,驱车送上征。飘飘晓云驶,潆潆旦潮平。不肖余何惜,无贽尔勿轻。倘有还书便,一言访死生。①

全诗明白如话,挥泪掩袖而别,是真情的流露;劝慰离人保重,无须记挂自己不足惜之躯,语带辛酸;诗人或者年老体弱,视此次分离为死别,末两句因此更加苍凉,无限思念之情却强说"不肖余何惜",最难将息。强烈的自我感情从平淡之语中喷薄而出,相信离人看到此诗定会泣泪伤怀。再如何逊《从镇江州与游故别诗》:

> 历稔共追随,一旦辞群匹。复如东注水,未有西归日。夜雨滴空阶,晓灯暗离室。相悲各罢酒,何时同促膝。②

此诗又作《临行与故游夜别》,属一首留别诗,蒋立甫《何逊年谱简编》系于梁天监九年(510)六月③,何逊随梁安王萧伟一起迁江州,留别故游赋作此诗。张玉穀赏析此诗虽未明确指出诗人自我情感的展示,但还是抓住托物比意的特点,曰:"前四,言久聚忽别,随用比意,醒出势难重聚。后四,点明夜别之景,收到惜别之情。"④全诗看似写景,实则句句写情,以东流水写离愁不断,后来的唐诗宋词亦广为运用;"夜雨滴空阶,晓灯暗离室",观察细致,构思新颖,表达了宴尽人散之后的孤寂落寞之情;罢酒相悲,再次促膝谈宴的不可预料,都渗透着诗人强烈的自我意识。其他像二陆兄弟离别赠答之作、鲍照《送从弟道秀别诗》、吴均《发湘州赠亲故别诗三首》《寿阳还与亲故别诗》等都是真情实感之作,送别主体之自我始终贯串在诗作之中。

---

① 逯钦立辑校《先秦汉魏晋南北朝诗》,第1767页。
② 何逊著,李伯齐校注《何逊集校注》,第197页。
③ 蒋立甫《何逊年谱简编》,刘畅、刘国珺注《何逊集注 阴铿集注》,第185页。
④ 张玉穀著,许逸民点校《古诗赏析》,第461页。

总之,无论哪种类型的六朝送别诗,都能做到诗中有事(以送别为主),诗中有人,诗中有我,或直接展露,或间接委婉传达,始终都贯串着诗人之情。元杨载《诗法家数》谈送别诗作法曰:"赠别之诗,当写不忍之情,方见襟怀之厚。然亦有数等,如别征戍,则写死别,而勉之努力效忠;送人远游,则写不忍别,而勉之及时早回;送人仕宦,则写喜别,而勉之忧国恤民,或诉己穷居而望其荐拔,如杜公'唯待吹嘘送上天'之说是也。凡送人多托酒以将意,写一时之景以兴怀,寓相勉之词以致意。"①其实无论是别征戍、送远游、送仕宦,送别诗中要求有不忍之情,无论此情真挚或矫造,都是诗人强烈自我的体现,杨氏所论不忍之情的几种表达方式在六朝送别诗中早就能够得到印证。

第二节　六朝送别诗的结构模式

中国古代诗学理论非常发达,对诗歌结构写法的探讨屡见于各类诗学批评著作。《文心雕龙·章句》:"启行之辞,逆萌中篇之意;绝笔之言,追媵前句之旨;故能外文绮交,内义脉注,跗萼相衔,首尾一体。"②实际上是把文章分为启行、中篇、绝笔,即开头、中部、结尾三个部分来论述,并且要求作者要善于综合三部分为一个整体,这可以说是较早的文章结构论。《文镜秘府论》录王昌龄《诗格》之"十七势"谈诗歌作法,罗根泽分之为七组,其中第一组"第一直把入作势,第二都商量入作势,第三直树一句第二句入作势,第四直树二句第三句入作势,第五直树三句第四句入作势,第六比兴入作势,可以归为一组,都是讲明诗之如何入作的。他所谓'入作',就是锺嵘所谓'发端',指一首诗之起势数语而言";第三组"第十含思落句势与第十七心期落句,可归为一组。……讲明一首诗之如何落句的"③。唐、宋之际,诗格大兴,诗话亦盛,关于诗歌作法的论述屡见不鲜,其中涉及诗歌结构亦不在少数,且多如刘勰、王昌龄一样,特别重视开篇与结尾。如宋姜夔《白石诗说》:"作大篇,尤当布置,首尾停匀,腰腹肥满。多见人前面有余,后面不足;前面极工,后面草草。不可不知也。"④理论上对章法结构的重视正是前期诗人创作经验的总结,许多诗人虽然不言章法结构,但在创作过程中自有结构意识在心间,因此,归纳六朝送别诗的章法结构是完全可能的。而清代张玉穀、吴淇等评析古诗多从诗歌章法结构入手,以前几句、中几句、最后几句等模式化语言

---

① 杨载《诗法家数》,何文焕辑《历代诗话》,中华书局,1981年,第733—734页。
② 刘勰著,范文澜注《文心雕龙注》,第570—571页。
③ 罗根泽《中国文学批评史》,上海书店出版社,2003年,第314—316页。
④ 魏庆之著,王仲闻点校《诗人玉屑》,中华书局,2007年,第12页。

解析诗歌内容,分割诗歌结构,可以说是古诗结构化分析的实践者。有理论与实践双重依据,探讨六朝送别诗的结构模式,完全有可能也有必要,做好结构模式的归纳分析,将推动六朝送别诗共时性研究更进一层。

一、多种形式的三部式章法结构

安排好诗歌的章法结构,是诗歌创作的必要前提;而以什么样的章法结构成篇,不同的诗人虽有不同的作法,但却不可能完全避免结构惯例的影响。斯蒂芬·欧文在分析初唐宫廷诗时称其时诗歌的章法结构为宫廷诗人的"语法",认为"这一时期的大部分诗歌是由四部分组成的:题目及三部式"①,所谓三部式即"由破题、描写式的展开和反应三部分组成"②。这种三部式可以说是诗歌的一种结构惯例,不仅仅存在于初唐宫廷诗,六朝时期对象性很强的送别诗也是如此。元代杨载《诗法家数》论律诗体送别诗的写法曰:"第一联叙题意起,第二联合说人事,或叙别,或议论,第三联合说景,或带思慕之情,或说事;第四联合说何时再会,或嘱付,或期望。于中二联或倒乱前说亦可,但不可重复,须要次第。末句要有规警,意味渊永为佳。"③其实就是要求把送别诗分为开头两联、中间四联、结尾两联三个部分来写。六朝送别诗虽没有明显的律诗意识,句数亦不符合律诗的要求,而且写作次序并不一定符合杨氏的安排,但其中大多数诗作却是遵循开头、中间、结尾三部式来写作的。

六朝送别诗三部式结构模式较多,而且多数按照时间顺序展开,以线性方式结构诗篇。这种结构方式在具体作品中亦可以分为两个小类。其一为类于杨载所言的模式,即从送别时刻展开,包括离别之际的难舍难分、与送别相关联的人事或者当下环境背景、对别离之后的展望。这种写法的送别诗可能大多数产生于临行之际,诗人有感于送别当下的特定环境即兴而作,故此类送别诗节奏快,结构紧凑,离别之情亦非常浓烈。如江淹《无锡舅相送衔涕别诗》:

心远路已迥,意满辞未陈。曾风漂别盖,北云竦征人。怀酒怜岁暮,志气非上春。若无孤鸟还,沥泣何所因。④

---

① 〔美〕斯蒂芬·欧文《初唐诗》,贾晋华译,广西人民出版社,1987年,第247页。
② 同上书,第6页。
③ 杨载《诗法家数》,何文焕辑《历代诗话》,第734页。
④ 胡之骥注、李长路、赵威点校《江文通集汇注》,第113页。

此诗开篇写从此别后路远将导致的心理隔离感,点出送别题意;中间写风、云、酒、岁暮等,以凄凉之景与特殊的时日来衬托别意;最后期盼离人早归,分别期间留者将会泣涕怀念。虞羲的《送友人上湘诗》也是这种结构模式,首先写分手,"濡足送征人,褰裳临水路";再写饮酒饯别与离别感慨,"共盈一樽酒,对之愁日暮。汉广虽容舠,风悲未可渡";最后写虽然彼此乖离,但希望继续各持金石般坚固的友谊,"佳期难再得,但愿论心故。沅水日生波,芳洲行坠露。共知丘壑改,同无金石固"。再如庾信《别张洗马枢诗》首先写别席无言、相顾而悲,接着写彼我各自分手,行者旅途艰辛,最后期望行人能够记住自己,不要忘记远方的朋友。

其二为从宏观时间入手,述写送别之前的生活或者与朋友的交游情况,送别时主客双方的感想,展望离别后各自的情况或者设问何时再会。有的诗人按历时性顺序安排这三部分内容,有的则打乱顺序组合,但内容不离此三个方面。这种结构模式适合于节奏较慢的送别活动,如离别之前有集体的游园聚会、饮宴畅谈等,诗人酝酿充分以后非常理性化地运思创作,从而面面俱到,如沈约《别范安成诗》。诗人先回忆年少时的分别,再写此刻年暮之际,对酒难堪的别情,最后写未来相会无期,恐怕梦中相见都难了。这种把时间放得比较长的写法在六朝送别诗中不是太多,更多的是在送别当时从空间角度切入做移步换景,而这种写法亦多呈现三部式结构。

以送别地为定点,向四周展开的结构模式在六朝送别诗中比较普遍,而仔细分析这类诗作,亦能发现其中的三部式形式。以送别地为聚焦点,围绕这一中心可能出现的内容有前方目的地的情形、此地的山水景物、此地的热烈场景包括饯宴等,而这些只是属于送别诗的主要内容,另外还有对于送别的破题、对于别情的表述等,如此分开亦为三个方面的内容。此类可举吴均《同柳吴兴何山集送刘余杭诗》为例:

> 王孙重离别,置酒峰之畿。逶迤川上草,参差涧里薇。轻云纫远岫,细雨沐山衣。檐端水禽息,窗上野萤飞。君随绿波远,我逐清风归。①

开篇点明设宴饯行,破题;中间围绕送别地何山写景,川上草、涧里薇是写山,轻云、细雨是写天空,檐端、窗上是写饯别的屋宇情景,这段移步换景的景物描写其实跟抒发别情没有太大关系,唯一的联系就是此地是朋友们齐集送别

---

① 逯钦立辑校《先秦汉魏晋南北朝诗》,第1736页。

之处,但这种以景物描写代替分别之际难舍之情的写法在六朝乃至唐宋送别诗中非常流行,属送别诗写作模式中重要的一种;最后以君行我归表达送别之意,回应开头,如刘勰所提的那样做到了首尾一体。

以送别地山水景物作为写作主干,再加上开头、结尾形成的三段式结构写法,在齐、梁以后比较盛行。除吴均外,还有谢朓、王融、何逊、庾肩吾、阴铿、庾信、江总等都善于运用这种结构方式。而有类于绝句体的篇幅短小的送别诗,诗人亦适当合并破题与伤别于一联或一句,有意无意地运用这一写作技法。如吴均《送吕外兵诗》:"白云浮海际,明月落河滨。送君长太息,徒使泪沾巾。"[1]上两句写苍茫海际的白云与长河远处的明月,既是写景,又暗透离夜的信息,兼有破题任务;下两句以叹息与拭泪两个意象表达惜别之情,虽然只有四句,结构依然明晰。再如萧绎的七言《别诗二首》其二:"三月桃花含面脂,五月新油好煎泽。莫复临时不寄人,漫道江中无估客。"[2]既有季节性景物的描写,又有临别时的叮咛,揭题则藏于"估客"的典故之中。

除以写离别景物为主干的三部式结构外,还有以歌功颂德与公宴场景为主干的三部式模式。这种结构方式的诗作在侍宴应制送别诗中最为常见,两晋应制送别诗很发达,除一些多章结构的外,独章成篇的一般都用这种模式。而南朝时期侍宴祖饯诗虽多数侧重以苑囿景物描写为主体,但也还留存有这方面的例子。如王筠《侍宴饯临川王北伐应诏诗》便是先以大量的篇幅鼓吹皇帝的武威及其北伐决策的英明,接着写公宴饯别场景:"命彼膳夫,爰诏协律。乐赋出车,弦操吉日。玉馔骈罗,琼浆泛溢。圣德温温,宾仪秩秩。"而送征饯别之意暗藏于出车之乐与吉日之操的仪式之中。刘孝绰的《侍宴饯庾於陵应诏诗》则是把苑囿之景与公宴场景综合到一起作为主干,以"皇心眷将远,帐饯灵芝侧"点明,以"伊臣独无伎,何用奉吹息"的感慨作结。至于以前方目的地与此地对照述写的送别诗,在庾信的作品中比较常见,谢朓的《新亭渚别范零陵云诗》则是这种写法的代表作。

魏晋送别诗许多以赠答多章形式出现,但究其章法,有的三部式结构还是很清晰的。如曹植《赠白马王彪诗》共七章,按照赵幼文的总结,各章意思为:"一、写出洛阳后,眷恋京师,不忍远去。二、叙路中困顿、跋涉之苦。三、直陈监国谒者之迫害,无可控诉。四、写秋郊日暮景色,感物伤怀,借抒其哀怨,以寄其分离之思。五、此章蕴蓄'既痛逝者,行自念也'之死生之感。六、强作排遣之语,而内心有不能解除之痛苦存在,结尾二句,终于迸发极度

---

[1] 逯钦立辑校《先秦汉魏晋南北朝诗》,第1752页。
[2] 同上书,第2059页。

悲伤骨肉之情。末章劝勉曹彪,故为诀别之辞。"①据此则知曹植一共写了三个方面,其一为离京及旅途情况,包括离别时的眷恋、旅途中的艰辛、小人的迫害;其二为分别之际的感怀,包括萧条秋景激起的感伤、曹彰暴毙留下的阴影;其三乃写与曹彪诀别之际的互勉与悲痛,点明送别题旨。而这三个方面视其为三部式结构亦无不可。当然,将多章结构的形式概括为三部式并不完全合理,诗人运用多章形式本来就是一种结构模式,而且有些还以重章叠唱的方式反复述意,亦不必强分三部来理解。做六朝送别诗章法结构研究时,倒是可以把多章结构视为其时送别诗写作结构的一种模式。像嵇康、陆机、陆云等诗人都喜欢运用这种结构模式创作送别诗。

六朝应制型送别诗中,诗人较常用的还有一种结构方式,即按照祖饯出席人安排结构,第一位为祖饯主持人,第二为送别对象,最后才是别诗作者的感慨。这种按人物分镜头述写的方式线索亦很明朗。由于这类诗作不按历时性顺序展开,虽依然有清晰的三个部分,却没有首尾回应的三部式特色,与那些临发饯别式的三部式结构还是有些区别的。

总之,受送别对象、写作动机、诗坛风气各个方面的影响,六朝送别诗虽较多以三大部分结构谋篇,但具体分析起来还是有很大区别的。既有以山水景物为主干的三部式结构,又有以公宴场景为主干的三部式结构;既有两地对照铺写形成的结构模式,亦有以送别地为焦点展开的结构方式;既有按照主客两个方面结构的送别诗,也有按照主持人、送别对象、作者三个方面结撰的送别之作;既有多章长篇结构模式,还有短制结构,抓住送别的一个闪光精练成篇,而省略三部式结构中的某一部分。

从章法结构入手是从形式上看六朝送别诗的结构方式,其实,六朝送别诗还有一个内在的情感结构。这个情感结构主要有两个方面,一方面是诗人自身情感的表露,一方面是外在于诗人的他人或者外物情感。诗人自身情感有的通过直抒胸臆的方式表达出来,如"乖离即长衢,惆怅盈怀抱"(孙楚《征西官属送于陟阳候作诗》),"感别怀远人,愿言叹以嗟"(陆机《祖道毕雍孙刘边仲潘正叔诗》),"离索何惆怅"(潘尼《赠汲郡太守李茂彦诗》),"分给怀离析,对乐增累叹"(枣腆《赠石崇》),"趣途远有期,念离情无歇"(谢惠连《西陵遇风献康乐诗》),"欲识离人悲,孤台见明月"(张融《别诗》)等均属直接抒别类型;有的通过与朋友临别之际的动作表情显示出来,如挥泪、掩泣、伫立、执手等。他人或者外物进入诗歌之后,都带有感情色彩,或喜气洋洋的祖饯氛围,或凄清哀惨的山川景物,或离人依依不舍的表情,或祖饯主持人雍

---

① 曹植著,赵幼文校注《曹植集校注》,第 301 页。

容的风范,其中有的直接衬托铺垫诗人情感,有的则与诗人情感关联不大,只是客观描述送别时的自然景物与送行人情态,但均与送别事实相关。情感结构虽大致上分两大板块,但具体到各个诗人、各种送别现场,会有各种不同的变化,多数要与具体的送别诗作及独特的送别背景相联系才能深入挖掘诗人的情感线索,故在此只能简略带过。

二、四种代表性的结篇模式

如果把送别事件作为一个故事,除叙别以外的送别诗便是在这个故事背景下发生的文学作品,无论诗人怎样直抒胸臆,都有事件的客观存在,因此,诗人在收束全篇时特别注意回到送别的主题上去。这样一来,送别诗的结篇显得非常重要,诗人也特别注意结尾的匠心。斯蒂芬·欧文对诗歌结尾有一段精彩的论述:"诗歌的结尾,作为对前面部分的反应或评论,对于主题的延伸是重要的成分。那些情感反应的旧形式:感叹、如泉的泪水、设问如'谁知……',以及谢灵运的缺少朋友分离感受的遗憾式结尾,还出现在某些题材如送别诗和旅行诗中。在正规应酬诗中,结尾更经常的是从景象得出巧妙推论,并伴随着'惊''惜'一类表示惊奇或遗憾的词语。为了引出从中间对句得出的结论,还设立了一些现成词语,如'乃知''方知'等。为了在结尾造成曲折的感觉,经常运用排除异议和陈词滥调的现成设问语,如'谁谓……?'"①其主要从诗歌结尾的句法结构分析了诗人的匠心,然而这种句法在六朝送别诗中还不很明显,倒是其所谓"情感反应的旧形式"在六朝送别诗结篇中很有特色。归纳六朝送别诗结篇情感反应的形式,主要有四种模式:劝慰式、抒怀式、伫立式、期待式。

在劝慰式结尾中,劝慰对方以一种豁达的胸怀去面对此次分离:或者表达自己对对方的羡慕之情;或者祝福行者此去平安,一切如意;或者告诫对方今后应如何为人处世;或者勉励对方勇往直前或继续发扬优良品格,带有励志的意味;或者向对方表达自己永不相忘的意愿。为了表述的方便,下面把这种方式分为三个小类:安慰祝福式,勉励慕怀式,表白不忘式。

抒怀式结尾多数是在送别诗收束的时候抒发作者自己难以为怀的离别之情,有少数在伤怀之余还会"言志",即申明自己的人生选择。

伫立式结尾是一种比较有特色的结篇方式,其一为送者瞻望型,离人已去,送者依然久久不肯离开送别地点,面对远方久久伫立;另一种为行者返顾型,即留者已回返,离人站在船头或者坐在车上回顾留恋,思绪始终不肯离开

---

① 〔美〕斯蒂芬·欧文《初唐诗》,贾晋华译,第6—7页。

送别地点。

期待式结篇以期待的心理表达对朋友深厚的友谊,要么期望自己物化跟随离人左右,对方虽然已经从空间上离开自己,但诗人却愿意化作浮云、飞鸟、流水,追随离人,始终不分离;要么期待梦里相见,或者表达梦中难见的凄怨;要么直接提出何时得再会的诘问,明知没有答案,但还是要问出来;要么叮咛对方,离开之后不要忘记自己;特别还有一类,悬想别后自己的独处与相思,以未来回顾现在的笔触表达自己的期待意愿。这种结篇方式颇具创意,兹以五小类名之:物化跟进式,梦中相见式,期盼再会式,叮咛勿忘式,别后相思式。下面把六朝送别诗结篇方式进行统计,按照魏晋、宋齐梁、陈隋、北朝几个阶段列成简表3-1,以期这些数据能较直观地反映出六朝送别诗结篇特色:

表3-1 六朝送别诗结篇形式

模式		各阶段数量			
		魏晋	宋齐梁	陈隋	北朝
劝慰式	安慰祝福	6	18	4	1
	勉励慕怀	14	15	4	1
	表白不忘	4	10	0	0
抒怀式		45	95	30	19
伫立式	送者瞻望	2	3	2	0
	离人回顾	2	8	0	0
期待式	物化跟进	2	10	2	1
	梦中相见	0	4	0	0
	期待再会	3	10	1	1
	叮咛勿忘	3	7	0	0
	别后相思	0	4	3	0

表3-1以六朝留存送别诗诸表为基础,一些疑为残篇断句的不计,一些叙别乐府与咏别诗亦未计,有些长诗分章或分篇均按照逻辑本计算。何逊送别诗中有些四句短诗,以写人或者写景作结,如《离夜听琴诗》"美人多怨态,亦复惨长眉",《相送诗》"江暗雨欲来,浪白风初起",别具一格,类似伫立作结的方式,但伫立作结有很强的主体性,此则纯粹摹人或写景,在六朝时期较少,唐代送别诗中这种结篇方式不算太多,故不计入表3-1。表3-1送别诗结尾模式大抵以诗末两句或者四句考量,基本涵盖了六朝有具体送别事实的送别诗以及拟作送别诗与奉和送别诗,从中可以看出六朝送别诗结篇的风习。

六朝送别诗以宋、齐、梁三代最为兴盛,各种结篇模式都留存有诗作。陈隋与北朝是六朝送别诗相对衰落期,诗人对送别诗结篇的探索热情亦相对减弱。在四大类结篇模式中,运用最为广泛的是直接抒怀式,无论哪个时期这种送别结篇方式数量都是最多的。这种最平实的结尾模式经几代诗人的手娴熟地运用,许多都成为名句脍炙人口。如郭遐周《赠嵇康诗三首》其一:"离别在旦夕,惆怅以增伤。"以惆怅上再增一层伤的递进写法,直叙离别之痛,很直观也很真实。陆机《于承明作与弟士龙诗》:"感别惨舒翮,思归乐遵渚。"把别惨与归乐对举,愈显离别之悲。谢混《送二王在领军府集诗》:"乐酒辍今辰,离端起来日。"饯宴上还是推杯换盏,其乐融融,但仅隔一夜就朋友相离,以乐衬哀,离情更切。陆云《赠鄱阳府君张仲膺诗》:"嗟我怀人,曷云其来。贡言执手,涕既陨之。"何逊《仰赠从兄兴宁寘南诗》:"当怜此分袂,脉脉泪沾衣。"鲍照《从临海王上荆初发新渚诗》:"抚襟同太息,相顾俱涕零。奉役涂未启,思归思已盈。"直接写执手挥泪,是唐诗宋词写别最常用的手法。潘尼《献长安君安仁诗》:"愿崇大业,克俊良期。屏营怀慕,舒愤献诗。"徘徊而又忧愤,只有通过诗来舒泄,把别情化作诗意,直抒胸臆而且新颖。鲍照《送盛侍郎饯候亭诗》:"结涕园中草,憔悴悲此春。"春天本来百花盛开,一片欣欣向荣的景象,然而因为离别,春天亦随之感染上别离的气氛,写泪写悲,嗔怨此春,很有创意。

在直接抒别的结尾方式后,劝慰式结篇模式在六朝送别诗的运用中亦很普遍。下面略举几例,以见六朝时期送别诗劝慰式结尾的运用情况。在劝慰式模式里面,对离人祝福的如邯郸淳《赠吴处玄诗》:"愿子大夫,勉箦成山。天休方至,万福尔臻。"劝离人以大度心胸去看待离别的如李充《送许从诗》:"离合理之常,聚散安足惊。"送别依依,奉劝行人一路保重、独处的时候更须爱护自己的如谢灵运《北亭与吏民别诗》:"贫者阙所赠,风寒护尔身。"谢惠连《夜集叹乖诗》:"在贫故宜言,赠子保温惠。曷用书诸绅,久要亮有誓。"阮侃《答嵇康诗二首》其二:"愿子荡忧虑,无以情自伤。候路忘所次,聊以酬来章。"谢瞻《九日从宋公戏马台集送孔令诗》:"逝矣将归客,养素克有终。临流怨莫从,欢心叹飞蓬。"何逊《别沈助教诗》:"愿君深自爱,共念悲无益。"以上可综称为安慰祝福式。还有些诗人在篇末表达对离人的羡慕之情,如张华《祖道赵王应诏诗》:"恋德惟怀,永叹弗及。"王浚《从幸洛水饯王公归国诗》:"奉辞慕华辇,侍卫路无因。驰情系帷幄,乃心恋轨尘。"《九日从宋公戏马台集送孔令诗》:"岂伊川途念,宿心愧将别。彼美丘园道,喟焉伤薄劣。"又,许多诗人以一种积极的态度对待别离,故在结尾勉励离人奋发向上,或者告诫离人敬德修业,如郭遐周《赠嵇康诗三首》其三:"勖哉乎嵇生,敬德在慎躯。"

嵇康《与阮德如诗》:"君其爱德素,行路慎风寒。自力致所怀,临文情辛酸。"陶渊明《答庞参军诗》:"勖哉征人,在始思终。敬兹良辰,以保尔躬。"《癸卯岁十二月中作与从弟敬远诗》:"平津苟不由,栖迟讵为拙。寄意一言外,兹契谁能别。"孙绰《与庾冰诗》:"励矣庾生,勉踪前贤。何以将行,取诸斯篇。"谢灵运《赠从弟弘元诗》:"平生结诚,久要罔转。警掉候风,侧望双反。"《邻里相送至方山诗》:"各勉日新志,音尘慰寂蔑。"以上统称为勉励慕怀式。还有一种是诗人以表白坚贞不渝的友谊作为结尾,如孙楚《征西官属送于陟阳候作诗》:"齐契在今朝,守之与偕老。"潘岳《金谷集作诗》:"投分寄石友,白首同所归。"孙绰《答许询诗》:"量力守约,敢希先人。且戢谠言,永以书绅。"鲍照《吴兴黄浦亭庾中郎别诗》:"昧心附远翰,炯言藏佩韦。"江淹《应刘豫章别诗》:"愿效卷施草,春华冬复坚。"

伫立式结尾的送别诗相对较少,期待式的亦不是特别多。但这两种结尾模式在唐诗中最为广泛,许多流传久远的送别佳制便采用这种颇具匠心的结篇方式。伫立结尾中离人返顾式如陶渊明《于王抚军座送客诗》:"目送回舟远,情随万化遗。"陆机《赴洛道中作诗二首》其一:"伫立望故乡,顾影凄自怜。"都是回顾中带着感伤,表达了离人久久不肯离去之情。陈岩肖《庚溪诗话》曰:"昔人临歧执别,回首引望,恋恋不忍遽去,而形于诗者,如王摩诘云:'车徒望不见,时见起行尘。'欧阳詹云:'高城已不见,况复城中人?'东坡与其弟子由别云:'登高回首坡陇隔,但见乌帽出复没。'或纪行人已远,而故人不复可见。语虽不同,其惜别之意则同也。"①可知六朝时期送别诗离人回首,返顾不舍的写法,在唐宋送别诗中广为运用,惜陈氏未溯其源于六朝时期。送者瞻望式在论《诗经·邶风·燕燕》时已经有较多的举例,六朝时期最有代表的两例当属谢朓《新亭渚别范零陵云诗》:"心事俱已矣,江上徒离忧。"朱超《别席中兵诗》:"停车对空渚,怅望转依然。"

期待式结尾中物化跟进式如曹植《送应氏诗二首》其二:"愿为比翼鸟,施翮起高翔。"何逊《赠江长史别诗》:"安得生羽毛,从君入宛许。"陈政《赠窦蔡二记室入蜀诗》:"无因逐萍藻,从尔泛清流。"表达诗人主观愿望,或化作高飞的鸟,与离人一起高翔,或变作萍藻,随清流伴离舟远行。而沈约《饯谢文学离夜诗》曰:"以我径寸心,从君千里外。"愿意以心随离人远走,直接表白,感情炽烈,效果不逊物化。鲍照《与荀中书别诗》:"惭无黄鹤翅,安得久相从。愿遂宿知意,不使旧山空。"则明确表示不能物化,以表达自己深深的遗憾。物化跟随只是一种幻想,如梦一般,故有些诗人便以梦中相见的方式

---

① 陈岩肖《庚溪诗话》,丁福保辑《历代诗话续编》,中华书局,1983年,第176—177页。

表达送别之情,如谢灵运《酬从弟惠连诗》:"梦寐伫归舟,释我吝与劳。"谢朓《和别沈右率诸君诗》:"望望荆台下,归梦相思夕。"而沈约《别范安成诗》则以梦中都找不到离人来表达更深一层悲戚,其"梦中不识路,何以慰相思"亦当列为警策秀句,载入各个时期诗格秀句著作之中。叮咛勿忘式即对面述别,款款叮嘱,愿友谊坚如磐石,永不磨灭。此类如曹嘉《赠石崇诗》:"愿子鉴斯诚,寒暑不逾契。"陶渊明《与殷晋安别诗》:"脱有经过便,念来存故人。"鲍照《与伍侍郎别诗》:"贫游不可忘,久交念敦敬。"范云《送别诗》:"望怀白首约,江上早归航。"期待再会式可以举如下几例,郭遐叔《赠嵇康诗二首》其二:"愿各保遐年,有缘复来东。"鲍照《赠故人马子乔诗六首》其六:"神物终不隔,千祀傥还并。"鲍照《赠从弟道秀别诗》:"游子苦行役,冀会非远期。"何逊《答丘长史诗》:"握手异沉浮,佳期安可屡。"何逊《从镇江州与游故别诗》:"相悲各罢酒,何时同促膝。"萧琛《别萧谘议前夜以醉乖例今昼由醒敬应教诗》:"俟我式微岁,共赏阶前兰。"

在期待结尾模式中,还有一类别后相思式在六朝送别诗鼎盛的宋、齐、梁时期运用较多,这种结篇方式的时间处理很独特,故多说几句。别后相思式把时间从当下推移到未来,设想未来的思念之情,相对于那种送别之前的饯饮——送别时的依依不舍——人去后的惆怅的写法前进了一大步。相对一般写法,别后相思式把时间跳跃到了未来,采取未来进行的方式凸显离别之悲,一则体现了诗歌的跳跃性特点,再则能够通过前后对比表达更强烈的离别之情,而未来的思念之事是虚构的,恰好与当下送别实写相融,取得虚实相生的艺术效果。这种两段时间安排的写法可以这样来表示:送别时刻(实写。可以包括一般送别诗的别前、别时、离人去后三个时段)→别后思念(虚写。或者睹物思人,或者思念催人老,或者孤独难待,还有更复杂的一种即以未来想此刻)。这种写法增强了送别诗的兴味,耐人咀嚼。王融《别王丞僧孺诗》"非君不见思,所悲思不见",还是对别后思念的一种猜测;谢朓《送江兵曹檀主簿朱孝廉还上国诗》"挥袂送君已,独此夜琴声",则把悬想别后独抚琴的孤寂作为结篇,已是很标准的别后相思结篇式;虞炎《饯谢文学离夜诗》"一乖当春聚,方掩故园扉",则由抚琴转到掩扉;王常侍《离夜诗》"怀人忽千里,谁缓鬓俎丝",便以别后思念催人老来结尾。何逊《送韦司马别诗》对于别后思念之情描述得更为具体:"想子敛眉去,知予衔泪返。衔泪心依依,薄暮行人稀。暧暧入塘港,蓬门已掩扉。帘中看月影,竹里见萤飞。萤飞飞不息,独愁空转侧。北窗倒长簟,南邻夜闻织。弃置勿复陈,重陈长叹息。"大段别后设想,似实还虚,把送别之情细腻地展示给离人。其《与苏九德别诗》"三五出重云,当知我忆君。萋萋若被径,怀抱不相闻",以叮咛话别的语气设想别后相思,亦具创意。

别后相思式中还有一种把别后相思回挽到送别场景的写法,呈现出现在—未来—未来回望现在这种时间结构。日本学者松浦友久论唐代送别诗时曾述及,其在《离别诗里时间的表达方式》一文中探讨王昌龄《送魏二》诗"忆君遥在潇湘月"的时间结构,从"忆"字的训诂入手提出送别诗复杂的时间结构问题,很有启发性。他是这样解释"忆"字用法的:

> (1)利用"送(送别)"的诗题;(2)认为"遥在……"以下的主语是魏二;(3)同时忠实地依照"忆"字的语义来解释的时候,恐怕唯一可能的是移动了"忆"这一行为的起点,即不是以送别的时刻(现在)为起点,原地不动地想象将来魏二的情形,而是这样构成的:以离别后的某一时刻为起点,由此"忆"起曾经分手的魏二,同时,在那一时刻想起魏二当下的情况。从离别的时刻来看,当然全属于对未来的想象,但就"忆"字本身("忆"这一行为本身)而言,终究是由某一时刻回首往事,回忆起曾经交往、曾经分别的友人,这与"忆"字的语义、用法也完全吻合。①

做这种解释,这首送别诗的时间表达就不是根据送别事件历时性发展所呈现的一元线性结构了,而是"从现在的时刻(A)设定未来的某一时刻(B),由此回顾过去(A及A以前),再想象在那一时刻(B)魏二的境遇、情形"②。可以表示为"从眼下离别的时刻→设定未来某一时刻→从那一时刻回忆过去→再想起那一时刻对方的境遇"③。以松浦友久分析王昌龄诗时间结构的视角去考察,六朝送别诗期待模式中也存在这样复杂的时间结构。如谢朓《金谷聚》便是悬想未来某一时刻思念此刻相别:"渠碗送佳人,玉杯邀上客。车马一东西,别后思今夕。"首两句写执觞饯别,"车马一东西"写分离,"别后思今夕"则是站在未来某一时刻,回忆此际离别情景。其《和别沈右率诸君诗》"归梦相思夕",亦是在春夜聚别之际设想离散以后思念此刻,把时间推到当下之后,以未来思念现在的方式表达惜别之情。如果以松浦友久的方式表示,这种时间结构可以表示为:饯别时刻→未来某一时刻→从未来特定时刻回想→饯别时刻。当然,六朝送别诗别后相思式中这种时间结构还不是很普遍,亦只是抽象提到对此刻的思念或回忆,至于具体回忆分别时什么场景或什么事件没有提及,比较松浦友久所论"忆君遥在潇湘月"来说还比较简单,

---

① 〔日〕松浦友久《唐诗语汇意象论》,陈植锷、王晓平译,中华书局,1992年,第166页。
② 同上。
③ 同上书,第171页。

但这种构想思路在六朝出现,已经难能可贵了。

第三节 六朝送别诗的意象特色

现当代诗学领域在诗歌的意境与章法研究之外,又开辟新的途径,从意象角度细读诗歌文本,进而剖析诗歌的意象组合特色,建构微观诗学发展史,推动诗学研究向前迈进了一大步。然而,意象是一个复杂的概念,专论意象的著作虽然很丰富,但对于意象的理解却不完全一致。本节对六朝送别诗的意象研究主要参考陈植锷《诗歌意象论》、夏之放《文学意象论》、汪裕雄《意象探源》、严云受《诗词意象的魅力》等专著,并重点参照了童庆炳、袁行霈的意象论。

关于什么是意象,童庆炳主编《文学理论教程》把文学典型、文学意境、文学意象并列为文学形象的三种高级形态,在对文艺学、心理学、语言学等学科中意象不同意义的区分后,明确文学意象包括观念意象及其高级形态的审美意象两个层面,定义审美意象为:"以表达哲理观念为目的,以象征性、或荒诞性为其基本特征的达到人类审美理想境界的表意之象。"[1]其后,童庆炳在《现代诗学问题十讲》中进一步明确意象的概念:"文学作品中的意象是作家精心创造出来的表达一种意念的形象。""意象作为一种艺术形象,是以作家创造出来的形象表达一定的意念、哲理,含有很浓厚的寓意,它往往是一种象征,一种暗示,与写实类的作品所创造的典型、抒情类的作品所营造的意境,是不一样的。"[2]从童先生的界定可以看出,其对意象的理解更侧重于文艺学的视角,更注重意象与象征文学的对应关系。袁行霈则从诗歌创作时诗人对物象加工的角度切入,认为"意象是融入了主观情意的客观物象,或者是借助客观物象表现出来的主观情意",物象与意象的具体关系为"物象一旦进入诗人的构思,就带上了诗人的主观的色彩。这时它要受到两方面的加工:一方面,经过诗人审美经验的淘洗与筛选,以符合诗人的美学理想和美学趣味;另一方面,又经过诗人思想感情的化合与点染,渗入诗人的人格和情趣。经过这两方面加工的物象进入诗中就是意象。诗人的审美经验和人格情趣,即是意象中那个意的内容。"[3]因此,按童庆炳的理解,意境与意象是并列的两个范畴。按袁行霈的意见,"意境的范围比较大,通常指整首诗,几句诗或一句诗所造成的境界;而意象只不过是构成诗歌意境的一些具体的、细小的

---

[1] 童庆炳主编《文学理论教程》,第294页。
[2] 童庆炳《现代诗学问题十讲》,中国海洋大学出版社,2005年,第92—94页。
[3] 袁行霈《中国诗歌艺术研究》,第62—63页。

单位。意境好比一座完整的建筑,意象只是构成这建筑的一些砖石"①。陈植锷、严云受对意象的理解和袁行霈的相同,蒋寅撰文专门区别了语象、物象、意象、意境范畴,其意象界定在袁行霈定义基础上增加了多个语象组成,诗人不仅仅以单个物象营造意象,而且可以用多个物象组成某种意义上的自足整体,创造出综合性意象。② 蒋先生意象论是对袁论的发展,本文仍采用传统观点,主要依据袁先生的定义探讨六朝送别诗的意象模式。

　　研究六朝送别诗中的意象,就是要梳理诗人运用的"客观物象",总结其规律,探索其中蕴含着的诗人主观情意,并根据诗人对相关送别意象的运用与组合解析六朝送别诗的结构特色。大凡与伤离相关的物象与情事都被六朝诗人广泛运用,因此六朝送别诗意象非常多,《初学记》"离别"部"事对"以六朝送别诗与先唐送别事实为例,列举了二十九组事对,其中如浮云、零雨、牵衣、总辔、参辰、弦栝、送南浦、造北林、白云、黄鹤、二凫、双鸾、秣马、理棹、发轸、弭棹等都是六朝送别诗中广为运用的意象。其后各种类书多设"离别"部或"祖饯"部,整理出送别诗中广为运用的写作词汇,其实大部分都属于诗歌意象。严云受、陈植锷在各自专著里对意象举例研究时,许多都是送别意象。肖瑞峰《花上雨——古典文学中的别离主题研究》则以"柳""水""酒""月""泪""草""云""南浦""灞桥"等作为别离主题赖以发生的意象,进行了专题研究。肖先生所论这些意象在六朝送别诗中都已经开始运用,除此之外,六朝诗人在送别诗中还运用了大量的意象,要对这些意象条分缕析,首先就是要做好分类。

　　由于划分标准不同,对意象的分类亦不同。如童庆炳主编《文学理论教程》从表意的方式着眼,分审美意象为寓言式意象与符号式意象,又对后者进行二级分类,下分抽象型、具象型两个子目。其在《现代诗学问题十讲》中又按两种标准分类,其一从作品角度分为整体意象和局部意象,其二从创作角度分为公共意象和个人意象。陈植锷《诗歌意象论》则认为意象可以按照语言的区别分为静态意象和动态意象,或者从心理学角度划分为听觉意象、嗅觉意象等,或者从内容上分为自然的、人生的、神话的,或者按照题材进行分类,如赠别、乡思、闺怨、宫怨等适合这些题材的意象类型。严云受《诗词意象的魅力》划分更为周全,以意象生成标准分为原型意象、现成意象、即兴意

---

① 袁行霈《中国诗歌艺术研究》,第64页。
② 蒋寅《语象·物象·意象·意境》(载《文学评论》2002年第3期)在一番综合分析之后对四种范畴做出定义:"语象是诗歌本文中提示和唤起具体心理表象的文字符号,是构成本文的基本素材。物象是语象的一种,特指由具体名物构成的语象。意象是经作者情感和意识加工的由一个或多个语象组成,具有某种意义自足性的语象结构,是构成诗歌本文的组成部分。意境是一个完整自足的呼唤性本文。"

象;以意象的具体性层次不同分为总称意象与特称意象;以意与象的联结机制的区别分为直接体现意象和间接暗示意象;从构成意象的物象来源分为自然、人体、社会生活、虚幻等四类;从心理感知角度分为视觉、听觉、嗅觉、味觉、触觉。学者对意象的分类多可借鉴,但考虑送别诗意象主要围绕送别,这里按诗人所选择物象与离别的关系,把六朝送别诗意象区分为三类:空间隔离型意象、送别地名式意象、飞翔运动式意象。

一、空间隔离型意象

空间隔离型意象主要以两地遥不可及的物象或地名来表达诗人主观情意,因为离人即将远去,与送者形成空间上的隔离,为了表达这种隔离感,诗人便以相隔遥远的物象夸张式地表意。在六朝送别诗中,这类意象往往相对出现,或者用空间上相隔遥远的一对,如胡—越,朱鸢—玄菟,参—辰(商);或者用方位上的背反,如东—西,南—北;还有用得最多的一种是歧路,因为到了歧路,便意味着送者与离人的分手,从此天各一方,唯有苦苦的思念,故歧路这一意象很早就在送别诗中定型了。值得一提的是,关于"歧"这一意象可能与杨朱叹歧的典故相关,这一典故见于《列子·说符》与《淮南子·说林训》,并见前文引录,杨朱之叹有人生面临十字路口时如何抉择的意思,故歧路意象在送别诗中经常有着深远的意味,特别是有些诗人在苦闷之际送别好友,往往借题寄意,直接用上杨朱之典在送别诗中表达出无从抉择的意思。六朝送别诗中运用杨朱叹歧这一意象的共有五处,都表达了诗人复杂的思想感情。兹胪列如下:

> 所好亮若兹,杨氏叹交衢。(嵇康《答二郭诗三首》其三)
> 杨朱焉所哭,歧路重别离。(潘尼《送卢弋阳景宣诗》)
> 定知能下泪,非但一杨朱。(阴铿《广陵岸送北使诗》)
> 君登苏武桥,我见杨朱路。(庾信《别张洗马枢诗》)
> 丝染墨悲叹,路歧杨感悼。(王彪之《与诸兄弟方山别诗》)

六朝送别诗中有些诗作综合运用杨朱典故与歧路意象,把诗人对人生意义的思考委婉表达出来,赋予诗歌以深沉的意蕴。像庾信诗中以"苏武桥"与"杨朱路"两个意象对句并置,结合其淹留北国的身世,更显得沉郁顿挫,语短情悲。再如潘尼的诗中"杨朱"与"歧路"相对,把杨朱哭歧与通常的歧路别离之意错综交织,组合在一起,既是用典又是直抒胸臆,上句诘问,下句作答,惜别之情以理性的方式表达出来,别具用心。

六朝送别诗中歧路意象还有很多，有的也许只是直接表达分手之意，并不含身世之感。然而，一路追送，说不完的话语，到了路口便要各奔东西，歧路意象便把诗人这种难分难舍之情表达出来，于是在送别诗中得以广泛运用。而把歧路意象与其他别离意象组合运用，效果更加明显。孙楚《征西官属送于陟阳候作诗》："晨风飘歧路，零雨被秋草。""晨风"出自"苏李诗""欲因晨风发，送子以贱躯"，《文选》李善注："晨风，早风。言欲因风发而已乘之以送子也。"①孙楚将"晨风"与"歧路"组合在一起，更深一层，有一路顺风的祝福之意。孙楚诗中以"飘"写晨风，是上承苏李诗的用法赋予晨风意象以离别之意。零雨，《诗经·豳风·东山》："我来自东，零雨其濛。""零雨"在这里就已经有烘托诗人远离家乡离愁的意思，"是一个表现离情别绪的原始意象"②。秋草，《楚辞·七谏》："秋草荣其将实兮，微霜下而夜降。"古诗有"回风动地起，秋草萋已绿"，"过时而不采，将随秋草萎"，均写秋草即将衰飒之象，以之来比喻人生的迟暮，有着强烈的生命意识蕴含其中，孙楚此意象亦含有此意。两句诗中并置四个意象，都与别离相关，虽没有一个字说悲谈愁，却处处透露出离愁别绪与别离人生所致的深深遗憾。六朝送别诗中出现歧路意象的还有很多，但基本与挥手、执手、悲、慨叹等意象连用，从而增强抒情效果。这些诗句列举如下：

    河朔贵相忘，歧路安足悲。（潘尼《赠汲郡太守李茂彦诗》）
    启兴歧路，慨矣增怀。（孙绰《与庾冰诗》）
    踟蹰歧路嵎，挥手谢内析。（支遁《八关斋诗三首》其二）
    未尽欢娱怀，已伤歧路及。（刘骏《与庐陵王绍别诗》）
    握手分歧路，临川何怨嗟。（何逊《南还道中送赠刘谘议别诗》）
    悯悯歧路侧，去去平生亲。（何逊《相送联句》）
    何用叙离别，临歧赠好音。（吴均《发湘州赠亲故别诗三首》其一）
    圣襟惜歧路，曲宴辟兰堂。（刘孝绰《饯张惠绍应令诗》）
    行行异沂海，依依别路歧。（萧纲《送别诗》）
    一朝限歧路，万里异波潮。（荀济《赠阴梁州诗》）
    背飞伤客念，临歧悯圣情。（阴铿《奉送始兴王诗》）
    晨风下散叶，歧路起飞尘。（阴铿《罢故章县诗》）
    歧路一回首，流襟动睿情。（张正见《征虏亭送新安王应令诗》）
    何以敦歧路，凄然缀辞藻。（江总《赠贺左丞萧舍人诗》）

---

① 萧统编，李善注《文选》，第1352页。
② 陈植锷《诗歌意象论》，中国社会科学出版社，1990年，第53页。

分歧泣世道,念别伤边秋。(江总《别南海宾化侯诗》)
关山嗟坠叶,歧路悯征蓬。(江总《别袁昌州诗二首》其二)
河桥两堤绝,横歧数路分。(王褒《别王都官诗》)
小人乖摄养,歧路阻逢迎。(庾信《奉报赵王出师在道赐诗》)

上举数例或以在歧路徘徊的行动表达别意,或以分歧泪下表示离情,或以落叶、征蓬意象组合达意,或以背飞强化临歧增强感染力,都是在歧路意象背景之下的递进一层。可以说,六朝送别诗中,歧路意象已经成熟,其意义除字面的分岔路外,还表示分别,隐喻人生道路的选择,成了一个原型意象,后代送别诗中运用这个意象,其义旨基本定型。

空间隔离型意象中,朱鸢与玄菟相隔遥远,一此一彼,造成空间上强烈的跳跃感,更加强化了诗人的离情,在解读庾信送别诗时已经谈到这对意象,兹不举例。像这种从空间上跳跃组合地名意象的写法,庾信还写到"交河望合浦";王褒《别王都官诗》"东西御沟水,南北会稽云",以御沟水与会稽云对举,既含隔离的地名对举,亦有水与云意象的对接,还有东西南北方位意象上的背反,表达别离,效果非常明显。胡与越则从古诗起就广为应用,其中还把"胡马"与"越鸟"对举,两种来自异域的动物意象与相隔遥远的空间上下句对比,强化了隔离效果。运用天空星宿意象来表达别离之情,也是古诗与六朝诗歌中经常用到的写法。古诗"迢迢牵牛星"首把牵牛星与织女星的寓言意象赋作成诗,"苏李诗""昔为鸳与鸯,今为参与辰",以昔日的和鸣嬉戏与今后的乖离对比,表达离别之情,鸳鸯共白头,而参星居西,辰星居东,彼出此没,互不相见,乃多重意象的对照抒情。正是在前代诗歌的启发之下,六朝送别诗运用星宿意象赋别的灵感得以闪现,故诗歌中留下许多这类意象。

空间隔离意象里面,很有特色的一种就是背反方位意象。留者伫立远望行者,形体隔离的速度相对缓慢,而二者以相反的方向位移,形体隔离速度更快,亦更容易激发人的别情。如陆机《赠弟士龙诗》"我若西流水,子为东峙岳",写我行彼留,东西对比,已经有较强的空间隔离感;谢朓《金谷聚》"车马一东西",则通过背向位移加快离别的速度、拉大离别的空间长度,给人以强烈的离别震撼力;虞炎《饯谢文学离夜诗》"离人怅东顾,游子怆西归",江淹《冬尽难离和丘长史诗》"兹别亦为远,潮澜郁东西",沈约《送别友人诗》"君东我亦西,衔悲涕如霰。浮云一南北,何由展言宴"等,都用方位背反意象表达离情别意,具有很强的感染力。何逊《送韦司马别诗》"予起南枝怨,子结北风愁",则以处北方之人想南方,留南方之人念北方,交错设想,互文见意;如果仅以"枝"与"风"的意象难以表达出空间隔离所造成的思念情深,加上背反的方位意象后,指代更加明确,表象是物,隐喻指向了诗人与朋友,以方位上的相背表达隔绝之远,诗人对于离别之后自己与朋友心理状态的悬想,确实颇费心机。刘孝绰《侍宴离亭应令诗》"镮辕东北望,江汉西南永",以镮辕与江汉意象对举,用东北与西南相反方位意象并置,不写愁与悲,但从其意象组合所表现出来的场景境界,离愁别绪不言自出。何胥《被使出关诗》"绛水通西晋,机桥指北燕",从起点歧路生发,却不用歧路意象,而用"西晋""北燕"异辙的路途指向性意象表达从此天各一方之意,虽没有反向运动那样强烈的震撼力,但也收到了同样的功效。曹植诗"雄飞窜北朔,雌惊赴南湘",江总《赠贺左丞萧舍人诗》"江南有桂枝,塞北无萱草",《遇长安使寄裴尚书诗》"北风尚嘶马,南冠独不归",陈政《赠窦蔡二记室入蜀诗》"若奉西园夜,浩想北园愁"等把相对方位词配以其他指称意象,从而从字面上与形象上给读者强烈的空间距离感,达到了表达离情别意的目的。

总之,六朝诗人以悬想的笔法把空间隔离型意象用于送别诗中,一则以空间距离表达作者与友人实际上的异处,再则以空间隔离表达从此之后诗人与朋友各自人生道路上可能出现的分歧,或者以空间上的背道而驰渲染离别的震撼性,或者设为彼此异处、并时互想远隔千里之外的情事以述意,增强了送别诗情感表达效果,亦丰富了送别诗的写作手法。唐人送别诗中广泛运用这种空间隔离型意象,与六朝时期的积淀是分不开的。

二、送别地名式意象

送别地点是送别诗一个重要的写作要素,故在送别诗中标示送别地名,或标于诗题,或显示于诗歌正文之中,是六朝送别诗的一个写作特点。像陟阳候、新亭渚、征虏亭、领军府这些地名出现在六朝送别诗中,也许都是实指,从意象性质看,属于特称意象,其意义都比较明确,基本不存在隐喻意义。但六朝送别诗中,还有一类泛指地名广为运用,如浦、津、亭、河梁等,还有如灞陵这种地名虽然有具体地点可考,但在送别诗中却泛化了,不必拘于实地。这类意象已经带上了祖离送别的意义,故称其为送别诗中地名式意象。

浦,《说文解字》:"濒,水厓。人所宾附也,颦戚不前而止。从页从涉。凡频之属皆从频。"①在六朝送别诗中,与浦字组合成意象的主要有南浦、极浦、浦阳、渎浦、长楸浦、丹浦、溢浦、淑浦、合浦、秋浦、澧浦等,也有两处单独用浦字的。其中"南浦""极浦""淑浦"等都出于《楚辞》,而运用最多的则是南浦。

《楚辞·九歌·河伯》:"子交手兮东行,送美人兮南浦。""南浦"便成为

---

① 许慎撰,段玉裁注《说文解字注》,第567页。

水边送别地点的代名,文人墨客于水边送别好友亲人,便自然想起南浦这一意象。江淹《别赋》亦曰:"春草碧色,春水渌波。送君南浦,伤如之何。"①在诗歌方面,六朝运用南浦意象的有八例:王台卿《南浦别佳人》直接以"南浦"入题,其题意也直接用《河伯》诗意,何逊《与崔录事别兼叙携手诗》"脉脉留南浦,悠悠返上京",《道中赠桓司马季珪诗》"君渡北江时,讵今南浦泣",王僧孺《送殷何两记室诗》"掩袖出南浦,驱车送上征",王褒《别陆子云诗》"解缆出南浦,征棹且凌晨",吴均《同柳吴兴乌亭集送柳舍人诗》"河阳一怅望,南浦送将归",柳恽《赠吴均诗三首》其一"寒云晦沧洲,奔潮溢南浦",张正见《征房亭送新安王应令诗》"风吹临南浦,神驾饯东平"。上例中,南浦意象基本是送别的代称,并不实指。吴均的诗题标明送别地点是乌亭,张正见诗是征房亭,何逊后一例题目亦标示为道中相赠,实际送别地在亭而不是浦,诗中称南浦,便是以此意象进一步渲染离情,同时,《河伯》送美人的意旨也许蕴藏在诗人笔下。

《楚辞·九歌·湘君》:"望涔阳兮极浦,横大江兮扬灵。"极浦指遥远的水涯,但以其中"浦"字与离别之地密切相关,亦可以用来表达离别故地的意思,一般用于水行很远,极目回眺的情境之下。如江淹《杂体诗三十首·谢法曹惠连赠别》:"停舻望极浦,弭棹阻风雪。"其中便包含远离故土而生发的思念之情。卢思道《赠别司马幼之南聘诗》:"晚霞浮极浦,落景照长亭。"极浦与长亭相对,都是指送客远行之地。"溆浦"则出于《楚辞·九章·涉江》:"入溆浦余儃佪兮,迷不知吾所如。"此"溆浦"并非指江边之地,而是指江上的汇流处,在何逊《咏白鸥兼嘲别者》中,便从此意出发来表达离别之意,其诗写雄鸥告别雌鸥单飞曰:"雌住雄不留,孤飞出溆浦。"把溆浦作为雄鸥出发地,赋予此意象离别之意。

六朝送别诗中运用"浦"意象的还有数处,一一列举出来:江淹《应刘豫章别诗》"浸淫泉怀浦,泛滥云辞山",庾信《应令诗》"浦喧征棹发,亭空送客还",谢惠连《西陵遇风献康乐诗》"昨发浦阳汭,今宿浙江湄",江淹《谢法曹惠连赠别》"昨发赤亭渚,今宿浦阳汭",刘骏《丁督护歌六首》其四"闻欢去北征,相送直渎浦",任昉《别萧谘议诗》"揆景巫衡阿,临风长楸浦",沈约《侍宴乐游苑饯吕僧珍应诏诗》"丹浦非乐战,负重切君临",何逊《与沈助教同宿溢口夜别诗》"共泛溢之浦,旅泊次城楼",刘显《发新林浦赠同省诗》"落日悬秋浦,归鸟飞相次",萧纲《赠张缵诗》"三春澧浦叶,九月洞庭枝",吴均《赠王桂阳别诗三首》其二"无因停合浦,见此去珠还",江总《遇长安使寄裴尚书诗》

---

① 胡之骥注,李长路、赵威点校《江文通集汇注》,第39页。

"传闻合浦叶,远向洛阳飞",庾信《送周尚书弘正诗》"交河望合浦"。其中何逊诗中的"溢之浦"当是地名实指,而最后三例中之合浦则是广西地名,不同于南浦这样泛称水边出发地,庾信用此地名是与交河对举并置,以两个相隔遥远的地名意象表达空间距离,吴均与江总都是用合浦盛产珍珠之典事①,但作为与朋友相关的地名,其中还是蕴含离情别意的。

浦意象主要用于水路送行,陆路相别则一般用亭意象。《释名》:"亭,停也。亦人所停集也。"②秦汉时指一级行政机构,《汉书·百官公卿表》:"大率十里一亭,亭有长。"③亦指所设的供旅客宿食的处所,即后来的驿亭。《汉书·高帝纪》:"及壮,试吏,为泗上亭长。"颜师古注:"秦法,十里一亭。亭长者,主亭之吏也。亭谓停留行旅宿食之馆。"④《太平御览》卷一九四"居处"部"亭"类收集了各种对亭的解释与用例,非常完备。而在六朝时期,许多重要的祖饯活动都是在各种亭中举行,诸如征虏亭、华林都亭、洛阳东亭、夕阳亭、冶亭、新亭,都曾经有过祖饯活动。《史记·范雎蔡泽列传》亦有"三亭"地名出现,《索隐》称:"三亭,亭名,在魏境之边,道亭也,今无其处。一云魏之郊境,总有三亭,皆祖饯之处。"⑤《太平御览》引《永嘉记》曰:"乐城县三京亭,此亭是祖送行人之所。"⑥由此可知,道亭是亭的一种,是陆路送别场所。庾信《哀江南赋》:"水毒秦泾,山高赵陉。十里五里,长亭短亭。"⑦正因为亭的送别功能,所以亭很早就成为送别诗中的意象。六朝送别诗中亭意象运用亦很频繁。运用泛称亭意象入诗的有九例:殷仲文《送东阳太守诗》"虚亭无留宾,东川缅逶迤",颜延之《为皇太子侍宴饯衡阳南平二王应诏诗》"夕怅亭皋,晨仪禁苑",阴铿《广陵岸送北使诗》"亭嘶背枥马,樯啭向风乌",《江津送刘光禄不及诗》"泊处空余鸟,离亭已散人",王褒《送别裴仪同诗》"河桥望行旅,长亭送故人",《始发宿亭诗》"送人亭上别,被马枥中嘶",庾信《应令诗》"浦喧征棹发,亭空送客还",卢思道《赠别司马幼之南聘诗》"晚霞浮极浦,落景照长亭",张正见《征虏亭送新安王应令诗》"亭回漳水乘,旆转洛滨笙"。其中殷仲文、阴铿、庾信都从人去亭空的角度抒发怅惘之情,而卢思道的长亭夕景境界开阔,格调高雅,如同一幅凄迷清幽的离别图,阴铿《广陵岸送北使

---

① 宋应星《天工开物·珠玉》:"合浦、于阗,行程相去二万里,珠雄于此,玉峙于彼,无胫而来,以宠爱人寰之中,而辉煌廊庙之上。"(宋应星著,潘吉星译注《天工开物译注》,上海古籍出版社,2013年,第223页)
② 刘熙《释名》卷五,《四部丛刊初编》,商务印书馆,1922年,第42页。
③ 班固撰,颜师古注《汉书》,第742页。
④ 同上书,第2—3页。
⑤ 司马迁《史记》,第2402页。
⑥ 李昉等编《太平御览》卷一九四,第938页。
⑦ 庾信著,倪璠注《庾子山集注》,第162页。

诗》与王褒《始发宿亭诗》则把马鸣意象与离亭意象错综在一起,听觉与视觉意象互补,刻画了凄凉悲戚的客行场景。这些诗句之所以有如此的感染力,都与离亭这个意象分不开。正是离亭的具体可感与送别事件息息相关,再填补上山水、人物、动物等景致,便活化出了送别场景,再配合以真挚的抒情,诗歌意境便在离亭这个大背景上营造出来了。

六朝送别诗中,还有特称亭意象,或者是写实,即便如此,有这些特称亭意象的烘托,送别之情能更加清晰准确地传达给对方与读者。这种特称亭意象一类出现于标题中,一类出现于诗歌行文中。属前者的有谢灵运《北亭与吏民别诗》、范广渊《征虏亭饯王少傅》、孔法生《征虏亭祖王少傅》、鲍照《吴兴黄浦亭庾中郎别诗》《送盛侍郎饯候亭诗》、谢朓《新亭渚别范零陵云诗》《和徐都曹出新亭渚诗》、吴均《同柳吴兴乌亭集送柳舍人诗》《送柳吴兴竹亭集诗》、刘孝绰《侍宴离亭应令诗》、阴铿《晚出新亭诗》、徐陵《新亭送别应令诗》;属于后者的有夏侯湛《离亲咏》"发轫兮皇京,夕臻兮泉亭",陆机《于承明作与弟士龙诗》"分途长林侧,挥袂万始亭",谢惠连《西陵遇风献康乐诗》"饮饯野亭馆,分袂澄湖阴",乐府《石城乐》"闻欢远行去,相送方山亭",江淹《谢法曹惠连赠别》"昨发赤亭渚,今宿浦阳汭",柳恽《赠吴均》"相思白露亭,永望秋风渚",乐府《白附鸠》"石头龙尾弯,新亭送客渚"。当然,具体特称亭意象基本是写实,与泛称抽象意义上的亭相较,其蕴含情感要薄弱得多,但如果结合当时送别景况,在表情达意上,特称意象亦不逊于泛称。

"河梁"也是六朝送别诗中出现频率较高的一个泛称意象,在述"苏李诗"时已经提及这一意象,故此处从略。"江津"意象在六朝送别诗中也偶有运用,如刘孝绰《江津寄刘之遴诗》、阴铿《江津送刘光禄不及诗》,在诗题中直接置入"江津",既是实指地点,亦是一种地名意象,以此暗示离别。又如孙万寿《早发扬州还望乡邑诗》:"山烟蔽钟阜,水雾隐江津。"江津作为出行地,既是一种独特景观,亦包含了浓郁的乡邑之情。

灞陵是一个更具体的意象,其方位地点都有据可依。"灞"在古代地理书中多作"霸",灞陵是一个人文积淀非常深厚的地名,其地名来由、历史沿革与周边情况在《三辅黄图》《水经注》与宋人程大昌的《雍录》中有详细的梳理。《三辅黄图》:"文帝霸陵,在长安城东七十里,因山为藏,不复起坟,就其水名,因以为陵号。"[1]霸陵具体地理位置,何清谷征引资料进行了注释,称"霸陵位于西安东郊白鹿原东北隅,灞河西岸,即今灞桥区毛四乡毛窑院北凤凰山,群众称为'凤凰嘴'"[2]。霸陵因水为号,而关于灞水及此地相关历史故实,亦非常丰富。《水经·渭水注》:"霸者,水上地名也。古曰滋水矣。秦

---

[1] 何清谷《三辅黄图校释》,中华书局,2005年,第366页。
[2] 同上。

穆公霸世,更名滋水为霸水,以显霸功,水出蓝田县蓝田谷……霸水又左合浐水,历白鹿原东,即霸川之西,故芷阳矣。《史记》:秦襄王葬芷阳者是也。谓之霸上,汉文帝葬其上,谓之霸陵,上有四出道以泻水,在长安东南三十里。"①程大昌《雍录》不但制作了《霸上鸿门霸浐图》,直观地展示了霸水、白鹿原、霸陵等准确位置,还以霸水为经,详细考察了霸水流域相关要地具体情况,称霸水出谷与浐水合流处,"最为长安冲要,凡自西东两方而入出崤、潼两关者,路必由之。其系事多,故名称尤杂。予于是率其最而言之。凡霸城、芷阳、霸上、霸头、霸西、霸北、霸陵县,相去皆不逾三十里,地皆在白鹿原上,以其霸水自原而来,故皆系霸为名也"②。据此三书记载,知灞水(霸水)是一条历史悠久、有着丰富人文积累的河流。与之相关的重要历史典故和历史遗迹有白鹿原得名的神话来历、秦穆公改名霸水章功事、汉高祖刘邦入关之初驻军霸上事、汉文帝欲驰峻坂事、吕后被除于霸上事、李广射猎至灞陵"故将军"典事、后汉隐士韩康隐逸霸陵山中事、汉文帝临厕事、秦襄王冢、汉文帝陵。灞陵之所以被历代文人作为送别诗意象而递相沿袭,与其地理上的要冲地位和深厚的文化底蕴是分不开的,再则古人有登山临水送别祖饯的习惯,灞陵位于白鹿原上,地势较高,亦更适合于送别诗意象。六朝时期灞陵意象有多种称谓,或曰灞岸、或曰灞涘、或曰灞陵岸、或曰灞池、或曰清灞,主要用于送别诗、登临游览诗与曲水宴集诗中。囿于题旨,故仅列举灞陵意象在六朝送别诗中的例句:

> 南登霸陵岸,回首望长安。(王粲《七哀诗三首》其一)
> 回顾灞陵上,北指邯郸道。(萧衍《邯郸歌》)
> 灞池不可别,伊川难重违。(谢朓《休沐重还丹阳道中诗》)
> 灞涘望长安,河阳视京县。(谢朓《晚登三山还望京邑诗》)
> 缅舟去浊河,揆景辞清灞。(何逊《临行公车诗》)
> 君住青门上,我发霸陵头。(吴均《酬闻人侍郎别诗三首》其一)
> 安知霸陵下,复有李将军。(萧绎《别荆州吏民诗二首》其一)
> 秦关望楚路,灞岸想江潭。(庾信《和侃法师三绝诗》)
> 灞陵行可望,函谷久无泥。(卢思道《赠刘仪同西聘诗》)
> 行吟灞陵岸,回首望长安。(王胄《言反江阳寓目灞涘赠易州陆司马诗》)
> 镜中辞旧识,灞岸别新知。(释智才《送别诗》)

---

① 郦道元撰,陈桥驿点校《水经注》,上海古籍出版社,1990年,第370—371页。
② 程大昌撰,黄永年点校《雍录》,中华书局,2002年,第142页。

王粲离开长安投奔荆州,霸陵回首,悲痛惜别之情陡然涌上心头,此"霸陵"既是写实,又是一种有着独特历史意蕴的地名意象,此后,这一意象便被文人广泛运用。《邯郸歌》则直接用汉文帝灞陵指示慎夫人邯郸道典故①,其中饱含思乡离别之意,蕴辛酸苍凉之感。庾信入北,卢思道、王胄、释智才均处北方,诗中灞陵、灞岸既可理解为实指,亦是象征,表达离别之意。而谢朓、何逊、吴均、萧绎均为南朝人,其诗中灞陵意象很明显是虚写,以之托意。因此,可以说,灞陵意象在六朝时期就已经比较完整,并在送别诗中被诗人熟练运用。其意思除表达离别之外,还饱含身世凄凉与世事沧桑之感。

六朝诗歌中运用灞陵意象的还有十六例,其意指亦多与深沉的历史感相关,如表达退隐思想、表达不遇之意、表达登临游宴之乐等都有典事可核,不一一举证。

然而,多数学者认为送别诗中以灞桥表达离别之情,其依据是灞桥折柳之事。《三辅黄图》载:"霸桥,在长安东,跨水作桥。汉人送客至此桥,折柳赠别。王莽时霸桥灾,数千人以水沃救不灭,更霸桥为长存桥。"②又五代王仁裕撰《开元天宝遗事》"销魂桥"条:"长安东灞陵有桥,来迎去送皆至此桥,为离别之地,故人呼之销魂桥也。"③关于灞桥及折柳赠别之事,何清谷注进一步交代了其始末:"霸桥来历很古,然而何时初建,尚无文证。王莽地皇三年,即公元二二年发生了霸桥火灾,所以可肯定西汉时就有霸桥。《水经·渭水注》云:'霸水又北径枳道,在长安东十三里……水上有桥,谓之霸桥。'据此可知,秦、汉时通向东方的大道——枳道通过霸桥而过霸水,霸桥应在汉长安城宣平门东的枳道亭之东,可能在今西安市灞桥区灞河东岸上、下桥子口。"至于"汉人送客至此桥,折柳赠别"十一字,亦有不同的意见,何注:"孙本认为此十一字是后人妄加,故削去。'霸桥折柳赠别'确为唐代风习……但唐代霸桥已南移,据清乾隆修《西安府志》卷十《建置志》中在桥旁两岸,'筑堤五里,栽柳万株',今灞桥南还有柳巷村。西汉霸桥两岸是否大量植柳,没有记载,折柳赠别在两汉诗文中亦无反映。骆天骧《类编长安志》云:'汉人送客,至此赠别,谓之销魂桥。'不言折柳,但言赠别。"④按何氏注解,则

---

① 《史记》卷一○二《张释之冯唐列传》:"从行至霸陵,(文帝)居北临厕。是时慎夫人从,上指示慎夫人新丰道,曰:'此走邯郸道也。'使慎夫人鼓瑟,上自倚瑟而歌,意惨凄悲怀,顾谓群臣曰:'嗟乎!以北山石为椁,用纻絮斫陈,蕠漆其间,岂可动哉!'左右皆曰:'善。'释之前进曰:'使其中有可欲者,虽锢南山犹有郤;使其中无可欲者,虽无石椁,又何戚焉!'文帝称善。"(第2753页)
② 何清谷《三辅黄图校释》,第356页。
③ 王仁裕撰,丁如明校点《开元天宝遗事》,《唐五代笔记小说大观》,上海古籍出版社,2000年,第1735页。
④ 何清谷《三辅黄图校释》,第356—357页。

汉代灞桥折柳赠别之习于文献不足征，只能存疑。其实，在六朝诗歌中，诗人更侧重于用灞陵意象，"灞桥"仅见于刘孝威《三日侍皇太子曲水宴诗》一例："皇储遵洛禊，滥觞追灞桥。"此处灞桥意象用于指曲水流觞事，实用吕后被除霸上事①，称灞桥，其真正指称还是灞陵。

在唐诗中，开始出现了"灞桥"与"灞陵"混用的情形，但更多的还是用灞陵意象。查《全唐诗》，运用"灞桥"或"霸桥"的仅十一例，用"灞陵桥"的五例，其中长孙无忌《灞桥待李将军诗》题中灞桥当指具体地点，诗句中依然用霸陵意象，借用李广霸陵遇醉尉呵斥典："霸陵无醉尉，谁滞李将军。"刘禹锡《请告东归发灞桥却寄诸僚友》与长孙无忌同出一辙，在诗歌正文中用灞浂意象。因此，唐诗中实际用灞桥意象入诗的只有十四例。而《全唐诗》中出现"灞陵"七十九次（不包括"灞陵桥"），"霸陵"十五次，"灞岸"三十七次，"灞浂"七次，这些称谓均与灞陵相关，总计一百三十八次。从数据对比中可以看出，在唐代，灞桥意象的运用只是偶然现象，诗人更多的还是喜欢运用富于历史意义的灞陵意象。即便是偶尔用到灞桥的，亦多与唐代长安灞桥这个实际地点相关。上引《三辅黄图》已提及汉代灞桥火灾事，故可以肯定唐人所见灞桥并非旧桥。何清谷注引《汉书》所载灞桥火灾始末后说："《初学记》卷七《桥》云：'汉又作霸桥，以石为梁。'《莽传》既云'桥尽火灭'，汉霸桥当为木构。大概在王莽以后，霸桥才从木梁改为石梁。"②何先生的推断是有道理的，灞陵与灞桥对照，诗人当然更愿意选择前者作为诗歌意象。如李白《忆秦娥》："秦楼月，年年柳色，灞陵伤别。"《灞陵行送别》："送君灞陵亭，灞水流浩浩。上有无花之古树，下有伤心之春草。"岑参《陕州月城楼送辛判官入奏》："相思灞陵月，只有梦偏劳。"钱起《送钟评事应宏词下第东归》："芳岁归人嗟转蓬，含情回首灞陵东。"都是灞陵意象的得意之句。后蜀韩琮《杨柳枝》："霸陵原上多离别，少有长条拂地垂。"则直接把离别地放在灞陵而不是灞桥。灞陵意象在诗歌中以不同的词语表达出来，但其基本意思是不变的，可以说，灞桥意象是灞陵意象系统中的子意象，诗人用此的意义指向还是灞陵。故在谈送别诗的意象时，只是强调灞桥而忽视灞陵意象，是相当大的偏离，于事实不符。

三、飞翔运动式意象

飞翔运动式意象指飞鸟与那些能够自由运动的意象，如成双成对的鸳鸯、燕子，恰与行人留者即将远别形成鲜明对照；又如鸿鹄、别鹤高举远飞，既

---

① 《汉书·五行志》："高后八年三月，祓霸上。"（第1397页）
② 何清谷《三辅黄图校释》，第357页。

与行人离别相类,又志存高远,适合表达对离人祝福与依恋之意;鸾、凫、鸥、雁等,或者如神欲仙,或者优游自如,或者高翔归飞,与朋友亲人相别的现实迥异,却是诗人比照抒情的得体物象。这些意象多数以强烈的反差形式表达诗人即将与朋友分离,如以大雁、鸿鹄归飞与自己或朋友出行对比,从而表达浓郁的离别情愫;还有些诗人以双鸟的分离直接寄托离情,属顺用意象;这些飞鸟如鸿、鸾、鹤等是高洁不群的象征,以此类意象结构送别诗,便于诗人抒发抑郁不得志之情、表达高洁的自我人格。当离人愈行愈远,留者总有一种长相追随的欲望,故那些能够自由追随的运动式物象被六朝诗人作为表达追伴天涯意思加以运用,这类意象有双飞翼、梦、流水、浮萍等。

诗歌中运用飞鸟意象起源很早,其意蕴亦非常丰富。以飞鸟作为送别诗意象可以追溯到《诗经·邶风·燕燕》,诗人以原野里紫燕双飞的乐景反衬送离的悲情,以鲜明的反差一倍增其哀乐。后代送别诗中以成双成对的飞鸟意象托意抒情,均是或正用或反用《燕燕》范式。如"苏李诗"与嵇康《四言赠兄秀才入军诗》中以鸳鸯、双鸾等意象表达对朋友亲人相聚时的怀念,并接述此刻的分离,哀乐对照,更增愁绪。而乐府古辞《艳歌何尝行》"飞来双白鹄"则全篇写双白鹄的生离死别,表面写物,实质是叙人,是以飞鸟意象借喻别离。琴曲歌词《别鹤操》则是"痛恩爱之永离,因弹别鹤以舒情",其曰:"将乖比翼兮隔天端,山川悠远兮路漫漫,揽衣不寐兮食忘餐。"亦是借别鹤抒离情。曹植佚诗亦是由别鹤发想,写离别之情,其中隐藏不平之气与对黑暗现实的不满之情。其诗曰:"双鹤俱遨游,相失东海傍。雄飞窜北朔,雌惊赴南湘。弃我交颈欢,离别各异方。不惜万里道,但恐天网张。"另鲍照《代别鹤操》、阮卓《赋得黄鹄一远别》均发想于《别鹤操》,以别鹤意象表达离情别意。又,江总《别袁昌州诗二首》其二"别鹤声声远,愁云处处同",以别鹤与愁云并置,托物寓意,是别鹤意象的精炼运用。六朝送别诗中的燕意象主要有双飞燕与归燕两种类型,双飞与分离对照,表达羡慕之意,与鸳鸯同一构思,类似的还有双凫、二凫意象;归燕表达思乡之情,类似的还有归雁、归鸿意象,其中寄寓了离人的故土之思。但由于这些飞鸟意象并不完全表达送别之意,在六朝送别诗中运用亦没有完全定型,故不举例说明。下面仅择要谈谈鸿鹄意象。

鸿、鹄在《说文解字》中互训,李时珍认为即所谓天鹅。吴陆玑《毛诗草木鸟兽虫鱼疏》卷下"鸿飞遵渚"条:"鸿鹄,羽毛光泽纯白,似鹤而大,长颈,肉美如雁。又有小鸿,大小如凫,色亦白,今人直谓鸿也。"[1]鸿、鹄在古诗中

---

[1] 陆玑《毛诗草木鸟兽虫鱼疏》卷下,《景印文渊阁四库全书》第70册,台北,台湾商务印书馆,1986年。

经常单用,在诗人心中,鸿鹄是远大志向的象征,同时亦是矫健善飞的代表。如《商君书·画策》篇:"黄鹄之飞,一举千里。"①《吕氏春秋·士容论》:"夫骥骜之气,鸿鹄之志,有谕乎人心者,诚也。"②汉高祖刘邦《鸿鹄歌》:"鸿鹄高飞,一举千里。羽翮已就,横绝四海。横绝四海,又可奈何。虽有赠缴,尚安所施。"③另外,白鹄还以其羽毛洁白不染喻纯洁义,《庄子·天运》"鹄不日浴而白"④是这类用法的依据。在六朝送别诗中,诗人用鸿鹄意象主要表达两种意思,其一借鸿鹄双飞翼表达追随离人远行的愿望;其二以孤鸿远别,进一步渲染离愁,其中经常蕴含高洁人格的意义,有时还与罗网意象交错运用,以鸿鹄意象向朋友倾诉冲破黑暗挣脱束缚的愿想。下面把六朝送别诗中鸿鹄意象用例摘录出来,不做逐句分析:

愿为双黄鹄,比翼戏清池。(徐幹《于清河见挽船士新婚与妻别诗》)
仰落惊鸿,俯引渊鱼。(嵇康《四言赠兄秀才入军诗》)
目送归鸿,手挥五弦。(同上)
青雀东飞,别鹄东翔。(麋元《诗》)
鹄飞举万里,一飞翀昊苍。翔高志难得,离鸿失所望。(杜挚《赠毌丘荆州诗》)
但当养羽翮,鸿举必有期。(毌丘俭《答杜挚诗》)
巢幕无留燕,遵渚有归鸿。(谢瞻《九日从宋公戏马台集送孔令诗》)
轻鸿戏江潭,孤雁集洲沚。(鲍照《赠傅都曹别诗》)
皎如川上鹄,赫似握中丹。(鲍照《赠故人马子乔诗六首》其五)
田鹄远相叫,沙鸨忽争飞。(谢朓《休沐重还丹阳道中诗》)
相思将安寄,怅望南飞鸿。(刘绘《送别诗》)
承君客江潭,先愁鸿雁鸣。(江淹《卧疾怨别刘长史诗》)
黄鹄去千里,垂涕为报君。(江淹《古意报袁功曹诗》)
遥裔发海鸿,连翩出檐燕。(沈约《送别友人诗》)
海鸿来倏去,林花合复分。(吴均《赠鲍春陵别诗》)
与子如黄鹄,将别复徘徊。(刘孝绰《江津寄刘子遴诗》)
黄鹄一反顾,徘徊应怆然。(庾信《别周尚书弘正诗》)
黄鹄飞飞远,青山去去愁。(江总《别袁昌州诗二首》其一)

---

① 商鞅撰,严万里校《商君书》,《二十二子》,上海古籍出版社,1986 年,第 1112 页。
② 许维遹《吕氏春秋集释》,中华书局,2009 年,第 678 页。
③ 司马迁《史记》,第 2047 页。
④ 王先谦《庄子集解》,中华书局,1987 年,第 128 页。

鸿鹄作为意象被使用,有着悠久的历史,先秦以往,鸿鹄意象在诗文言谈中广为应用:有用鸿鹄高飞义者,主要见于各种以射艺说理性文字之中;有用鸿鹄之志义者,见于各种寓言性说理之中,如《淮南子·道应训》黄鹄与壤虫之比;有取双鹄离别反顾者,如乐府古辞《艳歌何尝行》及"苏李诗"之"黄鹄一远别,千里顾徘徊"。六朝送别诗中鸿鹄意象多是前代用例的承袭,上引诸例中既有鸿鹄高举的用法,亦有别鹄徘徊反顾的用例,还有以鸿飞万里喻行人前程远大的用法。其中像嵇康"目送归鸿,手挥五弦"一例,情景俱佳,只可意会难以画传,意韵风神自出,是千古经典名句。

除以飞鸟意象表达离别之情外,六朝诗人还以对行人追送跟随的意愿表达难舍之意。而这种追送跟随的愿想只有借助飞翔、流水等方式实现,故双飞翼、流水乃至浮萍都成为诗人表达难舍难分的意象。当这些物象均难以表达惜别之情时,便只有梦了,以虚幻的梦中相见来聊解思念之苦。"苏李诗"中"愿为双黄鹄,送子俱远飞"。以善飞的黄鹄表达跟随意愿,开六朝送别诗追随构想之先河。曹植《送应氏诗二首》其二"愿为比翼鸟,施翮起高翔",阮侃《答嵇康诗二首》其二"常愿永游集,拊翼同回翔"等属此类用法。陈政《赠窦蔡二记室入蜀诗》"无因逐萍藻,从尔泛清流",不用善飞的鸟而用随水逐流的萍藻来表达自己的别情,取象比较独特。从先秦时期淇水送别开始,古代中国的送别多发生于水边。因此,既可以象征绵绵愁绪,又可以表达伴离舟远行意思的流水意象在诗人笔下运用广泛。如鲍照《吴兴黄浦亭庾中郎别诗》"连山眇烟雾,长波回难依",谢朓《和别沈右率诸君诗》"叹息东流水,如何故乡陌",何逊《南还道中送赠刘谘议别》"握手分歧路,临川何怨嗟",尹式《送晋熙公别诗》"气随流水咽,泪逐断弦挥"等都以流水意象表达离别之绪。其他诸如江、海、川等流水意象还有许多例,许多学者对流水意象亦做了专题研究①,故不详举。在西方文学理论界,梦是一个非常重要的范畴,相较之下,中国的梦理论比较薄弱。其实,六朝诗人已经开始用梦意象来表达离别之情,上文已统计其用例,在六朝送别诗中共四见。梦是虚幻的,是人的潜意识活动,但诗人说梦的时候都是清醒的,清醒状态下托之于虚幻的梦去跟随离人远行,较生翼追飞更加感人。生翼追飞在当时是完全不可能的事实,诗人此种愿想带有夸饰的成分,写到后来便是套语,其感染力自然打折扣。而梦里相见是完全可能的,只不过是虚幻的可能,诗人在诗中表示但愿回去做个好梦,梦里与朋友再聚,如此真挚的感情,怎不催人泪下。然而,可恶的

---

① 肖瑞峰《花上雨——古典文学中的别离主题研究》中有专节写别离主题赖以生发的意象,王立《中国文学主题学——意象的主题史论稿》有专章写流水意象;而单篇水意象论文亦非常多。

是梦中不识路,欲见不得,无论虚与实,都隔绝了与朋友的音信,更难为怀。

中古离别诗的意象运用还处在发展阶段,很多意象属于与离别周边语境紧密关联的写实意象,还没有像唐人那样广泛运用"柳""折柳""月"等符号性特别突出的离别意象,还不能令读者很快见象知意。然而,从以上归纳的三大类型可知,中古离别诗意象运用的自觉性越来越高,主要体现为三大特点:其一,紧扣离别题旨,营造空间隔离气氛。中古离别诗常用两地对举、方位背反、反向运动式意象组合,既表达了客观可感的远隔天涯式静态空间距离感,又表达了愈离愈远令人焦虑的动态时空距离感。其二,紧扣离别语境,渲染依依惜别的情愫。随着中古离别场所的固定化,离亭别馆、河梁津浦也逐渐符号化,自然物象、人造物象都涂抹上浓郁的人情味,中古离别诗以这些地点意象入诗,算是抓住了离人惜别的心理,但是,要将离别语境与更丰富的社会物象融合在一起,生成兴象浑融的审美想象空间,还有待唐人的进一步开拓。其三,中古离别意象经历了一个由实向虚的发展过程。三大类型的离别意象,都有事实可据,许多地点也都有迹可循,因此,中古离别意象的忧伤离愁情绪并不是特别炽烈。然而,随着地点的固定化、符号化,意象所指也逐渐虚化,特别是以梦意象写离别,弱化写实,抒情性便随之增强,惜别的意味便越来越浓郁。

中古离别诗意象集中在以上三大类型,主要原因在于:第一,离别就是要实现人与人之间的空间隔离。因此,空间感是离别之际双方的关键状态,诗人运用空间隔离型意象或背反飞翔运动式意象入诗,既是写实,又是言情,堪称得当。第二,中古文人上承古人观物取象、感物吟志的传统,在以物象起兴的基础上,更重视借景抒情,情景相生。因此,离别之际,分岔的歧路、双飞的禽鸟、熟悉的故土更容易激发诗人感物赋作,相关意象便水到渠成地进入离别诗中。第三,中古文人重视审美,尤其重视凝练诗歌的形式美。遥隔千里的两地对举、方位的对举,能够形成诗歌句式结构的整饬美;劲健的鸿雁、洁净的鸳鸯、敏捷的双燕等飞翔意象也有着独特的视觉美感。总之,优秀的中古离别诗的意象是经过诗人精心拣择的,体现出中古文人独特的心理认识与美学观。

四、六朝送别诗的"感物取象"

睹物感怀和寄情于物是中国诗歌重要的抒情手段。送别之际,各种与离别相关的景象容易触发情感的涟漪。因此,在送别诗中感物取象,化周边物象为离别意象,在意象中浸润诗人浓郁的离愁别绪,成为六朝送别诗意象生成的重要方式。

与《诗经》起兴"先言他物以引起所咏之辞"的写作方式不同,六朝送别诗感物取象,重在关注离别本事,即且选取与离别事件相关的周边物象为意象,有非常强的写实性。考察六朝送别诗所取物象,主要是自然物象、人造物象、社会物象三类。

《初学记》"离别"部以六朝送别诗为例,列举了二十九组事对,其中如浮云、零雨、牵衣、总辔、参辰、弦桰、送南浦、造北林、白云、黄鹤、二凫、双鸳、秣马、理棹、发轸、珥棹等,都是送别诗广为运用的意象,主要侧重于自然物象与人造物象。这类物象主要有交通工具以及那些与离愁别绪容易共鸣的意象,如归雁、浮云、猿声、月亮、蜡烛等。

六朝时期,交通工具有车、马、舟船等,故这些交通工具及其中部分设施都成了送别诗的意象。如马、马嘶、马车、轮、骈、舟、船、帆、棹、缆等。同一首送别诗中的意象,有的仅用舟或车,有的舟车并用,上句言车,下句写舟,如王彪之《与诸兄弟方山别诗》"脂车总驰轮,泛舟理飞棹",车、轮、舟、棹四个意象交错并用,仅以"总"和"理"两个动作串结,却把离人远去的情景写得栩栩如生。有的写出发前舟车的静态,有的写舟车远行之后留者目送伤感之态。前者如鲍照《与荀中书别诗》"劳舟厌长浪,疲骈倦行风",以拟人化的手法写舟、骈情态,表达对无奈颠沛的厌倦,流露出倦世与归隐之情;后者如陶渊明《于王抚军座送客诗》"目送回舟远,情随万化遗",舟愈行愈远,送别之情亦越来越浓,唐人送别诗经常运用这种写法。有的写孤帆远行,有的写兰舟待发。如阴铿《和傅郎岁暮还湘州诗》"大江静犹浪,扁舟独且征",朱超《别席中兵诗》"扁舟已入浪,孤帆渐逼天",大浪孤帆,渐行渐没,有唐人兴象;又萧绎《别荆州吏民》"向解青丝缆,将移丹桂舟",吴均《同柳吴兴乌亭集送柳舍人诗》"桂舟无淹枻,玉轸有离徽",用词富丽,缱绻离情蕴于桂舟之中,不逊宋词之婉约缠绵。交通工具意象用例非常多,下面仅举舟及若干舟船设施意象为例,略窥一斑:

> 舫舟翩翩,以溯大江。(王粲《赠蔡子笃诗》)
> 惟诗作赠,敢咏在舟。(王粲《赠文叔良》)
> 翩彼方舟,容裔江中。(陶渊明《答庞参军诗》)
> 九域甫已一,逝将理舟舆。(陶渊明《赠羊长史诗》)
> 方舟析旧知,对筵旷明牧。(谢瞻《王抚军庚西阳集别时为豫章太守庾被征还东诗》)
> 凤棹发皇邑,有人祖我舟。(傅亮《奉迎大驾道路赋诗》)
> 梦寐伫归舟,释我客与劳。(谢灵运《酬从弟惠连诗》)

顾望脰未悁,汀曲舟已隐。(谢灵运《登临海峤初发疆中作与从弟惠连可见羊何共和之诗》)

隐汀绝望舟,鹜棹逐惊流。(同上)

成装候良辰,漾舟陶嘉月。(谢惠连《西陵遇风献康乐诗》)

曲氾薄停旅,通川绝行舟。(同上)

凄凄乘兰秋,言饯千里舟。(谢惠连《与孔曲阿别诗》)

留栰已郁纡,行舟亦遥衍。(王融《别王丞僧孺诗》)

岂不思抚剑,惜哉无轻舟。(谢朓《和江丞北戍琅邪城诗》)

方舟泛春渚,携手趋上京。(谢朓《送江兵曹檀主簿朱孝廉还上国诗》)

离舟欢未极,别至悲无语。(何逊《赠江长史别诗》)

君随春水驶,鸡鸣亦动舟。(何逊《与沈助教同宿溢口夜别诗》)

居人行转轼,客子暂维舟。(何逊《与胡兴安夜别诗》)

居人会应返,空欲送行舟。(何逊《送司马□入五城联句诗》)

泛舟当泛济,结交当结桂。(吴均《酬别江主簿屯骑诗》)

令王愍追送,缅舟宴俄顷。(刘孝绰《侍宴离亭应令诗》)

扁舟去平乐,还顾极川梁。(刘孝绰《发建兴渚示到陆二黄门诗》)

良守谒承明,徂舟戒兰渚。(张缵《侍宴饯东阳太守萧子云应令诗》)

波摇白鳢舟,风动苍鹰舳。(萧纲《赠张缵诗》)

水苔随缆聚,岸柳拂舟垂。(萧纲《送别诗》)

斾转黄山路,舟缅白马津。(庾肩吾《新林送刘之遴诗》)

别筵开帐殿,离舟卷幔城。(庾肩吾《应令诗》)

繁霜积晓缆,轻冰绕夜舟。(朱超《别刘孝先诗》)

海上春云杂,天际晚帆孤。离舟对零雨,别渚望飞凫。(阴铿《广陵岸送北使诗》)

隔城闻上鼓,回舟隐去樯。(徐陵《新亭送别应令诗》)

息舟候香埠,怅别在寒林。(江总《经始兴广果寺题恺法师山房诗》)

路尘犹向水,征帆独背关。(庾信《应令诗》)

交通工具是离人远行的载体,看到远去的交通工具便是看到离人,无须任何渲染,便有睹物伤情的效果。因此,送别诗中的交通工具经常被拟人化了,诗人之情移置其上,孤帆、征棹、鹜棹、缅舟、桂舟、旌斾、骖骈、转轼等称谓本身便附着诗人的感情色彩,再配上相关的或伤感、或明快的意象,情便从景致中自然流露出来。因此,舟车富于写意性,乍看是写实,细味却是虚拟,简短数句,虚实相生,兴象生动,生出无限的审美想象空间。如庾肩吾《新林送刘之遴诗》:"旆转黄山路,舟缅白马津。送轮时合辙,分骖各背尘。"①以送行的车马与即将远行的舟船意象入诗,以津渡为联结点背向着笔,实写离别过程,"合辙""分骖"等动作蕴含丰富的感情,以快动作写情,迥异乎"执手相看泪眼"的慢动作写法,却收到了同样的艺术效果。

周边语境触媒亦当包括交通工具等,但因交通工具触媒的独特性及其在送别诗中运用的广泛,故单列出来讲。六朝送别诗意象中周边特定物象包括社会的与自然的两种,自然方面以那些与离愁别绪容易共鸣的为主,包括归雁、浮云、猿声、夜、月、烛等;社会的包括折柳、酒、离琴、别歌等。

大雁南飞,返归故里,最易引起客居北地离人的思乡之情,像庾信这种身世独特者客中送客之际,最易感于归雁意象。如庾信《重别周尚书诗二首》其一:"阳关万里道,不见一人归。唯有河边雁,秋来南向飞。"②既是送人,又是自叹身世,一切又都托意于归雁意象。谢灵运《九日从宋公戏马台集送孔令诗》亦以大雁南飞在表达节令气候之外象征孔令功成身退,"季秋边朔苦,旅雁违霜雪",亦实亦虚,暗寓深意。鲍照《吴兴黄浦亭庾中郎别诗》:"旅雁方南过,浮客未西归。"直接以归雁与行人对举,以雁抒别。范云《别诗》:"孤烟起新丰,候雁出云中。"同样是借孤烟、候雁意象表达离别之情。

浮云飘浮不定,在古诗中经常用来象征漂泊与流浪的游子,六朝送别诗承袭了这一用法,送别氛围下的浮云是诗人心绪的表征。江淹《杂体诗·李都尉从军》:"日暮浮云滋,握手泪如霰。"虽属没有送别事实的拟作,黄昏浮云环境与握手泪别情景浑融一体,如临其境。吴均《征客诗》"玉樽浮云盖,朱轮流水车",以浮云作为饮饯别的背景,再描摹华丽的饮饯场面,伤感凄切的情感基调尽显于浮云意象。

月亮、蜡烛在饯谢文学祖送集会上诸诗人用得最圆熟,谢朓《离夜诗》"离堂华烛尽,别幌清琴哀",王常侍同题诗"月没高楼晓,云起扶桑时。烛筵暧无色,行住怆相悲",王融"春江夜明月,还望情如何",皆清新可喜,殊无六朝绮靡习气。因是夜聚送离,故月亮与蜡烛均为实景,以蜡烛燃尽、月上高楼表达时间的推移,亦寄托了离别之际依依不舍的情谊。

猿声意象在六朝送别诗中运用只有十二例,但正是这几例奠定了唐诗中猿声意象的基础。日本学者松浦友久《"猿声"考》一文从先秦吉光片羽式资料搜起,直到唐代大量的猿声意象,详细梳理了猿声意象的发展线索,并从训诂、地域、猿鸣三声的渔歌、母猿缘岸号子的故事诸方面探讨了猿声意象形成的原因。经过翔实的资料论证,他说:"以'猿声'作为诗材(更广泛一点,作

---

① 逯钦立辑校《先秦汉魏晋南北朝诗》,第 1994 页。
② 庾信著,倪璠注《庾子山集注》,第 370 页。

为文学的表现题材)的态度(或者说认识)的普遍化,大抵是从三国至南北朝初期确定下来的。以后,能进一步清楚地认识到,随着'猿声'自身被频繁使用的同时,由'哀''悲''寒''孤''夜''泪''清'等等修饰的,也就是说,具有一定方向性的语汇所形容的倾向。……到六朝后期的梁、陈之际,'猿声'或者'听猿声'自身,不用说当然占据了主题的地位。中世纪古典诗歌史上'猿声'的意象,到这一阶段,大致上可以说已完全定型。"① 松浦友久的考证与结论都是符合实际的,六朝仅送别诗中猿声意象的用例便可以进一步证实其结论:

　　流波激清响,猴猿临岸吟。(王粲《七哀诗三首》其二)
　　秋泉鸣北涧,哀猿响南峦。戚戚新别心,凄凄久念攒。(谢灵运《登临海峤初发疆中作与从弟惠连可见羊何共和之诗》)
　　寒枝宁共采,霜猿行独闻。(范云《送沈记室夜别诗》)
　　汀臯日惨色,桂暗猿方啼。(江淹《冬尽难离和丘长史诗》)
　　叠嶂易成响,重以夜猿悲。(任昉《赠郭桐庐出溪口见候余既未至郭仍进村维舟久之郭生方至诗》)
　　树响浃山来,猿声绕岫急。(吴均《赠王桂阳别诗三首》其三)
　　落猿时动树,坠雪暂摇花。(庾肩吾《侍宴饯湘东王应令诗》)
　　离情欲寄鸟,别泪不因猿。(潘徽《赠北使诗》)
　　惊鹭一群起,哀猿数处愁。是日送归客,为情自可求。(江总《别南海宾化侯诗》)
　　送君自有泪,不假听猿吟。(郑公超《送庾羽骑抱诗》)
　　客行明月峡,猿声不可闻。(庾信《和赵王送峡中军诗》)
　　五里徘徊鹤,三声断绝猿。(王胄《别周记室诗》)

以上诗句或以猿声寄离愁,或反面着笔,认为别泪并非猿啼所致。总之,猿声凄厉哀怨,最易勾起羁旅、流寓、颠簸境况下的离人情绪,特别在动荡不安的时代里,哀猿呼号无疑倍增离人悲痛之感。另一方面,猿猴身手矫捷,动作灵敏,通人性,"其鸣嗷嗷而悲"②,符合六朝时期以清、悲为美的审美风尚,也是诗人选择这一意象用于送别诗中的重要原因。如庾肩吾侍宴祖饯湘东王诗,便不取猿声悲哀之意,而是以落猿动作优美与坠雪之轻盈飘逸的意思表述送别场景之美。

---

　　① 〔日〕松浦友久《唐诗语汇意象论》,陈植锷、王晓平译,第19页。
　　② 陆玑《毛诗草木鸟兽虫鱼疏》卷下,《景印文渊阁四库全书》第70册。

自然物象必须通过诗人的移情才能化作意象,属于被动型意象。而在送离祖饯活动中,还有一类意象是送别参与者人为营造的,如折柳意象、离琴别歌意象、酒意象。

离琴别歌可以追溯到先秦时期,首先祖饯仪式中有诵歌,如荆轲刺秦这样的饯别还有击筑悲歌;其次,在典重庄严的公宴上,客人离去要唱《骊歌》,主人唱《客毋庸归》歌表达留意,这种礼节性歌唱也是后代送别离琴别歌的源头。数经演变,六朝时期无论大小规格的饯宴,可能都有专职琴工演奏离琴别歌,为饯宴助兴,渲染离别气氛,如刘孝绰《陪徐仆射晚宴诗》"洛城虽半掩,爱客待骊歌",说明梁代公宴上还有骊歌告辞的风习。而谢朓赴任荆州,诸文友离夜饯别诗中也多写到离琴别歌,如谢朓"别幌清琴哀",王融"谁忍别笑歌",江孝嗣"离歌上春日""幽琴一罢调",范云"分弦饶苦音""别唱多凄曲",既是描述离别场景,又是以此意象抒发难以为别的情怀。这种风气在唐代还很流行,李白《灞陵行送别》亦曰:"正当今夕断肠处,骊歌愁绝不忍听。"而王维的《送元二使安西》更被谱成《阳关三叠》,成为送别活动上的专曲。离琴别歌与送别主客体直接关联,极易触发主客的伤怀,以之作为送别诗意象无须取资经史,"即是即目","亦惟所见",表情达意却最为真切。

自古以来,无论是达官显贵的宴饯,还是普通百姓的送离,都离不开酒这个重要媒介。《说文解字》:"酒,就也。所以就人性之善恶。……一曰造也,吉凶所造起也。古者仪狄作酒醪,禹尝之而美,遂疏仪狄。杜康作秫酒。"①《释名》卷四:"酒,酉也。酿之米曲酉泽,久而味美也。亦言踧也。能否皆强相踧,持饮之也。又入口咽之,皆踧其面也。"可知酒不但味美,而且有麻醉作用,还是人性善恶的象征。在送别活动中,酒一方面是载祭媚神的必需品,另一方面是送别主客互相表达离情别意的媒介,是麻醉自己以免过度伤感的工具。莫砺锋以诗性的思维探讨古人送行时一定要饮酒的原因说:"北宋夏竦的《鹧鸪天》中说:'不如饮待奴先醉,图得不知郎去时。'这是送行者的心思。黄庭坚《夜发分宁寄杜涧叟》中说:'我自只如常日醉,满川风月替人愁。'这是行人的感受。他们似乎都想用沉醉来麻木离别的痛苦,怪不得王维要'劝君更尽一杯酒'了。"②然而,文士都很清楚借酒浇愁愁更愁的道理,几重悲愁化作诗句,酒意象便不自觉地嵌入字里行间。早在《诗经》的送别诗中就用到了酒意象,六朝送别诗则运用更为频繁,其中与酒意象相关的词汇有酒、觞、杯、樽、醑等。六朝送别诗中酒意象用法多种多样,有以酒直接写愁的,有以酒写乐衬愁的,有以酒代言的,有劝酒惜别的,有借酒浅斟低语、叮咛告诫

---

① 许慎撰,段玉裁注《说文解字注》,第747页。
② 莫砺锋《莫砺锋诗话》,第274页。

的。用酒表达饯宴欢快气氛以对照离愁的如阮瑀诗"置酒高堂上，友朋集光辉"，朋友聚会，一片欢娱气象，下文突兀接入"念当复离别，涉路险且夷。思虑益惆怅，泪下沾裳衣"，欢乐之极至于悲愁，感情一下子从高峰跌入低谷，如此跳跃的抒情方式，的确别出心裁。然而，谢混《送二王在领军府集诗》则以快节奏上下句连缀的方式写乐与悲，"乐酒辍今辰，离端起来日"，相对阮诗更进了一层。六朝诸多应制型祖饯诗多离不开公宴的描写，写公宴必然有酒意象，其中亦多以酒写乐景，如王浚《从幸洛水饯王公归国诗》写皇舆亲临，洛滨高会，帝王"临川讲妙艺，纵酒钓潜鳞。八音以迭奏，兰羞备时珍"，一派升平娱悦气象，与通常感伤的祖饯殊不相类。当然，更多的是写离别饮饯无绪，执酒伤怀之情的，如曹植《送应氏二首》其二"亲昵并集送，置酒此河阳。中馈岂独薄，宾饮不尽觞"，没有阮瑀笔下朋友相聚生辉的畅快，唯有离人执觞难饮的凄清，并非主人酒食不丰厚，其中原因尽在不言之中。置酒与饮酒场景的刻画为后文抒发别情做好了铺垫，营造了凄凉悲伤的送别气氛。左思《悼离赠妹诗二首》其二也是这种写法，曹植写宾饮难尽，左思则写衔杯不饮，"将离将别，置酒中堂。衔杯不饮，涕洟纵横"，亲人执杯相对，连举杯的力气都乏尽了，唯有多情的眼泪肆意纵横，其景其情，感人至深。鲍照《赠故人马子乔诗六首》其五则强作欢颜，写道"凭楹观皓露，洒洒荡忧颜"，主客当然非常清楚对饮只能平添更多忧愁，却以反语写之，以酒麻醉自己，忘却暂时的伤愁，然而酒后的相思更难相持。与送别故人时"暂凭杯酒长精神"的作法相异，《送从弟道秀别诗》"天阴惧先发，路远常早辞。篇诗后相忆，杯酒今无持"，叮咛嘱咐，亲情款款，在诗篇、杯酒的取舍中，诗人选择了前者，虽无杯酒可持，实际仍在潜意识里有酒意象的存在。在众多诗人眼中，纵有千言万语，百般离愁，最后都只能化作一杯清酒，总结纷繁思绪与难以再叙的诗篇，如陆云《太尉王公以九锡命大将军让公将还京邑祖饯赠此诗》末章先写"视景祇慕，挥袂沾襟。娈彼同栖，悲尔异林"的离别之情，最后以"我有旨酒，以歌以吟"作结，总括前面的别情。离别之酒，留者总希望行人多饮几杯，王维明白如话的劝酒辞醉倒了几代文人墨客，六朝的劝酒亦是深情依依，语语见意。如沈约《别范安成诗》"勿言一樽酒，明日难重持"，何逊《与苏九德别诗》"踯躅暂举酒，倏忽不相见"，都把即将的离别与此际的饮饯对照，与王维"西出阳关无故人"同一机杼。其中要是没有酒意象的烘托，明朝难以相见的说辞就显得干巴无力了。六朝送别诗中酒意象非常丰富，不逐句分析，仅列数例如下：

念当隔山河，执觞怀惨毒。（孙楚《之冯翊祖道诗》）

亲交笃离爱,眷恋置酒终。(鲍照《与荀中书别诗》)
执酒怆谁与,举袖默无言。(王延《别萧谘议诗》)
缓客承别酒,鸣琴和好仇。(萧衍《答任殿中宗记室王中书别诗》)
未尽樽前酒,妾泪已千行。(范云《送别诗》)
别酒正参差,乖情将陆离。(宗夬《别萧谘议衍诗》)
杯酒怜岁暮,志气非上春。(江淹《无锡舅相送衔涕别诗》)
樽酒送征人,踟蹰在亲宴。(江淹《杂体诗·李都尉从军》)
共盈一樽酒,对之愁日暮。(虞羲《送友人上湘诗》)
相悲各罢酒,何时同促膝。(何逊《从镇江州与游故别诗》)
始可结交者,文酒满金壶。(吴均《酬萧新浦王洗马诗二首》)
独对东风酒,谁举指南酌。(同上)
故人杯酒别,天清明月亮。(吴均《酬别诗》)
王孙重离别,置酒峰之畿。(吴均《同柳吴兴何山集送刘余杭诗》)
故人来送别,帐酒临行阡。(吴均《寿阳还与亲故别诗》)
离歌玉弦绝,别酒金卮空。(吴均《别王谦诗》)
泣听离夕歌,悲衔别时酒。(吴均《杂绝句诗四首》其四)
未若樊林华,置酒临高殿。(萧统《饯庚仲容诗》)
徒命衔杯酒,终成惘别离。(萧纲《饯别诗》)
烛尽悲宵去,酒满惜将离。(萧纲《送别诗》)
饯行临上节,开筵命羽觞。(萧纲《饯庐陵内史王修应令诗》)
念此一衔觞,怀离在惟旧。(萧纲《饯临海太守刘孝仪蜀郡太守刘孝胜诗》)
皇储惜将迈,金樽留宴醑。(张缵《侍宴饯东阳太守萧子云应令诗》)
琴酒时欢会,篇章极讨论。(潘徽《赠北使诗》)
斗酒未为别,垂堂深自保。(江总《赠贺左丞萧舍人诗》)
酒随彭泽至,琴即武城弹。(孙万寿《别赠诗》)

送别诗中酒与离琴别歌均是浓得难以化解的人为触情意象,虽有送别习俗的历代传承,但却愈演愈烈,这种风气在六朝时期已经非常兴盛,唐宋之际则达到极致,历代以往,亦长盛不衰。虽只是两个简单意象,历代诗人、词家、小说家,竟不知有多少相关话语难以说尽,敷演出来的别酒离琴之佳句名段,如果结撰成集,将是卷帙浩繁,一时难以穷尽。与别酒离琴意象相比,折柳送别意象的研究俨然是热门话题,然而,对照学术界折柳意象研究结论,再以六朝送别诗去印证,其中出入很大。

关于诗歌运用折柳意象的缘由，古今学者，各运捷思，众说纷纭。诸说中最流行的一种是折柳送别的习俗，其文献依据是《三辅黄图》所载汉人灞桥送客折柳赠别的记载，然此段文字之真伪值得商榷，汉人灞桥折柳赠别是否真有其俗，何清谷考而存疑。折柳成词最早可以追溯到《诗经·齐风·东方未明》："折柳樊圃，狂夫瞿瞿。"毛《传》："柳，柔脆之木。樊，藩也。圃，菜园也。折柳以为藩园，无益于禁矣。"①可知此处折柳只是用来编织菜园篱笆，并非用于送别，当不能以之为折柳赠别的源头。《诗经》"无折我树杞"大约指折杨柳类树木枝条，日本学者冈元凤纂辑《毛诗品物图考》"无折我树杞"条对"杞"进行了集释：

> 《集传》："杞，柳属也。生水傍，树如柳，叶粗而白，色理微赤。"严《缉》："《诗》有三杞：《郑风》'无折我树杞'，柳属也；《小雅》'南山有杞'，'在彼杞棘'，山木也；'集于苞杞''言采其杞''隰有杞桋'，枸杞也。"②

《诗经·郑风·将仲子》之"杞"虽是柳属，但此诗"无折我树杞""无折我树桑""无折我树檀"重章换字叠唱，其意是告诉情人不要翻墙攀树，鲁莽行事，以免损坏庭园里的各种树木。因此，此处折树杞亦并非折柳赠别。先秦、两汉、六朝均没有折柳赠别的可靠资料，诗歌中写折柳除乐府《折杨柳》外，其他留存诗作中亦未提及折柳赠别字样。因此，折柳赠别应该是唐代兴起的送别民俗，折柳意象的真正确立亦只能到唐诗中去求解。宋人程大昌《雍录》"渭城"条曰："汉世凡东出函、潼，必自霸陵始，故赠行者于此折柳为别也。李白词曰'年年柳色，霸陵伤别'也。王维之诗曰：'渭城朝雨浥轻尘，客舍青青柳色新。劝君更尽一杯酒，西出阳关无故人。'盖授霸陵折柳事而致之渭城也。……故维诗随地纪别，而曰渭城、阳关，其实用霸桥折柳故事也。"③程氏解释汉人折柳赠别，却拿不出先唐的诗文事例，可见其所谓折柳赠别的来源其一是《三辅黄图》，此外是唐诗中大量的折柳意象。

检索《先秦汉魏晋南北朝诗》，缀合折柳为词的均是乐府。因此，可以推测唐人折柳赠别习俗与唐诗中折柳意象的渊源其一是霸桥折柳的讹传，其一是对《折杨柳》乐府的误读。《三辅黄图》中关于汉人折柳赠别的记载到底是什么时候掺入的，无文献可征，但南宋人程大昌沿袭了这一说法，可知记载汉

---

① 郑玄笺，孔颖达等正义《毛诗正义》，《十三经注疏》，第 350 页。
② 〔日〕冈元凤纂辑《毛诗品物图考》，中国书店，1985 年，第 90 页。
③ 程大昌撰，黄永年点校《雍录》，第 146 页。

人折柳赠别习俗的文字出现较早,或者是唐朝的事亦有可能。故无论汉代有无霸桥折柳赠别的事实都无关紧要,唐代出现了折柳送别却是诗文中广泛流传的。然而,折柳意象的经营可能更大程度源于乐府的启发。以折杨柳及其类似内容称题的有四种,即《折杨柳》《折杨柳行》《攀杨枝》《月节折杨柳歌》。据《晋书·乐志》记载,《折杨柳》是张骞出使西域,得《摩诃兜勒》曲,李延年因胡曲更造新声二十八解,以为武乐。"后汉以给边将,和帝时,万人将军得用之。魏晋以来,二十八解不复具存,用者有《黄鹄》《陇头》《出关》《入关》《出塞》《入塞》《折杨柳》《黄覃子》《赤之杨》《望人行》十曲。"①《乐府诗集》入《折杨柳》于"横吹曲辞"类,郭茂倩解其题曰:

《唐书·乐志》曰:"梁乐府有胡吹歌云:'上马不捉鞭,反拗杨柳枝。下马吹横笛,愁杀行客儿。'此歌辞,元出北国,即鼓角横吹曲《折杨柳枝》是也。"《宋书·五行志》曰:'晋太康末,京洛为折杨柳之歌,其曲有兵革苦辛之辞。"按古乐府又有《小折杨柳》,相和大曲有《折杨柳行》,清商四曲有《月节折杨柳歌》十三曲,与此不同。②

按郭氏解题,《折杨柳》主要写战争劳苦,然其内容多抒发伤春惜别之情,大约与征夫怨妇的母题相关。《乐府诗集》录二十五首,以梁元帝萧绎居首,六朝共收九人十首,诗中均有杨柳意象,其中写到折柳的有柳恽"杨柳乱成丝,攀折上春时",刘邈"高楼十载别,杨柳濯丝枝。摘叶惊开驶,攀条恨久离",陈后主"聊持暂攀折,空足忆中园",岑之敬"曲成攀折处,唯言怨别离",王瑳"攀折思为赠,心期别路长",江总"春心自浩荡,春树聊攀折。共此依依情,无奈年年别"。而唐代十四人十五首中,全部都有折柳意象,有写折柳寄赠表达相思的,有写送别折攀的。乐府歌辞并非完全据实,即便实录,折柳习俗与折柳意象估计最早起源于梁代。

《折杨柳行》亦属"相和歌辞",其起源亦很早,《乐府诗集》曰:"《古今乐录》曰:'王僧虔《技录》云:《折杨柳行》歌,文帝"西山"、古"默默"二篇,今不歌。'"③古辞"默默施行违"与曹丕"西山一何高"均没有杨柳意象,陆机的也不用柳意象,唯谢灵运"郁郁河边树"写夫妻相别,其中河边树亦没有明确指柳。故知《折杨柳行》与折柳意象殊无干涉,于文人送别诗折柳意象恐没有影响。

---

① 房玄龄等《晋书》,第715—716页。
② 郭茂倩编撰,聂世美、仓阳卿校点《乐府诗集》,第274页。
③ 同上书,第430页。

《攀杨枝》属"清商曲辞",《乐府诗集》曰:"《古今乐录》曰:'《攀杨枝》,倚歌也。'《乐苑》曰:'《攀杨枝》,梁时作。'"知为梁代曲辞。其词曰:"自从别君来,不复著绫罗。画眉不注口,施朱当奈何?"①写妻子别后之思,亦不用柳意象。

《月节折杨柳歌》亦属"清商曲辞",从正月到腊月,再加闰月,一共十三首,每首均用"折杨柳"转承,此折柳只是一种套语,与送别诗中的折柳意象亦没有多大关系。

总之,以折柳字样称题的乐府诗,《折杨柳》紧扣折柳题面,对唐代折柳意象的形成当有非常重要的作用。《唐才子传》卷七载雍陶改桥名故事,亦直接言其取《折杨柳》之义:

> (雍陶)后为雅州刺史,郭外有情尽桥,乃分袂祖别之所,因送客。陶怪之,遂于上立候馆,改名折柳桥,取古乐府《折杨柳》之义。题诗曰:"从来只有情难尽,何事呼为情尽桥?自此改名为折柳,任它离恨一条条。"甚脍炙当时。②

雍陶并不以其时特别流行的折柳赠别事实作为改名依据,而是取乐府题义,亦可旁证《折杨柳》乐府对唐代折柳意象的影响。

六朝文人乐府诗外仅范云《四色诗四首》其一中用到"折柳",曰:"折柳青门外,握兰翠疏中。"折柳、握兰并置,亦只是一般的优游折柳,并非送别。而其《别诗》中倒是写到了折枝意象,却不是柳:"别君河初满,思君月屡空。折桂衡山北,摘兰沅水东。兰摘心焉寄,桂折意谁通。"如此看来,梁代送别亦没有折柳习俗,乐府中所谓折柳估计是应题面意思罢了。

六朝虽没有折柳送别民俗,在送别诗中经常用到柳意象倒是事实。柳意象之所以常见于送别诗中,与六朝送别诗开始注入山水题材和其时杨柳种植普遍有着很大的关系。六朝前期送别诗注重在诗中写公宴、谈玄理、道人生,金谷集游园饮饯激发了诗人在送别之作中写进山水的灵感,刘宋以后山水诗大兴,诗人自然把山水景物作为送别诗的重要内容。而无论是陆路驿亭分手,还是江边水浦道别,杨柳都是一道靓丽的风景,送别诗中注入山水景物当然少不了柳意象。陈伯海先生《释"意象"》分析意象的生成途径主要有两种,其一为"寓目辄书","取其'直寻'之义。'直寻'指的是诗人在外物的直接感发下进入艺术构思状态,这样构造出来的意象往往带有比较鲜活的自然

---

① 郭茂倩编撰,聂世美、仓阳卿校点《乐府诗集》,第554页。
② 傅璇琮主编《唐才子传校笺》(第三册),中华书局,1990年,第252页。

物象的色彩,而附着于物象上的诗人情意亦多呈现为直感式的生命体验"①。六朝送别诗中柳意象正是诗人"直寻"的结果,其直寻的事实依据就是驿路堤岸杨柳的普遍,如《艺文类聚》卷八九"杨柳"部引盛弘之《荆州记》曰:"缘城堤边,悉植细柳,绿条散风,清阴交陌。"②因此,刘桢《赠徐幹诗》便直接写杨柳之多:"细柳夹道生,方塘含清源。轻叶随风转,飞鸟何翩翩。"曹丕《见挽船士兄弟辞别诗》之"郁郁河边树"应该是指河边之柳。潘岳《金谷集作诗》:"绿池泛淡淡,青柳何依依。"萧子显《春别诗四首》之"杨柳千条共一色","江东大道日华春,垂杨挂柳扫清尘"等都是即目写柳。萧纲《送别诗》:"水苔随缆聚,岸柳拂舟垂。"把水苔与柳枝相对,亦是以写景为主,其中并未蕴含多深的送别意义。

当然,柳树还与人类结下了不解之缘,留下了与其相关的许多名人轶事,仅《艺文类聚》集录的就有展禽树柳行惠德因号柳下惠、嵇康锻铁于大柳树之下、陶渊明宅边有五柳因以为号、陶侃识武昌柳、萧惠开不得志因铲除香草蕙兰列种白柳、武帝植刘悛所献蜀柳于太昌灵和殿玩嗟叹赏、桓温见少时植柳攀枝执条感慨万端数例。人们不但在日常生活中与柳结下不解之缘,在咏物小赋兴盛的六朝时期,赋柳亦是一时风气,如曹丕、应场、繁钦、王粲、成公绥、伍辑之都作有柳赋,曹植亦写有《柳颂序》。六朝后期,咏物诗又兴盛一时,柳便成为诗人吟咏的重要对象,如梁简文帝萧纲《咏柳诗》、梁元帝萧绎《咏阳云楼檐柳诗》、沈约《玩庭柳诗》、祖孙登《咏柳诗》等均属此类。从这些与柳相关的轶事与六朝咏物诗赋的繁荣,可以看出六朝写柳亦是一种潮流。送别之际即便无柳可寓,诗人亦有可能"假象见意",写柳意象于送别诗之中。如刘绘《送别诗》"春蒲方解箨,弱柳向低风",范云《送别诗》"东风柳线长,送郎上河梁",萧琛《饯谢文学诗》"春笋方解箨,弱柳向低风",萧纲《和萧侍中子显春别诗四首》其三"可怜淮水去来潮,春堤杨柳覆河桥",萧绎《春别应令诗四首》其三"门前杨柳乱如丝,直置佳人不自持",王褒《别陆子云诗》"平湖开曙日,细柳发新春",卢思道《赠刘仪同西聘诗》"垂丝被柳陌,落锦覆桃蹊"等或写细柳,或写弱柳,或写柳丝,或写动态,或写静态,均堪称工于状物,是六朝写柳风气影响的结果。

与诸多文学现象一样,柳意象的大量出现并没有理论的引导,倒是学者发现这一现象之后探索其原因,总结出许多理由来。有"柳""留"谐音论,有《诗经》"昔我往矣,杨柳依依"的影响论,有因柳车系死别而转喻生离论,有柳易生代表生命意识论,有柳的形态风神合乎留客论,当然也包括上文所说

---

① 陈伯海《释"意象"(上)——中国诗学的生命形态论》,《社会科学》2005 年第 9 期。
② 欧阳询撰,汪绍楹校《艺文类聚》,上海古籍出版社,1982 年,第 1531 页。

的乐府影响论与折柳赠别论。原因众多,简单问题似乎复杂化了,反而无所适从,兹不一一论证。

总之,柳是六朝送别诗青睐的一个重要意象,但折柳意象在六朝并没有完全成熟,只有到了唐人手里,折柳意象才真正定型。

折柳送别是古代离别赠物习俗的延续,先秦离别所赠物件多种多样,大抵没有固定物象表达离别之情,唯"芍药"早在《韩诗》中就被解释为"离草",值得一提。《诗经·郑风·溱洧》"赠之以勺药"句,"韩说曰:'勺药,离草也;言将别离,赠此草也。'"①郑《笺》:"士与女往观,因相与戏谑,行夫妇之事,其别则送女以勺药,结恩情也。"②晋崔豹《古今注》"问答释义第八"亦沿用此义解释"芍药":"芍药一名可离,故将别以赠之,亦犹相招召赠之以文无,文无一名当归也。"③唐陆德明《经典释文》亦引《韩诗》义解释"勺药",可见以芍药赠别是古代送别习俗之一。程俊英注从马瑞辰说,颇得词旨:"芍药,这里指的是草芍药(不是现在花如牡丹的木芍药),亦名江蓠,古代情人在'将离'时互赠此草,表示彼此即将离别。"又进一步解释:"又古代勺与约同声,情人借此表恩情、结良约的意思。"④由此可以看出,以芍药赠别有谐音的意思,将离、可离谐离别,"勺"又谐"约"音,既以"离"表达分别,又以"约"表达再次相聚。从历代《诗经》注解可知,最初以芍药赠别适用于相悦男女分别之时,属于私人赠物,古代正规的祖饯场合不会赠送此物。倒是在唐代送别诗中,不乏以芍药抒别的用例。如元稹《忆杨十二》:"去时芍药才堪赠,看却残花已度春。只为情深偏怆别,等闲相见莫相亲。"⑤这是一首别后相思之作,巧妙运用芍药赠别的典故,表达对好友杨巨源的离别相思之情。更进一步,元氏在芍药赠离的基础上翻出新意,樱桃花片、牡丹花片等均可作为赠别物象,表达惜别之情。其《赠李十二牡丹花片因以饯行》:"莺涩余声絮堕风,牡丹花尽叶成丛。可怜颜色经年别,收取朱栏一片红。"《折枝花赠行》:"樱桃花下送君时,一寸春心逐折枝。别后相思最多处,千株万片绕林垂。"⑥与写芍药赠离一样,均以花开花谢对照别时别后,以将来时托物抒怀,表达离情别意。可见,在元稹的送别诗中,折花送别已成为一种独特的抒情方式,溯其远源,当推《诗经·郑风·溱洧》。柳宗元《戏题阶前芍药》则在对芍药的铺

---

① 王先谦撰,吴格点校《诗三家义集疏》,中华书局,1987年,第372页。
② 郑玄笺,孔颖达等正义《毛诗正义》,《十三经注疏》,第346页。
③ 崔豹《古今注》卷下,《四部备要》本。
④ 程俊英译注《诗经译注》,第166页。
⑤ 冀勤点校《元稹集》,中华书局,1982年,第188页。
⑥ 同上书,第192、209页。

叙吟咏之后直接运用《溱洧》篇典故结篇,谓:"愿致溱洧赠,悠悠南国人。"①对故人的相思之情油然而生。也许由于花期有限,折花送别在实际操作中受到限制,又因花朵的艳丽并不符合中国传统教化中平淡、谦和、中庸的比德要求,亦难以成为正规饯别场合的赠物,故折花意象在送别诗词中并未兴盛起来。倒是折花(枝)寄托相思之意,源远流长,代有传承。如陆凯《赠范晔诗》:"折花逢驿使,寄与陇头人。江南无所有,聊赠一枝春。"②以折花寄赠慰问陇头人,既表达自己思念故人之情,又激起对方思念家乡之意。南朝乐府民歌《西洲曲》的折梅寄送、王维的《相思》采撷红豆等亦都是折花(枝)寄托相思的范例。

最后,简单谈谈送别诗中的人物情态意象。送别之际,主客感于当下场景,都可能有些难分难舍的表情,这些表情带着诗人的情意写进送别诗中,就成了人物情态意象。在六朝送别诗中,人物情态意象包括泪、叹、悲、断肠、执手、瞻望、徘徊等几种。关于断肠意象,松浦友久《"断肠"考》一文考证了其始末,认为《世说新语·黜免》"桓公入蜀"条是关于"断肠"早期最著名的记载,其文曰:

> 桓公入蜀,至三峡中,部伍中有得猿子者,其母缘岸哀号,行百余里不去,遂跳上船,至便即绝。破视其腹中,肠皆寸寸断。公闻之怒,命黜其人。③

根据松浦友久的考证,"'断肠'成为诗语而被频繁使用,乃是《世说新语》成书之后,宋末或者进入齐代之初的事"④,到六朝末期,作为诗语的"断肠"基本上达到了完成状态。"断肠"表意清晰,没有什么隐喻,游子之悲、思妇之怨、亲人挚友故去之痛,固当以断肠直抒胸臆;而生离亦犹死别,是游子思妇悲怨的起点,生命的不完满便是从此开端,因此离别更易致主客百转愁肠之伤,送别诗运用断肠意象直接表意亦属得体。六朝送别诗中断肠意象有数例,当然并不限于"断肠"这个词汇。曹植《送应氏二首》其二"爱至望苦深,岂不愧中肠",称愧中肠,还没有深重的悲痛含义;阮侃《答嵇康诗二首》其二"蟠龟实可乐,明戒在刳肠",以神龟不小心被剖腹挖肠之典,告诫朋友处世之道,此处属直用物象。以下六例或写行子之伤,或写长别之苦,或写送别当

---

① 柳宗元《柳河东集》,上海人民出版社,1974年,第730页。
② 逯钦立辑校《先秦汉魏晋南北朝诗》,第1204页。
③ 徐震堮《世说新语校笺》,第461页。
④ 〔日〕松浦友久《唐诗语汇意象论》,陈植锷、王晓平译,第59页。

下之震撼,或者与凄凉景物意象并置,或与涕泪意象交错,均以断肠意象为核心抒写胸臆,有效地传达了送别主体黯然销魂的离别痛感:鲍照《代东门行》"野风吹秋木,行子心肠断",吴迈远《长别离》"持此断君肠,君亦宜自疑",柳恽《赠吴均诗三首》其二"新知谁不乐,念旧苦人肠",吴均《寿阳还与亲故别诗》"复有向隅泪,中肠皆涕涟",何胥《被使出关诗》"平生屡此别,肠断自催年",江总《别永新侯》"欲知肠断绝,浮云去不还"。

　　泪是人物情感的外化。诗人以隐喻型意象表意固然余味无穷,却往往不能淋漓尽致地宣泄心中的抑郁伤痛,表之涕泣泪盈虽嫌直露,却能够更真切地表白心迹。因此,无论是现实生活还是文学作品中,高兴愉悦也好,悲戚哀怨也罢,泪始终是最直观而又最真挚的情意表象。各类感伤文学固当运用泪意象,明快喜庆之作亦有激动得热泪盈眶之类话语,悲情小说是血泪史,喜剧性小说也有着含泪的讽刺,就是诸如书、表、谢启之类的应用文,亦有感激涕零之类的套语,故可以说泪是中国文学史上出现频率最高的意象之一。魏晋是一个悲情时代,人的各种意识自觉亦导致精神的敏感与脆弱,"士人们触处皆悲,特别喜欢在诗文中表达迁逝之悲,以及歌唱乐往哀来的沉痛","将现实之悲与审美之以哀为乐夹杂在一起"①,这种以悲为美的审美情趣亦令六朝诗人着意于泪及其意象的营构。送别情境最易触起悲情,送别诗当然不会忽视泪这个重要表意之象。上举送别意象的例句中,便有多处辅以泪意象,进一步外化情感。六朝送别诗中直接描摹涕泪表达离别之悲的比比皆是,仅检索魏晋送别诗就有王粲《赠蔡子笃诗》"中心孔悼,涕泪涟洏",刘桢《赠徐幹诗》"乖人易感动,涕下与衿连",阮瑀《诗》"思虑益惆怅,泪下沾裳衣",曹丕《见挽船士兄弟辞别诗》"妻子牵衣袂,抆泪沾怀抱",曹植《圣皇篇》"祖道魏东门,泪下沾冠缨",《赠白马王彪诗》"俱享黄发期,收泪即长路",陆机《与弟清河云诗》"拊膺涕泣,血泪彷徨",潘尼《送卢弋阳景宣诗》"叹气从中发,洒泪随襟颊"。或写涕泪齐下,或言血泪涕泣,或曰下涕沾襟,或写抆泪沾怀,唐人写泪的各种手段几乎都能在六朝找到原型。六朝送别诗泪意象用例特别丰富,或明写或暗写,或写下泪或写忍泪,不胜枚举,故不一一摘引句例。

　　由于意象寓目即书的生成特点,"感物取象"在六朝送别诗中运用最为频繁,上举诸例并未穷尽所有六朝送别诗此类意象。感物取象,抒情表意最为直接激切,对读者的感染力亦最为强烈。空间隔离型意象、飞翔运动式意象、送别地点意象都要凭虚构象,与深沉悲痛的离别之情总是隔了一层,而离

---

① 徐国荣《中古感伤文学原论——汉魏六朝文士生命观及其文学表述》,第16页。

别之际的各种物象触目即是，表情达意直接简练，故研究送别意象，不得不重视"感物取象"的重要意义。

那么，为什么六朝文人在送别诗中如此重视"感物取象"的意象安排呢？魏晋南北朝是历史上的动荡时期，文人经常卷入政治斗争，甚至直接参与战争，生命朝不保夕，非常脆弱。因此，文人的心态相对汉代经生有了非常大的变化，律回岁转，物是人非，悲欢离合，都容易触动文人那根敏感的心弦。阮籍穷途而哭，桓温感叹"木犹如此，人何以堪"，正是感物所致。钟嵘《诗品序》举例剖析了这种感物吟志的过程："若乃春风春鸟，秋月秋蝉，夏云暑雨，冬月祁寒，斯四候之感诸诗者也。嘉会寄诗以亲，离群托诗以怨。至于楚臣去境，汉妾辞宫，或骨横朔野，或魂逐飞蓬，或负戈外戍，杀气雄边；塞客衣单，孀闺泪尽；又士有解佩出朝，一去忘返；女有扬娥入宠，再盼倾国：凡斯种种，感荡心灵，非陈诗何以展其义，非长歌何以释其情？"①自然物象触发诗情，社会生活感荡诗兴，不赋诗难以释怀，不长歌无以宣情。"人禀七情"，孰能无感？而生离死别在支离动乱的六朝时期，最难为怀。送别时的周边语境，自然成为感物赋别的原初触媒，即目取象，亦是感物吟志的必然结果。

感物吟志说是古代文学发生论之一种，可上溯至《礼记·乐记》，至魏晋南北朝逐渐发展为成熟的诗歌发生学理论。刘勰《文心雕龙·明诗》："人禀七情，应物斯感，感物吟志，莫非自然。"②直接总结为"感物吟志"，童庆炳先生以此四字作为诗歌生成的四大要素，"即客体的对象'物'——主体心理活动的'感'——内心形式化的'吟'——作为作品实体的'志'"③，围绕四大要素，写作主体为外物所感，沉吟思考，创作出寄托情志的文学作品，从而完成一次文学活动。由此推导，文学活动莫不是感物吟志的结果。特别是那种触人肺腑、易于联类的社会活动与各类物象，最容易感染人，催生创作冲动。进入创作的神思状态，"登山则情满于山，观海则意溢于海"④，目之所及，周边物象皆浸润了主体情思，相对《诗经》中纯粹起兴的物象，含意更加深刻。"文已尽而意有余，兴也"。正是诗歌创作感物取象，生成象外之象，"兴"义亦从"先言他物以引起所咏之辞"的简单意义而更深一层。魏晋南北朝也是文学理论的自觉时期，陆机、钟嵘、刘勰等理论家不断总结文学创作经验，挖掘文人创作心理，进而推动诗人创作方式的新变。六朝送别诗感物取象，寓目成章，与日趋成熟的"感物吟志"说的指导有一定关系。

---

① 钟嵘著，曹旭集注《诗品集注》（增订本），第56页。
② 黄叔琳注，李详补注，杨明照校注拾遗《增订文心雕龙校注》，中华书局，2012年，第64页。
③ 童庆炳《〈文心雕龙〉"感物吟志"说》，《文艺研究》1998年第5期。
④ 黄叔琳注，李详补注，杨明照校注拾遗《增订文心雕龙校注》，第365页。

六朝送别诗人在"感物"冲动之下取象吟志,既是创作心理学的自然规律,又是"感物吟志"文学发生论理论指导的结果,其实还与中国古代的咏物文学不无关系。孔子指导学生学《诗》"多识于鸟兽草木之名",可见孔子很重视《诗经》中的物象,屈原《橘颂》、荀子《赋篇》已属成熟的专题咏物之作,两汉辞赋铺彩摛文,既有铺张扬厉的大赋,又有清新可喜的咏物小赋,特别是后者,往往在咏物中寄慨,悲秋伤春、登临怀古、感时伤世等情愫流淌于咏物赋作的字里行间。曹丕《柳赋》序:"昔建安五年,上与袁绍战于官渡,是时余从行,始植斯柳。自彼迄今,十有五载矣,左右仆御已多亡,感物伤怀,乃作斯赋曰。"①明确交代了此赋咏物感怀的写作动机,其行文中伤感之情亦有迹可循。其《感物赋》由甘蔗"涉夏历秋,先盛后衰"而悟叹"兴废之无常",亦是寄寓忧患意识于咏物之中。其《感离赋》以赋体写离别,借咏物写景以言情,为送别诗感物取象提供了直接经验。随着咏物赋的发展,魏晋南北朝时期咏物文学彬彬之盛,蔚为大观。刘勰《文心雕龙·物色》篇总结了这一现象:"自近代以来,文贵形似,窥情风景之上,钻貌草木之中。吟咏所发,志惟深远;体物为妙,功在密附。故巧言切状,如印之印泥,不加雕削,而曲写毫芥。故能瞻言而见貌,印字而知时也。"②钟嵘《诗品》品评许瑶之"长于短句咏物",即指许氏擅长以五言四句的短诗咏物抒怀。咏物诗文关注具体物象,培养了诗人细致的洞察力,特别是梁陈时期的咏物联句,在逞才斗能的同时锻炼了诗人咏物联类的能力。刘勰所谓:"是以诗人感物,联类不穷。流连万象之际,沉吟视听之区;写气图貌,既随物以宛转;属采附声,亦与心而徘徊。"③感物联类——写气图貌——随物宛转——与心徘徊,正道出了"感物吟志"的过程。咏物能力的提升,有效推动了送别诗感物取象写作方式的发展。

　　总之,六朝时期心态敏感的士人,在"感物吟志"理论的指导下,在咏物抒怀的写作方式的影响下,在依依惜别之际,一切与离别相关的物象皆沾上离别色彩,一切语境皆成为"有我之境",诗人感物取象,创作出意蕴深永的送别之作。

　　六朝送别诗的感物取象并非作者一味雕章琢句、刻意经营,高明处经常是作者信手拈来,浑融无迹。如嵇康《四言赠兄秀才入军诗》"目送归鸿,手挥五弦",虚实相生,境界高远,自古广为传诵;何逊《送韦司马别诗》"予起南枝怨,子结北风愁",选取方位背反意象入诗,南北互文见义,主客错位设想,"怨""愁"同义赋心,表达出空间隔离下的落寞怨愁之感;朱超《别刘孝先诗》

---

① 魏宏灿校注《曹丕集校注》,安徽大学出版社,2009 年,第 125 页。
② 黄叔琳注,李详补注,杨明照校注拾遗《增订文心雕龙校注》,第 564 页。
③ 同上书,第 563 页。

"繁霜积晓缆,轻冰绕夜舟",临别之际,即目选取繁霜、薄冰、缆绳、泊舟,寥寥数字便交代了离别时间、送行地点,以"积""绕"连接意象,对离人无限忧虑之情跃然纸上。六朝送别诗感物取象颇多巧妙安排,优秀之作置诸唐人集中亦不逊色。究其原因,大抵送别诗是六朝诗人真情的自然流露,在审美生成方式上能够超越"观物取象"且上跻"目击道存"的审美营构模式,充分发挥了创作主体观物的能动性与物感的即兴性。

"观物取象"是中国古代一种重要的思维形式,《周易·系辞下》最早详细阐述了这一思维形式:"古者包牺氏之王天下也,仰则观象于天,俯则观法于地,观鸟兽之文与地之宜,近取诸身,远取诸物,于是始作八卦,以通神明之德,以类万物之情。"①主体所观之物有天象、地形、鸟迹兽印、植物等,近取身体部位,远取各种物质,大至天地宇宙,小至动植形迹,以八卦为象,会通神明,其最终目的是区别万物情状。张善文、黄寿祺总结说:"所谓'观'与'取',是这一思维过程的两个阶段,所'观'之'物',乃是自然、生活中的具体事物,所'取'之'象',则是模拟这些具体事物成为有象征意义的'易象'。"②可以说,"观物取象"是充分发挥主体认识能动性去认识宇宙万物并诠释宇宙万物的一种思维方式。当然,所"观"还包括社会政治生活。

总之,观物取象侧重于主体认识的能动性,其最初目的在于认识大自然与错综的社会,有着非常强的功利性。而中国古代文学创作与政治教化有着密切联系,古人采诗观风制度当是"观物取象"的逆向创新。六朝部分文人创作过于重视观物取象,乃至意象堆积,雕章绘素,生出繁缛绮丽之弊。如六朝时期大量的应制送别诗,堆砌銮舆、仪仗、樽酒等应酬性意象,以大量篇幅歌功颂德,游离了送别主题,更遑论抒写惜别情谊。但那些亲朋好友间的离别之制,观物的痕迹虽然还很明显,也难免一些故意雕琢的痕迹,但还是能够显示出主客的依恋之情。王弘之曾说过"祖离送别,必在有情",带着感情去送人,一切物象不必作者主动"观""取",亦会自然附入主客情思,主动进入诗作中来。

杨万里《答建康府大军库监门徐达书》阐释诗歌创作理论说:"大抵诗之作也,兴上也,赋次也,赓和不得已也。我初无意于作是诗,而是物是事适然触乎我,我之意亦适然感乎是物。是事触先焉,感随焉,而是诗出焉,我何与哉?天也,斯之谓兴。或属意一花,或分题一草,指某物,课一咏,立某题,征一篇是已,非天矣。然犹专乎我也,斯之谓赋。至于赓和,则孰触之,孰感之,

---

① 周振甫《周易译注》,中华书局,1991年版,第256页。
② 张善文、黄寿祺《"观物取象"是艺术思维的滥觞——读〈周易〉札记》,《福建论坛》,1981年第2期。

孰题之哉？人而已矣。"①"感物取象"的写诗方法恰如杨氏所释的"赋"法，得其形似，六朝送别诗选取意象不仅在形似上见特色，还在意蕴上显风神。当那些离别意象纷至沓来，主动触动诗人思绪，离别诗的上乘佳作便呼之欲出。这种触先感随式的"兴"法，类似于庄子所谓的"目击道存"。

《庄子·田子方》："仲尼曰：'若夫人者，目击而道存矣，亦不可以容声矣。'"②不必论此处"道"之所指，但看目击道存、不可容声的发生过程，即可知审美主体与审美对象间的契合无间，物我浑融一体，此际的主客本身就是一个美学的格式塔，不可分割。如同克罗齐的"直觉即表现"，目击道存本身便是一种创作。当然，六朝送别诗达到这种心随物转境界的目击道存的作品还很少，许多诗作还只是在观物取象的基础上向上攀升，其意象选取方式还只能是"感物取象"。"观物取象"侧重于达意，重在认识论，以我为主；"目击道存"已上升到美学层面，重点在物感我，心与物而徘徊，思随物以宛转，是一种诗意的状态；"感物取象"居于二者之间，取譬象征，咏物伤怀。随着时代的发展，唐人送别诗不但情致淋漓，优秀之作还能生成象外之象、境外之象，诗人与诗境合一，达到了意象剪裁的最高境界。但是，唐代离别意象系统中的基本意象多数完成于六朝时期，唐代送别诗的许多经典的意象组合可以从六朝送别诗中找到原型，因此，六朝送别诗感物取象的开辟之功不可埋没。

总之，从意象生成方式探讨六朝送别诗的微观结构，通过感物吟志、咏物诗赋的时代风习发掘其感物取象的外在原因，探索感物取象在观物取象的基础上不断向目击道存的审美模式发展的趋势，能够比较客观地还原六朝送别诗的诗学地位，对中国古代类型诗歌的研究不无裨益。

当然，很少有诗歌只以单一意象结构成篇，六朝送别诗亦不例外，每首诗歌都有一个意象群，整个六朝送别诗又构成一个庞大的送别意象系统。上文把六朝送别意象系统中代表性意象抽出来单独论述，是由于这些意象在六朝送别诗中或者出现频率高，或者在众多意象中此种最能代表时代特色，或者对后代诗歌影响深远。其实，诗歌意象分析不仅要注意某一时期某一意象运用的共性，还要深入诗歌本文，从意象及其意象群组合出发去细读体味，方可领悟具体送别诗的结撰之法、味外之旨。本章把意象纳入诗歌结构模式，综合六朝送别诗写作要素、结篇范式，窥豹一斑，比较全面地剖析了六朝送别诗的结构特色。"意不称物，文不逮意"，权当诗歌结构研究的一种尝试吧。

---

① 杨万里撰，辛更儒笺校《杨万里集笺校》，中华书局，2007年，第2841—2842页。
② 陈鼓应注释《庄子今注今译》（最新修订重排本），第533页。

第四章　六朝送别诗的意义

以史证诗能够促进诗歌更全面地向读者展示文本的魅力,令诗歌接受更接近文本的初旨;反之,以诗证史,亦可以发现许多史籍缺载的文化现象。六朝送别诗研究,可以从诗证史的角度出发去发现和印证六朝送别文化,此其一。推而广之,六朝文人的交游与社会活动于此也可窥一斑,此其二。六朝送别诗研究本质上是诗学研究,六朝送别诗的结构方式、意象系统、情感模式,无一不给后代同题材诗作提供了范例。因此,六朝送别诗研究的意义还在于探寻唐代同型诗的源头,从一个视角掀起了唐代送别诗兴象风神缘由的神秘面纱,此其三。六朝送别诗开拓了诗歌体裁,丰富了诗歌美学,在整个诗学史上有着重要的意义,此其四。

第一节　六朝送别诗中透视出的送别民俗

民俗就是民间习俗,虽然中国很早就有"民俗"一词,①但现代学术意义上的民俗概念却源起于西方。英国学者汤姆斯(W. J. Thoms)1846年创造了"folklore"一词,几经辗转,中国才在20世纪20年代初开始确立"民俗"这个学术术语。对于民俗概念的界定,中外学术界众说纷纭,但随着民俗学研究的深入,学界越来越把研究范围指向广义的民俗范畴。钟敬文认为:"民俗学是研究民间风俗、习惯等现象的一门社会科学。"②这一学科的研究对象应该包括社会组织、物质文化、精神文化三个方面的内容,因此,民俗是"存在于一个民族共同体中的、反复出现的、代代相传、约定俗成的社会文化事象"③。以钟先生的定义去衡量,中国自古以来迎来送往的文化事象当然属一种重要的民俗活动。然而,中国送别民俗虽绵延千古,却很少有专门的文献记载,现当代民俗学研究往往借助于文学特别是诗歌去探究古代送别风俗。民俗学

---

① 中国古代"民俗"连用成词的用例很多,如《礼记·缁衣》:"故君民者,章好以示民俗,慎恶以御民之淫,则民不惑矣。"《韩非子·解老》:"府仓虚则国贫,国贫而民俗淫侈,民俗淫侈则衣食之业绝。"《管子·正业》:"古之欲正世调天下者,必先观国政,料事务,察民ird。"《史记·循吏列传》:"楚民俗,好庳车。"《汉书·董仲舒传》:"变民风,化民俗也。"
② 钟敬文《钟敬文文集·民俗学卷》,安徽教育出版社,2002年,第3页。
③ 同上书,第50页。

与古典文学的互补关系,钟敬文《民俗学与古典文学——答〈文史知识〉编辑部同志访问的谈话记录》对二者的相互关系论证非常丰赡,毋庸赘言。通观六朝送别诗,其中的确有许多内容反映了六朝时期送别的各种习俗。先秦以往复杂的祖饯程序,汉唐经学家依托经学元典有翔实、清晰的梳理,无须再以六朝送别诗去加以印证。然而,其他诸如送别时间、送别地点、送别规模等,经学家记载亦不是很详细,即便有载,也多是先秦两汉的习俗,于六朝的送别习俗语焉不详。

一、从六朝送别诗看六朝送别时间、地点的选择

中国古代有出行禁忌,出行日期与出行地点、方向都很有讲究。《风俗通义·佚文》谈到不相信时间禁忌事曰:"俗云五月到官,至免不迁。今年有茂才除萧令,五月到官,破日入舍,视事五月,四府所表,迁武陵令。余为营陵令,正触太岁,主簿令余东北上,余不从,在事五月,迁太山守。"①从这则材料可知古代有五月赴官任禁忌、破日入舍禁忌、触太岁禁忌等。关于中国民俗中出行时间的禁忌,《中国民俗通志·禁忌志》有较详细的论述:

> 出行时必须择选吉日才行。据《无何集》云:"《阴阳书》言,鹤神日游,五日正东,六日东南,五日正南,六日西南。西北仿此。元旦出行,忌向此方……或曰,鹤为噩字之讹。"所以,俗以为有噩神在四方云游,出行时要避忌之,尤其元旦日出行,忌之更甚。山东一带,俗忌正月初五出行。初五为破五,恐有不吉。又有忌黑道日出门的,每月的初五、十五、二十五都不能出远门。……民间还有一种"杨公忌",亦是专门避忌出行的日子。据《无何集》云:"世俗多畏杨公忌,谓不宜出行,皆未悉其原委,故为所惑耳。今按其说,乃是'室火猪日'。其术元旦起角宿,依二十八宿顺数,值室即为杨公忌。"按这样排列下来,杨公忌应当是正月十三、二月十一、三月初九、四月初七、五月初五、六月初三、七月初一、七月二十九、八月二十七、九月二十五、十月二十三、十一月二十一、十二月十九,这些日子都是禁忌出门离家的。……旧时还有出行忌月的。俗谚"六月、腊月出门,神仙也遭难"……《清稗类钞》也说:"官吏上任及人民移家,每忌正、五、九月。"②

出行时间的日忌、月忌,有的甚至还有时辰忌讳,《禁忌志》更多地从俗谚入

---

① 应劭撰,吴树平校释《风俗通义校释》,天津人民出版社,1980年,第436页。
② 齐涛主编,任骋著《中国民俗通志·禁忌志》,山东教育出版社,2005年,第230页。

手去考察中国出行时间的禁忌。六朝送别诗虽没有具体的出行忌讳时间表，但却可以印证中国自古就有出行时间禁忌的事实。如谢惠连《西陵遇风献康乐诗》写准备停当，只等良辰吉日开始出发："我行指孟春，春仲尚未发。趣途远有期，念离情无歇。成装候良辰，漾舟陶嘉月。"陶渊明《答庞参军诗》写出行之际恶劣的自然环境，却以良辰安慰行人："惨惨寒日，肃肃其风。翩彼方舟，容裔江中。勖哉征人，在始思终。敬兹良辰，以保尔躬。"再如孔令致仕退归，宋公刘裕选择重九之日于戏马台为之饯行，亦当是特意的安排，谢瞻、谢灵运等祖饯诗记录了此次送饯活动的时间。安排特定时间祖饯出行的还有江夏王义恭、衡阳王义季，颜延之赋有《应诏宴曲水作诗》，特意写明出行时日："日完其朔，月不掩望"，"朒魄双交，月气参变。开荣洒泽，舒虹烁电"。三月三日、九月九日本来是节庆的日子，佳节思亲，本该团聚宴饮，而王公出任、大臣致仕等之所以选择这样的日子出行，估计是出于吉日良辰的考虑。

　　六朝送别诗反映其时送别时间禁忌的例子并不多，然而，从六朝送别诗中却可以发现六朝出行时间上一个重要习俗，即夜晚集会饯行。萧衍、谢朓出任荆州，诸文友聚集作送别诗，直接称题为"夜集"或者"离夜"，其中景致亦写蜡烛与月光、星辰等夜景，说明此次饯送活动是在夜晚举行的。至于离人的出发时间，可能亦是天还没亮时就得上路，多称夜发。如谢朓《暂使下都夜发新林至京邑赠西府同僚诗》《京路夜发诗》、范云《送沈记室夜别诗》、何逊《与沈助教同宿溢口夜别诗》《与胡兴安夜别诗》、谢惠连《夜集叹乖诗》等都明确标示夜集送别或连夜出发。颜延之《为皇太子侍宴饯衡阳南平二王应诏诗》写道："夕怅亭皋，晨仪禁苑。神行景骛，发自灵阃。对宴感分，瞻秋悼晚。"亦可以看出这次王公出行的重大活动安排在一个秋天的晚上。王褒《始发宿亭诗》亦写出了早行的习惯："落星侵晓没，残月半山低。"古人出行，交通工具主要是车马舟船，速度不快，故得赶早出发。另外，一日之计在于晨，早晨是人精神最清醒的时刻，选择凌晨出发亦预示着此去旅途的平安顺利。像王褒《别陆子云诗》写解缆出发时才刚凌晨，船到中流，扬帆远航之时才开始迎来曙日，亦知行人出行之早。从六朝送别诗可以推测，六朝送别饯宴多安排在夜晚，行人出行多为夜发，最迟凌晨要上路。估计有些挚友要通宵达旦，一直送走离人才回返。这种夜发早行的习俗早在先秦时期就已经盛行，一直沿袭传承到六朝时期。孔颖达《诗经·邶风·泉水》疏曰："《韩奕》云：'韩侯出祖，出宿于屠。'既祖即当出宿，故彼《笺》云：'祖于国外，毕，乃出宿者示行,不留于是也。'……宿、饯不得同处。"①另外,温庭筠《商山早行》:"鸡声茅店月,人迹板桥霜。"说明了唐代出行依然有早行的习惯,亦可证明六朝时期有夜发早行的习俗。

除从六朝送别诗可以看出其时祖饯夜集与夜发早行的出行习俗外,还可以通过其中所标明的具体饯行地点看出六朝出行时对送别地点的选择。由于交通设施的局限,六朝与中国古代其他时期一样,出行不外乎两种方式,即陆路和水路。一般来说,北方陆路居多,南方水路为主。因此,六朝送别诗中经常抽象性地提到浦、亭、歧路等分别地点,这些提法虽多数是一种分离意象,并非确指,然从这些抽象性送别地点却依然能够发现其时交通民俗与送别习俗的特别之处。如仅从水路送别来看,从送别诗中便可以发现六朝时期多选择倚城临江的离亭别浦作为饯送地点。莫砺锋说:"长亭也好,其他亭台楼阁也好,既可遮蔽风雨,又可登览江山,正是送别的好去处。如果说离别之人没有心情在亭台楼阁上欣赏风景,那么开阔的视野至少有一个好处,便是送行者可以目送行人,直到对方消失在远处。古人的主要交通工具是舟船和车马,速度都不是很快,送行者可以久久地凝视它们离开。"②而六朝送别诗中这种离亭怅望、别浦伫立的写法亦很成熟,故从这些抽象泛指的地点中可略知六朝人对饯别地点的安排习惯。

六朝送别诗有许多直接点明了饯行地点,这些地点都是具体的,比勘这些地点,可以发现六朝时期的诗人对饯行地是有所选择的。六朝送别诗中明确标示的饯行地点主要有方山、北亭、征虏亭、中兴堂、新渚、新亭、后渚、乐游苑、领军府、何山、竹亭、乌亭、新林、建兴苑等。核查清顾祖禹《读史方舆纪要》,发现这些都是很有意义的地点,说明六朝送别饯行地点并非随意安排的。

乐游苑,《读史方舆纪要》卷二〇"南直二·应天府"载:"在覆舟山南。晋之芍药园也。义熙中即其地筑垒以拒卢循,因名药园垒。宋元嘉中辟为北苑,更造楼观于山后,改名乐游苑,往往禊饮于此。《宋书》:'元嘉二十二年筑北堤,浚玄武湖于乐游苑北。大明三年作正阳、林光等殿于苑内,又筑上林苑于玄武湖北,于苑中作景阳山。'"③作为皇室苑囿,此地是禊饮要地,南朝此地发生的重大事件也非常多,《读史方舆纪要》就列举有齐时崔慧景顿乐游苑、梁大宝初侯景请梁主禊宴于此、陈霸先分军于此地及覆舟山北拒北齐兵、陈天嘉中重修、陈后主命萧摩诃屯兵乐游苑拒贺若弼等重大历史事件。

---

① 郑玄笺,孔颖达等正义《毛诗正义》,《十三经注疏》,第 309 页。
② 莫砺锋《莫砺锋诗话》,第 275 页。
③ 顾祖禹撰,贺次君、施和金点校《读史方舆纪要》,中华书局,2005 年,第 966 页。

六朝送别诗与乐游苑相关的有颜延之《应诏宴曲水作诗》、丘迟《侍宴乐游苑送徐州应诏诗》、沈约《侍宴乐游苑饯吕僧珍应诏诗》《侍宴乐游苑饯徐州刺史应诏诗》等。其中,颜延之的曲水宴诗是为祖道江夏、衡阳二王而作,丘迟、沈约侍宴饯张徐州诗则为送张谡出征事而作①,沈约送吕僧珍诗从诗歌内容中亦可以看出是为送征而作。王公出任,固属大事,而南朝战事频仍,大将出征,皇帝摆驾,臣僚赋诗,集宴饯送,以示殊宠,把饯行地点选在乐游苑,既是重视,亦是一种陈规。皇宫苑囿,等级森严之地,在这种地方举行饯宴,当有一定的规格要求。要么是出行人物身份高贵,要么是出行事务关系重大,才有此殊荣。六朝还有许多送别诗是侍宴之作,其中虽未标明饯行地点,估计大多数是发生在皇宫苑囿的。

建兴苑,《读史方舆纪要》载:"志云:在府治西南秦淮南岸,本吴时南苑也。宋明帝葬于此。梁天监四年改置建兴苑。侯景之乱,裴之高入援,军于南苑,寻迎柳仲礼等会于青塘,立营据建兴苑是也。"②庾肩吾有《送别于建兴苑相逢诗》,观其诗曰:"相逢小苑北,停车问苑中。梅新杂柳故,粉白映纶红。去影背斜日,香衣临上风。云流阶渐黑,冰开池半通。去马船难驻,啼乌曲未终。眷然从此别,车西马复东。"写建兴苑外与出行的朋友相逢,故赋诗相送,之所以特别强调建兴苑的存在,并以大量的篇幅去想象苑中情景,亦说明了建兴苑在诗人心目中的地位。于此地送客,说明了六朝时期除歧路别浦分手外,还青睐于在园林苑囿之地道别。

新亭,《读史方舆纪要》:"在江宁县南十五里,近江渚。东晋初为诸名士游宴之所,即周颛等相对流涕处。"③新亭是建康门户,乃其时攻防要地,亦是官僚贵族拜迎饯送之地。刘牢之、桓玄、卢循、柳元景、萧道成、萧衍、柳仲礼等都曾屯兵新亭或带军鏖战新亭;桓温自姑孰入朝,谢安等迎于新亭;刘宋徐羡之等谋欲废立,群臣于新亭拜迎宜都王义隆;刘骏于新亭即皇帝位;萧衍举兵东下,齐东昏侯遣冯元嗣西救郢城,茹法珍等送之于新亭;梁柳庆元出为使持节,高祖饯于新亭;韦粲出任持节,皇太子出饯于新亭。顾祖禹引吕祉曰:"自吴以来,石头南上至查浦,查浦南上至新亭,新亭南上至新林,新林南上至板桥,板桥南上至洌洲,陆有城堡,水有舟楫,建康西南面之险也。"④新亭是一个战略要地,同时也是王侯成败之所,六朝祖饯地点安排于此处,亦当精心

---

① 丘迟《侍宴乐游苑送徐州应诏诗》情况比较复杂,李善注谓送张谡、六臣注谓送武帝弟宏。曹道衡《中古文学史料丛考》对此从五个方面进行了考辨,最后确证为送张谡以永元二年七月继王鸿出调刺史事而作。
② 顾祖禹撰,贺次君、施和金点校《读史方舆纪要》,第966页。
③ 同上书,第968页。
④ 同上书,第969页。

考虑,用意深远。六朝送别诗写新亭送别的有:谢朓《新亭渚别范零陵云诗》《和徐都曹出新亭渚》、阴铿《晚出新亭诗》、徐陵《新亭送别应令诗》,从谢朓和诗知徐都曹勉昧旦出新亭①当赋有《出新亭渚》留别诗。又,刘骏在新亭即帝位,改其名为中兴堂,其有《幸中兴堂饯江夏王诗》亦当在新亭设饯宴送行。《初学记》摘其诗曰:"送行怅川逝,离酌偶岁阴。阴云掩欢绪,江山起别心。"怅惘大江东去,岁月易逝,离愁掩欢绪,江山为之生惜别之情,气象还算阔大,感情亦很真挚。新亭渚有专门用于饯别之亭,属京师三亭之一。李善注引《十洲记》曰:"丹阳郡新亭在中兴里,吴旧亭也。"②此地临江渚,近京城,是水路交通要地,地理位置非常重要,又容易激起文人士宦的北地之思,故亲朋往别,登临新亭,总能生出无限感慨。选择此地作为饯行之所,当不仅仅王公官僚如此,普通百姓可能也会选择在此地送离,只不过没有送别诗流传下来而已。

新林,又称新林浦,《读史方舆纪要》:"在府城西南十八里。合大胜河,滨大江,亦曰新林港。"③新林亦是一个重要的饯行地点,同时六朝时期新林是离舟登岸作战的重要港口,中下层文士喜欢选择此地作为出发地。如桂阳王休范于元徽二年(474)军至新林,从此地登陆攻新亭;齐永元初陈显达进军新林直逼建康;萧衍东下至新林,建康告急;大宝二年(551),侯景发建康,自石头至新林,舳舻相接,气势逼人。顾祖禹引旧志云:"新林浦阔三丈,长十二里。梁武帝从新亭凿渠通新林浦,又于新林浦西开大道立殿宇为江潭苑,未毕而有台城之乱。今有新林桥,在府西南十五里。"④六朝留存送别诗记载新林饯别的有谢朓《暂使下都夜发新林至京邑赠西府同僚诗》、何逊《初发新林诗》《车中见新林分别甚盛诗》、吴均《赠别新林诗》、刘显《发新林浦赠同省诗》、庾肩吾《新林送刘之遴诗》等。诸诗描述了新林景观,如"大江流日夜""秋河曙耿耿,寒渚夜苍苍"(谢朓),"舟归属海运,风积如鹏举。浮水暗舟舻,合岸喧徒侣""初寒入洲渚""沓浪高难拒""帝城犹隐约"(何逊),"回首望归途,山川邈离异。落日悬秋浦,归鸟飞相次"(刘显),可以看出新林界内有大江寒渚、高风急浪、落日江浦、水鸟山川等美丽景观。

征虏亭,兴建于东晋,是南朝官民饯行的首选场所。《读史方舆纪要》:"在石头坞。晋太元元年征虏将军谢安止此亭,因名。《金陵记》:'京师有三亭,新亭、冶亭、征虏亭也。'胡氏曰:'征虏亭在方山南。自玄武湖头大路东

---

① 曹融南校注《谢宣城集校注》:"集云《和徐都曹勉昧旦出新渚》。补注:《南史·徐勉传》:'勉字修仁,东海郯人。''迁临海王西中郎、田曹行参军,俄徙署都曹。'"
② 萧统编,李善注《文选》,第 981 页。
③ 顾祖禹撰,贺次君、施和金点校《读史方舆纪要》,第 959 页。
④ 同上。

出,至征虏亭.'"①对于此亭的初建者,贺次君、施和金校记曰:"据《晋书》卷七九《谢安传》,谢安未尝为征虏将军;又据同卷《谢玄传》,谢安弟谢石曾为征虏将军。而《太平御览》引《丹阳记》云:'京师三亭:新亭,吴旧亭也,故基沦毁,隆安中有丹阳尹司马恢移创今地。谢石创征虏亭,三吴搢绅创治亭,并太元中。'据此,本书'谢安'当作'谢石'。"②南朝屡次于征虏亭饯别,如《南史》卷二六载:"君正将之吴郡,(到)溉祖道于征虏亭。"③卷四八载:"大同七年,(陆罩)以母老求去,公卿以下祖道于征虏亭。"④卷七六载:齐永明十年,陶弘景上表辞禄归隐,"及发,公卿祖之征虏亭,供帐甚盛,车马填咽,咸云宋、齐以来未有斯事"⑤。六朝留存送别诗写征虏亭祖别的有范广渊《征虏亭饯王少傅》、孔法生《征虏亭祖王少傅》、张正见《征虏亭送新安王应令诗》等,可补史籍缺载,如果按照诗史互证的方法去考核,六朝当还有许多征虏亭饯别诗已经佚失。

方山,《读史方舆纪要》:"府东南四十五里。志云:山高百六十丈,周二十七里,形如方印,一名天印山,秦凿金陵山疏淮水为渎处也。"⑥谢灵运有《邻里相送至方山诗》,顾绍柏注:"方山在今江苏南京市江宁县东南,秦淮河流经其下,六朝时为商旅聚集之所。"⑦谢灵运外任从此地出发,说明这里也是一个水路码头。王彪之《与诸兄弟方山别诗》,其饯行地亦在方山。

戏马台,《读史方舆纪要·南直十一·徐州》:"在州城南。高十仞,广数百步,项羽所筑。刘裕至彭城,大会军士于此。""梁普通六年萧综守彭城,密降于魏,魏遣使鹿愈入城,将还,成景隽送之戏马台。"后代在戏马台建大彭馆,"在州西南。唐时邮传所经,亦为迎饯之地,以古大彭国为名"⑧。孔令归隐,宋公刘裕与百僚饯送于戏马台并赋诗作别。

六朝送别诗中明示送别地点的还有孙楚《征西官属送于陟阳候作诗》、潘岳《北芒送别王世胄诗》《金谷集作诗》、王浚《从幸洛水饯王公归国诗》、何劭《洛水祖王公应诏诗》、谢混《送二王在领军府集诗》、沈约《侍宴谢朏宅饯东归应诏诗》、吴均《同柳吴兴何山集送刘余杭诗》《送柳吴兴竹亭集诗》《同柳吴兴乌亭集送柳舍人诗》、刘孝绰《侍宴离亭应令诗》《发建兴渚示到陆二黄门诗》、阴铿《广陵岸送北使诗》《江津送刘光禄不及诗》等。像领军府、洛

---

① 顾祖禹撰,贺次君、施和金点校《读史方舆纪要》,第969页。
② 同上书,第994页。
③ 李延寿《南史》,第719页。
④ 同上书,第1205页。
⑤ 同上书,第1897页。
⑥ 顾祖禹撰,贺次君、施和金点校《读史方舆纪要》,第946页。
⑦ 顾绍柏校注《谢灵运集校注》,第40页。
⑧ 顾祖禹撰,贺次君、施和金点校《读史方舆纪要》,第1397页。

水都是重要的送别地点,《初学记》便立征虏亭对领军府,作为唐人写作送别诗的范例。西晋时期,政治文化中心在洛阳,文人多聚北方,故而饯别饮宴常在洛水之滨。南朝时期江南经济发达,政治文化以建康为中心,故送别饯行多设在江南。除长江洲渚亭台以外,还有一些名山胜水,如吴兴的何山、乌亭便是何逊与朋友经常游聚的地方,送别友人亦多饯饮于此。何山,宋祝穆《方舆胜览》卷四载:"在乌程县,亦曰金盖山。"① 《太平寰宇记》卷九四:"何口山,在县南十里,山下当何山等路。昔曰何山,亦曰金盖山。晋何楷居之,修儒业,楷后为吴兴太守,改金盖为何山。"② 乌亭,《初学记》卷八曰:"汉乌氏县,王莽改为乌亭。"③《太平寰宇记》卷九四:"昇山,在县东二十里,一名乌山,一名欧余山,一名欧亭山。吴均《入东记》云:'王羲之为太守,尝游践,尝升此山,顾谓宾客曰:"百年之后,谁知王逸少与诸卿游此乎!"因有昇山之号,立乌亭于山上。'"④

  六朝送别饯饮地点虽然并不固定,但从送别诗中透出的信息可知,其时对于饮饯地点的选择并非草草。而随着人物身份的变化,饯饮地点亦有一定的等第区分,如普通人不可能得到乐游苑饯送的殊荣,文士集送喜欢选择名山胜水作为祖饯场所。当然,以诗去证实六朝送别习俗,肯定还会有很大误差。然而,如同郦道元注《水经》那样,以历史地理史实去注解送别诗词中的地名,还原地理深刻的历史底蕴,丰富诗歌的历史内涵,大抵可以相得益彰,一举多得。

  既是离别出发地,自是相聚共游处,故可从六朝送别诗常用地名逆推其时文人经常雅集的地方。稍作归纳,不难发现六朝时文人雅集多在河南、江南。河南为中原地区,洛阳早就是中国东部政治文化中心,亦是曹魏、西晋、北魏的都城,群贤云集,释道并至,"竹林七贤"、潘岳石崇等金谷园集会、《洛阳伽蓝记》等留存下丰富的文化遗迹,均属洛阳城市文化圈;江南在六朝时期得到进一步开发,南京是六朝古都,兰亭雅集、永明革新、宫体唱酬等文坛盛事则发生在南京城市文化圈。这些文化活动,一方面以城市文化圈政治经济的强大作用而发生,一方面又以其自身活动形成新的城市文化遗产,影响后代文化活动,由此推演,城市文化特别是中心城市文化是促使文人聚散的重要原因。

  单霁翔总结城市对文化的作用时认为"城市是文化的沉积""城市是文

---

① 祝穆撰,祝洙增订,施和金点校《方舆胜览》,中华书局,2003年,第78页。
② 乐史撰,王文楚等点校《太平寰宇记》,中华书局,2007年,第1882页。
③ 徐坚等《初学记》,第172页。
④ 乐史撰,王文楚等点校《太平寰宇记》,第1882页。

化的容器""城市是文化的载体""城市是文化的舞台"①。作为文化活动的主体——人,要接受文化的熏陶,要寻找属于自己的一方舞台,自然会趋向兼容并包的都市。六朝文人频繁活动于中原、江南地带,或以避乱安生而至,或以施展抱负而来,或以入幕求职而聚,或以追慕名士相趋,与洛阳、南京两地为六朝文化中心不无关系。

文人雅士以中心城市为圆心,优游于中原大地或江南山水之间,饯离送别之地,自然选择中心城市圈富于文化气息的有意味之地。聚于斯,别于斯,生出无限感慨。诗人借景抒情,因情系地,原本普通的地点因这些情意深切的诗句而流传千古,地点因此成为文学的表象,亦因诗句与诗本事而富于文化深意。六朝往事虽成流水东逝,不变的山水地理却承载一代代积淀下来的文化信息,成为诗意栖居的符号,令人回味无穷。

然而,六朝以其战乱分裂的独特历史背景,给士人离别活动打上鲜明的时代烙印。如南北出使,便有被扣留的风险,选择意味深刻的饯别地点,亦是一种劝慰与勉励;而庾信、王褒被扣留北地后,送别南归故旧之作亦每每提及南方地名,虚写故地,意味深刻。同时,六朝又是儒、玄、佛、道相互激荡的时代,玄学的清谈、佛教的修为、道教的养生等逐渐推动士人审美观念发生变化,都市的繁华、世俗的名利容易令人厌倦,六朝文人在诗文赋作中或玄对山水,启发哲思,或寻求江山之助,寄托逸情。这种变化令六朝饯别活动由室内夜坐转向亭台苑浦,在这样的地方饯离赋别,山水入目,苑囿激怀,离别诗亦由初期的严肃庄重转向此际的借景寄情,由应制的保守敷衍转向真情表露,进入六朝送别诗的离亭别浦、园林苑囿便并非泛泛而谈,而是确实具有深远文化意义的地点。

同样,唐人送别诗中亦有丰富的地理名词,而以其国力气象的迥异,唐人饯别之地虽仍以京城及大都市为主,但眼界开阔,常常将离别地与行人前方目的地对照写出,像李白《送孟浩然之广陵》既留恋黄鹤楼的登高共眺,又艳羡扬州的烟花风月;王昌龄《芙蓉楼送辛渐》既伤叹客地芙蓉楼,又展望家乡洛阳;王维《送元二使安西》既描摹渭城喜人的春色,又远及阳关的苍凉。对唐人送别诗文所涉及的地名进行计量分析,像京城、蜀地、湖湘、边塞等地出现频率高,而新罗、印度、日本等地亦为唐人离别送行所涉及。比较起来,六朝送别所涉及的地点则窄狭得多,远者不过南北朝之隔,遑论海外异域。如此差异,主要有三点原因:一是诗人眼界受客观环境的限制。南北朝长期分裂,战乱频仍,在有限的境域内,人们前途莫测,眼界自然不可能远大;而且,

---

① 单霁翔《从"功能城市"走向"文化城市"》,天津大学出版社,2007年,第41—42页。

许多文人历经朝代更替,却未曾经历大一统的宏大场面,故亦不可能有南宋"人到淮河意不佳""中流以北即天涯"的感慨。二是南北朝时期交通不及唐代发达。六朝时期陆路上没有全国统一的交通体系,水路则因经济政治重心的南移,交通地位日益突出;然而,六朝人注重奢华,车、船等交通工具更加舒适,基础交通设施的建设却相对被忽视;唐代则建成以长安、洛阳为中心的辐射全国乃至走向世界的水陆交通体系,重视桥梁、馆驿、道路的修建,因此,唐人比六朝人有更好的远游条件。三是文人心态不同。六朝文人屡经战乱,生命旦不保夕,面对离别之际,情感尤其脆弱,又以各种顾虑,不能淋漓尽致宣泄激情,亦较少利用意味深刻的地理名词来寄托情感。诗人对离别事件涉及地点的处理方式往往比较简单,或直接置于诗题中,或在某一句中一带而过。因此,六朝送别诗中这些非常具体的离亭别浦,给人一种清新明快之感,却又显得局促窄小,缺乏唐人送别诗那种纵横开阔的气象。

总之,六朝送别诗选择与离别事件相关的具体地点入诗,较《诗经·邶风·燕燕》、"苏李诗"等纯用抽象地理名词的写法前进了一步,分析这些常见地名,既可以诗证史,又可赋予地理丰富的文化内蕴,同时,六朝诗人迈出这一小步,唐人则在此基础上大步前行。

二、从六朝送别诗看六朝送别惯例

六朝送别的程序、礼节、规模承先秦两汉而来,汉唐经学家总结出的祖饯仪式无疑是参考了六朝送别事实的。近人尚秉和《历代社会风俗事物考》整理了六朝送别时两条相关习俗,据录以见其时送别概貌:

《汉书·疏广传》:广及兄子受上书乞骸骨,归里,公卿大夫故人邑子设祖道供张东都门外。送者车数百辆。注,祖者,送行之祭。因缋饮也。又《刘屈氂传》:贰师将军李广利将兵出击匈奴,丞相为祖道,送至渭桥。是送别兼饮宴与周同也。惟不言犯载,似其时只祭祖神也。("汉魏送别时之祖饯"条)

《世说》:周叔治作晋陵太守,周侯、仲智往别,叔治以将别,涕泗不止。仲智恚之曰:"斯乃妇人,与人别,惟啼泣。"便舍去。周侯(名颛)独留,与饮酒言话。临别流涕拊其背曰:"奴好自爱。"又《颜氏家训》:别易会难,古人所重。江南饯送,下泣言离,有王子侯,梁武帝弟,出为东郡,与武帝别,帝曰:"我年已老,与汝分张,甚以恻怆。"数行泪下。侯遂密云(言不雨),赧然而去。坐此被责。北间风俗,不屑此事。歧路言离,欢然分首。然人性自有少涕泪者,肠虽欲绝,目犹烂然,如此之人,不可强责。

> 按江淹《别赋》云:"黯然销魂者,惟别而已矣。"状送别之情,最为亲切。乃黯然销魂则可,而必强以下泪,则外貌也。彼李陵送苏武诗曰:"携手上河梁,日暮欲何之。"其悲痛岂只下泪而已哉？乃六朝人以是为送别仪式,且以是而见责。其前乎六朝如汉魏,后乎六朝如唐宋,皆未有也。真特殊之风俗已。("六朝时送别须啼泣,否则谓为寡情"条)①

尚先生列举文献资料得出六朝两个送别习俗,其一为祖饯供帐宴饮习惯,另一为送别啼泣风俗。祖饯宴饮根据出行人物与祖饯主持人身份的不同,其规格也不一样。从六朝送别诗中可以看出,一些达官显贵、皇室王族出行,或者御驾亲临,或者倾朝相送,或者百僚咸集,或者公卿以下出席,声势浩大,而且等第规格是很森严的。这种规格的祖饯公宴,当以出席者官品来决定公宴规模,但一般都有很严格的程序。如有皇帝亲临的祖饯活动,百官要早早到场,等候圣驾临幸,从六朝侍宴祖饯诗中对皇帝出场的描写可以推测到这一点。这种正式的祖饯活动当严格按照祖祭程序办事,其中像曲水流觞、百僚赋诗、郊饯、出行等当是送别活动的重要环节,出席者都会人俛俛从事,不敢懈怠。从六朝送别诗中大臣代皇太子、僚属代主上赋作的情形可知,其时送别赋诗是要求预宴者人人皆作的。另一种文人好友集会饯送,其情形较官场为轻松,气氛较为活泼,没有官场祖饯活动那种板滞。三两好友,或选一临水酒楼,或倚一颇富人文底蕴的离亭,对酌促膝,语短情深;众多文友则登山临水、畅游园林、离烛清辉、饮酒作诗、即兴逞才,尽情展示自己的诗艺,尽情挥霍自己的离情。像这类饯送,送别诗中亦多不写各种送别仪式,而多以征棹、孤帆、愁云、远水、柔柳、归雁等来表达惜别之意。故可以推测此类饯送是没有严格祖祭仪式的,有的只是离人酬唱,执手泪眼。虽然祖饯活动有等第、官场、民间之分,但有一些是相通的。如祖饯集会时要饮酒,要奏离琴唱别歌,时间多安排在晚上,多数要赋作送别诗,齐梁时期还出现了联句送别诗,其时气氛一定紧张而又活泼。另外,从六朝送别诗写作内容与抒情方式的嬗变可以发现,六朝祖饯活动出现了程序简化的趋势,而且正式祖饯活动由室内公宴、毂坛祖祭转向登山临水,由欢乐的游园代替严肃的公宴,由官场的应酬演变为朋友的话别。祖饯活动在六朝这种微妙的变化亦可以引史实为证。祖饯这种极其严肃的活动,有一整套烦琐的程式,甚至出席祖饯活动的服饰都有严格的等第要求,在晋初还是如此,如《宋书》卷一八《礼志》载泰始四年

---

① 尚秉和《历代社会风俗事物考》,上海文艺出版社据商务印书馆 1939 年再版本影印,1989 年,第 423—424 页。

(268)八月甲寅诏便规定饯送诸侯与小会宴飨、临轩会王公一样需有特定的着装,便是一证。然而,刘宋开始,皇族王公往往把饯宴与节宴合二为一,如刘裕于九月九日饯送孔令致仕、宋文帝刘义隆于三月三日曲水宴兼饯二王都是其例。祖饯活动放到传统节日一起举行,更有利于召集僚属的参与,表面看是对离人的重视,实际却简化了祖饯活动的许多程序。

再看送别啼泣风俗。尚秉和引录啼泣相别的两例分别见《世说新语·方正》《颜氏家训·风操》,以之为六朝送别仪式。如此则送别啼泣多为矫情之举,无非是为了表白心迹,烘托气氛。但颜之推以为北方不屑啼泣,歧路分手欢然相别,其实亦不然。如《魏书·南安王桢传》便载魏高祖送桢于阶下,流涕而别;《魏书·高闾传》载高闾告老永归,世宗为之流涕,并下诏饯别。而泪意象亦屡见于北朝送别诗中,如北齐郑公超《送庾羽骑抱诗》"送君自有泪",庾信在北国赋作的《和侃法师三绝诗》"几人应落泪",《赠别诗》"藏啼留送别,拭泪强相参。谁言畜衫袖,长代手中涔",尹式《送晋熙公别诗》"气随流水咽,泪逐断弦挥",王胄《别周记室诗》"何言俱失路,相对泣离樽""贫交欲有赠,掩涕竟无言"等都写到了啼泣流泪。当然,南朝送别诗中泪意象运用更为频繁,这与南朝留存送别诗数量多亦有一定的关系。但另一方面,南朝许多公宴送别诗倒是洋溢着热烈的喜气,诗歌中尽情的欢宴描写,给读者营造了一种节日氛围;还有些以山水描写为主的送别诗,其中的山水景物亦是清新明丽、欢快洒脱,并无悲切啼泣之词。这说明南方送别亦有些是欢乐辞行的。总的来说,从送别诗去观照,六朝祖离饯送活动中多有啼泣风俗,并不忌讳啼泣对行人旅行的影响,又因南北地域不同导致人物性格上的差异,大体上北人分离洒脱慷慨,南人送行缠绵婉切。

第二节 送别诗与六朝文人生活

六朝送别活动与送别赋诗不仅仅是一种文学活动,也不仅仅是六朝送别民俗的一个侧面,还是六朝文人交谊在现实生活中的反映,是六朝文人生活状况的真实写照。研究六朝送别诗,可以从一个侧面了解六朝文人对皇族官僚的依赖性,六朝官僚文人与治下吏民关系,六朝文人之间的交游,六朝文人的亲情与友情乃至整个六朝的人伦关系。

一、从六朝送别诗蠡测六朝文人的生活状况

关于中古文人生活状况的研究,非常繁荣。鲁迅《魏晋风度及文章与药及酒之关系》精练准确地概括了魏晋文人生活状况。王瑶《中古文学史论》

辨章源流、旁征博引,考镜了中古文人生活习俗的方方面面,堪称经典之作,其中涉及文人与酒、文人与药、隐逸之风、拟古与作伪习气、品藻与清谈、小说与方术等重大问题,解疑释惑,制成定谳。范子烨《中古文人生活研究》则继续探讨了人物品藻、名士清谈等传统课题,还从游仙,文人伤逝情结与挽歌习俗、中古文人之啸等新视角研究了中古文人生活。从送别与送别诗角度蠡测六朝文人生活状况,只是一个很小的视角,基本不涉及诸如王、范二先生所论六朝文人生活的重大问题,但于全面探索六朝文人生活状况,亦可资参考。

其一,从六朝送别与送别诗可以约略推知六朝文人对上级的依赖性逐渐弱化。六朝送别诗中许多是因为上下级分别而作,比较这类送别诗对写作内容的安排与词语意象的选择,可以发现诗人与上司之间关系的微妙变化,其总体趋势是对上司的依赖性逐渐弱化。魏晋之际,有上司在场的送别活动中,诗人赋诗都要关照主上,有的甚至不惜笔墨尽情奉迎,不但在篇幅上体现主上的分量,还特别重视谀辞的运用。这类祖饯诗经常名不符实,社会政治的因素干扰了文学的正常发展。如东晋末期,时为宋公身份的刘裕主持饯送孔令致仕,谢瞻、谢灵运以"圣"称刘裕,就有着很大的政治因素;谢晦担心刘裕即兴赋作窘而踊跃代笔。到了南朝,这类送别诗中,诗人虽然还得注意皇帝或上司的存在,但已经更多着墨于送别主旨,或把对皇帝王公上司的奉迎辞藻转化为山水景物描写,祖饯诗开始名实相称。如刘孝绰《侍宴离亭应令诗》:"辒辕东北望,江汉西南永。羽旗映日移,铙吹临风警。令王慭追送,缃舟宴俄顷。掩袂眺征云,衔杯惜余景。首燕徒有心,局步何由骋。"除在用词方面注意照顾上司的存在,其他基本写惜别,较前期侍宴类送别诗发生了很大的变化。张缵《侍宴饯东阳太守萧子云应令诗》:"仲月发初阳,轻寒带春序。渌池解余冻,丹霞霁新雨。良守谒承明,徂舟戒兰渚。皇储惜将迈,金樽留宴醑。"前半写景,后半写送别,"皇储"为中性词,唯"金樽"略显王公的尊贵。即便是庾肩吾这样"典型的文学侍从"[①],其侍宴应制诗亦不乏清新工巧的景物描写、诚挚伤痛的惜别之词。如《侍宴饯湘州刺史张续诗》"九歌扬妙曲,八桂动芳枝",略显绮靡艳丽,而接下来写"雨足飞春殿,云峰入夏池"的外景,属对工整,意境清新。《侍宴饯张孝总应令诗》"欲送分符人,翻似河堤望。寒云暗积水,秋雨蒙重嶂。别念动神襟,华文切离贶",以得体的典故、悲凉的秋景、在场的主客表达离别之意,始终不离题旨。再如《侍宴饯东阳太守范子云诗》"新枝渐接树,故冻欲含流。早花少余雪,春寒极晚秋",以春寒意象衬托别情,机心独出,不逊悲秋陈辞。诗人应制饯别诗中对上司存在

---

① 曹道衡、沈玉成《南北朝文学史》,第257页。

的关注程度似乎无关紧要,但却透露出文人生活状况的蛛丝马迹。文人清高,自古有之,但傲骨与现实往往是相冲突的,特别是经济上的不独立导致文人政治上的依赖性。六朝前期应制送别诗大量篇幅歌颂上司的业绩,最后都成了陈词滥调,间接说明了其时文人政治依赖性强,生活状况的改善很大程度上受到上司或主子的影响,有的文人跟错上司主子,乃至不幸牵连而丧命。而六朝中后期应制型送别诗开始淡化上司或主子的存在,更多着墨于山水景物描写或别情抒发,反映出其时文人对上司依赖性的弱化。南朝文人更换主子频繁,有的甚至历经数朝,依然身居高位,说明其时文人政治依附性较前期有很大改观,故其送别诗的禁忌相对淡化。

总的来说,从文学对社会经济与政治的复杂关系去考察,六朝送别诗大体上能反映出文人思想独立性与生活状况的变化,能够反映六朝士人在门阀政治、皇权政治时期社会地位的演变。王瑶分析中古文人地位时说:"典籍文义,正是贵门子弟高贵的招牌,和寒素人士进仕的手段。""文人学士的社会地位,也只决定于他的门第和官爵,而并不一定在于他所构诗文的优劣高下。因为文义只是进仕的方法,本身并不是职业。由经术取士转变为文史,是整个社会学术思想的转变,也是由两汉累世经学的家法到'人人有集'的高门风范的转变。所以讲文学史上的每一个作家的地位,都脱离不了他的政治和社会生活。"[①]正是因为魏晋时期社会政治混乱,门阀、皇权、外戚、王公争相倾轧夺权,文义只是一种手段,表面上虽有曹丕高抬高举文章"经国之大业"论,实际却沦为政治的附庸,导致文人在朝秦暮楚的依附中谨小慎微,在集体祖饯这样重大的活动中更不敢忽视主上的存在,祖饯诗游离送别主题亦是情理之中。由大量游离主题的这类祖饯诗反观文人对主子的依附性,大体是符合实际的。余英时分析魏晋之际士人、举主、皇帝三者之间的关系有一段精辟的论断:"汉代去古代'封建'之世不远,地方官(如郡守)和他所辟用的僚属之间本来就有一种君臣的名分。东汉以后更由于察举制的长期推行,门生与举主之间也同样有君臣之义。这些所谓'门生故吏'便形成了门第的社会基础。这些士人在未直接受命于朝廷之前,只是地方长官或举主的臣下,而不是'天子之臣'。即使以后进身于朝廷,依当时的道德观念,他们仍然要忠于'故主'。因此一般士人之于皇帝最多只有一种间接的君臣观念,但并不必然有实质的君臣关系。"[②]正是这种复杂的多重关系,文人要游刃于其中,势必顾虑重重,出席各种形式的祖饯活动,赋诗若留下文字把柄,后果是很严重的,故魏晋时期许多游离主题的粉饰祖饯诗正是文人艰难处境

---

① 王瑶《中古文学史论》,第 24 页。
② 余英时《士与中国文化》,上海人民出版社,1987 年,第 404 页。

的间接反映。而到了刘宋以后,士族开始式微,皇权日渐显赫;加之学界对文学性的进一步探讨,对写作技巧的摸索;还有东晋以后为调和名教与自然矛盾危机而出现礼玄双修①,"礼缘人情"②等情形,文学与政治的区别得到重视,魏晋文人寻求出路之际两个极端——傲睨权贵与依附卑恭——在刘宋以后趋于折中,文人结集更侧重于文学交流、感情倾诉。即便是侍宴皇族,亦相对自由轻松,因为皇帝本人也多注重情感的抒发与诗歌的文学色彩,故南朝应制型送别诗亦不乏清新流转之作。这些清新流转的应制送别诗相对前期减少了对主上的歌颂内容,也从一个侧面反映了文人此期思想独立性有所提高。

其二,六朝送别诗透露出六朝诗人的人文关怀与亲情关系。应制型送别诗反映的是诗人与上级的关系,而诗人赋诗送别治下吏民的诗歌则反映了六朝特别是南朝时期文人僚吏对于普通吏民的人文关怀。六朝官场迁调,有一种送故习气,周一良《魏晋南北朝史札记》考释了中古"送故"制度,高敏《魏晋南朝"送故"制度考略》一文则详细梳理了六朝"送故"发展史,高敏说:"'送故'相对于'迎新'来说,最初含义本指我国古代官吏迁代之时的一种必然手续和礼仪,只能产生在中央集权制度形成之后。在中央集权制度之下,由中央政权统一任免官吏,才有去职者和新任者的交代关系。"③"送故"要耗费钱财,或者号召吏民倾城祖送,有相当的负面作用;但亦有许多文人僚吏散发送故钱财,且在送故迎新之际赋诗留赠治下吏民,体现了部分文人官僚的人文情怀。如谢灵运《北亭与吏民别诗》检讨自己的政治作为恳切真诚,表达与治下吏民的别情悲怆感人,"贫者阙所赠,风寒护尔身"的保重之辞毫无做作之态。从诗中可以看出,诗人把自己完全放在吏民平等的地位上抒发感慨,体现了真切的人文关怀。再如谢朓《忝役湘州与宣城吏民别诗》:

> 弱龄倦簪履,薄晚忝华奥。闲沃尽地区,山泉谐所好。幸遇昌化穆,悖俗罕惊暴。四时从偃息,三省无侵冒。下车遽暄席,纡绂始黔灶。荣辱未遑敷,德礼何由导?泪徂奉南岳,兼秩典邦号。疲马方云驱,铅刀安可操。遗惠良寂寞,恩灵亦匪报。桂水日悠悠,结言幸相劳。吐纳贻尔和,穷通勖所蹈。④

---

① 唐长孺《魏晋玄学之形成及其发展》提出东晋以后的学风是礼玄双修,余英时《士与中国文化》认为礼玄双修是南朝完成名教与自然对立的重要手段,说:"经过东晋以下一两百年的礼玄双修,再加上佛教的大力量,名教的危机终于被化解了。到了南朝后期士风已从绚烂而复归于平淡。"(第437页)
② 颜之推著,庄辉明、章义和译注《颜氏家训译注》,上海古籍出版社,1999年,第78页。
③ 高敏《魏晋南朝"送故"制度考略》,《历史研究》2000年第6期。
④ 谢朓著,曹融南校注集说《谢宣城集校注》,第252页。

诗人弱冠厌倦仕途,年事稍长得任宣城,此地山灵水秀,民风淳朴,官民怡然自得,前半对故治的简要概括实事求是,是诗人真情的流露。而以"荣辱未遑敷,德礼何由导","疲马方云驱,铅刀安可操"表达自己的吏治业绩,亦谦逊中带着留恋与追悔。最后对吏民说出"吐纳贻尔和,穷通勖所蹈"的勉励之辞,可见诗人与吏民平常关系的亲密无间。

六朝虽然较少亲情送别之作,但正是这些数量不多的亲情送别诗透露了六朝亲情关系。曹植《赠白马王彪诗》写险恶环境中的兄弟相别,悲怆苍凉,身世之感深切;嵇康与嵇喜兄弟赠诗,政治理想不同却亲情常在,故各陈理想又各述思念之情;潘岳《北芒送别王世胄诗》"微微发肤,受之父母。峨峨王侯,中外之首。子亲伊姑,我父惟舅。昆同瓜瓞,志齐执友",写自己与王世胄的亲情关系,没有半点官场诗那样的应酬气息,纯任真情;陆机《与弟清河云诗》《于承明作与弟士龙诗》、陆云《答兄平原诗》述兄弟亲情,与二陆其他应酬诗风格迥异;左思《悼离赠妹诗二首》、左芬《感离诗》娓娓述怀,兄妹情深。六朝亲情送别诗还有王彪之《与诸兄弟方山别诗》、谢惠连《西陵遇风献康乐诗》、王俭《后园饯从兄豫章诗》、何逊《仰赠从兄兴宁寘南诗》、庾信《别庾七人蜀诗》等。王俭别诗:"兹夕竟何夕,念别开曾轩。光风转兰蕙,流月泛虚园。"以时间的模糊与夜月光风的流转表达诗人神情错乱的离别之情,非常感人。特别是"今夕何夕"在杜甫发扬之后,在宋词中广泛运用,成为一个凄婉的意象。何逊的别兄诗亦饱含深情:

> 家世传儒雅,贞白仰余徽。宗派已孤狭,财产又贫微。栖息同蜗舍,出入共荆扉。松笔时临沼,蒲简得垂帷。幸逢四海泰,日月耀增辉。相顾无羽翮,何由总奋飞?一朝异言宴,万里就暌违。远江飘素沫,高山郁翠微。相思对渺渺,相望隔巍巍。死灰终不然,长岑且未归。当怜此分袂,脉脉泪沾衣。①

李伯齐推测"此诗作于齐梁之际,约在天监元年(502)"②,刘畅认为本篇是"自伤身世之作。何氏宗族至逊一枝已无贵戚可仰靠,家传产业又很贫微,所以生活十分窘迫。这影响到他的心理并产生一种自卑情绪,何逊诗中反复表现出这种情绪。他感到自己缺乏翰飞戾天的能力与勇气,也就失去了与世相争的自信。'死灰终不然'的感慨是很沉痛的,《赠族人秫陵兄弟》中说'顾余晚脱略,怀抱日湮沦',从希望的泯灭中可知他是曾有过一番志向的"③。

---

① 何逊著,李伯齐校注《何逊集校注》,第61页。
② 同上书,第62页。
③ 刘畅注《何逊集注》,刘畅、刘国珺注《何逊集注 阴铿集注》,第46页。

对家世式微的感慨,对自己壮志难酬的倾诉,若非在亲情背景之下很难说出这种真切之辞。末句"当怜此分袂,脉脉泪沾衣",殊非套语。何逊又有《秋夕仰赠从兄寘南诗》,写景凄切,述情得体,"寸心怀是夜,寂寂漏方赊。抚弦乏欢娱,临觞独叹嗟。凄怆户凉入,徘徊榈影斜",移情于物,亲人思念之情感人深切。

总之,从六朝送别诗可以看出诗人与上下级、亲人的感情关系,进一步推测可以窥见六朝文人复杂的思想,从而略知六朝文人的生活状况。

二、从六朝送别活动与送别诗看文人社会交游

除留别故土与述别诗外,大多数送别诗都有确定的送别对象,学者探讨文人的社会交游,经常从诗人的唱和应酬诗作入手,其中包括送别诗这一重要资料。如朱光潜《诗论》研究陶渊明生平交游,便从陶集中所载赠诗这一信息了解到:"象庞参军、丁柴桑、戴主簿、郭主簿、羊长史、张常侍那一些人,大半官阶不高,和渊明也相知非旧,有些是柴桑的地方官,有些或许是渊明做官时的同僚,偶接杯酒之欢的。"[①]因此,梳理六朝送别活动与送别诗的对象,可以发现大量史料缺载的诗人交游信息。

朱光潜把友朋赠答酬唱送别之作纳入人伦诗的范畴,与西方同类诗比较时发现情趣上的差异很大:"西方关于人伦的诗大半以恋爱为中心。中国诗言爱情的虽然很多,但是没有让爱情把其他人伦抹煞。朋友的交情和君臣的恩谊在西方诗中不甚重要,而在中国诗中则几与爱情占同等位置。""中国叙人伦的诗,通盘计算,关于友朋交谊的比关于男女恋爱的还要多,在许多诗人的集中,赠答酬唱的作品,往往占其大半。苏李、建安七子、李杜、韩孟、苏黄、纳兰成德与顾贞观诸人的交谊古今传为美谈,在西方诗人中为歌德和席勒,华兹华斯与柯尔律治、济慈和雪莱、魏尔伦与兰波诸人虽亦以交谊著,而他们的集中叙友朋乐趣的诗却极少。"[②]中国诗人重视朋友交谊,赠答酬唱之作包括寄赠、奉和、送别几个大宗,前两种应酬习气重,只能从表面反映文人社交现象,而送别酬赠之作,大多数有感而发,最见真情。中国自古此类人伦诗数量之多,质量之高,人所共睹,朱先生的概括性结论至为精当。而考察六朝送别活动与送别诗,亦可见出六朝诗人真挚的朋友交谊。

六朝各个朝代都非常重视祖饯活动,重要人物出行祖饯倾朝、倾城的现象很正常。这种活动对不少文人来说是违心之举,但身处其中,事不由己。从这种无奈而被动的参与中可以看出六朝文人所处社会生活环境的大略,如

---

① 朱光潜《诗论》,《朱光潜全集》第三卷,安徽教育出版社,1987年,第251页。
② 同上书,第74—75页。

王弘等以"祖离送别必在有情"的理由拒绝出席的毕竟很少,从这一现象可见六朝文人社会应酬与交游的普遍泛滥。但也有人事关系处理不当者,迁调远行或告归却无人祖送,从而遗憾士林。如《南史》卷四七《虞玩之传》载:虞玩之好臧否人物,并于宋末以言论得罪王俭与孔觊,故其上表告退东归之际,"俭不出送,朝廷无祖饯者。中丞刘休与亲知书曰:'虞公散发海隅,同古人之美,而东都之送,殊不蔼蔼。'"①另外,祖饯活动还与人物身份官阶等第有一定的关联,故可见六朝士人社会交游的虚伪性。如《南史》卷三〇《何尚之传》:"义真被废,入为中书侍郎,迁吏部郎。告休定省,倾朝送别于冶渚。及至郡,叔度谓曰:'闻汝来此,倾朝相送,可有几客?'笑曰:'殆数百人。'叔度笑曰:'此是送吏部郎耳,非关何彦德也。昔殷浩亦尝作豫章定省,送别者甚众,及废徙东阳,船泊征虏亭积日,乃至亲旧无复相窥者。'"②此段记载何尚之父亲叔度语道破了六朝祖饯活动的本质,刘义真被废后数百人相送,其规格是送吏部郎而非王侯,殷浩出镇豫章与废徙东阳,送别人数对比极为强烈。以此知六朝送别活动本身多属虚伪应酬,只是士人社会生活的一个部分。因此,可以肯定金谷集送别、百僚从宋公登戏马台送饯、饯谢朓萧衍西行,其中固有行人知心至交,估计亦不乏应酬之客。他如谢瞻《王抚军庾西阳集别时为豫章太守庾被征还东诗》、谢惠连《夜集叹乖诗》、吴均《同柳吴兴乌亭集送柳舍人诗》《同柳吴兴何山集送刘余杭诗》《送柳吴兴竹亭集诗》等从诗题即知为集别之作,至于集会送别参与人数有多少不可考,有多少是朋友知己的集别亦不得而知,但从其中可以看出文人的交游情况则是事实。如吴均在吴兴任上的交游情况,《梁书》本传仅载:"天监初,柳恽为吴兴,召补主簿,日引与赋诗。"③仅言其与柳恽赋诗酬唱,具体情况不详。上列吴均参与集送的三首送别诗都是同柳恽一起,便可以印证吴氏与柳恽的交谊。另外,其送别对象柳舍人、刘余杭等或为柳恽的朋友,或为官场往来,或是吴均本人旧识,虽不可考其具体情况,但吴均与这些人有过交往却凭此送别诗可以证实。另,柳恽亦长于作诗,《梁书》本传称其诗见赏于王元长,"预曲宴,必被诏赋诗"④,并曾奉和梁武帝《登景阳楼》篇,从吴均与之吴兴集别饯送数诗知,柳氏为当地长官,必有祖饯诗作,今诗不存定是散佚。

六朝作于集体祖饯的诗作很多,反映的是文人集体社会交往情形。还有更多的是三两好友,登酒楼、据离亭、临别浦、执手歧路的别离之作。这种私

---

① 李延寿《南史》,第1179页。
② 同上书,第782页。
③ 姚思廉《梁书》,第698页。
④ 同上书,第331页。

人小型送别活动,史籍基本不录,如果仅仅寻史籍以定诗人交游情况,则不能全面反映诗人社会交往;若考镜诗人送别酬赠诗作,则可获得诗人更多的交游资料。如学者作嵇康评传,均考其与郭遐叔、郭遐周、阮侃的交游,而其依据就是叔夜与二郭、阮氏的赠别酬答诗,其交谊之深浅亦可由诗作中略窥大概。再如庾信的乡关之思,亦可以从其送别南、北朋友不同的写法中对比出来,像送赵王峡中军别诗与送周弘正、侃法师等别诗,其中所蕴含的思想感情就迥乎不同,进一步可推知庾信与南、北朋友不同的交游态度。还有些文人虽名不见经传,却留存有情深义重的送别诗作,从中可推六朝文人对于朋友义气的态度。如鲍照《赠傅都曹别诗》:

> 轻鸿戏江潭,孤雁集洲沚。邂逅两相亲,缘念共无已。风雨好东西,一隔顿万里。追忆栖宿时,声容满心耳。落日川渚寒,愁云绕天起。短翮不能翔,徘徊烟雾里。①

送别对象傅都曹,闻人倓笺以为傅亮,钱仲联补注辨其非曰:"按《宋书》,亮为记室,在义熙三四年间,照尚未生;亮本传又不言其为都曹,其卒在元嘉三年,时照才十三四岁。此傅都曹非亮,闻说非是。"②要之,此乃鲍照送给傅姓朋友的别诗。苏瑞隆认为鲍照在此诗中"创造了一个暗喻(metaphor)想象的世界来表达对旧游同事的友情","我们只能从题目中知道这是一首别离诗。鲍照巧妙地创造了一个寓言,将自己和傅都曹比喻为鸿与雁——偶然相遇在一个沙洲之上。风雨代表一种无可抵挡的力量,时时改变方向,最后将这两只鸟分开。一旦分离,鸿与雁即开始想念对方,在夕阳中栖息在寒冷的沙岛上,他们想起在一起的情谊。思念促使鸿与雁互相寻找对方,不幸的是,他们最后的希望也破灭了,因为无法依赖自己的'短翮'飞越千山万水"。③透过表象,鲍照以过去、现在、未来的时间顺序追念过去的邂逅,慨叹现在的突然东西异途,一隔万里,遥寄日后独处一方,欲面无缘,虽是写鸟托喻,却情真意切,表达了诗人与朋友深厚的交谊。钱仲联集王壬秋评:"苦思其情,非相思真者,不知其佳。非极炼亦不能作此五句。"④以真念品评,得其诗心。

总而言之,从送别诗与送别活动出发,去核验六朝文人的社会交游,可以发现各类史籍缺载的大量资料,对于相关诗人评传真实还原传主生平,有重

---

① 鲍照著,钱仲联增补集说校《鲍参军集注》,第297页。
② 同上书,第298页。
③ 苏瑞隆《鲍照诗文研究》,中华书局,2006年,第218—219页。
④ 鲍照著,钱仲联增补集说校《鲍参军集注》,第299页。

要的意义。而集体送别活动牵涉不止一两位文人,理清此类活动的始末,则可以印证或补充许多重大史实。

第三节 六朝送别诗对唐人送别诗的影响

唐代文学成就最高的是诗,唐诗是一代文学的标志。唐代文学的繁荣固然有诸如开放的文化环境、士人开阔恢宏的胸襟气度与积极进取的意志精神、儒释道的发展等客观条件的影响,但,从文学发展自身来说,"'影响'无止境"①,"唐文学的繁荣乃是魏晋南北朝文学发展的必然结果","没有魏晋南北朝文学,就没有唐文学的繁荣"。②唐诗作为唐代文学的代表,当然也无法摆脱六朝诗歌的影响。布鲁姆说:"文学影响理论的真谛恰恰是其无可抗拒的焦虑;莎士比亚不会允许你们去埋葬他,去回避他,去取代他。我们几乎毫无例外地——而且往往在并未欣赏过莎士比亚戏剧的舞台演出或阅读过剧本的情况下——已经内化了、吸收了莎士比亚戏剧的力量。"③笔者没有把六朝诗歌与莎士比亚相提并论的意思,但仅从六朝诗歌在"艺术特质"上取得的成就来看,六朝诗歌的确具备了给予唐代诗歌重大影响的能力,现当代学者已经充分认识到这一点。虽然唐代出现了不少批判六朝诗歌的论断,但《艺文类聚》《初学记》这些作诗工具书就是以六朝诗文为重要编选对象的,还有包括杜甫在内的许多诗人坦言对六朝重要作家的借鉴。送别诗作为诗歌中一个重要题材类型,在唐代特别发达,松浦友久结合他人研究成果对唐代部分作家的送别诗进行了量化统计:李白计有160首可作离别诗来考察,这个数字约占全部作品1050首的15.2%,杜甫离别诗130首,占1450首中的9%;白居易180首,占2800首的6.4%;韩愈30首,占370首的8.1%,王维共写有73首,占总数415首的17.6%,④其他还有王昌龄送别诗占其诗作27%,郎士元送别诗占其诗作45%,刘长卿送别诗占其诗作37%,卢纶送别诗占其诗作29%,李端送别诗占其诗作29%。⑤当然,各家量化统计在具体作品认定上稍有出入,具体诗人所作送别诗的数据略有误差。如仅以《全唐诗》为样本,对诗题中有"送""别""送别""留别"等明确字词的诗作进行统

---

① 〔美〕哈罗德·布鲁姆《影响的焦虑——一种诗歌理论》(增订版),徐文博译,"再版前言:玷污的苦恼"。
② 袁行霈主编《中国文学史》(第二卷),第208—209页。
③ 同注①。
④ 〔日〕松浦友久《李白诗歌抒情艺术研究》,刘维治译,第50页。按,此处引用数据结果根据松浦友久书中所列数据重新计算校正。
⑤ 〔日〕松浦友久《唐诗语汇意象论》,陈植锷、王晓平译,第168页。

计,唐代留存有送别诗的诗人超过四百八十人,送别诗总数超过五千八百首。个人留存送别诗超过一百首的诗人按其送别诗数量多少依次有刘长卿、李白、岑参、杜甫、钱起、韩翃、卢纶、白居易、许浑、贾岛、皎然等,唐代送别诗繁荣盛况可窥一斑。唐人送别诗与其他题材诗一样,都或多或少、或直露或含蓄地留有六朝送别诗的影响。

一、离别意象上的影响

送别诗的最基本构成就是离别意象,唐代诗人充分挖掘了离别意象。然而,不管唐诗离别意象系统如何丰富,其基本的意象却多数完成于六朝时期。在离别意象的创造与运用中,唐代送别诗中许多经典之句可以从六朝送别诗中找到原型。

譬如酒意象,以《唐诗三百首》为样本,其中收录送别诗四十四题四十六首,写到酒或其相关意象如觞、杯、杯酒的共十一次。其中经典名句王维《送元二使安西》"劝君更尽一杯酒,西出阳关无故人",劝酒送别,脍炙人口,实出沈约《别范安成诗》"勿言一樽酒,明日难重持",首句劝酒,次句逆挽点出劝酒原因,二者均气韵苍凉,人生的历练沧桑见于言外。区别在于王维以舍我无朋友的语气赋诗,诗中弥漫强烈的主体色彩;沈约以老境颓唐之笔言别,诗中低回今不如昔的惋惜之气,气势略逊于王而已。王诗后出转精,其对酒意象的灵活运用却不能埋没沈约之功。沃伦在《文学理论》中说:"给人以深刻印象,经常可见一个现象是一个作家早期作品中的'道具'往往转变成其后期作品中的'象征'。"[1]把意象的发展放在一个作家写作生涯中来看是如此,推而广之,在某一阶段文学史乃至整个文学史上,意象的形成也要经历一个由"道具"到"象征"的过程,举送别诗中的酒意象为例,亦有这样一条演变的轨迹。在六朝一些送别活动中,酒多是公宴饯席上的一种必要媒介,主要是作为祖饯較祭的工具与宴席交流的凭借,送别赋作,写酒入诗,更大程度上是欢快愉悦的。可以说这类送别诗中的酒意象并没有太大的象征性,如果说有,那也只是象征欢乐,与离别悲情关涉不大。即便是大诗人李白,其《金陵酒肆留别》"吴姬压酒唤客尝""欲行不行各尽觞"里的酒意象也是洋溢着欢愉之情的,反而冲淡了末句的离别之情。余恕诚赏析此诗:"依依惜别中融合着愉悦感,柳花飞絮,酒肆飘香,劝酒的吴姬,相送的金陵子弟,'欲行不行各尽觞'的送别场面,可与江水比长短的别意,几种因素汇合在一起,像把别

---

[1] 〔美〕勒内·韦勒克、〔美〕奥斯汀·沃伦《文学理论(修订版)》,刘象愚、邢培明、陈圣生、李哲明译,江苏教育出版社,2005年,第215页。

离酿成一杯醉人的美酒,引起人们对盛唐时期生活风调的无限遐想。"①李白从这个角度来运用酒意象,固然与其本人性格特点紧密相关,但以酒写欢乐的方式在六朝送别诗中屡见不鲜,其中并不含多少以乐景写哀情的深意。然而,酒意象与离情联系起来,象征离愁别绪也常见于六朝送别诗中。沃伦亦提出:"一个'意象'可以被一次转换成一个隐喻,但如果它作为呈现与再现不断重复,那就变成了一个象征,甚至是一个象征(或者神话)系统的一部分。"②的确是这样,送别诗中的酒意象一旦与离愁别绪结合起来,就有着强大的生命力,在送别诗中几乎成为别绪的代名,是送别意象系统中重要的一分子。同样是李白的送别诗,其在《宣州谢朓楼饯别校书叔云》中一面豪气干云,击节"对此可以酣高楼",一面沉郁慨叹"举杯消愁愁更愁",把酒意象的两个意蕴交错于同一首诗中,诗人矛盾、苦闷的心情跃然纸上。至于唐人送别诗中"中军置酒饮归客"(岑参《白雪歌送武判官归京》),"置酒临长道"(王维《送綦毋潜落第还乡》)直接写置酒送别,像这种"置酒"格式在六朝送别诗中十分常见,如阮瑀《诗》"置酒高堂上",曹植《送应氏诗二首》其二"置酒此河阳",左思《悼离赠妹诗二首》其二"置酒中堂",吴均《同柳吴兴何山集送刘余杭诗》"置酒峰之畿",萧统《饯庾仲容诗》"置酒临高殿"。同一句式在六朝送别诗中反复运用,唐人便习以为常,或者自己都不觉前贤早有此类句法吧,但影响却是事实存在的。

再如歧路意象,唐人送别诗中亦很多见。仅举柳宗元与刘禹锡赠答送别的一组诗为例,即可见一斑。元和十年(815),柳宗元赴任柳州,刘禹锡调任连州,过衡阳即将分道,各奔前程,二人再三酬赠抒怀。柳宗元《衡阳与梦得分路赠别》,在诗题中即以"分路"表达各自东西的歧路离情。刘禹锡酬答的《再授连州至衡阳酬柳柳州赠别》则谓:"去国十年同赴召,渡湘千里又分岐。""分岐"即"歧路",柳宗元再与刘禹锡别诗《重别梦得》曰:"二十年来万事同,今朝岐路忽西东。"刘禹锡再答:"弱冠同怀长者忧,临岐回想尽悠悠。"柳宗元《三赠刘员外》:"今日临岐别,何年待汝归。"③刘、柳交谊深厚,此次被召又遭挤远谪,二人有着共同的身世之感,面对歧路,人生之路何去何从,万难预料,故离别赠答往复,亦难尽离情。"歧路"成为摆在眼前的事实,"歧路"亦成为最纠结的心理意象,故二人赠答别诗中反复致意于此,亦见二人深情厚谊。卞孝萱考证刘禹锡与柳宗元的交游,从此次柳氏别诗"二十年来万事同"破题,列举28条二人相同相通之处,证成二人"在学术思想、政治主

---

① 余恕诚《唐诗风貌》,安徽大学出版社,1997年,第10页。
② 〔美〕勒内·韦勒克、〔美〕奥斯汀·沃伦《文学理论》(修订版),刘象愚、刑培明、陈圣生、李哲明译,第214页。
③ 柳宗元《柳河东集》,上海人民出版社,1974年,第697—699页。

张、文艺创作、社会活动等方面,都有许多共同之处",是"志同道合的朋友"。① 的确是这样,柳宗元刚到柳州任上,便写下了《登柳州城楼寄漳汀封连四州》,遥寄好友刘禹锡等,倾诉远谪心境。陈岩肖《庚溪诗话》曰:"昔人临歧执别,回首引望,恋恋不忍遽去,而形于诗者,如王摩诘云:'车徒望不见,时见起行尘。'欧阳詹云:'高城已不见,况复城中人。'东坡与其弟子由别云:'登高回首坡陇隔,但见乌帽出复没。'或纪行人已远,而故人不复可见,语虽不同,其惜别之意则同也。"②歧路分别,唐宋诗人结合离别诗瞻望、伫立意象翻出新意,将歧路执手难舍难分的近景镜头延续到离人渐行渐远、留者登高目送的广角远景,意蕴更加深远。当然,歧路意象在六朝送别诗中兴起,并趋于成熟,唐人信手拈来,日臻妙境,六朝诗人的创立之功不可埋没。

再如王昌龄送别诗最擅长的寒江意象,亦能够在何逊送别诗中找到其互文之源。何氏《夕望江桥示萧谘议杨建康江主簿》:"旅人多忧思,寒江复寂寥。"③此诗主要抒写旅人思乡之情,将忧思的离人与寂寥的秋江组合在一起,以"寒"字双关气候与心情。当然,后出转精,王昌龄寒江意象运用更为娴熟,亦更能寄寓其孤独落寞的离情。如《送人归江夏》:"寒江绿竹楚云深,莫道离忧迁远心。"④"寒江""绿竹""楚云"三个名词性意象并置,都衬以凄凉的冷色调,黯淡忧伤的离情,浸透心脾。《巴陵别刘处士》再次拆分三大意象,置于三个句子之中,"一宿楚云里。竹映秋馆深,月寒江风起"⑤,阴冷潮湿,陡令读者寒战。脍炙人口的《芙蓉楼送辛渐二首》"寒雨连江夜入吴""寂寂寒江明月心"⑥,将清冷如水的明月、侵肌入骨的冷雨与寒江组合在一起,景物气候因离别而生变,一切景致都带上主观色彩,一切景语都因情而生。综观王昌龄送别诗,能够发现一个孤清、寒冷、暗色调的以"寒江"为中心的意象群,包括冷月、秋月、孤月、寒月、秋雨、寒雨、暗雨、秋江、清江、潇湘、楚

---

① 卞孝萱《试释"二十年来万事同"——刘禹锡与柳宗元交游小考》,《内蒙古大学学报》1980年第1期。卞先生考出二十八条相同之处,分别是:(一)"弱冠同怀长者忧",(二)同登进士科;(三)同向皇甫阅学书;(四)同仕京兆府;(五)同听施士匄讲《毛诗》;(六)同与韩愈、崔群等交游;(七)同在御史台;(八)同提倡古文运动;(九)同参加王叔文集团;(十)同访牛僧孺;(十一)同祭顾少连、李汶;(十二)同参加顺宗即位后的革新;(十三)同反对天命论;(十四)同哭吕温;(十五)同与元洪通信讨论政理;(十六)同与张署唱和;(十七)同与孝僧交游;(十八)同与段弘古交游;(十九)"去国十年同赴召";(二十)同出为远州刺史,同行;(廿一)同以教子女学书为乐;(廿二)同与诗僧交游;(廿三)同为薛伯高撰文;(廿四)同以诗文歌颂平淮西、淄青;(廿五)同评《平淮西碑》;(廿六)同研究医药;(廿七)同为慧能禅师撰碑,(廿八)想同归田而未能实现。
② 陈岩肖《庚溪诗话》,丁福保辑《历代诗话续编》,第176—177页。
③ 何逊著,李伯齐校注《何逊集校注》,第40页。
④ 王昌龄著,胡问涛、罗琴校注《王昌龄集编年校注》,巴蜀书社,2000年,第113页。
⑤ 同上书,第117页。
⑥ 同上书,第149—150页。

水、孤山、楚山、楚云、绿竹、寒夜、江风等,这种意象组合与运用固然和王昌龄贬谪的身世之感有着密切关系,却也不可否认其受到何逊送别诗运用冷雨、寒江意象抒写别情的影响。如何逊《与胡兴安夜别诗》"露湿寒塘草,月映清淮流"①,露珠、寒塘、明月、清淮意象组合在一起,越发凸显凄凉孤寂之感。《相送诗》"江暗雨欲来,浪白风初起"②,不去祝福离人一帆风顺,而是叮嘱江上风险莫测,使整个离别活动打上阴沉抑郁的氛围,可以说是离别的思想包袱与对友人的挂念之情令气候发生变化。当然,何逊运用这种压抑情感基调并寄情于景的写法并不是很成熟,到了王昌龄手中,则得心应手,运用自如,开送别诗清冷黯淡一路。

再如行舟及其相关设施意象,唐人送别诗中也是广为运用。还举《唐诗三百首》中的送别诗为例,其中运用舟船及其相关设施意象的诗句有王维《送綦毋潜落第还乡》"行当浮桂棹",韦应物《送杨氏女》"大江溯轻舟",李颀《送陈章甫》"津口停舟渡不得",李白《宣州谢朓楼饯别校书叔云》"明朝散发弄扁舟",《渡荆门送别》"万里送行舟",《黄鹤楼送孟浩然之广陵》"孤帆远影碧空尽",刘长卿《饯别王十一南游》"长江一帆远",钱起《送僧归日本》"去世法舟轻",温庭筠《送人东游》"天涯孤棹还"(上例句均出陈婉俊补注《唐诗三百首》)。棹意象,《初学记》便已经留意,专门列举了"理棹""弭棹"等词条;而帆意象在六朝送别诗中也很常用,如《别席中兵诗》"扁舟已入浪,孤帆渐逼天"句,以孤帆指代行舟,李白的"孤帆远影"正是由来有自。

其他像眼泪、车马、南浦、杨柳、流水、离烛、春草等唐代送别诗中频繁出现的意象,都在六朝送别诗中或多或少有所运用。总之,唐人离别意象系统丰富的意象并非无所依傍,而是多数缘起于六朝送别诗,像泪水、断肠、舟船、觞酒、车马、杨柳、征棹、孤帆、浮云等意象在六朝便已经定型,与送别诗结下了紧密关系。研究唐人送别诗意象,有必要回溯六朝同类诗作,方可全面深入地理解文本。

唐人送别诗的特长还在于意象的组合,其组合方式的多样性与灵活性,早经唐诗研究者详细阐释,但唐人送别诗中许多精致的意象组合用例在六朝即已具雏形。如杜甫《奉济驿重送严公四韵》"几时杯重把,昨夜月同行",上句写"后会无期",下句写"旧欢如昨",杯酒与夜月意象并置,以共同举杯喻未来再会,用夜月伴行喻昔日同欢,短短两句,浓缩过去与未来。六朝送别诗中这种未来与过去凝于一联之中的用例尚未见用,但今昔对比、当下与未来对照安排意象的不乏其例,另外在一首诗中按过去、现在、未来线索组合意象

---

① 何逊著,李伯齐校注《何逊集校注》,第44页。
② 同上书,第201页。

的诗作亦不少,杜甫的高明之处在于化故为新,前进一步,意味深入数层。然而,像杜甫这样诗家之大成者毕竟凤毛麟角,唐人送别诗更多的还是常用意象组合方式,或地名对举如"城阙辅三秦,风烟望五津"(王勃《送杜少府之任蜀州》),"三秦"对"五津",在六朝则有庾信《和侃法师三绝诗》其一"秦关望楚路,灞岸想江潭",一句之内两两相对,一联之中四地并置,表现力较王诗有过之而无不及;或两联流水顺接式组合如王昌龄《芙蓉楼送辛渐》"寒雨连江夜入吴,平明送客楚山孤",昨夜的连江寒雨,凌晨的楚山送客,时间顺接而下,凄景与别情相辅相成,此种写法如梁何逊《送韦司马别诗》"悯悯分手毕,萧萧行帆举。举帆越中流,望别上高楼",按照离舟愈行愈远的顺序组织意象,带领读者随着诗人笔触而动,王昌龄诗时间跨度大,何诗却在短促的时间里安排一系列动作,何、王二诗组合意象的方式一样,一令时间延宕,一令时间跳跃,从效果上看实难分高下。

唐代送别诗意象组合上,尤其重视两两相对空间隔离意象的运用。兹略举数例,以见六朝送别诗空间隔离型意象组合对唐人的影响。首先,唐人送别诗常用"陇头水""御沟水"东西分流意象表达主客各奔东西的离别之感。御沟水东西分流可上溯到乐府《白头吟》:"蹀躞御沟上,沟水东西流。"《乐府解题》:"次言别于沟水之上,叙其本情。"①陇头水东西分流则以其地理位置生成意象。《元和郡县志·陇右道·清水县》:"小陇山,一名陇坻,又名分水岭。魄嚣时,来歙袭得略阳,嚣使王元拒之。陇坂九回,不知高几里,每山东人西役,升此瞻望,莫不悲思。陇上有水,东西分流,因号驿为分水驿。行人歌曰:'陇头流水,鸣声幽咽,遥望秦川,肝肠断绝。'"②乐府亦有《陇头水》,梁元帝《陇头水》曰:"衔悲别陇头,关路漫悠悠。故乡迷远近,征人分去留。沙飞晓成幕,海气旦如楼。欲识秦川处,陇水向东流。"③唐人用此河水东西分流意象者不胜枚举。如:庾抱《别蔡参军》:"人世多飘忽,沟水易东西。"李峤《送李邕》:"殷勤御沟水,从此各东西。"储光羲《陇头水送别》:"相送陇山头,东西陇水流。"刘长卿《淮上送梁二恩命追赴上都》:"渺渺长淮水,东西自此分。"又有《赴江西湖上赠皇甫曾之宣州》:"东西潮渺渺,离别雨萧萧。"又《苕溪酬梁耿别后见寄》:"鸟向平芜远近,人随流水东西。"岑参《经陇头分水》:"东西流不歇,曾断几人肠。"杨凝《送客归淮南》:"非关御沟上,今日各东西。"司空曙《分流水》:"古时愁别泪,滴作分流水。日夜东西流,分流几千里。"杨巨源《赠从弟茂卿》:"流水东西岐路分,幽州迢递旧来闻。"白居易《送

---

① 郭茂倩编《乐府诗集》,中华书局,1979 年,第 599—600 页。
② 李吉甫《元和郡县图志》,中华书局,1983 年,第 982 页。
③ 郭茂倩编《乐府诗集》,第 312 页。

韦侍御量移金州司马》："莫恨东西沟水别,沧溟长短拟同归。"又有《长乐坡送人赋得愁字》:"行人南北分征路,流水东西接御沟。"这种通过分水岭东西分流意象表达离人相背而行的抒别方式,"东""西"相隔的空间意象是从一个原点发出去的两条射线,越走越远,离别主客内心的忧伤也越来越浓郁。这个意象组合之所以能够成为送别诗有效抒情意象,在于水路是古人出行的主要路径之一,流水最容易激起离愁,水上分流恰如陆上歧路,各自东西的方位背离能够有效表达离别的情形。从上文列举诗歌用例,不难看出这个意象组合的初期运用应上溯到六朝时期。

其次,唐代送别诗还常以方位背反、相隔遥远的两个端点组合意象,想象离别之后在空间隔离状态下的离愁别绪。如卢照邻《西使兼送孟学士南游》:"地道巴陵北,天山弱水东。相看万余里,共倚一征蓬。零雨悲王粲,清樽别孔融。裴回闻夜鹤,怅望待秋鸿。骨肉胡秦外,风尘关塞中。唯余剑锋在,耿耿气成虹。"此诗除运用王粲、孔融等六朝典故外,在以背反方位表达空间隔离的意象组合方式上亦有六朝离别诗的痕迹。沈德潜在"地道巴陵北"下注"学士南游",即孟学士要南去巴陵;在"天山弱水东"下注"自己西使",即自己要西使伊州、西州一带。沈德潜总评:"前人但赏其起语雄浑,须看一气承接,不平实,不板滞。"①开篇的方位意象起势就拉开主客空间距离,接着以万余里渲染距离感,再运用典事抒情寄意,将自己西行比作避难荆州的王粲,将孟学士南游比作孔融叹闲时的好客风流,离别之情、抑郁之气在背反阻隔的空间距离中跌宕回旋,情感的真挚浓烈有赖于开篇的空间意象组合。这种写法在六朝送别诗中是有先例的。如谢朓《新亭渚别范零陵云诗》,在诗题中点明离别地点"新亭渚",在第一句指出离者前方目的地"洞庭张乐地",开篇就拉开主客空间距离,为抒发离情蓄势。由此亦不难梳理出唐代送别诗空间隔离意象组合方式的生成线索。继承创新,唐人在隔离意象寄托离愁的基础上翻出新意,不再慨叹空间的隔离,而是展望未来的相聚与未来的新生活。如李白《鲁郡尧祠送窦明府薄华还西京》曰:"尔向西秦我东越,暂向瀛洲访金阙。蓝田太白若可期,为余扫洒石上月。"《唐五代文学编年史》系此诗于天宝五载秋(746),李白在兖州鲁郡尧祠赋诗送窦薄华归长安②,"尔向西秦我东越",二者背道而行,空间距离越来越远。但诗人马上设想自己的西行,期待在蓝田太白山的再度相见,到时候主客易位,叮嘱窦明府要做好迎接准备。此种写法,别具一格,空间距离成为再次相聚的新契机。再如李颀《送刘方平》曰:"请君骑马望西陵,为我殷勤吊魏武。"送者委托行者代为祭

---

① 沈德潜《唐诗别裁集》,岳麓书社,1998 年,第 376 页。
② 陶敏、傅璇琮《唐五代文学编年史(初盛唐卷)》,辽海出版社,1998 年,第 803 页。

吊魏武,亦淡化了空间隔离感。

当然,意象的组合历来是中国古诗积极探讨的一个重大问题,送别诗的意象组合亦可以吸收其他题材的方法。探索唐人送别诗在意象组合上与六朝的共同点,是一件有意义的工作,但也不必强说其有共同之处即是受到六朝同型诗的影响,其实影响是复杂的、潜在的,仅从表象上去分析终不免皮相之谈。

二、结构、句式、炼字上的影响

张伯伟论证推源溯流批评方法的成立时,考察了中国古代模拟仿效的文学风气,并以《文选》诗为范围,从结构、句式、意象、炼字四个方面检阅了六朝诗人的模拟技巧。① 模拟就是坦率承继影响的存在并明确效仿的一种写作方式,从中很容易看出前代诗歌的痕迹;但文人熟读诗书,深受前辈影响却浑然不觉,研究影响史则要对读文本方知。尤其是唐代,诗学界不像宋人那样强调诗歌学习古人,却编类书、摘句图、作诗格,实际效仿于前人而不明言,加之唐诗成就卓著,乃至古今许多学者以为唐诗无复依傍。可如果按张先生所揭示的四个方面去对读唐诗与六朝诗,唐人诗歌还是有迹可循的,唐人送别诗也不例外。上文从意象上展开了六朝送别诗对唐人同题材诗的影响,下面再抽样对读,看看唐人送别诗在结构、句式、炼字上所受到的影响。

上章已分析了六朝送别诗章法结构上的特点,故不烦重复。此处仅从六朝送别诗空间转换的结构方式来看看其与唐人送别诗的关系。六朝送别诗空间转换主要分为两种:其一为大范围内的地点切换,如同电影外景,相隔的两地或数处,如果实地旅行,由此及彼,耗时很长;但把两个镜头或数个镜头转接到一起,则可以极短的时间周游列国,而且会产生强烈的对比效应;其创新者则只写前方目的地,虚处实写,离别实境虚写或不写,却能收到意想不到的奇效。其二为离别场景的小角度特写,以小范围的空间扫描烘托气氛。前者庾信最擅长这一手法,他如吴均《别王谦诗》"欲还天台岭,不狎甘泉宫",《送吕外兵诗》"白云浮海际,明日落河滨",何逊《道中赠桓司马季珪诗》"君渡北江时,讵今南浦泣",王褒《别王都官诗》"东西御沟水,南北会稽云"等,都是把相隔很远的两处放在一联之中,形成强烈的空间距离感。唐人送别诗运用这一写法则比比皆是。如王维的《送秘书晁监还日本国》抓住九州、日本两个地域交错运畴,频繁转换地域视角,较六朝放在一联或数句之中更进一步。再如李白《送友人入蜀》:"见说蚕丛路,崎岖不易行。山从人面起,云

---

① 张伯伟《中国古代文学批评方法研究》,中华书局,2002 年,第 138—139 页。

傍马头生。芳树笼秦栈,春流绕蜀城。"①完全着笔于友人前方目的地,是虚处实写,实境不写,对比却在其中。又如太白《送友人游梅湖》:"送君游梅湖,应见梅花发。有使寄我来,无令红芳歇。暂行新林浦,定醉金陵月。莫惜一雁书,音尘坐胡越。"②此诗涉及三个空间场地:主客离别地点,友人前去的梅湖,诗人将去的新林浦。送别地点完全略去,诗人想象梅湖的梅花与新林浦的月亮,实写未到之地,进而联系折梅寄送与明月相思,从未来视角悬想离别相思之情,最后将相隔不太遥远的梅湖、新林浦两地与音尘远隔的胡、越对照,送别主客互相承诺通过书信邮驿加强联络,绝不让空间距离隔膜了友情。像谢朓《新亭渚别范零陵云诗》便是把空间放到前方目的地的写法,然亦注意到分别场景的实境描写,李白则全部就虚境描写,较谢诗有所发展。而庾信《别庾七入蜀诗》则是前八句写蜀地风景,末两句述兄弟别情。李白此诗与庾诗题目类似,结构竟如出一辙,说明唐人如李白这样的大家胸中亦存六朝诗人。他如杜荀鹤《送友游吴越》亦是从前方目的地着笔写别,可见此类空间转换的结构方式在唐人送别诗中已经运用自如。小范围空间扫描式写法在六朝送别诗中非常普遍,或者在应制型送别诗中对皇帝王公的出场进行精雕细描,或者在长亭别浦送别时对山水、天空进行移步换景的描述,或者在好友饯宴上对室内户外进行镜头转接,其中不乏警策佳句。如谢朓与诸文人离夜赋诗,都很注意室内户外空间的转换。再如庾信《应令诗》:"望别非新馆,开舟即旧弯。浦喧征棹发,亭空送客还。路尘犹向水,征帆独背关。"送别地周围或别馆、或港湾、或岸浦、或离亭、或歧路、或远帆,亦实亦虚,随着视角的转换,数种离别意象尽收眼底。又,张正见《秋日别庾正员诗》写征途车骑旌旆、江边疏木凌风、江上风起浪涌、远去离帆青雀,均是按空间移步实写,最后把视角转到天空,以虚笔写月,引起思念之情。唐人亦最长于在送别诗中做这种小范围空间扫描,其精粹篇章总能在六朝基础上更进一层。像岑参《白雪歌送武判官归京》便是唐人送别诗中小范围空间扫描的佳制,先描户外风雪,转帐内严寒与别宴,最后又回到户外送行,便胜于六朝那种简单的空间转换诗篇。

无论如何变幻,诗歌的结构方式毕竟有限,故一一列举唐代送别诗在结构上与六朝同类型诗的对应并不科学,因为其结构还可能受到其他诗型的影响。但在句式与炼字上,则可以更清晰地看到影响的存在。

句式、炼字往往凝于一联或数句之中,是诗人最为看重的写作方式。王昌龄《诗格·论文意》曰:"凡作诗之人,皆自抄古今诗语精妙之处,名为随身

---

① 李白著,王琦注《李太白全集》,第839页。
② 同上书,第767页。

卷子,以防苦思。作文兴若不来,即须看随身卷子,以发兴也。"①送别赋诗是唐人最经常的应酬,大诗人熟读前代诗歌,特别是《文选》诗,当运用自如,举重若轻;而一般诗人,携带随身卷子以备诗思迟缓估计乃据实之谈。《文镜秘府论·南卷》引皎然《诗议》批判送别诗中用字之俗:"又如送别诗,山字之中,必有离颜;溪字之中,必有解携;送字之中,必有渡头字;来字之中,必有悠哉。……若体裁已成,唯少此字,假以圆文,则何不可。然取舍之际,有斫轮之妙哉,知音之徒,固当心证。调笑叉语,似谑似谶,滑稽皆为诗赘,偏入嘲咏,时或有之,岂足为文章乎?"②由此亦知唐人对于炼字的高要求,向前人学习,推陈出新是唐人炼字的重要方法之一。核唐人送别诗,在句式与炼字上类于六朝者委实不少。随便举几例对照,吴均《酬萧新浦王洗马诗二首》其二"一年流泪同,万里相思各",以一年与万里相对,时间与空间、一与万对照鲜明且颇具新意;唐诗中则有张九龄《送赵都护赴安西》"南至三冬晚,西驰万里寒",张说《送岳州李十从军桂州》"风波万里阔,故旧十年来",沈佺期《送乔随州侃》"结交三十载,同游一万里"等类似用法。又吴均诗"玉樽浮云盖,朱轮流水车"(《征客诗》)的用法,句式与用字相类的唐人送别诗有宋之问《汉江宴别》"积水浮冠盖,遥风逐管弦",王勃《饯韦兵曹》"川霁浮烟敛,山明落照移",刘长卿《冬夜宿扬州开元寺烈公房送李侍御之江东》"暮帆背楚郭,江色浮金陵",吴均诗着力于细腻的刻画,唐诗则以开阔的视野写场景,但以第三字为动词挑联前后的句式及"浮"字的炼意,都极类吴诗。又,谢朓《新亭渚别范零陵云诗》"停骖我怅望,辍棹子夷犹",以人称代词连结动作与情态,"我""子"既是主客对比,又是诗中之眼。唐人送别诗中这种彼我对照运用的诗句也很多,如骆宾王《饯郑安阳入蜀》"畏途君怅望,岐路我裴徊",陈子昂《登蓟城西北楼送崔著作融入都》"清规子方奏,单戟我无能",张说《南中别陈七李十》"请君聊驻马,看我转征蓬",张说《岳州别梁六入朝》"自我违京洛,嗟君此溯洄",刘长卿《送薛据宰涉县》"夫君多述作,而我常讽味"等。唐人送别诗句式或炼字类于六朝送别诗者举不胜举,如李白名句"我寄愁心与明月,随风直到夜郎西"(《闻王昌龄左迁龙标遥有此寄》),便与沈约"以我径寸心,从君千里外"(《饯谢文学离夜诗》)同一机杼。

总之,无论是结构还是炼句、炼字,唐人都不可能完全无视六朝送别诗的存在。无论后人如何评价六朝诗歌,其送别诗炼字越来越精、琢句愈来愈工是明摆着的事实。而从技巧上对唐人送别诗产生影响亦正符合文学接受与

---

① 张伯伟《全唐五代诗格汇考》,江苏古籍出版社,2002年,第164页。
② 〔日〕弘法大师原撰,王利器校注《文镜秘府论校注》,中国社会科学出版社,1983年,第319页。

发展的规律,故研究唐人送别诗,上溯六朝同题材诗是很有意义的工作。至于在抒情方式上,唐人无论是以乐景写哀情,还是直抒胸臆,抑或借势层递,或者移情山水、寓物托意,都不出六朝送别诗抒情方式的藩篱。如果从抒情方式上去梳理六朝与唐代送别诗,其一脉相承的线索还是非常清晰的。而在感情基调与结篇上,各种各样的模式在六朝都基本完成,唐人则联系独特的唐人气象在六朝送别诗基础上进一步完善与充实,如豪壮之情更壮于六朝,哀婉之意更凄于前代,劝慰之辞更切于实际,写景结篇则多留余味,相思收束则更见思致。

总而言之,六朝是中国送别诗史上继"苏李诗"之后一个全面兴盛时期,其上承《诗》《骚》与汉韵,下开唐风。仅从送别诗史角度看,应该给予六朝送别诗重要的一席地,无视六朝送别诗的存在而以为中国送别诗兴起繁荣于唐代的观念是片面的、不科学的。

三、赋得送别诗在唐代的兴盛

"赋得"诗兴起于六朝,其起源于文人集体创作的分题赋作,最能体现诗文交流的特征。送别诗是六朝赋得诗的一类,所存诗作集中在陈隋时期。张正见《别韦谅赋得江湖泛别舟诗》、王胄《赋得雁送别周员外戍岭表诗》、刘斌《送刘员外同赋陈思王诗得好鸟鸣高枝诗》均在诗题中标明送别,张正见与刘斌分题赋得前人诗句,王胄分题赋得"雁",均围绕所得诗题敷写抒别。《文苑英华》卷二八五送行类收刘斌诗,题为《送刘散员同赋陈思王诗得好鸟鸣高枝》,下附许敬宗《赋得山树郁苍苍》、杨濬《赋得明月照高楼》、刘孝孙《赋得游人久不归》、贺朝清《赋得春莺送友人》共四首,五人各取曹植诗句分题赋别,可窥赋得送别诗集体创作的特点。周弘直《赋得荆轲诗》赋咏荆轲离别刺秦事,刘删《赋得苏武诗》写苏武留胡思归事,萧诠《赋得往往孤山映诗》从谢朓《和刘西曹望海台诗》"往往孤山映"句抒发"共君临水别,劳此送将归"的离别之情,阮卓《赋得黄鹄一远别诗》、江总《赋得携手上河梁应诏诗》则从苏李诗诗句赋写离别事,均可算作赋得送别诗。

六朝时期赋得诗并不算兴盛,赋得送别诗也只是在六朝后期才逐渐出现,但正由于有此类送别诗作的萌芽兴起,才有了唐代赋得送别诗的兴盛。《文苑英华》卷二六六至卷二八五录送行类诗歌,最后一卷为"赋物送人"与"歌",相当于"送行"诗歌类的附录,主要为赋得送别诗。除上文提及的王胄送别周员外一首、刘斌等送刘员外五首共计六首大约写作于隋代外,其余五十首应为唐代作品。作者有王胄、工䪨、骆宾王、刘斌、许敬宗、杨濬、刘孝孙、贺朝清、张九龄、李白、包何、钱起、卢纶、郎士元、皇甫冉、顾况、李益、杨巨源、杨衡、朱湾、韦应物、张众甫、刘商、窦叔向、朱长文、释皎然、白居易、释无可、欧阳詹、权德舆等三十人，从隋朝一直延续到初、盛、中、晚四唐，可见赋得送别诗贯穿了唐代送别诗史。再看入选赋得送别诗的类别，可以分为赋得物、赋得诗句、赋得文章、赋得地点、赋得事、赋得歌等类。赋得歌十五首，所得歌有浣纱石、赤壁歌、白鸥歌、带冰流歌、洛阳行、黄鹄楼歌、庐山瀑布歌、秋河曙耿耿、锡杖歌、桃花石枕歌、漉水囊歌、随阳雁歌、射雉歌、沙鹤歌、姑苏怀古等，从中可见唐代集体送别所唱主要歌目。唐代送别活动虽仍继承唱《骊驹》的传统，但随着分题赋得送别诗的盛行，离别歌曲更加多元化。赋得诗句的有十首，探取诗句有"侠客远从戎""好鸟鸣高枝""山树郁苍苍""明月照高楼""游人久不归""春莺送友人""云中辨江树""夜雨滴空阶""白鸟翔翠微"等九句。赋得诗句大抵出曹植、谢朓、何逊等六朝诗人，由此可见六朝诗歌对唐人集体送别分题赋得的影响。赋得事的有四首，侧重营造一种情境，如月下闻蛩、秋砧、夜磬、望远山等，形成听觉或视觉语境，赋事言别。赋得文章的有三首，分别是春鸟词、别鹤词、晋仙传，通过对这些词文的描述表达送别之意。赋得地点的有六首，包括瓜洲新河、彭祖楼、长洲苑、江渡、谢墅、荻塘路等地。赋得物所占比例最高，有十八首，包括鹰、鹤、荷叶、卜肆、秤、油席帽、垂杨、雨、丛篁、竹扇、柳杨、笛、荻花、啼猿、石梁泉、竹如意、草等，无论动物、植物、器物、物候，都可以作为赋得送别诗的探取对象。仅从《文苑英华》收录作品，即可见唐代赋得送别诗发展盛况。又，《中兴间气集》介绍郎士元时指出郎氏与钱起名重一时，"自丞相已下，更出作牧，二公无诗祖饯，时论鄙之"①，可见郎、钱二位在公务送别活动中的应酬交往情况，亦可想象唐人集体场合赋得赠别的流行状况。

　　赋得送别属于集体送别活动中的文学活动，如果有皇帝或上司直接参与，应制赋得往往体现六朝应制祖饯诗的特点。六朝应制祖饯诗表现出极强的应酬性，多数以歌功颂德为主，于饯别的主题往往简笔带过甚或游离饯别的主题。如张华《祖道赵王应诏诗》："崇选穆穆，利建明德。于显穆亲，时惟我王。禀姿自然，金质玉相。光宅旧赵，作镇冀方。休宠曲锡，备物焕彰。发轫上京，出自天邑。百寮饯行，缙绅具集。轩冕峨峨，冠盖习习。恋德惟怀，永叹弗及。"②全诗除"百寮饯行，缙绅具集"提到饯别以外，都是在鼓吹赵王的功德，采用四言典雅诗体极尽颂扬之能事，这种对行者近于阿谀的作法无疑是一种应酬。还有些祖饯诗则是不惜笔墨颂扬祖饯活动的主持者，被饯送者反而成了配角。如颜延之作《应诏宴曲水作诗》以祖道江夏王义恭、衡阳

---

① 高仲武集《中兴间气集》卷下，《四部丛刊初编》，商务印书馆，1922年，第1页。
② 逯钦立辑校《先秦汉魏晋南北朝诗》，第616页。

王义季,八章长诗基本以颂扬宋文帝为主。六朝皇族与官僚重视祖饯赋诗活动,在祖饯活动上经常令身边之人无论文臣武士都要赋诗,身为大臣或官僚幕属的祖饯诗作者,在这种集体赋诗饯行的场合自然有所顾忌,一次出色的表现也许就是晋官之阶,而稍不注意又可能惹来灾祸。应制祖饯诗创作的确受到多方面约束,唐代应制赋得送别诗亦不例外。如唐玄宗开元十三年(725)四月五日,玄宗赐宴群臣送张说赴集贤殿上任,亲自探字得"珍"字赋诗,张说分得"辉"字,苏颋、赵冬曦、源乾曜、徐坚、李元纮、裴漼、刘昇、萧嵩、韦抗、李暠、韦述、陆坚、程行谌、褚琇、贺知章、王湾等各自探字赋得《奉和圣制送张说上集贤学士赐宴》送别诗,张九龄《集贤殿书院奉敕送学士张说上赐燕序》述其盛况:"中书令燕国公,外弼庶绩,以奉沃心之谋;内讲六经,以成润色之业。故得出入华殿,师长翰林,惟帝用臧,固凡所赖。拜命之日,荷宠有加,降圣酒之罍,下御厨之膳,食以乐侑,人斯饱德。时则有侍中安阳公等,承恩预焉。学士右散骑常侍东海公等,摄职在焉。或禼、稷大贤,或渊、云诸彦,文王多士,周室以宁;武帝得人,汉家为盛。而高视前古,独不在于今乎! 咸可赋诗,以光鸿烈。"①读诸家诗作,虽题为赋得送张说就任,但一致在夸耀皇上的文治鸿德,送别上任的主题仅仅在诗题中有所反映,同僚之交淹没在皇帝赐宴的排场当中。

当然,朋友同僚之间集体送别,亦如"饯谢文学离夜"集体送别诗一样,清新自然,为情造文。白居易有名的《赋得古原草送别》抓住"古原草"铺写,最后以景语托出别情,水到渠成;其《长乐坡送人赋得愁字》亦从长乐坡歧路、与河水分流的实景兴起离愁别恨,最后以地名"长乐"反衬"长愁",赋写别情,灵动自然。

另外,赠序文体在唐代兴起,蔚为大国,其中亦记载了具体送别活动中探题赋诗情况,下列《王勃赠序记载赋诗送别情况一览》(见表4-1)(依据蒋清翊注《王子安集注》,上海古籍出版社,1995年),可窥其中赋得送别诗发展一斑:

表4-1 王勃赠序记载赋诗送别情况一览

题 名	赋诗送别情况	备 注
秋日登洪府滕王阁饯别序	一言均赋,四韵俱成。请洒潘江,各倾陆海云尔。	探字赋得。存《滕王阁》诗,但未写离别。
秋日楚州郝司户宅饯崔使君序	请扬文笔,共记良游。人赋一言,俱成四韵云尔。	探字赋得。

---

① 张九龄撰,熊飞校注《张九龄集校注》,中华书局,2008年,第872—873页。

(续表)

题　名	赋诗送别情况	备　注
秋日饯别序	研精麝墨,运思龙章。希存宿昔之资,共启相思之咏。	疑赋得物送别。
冬日羁游汾阴送韦少府入洛序	各题一字,传之两乡云尔。	探字赋得。
越州永兴李明府宅送萧三还齐州序	勉酌伤离之酒,具陈感别之词。各赋一言,俱题六韵。	探字赋得。
感兴奉送王少府序	各为四韵,共写别怀。	疑分韵赋得。
江宁吴少府宅饯宴序	请开文囿,共泻词源。人赋一言,俱题四韵。	探字赋得。
送李十五序	而素赏无睽,盍申情于丽藻。人为四韵,各赋一言。	探字赋得。
送白七序	赠子以言,空有离前四十韵。	疑分韵赋得。
送劫赴太学序	盍各赋诗,叙离道意云尔。	
送宇文明府序	同抽藻思,共写离怀。	疑赋得物抒别。
秋晚入洛于毕公宅别道王宴序	敢抒重襟,爰疏短引。式命离前之笔,希存别后之资。凡我故人,其辞云尔。	
别卢主簿序	盍陈雅志,各叙幽怀。人赋一言,同疏四韵云尔。	王勃存《送卢主簿》诗。探字赋得。
春夜桑泉别王少府序	因探一字,四韵成篇。	探字赋得。
秋夜于绵州群官席别薛昇华序	不其悲乎,盍各赋诗云尔。	王勃存《别薛华》《重别薛华》诗。
还冀州别洛下知己序	鸳鸯雅什,俱为赠别之资;鹦鹉奇杯,共尽忘忧之酒。	疑赋得物送别。
秋日送沈大虞三入洛诗序	命篇举酌,咸可赋诗。一字用探,四韵成作。	探字赋得。
秋日送王赞府兄弟赴任别序	宜其奋藻,即事含毫。各赠一言,俱裁四韵。	探字赋得。
冬日送闾丘序	人探一字,四韵成篇。	探字赋得。
秋晚什邡西池宴饯九陇柳明府序	盍申文雅,式序良游。人赋一言,同裁四韵。	探字赋得。
张八宅别序	人分一字,四韵成篇。	探字赋得。
冬日送储三宴序	一觞一咏,聊纵离前之赏。闻诸仁者,赠子以言。盍各赋诗,俱裁四韵。	疑赋得物送别。
春日送吕三储学士序	时不再来,须探一字。	探字赋得。

表 4-1 中,王勃赠序明言分题"一言"、分探"一字"的有十四篇,其他或云抒写共同的离别情怀,或谓面对离别赠物之思,都符合赋得送别诗的写作特点,可窥王勃参与集体送别活动写作赋得送别诗的概况。

唐人集体送别活动规模大,探题或属和的送别诗数量多,且多附以赠序,有效推动了唐代赋得送别诗的繁荣发展。如睿宗朝送别司马承祯时参与人数多达三百余人,《旧唐书》文苑传李适传载:"睿宗时,天台道士司马承祯被征至京师。及还,适赠诗,序其高尚之致,其词甚美,当时朝廷之士,无不属和,凡三百余人。徐彦伯编而叙之,谓之《白云记》,颇传于代。"①

总之,唐人集体赋作送别诗,尤其发扬光大赋得送别一类,既是古代祖饯仪式集体意识的传承,又是六朝集体送别赋诗活动的延续,还是唐代君臣寮吏交谊的生动写照,富于文化诗学意义,值得重视。

第四节 六朝送别诗的诗学意义

通过对六朝送别诗的历时性梳理与共时性归纳可以发现,六朝送别诗不但数量繁多,而且质量较高,特色突出。因此,把六朝送别诗放到六朝文学大背景中可以发现,六朝送别诗开拓了六朝诗歌题材领域,充实了六朝诗歌史,丰富了六朝诗歌美学。而通过对六朝送别赋诗过程的探索可知,六朝送别赋诗活动推动了六朝文学批评史的发展。故六朝送别诗不但是中国文学史上一个重要的现象,也是中国文学批评史上值得注意的一个亮点,六朝送别现象与六朝送别诗在中国文学史与文学批评史上有着重要的意义。

一、开拓了六朝诗歌题材,丰富了六朝诗歌美学

六朝是诗歌全面发展的时期,各种题材形成的诗型纷纷亮相,《文选》将梁前诗歌归纳为二十三类,送别诗以"祖饯"称题归总。洪顺隆在《六朝题材诗系统论》中说:"诗是生活的反映,六朝诗是六朝诗人运用当时所知的题材对生活的反映。"②同时亦可以说,六朝的生活现实促使诗人选择相应的题材来进行诗歌创作,正是六朝大量的送别活动促进了送别诗的繁荣。虽然洪顺隆的题材诗系统之中不包括送别诗,并撰专题论文《论六朝祖饯诗群对文类学原理的背离》来阐发自己的理由,但无论从数量上还是从时间的持续性上,六朝送别诗始终是不可否认的存在。

六朝题材诗型中,有许多类型诗譬如玄言诗、山水诗、宫体诗,的确代表

---

① 刘昫等《旧唐书》,第 5027 页。
② 南京大学中文系编《魏晋南北朝文学论集》,第 19 页。

了一个时期的特色。然而,玄言诗仅昙花一现,山水诗六朝才告兴起,宫体诗弥漫于梁陈之际。从内容上看,这些颇具特色的题材诗给六朝诗坛注入了新的活力;从美学上看,玄言诗的理趣美、山水诗的山水景物美、宫体诗的器物美与人体美等,共同织成了六朝诗歌美学的绣锦。送别诗作为六朝诗坛一以贯之的题材诗大宗,或者赋公宴以托意,或者借玄理以抒别,或者凭山水以言情,有的甚至细察身边器物如蜡烛、车轮、舟棹等寓离意,从这种意义上说,颇受学界关注的玄言、山水、隐逸等题材诗不少是寄于送别诗之中的。故六朝送别诗从其自身看,开拓了六朝诗歌题材;从其与别的诗型关系看,丰富了其他诗型的表现手段;从美学看,六朝送别诗一方面以其独特的姿态展示了诗歌美学魅力,另一方面与其他诗型一起相辅相成,共同丰富了六朝诗歌美学。

六朝送别诗的美学特色,主要表现为人情美、山水美、场景美,此三个方面共同组成了以悲怨为底色的或清新或绮丽的美学风格。

(一) 六朝送别诗的人情美

庾信《小园赋》曰:"荆轲有寒水之悲,苏武有秋风之别。关山则风月凄怆,陇水则肝肠断绝。""关山"与"陇水"均指乐府诗题,倪璠注:"古乐府有《关山月》。《秦川记》曰:'陇西郡陇山,其上悬岩吐溜,于中岭泉渟,因名万石泉。北人升此而歌,有云:陇头流水,鸣声幽咽。遥望秦川,肝肠断绝。'"① 荆轲之别,悲壮慷慨;苏李之别,身世苍茫,感慨万端。《关山月》乃古乐府,《乐府诗集》引《乐府解题》曰:"《关山月》,伤离别也。古《木兰诗》曰:'万里赴戎机,关山度若飞。朔气传金柝,寒光照铁衣。'"②《陇头水》亦述写别离之思。壮士别主、节臣离友、平民思亲,恩情、友情、亲情,并置于此,生无限美感;若赋诸诗,送别诗便融溢激切真挚的人情美。黑格尔说:"抒情诗的主体因素表现得更明显的是诗人把某一件事作为实在的情境所提供的作诗的机缘,通过这件事来表现他自己。这就是所谓'即兴诗'或'应景诗'。"③ 送别诗是以即兴和应景为主的诗,送别事件便是"作诗的机缘",诗人则更多的在于通过送别这件事来表现自己。正是送别诗的即兴与应景特性,导致诗人一方面因为客体的存在而多角度展示自己,借华丽的辞藻、精致的结构以逞诗才,或直接率性、或委婉含蓄去表意;另一方面可能在送别机缘的激发下动情忘我,更无视行人的存在而尽情泼墨,借黑格尔的话说:"不在当前的对象而在发生情感的灵魂。一纵即逝的情调,内心的欢呼,闪电似的无忧无虑的谑

---

① 庾信撰,倪璠注,许逸民校点《庾子山集注》,第30—31页。
② 郭茂倩编《乐府诗集》,第279页。
③ 〔德〕黑格尔著,朱光潜译《美学》,《朱光潜全集》第十三卷,第183页。

浪笑傲,怅惘,愁怨哀叹,总之,情感生活的全部浓淡色调,瞬息万变的动态或是由极不同的对象所引起的零星的飘忽的感想,都可以被抒情诗凝定下来,通过表现而变成耐久的艺术作品。"①来自灵魂深处的激动是人性的闪光,是纯真的人情美;而那些应酬性强、掩饰很深的送别诗,有的曲折讽喻,在逞才与逢迎的深处亦悸动着或浓或淡的人情美。

　　首先,送别诗的人情美表现在僚属对于主上的知遇感恩之情与主上对于僚属的关怀之意。送别诗感恩之情与关怀之意多数是说给送别对象听的,有一定的功利性,但其中也不乏肺腑之言。如曹植送别应氏时,饯席上,酒足菜丰,但"宾饮不尽觞",主客怀着沉重的心事作别,诗人以"爱至望若深,岂不愧中肠"表达自己的歉意,对僚属的爱莫能助之意尽显其中。诗人无视集送饯饮的热烈场面,从主观上营造低回沉郁、凝重凄戚的氛围。没有"欲行不行各尽觞"的豪迈热烈,亦缺乏"劝君更尽一杯酒"的优雅深致,但却是真挚的、深切的,不是客套,不是应酬,特定情境下的两句诗闪耀着生动的人情美。再如宋孝武帝刘骏在中兴堂送别江夏王义恭时,从皇帝身份来说是人主送臣僚,从家族身份看又是饯别长辈,其别诗曰:"阴云掩欢绪,江山起别心。"亦是真情流露,双重身份下的感情通过哀乐对比真实展现。其他像谢灵运、谢朓、沈约、萧纲、萧绎等别故治吏民诗,均有发自内心深处之言论,闪烁着关切吏民的人情美。上下级关系背景中的真情之作展示着人情美,而那些带有粉饰性与夸耀语的应制送别诗,也是特定场合下人情所不免,其整饬的语言背后亦深藏人情之无奈。这种扭曲的人情是不美的,但却是现实中普遍存在的,也许这便是美与现实的悖论吧。

　　其次,送别诗的人情美表现在诗人对于挚友远离的惜别之情。宿昔好友,无论什么原因分手,惜别之情,在所难免。六朝送别诗以送别朋友为最多,诗人以各种手法抒发离情别绪,精致的诗语里面洋溢着热切的人情美。如鲍照《与伍侍郎别诗》以平等身份告诫朋友"钦哉慎所宜,砥德乃为盛",希望朋友"贫游不可忘,久交念敦敬",没有虚假客套,纯属真情的叮咛。清贫之交清淡如水,却历久弥新,诗人要求朋友这样做,自己应该一贯如此。这种交谊通过平实的语言表达出来,令读者领略到一股清淡的美感。范云《送沈记室夜别诗》"扪萝忽遗我,折桂方思君",设想别后触景生情,"扪萝""折桂"寄寓相思,"忽",《文苑英华》作"勿",意似胜。平平道来的两事,而且还是虚写,却把诗人与朋友昔日的交游情谊清晰地展示到读者面前,惜别相思之意透出人际深情。另如潘岳"投分寄石友,白首同所归",沈约"以我径寸心,从

---

① 〔德〕黑格尔著,朱光潜译《美学》,《朱光潜全集》第十三卷,第180页。

君千里外",何逊"从容舍密勿,缱绻论襟趣""握手异沉浮,佳期安可屡",沈
繇"执手涉梁上,悲心万端起",朱记室"凭轼徒下泪,裁书路已赊",吴均"生
离何用表,赖此持相饷""何用叙离别,临歧赠好音",等等,都是真情的告白,
蕴蓄丰富的人情美感。

最后,送别诗的人情美表现在诗人对于亲人别离的依恋之情。亲人分
手,感触最真,如陆机兄弟相别、左思兄妹相离、谢灵运作别邻里、吴均告别亲
故、何逊辞兄、庾信送庾七入蜀等都写下了真情送别诗作。"饮饯岂异族,亲
戚弟与兄。婉娈居人思,纡郁游子情"(陆机《于承明作与弟士龙诗》),"惟我
惟妹,实惟同生。早丧先妣,恩百常情。女子有行,实远父兄。骨肉之思,固
有归宁。何悟离拆,隔以天庭"(左思《悼离赠妹诗二首》其一),"宗派已孤
狭,财产又贫微。栖息同蜗舍,出入共荆扉"(何逊《仰赠从兄兴宁寘南诗》),
"由来兄弟别,共念一荆株"(庾信《别庾七入蜀诗》),或忆昔日亲情,或表此
际不忍猝别,都饱含亲人依恋之情。

六朝送别诗对于人际交谊的抒写丰富深刻,往往语短情长。细读文本,
总有一股生动的人情美感萦环回荡。

(二) 六朝送别诗的山水美

六朝送别诗经常借助景物描写来抒发离愁别意,特别是齐梁以后,以羁
愁离绪移情于山水景物的诗作越来越多。徜徉于这种山水托意的送别诗作
中,总能体悟到发出诗人"心情的一阵清香",领略到诗人营造的山水美。

康德说:"一种自然美是一个美的事物;艺术美则是对一个事物的美的
表现。"①诗歌本身展示的是艺术美,但诗人以含情之笔借文字符号刻画的山
水则是一种艺术的自然美。与诗人描写山水文字不期而遇,杨柳依依、大江
滔滔、尘土飞扬、别浦沉寂、津埠萦回、孤帆远去、夕阳斜照、明月当空,无论饱
含什么样的感情基调,都能令读者陡生一种山水美感。如果要细分六朝送别
诗中的山水美,按感情基调看大抵包括愉悦基调下的清新明快之美、哀怨基
调下的婉约细腻之美,按地域看则有秀丽多姿的江南山水、苍茫奇异的北国
风光。但无论寄寓诗人什么样的情感,六朝送别诗里江南塞北的风光总令读
者心旷神怡,如沐清风。

或清新明丽或婉约闲愁的江南美景在何逊、吴均、阴铿的送别诗中最常
见。何逊送别诗中的山水景物佳句几乎每首都有,如:"黄花发岸草,赤叶翻
高树。渔舟乍回归,沙禽时独赴"(《答丘长史诗》),"夕鸟已西度,残霞亦半

---

① 〔德〕康德《判断力批判》,邓晓芒译,杨祖陶校,人民出版社,2002年,第155页。

消。风声动密竹,水影漾长桥"(《夕望江桥示萧谘议杨建康江主簿诗》),"长飙落江树,秋月照沙溆。远送子应归,棹开帆欲举"(《赠江长史别诗》),"逦逦山蔽日,汹汹浪隐舟。隐舟邈已远,徘徊落日晚","帘中看月影,竹里见萤飞"(《送韦司马别诗》),"遽逐春流返,归帆得望家。天末静波浪,日际敛烟霞。岸荠生寒叶,村梅落早花。游鱼上急水,独鸟赴行楂"(《南还道中送赠刘谘议别诗》),"石碛沿江净,沙流绕岸清。川平看鸟远,水浅见鱼惊"(《与崔录事别兼叙携手诗》),"水夜看初月,江晚溯归风"(《赠韦记室黯别诗》),"露湿寒塘草,月映清淮流"(《与胡兴安夜别诗》),不一一列举。何逊送别诗中山水描写细致入微,其中佳句往往融系诗人敏感纤细的艺术心灵,创造出来的山水景物本色自然。吴均送别诗中的山水佳句则"境界高阔,笔力清健""气韵高远"①,佳句如"白云闲海树,秋日暗平原"(《酬别江主簿屯骑诗》),"雁渡章华国,叶乱洞庭天"(《寿阳还与亲故别诗》),"水传洞庭远,风送雁门寒"(《酬周参军诗》),"白日辽川暗,黄尘陇坻惊"(《酬郭临丞诗》)等都颇具特色。陶文鹏主编《灵境诗心:中国古代山水诗史》分析了吴均《送柳吴兴竹亭集诗》、《赠王桂阳别诗三首》其三、《赠鲍春陵别诗》三首送别诗中的山水描写,发现吴氏山水景物或"真切生动,文笔清省",或"景象凄切""笔调沉重",或"于寂寥中透出清爽之气",与齐梁其他山水诗通常的"轻灵婉转、清艳流丽","婉约格调"明显不同。② 阴铿的送别诗中多侧重江水景物描写,"写景锤炼工致,构句精细新颖,极注重整体意境的经营,追求情境俱佳的艺术效果"③。

北国风光常见诸庾信、王褒等送别诗中。王褒入北之前的写景"平湖开曙日,细柳发新春",尤具江南清新之气。羁北以后,写北地"沙飞似军幕,蓬卷若车轮。边衣苦霜雪,愁貌捐风尘"(《送别裴仪同诗》),"漠漠村烟起,离离岭树齐。落星侵晓没,残月半山低"(《始发宿亭诗》),"百年余古树,千里暗黄尘"(《入关故人别诗》),迥异于南方景色。庾信后期送别诗亦抓住北地特色写景,如"关山负雪行,河水乘冰渡"(《别张洗马枢诗》),"路尘犹向水,征帆独背关"(《应令诗》),"阳关万里道"(《重别周尚书诗二首》其一),"风尘马足起,先暗广陵江"(《送卫王南征诗》)。黄尘、寒风、白雪、坚冰、古树、飞沙、落星、残月,都不复江南之气象,独具北国之凄凉,同样带给读者另一种风格的美感。

六朝送别诗无论是江南饯客,还是塞北别友,都注重山水寄情,固然与中

---

① 陶文鹏、韦凤鹃主编《灵境诗心:中国古代山水诗史》,第141页。
② 同上书,第141—142页。
③ 同上书,第144页。

国诗学中托景抒情的传统分不开,亦与六朝时期的玄学思潮有着重要的关联。刘勰指出"宋初文咏,体有因革,庄老告退,而山水方滋",表面看,似乎仅仅指出诗歌从玄言诗向山水诗的发展演变,其实暗蕴一个道理——正是玄学思潮的盛行改变了时代的审美观,文人学士在清谈之余,不再满足于玄言诗那种"淡乎寡味"的风格,于是开始追求新的美学情趣。送别场所,往往在驿站水浦,触目即是山水,别离之际,感情真挚丰富,一味谈玄自不相宜,托情于山水亦在情理之中。故从此意义上说,六朝送别诗刻意山水,营造出陆离的山水之美,实乃玄学思潮改变了士人审美观而在诗歌创作上的一种反映。

六朝送别诗的山水景物描写,多数笔法细腻,移情于景,塑造出有我之境,然而,能与陶渊明那样以平淡见长、以无我之境见意的诗作相埒者毕竟不多。但六朝从潘岳《金谷集作诗》把山水引入别诗,从此为送别诗的写作明确了新的内容,为唐人送别诗移情于景的写法开辟了道路。

(三) 六朝送别诗的场景美

六朝送别诗还擅长刻画离别之际的公宴、集会、出发等场景,或令读者惊叹饯宴的富丽,或令读者震惊骤离片刻的悲怆,心灵的撞击生出不同于审视山水的另一样美感。

魏晋时期送别诗经常把公宴场景作为重要的写作内容,上文已经提及。如潘岳《金谷集作诗》写到宴饮场景,扬桴抚鼓,箫管清悲,文人雅士推杯换盏,一派欢愉之中掺入箫管的离别悲声。一气读下,如临其境,唤起读者心中对美的体验。另如何劭《洛水祖王公应诏诗》亦营造出鼓瑟吹笙、觥筹交错的氛围,处处流露出一种富贵之气。陆云《太尉王公以九锡命大将军让公将还京邑祖饯赠此诗》则写钟鼓和鸣、琴瑟齐奏;谢瞻《九日从宋公戏马台集送孔令诗》写"四筵沾芳醴,中堂起丝桐",都抓住宴饯上的音乐、美酒,把饯宴最有特色的场面展示出来,形成一种富丽之美。

有些送别活动虽然仪式简单,但是朋友交谊情深,故诗人总能抓住离别瞬间最富于表征性的场景来述意,像解缆、扬棹、停骖、转旆、握手、挥泪、抚襟、挥袂等具有细节性和代表性的动作意象常出现在六朝送别诗中。在特定的语境下,这些动作总能给读者一种即将成行的暗示,令读者直接感受离别的冲击,从而形成一种悲戚之美。"衔悲涕如霰""收缆辞帝郊,扬棹发皇京""抚襟同太息,相顾俱涕零""解缆及流潮""停骖我怅望,辍棹子夷犹""挥袂送君已""当怜此分袂,脉脉泪沾衣""握手分歧路,临川何怨嗟""相悲各罢酒""掩袖出南浦""执手无还顾""旆转黄山路,舟缅白马津"等诗句,都有着一种动感之美,同时又活现临别之际的感人场景,美学感染力还是非常深的。

送别诗因送别之情而发，因触目山水而写景抒情，然而，六朝送别诗更注重送别场景的动态描述。六朝送别诗出现这种现象，亦不难究其缘由。首先，应制之作不得不留意场景铺写。六朝时期，帝王特别重视送别饯行，在饯宴上，帝王往往要让王公僚属作送别诗，僚属的应制应令之作，或者抓住帝王出场的动态大肆铺排，或者对送别饯宴的富丽堂皇百般描述，乃至许多应制别诗忽视了送别主题，只是在铺叙末尾简笔交代送别事实，曲终奏雅。正是这种应酬之制，能够深得帝王的欢心，既达到了应制送别的目的，又起到了逢迎主子的意图。因此，六朝应制型送别诗多注重场景描写，客观上促进了六朝送别诗场景审美的盛行。其次，六朝时期，文人集团兴盛，文士别离注重饯宴送行之风，客观上营造了不同于帝王主持饯宴的又一场景风格。推杯换盏之际，眼前场景最易激起离情别绪，即兴为诗，自然少不了对此际特殊场景的描述。因此，场景美成为六朝送别诗又一重要美学特色，自在情理当中。其实，重视场景描写，在唐宋以降的送别诗中也皆是如此，"劝君更尽一杯酒"的饮酒饯行场景，"何当共剪西窗烛，却话巴山夜雨时"的促膝软语场景，"忆君遥在潇湘上，愁听清猿梦里长"的虚拟式声情并茂场景，均已成为经典，翻上一层，送别诗中场景美的刻意流露实在与六朝送别诗的场景描写传统不无关系。

以上对六朝送别诗做了美学浏览，我们能够发现其基本以离愁别绪下的悲怨为基调，人情是基础，幽雅深致、凄戚哀怨的直感美令读者动情；山水是悲怨情感的寄寓，清新丽流的山水美令读者心怡；场景是送别发生的客观环境，富丽绮艳的情境美令读者神往。六朝送别诗散发出丰富的风格气息，令读者产生错综复杂的美感，不能不说是六朝诗歌美学中的一枝奇葩。

二、联句送别诗与集体赋诗推动了六朝文学批评的发展

六朝送别诗是六朝诗歌史上重要的题材诗，同时亦是中国送别诗发展史上第一个兴盛时期。六朝送别诗研究是六朝文学史的分支研究，对于推动中国诗学的研究与中国文学史研究有一定的意义。同时，六朝时期联句送别诗与送别时集体赋诗活动亦推动了中国文学批评史的发展。

联句赋诗肇端于《柏梁台诗》，六朝时期被移植到祖饯诗会上来，导致这种新型的诗歌创作方式从台阁走向了民间，获得了更广阔的生存空间，从而在中国文学史上有着强大的生命力。留存六朝送别诗中，联句体均与何逊相关，其《送褚都曹联句诗》《送司马□入五城联句诗》仅存何诗，对方联句散佚；《范广州宅联句》与范云酬唱，《往晋陵联句》与高爽联作，《相送联句》与韦黯对赋，《临别联句》与刘孺、《折花联句》与刘绮联赋。基本四句一联，其

实就是每人一首五绝,较前期一句一联或两句一联前进了一大步。

何逊是六朝送别诗数量较多的作家,其联句送别诗又独具特色。上文已分析过《范广州宅联句》,范、何二人联句诗分开来看,不啻两首精妙绝句。再看《往晋陵联句》,此是何逊与高爽的联句别诗,李伯齐疑系天监三年(504)到六年(507)之间。其诗往返两次,共四首:

> 临别我伤悲,送归子自适。刘金不可散,卜盖何由惜。(何逊)
> 从来重分阴,未曾轻尺璧。故任情一异,于是望三益。(高爽)
> 尔自高楼寝,予返东皋陌。寄语落毛人,非复平原客。(何逊)
> 问舍且求田,音乱无可择。胜门成好事,盘纡欲何索。(高爽)

高爽,《梁书》卷四九有传,"齐永明中赠卫军王俭诗,为俭所赏,及领丹阳尹,举爽郡孝廉。天监初,历官中军临川王参军。出为晋陵令,坐事系治,作《镬鱼赋》以自况,其文甚工"①。可知高爽能诗会文,往赴晋阳令之际,能够与何逊往返联句,亦是其诗才的一次展示。何逊首先赠别,在表达临别伤悲之意后,反用刘泽慷慨挥金与子夏吝财典故,表达自己与友人的交情。高爽联诗上两句述重财惜时意,紧接何诗末句意;下两句用典述交结益友,《论语·季氏》:"孔子曰:'益者三友,损者三友。友直,友谅,友多闻,益矣。'"②四句用典说理,未道胸中事,更乏景物山水。何逊再联句述意,用典表达归隐之愿,间接表达自己不但现实与朋友相别,而且在人生道路上将会分道扬镳。引典说事,以史托意,非常得体。高氏复联句表白心迹,愿意求田问舍,在尘世之中求得安身立命,亦表达了自己与何逊不同的志向。此组联句诗虽作于送别之际,但对于离情别绪仅开始何逊提及,后面即转入人生道路问题的讨论。像这种联句体送别诗,四句一联,与魏晋长篇赠答诗有很大区别,但由于诗人能力高下不同,故这类联句送别诗良莠并具,如这组便只能说是送别诗写作方式的一种创新,艺术上并没有什么建树。当然,在往返过程中,诗人除了回答对方的问题以外,应该会考虑诗作的写作艺术,从而适当吸收对方长处,故联句送别诗实际有着群相切磋的意味。

何逊与高爽的联句送别诗陷入了说理的窠臼,故艺术效果打了折扣。相对来说,何逊与韦黯、王江乘的联句诗发乎真情,在艺术上则要高出与高爽联句诗:

---

① 姚思廉《梁书》,第699页。
② 杨伯峻译注《论语译注》,第175页。

> 寸阴常可惜,别至倍伤神。子瞻天际水,予望路中尘。(韦黯)
> 悯悯歧路侧,去去平生亲。一朝事千里,流涕向三春。(何逊)
> 昔共入门笑,今成送别悲。君还旧聚处,为我一嚬眉。(王江乘)
> 于今还促膝,自此客江湄。愿子俱停驾,看我独解维。(何逊)
> 高轩虽驻轸,余日久无辉。以我辞乡泪,沾君送别衣。(何逊)

韦黯是何逊的朋友,何逊曾作《赠韦记室黯别诗》留别韦氏,其中"去帆若不见,试望白云中。促膝今何在?衔杯谁复同?水夜看初月,江晚溯归风"数句,既有清新的景致描写,又有望白云而思行者的独特创意,还有促膝何在、举杯谁同的强烈诘问表达思念之情。留别挚友,不写泪不写悲,却用独特的笔法把惜别之情表达得淋漓尽致。王江乘事迹不详,仅赖此联句得存诗四句。其诗首两句写昔日同出共进,欢声笑语,当下面临分别,悲悲切切;末两句渴望重聚,希望好友不要忘记自己。今昔对比,后会有期,虽是陈套,却也是肺腑之言,毫无应酬习气。韦黯诗在抒别之后以天际水、路中尘来表达对朋友再聚的渴望之情,较王诗则更形象。何逊共写了三组,都紧扣离别题面,有景有情,不逊唐人绝句。像这类联句送别赋诗活动如果经常开展,对于提高诗人写作技巧有很大作用,同时对推动诗学批评的发展有着重要意义。

从联句送别诗现象,可见出六朝送别活动中赋诗群相切磋的习惯。上文曾论述过六朝时期送别饯宴上的竞赛赋诗现象,亦可见六朝送别活动中诗艺切磋与批评的风气。一次祖饯活动便是一次隆重的文人集会活动,在活动上文人们限韵作诗、分韵赋得、剧韵成章、联句饯别、限时急就,促进了诗歌创作的进一步发展,也客观上促进了诗歌批评的发展。在诗韵上做限制是其时诗人们对诗歌新变的大胆尝试,而祖饯活动恰好提供了这种群相切磋的机会,祖饯诗便成了这种新变诗的载体,每次集体赋诗之后总会评出最佳诗作,又推动了诗歌比较批评的发展。限时急就成诗则是对诗思速度的考验,迫使一批文人宿构或长期准备诗歌写作素材,客观上促进了诗人写作水平的提高。

总之,六朝祖饯诗不但是六朝诗歌发展史上重要的一环,也是其时诗学批评史上不可忽视的环节,传统中国文学批评史如果关注历代祖饯之际群相切磋的这类批评活动,必将开辟出中国文学批评史的一块新领域。

三、六朝送别诗的诗学史意义

六朝送别诗是中国古典送别诗史上开新篇的一环,在主题诗史上有着重要意义。松原朗将中国古典离别诗看成一个相对封闭的阶段性诗歌类型,认为"'离别'的主题,恰如抛物线一样,在文学史中描绘出了兴盛和衰退的巨大弧线","离别的主题,在某个历史阶段上萌芽,到后来成为拥有整齐样式和大量作品的重要主题,再到最后离别诗样式的僵化带来了内容上的千篇一律,从而退出了中国古典诗歌的主要舞台。这些事实表明,离别的主题在文学史上描绘了一条自萌芽、形成、确立,直至衰退的巨大的消长弧线,亦即在文学中,主题本身与其固有的样式同样,都是历史的产物;离别的主题自身所形成历史的轨迹,便是此现象的证明"。① 这种相对封闭的理论并不能概括中国古典送别诗的真正发展轨迹,松原朗理论中的矛盾还是一目了然的。要真正明确六朝送别诗在中国诗学史上的意义,需要站在整个中国文学史的宏观视野去考察。

首先,送别诗作为中国古典诗歌重要的一个大类,以其数量之丰、质量之高、交际之需,确立了其在中国文学史上的一席之地。六朝送别诗作为中国送别诗发展史上第一个重要阶段,上承《诗经》、"苏李诗"等,让送别诗从祖饯仪式的附庸真正独立出来,下开唐宋以迄明清离别文学,在离别类文学史上应有自己的位置。

初步统计,魏晋南北朝时期存一百三十六位诗人三百八十八首离别诗,魏晋离别诗的示范意义不可忽视,齐梁在永明诗风与诗体新变的文化诗学背景下,离别诗体式开始新变,离别诗创作进入第一个高潮。

在魏晋金谷集送别、饯谢文学离夜之后,唐代送张说巡边、送贺知章归会稽等集体饯别赋诗活动规模更大,已形成集体送别文学独特的结构模式。

唐代离别诗文全面繁荣,如果按照作者、生卒年、籍贯、身份职业、仕宦经历、离别出发地、前方目的地、离别事由、参与人等分门别类制成唐代离别诗文数据库,可以看出唐人远游地主要有京城、蜀地、湖湘、天台、温州、边塞等,送别出使则由南北出使发展到向新罗、印度、日本出访,唐人离别缘由有觐省、赴举、下第、之任、出征、出使、致仕、返乡等,唐人交游类型主要有仕宦之交、台阁之交、僧吏之交、士妓之交、术士之交等。这些类型的送别诗无不植根于六朝,六朝南北分裂、出使、征伐、致仕等均有送别诗作,唐人只是在此基础上进行了拓展,内容更加丰满,事由更加细致,圈子更加多元。六朝送别诗的承上启下作用不容忽视。

其次,六朝送别诗贯串六朝诗学史,见证六朝诗学题材转换与体式新变,在六朝诗学史上彰显突出意义。六朝诗歌类型众多,诗风递嬗,各领风骚数

---

① 〔日〕松原朗《中国离别诗形成论考》,李寅生译,序论。

十年,送别诗作为六朝诗史中一以贯之的诗歌类型,往往蕴含各种诗类,先得诗风转型之文风。如公宴诗往往与祖离送饯之作相融,赠答诗作于离别之际而抒写别情,玄言诗往往渗透在送别说理之中,送别诗中直接描摹送别山水从而与山水诗形成交叉,咏物诗往往睹物思人抒发离别相思之苦,送别诗以田园农事入诗又启田园诗作之风,此为六朝各类题材诗与送别诗的交融。在诗风诗体方面,六朝送别诗得风气之先,在四言、五言、七言各体上均有佳制;联句赋别是绝句诗体的尝试,谢朓诸人离夜赋作是永明新体诗的一次集体实验,送别描写从室内场景转向山水风景,为绮靡的六朝诗坛吹来清新之风,亦可见六朝送别诗在诗学史上的重要意见。

再次,将六朝送别诗置于中国文学史乃至中国文化史,亦有不可替代的意义。作为古典诗歌重要一类,六朝送别诗在朝别寮属,在野别吏民,在公重视祖饯,在私重视友情,内容丰满,感情丰富,是文学史写作中不可忽略的一环。在艺术表现上,六朝送别诗无论铺排摹景,借景伤怀,叙事缘情,都表现出六朝风韵,在中国文学史上应有一席之地。从六朝送别诗入手,不难开掘文人交游、水陆交通、宦场做派、文士精神,以诗证史,六朝送别诗当是中国文化史重要的佐证资源。

总之,六朝送别诗作为一个重要的诗歌类型,归纳考察,有较高的学术价值,有自身应有的诗学意义,在中国诗学史、文学史、文化史上均应赋予应有地位。

主要参考书目

班固.汉书[M].北京:中华书局,1962.
鲍照.鲍参军集注[M].钱仲联,增补集说校.上海:上海古籍出版社,1980.
遍照金刚.文镜秘府论汇校汇考[M].卢盛江,校考.北京:中华书局,2015.
遍照金刚.文镜秘府论校注[M].王利器,校注.北京:中国社会科学出版社,1983.
曹道衡,刘跃进.南北朝文学编年史[M].北京:人民文学出版社,2000.
曹道衡,沈玉成.南北朝文学史[M].北京:人民文学出版社,1991.
曹道衡,沈玉成.中古文学史料丛考[M].北京:中华书局,2003.
曹道衡.中古文学史论文集[M].北京:中华书局,1986.
曹旭.古诗十九首与乐府诗选评[M].上海:上海古籍出版社,2002.
曹旭.诗品研究[M].增订本.上海:上海古籍出版社,2011.
曹植.曹植集校注[M].赵幼文,校注.北京:人民文学出版社,1984.
陈鼓应.庄子今注今译[M].北京:中华书局,1983.
陈沆.诗比兴笺[M].上海:上海古籍出版社,1981.
陈寿.三国志[M].北京:中华书局,1982.
陈文忠.中国古典诗歌接受史研究[M].合肥:安徽大学出版社,1998.
陈岩肖.庚溪诗话[M]//丁福保.历代诗话续编.北京:中华书局,1983.
陈植锷.诗歌意象论[M].北京:中国社会科学出版社,1990.
陈子展.国风选译[M].上海:上海古籍出版社,1983.
陈子展.楚辞直解[M].南京:江苏古籍出版社,1988.
陈子展.诗经直解[M].上海:复旦大学出版社,1983.
陈祚明.采菽堂古诗选[M].李金松点校.上海:上海古籍出版社,2008.
程大昌.雍录[M].黄永年,点校.北京:中华书局,2002.
程俊英.诗经译注[M].上海:上海古籍出版社,1985.
程千帆,沈祖棻.古诗今选[M].上海:上海古籍出版社,1983.
厨川白村.苦闷的象征[M].鲁迅,译.//鲁迅译文集:第3册.北京:人民文学出版社,1958.
褚斌杰.中国古代文体概论[M].增订本.北京:北京大学出版社,1990.
崔述.读风偶识[M]//顾颉刚.崔东壁遗书.上海:上海古籍出版社,1983.
丁福林.鲍照年谱[M].上海:上海古籍出版社,2004.
东海大学中国文学系.第三届魏晋南北朝文学国际学术研讨会论文集[C].台北:文

史哲出版社,1998.

杜预.春秋左传正义[M].孔颖达,等,正义.//上海古籍出版社.十三经注疏.上海：上海古籍出版社,1997.

范晔.后汉书[M].北京：中华书局,1965.

范子烨.中古文人生活研究[M].济南：山东教育出版社,2001.

方东树.昭昧詹言[M].汪绍楹,校点.北京：人民文学出版社,1961.

方回.瀛奎律髓汇评[M].李庆甲,集评校点.上海：上海古籍出版社,1986.

方玉润.诗经原始[M].李先耕,点校.北京：中华书局,1986.

房玄龄,等.晋书[M].北京：中华书局,1974.

冈元凤.毛诗品物图考[M].北京：北京市中国书店,1985.

高亨.诗经今注[M].上海：上海古籍出版社,1980.

葛剑雄.中国移民史[M].福州：福建人民出版社,1997.

葛晓音.汉唐文学的嬗变[M].北京：北京大学出版社,1990.

顾祖禹.读史方舆纪要[M].贺次君,施和金,点校.北京：中华书局,2005.

郭茂倩.乐府诗集[M].聂世美,仓阳卿,校点.上海：上海古籍出版社,1998.

郭英德.中国古代文人集团与文学风貌[M].北京：北京师范大学出版社,1998.

哈罗德·布鲁姆.影响的焦虑———一种诗歌理论[M].徐文博,译.南京：江苏教育出版社,2006.

何焯.义门读书记[M].北京：中华书局,1987.

何清谷.三辅黄图校释[M].北京：中华书局,2005.

何逊.何逊集校注[M].李伯齐,校注.济南：齐鲁书社,1989.

何逊.何逊集注[M].刘畅,注.天津：天津古籍出版社,1988.

贺贻孙.诗筏[M]//郭绍虞.清诗话续编.富寿荪,校点.上海：上海古籍出版社,1983.

黑格尔.美学[M].朱光潜,译//朱光潜全集.合肥：安徽教育出版社,1987.

蘅塘退士.唐诗三百首[M].陈婉俊,补注.北京：中华书局,1959.

洪迈.容斋随笔[M].上海：上海古籍出版社,1996.

洪兴祖.楚辞补注[M].北京：中华书局,1983.

胡大雷.文选诗研究[M].桂林：广西师范大学出版社,2000.

胡大雷.中古文学集团[M].桂林：广西师范大学出版社,1996.

胡德怀.四萧年谱[M]//刘跃进,范子烨.六朝作家年谱辑要.哈尔滨：黑龙江教育出版社,1999.

胡国瑞.魏晋南北朝文学史[M].上海：上海文艺出版社,1980.

胡平生.孝经译注[M].北京：中华书局,2009.

胡仔.苕溪渔隐丛话[M].廖德明,校点.北京：人民文学出版社,1962.

羊列荣.20世纪中国古代文学研究史:诗歌卷[M].上海：东方出版中心,2006.

吉川幸次郎.中国诗史[M].章培恒,等,译.合肥：安徽文艺出版社,1986.

江淹.江文通集汇注[M].胡之骥,注.李长路,赵威,点校.北京:中华书局,1984.

焦赣.焦氏易林[M].北京:中华书局,1985.

金启华.诗经全译[M].南京:江苏古籍出版社,1984.

康德.判断力批判[M].邓晓芒,译.杨祖陶,校.北京:人民出版社,2002.

蓝菊荪.诗经国风今译[M].成都:四川人民出版社,1982.

乐史.太平寰宇记[M].王文楚,等,点校.北京:中华书局,2007.

勒内·韦勒克,奥斯汀·沃伦.文学理论[M].修订版.刘象愚,等,译.南京:江苏教育出版社,2005.

李百药.北齐书[M].北京:中华书局,1972.

李昉,等.太平广记[M].北京:中华书局,1961.

李昉,等.太平御览[M].北京:中华书局,1960.

李昉,等.文苑英华[M].北京:中华书局,1966.

李延寿.北史[M].北京:中华书局,1974.

李延寿.南史[M].北京:中华书局,1975.

李泽厚.论语今读[M].合肥:安徽文艺出版社,1998.

郦道元.水经注[M].陈桥驿,点校.上海:上海古籍出版社,1990.

郦道元.水经注校证[M].陈桥驿,校证.北京:中华书局,2007.

梁启超.梁启超论清学史二种[M].朱维铮,校注.上海:复旦大学出版社,1985.

梁章钜.文选旁证[M].穆克宏,点校.福州:福建人民出版社,2000.

令狐德棻.周书[M].北京:中华书局,1971.

刘大杰.中国文学发展史[M].上海:上海古籍出版社,1997.

刘熙.释名[M].//四部丛刊初编.上海:商务印书馆,1922.

刘熙载.艺概笺注[M].王气中,笺注.贵阳:贵州人民出版社,1986.

刘向.战国策[M].上海:上海古籍出版社,1978.

刘勰.文心雕龙注[M].范文澜,注.北京:人民文学出版社,1958.

刘勰.增订文心雕龙校注[M].黄叔琳,注.李详,补注.杨明照,校注拾遗.北京:中华书局,2000.

刘跃进.古典文学文献学丛稿[M].北京:学苑出版社,1999.

刘珍,等.东观汉记校注[M].吴树平,校注.郑州:中州古籍出版社,1987.

刘知几.史通[M].北京:中华书局,1961.

鲁同群.庾信年谱[M]//刘跃进,范子烨.六朝作家年谱辑要.哈尔滨:黑龙江教育出版社,1999.

鲁迅.而已集[M].北京:人民文学出版社,1958.

陆机.陆机集[M].金涛声,点校.北京:中华书局,1982.

陆机.陆机集校笺[M].杨明,校笺.上海:上海古籍出版社,2016.

陆侃如.中古文学系年[M].北京.人民文学出版社,1985.

陆时雍.诗镜总论[M].丁福保.历代诗话续编.北京:中华书局,1983.

陆云.陆云集[M].黄葵,点校.北京:中华书局,1988.

逯钦立.先秦汉魏晋南北朝诗[M].北京:中华书局,1983.

逯钦立.汉魏六朝文学论集[M].西安:陕西人民出版社,1984.

罗根泽.中国文学批评史[M].上海:上海书店出版社,2003.

罗国威.沈约任昉年谱[M]//刘跃进,范子烨.六朝作家年谱辑要.哈尔滨:黑龙江教育出版社,1999.

罗宗强.魏晋南北朝文学思想史[M].北京:中华书局,1996.

吕不韦.吕氏春秋[M].高诱,注.//上海古籍出版社.二十二子.上海:上海古籍出版社,1986.

吕不韦.吕氏春秋集释[M].许维遹,集释.梁运华,整理.北京:中华书局,2009.

马承源.上海博物馆藏战国楚竹书:第1册[M].上海:上海古籍出版社,2001.

马大品.历代赠别诗选[M].北京:书目文献出版社,1991.

马海英.陈代诗歌研究[M].上海:学林出版社,2004.

马茂元.楚辞选[M].北京:人民文学出版社,1958.

梅家玲.汉魏六朝文学新论——拟代与赠答篇[M].北京:北京大学出版社,2004.

莫砺锋.莫砺锋诗话[M].北京:北京大学出版社,2006.

缪钺.颜延之年谱[M]//缪钺.读史存稿.北京:生活·读书·新知三联书店,1963.

南京大学中文系.魏晋南北朝文学论集[C].南京:南京大学出版社,1997.

聂石樵.先秦两汉文学史稿:两汉卷[M].北京:北京师范大学出版社,1994.

宁业高,宁业泉,宁业龙.中国孝文化漫谈[M].北京:中央民族大学出版社,1995.

欧阳询.艺文类聚[M].汪绍楹,校.上海:上海古籍出版社,1982.

潘岳.潘岳集校注[M].潘志广,校注.天津:天津古籍出版社,2005.

彭定求,等.全唐诗[M].上海:上海古籍出版社,1986.

浦起龙.史通通释[M].上海:上海古籍出版社,1978.

钱志熙.唐前生命观和文学生命主题[M].北京:东方出版社,1997.

钱志熙.魏晋南北朝诗歌史述[M].北京:北京大学出版社,2005.

钱志熙.魏晋诗歌艺术原论[M].修订本.北京:北京大学出版社,2005.

钱锺书.管锥编[M].北京:中华书局,1986.

钱锺书.谈艺录[M].补订本.北京:中华书局,1984.

乔亿.剑溪说诗又编[M]//郭绍虞.清诗话续编.富寿荪,校点.上海:上海古籍出版社,1983.

任骋.中国风俗通志·禁忌志[M].济南:山东教育出版社,2005.

阮阅.诗话总龟[M].周本淳,校点.北京:人民文学出版社,1987.

商鞅.商君书[M].严万里,校.//上海古籍出版社.二十二子.上海:上海古籍出版社,1986.

尚秉和.历代社会风俗事物考[M].上海:上海文艺出版社,1989.

沈德潜.古诗源[M].北京:中华书局,1963.

沈玉成.沈玉成文存[M].北京:中华书局,2006.

沈约.宋书[M].北京:中华书局,1974.

司马光.资治通鉴[M].胡三省,音注.北京:中华书局,1956.

司马迁.史记[M].北京:中华书局,1959.

斯蒂芬·欧文.初唐诗[M].贾晋华,译.南宁:广西人民出版社,1987.

松浦友久.李白诗歌抒情艺术研究[M].刘维治,译.上海:上海古籍出版社,1996.

松浦友久.唐诗语汇意象论[M].陈植锷,王晓平,译.北京:中华书局,1992.

松原朗.中国离别诗形成论考[M].李寅生,译.北京:中华书局,2014.

苏瑞隆.鲍照诗文研究[M].北京:中华书局,2006.

苏轼.苏东坡全集[M].北京:中国书店,1986.

孙光宪.北梦琐言[M].林艾园,校点.//上海古籍出版社.唐五代笔记小说大观.上海:上海古籍出版社,2000.

谭其骧.长水集[M].北京:人民出版社,1987.

陶文鹏,韦凤娟.灵境诗心:中国古代山水诗史[M].南京:凤凰出版社,2004.

陶渊明.陶渊明集笺注[M].袁行霈,笺注.北京:中华书局,2003.

童庆炳.现代诗学问题十讲[M].青岛:中国海洋大学出版社,2005.

汪裕雄.意象探源[M].合肥:安徽教育出版社,1996.

王弼,等.周易正义[M].孔颖达,等,正义.//上海古籍出版社.十三经注疏.上海:上海古籍出版社,1997.

王勃.王子安集注[M].蒋清翊,注.上海:上海古籍出版社,1995.

王夫之.古诗评选[M].张国星,校点.北京:文化艺术出版社,1997.

王夫之.姜斋诗话[M]//舒芜,校点.四溟诗话;姜斋诗话.北京:人民文学出版社,1961.

王国维.王国维文学论著三种[M].北京:商务印书馆,2001.

王仁裕.开元天宝遗事[M].丁如明,校点.//上海古籍出版社.唐五代笔记小说大观.上海:上海古籍出版社,2000.

王士禛,等.师友诗传录[M]//丁福保,辑.清诗话.上海:上海古籍出版社,1999.

王士禛.古诗笺[M].闻人倓,笺.上海:上海古籍出版社,1980.

王士禛.分甘余话[M].张世林,点校.北京:中华书局,1989.

王士禛.师友诗传续录[M]//丁福保,辑.清诗话.上海:上海古籍出版社,1999.

王世贞.艺苑卮言[M]//丁福保,辑.历代诗话续编.北京:中华书局,1983.

王肃.孔子家语译注[M].王德明,主编.桂林:广西师范大学出版社,1998.

王先谦.庄子集解[M].北京:中华书局,1987.

王瑶.中古文学史论[M].北京:北京大学出版社,1998.

王永平.中古士人迁移与文化交流[M].北京:社会科学文献出版社,2005.

王运熙.当代学者自选文库:王运熙卷[M].合肥:安徽教育出版社,1998.

王钟陵.中国中古诗歌史[M].南京:江苏教育出版社,1988.

魏庆之.诗人玉屑[M].上海:上海古籍出版社,1978.

魏收.魏书[M].北京:中华书局,1974.

魏源.诗古微[M].清扫叶山房刻本.

魏徵,等.隋书[M].北京:中华书局,1973.

吴承学.中国古代文体学研究[M].北京:人民出版社,2011.

吴景旭.历代诗话[M].北京:中华书局,1958.

吴淇.六朝选诗定论[M].汪俊,黄进德,点校.扬州:广陵书社,2009.

萧统.六臣注文选[M].李善,等注.北京:中华书局,1987.

萧统.文选[M].李善,注.上海:上海古籍出版社,1986.

萧绎.金楼子校笺[M].许逸民,校笺.北京:中华书局,2011.

萧子显.南齐书[M].北京:中华书局,1972.

肖瑞峰.花上雨——古典文学中的别离主题研究[M].西安:陕西人民教育出版社,1992.

谢灵运.谢灵运集校注[M].顾绍伯,校注.郑州:中州古籍出版社,1987.

谢朓.谢宣城集校注[M].曹融南,集注集说.上海:上海古籍出版社,1991.

谢榛.四溟诗话[M].宛平,校点,北京:人民文学出版社,1961.

辛弃疾.稼轩词编年笺注[M].邓广铭,注.上海:上海古籍出版社,1978.

辛文房.唐才子传校笺[M].傅璇琮,主编.北京:中华书局,1987.

徐公持.魏晋文学史[M].北京:人民文学出版社,1999.

徐国荣.中古感伤文学原论——汉魏六朝文士生命观及其文学表述[M].北京:中国社会科学出版社,2001.

徐坚,等.初学记[M].北京:中华书局,2004.

徐震堮.世说新语校笺[M].北京:中华书局,1984.

许敬宗.日藏弘仁本文馆词林校证[M].罗国威,整理.北京:中华书局,2001.

许学夷.诗源辨体[M].杜维沫,校点.北京:人民文学出版社,1987.

许顗.彦周诗话[M]//何文焕.历代诗话.北京:中华书局,1981.

荀况.荀子[M].杨倞,注.卢文弨,谢墉,校.//上海古籍出版社.二十二子.上海:上海古籍出版社,1986.

严可均.全上古三代秦汉三国六朝文[M].北京:中华书局,1958.

严云受.诗词意象的魅力[M].合肥:安徽教育出版社,2003.

颜之推.颜氏家训译注[M].庄辉明,章义和,译注.上海:上海古籍出版社,1999.

晏婴.晏子春秋[M].孙星衍,校.黄以周,撰校勘记.//上海古籍出版社.二十二.上海:上海古籍出版社,1986.

杨伯峻.春秋左传注[M].北京:中华书局,1990.

杨伯峻,译注.论语译注[M].北京:中华书局,1980.

杨慎.升庵诗话[M]//丁福保.历代诗话续编.北京:中华书局,1983.

杨勇.谢灵运年谱[M]//刘跃进,范子烨.六朝作家年谱辑要.哈尔滨:黑龙江教育出版社,1999.

杨勇.杨勇学术论文集[C].北京:中华书局,2006.

杨载.诗法家数[M]//何文焕.历代诗话.北京:中华书局,1981.

杨仲义.诗骚新识[M].北京:学苑出版社,1999.

杨子慧.中国历代人口统计资料研究[M].北京:改革出版社,1996.

姚鼐.古文辞类纂[M].宋晶如,章荣,注释.北京:中国书店,1986.

姚思廉.陈书[M].北京:中华书局,1972.

姚思廉.梁书[M].北京:中华书局,1973.

阴铿.阴铿集注[M].刘国珺,注.天津:天津古籍出版社,1988.

应劭.风俗通义校释[M].吴树平,校释.天津:天津人民出版社,1980.

余冠英.汉魏六朝诗选[M].北京:人民文学出版社,1978.

余冠英.诗经选[M].北京:人民文学出版社,1956.

余恕诚.唐诗风貌[M].合肥:安徽大学出版社,1997.

余英时.士与中国文化[M].上海:上海人民出版社,1987.

俞绍初.建安七子集[M].北京:中华书局,2005.

庾信.庾信诗赋选[M].谭正璧,纪馥华,选注.上海:古典文学出版社,1958.

庾信.庾子山集注[M].倪璠,注.许逸民,校点.北京:中华书局,1980.

袁行霈.中国诗歌艺术研究[M].北京:北京大学出版社,1987.

詹福瑞,李金善.士族的挽歌——南北朝文人的悲欢离合[M].保定:河北大学出版社,2002.

张伯伟.全唐五代诗格汇考[M].南京:江苏古籍出版社,2002.

张伯伟.中国古代文学批评方法研究[M].北京:中华书局,2002.

张可礼.东晋文艺系年[M].济南:山东教育出版社,1992.

张溥.汉魏六朝百三家集[M].景印文渊阁四库全书.台北:台湾商务印书馆,1983.

张锡厚.全敦煌诗[M].北京:作家出版社,2006.

张英,王士禛,等.渊鉴类函[M].北京:中国书店,1985.

张玉穀.古诗赏析[M].许逸民,点校.上海:上海古籍出版社,2000.

赵晔.吴越春秋辑校汇考[M].周生春,辑校汇考.上海:上海古籍出版社,1997.

赵毅衡."新批评"文集[M].北京:中国社会科学出版社,1988.

赵翼.廿二史劄记校证[M].王树民,校证.北京:中华书局,1984.

郑玄.毛诗正义[M].孔颖达,等,正义.//上海古籍出版社.十三经注疏.上海:上海古籍出版社,1997.

郑玄.礼记正义[M].孔颖达,等,正义.//上海古籍出版社.十三经注疏.上海:上海古籍出版社,1997.

郑玄.仪礼注疏[M].贾公彦,疏.//上海古籍出版社.十三经注疏.上海:上海古籍出版社,1997.

郑玄.周礼注疏[M].贾公彦,疏.//上海古籍出版社.十三经注疏.上海:上海古籍出版社,1997.

钟敬文.钟敬文文集:民俗学卷[M].合肥:安徽教育出版社,2002.

锺嵘.诗品集注[M].曹旭,集注.上海:上海古籍出版社,1994.

锺惺,谭元春.古诗归[M]//续修四库全书.上海:上海古籍出版社,2002.

钟优民.望乡诗人庾信[M].长春:吉林大学出版社,1988.

钟优民.中国诗歌史:魏晋南北朝卷[M].长春:吉林大学出版社,1989.

周振甫.周易译注[M].北京:中华书局,1991.

朱光潜.诗论[M]//朱光潜全集.合肥:安徽教育出版社,1987.

朱熹.楚辞集注[M].李庆甲,校点.上海:上海古籍出版社,1979.

朱熹.论语集注[M]//朱熹,等.四书五经.上海:上海古籍出版社,1996.

朱熹.诗经集传[M]//朱熹,等.四书五经.上海:上海古籍出版社,1996.

祝穆.方舆胜览[M].祝洙,增订.施和金,点校.北京:中华书局,2003.

主要参考论文

曹虹.《中国离别诗的成立》读后[J].书品,2004(6):15-19.

晁福林.《诗·燕燕》与儒家"慎独"思想考析[J].浙江学刊,2004(1):122-128.

晁福林.上博简孔子《诗论》"仲氏"与《诗·仲氏》篇探论——兼论"共和行政"的若干问题[J].孔子研究,2003(3):14-21.

陈伯海.释"意象"(上)——中国诗学的生命形态论[J].社会科学,2005(9):163-169.

戴燕.祖饯诗的由来[J].南京师范大学文学院学报,2003(4):144-153.

高敏.魏晋南朝"送故"制度考略[J].历史研究,2000(6):17-25;190.

关玉林.谢朓生平及诗文系年考论[J].四川师范大学学报(社会科学版),1998(1):45-54.

郝昺衡.谢灵运年谱[J].华东师范大学学报(哲学社会科学版),1957(3):62-75.

洪顺隆.六朝题材诗系统论[A]//南京大学中文系.魏晋南北朝文学论集.南京:南京大学出版社,1997:6-49.

洪顺隆.论六朝祖饯诗群对文类学原理的背离[A]//东海大学中国文学系.第三届魏晋南北朝文学国际学术研讨会论文集.台北:文史哲出版社,1998:453-490.

胡大雷.中古祖饯诗初探[J].广西大学学报(哲学社会科学版),1998(6):104-108.

吉定.庾信诗中"徐报"小考[J].文学遗产,1995(5):114.

蒋寅.语象·物象·意象·意境[J].文学评论,2002(3):69-75.

蒋寅.祖饯诗会上的明星——郎士元[J].暨南学报(哲学社会科学版),1995(1):99-105.

黎虎.南北朝中书省的外交管理职能[J].安徽史学,1999(3):35-39.

李立.论祖饯诗三题[J].学术研究,2001(11):121-125.

李小军.《诗经》"有客宿宿,有客信信"辨释[J].古籍整理研究学刊,2002(2):61-63.

林光华.《诗经·邶风·燕燕》质疑与文化阐释[J].徐州教育学院学报,2003(4):73-75.

秦炳坤.中国早期的送别诗——《诗经》六首送别诗述论[J].重庆社会科学,2002(6):35-38.

吴承学,何志军.诗可以群——从魏晋南北朝诗歌创作形态考察其文学观念[J].中国社会科学,2001(5):165-174.

吴承学.唐诗中的"留别"与"赠别"[J].文学遗产,1996(4):108-109.

郄文倩.祖饯仪式与相关文体的生成空间[J].中山大学学报(社会科学版),2014(1):25-34.

许辉.南北朝关系述论[J].江苏社会科学,2002(3):116-121.

袁庆述.帛书《五行》所引《燕燕》诗为《鲁》《齐》诗考[J].中国文学研究,2000(1):28-32.

张剑.关于《邶风·燕燕》的错简[J].孔子研究,2001(2):112-114.

章培恒,刘骏.关于李陵《与苏武诗》及《答苏武书》的真伪问题[J].复旦学报(社会科学版),1998(2):71-77;142.

郑纳新.送别诗略论[J].学术论坛,1997(3):78-82.